云南少数民族迁徙史诗的文学人类学研究

王淑英 著

本书受到云南省哲学社会科学学术著作出版专项经费资助
和2019年度云南省万人计划『青年拔尖人才』专项资金资助
国家社科基金青年项目（批准号：12CZW091）

云南出版集团
云南人民出版社

图书在版编目(CIP)数据

云南少数民族迁徙史诗的文学人类学研究 / 王淑英著. -- 昆明：云南人民出版社, 2020. 11
ISBN 978-7-222-19632-2

Ⅰ. ①云… Ⅱ. ①王… Ⅲ. ①史诗-诗歌研究-云南 Ⅳ. ①I207. 22

中国版本图书馆 CIP 数据核字(2020)第 233526 号

出 品 人 赵石定
责任编辑 郭木玉
助理编辑 费 珺
装帧设计 杨 红
责任校对 溥 思
责任印制 代隆参

云南少数民族迁徙史诗的文学人类学研究
YUNNAN SHAOSHU MINZU QIANXI SHISHI DE WENXUE RENLEIXUE YANJIU
王淑英 著

出 版 云南出版集团 云南人民出版社
发 行 云南人民出版社
社 址 昆明市环城西路 609 号
邮 编 650034
网 址 www. ynpph. com. cn
E-mail ynrms@ sina. com
开 本 787mm × 1092mm 1/16
印 张 17. 25
字 数 390 千
版 次 2020 年 11 月第 1 版第 1 次印刷
印 刷 昆明理煜印务有限公司
书 号 ISBN 978-7-222-19632-2
定 价 60. 00 元

云南人民出版社
微信公众号

目 录

绪 论

中国南方史诗的发现与研究是较为晚近的事情，与西方史诗、中国北方史诗研究相比，目前仍处于相对较低的学术研究层面。20 世纪 50 年代以后，中国绝大多数的史诗才被陆续发现；80 年代以后，史诗的记录、整理、翻译及出版工作才大规模展开；80 年代中期，史诗的系统研究工作才开始。目前，国外学术界对中国史诗，特别是中国南方史诗的了解仍然较少，中国史诗及其研究在国内外文学界尚未得到应有的关注。

20 世纪 50 年代末，中国就开始了对藏族英雄史诗《格萨尔》的搜集整理工作，随后又开始了整个北方地区史诗的搜集与整理，其中影响最大的是三大英雄史诗《格萨尔》《江格尔》《玛纳斯》的整理、翻译与研究。众多学者深入田野调查，运用国内外民俗学、人类学、文艺学等领域新的理论成果，对以三大英雄史诗为主要研究对象的北方史诗进行了跨学科、跨领域、跨机构的长时期研究，成果突出。

中国南方史诗的发现与研究要迟于北方史诗。20 世纪 50 年代之前，几乎没有人“发现”南方少数民族也有自己的史诗传统。直到 50 年代末，对南方少数民族史诗的搜集整理工作才陆续展开，但是影响并不大。现在被我们称为南方少数民族“创世史诗”或“原始性史诗”“神话史诗”的大量作品，以及后来被学者们划定为“南方创世史诗群”的民间文学现象，其文本大规模的搜集整理与学术研究工作直到 70 年代末才真正开始，一直持续到现在。但与成绩斐然、影响深远的北方民族史诗研究相比，南方民族史诗研究则处于较为尴尬的境地。虽然不同学者从历史学、宗教学、人类学、神话学、文学等学科角度探索南方少数民族史诗，但主要是对“作为文学文本的史诗”的研究，忽略了现实情境中仍在演述的迁徙史诗“活态文本”及其复杂多样的类型。

史诗是文学中最重要的文类之一，由诸多具体的文本构成。史诗的文本、类型丰富多元，文化功能突出，史诗及其演唱在人类文化史上占有重要位置。但是，史诗又是一种内部差异巨大的文类，如果要给史诗下定义，每个人给出的都会有所差异。在如何界定史诗和归纳史诗类型上，国际学界众说纷纭。

一、国内外的史诗观念

"史诗"一词源自古希腊语"epos"，原意是"说话"或"故事"。① 史诗观念是指对史诗的内涵、外延、类型、本质、特征、文本形式、文化功能等的思考、认识与表达。西方史诗传统从古希腊时期的荷马史诗开始到维吉尔的文人史诗创作，可以梳理出较为清晰的历史发展脉络。

（一）国外的史诗观念

西方史诗学在古典学、语文学培育下，沿着亚里士多德开创的史诗范式向前发展，不断深化着人们对史诗的认识。② 在西方，"史诗"一词也不是一个十分严格的概念，它通常是指描写英雄业绩的长篇叙事诗。西方史诗传统自荷马开始，神的显现和神对人间的干预构成了史诗这一文类最重要的特征。在《奥德赛》第一卷中，奥德修斯的妻子对一位正在吟唱的歌手说："你知道许多其他感人的歌曲，歌手们用它们歌颂人和神明的业绩。"③ 这可算作荷马史诗中对史诗的朴素定义。公元前1世纪时，哲学家波希多尼乌斯（Posidonius）更加明确了"诗"的概念，但实际上讲的就是史诗，认为"诗"乃是用雕饰的言辞表达深意，表现神灵和凡人之事迹。没有神便不会有史诗，对神灵的赞颂和英雄事迹的描述乃是史诗构成的关键要素。公元4世纪，为维吉尔史诗作注疏的学者赛维乌斯（Servius）认为这部史诗包含神界与人间的人物，既有真实也有虚构，是一种"英雄体"，实际上就相当于我们今天所说的"史诗"。④

1. 西方古典诗学

西方史诗观念建立在古希腊荷马史诗范例基础上，西方史诗研究以亚里士多德以来的古典诗学为经典范式。自亚里士多德起，史诗便是西方文学里一个占绝对主导地位的文类，荷马史诗是诗歌乃至文学创作、接受与批评的典范。亚里士多德在《诗学》中开宗明义地指出自己的诗学观，认为诗学是以阐述作诗的技艺为宗旨。亚里士多德的"史诗"范畴十分明确，仅指荷马史诗。受亚里士多德史诗观念的影响，最初的西方史诗学者们一直以荷马史诗为典范，将史诗界定为"表现古代英雄业绩的长篇叙事诗"，例如贺拉斯的《诗艺》便承袭了亚里士多德《诗学》中的观点，把史诗界定为一种讲述帝王将相丰功伟绩与战争英雄的文类，并认为荷马已在这方面做了最好的示范。

黑格尔作为德国古典哲学的集大成者，关于史诗，黑格尔也给后人留下了极富见地

①[德] 黑格尔：《美学》（第三卷下册），朱光潜译，北京：商务印书馆，1996年，第102页。
②尹虎彬：《中国诗史的多元传统与史诗研究的多重维度》，《百色学院学报》2009年第1期。
③[古希腊] 荷马：《奥德赛》（第一卷），罗念生、王焕生译，北京：人民文学出版社，2004年，第337—338页。
④高峰枫：《维吉尔史诗中的罗马主神》，《外国文学评论》2009年第4期。

的论述。在《美学讲演录》（1771—1831）中，黑格尔将史诗定义为“是用韵文形式记叙对一个民族命运有着决定性影响的重大历史事件以及歌颂具有光荣业绩的民族英雄的规模宏大的风格庄严的古老文学体裁”。黑格尔从总体上将史诗看作是“一个民族的‘传奇故事’、‘书’、‘圣经’”①。黑格尔的史诗研究既展示了作为文本史诗自身所具有的内容和所呈现出的民族精神，又揭示出史诗民族精神产生于集体与个人信仰还未分裂、意志和情感还合而为一的社会情境中。1835 年，黑格尔的《美学》一书出版，指出史诗的任务就是把这种英雄事迹叙述完整，按照诗的方式描绘一个本身完整的动作以及发出动作的人物，按照本来的客观形状去描绘客观事物。② 将史诗置于艺术哲学的层面，从史诗的一般性质、特征及发展史等三方面进行论述。黑格尔的史诗研究路径虽然仍是古典诗学研究范式，以史诗的书面文本为核心，束缚于史诗文本的传统观念之上，但是他已经注意到了史诗文本产生的具体语境，尝试进行文本与语境相结合的研究。

综上可知，在西方古典诗学史诗观念中，英雄史诗，特别是《荷马史诗》是其史诗范畴中最为典型的成员。19 世纪以前，大多数西方学者对史诗的研究都是以荷马史诗为典范的。早期西方学者的史诗范畴仅限于英雄史诗类型，它遮蔽了世界其他地区极其多样的史诗传统。

2. 口头史诗传统

20 世纪伊始，学者们对世界史诗的认识和研究进入了新阶段，口头史诗的概念得到国际史诗学界乃至整个国际学界的承认，成为口头传统范畴下最重要的文类之一。20 世纪 30 年代后，从米尔曼·帕里（ Milman Parry）和阿尔伯特·洛德（ Albert Lord）开始，荷马史诗范例终于与口传史诗的实证研究连接起来。帕里和洛德把文本分析与田野作业实证研究结合起来对“荷马问题”做出当代回答，在一定程度上推动了学者们对世界各地史诗传统的认识，促进学者们把史诗这一文类放在口头传统的情境中重新界定。其后，英国古典学家鲍勒（C. M. Bowra）扩大史诗研究视阈，把欧洲和中亚的英雄史诗和原始诗歌纳入史诗研究范围，从文类角度对这些史诗进行比较而重新界定英雄史诗。③ 与此同时，大量活态的口头史诗在世界各地陆续被发现和研究，口头史诗的多样性愈来愈成为国际学者的共识，学者们开始对以荷马史诗为范例的古典诗学的史诗观念和研究范式进行反思和批判。长期在非洲从事史诗田野作业的威廉·约翰逊对以荷马史诗为范例衡量世界史诗的做法提出质疑，主张应该从史诗所属的具体传统中考察和评价史诗，他认为我们应当把工作重心放在那些史诗仍然被朗诵和表演的地区。布兰达·贝卡（Brenda Beck）根据自己对达罗荼人（Dravidian）的田野研究指出，一部史诗是一个超级故事（super story）。威廉·约翰逊和布兰达·贝卡都把口头史诗放在一个特定社区内的所有文类里界定，把史诗与同一社区内其他口头文类区分开来，为以后区别史诗与其他叙事文类提供参考和借鉴。

---

①［德］黑格尔：《美学》（第三卷下册），朱光潜译，北京：商务印书馆，1996 年，第 108 页。

②［德］黑格尔：《美学》（第三卷下册），朱光潜译，北京：商务印书馆，1996 年，第 135 页。

③冯文开：《西方文论语境中史诗观念和研究范式的演进与转换》，《江西社会科学》2010 年第 11 期。

美国史诗研究专家约翰·迈尔斯·弗里和芬兰民俗学家劳里·航柯，也相继对史诗文本类型的划分与界定做出深入的理论探索，拓展了我们关于史诗的认识。劳里·航柯认为史诗这一文类应从世界性的、区域性的、地方性的三个层面进行建构。1990 年，劳里·航柯前往印度对口传的西里（Siri）史诗进行田野调查，并于 1998 年出版了专著《西里史诗的文本化》。在这部具有很高学术价值的著作中，劳里·航柯把史诗定义为："关于范例的宏大叙事，以往多由专门化的歌手作为超级故事来演述，以其长度、表现力和内容的重要性而优于其他叙事，对于特定传统社区或集团的受众来说，史诗成为其认同表达的一个来源。"① 劳里·航柯的定义强调了歌手和表演的要素，强调了一个民俗学样式与特定社区的文化联系，并根据印度史诗传统中的"超级故事"这一传统的语汇，深化人们对史诗叙事特点的认识。同时，他对口头史诗文本类型的划分与界定也做了理论探索，以创编、演述、接受为参照框架把口头史诗文本划分为"口头文本""来源于口头传统的文本""以传统为取向的口头文本"三种类型。② 劳里·航柯的史诗观念和研究范式预示着 21 世纪的史诗研究将使以往以荷马史诗为范例、取例于西方史诗的研究范式成为历史。

20 世纪 60 年代，若干西方学者开始着手口头传统理论的系统建设。口头诗学的主张也是从那个时候被提出的，但是至今仍没有成为文学领域一个被普遍接受的学术主张。口头诗学理论注重田野调查，主要解决口头传统的"创编、流布和接受的法则问题"。口头诗学提出了新的"文本"概念，认为文本来自表演中的创作，这种文本创作的权威性可以类比书面文本潜在的权威性。③ 以"表演中的创作"为核心，口头诗学的"文本"变成了现实情境中的每一次表演。口头诗学不是表演本身，而是表演的过程。在此过程中，史诗歌手、观众、现实情境三者融为一体。

（二）中国的史诗观念

中国的史诗观念，无论是史诗概念的界定还是类型的划分，都受到西方史诗观念的深刻影响。20 世纪以前，中国史诗一直处于被忽略的状态，中国史诗观念和研究范式的转换，皆与西方史诗学界的史诗观念和研究范式发展息息相关。

1. 史诗观念的引入

19 世纪末，在华传教士把西方史诗观念引入中国。据目前所见资料，中国最早使用"史诗"这一术语的是章太炎先生。但"史诗"一词并非由其直接翻译自希腊文或英文，而是转借自日本。④ 之后胡适在《白话文学史》中将"epic"译为"故事诗"。中国现代启蒙主义者在接受西方史诗观念时，主要还是取例自西方，同时又赋予其很强的历史观念和意识形态色彩。1923 年，鲁迅在《中国小说史略》中使用"史诗"这一

---

①尹虎彬：《中国诗史的多元传统与史诗研究的多重维度》，《百色学院学报》2009 年第 1 期。

②朝戈金：《从荷马到冉皮勒：反思国际史诗学术的范式转换》，北京：中国社会科学出版社，2008 年，第 13 页。

③尹虎彬：《古代经典与口头传统》，北京：中国社会科学出版社，2002 年，第 174 页。

④吴晓东：《史诗范畴与南方史诗的非典型性》，《民间文学论坛》2014 年第 6 期。

术语时认为："自古以来，终不闻有荟萃熔铸为巨制，如希腊史诗者。"① 以荷马史诗为参照，学者们看到的自然是史诗规模的宏大，并据此得出中国无此类规模史诗的结论。

中国少数民族史诗的搜集、整理和出版工作开始于20世纪50年代，史诗在文学史上的地位、起源、演化等问题，成为当时中国史诗研究的主要问题。在中国，将史诗这一概念用在少数民族民间文学中是从北方开始的。1956年，中国作家协会第二次理事会在北京召开，会上，老舍先生做了关于少数民族文学创作和发展的报告，第一次将《格萨尔》定性为史诗。② 将这些叙事长诗定性为史诗最重要的原因便是这些长诗的内容与荷马史诗具有可比性，都是关于英雄的故事。

2. 史诗研究的发展

中国史诗研究自20世纪80年代开始重新起步，绝大多数著作是从马克思历史唯物主义社会发展理论出发，探讨创世史诗、英雄史诗的产生时代，史诗被认为是艺术生产的古典形式。在民间文艺学领域，学者们认为史诗跟神话、传说、歌谣一样，都是叙事文类；只不过史诗是特意强调篇幅的文类，这一点与散文体的神话、传说和故事不同。钟敬文先生认为："史诗，是民间叙事体长诗中的一种规模比较宏大的古老作品。它用诗的语言，记叙各民族有关天地形成、人类起源的传说，以及关于民族迁徙、民族战争和民族英雄的光辉业绩等重大事件，所以，它是伴随着民族的历史一起生长的。从某种意义上来说，一部民族史诗，往往就是该民族在特定时期的一部形象化的历史。"③

李惠芳在所著的《中国民间文学》中认为，史诗是继神话之后出现的一种古老的民间叙事体长诗。史诗一般采用韵文或韵散相间的"说唱体"式，它篇幅巨大，内容丰富；有的记叙某一个民族在其发展的原始阶段，对天地万物及人类起源所做的种种解说；有的则唱叙某个民族在其形成发展的重要阶段出现过的部族迁徙、征战融合等重大事件，颂赞部族英雄创下的光辉业绩。④

万建中在所著的《民间文学引论》中认为，史诗是集歌唱和叙事于一身的最宏大的文学，也是至今仍在口头演唱的最古老的文学。人类最本原的问题、民族中最重要的历史事件、民族文化知识、祖祖辈辈最不能忘记的记忆等都包含在史诗演唱的歌词里面。史诗是人类文化体系中最耀眼的两个字。史诗内容博大，其形式是百科全书式的。在体式上结合散文体作品的叙事传统和韵文体作品的抒情与格律，构成宏大的综合性叙事形式。一部史诗是属于一个或数个民族的，世世代代的民众不断追加史诗的内容和形式，使之越来越像百科全书。⑤

刘守华、陈建宪主编的《民间文学教程》第六章"史诗"是由朝戈金、巴莫曲布

---

①《鲁迅全集》（第九卷），北京：人民文学出版社，1981年，第21页。

②李连荣：《格萨尔刍论》，北京：中国藏学出版社，2008年，第1—5页。

③钟敬文：《史诗略论》，赵秉理编《格萨尔学集成》（第一卷），兰州：甘肃民族出版社，1990年，第581—586页。

④李惠芳：《中国民间文学》，武汉：武汉大学出版社，1999年，第188页。

⑤万建中：《民间文学引论》，北京：北京大学出版社，2009年，第136—137页。

嫫、尹虎彬编撰的。编者认为，史诗是一种古老而源远流长的韵文体文学样式，在人类文化史上占据着重要位置。史诗是一种很复杂的文类，绝大多数史诗中包含许多的其他文类，如谚语、赞词、祈祷辞、咒语、挽歌、仪式描述等。这些文类在口头传统中又都各自独立存在着。尽管世界各地的史诗千差万别，但学者们认为某些要素是这些彼此间差异巨大的史诗所共享的，如宏大的规模、崇高的格调、重大的题材、特定的技法和长久的传统以及豪迈的英雄主义精神等。此外，还应注意到，国内外的“史诗”巨著还常被用来指在规模和境界以及在体现人类重大价值的题材方面都显示出史诗精神的作品。①

综合国内外学者的史诗观念，目前来看，中国学者较为接受史诗是“超级文类”的概念，同时认为其篇幅往往伸缩幅度巨大，不同文本之间有较大变异，且篇幅的长短只具有相对意义。那么，该如何认定一则诗歌体故事是否应该算作史诗呢？近年来，学界惯常的做法是按照以下几个尺度来衡量：

（1）长篇叙事诗；

（2）场景宏大；

（3）风格崇高；

（4）超凡的主人公（一位或多位神或半神）；

（5）业绩非凡（或经历磨难）；

（6）分为“原生”的和“次生”的（或者叫作民间口传史诗和文人书面史诗）。

符合上述所有这些尺度的，当然是史诗。只符合其中几项核心特质的，可以认定为不够典型的史诗。② 在朝戈金先生看来，史诗这个超级文类也是以谱系形态出现的，从最典型的一端到最不典型的另一端，中间会有大量居间的形态，它们大体上可以认作是史诗，但又不完全严丝合缝地符合学界中构成最大公约数的关于史诗的定义。③

关于史诗的形态和类型，中国学者根据史诗反映的历史内容，从“英雄史诗”的范畴中拓展出“创世史诗”和“迁徙史诗”两种新的史诗类型，丰富了世界史诗宝库，使史诗在文类界定上也有了一种新的维度。也有学者提出“原始史诗”“创世史诗”“英雄史诗”“民间史诗”“民族史诗”“神话史诗”等史诗类型；或根据文本长度将史诗划分为大、中、小型史诗类型。这些界定都在一定程度上说明中国史诗的一些特性。但是对中国南方少数民族丰富多样的史诗类型究竟应该如何划分，目前学者们的意见并不统一。

---

①刘守华、陈建宪主编：《民间文学教程》，武汉：华中师范大学出版社，2009 年，第 88—100 页。

②以上六个参考尺度参见朝戈金：《多长算是长：论史诗的长度问题》，《中央民族大学学报》2015 年第 5 期。

③朝戈金：《口传史诗诗学：冉皮勒〈江格尔〉程式句法研究》，南宁：广西人民出版社，2000 年，第 39 页。

二、文学人类学研究

人类学作为一门古老而年轻的学科，已成为国际学术界的一门显学。文学与人类学结合而成的文学人类学，显示了现代人文学科之间的碰撞对话与整合共生。关于文学人类学学科的属性、定义、方法、理论等的讨论，成为20世纪末中国学术界的一个热点。文学人类学的出现是一种历史现象、社会现象和文化现象，作为一门新兴的交叉学科，文学人类学的产生有着多种契机和来源。人类学与文学虽然在性质上有所不同，人类学是理论方法，而文学是创作实践，但两者却密切相关，对于文化的理解虽然不同的学科观点略有差异，但文学作为文化的核心部分，与人类学有着天然的联系。

（一）国外的文学人类学

国内外学术界对于文学人类学这一新兴学科以及如何看待文学与人类学关系等问题并没有十分一致的观点。不过，文学人类学学科认识分歧本身，却恰好显示了人类学与文学的复杂关系。“文学人类学”的跨学科构想来自西方理论界，大致可划分为由文学理论批评家提出的文学人类学和由人类学家提出的文学人类学两大派别。随着文学人类学研究的不断深入，文学视野下的文学人类学又分化出人类学诗学和民族志诗学等学派。

文学家的文学人类学思想的代表人物是弗莱。在其《批评的解剖》第一章，弗莱以文学作品中主人公的品格为标准划分了文学的五种模式：

（1）神话中的神；

（2）传奇中的典型形象；

（3）史诗和悲剧中“高模仿”类型的人间领袖；

（4）喜剧和现实主义小说“低模仿”类型的现实中的一员；

（5）“讽刺”类型中的小人物。

弗莱在归纳出以上五种模式后，又以此来探讨西方文学。他认为欧洲文学的中心不断地按上述顺序往下移动，认为各个时代的文学只不过是对神话体系的继承、传播、转化和变形，是“移位”了的神话。因而，文学理论和批评要“向后站”，要把文学置于整个人类文化的历史中来考察，揭示文学与神话、仪式、习俗等方面的联系，在这种联系中追寻已经置换变形了的“神话”原型。“探求原型实际上就是一种文学上的人类学。”①

人类学家眼中的文学人类学设想，主要体现在美国特拉华大学语言学教授恩尼格对于建立文学人类学的九点纲领性看法。

（1）文学人类学是人类学的下属分支学科，而不是文艺学的。

（2）文学人类学的目标是通过文学分析去发现人类学的素材；文学是标，关于某一人种的信息是本。

---

①叶舒宪：《神话——原型批评》，西安：陕西师范大学出版社，1987年，第391页。

（3）决定文学人类学研究领域的单位是一种社会单位，一个人种，而不是文学单位，如一种文体或一部文学作品。

（4）文学人类学的方法并不是把文学当作自足的实体而从内部研究的方法，而是把文学当作社会的实体，从而在外部背景关联中研究的方法。

（5）由于并非所有的有文字的文化都创制狭义的文学，由于所有的有文字的文化都创制出多种书面文献，所以文学的概念应加以扩大，使之能包括各种书写文本、表现性的文本、描写性的文本、意欲的（conative）文本、审美的文本。所有这些文本都将作为人类学素材而加以分析。

（6）对于文学人类学而言，审美的文本是作为一种内在统一和谐的艺术品而被建构出来的文本，它比描述性、表现性和意欲的文本要次要些，后者在建构过程中更关注文本外部的因素：作者、接受者和相关的世界。

（7）为了展开跨文化的比较，文学人类学必须考虑无文字社会根本无法创制书面文本的事实；而有文字的社会也在创制书面文本的同时保持着口头文学的传统。

（8）旨在发现某一人种的文化知识的文学人类学还必须考虑：语言的文本（书面或口头的）只是文化文本（culture texts）的一个层面；文化知识还储存于其他文本之中，如“身体的文本”（somatic texts）、“对象的文本”（objectual texts）和“环境的文本”（environmental texts）。这些文本也都是文化知识的对象化，即对象化到符号系统之中。

（9）文学人类学将在两个条件下获得成就：一是它认可如下事实，即文学是把握一个民族的文化知识的众多途径之一；二是它检验它所假定的发现，并通过其他途径获得发现加以对照。①

恩尼格的观点显然更多的是从人类学而不是从文学的观点出发，因此他观念中的文学人类学是作为文化人类学而非文艺学的一个分支而存在的。

人类学诗学其实是人类学家的文学人类学的一个分支。有学者将人类学诗学描述为人类学及诗学。这正说明了人类学诗学所包含的两个层次。第一层，它包括人类学家的诗歌创作，也就是田野观察和自我感受的诗歌表达。当然，人类学诗学不再是传统意义上的“言志”“咏情”，而是“以诗的形式展示跨文化主题或人类学信息”。② 第二层，受阐释学、后现代主义认识论的影响，传统人类学民族志追求的“客观性叙述”遭到了学者们的质疑，其文学性开始受到关注，因而用“诗学”去关照民族志。

民族志诗学是人类学家的文学人类学的另一分支。民族志诗学是指世界范围内的语言和文化中口头艺术的研究。③ 作为民俗学重要研究对象的“口头传统”“口传文化”早已为民俗学者们所重视，但传统民俗学意义上的研究也大都是关注其文学的、艺术的、美学的意义。民族志诗学的研究主要关注其文化意义，从人类学的视角来研究。民

①叶舒宪：《文学人类学研究的世纪性潮流》，《广西民族学院学报》（哲社版）1999年第2期。
②庄孔韶：《人类学通论》，太原：山西教育出版社，2004年，第547页。
③周弘、黄剑波：《人类学视野下的文学人类学》（下），《广西民族学院学报》2003年第9期。

族志诗学的主要代表人物是美国民俗学家戴尔·海姆斯和邓尼斯·泰德洛克。他们倡导“民族志诗学”的主要目的是希望把简化为文本的僵化的文学，还原为具体情境中丰富多彩的活的文学。①

尽管学者们对文学人类学的学科属性、概念和定位等的认识并不一致，但越来越多的学者已经意识到，人类学与文学的相遇、对话以及共生，是21世纪学科开放研究的结果。

（二）中国的文学人类学

中国学者吸收中外现有成果，对文学人类学学科属性、范畴的认识形成了这样一些不同观点：

（1）用文学人类学的理论方法研究文学或以文学为中心的文化现象；

（2）用文学手段表达文学与人类学的思想或以文学形式丰富人类学的表达方式；

（3）文学与人类学在某些边缘的互动，即跨学科的研究领域；

（4）还原文学的人类学性——把文学作为人类的一种存在方式加以研究；

（5）通过人类学的“全人类”视角（或泛文化比较）对“世界文学”的重建，追寻世界或人性的“本源”。

台湾人类学者李亦园认为，文学人类学就其内涵而论应包括传统人类学对民俗和民间文学的研究、文化展演（performance）的研究、人类学作品的文学化、人类学的影视表现研究、古典文学的人类学诠释、文学作品的人类学化这六个方面。②

叶舒宪教授曾经把“文学人类学”的理论概括为下面五种类型：

（1）文学批评家的文学人类学，它包括弗莱提出的文学人类学和伊瑟尔提出的文学人类学；

（2）新历史主义文学人类学；

（3）波亚托斯等人类学家的文学人类学；

（4）文化主体性与人类学诗学；

（5）口传文化与民族志诗学。

王列生认为，文艺人类学是一门建立在文艺学和人类学基础之上的交叉学科，它以人类的文艺和文艺的人类为基本学科研究对象，将人类学的问题视野嵌入文艺学的理论框架，从文艺与人类生活的必然逻辑关系和历史命运出发，解读文艺的发生、发展和高低潮，揭示文艺存在的终极本质和一般规律，研究文艺的人类普遍价值及其基本实现方式，审视人类文艺生活和这种生活给人类所带来的全面影响。③

文学无论是作为一种研究对象，还是作为一种表现手法，在人类学学科领域都有着悠久的历史足迹。古典进化论学派、结构论学派、美国历史学派等都与之密切相关，包

①叶舒宪：《口传文化与书写文化》，《广东社会科学》2001年第5期。

②黄向春：《文学人类学：民间文学的“场域”》，《民间文学论坛》1998年第2期。

③王列生：《文艺人类学》，北京：文化艺术出版社，2008年，第3—4页。

括神话、史诗、歌谣、故事、谚语、祭词等在内的口头传统都是人类学关照的对象。与传统文学研究相比，人类学对文学的关照着重于口头传统、文学形式与过程的研究。文学人类学对“展演”、仪式文本、口头文本的研究是把握文本作为一种人的社会存在方式的有效途径，此类研究为文学人类学的操作提供了新的广阔领域。①

中国关于文学人类学的分歧并没有西方这样巨大而明晰。在中国，文学人类学作为一种学科命名虽然是近些年的事，但作为一种研究方法，却有着近百年的历史，并构成了文学人类学研究不可忽视的传统。从发源上看，人类学的发展是以考古学、民族学、语言学等现代学术的兴起为基础的，因此它代表了先进的现代科学证明手段。

从王国维、郑振铎、郭沫若、闻一多、钱钟书等一代学术大师的论著里，我们都可以看出人类学对他们思想的深刻影响，以至于人们常常把运用民俗学、神话学、宗教学、考古学、语言学等多学科多手段对文学的研究命名为文学人类学。但目前，很多中国学者一直在争论：文学人类学究竟是一种批评方法，还是一个新的学科？如果它是一个新的学科，它到底是属于文学还是人类学？

萧兵在 1997 年发表的《文学人类学：走向“人类”，回归“文学”》一文中写道：“‘文学人类学’包含‘文学’和‘人类学’两个义项，因而有两层意思：一是用人类学方法研究和‘讲述’文学，一是用文学来充实和‘诗化’人类学研究。”萧兵先生的看法基本上涵盖了首届中国文学人类学学术研讨会所形成的八种主要看法。

夏敏在 1998 年第 2 期的《民族文学研究》上发表的《首届文学人类学学术研讨会简介》一文中把大会形成的基本看法概述如下：

（1）用人类学方法解决文学本身问题的研究；

（2）用文字形式来表达人类学思想的研究；

（3）文学与人类学互动行为中的跨学科研究；

（4）把文学作为一种人类存在的方式的研究；

（5）从人类学来论证文学之所以成为文学的研究；

（6）从全人类的角度关照文学来还原世界多元的研究；

（7）通过文学的基本形式来搜索、探索人类学与文学共享的知识；

（8）用人类学方法研究以文学为中心的文化现象。

文学人类学是比较文学的一个新兴分支，这是比较文学界内部的“共识”。文艺批评家对文学人类学的基本态度是：文学人类学不是人类学的附属物，也不是人类学收集人种信息或人类学素材的工具。如乐黛云教授认为：“文学人类学是用文化人类学方法探讨文学艺术，同时，通过文学艺术及其所包含的深层文化内容进一步研究文化人类学。”② 傅道彬也认为人类学提供给其他学科的只能是一种新的批评方法，而不是重新

①黄向春：《文学人类学：民间文学的“场域”》，《民间文学论坛》1998 年第 4 期。

②余思整理：《文学人类学：是什么，为什么，怎么样？——乐黛云、李亦园、汤一介、曹顺庆、彭兆荣、叶舒宪谈话录》，《中文自学指导》1998 年第 6 期。

组合成一门新的学科。①

但是，目前高校所教授的文艺学主要是以作家文学和书面文学为研究对象，支撑起高校文艺学学科的知识学观念是由文人创作、书写文本构成的，它是现代性进程的产物，现代性的文学（literature）实际上就只是书面文学。书写至上的文学观念遮蔽了早期文学的多重功能。叶舒宪教授认为一个世纪以来的西方学院式文学专业教育实际上遮蔽和压抑了本土知识的发展，有“文本中心主义”“大汉族主义”“中原中心主义”三大流弊。②

在2011年4月27日的《中国社会科学报》上，乐黛云教授说：“文学人类学构建了新的文学观。”③ 叶舒宪教授认为文学人类学不只是研究文学的跨学科方法，也是一种指向未来的文学理念，具有探寻文化表述的多重视野。④ 他说，我们过去侧重从研究方法上看待文学人类学，甚至将其定义为用人类学方法研究文学，现在看起来这是很不够的，还需要将文学人类学看成一种理论、一种理念，而且要把它名正言顺地作为一门新兴交叉学科的发展方向。⑤

从1997年首届中国文学人类学研讨会召开以来，国内学者关于“文学人类学是什么”的追问已明显淡化，大家更愿意在文学与人类学互动研究的前提下进行各自的学术研究。中国文学人类学学者将关注范围扩大至口传文学、非活态文学以及多元族群的文学文本，力求突破划分多数和少数、主流和支流、正统和附属、主导和补充的二元对立窠臼，提出重建文学人类学意义上的中国文学观，倡导从族群关系的互动及其相互作用的建构过程入手，在中原王朝叙事的历史观之外，寻找重新进入历史和文学史的新途径和新材料。⑥

三、迁徙史诗研究

（一）国外迁徙史诗研究

在文类界定上，西方史诗主要是指英雄史诗，并无迁徙史诗的说法。欧洲古典学、18世纪欧洲浪漫主义运动、19世纪中叶欧洲民俗学的产生，都推动了西方史诗研究的发展。20世纪后半叶起，对史诗口头创编和演述传统的研究逐渐成为史诗学的重要趋向。20世纪60年代，口头诗学诗论的出现实现了对传统书面文学理论的超越。目前，西方史诗的书面与口头文本研究均已取得了重要成果，但是对史诗意象以及意象叙事方式的专题研究却相对薄弱。

---

①傅道彬：《文学人类学：一门学科，还是一种方法?》，《文艺研究》1997年第1期。

②乐黛云：《文学人类学构建新的文学观》，《中国社会科学报》2011年4月27日。

③乐黛云：《文学人类学构建新的文字观》，《中国社会科学报》2011年4月27日。

④叶舒宪：《文学人类学的学术伦理》，《百色学院学报》2010年第4期。

⑤叶舒宪：《文学人类学的学术伦理》，《百色学院学报》2010年第4期。

⑥乐黛云：《文学人类学构建新的文学观》，《中国社会科学报》2011年4月27日。

（二）中国迁徙史诗研究

我国云南西部、四川西部、西藏东南部这一毗邻地区，从古至今，主要是汉藏语系藏缅语族民族及其先民活动的舞台，无论是从历史和地理的角度，还是从民族、语言的视角来看，这一地区的关系都十分密切、复杂。历史上由于原居住地自然环境恶化、人口繁衍或者战争失利、瘟疫蔓延等原因，有很多少数民族沿着山川河谷向云南境内迁徙，这些族群的迁徙与交流、交往与交融活动为云南少数民族迁徙史诗集群现象的产生提供了条件。

云南少数民族迁徙史诗讲述了本族群迁徙途中的苦难经历与英雄业绩，是族群历史记忆与文化认同的重要形式，也是族群集体意识与审美理想的形象化体现，文化意蕴丰富。云南少数民族迁徙史诗数量巨大，代表性文本有哈尼族的《哈尼阿培聪坡坡》《雅尼雅嘎赞嘎》、彝族的“六祖史诗”诗系、拉祜族的《根古》、苗族的《溯河西迁》、瑶族的《寻根歌》等。尽管云南少数民族迁徙史诗数量巨大，代表性文本众多，但相较于全国创世史诗与英雄史诗研究成果的卓著，作为全国史诗重要组成部分的云南迁徙史诗，其研究成果却严重不足。

近年来，在中国少数民族文学研究中，史诗研究逐渐成为一个比较重要的领域。学者对中国史诗的类型与流布、母题与程式、演述与传承等各方面都进行了深入研究，取得了丰硕成果，但是在演述传统、史诗类型、审美特征等方面的研究仍需完善与提升。相比北方英雄史诗研究的硕果累累，在中国南方，史诗概念的出现与研究都是较为晚近的事情，直到20世纪80年代之后，创世史诗这一术语才开始被广泛运用。

80年代，云南学者李子贤较早提出迁徙型史诗的说法，认为它是南方少数民族原始性史诗的重要亚型之一。90年代，巴莫曲布嫫最早提出应将迁徙史诗作为一个独立类型与南方地区的创世史诗、英雄史诗并列看待。目前，已有越来越多的学者认可迁徙史诗是南方史诗的重要类型，并对迁徙史诗的类型、程式、人物形象等进行研究，取得了一定成果。有关迁徙史诗的叙事内容、叙事程式、人物形象等研究的论文有十余篇，但尚未发现迁徙史诗研究专著。

尽管目前尚未有迁徙史诗研究专著，但在刘亚虎的《南方史诗论》① 与《神话与诗的“演述”——南方民族叙事艺术》②、万建中主编的《新编民间文学概论》③ 等著作中，已有对迁徙史诗的源流、文本、类型、叙事、艺术特点等的相关描述。

综上可知，目前关于迁徙史诗的研究成果尚无专著，主要是论文，且集中于对某一民族或单篇迁徙史诗的外部文化研究或个案研究，缺乏对迁徙史诗内部的叙事程式、审美意象、文化意蕴等方面的专题研究。对云南少数民族迁徙史诗的研究与对全国其他地区不同类型的史诗研究一样，迁徙史诗也大多被看作民族历史和知识的百科全书，其研

①刘亚虎：《南方史诗论》，呼和浩特：内蒙古大学出版社，1999年。
②刘亚虎：《神话与诗的“演述”——南方民族叙事艺术》，北京：北京大学出版社，2006年。
③万建中：《新编民间文学概论》，上海：上海文艺出版社，2011年。

究性质多倾向于文学、民族学、历史学等科学的研究，较少有学者把迁徙史诗看作是活态的、口头形式的文艺样式进行跨学科、多角度的深入研究。本书从文学人类学跨学科的综合视角，兼用文艺学、民间文艺学、民俗学、文化人类学等多学科的理论与方法，对云南少数民族迁徙史诗的不同层面进行深入的、整体性的把握与分析，以期获得对迁徙史诗的新认识。

第一章　云南少数民族的生存环境

先祖的古今是这样开头的呵，一娘生的亲人们！在那远古的年代，天边有个叫虎尼虎那的地方，红红的石头像天火燃烧，黑黑的石头像黑夜笼罩，奇怪的巨石成千上万，垒成了神奇巍峨的高山。——哈尼族迁徙史诗《哈尼阿培聪坡坡》

在哈尼族迁徙史诗《哈尼阿培聪坡坡》中，歌手在开篇就吟唱了远古时期哈尼族先祖的自然与生活环境。从遥远的祖居地到现在的家乡，在绵延千百年的迁徙途中，迁徙民族的生存环境、生计方式、社会文化等都已经发生了巨大变化。

云南是我国的一个多民族聚居的边疆地区，在其境内生活的各民族有着十分悠久的历史。云南的世居少数民族中，除藏、回、蒙古、苗、瑶等民族的先民进入云南境内的历史相对较晚些，其余都是在漫长历史进程中由许多云南原住民、外来集团和迁徙族群经过长期的迁徙、接触、交往、交流、交融而逐步形成的在云南境内世代居住的古老民族。他们分别属于历史上的氐羌、百越、百濮、苗瑶等族群。其中，彝、白、纳西、哈尼、傈僳、拉祜、景颇、阿昌、怒、独龙、基诺、藏、普米等民族源于先秦时期的古氐羌民族系统；由古百越民族系统分化而来的是壮、傣、布依、水诸族；佤、德昂、布朗等民族的先民则是古代的百濮民族系统；后来迁入云南的苗族、瑶族则属于苗瑶民族系统。

云南少数民族语言类型可分为汉藏语系与南亚语系两大类，其中彝、哈尼、白、傈僳、拉祜、纳西、景颇、藏、普米、阿昌、怒、基诺、蒙古、独龙等民族属汉藏语系藏缅语族；[①] 傣族、壮族、布依族、水族属于汉藏语系壮侗语族；苗族、瑶族属于汉藏语

①汉藏语系藏缅语族中的彝族、哈尼族、傈僳族、拉祜族、纳西族、基诺族语言属于彝语支。

系苗瑶语族；佤族、布朗族、德昂族则属于南亚语系孟高棉语族。

第一节　复杂多样的生态环境

从古及今，人类的生活方式其实很大程度上并不由自己决定，而是由生产方式决定。生产方式又和生态环境相关，比如雨水多少、海拔高低、光照如何、气温高低、山川地貌、物产资源等都会影响人类的生活方式。云南是一个高原省份，境内生态环境多样。云南生态环境的多样性主要体现在以下几个方面。

一、自然环境多样

云南地处高原，全省山区面积约占百分之九十以上，自古便有“九分山、一分坝”的说法。从水平平面角度来看，云南的自然环境大体可分为滇西北高山峡谷区，滇西南、滇南热带亚热带地区，滇东南岩溶地区，滇中高原区和滇东北峡谷区等五种类型。若从垂直立体角度来看，云南的自然环境又可以分为坝区、半山区和高山区三种类型。云南的山区又可细分为丘陵山区、半山区和高山区。

滇西北多高山，从西至东有高黎贡山、怒山、云岭三大山系，均呈南北走向，纵贯滇西。其间怒江、澜沧江、金沙江等大江大河穿山而过，形成横断山纵谷地带。谷底和山巅海拔高度相差3000多米，气温悬殊，从山巅到峡谷形成寒、温、热三种不同的气候。这种独特的自然环境使北方的动植物能沿着高寒山脊向南渗透，南方动植物则沿着暖湿河谷地带向北分布。因此，这一带一向被称为我国南北动植物交汇的“十字路口”，有着极其丰富的动植物资源。① 独龙族、傈僳族分别居住在这些山间的河谷地带。滇西北云岭雪山和玉龙雪山部分地区平均海拔约在2600米以上，地势陡峻，峰峦突起，部分纳西族、普米族民众生活其间。滇东多高原，是云贵高原的主体，地势高低起伏。

云南省境内共有大小坝子也就是山间断层盆地1000多个，其中三分之二集中在滇东高原。滇中除北部有金沙江深切之外，多为起伏不大的山间盆地和断层湖泊。滇南与滇西南则为中山、丘陵、盆地交错分布的山原地貌。如南部元江、澜沧江等河谷地区地势低，平均海拔仅500米左右。② 云南省境内有大小河流600多条，分属于六大水系。在怒江、迪庆等地流传着许多关于金沙江、澜沧江、怒江的传说故事，用拟人与象征手法形象地说明了这三条大江的水文特征。我们来看两则关于金沙江、澜沧江、怒江这三大水系的传说故事。

第一则传说——金沙哥哥和澜沧弟弟。

---

①方国瑜：《中国西南历史地理考释》（上卷），北京：中华书局，1987年，第1—2页。

②杨志明等：《云南少数民族传统文化研究》，北京：人民出版社，2009年，第50—52页。

相传，在一座高高的山顶上有一个海子，海子里住着海王。海王有两个儿子，大儿子叫金沙，小儿子叫澜沧。两个儿子长大以后，海王叫他俩到东边的大海里去居住，并要他俩一路上为人类造福。金沙哥哥和澜沧弟弟分路出发，比赛看谁先到目的地。金沙哥哥跑了一天就到了，而澜沧弟弟却走了七天七夜才赶到大海。金沙哥哥问澜沧弟弟为什么会走这么久？澜沧弟弟反问哥哥为什么会走这么快？金沙哥哥说他一路上见山就冲、见坝子就闯。澜沧弟弟却说他一路上是绕着大山走，沿着悬崖过，把坝子都留下，好让人们栽种庄稼，所以很慢才到大海。金沙哥哥听后非常惭愧，又想起父亲叮嘱他们一路上要造福人类的话，脸都羞红了。直到现在，金沙江水还是水流湍急、浑浊的，而澜沧江水却是水流平缓、清澈的。

第二则传说——怒江和澜沧江的故事。

相传古时候，在青藏高原住着怒江和澜沧江两姐妹，姐姐和大海相爱，大海要去到很远的南方，相约三年后成亲。三年后大海还没有回来，怒江姐姐便约了妹妹澜沧江一同去找大海。姐姐心急如焚，一出发就跑；妹妹贪玩，走得很慢。所以至今怒江上游水流湍急，澜沧江上游水流缓慢。后来怒江进入高黎贡山区和碧罗雪山峡谷，姐妹俩互相看不见谁走到哪儿了，便都抬头张望，头越抬越高，水就越涨越高，直到漫过了碧罗雪山，姐妹俩才见面。她们高兴地拥抱嬉闹后，又分头上路。姐姐想着妹妹走得慢，便放慢了脚步等妹妹；妹妹想着姐姐思念大海心切，一定走得很快，便跑了起来，所以现在我们看到怒江下游平缓，而澜沧江下游湍急，姐妹俩和大海见面后，永远生活在了一起。

两则传说故事把金沙江、澜沧江、怒江的发源地、流域范围、水文特征等通过拟人的修辞手法以形象化语言描述得清清楚楚。

由于云南地处北回归线两侧，北依广袤的亚洲大陆，南临辽阔的印度洋、太平洋，恰好处在印度洋和太平洋季风气候的影响之下，形成了热带、亚热带高原季风气候。旱季盛行干燥的大陆季风，雨季为湿润的海洋季风所控制，形成干湿两季分明、年温差小、日温差大的气候特点。但因云南境内地形复杂，山峦起伏较大，海拔高低悬殊，由河谷到山顶因高度上升而产生气候垂直变化显著，民间有“一山分四季，十里不同天”“山顶戴雪帽，山脚百花开”“山顶是冬天，半山是秋天，山谷是春天”“山高一丈，水冷三分”等形象的说法，立体气候十分明显。再加上云南纬度低，高山深谷海拔高低相差悬殊，地貌复杂，形成了云南总体上复杂多变的气候类型。

2015 年暑假期间，笔者一行人到红河哈尼族彝族自治州及文山壮族苗族自治州做田野调查，深刻感受到了云南地貌与气候的多样性。本次调查的路线为从昆明出发至红河州境内的建水、绿春、石屏、元阳、南沙、元阳新城镇等地，红河州境内调查结束后从蒙自转到文山州境内的砚山、广南、西畴、富宁等县。7 月份恰值云南雨季，但是笔者行经地方的气候却相差甚大。从昆明至红河州绿春县途中，雨一直时下时停，随着海拔高度的变化，气温也是忽高忽低。当客车行至山顶时气温很低，要穿上外套保暖；当车下到河谷地带时气温又逐渐升高，甚至闷热难耐。随着海拔与地貌类型的改变，公路沿线的植被也变化极大。河谷地带植被覆盖良好，多为芭蕉、杧果、橡胶林等热带作物。海拔越高植被覆盖越差，公路沿线的很多高山顶部都是光秃秃的，无任何植被覆盖。车到元江时，路旁时常出现售卖香蕉、杧果的摊位，气候闷热。到了绿春后则正在下雨，气候湿润凉爽。绿春为哈尼族自治县，因为以前该地周边有大寨、牛宏、坡头等六个寨子，原名“六村”。1958 年建县时，周恩来总理根据境内“青山绿水，四季如春”的特点，亲自定名为“绿春”。绿春县地处云南省南部，在红河州西南部，东与元阳、金平两县接壤，北与红河县相连，西北倚墨江县，西南隔李仙江与江城县相望，东南与越南社会主义共和国毗邻。笔者在做调查期间深刻领会了绿春雨季多变的气候。阴天、小雨、中雨、大雨、晴天、雾天各种天气在一天之内交替出现，蔚为大观，但总体气温变化不大，气候宜人。

离开绿春后，我们行至元阳县政府现在的所在地——南沙。元阳因地处红河上游元江之南而得名，是云南省红河州的下辖县之一，全境属哀牢山脉南段，山高谷深，沟壑纵横，境内土地全为山地，无一处平川。元阳县最低海拔 144 米，最高海拔 2939.6 米，相对高差 2000 多米，立体气候明显，是云南热带水果、云雾茶和黄金的重要产地之一。境内居住着汉、哈尼、彝、傣、苗、瑶、壮等民族。各个民族的村寨密集、梯田层层，元阳“红河哈尼梯田”开垦历史已有 1300 多年之久。元阳县政府所在地以前是久负盛名的老城新街镇，1995 年 4 月，全县政治中心转移至南沙。1999 年 4 月，撤销南沙傣族乡，设立南沙镇。老城在山顶，夏季气候温润凉爽；新城在山脚，夏季闷热潮湿。

2012 年笔者参加所在学院针对少数民族考生的口语测试时到过南沙，已经领略过南沙闷热的高温天气。由于夏季闷热，南沙夏季的用电量剧增，而供电量又不足，当地经常停电，当时我们所住的南沙宾馆停电，一直检修至午夜才来电。睡至半夜时又停电，大家热得实在受不了，深更半夜换宾馆，苦不堪言。时隔 3 年，笔者再次来到南沙，又遇到了大面积的停电，问了好几家宾馆，都说是要到晚上 8 点后才能修好，我们一行人又累又热，心情十分郁闷。我决定转到元阳老城住宿。叫了辆出租车，每人 15 元就可以送到老城的云梯大酒店门口。出租车开出南沙几分钟后就开始下雨，雨越下越大，气温骤降，凉爽宜人。到了老县城后，雨仍然在下，一直到晚上 9 点后才变为毛毛细雨。老城气温不高，天气凉爽，与南沙的高温闷热形成强烈的对比。

10 天后，我们从元阳到蒙自，再转到文山，最后到达砚山县珠琳镇的上者报村。这里处于高山河谷地带，因为连续几天下雨，到达的当天气温不是很高，但是第二天天气放晴，气温很快就升了上来。这个壮族寨子位于河谷地带，主要种植水稻、烤烟和玉米。寨子周边还有彝族、苗族和瑶族的村寨。当地人说这里一般是汉族住街头，壮族住水头，彝族、瑶族住山头。从珠琳镇返回砚山，再从砚山到平远街后我发现平远镇地势平坦、开阔，气候干燥，除了夏天气温比北方稍低，境内有海拔不高的小山外，看着路边种植的烟草、玉米、向日葵，我都怀疑这是在我的老家山东境内。

总之，云南西北地区多高山峻岭，气候较寒冷，多冬少夏；西南峡谷地带气候炎热，多夏少冬，坝区四季虽不甚分明，但“四季如春，一雨成冬”的干、湿季节特点却颇为分明。云南总体气候垂直变化明显，形成独特的“立体气候”。

二 、生计方式多元

受生态环境多样性的影响，云南少数民族的生产方式和经济结构也呈现多样性的特征。云南生态环境的复杂多样为云南少数民族多样化的生计方式提供了可能。若从垂直立体角度来看，云南坝区、半山区和高山区三种类型的地貌形成了垂直、立体、多样的民族分布和生计方式。若从平面角度来看，云南的自然环境又大体分为滇西北高山峡谷区，滇西南、滇南热带亚热带地区，滇东南岩溶地区，滇中高原区和滇东北峡谷区等五种类型。

云南平坝区由于地势平坦、土壤肥沃、气候温热，加之多条河流蜿蜒其中，是稻作农业和古代城镇以及现代工商业较为发达的地区。居住于坝区的主要有汉族、回族、白族、纳西族、壮族、傣族、阿昌族等。半山区由于气候凉爽、坡度较缓，生计方式以玉米和旱稻种植为主，兼以畜牧和采集为辅。居住在云南半山区的民族主要有哈尼、瑶、拉祜、佤、景颇、布朗、德昂、基诺等民族和部分彝族支系。高山区由于海拔较高、气候湿冷、坡度较大，生计方式以种植玉米、马铃薯、青稞、荞麦为主，兼营畜牧业，农闲时多采集山货、草药出售。云南的高山区生活着苗、傈僳、藏、普米、怒、独龙等民族和部分彝族支系。

云南少数民族的这种独特分布模式除了受自然生态环境的影响外，也是对当地文化生态环境适应的结果。由于居住地域、生产水平、文化传统的不同，时至今日，云南各少数民族的经济发展仍极不平衡。藏族聚居于滇西北高原，他们种植青稞、大麦、玉米等农作物，也饲养、放牧山羊、黄牛和牦牛。生活在同一区域内的彝族、傈僳族、纳西族的生计方式大致相同。但是，因为历史上傈僳族先民是从甘青高原沿“藏彝走廊”到川、藏、滇交界地带，又从金沙江河谷迁移到澜沧江，进而到怒江流域，直至东南亚一带，一直处于迁徙流动之中，长期的迁徙生活使其生计方式、生存环境一直处于变动之中，与当地更早从事山地农耕定居的彝族、纳西族相比，傈僳族生活更为清贫，其文化的流动性与封闭性更强。

三、游耕与迁徙

游耕主要是指刀耕火种的农业耕种方式，这种生产方式的流动性极强。因为游耕经济会导致民族的不断迁徙，因此游耕经济也被称为迁徙农业。历史上，云南有很多少数民族都长期存在刀耕火种与狩猎采集兼有的生计方式。

景颇族是一个跨境而居的山地民族。在我国境内，景颇族主要聚居于云南省德宏傣族景颇族自治州，在怒江州、临沧、普洱等地也有零散分布；境外以缅甸克钦邦为主要居住地，掸邦东北部及实皆省的格撒一带也有零散分布，印度的阿萨姆邦和泰国的清莱府山区也有零星分布。造成景颇族分布如此分散的原因是其历史上频繁而持续的迁徙活动，这对景颇族自身的社会和文化发展产生了深刻影响。例如，德宏州一带的景颇族，原来居住在德宏州以外的江心坡等地。那一带天寒地冻，土地贫瘠，生产力发展受到极大制约，直到民国时期，那里的景颇族还“无犁、锄、惟以刀砍伐树，晒干，纵火焚之，播种于地，听其自生自实名曰刀耕火种”，“其人多山居，迁徙无常”。[①] 频繁持续的迁徙使景颇族生产方式的演进相当缓慢。在漫长的迁徙过程中，其先民长时期延续了氐羌族群游猎特征。

横断山脉和伊洛瓦底江流域沟壑纵横，交通闭塞，但是雨量充沛，物产丰富，这为刀耕火种生产方式的延续提供了可能。景颇族的迁徙总是向着气候温暖、水草林木茂盛的地区。景颇族先民在迁徙过程中所接触的独龙族、傈僳族和怒族先民同样也是以刀耕火种、抛荒轮歇为主要生计方式的族群，相互之间很难学习到更为先进的耕作技术。在景颇族史诗《目瑙斋瓦》中，有多处提及其先祖刀耕火种的生产方式，歌中唱道：“后妻同意了，和勒史塔那带上孩子，来到羌河的那边，在那里砍了地，又种上庄稼”[②]，“大地上的人们，砍开森林，烧出谷地，这边种穿白衣的白谷，那边撒穿红衣的红谷”[③]。直到明清以来，景颇族各支系仍在不断南迁或东进，进入腾冲、德宏一带后才开始向当地傣族、德昂族学习耕种水田的技术，逐渐向农耕定居转化，但是刀耕火种的生产方式仍普遍存在于景颇族聚居区。

历史上，长期的迁徙生活使部分彝族、哈尼族、傈僳族、拉祜族、景颇族、苗族等民族的生存环境一直处于变动之中。频繁而持续的迁徙使得迁徙族群生产方式的发展相当缓慢。迁徙族群在漫长的迁徙过程中，长期保持着游耕游猎民族的部分特性。中华人民共和国成立前，独龙江河谷的独龙族、西双版纳地区的基诺族、西盟等地的佤族等民族还是刀耕火种的游耕经济方式，生产工具简陋，生产水平较低。独龙族历史上一直使用尖竹器和尖木器在山地上点种玉米，工具随用随丢，后来才学会在木钩尖端镶上一道外面输入的铁皮，改造成山铁锄，没有发展到犁耕农业。独龙人的土地施行轮歇耕作，随迁随耕，没有固定下来。基诺族主要的生产工具是砍刀、剁铲和火镰，“放火烧山”是其开垦荒地的主要手段。直到中华人民共和国成立前，西盟地区很多佤族的农业生产仍处于从“刀耕火种”到“挖犁撒种”的过渡阶段。在毕登程、隋嘎搜集整理的佤族史诗《司岗里》第十四章《牙东教子做活计》中便讲述了牙东带着一家人在山上砍地、过夜的情境。牙东边砍地边把耕种知识传授给孩子，告诉他们要先砍地，再烧地、捡渣渣，点种后要薅地，谷子结穗后要防止鸟雀偷吃等一系列相关的农业生产知识。其中所讲到的耕作方式便是刀耕火种。

怒江地区的傈僳族、西双版纳地区的布朗族、澜沧西南部高地的拉祜族、云南边境的苗族、大山里的瑶族等民族的部分支系都有类似的烧山垦荒、随种随丢的游耕经济。其他山区的一些民族，尤其是高寒山区的彝族、普米族等民族，在极其艰苦、恶劣的自然环境中也有着长期游耕、游猎的生活经历。“种一坡，收一锅”“春撒一片坡，秋收一箩箩”是云南部分在高寒山地生活的民族曾经的真实写照。

---

①尹明德：《滇缅界务北段调查报告》，《永昌府文征》第六册，卷三十，1931 年腾冲。

②李向前整理：《目瑙斋瓦》，芒市：德宏民族出版社，1991 年，第 56 页。

③李向前整理：《目瑙斋瓦》，芒市：德宏民族出版社，1991 年，第 101 页。

第二节　云南少数民族先祖的迁徙

云南的少数民族大都有着悠久的历史。考古研究表明，早在170万年前，云南境内就有了“元谋人”等数十处旧石器遗址，这说明云南是原始人群活动的最早舞台之一。进入新石器时代以后，人类活动的足迹已经扩展到了现在的云南全境。迄今为止在云南境内已发现新石器时代的人类遗址和地点有300多处，族群类型十分丰富。其中滇池地区和洱海地区的村落遗址更为密集。[①] 进入青铜器时代，云南境内的民族成分开始复杂起来。氐羌民族系统自甘青高原沿澜沧江、怒江和金沙江河谷南下，百越民族系统自东南沿海顺珠江水系西迁，百濮民族系统则自东南亚溯澜沧江北上，三大民族系统向云南境内的迁徙流动使得云南在已经拥有众多原住民族的基础上又增加了大量外来民族。

早在4000多年以前，黄河流域的夏族开始进入奴隶社会，商王朝继之而起，号令四方。同一时期，在中国西南辽阔的土地上，活跃着氐羌、百濮、百越3个古老的族群系统。自殷、周以来，这3个古老的族群系统各自联系着许多大小不等并拥有各自族称的氏族、胞族和部落。但是，夏商时期的史籍对西南族群情况的记载很少，仅有的记载也是追忆性的。如《史记·夏本纪》载：“华阳黑水惟梁州：汶嶓既艺，沱涔既道，蔡蒙旅平，和夷底绩。”[②] 有学者认为文中的黑水指的是澜沧江或金沙江，而“和夷”则指居住在“黑水”流域的居民。[③]

商周之后，汉文典籍对西南地区族群情况的记载渐渐增多，而且能够从一定程度进行相对明晰的族群共同体的划分。《史记》中记载，商周后，西南地区分布着许多部落，较为重要的有僰（今四川南部、云南东北部）、滇僰（今滇池地区）、劳浸、靡莫（今东川、嵩明、寻甸一带）、邛（今四川西昌地区）、筰（今四川盐源及云南宁蒗一带）、昆明、巂（今滇池以西地区）、夜郎及其同种部落（今贵州西部、云南东南部），合称为“西南夷”。[④] 西南夷生活的四川、云南、贵州等广大地区是文化接触的中间地带，自古及今，该地区一直带有浓厚的多元民族文化特征。

先秦时期，西南地区的民族以氐羌民族系统和百越、百濮民族系统为主。先秦典籍中记载较多的是濮人。《尚书·牧誓》载：“王曰，‘嗟！我友邦冢君……及庸、蜀、羌、髳、微、卢、彭、濮人。称尔戈，比尔干，立尔矛，予其誓’。”[⑤] 这时的濮人主要分布在蜀以东、楚之南及楚之西南。由于尚无统一的政治力量出现，濮之各部各自为

---

①阚勇：《试论云南新时期文化》，《云南省博物馆建馆三十周年纪念文集》，1981年。

②司马迁：《史记·夏本纪》，北京：中华书局标点本，1962年，第63页。

③王文光、段红云：《中国古代的民族识别》，昆明：云南大学出版社，2011年，第191页。

④马曜主编：《云南简史》（新增订本），昆明：云南人民出版社，2009年，第24页。

⑤屈万里：《尚书释义》，台北：中国台北中国文化大学出版社，1980年，第91页。

政，又被称为百濮。后来意义上的属于孟高棉民族先民的濮人是从中南半岛北上而来的，其时间约为秦汉时期，因为有关他们的历史记载是在汉晋时期。[①]

明代的云南居住着氐羌系统的罗罗、和泥、么些、西番、古宗、怒人、峨昌、力些、野人等族群，百越系统的百夷、土僚、依人、沙人等族群，孟高棉系统的蒲人、哈喇、古喇、哈杜等族群，是一个族群多元、文化多样的聚居区。内地的汉人从汉代开始进入云南，但明代以前迁入云南的汉人绝大多数都是不带家眷的男性，且在数量上也远远少于当地原住民。明代约300万汉人迁入云南后，汉族在云南才成为最大族群，云南的原住民也才成为名副其实的“少数民族”。有明一代，中央王朝在云南设置共计20卫、20千户所，覆盖了除丽江、永宁、镇源、沅江等府和边境御夷府州及土司区域之外的广大地区。伴随着卫所的设置，大规模的汉人通过军屯、民屯、商屯等形式从中原和内地移民云南，汉人成为真正意义上的主体人群，汉文化成为主流文化，深刻影响了云南各少数民族的社会、经济、文化的发展与变迁。至迟从新石器时代开始，原来生活于四川、贵州等西南地区的很多族群因为战争、天灾、扩张、分支、环境恶化等原因开始陆续向云南境内迁徙。

一、古氐羌民族系统的迁徙

大约从5000年前的尧舜时代开始，生活在今青海高原的古氐羌人进入了迁徙扩张期，众多羌人先后迁入四川盆地西部、云贵高原甚至更远的缅甸等地，与当地原住民融合，逐渐形成今天四川、云南等地的普米、彝、纳西、傈僳、景颇等藏缅语族的众多民族。

羌从人从羊，意为牧羊人。远在商代，商人便称西方有些异族为羌，大约指今陕西东部、山西南部一带与商人为敌的人群。[②] 甲骨卜辞中“羌”字屡见，但“氐羌”连用则较少见，先秦文献中往往是氐羌连用。氐羌族群早在远古时期就聚居在黄河上游甘青高原地区进行游牧生产，与中原和西南地区均有密切的交往关系。其中进入中原的羌人逐渐融入华夏族，另一部分羌人则顺着横断山脉的怒江、澜沧江和金沙江的河谷通道，从甘南经四川进入西藏和云南。氐羌族群南迁从新石器时代就已经开始了，一直延续到青铜时代。

战国时期，秦国对外扩张，不断向西征伐，甘青地区的氐羌族群再一次被迫向西、向南迁徙。范晔的《后汉书·西羌传》载：“至爰剑曾孙忍时，秦献公初立，欲复穆公之迹，兵临渭首，灭狄獂戎。忍季父卬畏秦之威，将其种人附落而南，出赐支河曲西数千里，与众羌绝远，不复交通。其后子孙分别，各自为种，任随所之。或为牦牛种，越嶲羌是也；或为白马种，广汉羌是也；或为参狼种，武都羌是也……”[③] 这是先秦史籍

①王文光、段红云：《中国古代的民族识别》，昆明：云南大学出版社，2011年，第192、193页。
②王明珂：《游牧者的选择》，桂林：广西师范大学出版社，2008年，第157—158页。
③范晔：《后汉书·西羌传》卷八十七，北京：中华书局，1965年，第2875页、第2876页。

中记载的氐羌族群的一次较大规模的南迁。战国时期，这些被迫向西、向南迁徙的氐羌族群逐渐南下至今天的大渡河、安宁河流域。

公元前2世纪，司马迁在深入实地考察的基础上，对包括今云南、贵州和四川西南部在内的“西南夷”地区人群和部落分布情况记载道：“西南夷君长以什数，夜郎最大；其西靡莫之属以什数，滇最大；自滇以北君长以什数，邛都最大：此皆魋结，耕田，有邑聚。其外西自同师以东，北至叶榆，名为嶲、昆明，皆编发，随畜迁徙，毋常处，毋君长，地方可数千里。自嶲以东北，君长以什数，徙、筰都最大；自筰以东北，君长以什数，冉駹最大。其俗或土箸，或移徙，在蜀之西。自冉駹以东北，君长以什数，白马最大，皆氐类也。此皆巴蜀西南外蛮夷也。”① 在这里，司马迁把分布在今天云南保山、大理、楚雄、滇池和滇东以北的所有族群都归为“氐类”，即氐羌族群。因为先秦时期氐羌尚未分化而属同一族群，故先秦文献中通常氐羌连用。

秦汉时期，进入云南的氐羌族群与当地原住民汇合后，经过融合与分化，形成了“僰”“昆明”“叟”“摩沙”等族群。僰人主要定居于坝区，赖农耕为生，“昆明”“叟”“摩沙”等族群则主要分布于山区，生计方式以游牧或半农半牧为主。秦汉之际统治者大量掳掠和贩运“僰僮”为奴，迫使僰人沿“五尺道”南迁至滇池地区。三国两晋南北朝时期，僰人与当时迁入云南的汉人及其他族群融合，形成“白蛮”。东晋以后，白蛮大姓一直掌握着云南的实权。“昆明”与“叟”族群则大部分相互融合被统称为“乌蛮”。“摩沙”此时演变为“磨些”。南诏崛起之后，西爨白蛮成为其统治区域内最大的隐患。又因为白蛮生产技术水平相对较高，于是阁罗凤派兵强制将20余万户白蛮迁往滇西，降为佃人使用。这次强制性大迁徙使白蛮人口相对集中于洱海地区，奠定了今天白族以洱海为居住中心的分布基础。同一时期，居住中心在今昭通、黔西、曲靖等地的东爨乌蛮，由于和南诏是同种姓，按南诏制度，不能役使为奴，但由于乌蛮文化生产技术落后于白蛮，因此没有被迁徙。当白蛮之地“荡然兵荒”后，乌蛮则逐步迁到原白蛮居住地区。今云南路南、通海、华宁等地的彝族都是来源于这一时期迁入坝区的乌蛮。白蛮西迁之后，虽然部分乌蛮迁居滇东、滇池坝区，但这些地区仍然是地广人稀。为恢复和发展这一地区的经济，南诏将所征服的滇西各民族强制东迁。公元794年，异牟寻与唐朝崔佐时盟誓于点苍山，唐和南诏恢复了中断数年的关系，史称“苍洱之盟”。

河蛮原居住在洱海西岸的太和城附近地区，南诏蒙归义攻占太和城，河蛮被迫北迁今洱源县。唐宋以后，乌蛮的一部分仍被称为“乌蛮”，其他部分则分化为“和蛮”“施蛮”“顺蛮”“寻传蛮”“裸形蛮”“锅锉蛮”等。施蛮和顺蛮后又有“栗粟”的称谓，中华人民共和国成立后被正式定名为“傈僳族”；寻传蛮称“峨昌”，到元初已形成统一的族称“阿昌”；裸形蛮又称“野蛮”“大山”，中华人民共和国成立后被正式定名为“景颇族”；锅锉蛮后又称“苦聪”“倮黑”，中华人民共和国成立后被正式定名

①司马迁：《史记·西南夷列传》，中华书局点校本，1975年。

为“拉祜族”。

怒族在元代才开始有族称记载，称“路蛮”，明清时称“怒子”。基诺族和独龙族到清代时始有族称记载，分别称为“攸乐”和“俅子”。此外，云南同属藏缅语族和氐羌系统的民族还有藏族和普米族。藏族是吐蕃南下与唐朝争夺洱海地区时进入云南的，普米族是忽必烈南征大理国时随蒙古军从四川西昌地区进入云南境内的西番人演变而来的。

结合史书文献记载和民间口述史料，本课题所涉及的氐羌族群部分支系的迁徙经历概述如下。

（一）彝族先民的迁徙

彝族是在不同的历史时期形成发展起来的，与历史上已经消失了的某些古代民族之间既有区别又有千丝万缕的联系。当代彝族的分布状况也是经历了漫长的迁徙、演变过程才确定下来的。彝族来源于国内的原住远古氏族部落。作为彝族起源的远古氏族部落，与当代彝族和其他一些民族之间的渊源关系很复杂。西南地区属汉藏语系藏缅语支的彝、哈尼、白、纳西、拉祜等民族同属古代的蜀山氏和昆夷系统。[①] 彝族先民与分布于中国四川牦牛徼外以皇帝为始祖的蜀山氏后裔早期蜀人、以古东夷颛顼族为祖先的昆夷以及与炎帝为始祖的楚人，都有着密切的关系。西汉时彝族先民的一支就以“昆明”为名。东汉时的“叟”和南北朝时的“爨”（黑爨）也都是对当时彝族氏族先民的称呼。唐宋时期的“乌蛮”（元以后被称为“罗罗”）是彝族的直接前身。

由汉至唐近1000年中，昆明人从云南西部与四川西南部的广大地区先后迁徙至滇东南及黔之西一带，最远有支系迁徙至今黔东南一带。彝族先民希慕遮部大约在商末周初时自牦牛徼外迁居成都平原，与当地原住濮人融合，并与自西北迁来的昆夷发生通婚等联系。彝族先民向地缘关系转化的方式和形成民族的过程，是由武洛撮建立独立的古蜀国地方政权来实现的，并在产生国家的基础上，逐步使蜀山氏后裔、濮人、昆夷之间在居住地域、经济活动、生活习俗、语言与意识等方面趋向一致，从而统一称为“昆明”族。

由于政治、经济和自然环境等原因，彝族起源和形成民族初期确定下来的共同地域，随着彝族的迁徙和发展，已发生了很大的变化。如今彝族的分布地域与原起源地的蜀山和古三危、形成民族的发祥地成都平原，地域差距已很远。春秋中期，彝族先祖笃慕因失国而“隐”于“西山”，从此彝族先民远离了他们曾经活动的成都平原。

1. “六祖分支”与彝族先祖的迁徙

云南是彝族古代先民生息发展的大本营，从“六祖”时代开始，彝族先民就从云南向四川、贵州等地迁徙扩散。先秦时，彝族先祖就包含在被称为“西南夷”的族群聚落中，主要分布于云南，并形成了几个主要的分布区域，即滇中地区、滇西地区、滇东北地区。

---

①易谋远：《彝族史要》，北京：社会科学文献出版社，2007年，第1页。

在滇西地区，据彝文文献记载，武部慕雅切第四孙洛陀施时代，在“堵妥耿节”（今滇西哀牢山麓一带）生养了9个儿子，后来发展为9个部落。乍部传至第十代时，也迁入洱海地区，并在“麻苦密”与武部结成了相互开亲的婚姻集团，在点苍山下建立起11个城池。《西南彝志》卷五、卷十二记载，在汉王朝辖境内的部分彝族先民，由于受到汉文化的影响而形成了与其他彝族先民有较大差异的“乍洛举”部。《西南彝志》卷八、卷十二记载，滇东北地区的彝族主要有阿于歹、乌蒙、芒部三大部落。其中阿于歹在今东川、芒部在今镇雄，同为默部后裔；乌蒙在昭通，属于恒部慕雅卧后裔。当时武部占据今曲靖一带，并在寻甸县、清水县建立了大大小小数十个部落。彝语称清水为“超吼”，后汉音译为“车湖”，汉文史料中的车氏蛮即指此。默部慕齐齐第十九孙必额勿住在今东川、会泽一带，他生养了3个儿子。长子勿阿娄，迁居于妥体，成为孟卧然地方的君长（可能是今金沙江北岸的凉山地区）；次子为勿阿克，仍住在今东川，为阿于歹部之祖；第三子为勿阿纳，于公元25—57年期间，率部向东北方向迁徙至今贵州地区。①

滇中地区的彝族以滇部族为首，而滇部族是由古滇王国时期分别以鹰、蛇、龙、飞马等为图腾的古代部落演变而来的。在彝文长诗《支格阿龙》中称滇池为“滇帕索诺”。也有彝文文献称滇池为“谷窝”“纳贴”等。笃慕六子即“彝族六祖”分支后，彝族先民便逐渐向滇、川、黔、桂迁徙和发展。唐代南诏国和宋代大理国的建立，使彝族分布范围扩大到国家势力所及地区。到元代，中央政权在云南彝族聚居区设置了路、府、州、县和宣慰司。在贵州水西地区（今大方、黔西县一带）设置了宣慰司，在四川的雷波、屏山、金沙江两岸等地设置马湖路，在今西昌市和冕宁、普格等县一带设置建昌路，在大、小凉山设置罗罗斯宣慰司。这些行政区划的确立，使彝族的地域分布大体上稳定了下来。

2. 秦汉以来彝族先祖的迁徙

秦汉时期，滇西的原住部落昆明族已经向东迁徙至滇池以西地区，西汉末又向滇东北、黔西及凉山地区迁徙。昆明族在东迁的过程中被南下的氐羌民族逐步融合。到唐代时，多成为乌蛮。唐中叶，乌蛮大部分和近代彝族的对应关系已日趋明朗。公元738年，滇西蒙舍诏首领皮逻阁统一了洱海地区，建立起南诏国。南诏国的建立标志着乌蛮作为一个单一的民族共同体已完全从氐羌中分化出来。这时，远在滇东北、滇北的乌蛮，由于与南诏王族同属一个民族，关系十分密切。唐代，彝族的分布随南诏的开拓而扩大，但人口和文化的中心还是在滇池—洱海一线以北，向南则散布于元江下游。元明清时期，彝族被称为“罗罗”，其分布大致与唐宋时相同，重心在滇东北地区。滇南、滇东南迁入人数增多。李京《云南志略》说：“罗罗，即乌蛮也。……自顺元（今贵阳）、曲靖、乌蒙（今昭通）、乌撒（今威宁）、越巂（今西昌），皆此类也。”②

清代，由于改土归流的军事镇压，滇东北、滇北的彝族大量迁往四川凉山地区，这

①《中国彝族通史》编委会编：《中国彝族通史纲要》，昆明：云南民族出版社，1993年，第7页。
②(元)李京：《云南志略·诸夷风俗》，王叔武辑校，昆明：云南民族出版社，1986年，第97页。

两个地区的彝族人口急剧减少，彝族聚居区变为彝族杂散居地区。而四川凉山的彝族则由于冤家械斗大批迁入云南小凉山地区。到清末，云南彝族的分布形势已变成：以滇西北小凉山、滇中楚雄地区、滇南红河流域为聚居区，散布云南各地的分布格局。[①] 中华人民共和国成立后被正式定名为“彝族”。

（二）傈僳族先民的迁徙

傈僳族与彝族的历史文化渊源密切。傈僳在西迁过程中逐渐脱离“罗罗”族群系统，直到明代中后期，史籍中才出现明确的以“栗粟”为名的较为单一族群的记载。有关傈僳族的最早汉文文献记载是唐朝樊绰的《蛮书》卷四《名类・第四》：“栗粟两姓蛮，雷蛮、梦蛮皆在芒部、台灯城东西散居，皆乌蛮、白蛮之种族。”台登城即今四川冕宁南部的泸沽。唐代傈僳族先民仍包含在川滇地区的“乌蛮”“白蛮”集团中，分布于今四川西昌至冕宁一带。《蛮书》卷四说：“栗粟两姓蛮，雷蛮、梦蛮皆在邛部、台登城，东西散居，皆乌蛮、白蛮之种族。”傈僳族史诗与传说中讲到，早在唐代的时候，四川西昌一带就有傈僳人居住，他们和彝族关系密切，后来南迁到了金沙江，又迁到澜沧江流域，最后再越过怒山进入怒江流域。

宋元时期，“栗粟”之名并不见于记载。14 世纪以后，文献和地方志中又有了关于“栗粟”的记录。大约在 12 世纪时，傈僳族的先民已迁到丽江路军民总管府的辖区，受明代丽江木氏土知府的统治。明初，傈僳族先民主要分布于东起川滇之交的宁蒗、永胜，西至澜沧江以东的维西地区，被称为“罗罗别种”。明代时，为躲避丽江木氏土司与中甸藏族领主之间的战争，傈僳族首领木必带领荞氏支系翻越碧罗雪山进入怒江峡谷。明嘉靖二十七、二十八年（1548—1549），木氏土司与当时的吐蕃发生战争，为了转嫁斗争矛头，木氏土司加紧了对傈僳族的压迫。因不堪木氏土司的统治，大批傈僳族民众在首领木必的领导下，渡过澜沧江，翻越碧罗雪山到达怒江地区。这段历史在史书上没有记载，但有关木氏土司与吐蕃之间的战争，史书上却多有提及。从傈僳族的刮木必传说看，所说的 400 多年前木氏土司与西藏曾发生过战争，这与史载是相吻合的。因而，刮木必的传说被视为明代傈僳族迁入怒江的信史，当今许多地方文献在追溯傈僳族最早进入怒江的历史时，多以此说为参考。

嘉庆初年维西恒乍绷起义和道光元年永北唐贵等领导的起义都遭到了清王朝的残酷镇压，从而又导致了傈僳族两次向西大迁徙。1801 年，饥寒交迫的傈僳族民众向维西两位土司借粮，道光《云南通志・武备志》载：“（嘉庆）六年，冬岁歉、雪大，众傈僳向康普、古刹二寨借粮，不允。”土司头人诬告恒乍绷等“称王造反”，逮捕了大批群众，并请维西官府派兵镇压，这样就揭开了傈僳族民众大起义的序幕。傈僳族民众在恒乍绷的带领下多次打败清军围剿，《清仁宗实录》卷九十九载：“傈匪闻知官兵进剿，于各处山隘多设木、滚石抵拒，并设计扑城，邀截粮路，以图分官兵之势，其情节可

①关于彝族迁徙的详细内容参见苍铭：《云南民族迁徙文化研究》，昆明：云南民族出版社，1997 年，第 14—15 页。

恶。”清王朝对傈僳族民众的英勇斗争恨之入骨。嘉庆七年（1802年）七月，清兵在遭到几次失败后，又重整旗鼓，调兵遣将，大举进攻，起义军损失较重，退守澜沧江西岸。

嘉庆七年（1802年）十一月以后，恒乍绷利用冬季降雪、大雪封山、清军防守松弛之机，东渡澜沧江，江东各寨民众纷纷响应。嘉庆帝接到恒乍绷“渡江滋扰”的奏折后十分震惊，严令觉罗琅玕截回撤走的官军迅速剿办义军。嘉庆八年（1803年）冬十月，觉罗琅玕分四路进攻退往澜沧江的傈僳族民众，起义领袖先后被捕牺牲，起义失败。在清军镇压起义民众的过程中，有大量傈僳族民众被迫迁至怒江一带，这是傈僳族自明代以来的第二次大迁徙。

18世纪初叶，汉族地主在清朝官吏的支持下，不断深入永北（今永胜）兼并傈僳等族民众的土地。永北、大姚的傈僳族民众因田地被汉族地主侵占或被土司典卖无以为生，为了夺回赖以生存的土地，傈僳等族民众发动了以唐贵、付添贵等人为首的大起义。1821年4月起义失败。清军的屠杀和迫害使傈僳族民众纷纷逃亡，他们渡过澜沧江，迁徙至怒江或更远的地方。当时流传着这样的民谣：“宁走险路三千里，不作顺民留老家 。”当地部分傈僳族家族、村寨乃至支系相继向西迁徙逃亡。这是傈僳族历史上的第三次大迁徙。

经过三次大迁徙，再加上一些零散的向西迁徙活动，到清末，傈僳族人口重心移到了怒江峡谷，怒江峡谷成了傈僳族最集中的地区。

（三）哈尼族先民的迁徙

哈尼族古称“和夷”。“和夷”这一古称首见于战国古籍《禹贡》：“蔡、蒙旅平，和夷底绩。”南宋毛晃《禹贡指南》“和夷底绩”下注：“和夷，西南夷。”清代胡渭《夷贡锥指》说：“和夷，涐水南之夷也。”《尚书·禹贡》载，“和夷”所居之大渡河畔“厥土青黎，厥田下上，厥赋下中三错”。《山海经·海内经》说：“西南黑水之间，有都广之野，后稷葬焉，爰有膏菽、膏稻、膏稷，百谷自生，冬夏博琴（殖）。”黑水系指大渡河西南的雅砻江和金沙江，这一地带曾是哈尼族先民的聚居地，而且有着较为发达的农业生产。①

唐代以后，汉文史籍对哈尼族先民的记载逐渐增多，但所记之哈尼族先民大多已迁徙居住在滇南红河下游与澜沧江之间的山岳地带，即哀牢山与蒙乐山的中间地带。据西方民族学家研究，距今700年前，自称阿卡人的哈尼族先民开始由中国云南迁往东南亚地区。直到19世纪末，还有阿卡人继续南迁，有的进入缅甸，有的进入越南和老挝，一部分阿卡人又从缅甸涌入泰国北部山区，直到现在，哈尼族的迁徙活动仍未完全停止。中华人民共和国成立后，这些古代被称为“和夷”“和蛮”“和尼”“斡尼”，自称为“阿卡”“雅尼”“豪尼”“碧约”“卡多”“白宏”等的族群被正式定名为“哈尼族”。

---

①王清华：《哈尼族的迁徙与社会发展——哈尼族迁徙史诗研究》，《云南社会科学》1995年第5期。

（四）拉祜族先民的迁徙

拉祜族先民属古代氐羌族系，和彝语支各族同源。其民间传说讲述说自己的祖先来自于青藏高原，因灾害原因迁入四川西南部。拉祜族在四川西南部，拉祜族古歌称为“阿沃阿戈多”和“七山七水汇合处”的地方住了若干年后，该地战火纷飞，也就是史书中记载的南诏与吐蕃之战、南诏联合吐蕃对唐王朝之战。拉祜族古歌中讲到，大致在这一时期，兄妹两大部落因为豪猪肉分配不均一事发生误会而分别向东、向西迁徙。这次东西两路的迁徙，形成了现在拉祜族的两大主要支系。妹妹部落（即后来的拉祜纳部落）西去，经过盐井河、打冲河，到达古滇池地区的泸沽湖一带，又历经宁蒗、永胜、丽江、洱源、漾濞、巍山到达南涧，并在南涧生活了很长一段时间。

拉祜族古歌中说，这时期拉祜祖先的寨子有寨墙，保卫家园的能力很强，但是后来遭到官兵的多次侵扰，他们骗走拉祜人的武器，迫使拉祜人再次迁徙。至宋末元初，古歌中讲拉祜祖先在追踪猎物时发现了牡缅密缅这块肥沃的土地，拉祜各部逐渐迁入。迁入牡缅密缅后的拉祜族先民的耕作技术进步很快，进入定居农耕时期。元末明初，逐渐有傣族民众迁入拉祜族聚居区，并带来了先进的生产技术和种植经验。后来，傣族土司得到了勐缅长官司的行政权。之后，其他族群也逐渐迁入牡缅密缅地区，族群间纷争不断。传说当时拉祜族的地界是木桩，大家放火烧地时，拉祜人的地界被大火烧掉，大量土地被异族侵占，拉祜族先民靠着强弓硬弩奋力抗击，土司用阴谋骗走了拉祜人的弩弓弩刀，手无寸铁的拉祜人用石头还击，直到抵抗不住才不得不退出几代人心血浇灌的牡缅密缅。他们退到了双江、耿马、澜沧、沧源一带的山上，人称“倮黑山”。

东路的哥哥部落追不到妹妹部落，只好大概经由盐源渡过金沙江进入姚州（今楚雄），散布于永仁、大姚、元谋、广通等地，以游猎为生。元代，这支拉祜人的大部分先后翻越无量山、哀牢山，进入景东、镇沅、景谷、思茅等地。另一支从镇沅又向墨江、元江、新平等地迁徙。①虽然自秦汉以来，拉祜族先民经历多次漫长迁徙，并形成拉祜族的两大支系，但是他们却一直保留着一个共同的自称为“拉祜”。

（五）景颇族先民的迁徙

景颇族广泛流传着祖先发源于“木跖省腊崩”大山的传说。据说该山在迈立开江和恩梅开江之源头以北遥远的地方，那里接近藏族聚居区，天气非常寒冷，经常下雪，不能种植作物。景颇族老人死后，其魂魄要返回祖居地，从其葬礼上所唱述的送魂路线来看，他们认为自己的祖先是来自澜沧江源头，即遥远北方的一个冰天雪地的地方。

景颇族、阿昌族在唐代以前属于寻传部落，为氐羌族群集团的一部分，并已从今丽江、大理地区迁往怒江以西的缅甸北部及原中缅未定界地区。澜沧江东岸只有零星人口留居。南诏兴起后，阁罗凤率兵向西拓土，将怒江以西寻传部落纳入统治。《蛮书》卷三载：阁罗凤西开寻传，南通骠国。这时，寻传地区的民族被称为“野蛮”或“裸形蛮”，景颇族和现在的阿昌族还属同一共同体，没有分开。元明时期，景颇族、阿昌族

①雷波、刘辉豪：《拉祜族文学简史》，昆明：云南民族出版社，1995 年，第 14 页。

部分支系从缅甸返迁到今德宏傣族景颇族自治州和保山市，多称为“峨昌”“莪昌”“蛾昌”“蝎些子”等。

宋朝时，景颇族先民的迁徙过程进入重要阶段。南下的缅语支景颇族先民除了部分留在雅砻江流域外，大部分已经越过怒山、怒江和高黎贡山，抵达了恩梅开江流域。西进的景颇族语支在沿怒江河谷南下，到达八宿、察隅一带以后，沿独龙江南下到恩梅开江流域与缅语支会合，成为现代景颇族分布格局的雏形。元朝时期，景颇族部分先民的峨昌人仍然继续居住在雅砻江下游，但居住面积已经大大缩小，大部分都向西或者向西南方向迁徙。唐代以来寻传地区的景颇族先民进一步向南迁徙。

进入清代，清王朝与缅甸王朝因为边地归属问题时有摩擦，因战争而迁徙的景颇族先民在规模和数量上都较前朝更甚。清乾隆时，清廷招募一批景颇、阿昌人进入腾越地区垦荒。从此以后，南下迁入腾越地区的景颇、阿昌人逐渐增多，但其主体仍在缅甸，通常被称为“克钦”。可见，景颇族先民在清代大量进入德宏及其附近地区，住山头，开辟新寨定居下来，基本形成了现在的分布格局。中华人民共和国成立后，根据民族识别和本民族的意愿，分布于德宏地区陇川、盈江、潞西、瑞丽、梁河等五县自称为景颇、载瓦、喇期（茶山）、朗峨（浪速）的4个支系被划归为景颇族；分布于盈江自称“户撒”“腊撒”的两个支系被划归为阿昌族。

二、古百濮民族系统的迁徙

“濮”是我国南方地区的古老居民之一，从甲骨文到《尚书》《逸周书》《春秋释例》《国语》等先秦文献中都有对“卜”或“濮”的记载。卜即濮，先秦文献中记载濮人曾参加周武王伐纣和周成王的成周之会。濮人在先秦时期主要分布于中国南方和西南方，部落众多，各自为政，尚未形成统一的政权力量。濮人种属复杂，与我国西南地区的许多原住民族有过频繁接触与相互影响，以至于各地濮人的文化面貌不尽相同，族称上也各有差异，故文献常以“百濮”称之。

西周末年，随着楚在江汉地区的崛起，濮人为楚人所逼，活动范围逐渐缩小，向其原来分布区的西边、南边、西南边迁徙，大量进入川、滇、黔地区。所以江汉地区基本上已见不到濮人，而汉晋以后，关于百濮在西南地区的记载则大量见于文献。① 唐代的姚府、戌府之南，均属于今云南省。云南境内的濮人主要分布在云南西南部和南部山区，与越僚人交错杂居。今天云南境内属南亚语系孟高棉语族的佤族、德昂族、布朗族即古代云南地区濮人的后裔。历史上，由于佤、德昂、布朗3个族群的先民同出一源，且居住地相对集中，没有像氐羌族群那样的大跨度、长距离的迁徙历程，族群分化相对较迟，故唐代以前汉文典籍的记载并没有将这3个族群的先祖截然分开。秦汉时期，“濮人”中逐渐分化出“苞满”“闽濮”等部落。东汉初年中央王朝设置永昌郡时，濮人与苞满、闽濮等同一族系的其他众多部落已经发生了融合和迁徙，并开始纳入中央管

①王文光、段立波：《昆明族源流考释》，《贵州民族学院学报》（哲社版）2006年第6期。

辖的永昌郡中，官方并称其为“闽濮”。

《史记・楚世家》“濮在楚西南”，孔安国传《尚书・牧誓》“濮在江汉之南”，西晋人左思《蜀都赋》“于东则左绵巴中，百濮所充”。从史书关于“濮”的记载来看，濮人的分布是逐渐由长江中游地区向西南迁徙的。由于战争的影响，东汉至南北朝时期，“闽濮”等濮人族群不断迁徙、分散，从而加速了民族的分化与组合，其分布范围也到达今保山、德宏、临沧、普洱、西双版纳等地。

两晋时期，这三个族群的先祖仍被统称为“苞满”“濮”“闽濮”“躶濮”等，主要分布于今保山及其西南地区。此时，有一部分濮人被强制内迁，另一部分濮人因战争向南迁徙。王文光认为汉晋以来的苞满与闽濮等族群与先秦古籍中记载的濮人有别，不是同一个民族群体，他们是秦汉时期才从中南半岛迁入永昌郡内的。[①] 尤中认为，公元2000 年前后，中国西南地区（主要是云南）居住着很多孟高棉部落。后来，大批孟高棉部落南下，进入中南半岛，另一部分仍然居住在今云南境内的南部和西南部一带接近中南半岛北部的地方。孟高棉系统与百越系统的部落在这一带交错杂居。濮人是原来的孟高棉语族各兄弟民族的祖先。

隋唐、五代、两宋时期，《云南志・名类》、《云南志・云南城镇》及《新唐书・南蛮传》上下中记载了永昌地区的望苴子蛮、望蛮、望外喻等。唐宋时期，因为迁徙，濮人的分布有较大变化。一部分望蛮往西北迁徙，一部分从怒江中下游地区迁徙到了东南澜沧江以西地区。孟高棉语族在唐代以后的文献中比较明确地被称为“濮”“朴”“蒲”等。有学者认为先秦以前活动在长江中游南北地带的“濮”“卜”，也是孟高棉语族的先民，现在孟高棉语族的分布是历史上族群迁徙的结果。

元明清时期，“朴子蛮”又被称为“蒲蛮”和“蒲人”。“蒲蛮”一词最初见于《元史》。元泰定四年（1327 年）“云南蒲蛮来附”，元文宗至顺二年（1331 年）澜沧江以东的蒲蛮“朝贡，愿入银为岁赋”，元朝政府在该地“置散府一及土官二十三所，皆赐金银符”。[②] 元朝李京的《云南志略》中也提到“蒲蛮”，但说“一名扑子蛮”，[③] 这说明唐代以后望蛮有可能已经分化成为“蒲蛮”。元朝时期的“蒲蛮”分布状况，据《元史・地理志》载，自唐代以来，朴、和泥、金齿百夷等共同杂居于开南州（今景东）、威远州（今景谷）等地，而开南州、威远州正是在澜沧江以东。[④] 所以，我们推测当时的蒲蛮主要分布于澜沧江以西。

元代与明代时期的“蒲蛮”“蒲人”除佤族先祖外，仍包括现在布朗族和德昂族先祖。明清时期的文献对包括佤族先祖在内的“蒲蛮”的记载更为细致，对其分化成的古剌、哈剌、卡瓦、阿卡等不同族群有分别记载，并且有意识与其他族群进行比较。明代钱古训《百夷传》中载：“古剌，男子衣服装饰类哈剌。”《滇略》卷九载：“古剌，

---

①王文光：《中国古代的民族识别》，昆明：云南大学出版社，1997 年，第 252 页。

②(明) 宋濂等撰：《元史》卷三十五《本纪第三十五・文宗四》，北京：中华书局，1976 年，第 785 页。

③(元) 李京：《云南志略》，王叔武辑校，昆明：云南民族出版社，1986 年，第 96 页。

④尤中：《中国西南民族史》，昆明：云南人民出版社，1985 年，第 637 页。

略同哈剌。”景泰《云南图经志书》卷十载：“哈杜，稍类哈剌。”① 天启《滇志》卷三十载：“孟连长官司……蛮名哈瓦，慓悍好劫。”雍正《云南通志》卷二十四“土司附种人”中第一次出现“卡瓦”的名称：“卡瓦，夷中顽梗者也，永（昌）、顺（宁）东南辣蒜江外有之。”② 乾隆及其后期的文献多称之为“卡瓦”“佧瓦”“阿瓦”“阿卡”，道光《普洱府志》载：“阿卡，即夷中之卡瓦是也，宁洱、思茅有之。”③

直到清代乾隆年间，史籍中才出现关于德昂、布朗族先民的专门记载。在此之前，史籍对百濮族群的记载是包括今天德昂族、布朗族、佤族先民在内的诸多族群，没有明确的区分。到清代，蒲蛮逐渐分化为“蒲蛮”和“波龙”或者“崩龙”两个族群。清代文献中对其分布区域、居住环境、生产活动、风俗习惯、服饰、语言等都有记述，但是很少涉及其迁徙的具体经历。这大约是蒲蛮此时大规模的迁徙已经结束，分布地区大致确定所致。如史载波龙分布于“永昌之盏达、陇川、勐卯、芒市、遮放，顺宁之孟定、孟连、耿马，普洱之车里”，与“养子、野人、根都、卡瓦、濮夷杂而居”。④ 云南濮人中的“望蛮”在明代被称为“哈剌”“哈瓦”，清代被称为“卡瓦”，1962 年根据本民族意愿统称“佤族”。“崩龙”在中华人民共和国成立后仍沿称“崩龙族”，1985 年 9 月经国务院批准按本民族意愿改称“德昂族”。

三、古百越民族系统的迁徙

分布在云南的壮侗语族壮傣语支民族与古代越人有渊源关系。早在新石器时代，古越人就分布在我国浙江、福建、江西、两广、云南、台湾等省区，以及越南、老挝、缅甸、泰国北部至印度阿萨姆的广阔地带。⑤ 这些古越人部落之间并不相互统属，但因其具有相同或相似的生计方式和风俗习惯，故统称为“百越”。

春秋末年，楚越、秦楚争霸，楚终被秦所灭，生活于越国境内及周边的越人大多渐融于华夏族；而居住于两广地区的大批越人则沿珠江水系的南、北盘江溯河西迁进入云南，与云南当地越人融合，从而进一步增加了云南越人的数量。⑥《华阳国志·南中志》载：“南中在昔盖夷越之地。”⑦ 文中的“夷”即氐羌族群，属于今藏缅语族；“越”即百越族群，属于今壮侗语族。这表明 3 世纪以前的云南境内已经是氐羌和百越族群占大多数了。经过 1000 多年的迁徙和分化，唐宋以后今壮侗语族的壮、傣、布依、侗、水等民族逐步从大的越人族群中分离出来。在云贵高原，文献中虽然没有越人名称记录，但通过考古学、民族学以及口头传统的研究证实：越人也是云贵高原上的古老居民之

①(明) 陈文纂、郑颙修：《云南图经志书》卷十，昆明：云南民族出版社，2002 年，第 331 页。
②(清) 鄂尔泰、靖道谟修：《云南通志·土司附种人》卷二十二，乾隆元年（1736 年）刻本。
③(清) 郑绍谦原本、李熙龄续修：《普洱府志·土司·种人附》卷十八，咸丰元年（1851 年）刻本。
④赵尔巽：《清史稿》卷五百二十八《属国列传三·缅甸》，北京：中华书局，1977 年，第 1463 页。
⑤郭家骥：《云南民族关系调查研究》，北京：中国社会科学出版社，2010 年 3 月，第 117 页。
⑥郭家骥：《云南民族关系调查研究》，北京：中国社会科学出版社，2010 年 3 月，第 117 页。
⑦(晋) 常璩撰：《华阳国志校注》，刘琳校注，成都：巴蜀书社，1984 年，第 333 页。

一，有一定的分布范围，大抵相当于今云南西部和西南部；云南北部的金沙江沿岸和贵州乌江以南、云南文山、红河、曲靖的部分地区及广西左右江地区。他们不是集中居住，而是和其他族群交错杂居。越人一般居住在河谷地区或平坝地区。[①] 后来，岭南地区和云贵高原的越人不断向中国西南边疆及东南亚迁徙，逐渐演化为今西南边疆的壮、布依、傣和缅甸的“掸”、泰国的“泰”、老挝的“老”、印度的“阿洪姆”等族群。

三国至隋朝时期是百越族群系统迁徙、发展与演变的一个重要时期。由于民族的分化，岭南越人出现了俚、僚等称谓，由于僚和俚的文化特征相似，汉族文献常“俚僚”连用。云南边疆地区的越人则被称为鸠僚。这一时期，居住在云南高原地区的越人受到南下氐羌族群的排挤，陆续向云南边疆地区迁徙。唐宋王朝在岭南地区的统治比以往王朝更为深入，在具体的统治策略上，唐宋王朝采取了“以夷制夷”的羁縻制度，但地方自治与中央集权的矛盾和冲突却时有发生，由此也引发了僚人的迁徙，其中以北宋时侬智高部与朝廷的战争和迁徙最为引人注目。长篇叙事诗《南皇侬智高》中唱道：“五虎来平南，岭南起乌云。起义如行舟，颠簸再前进。大起又大落，历次处逆境。昆仑关失守，继而陷归仁。两次兵失利，由此罩阴影。时局已巨变，形式很严峻。就像熊熊火，突然被水淋。为了留火种，保住主力军。战略大转移，兵分两路行。左路和右路，尚有万余人。右路到特磨，站住了脚跟。”[②] 这段文字叙述了侬智高率兵起义失败，迁徙云南的经历。侬智高起义失败后，带领部队退到云南境内的特磨道，即今广南县地区。至今，云南壮族侬支系的很多民众都声称自己是侬智高的后裔。每年六七月份，云南很多地区的壮族都要过六郎节或七郎节，据说就是为了纪念侬智高的队伍。

经过从秦汉到隋唐时期近千年的迁徙，唐宋时百越族群在云南边疆及相邻的泰国、老挝、缅甸地区形成了一个半月牙形的分布区。由于民族迁徙和地理分隔，傣族已从越人族群中分离出来。1180 年“叭真”入主西双版纳，建立了“景龙金殿国”（泐国），成为西双版纳地区第一代召片领。地方政权的建立，标志着傣族已经开始从越人中分离出来。

唐代樊绰的《云南志》中称傣族先民为茫蛮和金齿。其中，云南南部及泰国、老挝北部的越人族群被现代学者称为小泰（包括茫蛮）；云南西部及缅甸掸邦的越人族群被称为大泰（包括金齿）。唐宋时期，中国西南先后建立了南诏和大理两个地方政权。从南诏后期开始，银生节度（治景东）以南地区就被越人诸部所控制，并不断向内地迁移，深入原来没有越人的地区。在滇西南地区，金齿百夷由南向北迁徙。元代，傣族分布地区随着其迁徙而进一步扩大，最北达到了金沙江流域，最南与今越南相接。元代，傣族的他称有“金齿”“白衣”“白夷”等。

明代，傣族多被泛称为“百夷”，内地傣族也有被称为“僰夷”的。明正统年间，由于傣掸势力的发展，边疆傣族土司，特别是今德宏地区的麓川土司和明王朝发生了激

①关于云贵高原的古越人分布，详见汪宁生：《古代云贵高原上的古越人》，《百越史论集》，北京：中国社会科学出版社，1982 年。

②《南皇侬智高》（电子版），云南省民族古籍网，第 123 页。

烈的冲突。明王朝从正统六年到正统十四年（1441—1449 年）间发动了三次征讨麓川的战役，最终平定了麓川。明王朝对麓川的战争并未引起傣族（掸）族群大的迁徙，但是边疆地区傣族的迁徙流动却时有发生。明中后期，随着滇西麓川傣族及一些傣族土司势力的进退，很多傣族迁入了内地，傣族的分布面扩大到今澄江、禄丰、禄劝、大姚、双柏、曲靖等地。

傣族现在主要聚居在澜沧江西部的西双版纳傣族自治州和德宏傣族景颇族自治州及两地之间沿边境的耿马傣族佤族自治县、孟连傣族拉祜族自治县，凤庆、云县、临沧、双江等地也都有分布。澜沧江以东的景谷、景东、普洱地区，元江—红河流域的新平、元江、元阳、金平等县呈散杂居分布状态。

云南现有的壮族、布依族、水族都是古代越人的后裔。历史上曾一起被称为“僚”“濮”“鸠僚”。到了唐宋时期，云南及广西的壮族先民在史书中仍被称为“僚”。元明清时期，僮已从僚人中分化出来，成为单一民族，云南境内的壮族先民被称为“侬人”“沙人”“山僚”“土僚”等，云南壮族通常被认为分化为“沙”“土”“侬”三个支系。

“侬人”这一称谓最早见于宋代典籍。明景泰《云南图经志书》卷三说：“其地多侬人，世传为侬智高之后。男子束发于顶，多服青衣、下群曳地，贱者掩胫而已。孺人散绾丝髻，跣足，裙带垂后。皆戴尖顶大笠，习俗俭约，大率与百夷同。疾病不服药，惟务祭鬼而已。”[①] 同书卷三十又说：“侬人，其种在广南，习俗大略与百夷同，其西为侬智高裔，部夷亦自号侬。”[②] 民国《马关县志·风俗志·夷族琐记》载：“宋时侬智高部众多溃入滇边，遂众居焉，侬人之名，此其开始。”《清职贡图》说：“土僚，一名土老，亦名山子……从蜀、黔、西粤之交入滇境，散居临安、澄江、广西、广南、开化、昭通等府，与齐民杂居。”

云南的布依族现在主要聚居在罗平县东部和东南部与贵州、广西毗邻的地区。他们一部分是从广西、贵州迁来的；另有一部分居住在河口县桥头河的老汪山和天堂坡一带的，他们自称“仲家”或“仲苗”，是清嘉庆三年（1798 年）贵州王阿崇反清起义后，经广南、文山搬到马关县木厂。后来，由于人口繁衍、耕地不足，他们逐渐迁到河口县桥头河，民国《马关县志》说：“其种来自黔省都匀，故又称都匀人。”

云南境内的水族现主要聚居在富源县东南的黄泥河区古敢和沙云乡。古敢是云南省唯一的一个水族乡。云南的水族一部分是从外地迁来的，另一部分是融合了迁入当地的汉族。例如，云南富源县古敢乡的张姓水族，据传说是从湖广迁来的。张家有八兄弟，先住于沙云乡陆良寨，因受不了胡、以两家的欺压被迫迁来古敢。当时古敢为一片芦苇塘，六个兄弟在此过世，两个兄弟迁到贵州达邦。沙云乡下必冲郎姓水族则传说是从南京迁到兴义，再由兴义迁徙到曲靖和富源。相传当时有兄弟四人，长子水打龙和次子阿车留在兴义，三子迁至沙云乡下必冲，四子迁至曲靖，改为姓蓝。郎家先来下必冲开发

①(明) 景泰:《云南图经志书》卷三。
②(明) 景泰:《云南图经志书》卷三十。

土地，继而有贺姓水族迁来。

古氐羌、百濮、百越三个民族系统的先民，经过长时期的迁徙、交往、交流、交融与分化后，在春秋战国之后，陕西和四川的部分氐羌族群逐渐融合于秦人和蜀人之中。江汉以西的濮人有一部分融合于楚人和巴人之中，该地区仍保留自身特点的濮人在汉代之后被称为武陵蛮、五溪蛮；我国东南地区的越人大部分逐渐融合于华夏族。此时，云南境内的部分氐羌和百越族群则由于关山相隔而得以保持了自己的语言文化特点。其中氐羌族群后来形成藏缅语族各族，越人则是云南壮族和傣族的祖先，滇西南的濮人则分化为云南的孟高棉语各族。

四、苗瑶民族的迁徙

在中国南方少数民族中，尤以苗族的迁徙时间最长、规模最大、范围最广。很多学者认为苗族历史上经历了五次较大的迁徙。第一次大迁徙大约发生在5000多年以前的远古时代，那时苗族先民居住在黄河中下游地区，称九黎部落。苗族古歌中说当时他们已经掌握了比较先进的农耕技术和冶铜技术，传说蚩尤是其首领。九黎部落与以炎帝为首的神农部落以及以轩辕为首领的熊部落为争夺生存资源和发展空间在中原涿鹿发生战争，中华文明从此在碰撞中逐渐形成。九黎部落战败以后，一部分部落融合于华夏族，另一部分则迁徙到长江中下游地区，建立“三苗国”。

早在4000多年前，我国长江中下游及其以南地区就已经居住着许多氏族和部落，其中被史书统称为“南蛮”的氏族部落中就包括有今天苗族的先民。汉代以来居住在湘西、鄂西和黔东南地区的“武陵蛮”“黔中蛮”中即有苗族先民。他们奉“盘瓠”为祖先，故有汉代史籍称其为“盘瓠种”。

苗族第二次大迁徙是从“三苗国”所在的洞庭湖、鄱阳湖一带向西北高原的甘肃和青海积石山一带以及湘、鄂、皖交界的高山区迁徙。当时已经占据中原的炎黄集团不断向“三苗国”征战，经尧舜禹时代后三苗渐破。

苗族第三次大迁徙是秦汉王朝建立后，苗族迫于中央王朝的压力，大部向西南纵深方向的贵州腹地和云南迁徙，一部分向东南边地闽粤方向迁徙，至此，苗族分布的基本格局确定下来。第四次迁徙是清代雍正至咸丰年间，苗族为反抗官府镇压，先后举行了三次较大规模的起义。起义被镇压后，一部分苗族被迫从贵州迁往云南，其中少数再从云南迁往东南亚邻国。第五次迁徙是20世纪70年代，由于东南亚地区的霸权主义和沙文主义争战和排苗运动，苗族再次向其他国家迁徙。①

南北朝时期，自称为“盘瓠之后”的族群开始分化为苗、瑶两大族群，时称瑶为“莫瑶”。到唐朝初年，苗、瑶族先民中便有一部分人从今湘西、黔东一带向贵州腹地深入，经黔西南迁入云南。由于地方封建统治者和自然条件的限制，部分苗、瑶族群迁入云南后仍四处迁徙，如部分苗族先民从文山迁往红河、墨江和勐腊等地；部分苗族从

①李廷贵：《再论苗族的迁徙》，《贵州民族学院学报》2000年第4期。

文山迁往蒙自，又迁往金平、屏边、河口一带。但大体说来，从两广迁来的苗族和瑶族主要分布于今文山、红河、普洱、西双版纳等州市；从贵州和四川迁来的苗族和瑶族大多住在昭通、曲靖、楚雄等地区。

由于缺乏详细的文字记录，迁入云南境内的苗瑶族群对于本民族祖籍及祖先迁徙情况已经模糊，但依靠与迁徙相关的口头传统和少量的文字记录，也还能讲述一部分迁徙历史，如屏边县的瑶山瑶族一直认为他们祖籍是广西，清乾隆时期（一说道光四年），由于人口繁衍，刀耕火种将森林砍败，加上反动统治者的残酷剥削，听说云南红河山陡箐深，便集体迁入云南。先至广南，而文山，而蒙自，而临安（今建水县），而普洱，而屏边，最后定居瑶山，散居在石板寨、大窝柏、乾龙井、牛塘寨、太阳寨等地，以盘、李、邓三姓最多。瑶山梁子寨老人李正芳还说，他们原在北京，因为跟高皇帝打仗，不堪压迫，辗转迁至河南，旋又砍筏过长江，至广西，部分南入海南岛。瑶族记得他们由广西迁来云南，并不只是一批，而是有好几批。留居瑶山的一批人数较多，来的时间较早，即现在瑶山瑶族，有盘、李、邓、赵、蒋诸姓，其中以盘、李、邓三姓最多。①

当地另一则传说则说，清初本区白岩乡石板寨瑶山乡乾龙井，原是深山老林，有著名的“柏木大箐”之称，居住着少数瑶族。民国初期，地方大乱，土匪到处抢劫。民国元年（1912 年）冬，抢卜拉人三千马寨（现屏边一区），次年又抢瑶族布戛寨。为了避免屠杀，大部瑶族迁入今“自治区”② 一带山林，从此这里才取名瑶山。数十年砍伐，森林大部砍败，剩下了目前著名的“围山大箐”。现在的屏边县（又称大窝子），就是由迁来的瑶族、彝族开垦出来的。这里原来也是荒寂的山林，至今仍有瑶人寨，即早年瑶族居住之地。③

总体来说，以上涉及的云南各少数民族的迁徙、分布的大致情形可总结如下。

（1）彝族：滇西→滇池地区→滇东北、黔西、凉山→滇南、滇东南。

（2）白族：滇东北、滇东→洱海地区、滇西。

（3）纳西族：滇西→丽江地区→宾川县→丽江。

（4）哈尼族：滇北→洱海至滇池之间→滇南红河下游和澜沧江之间。

（5）傈僳族：滇东→滇西的维西、怒江峡谷。

（6）拉祜族：金沙江南北沿岸→大理与楚雄之间→滇南→澜沧县一带。

（7）景颇族：澜沧江、怒江源头→丽江、大理→怒江以西的缅甸北部→滇西的保

①《民族问题五种丛书》云南省编辑委员会编：《云南苗族瑶族社会历史调查》，北京：民族出版社，2009 年，第 91—92 页。

②此处“自治区”指的是 1954 年 3 月 15 日成立的“屏边瑶山瑶族自治区政府”，由原先河口的梁子、牛塘、独甸 3 个小乡和屏边的冲头、桂良、白岩、戛马 4 个乡（即现在的行政村）组成。先称自治区政府，1969 年春两县合并改为区公所，1962 年夏恢复两县建制后划归河口，改为瑶山乡公所。

③《民族问题五种丛书》云南省编辑委员会编：《云南苗族瑶族社会历史调查》，北京：民族出版社，2009 年，第 92 页。

山、德宏州。

（8）阿昌族：阿昌族的迁徙路线与景颇族基本一致。

（9）怒族：碧罗雪山和澜沧江以东地区、丽江、剑川→怒江。

（10）独龙族：金沙江、澜沧江流域→怒江、独龙江、缅甸北部。

（11）基诺族：滇西→滇南。

（12）藏族：青藏高原→滇西北。

（13）普米族：川西南→滇西宁蒗和兰坪等地。

（14）傣族：滇东南→滇南西双版纳→滇西南德宏。

（15）壮族、布依族和水族：黔西→滇东南。

（16）苗族和瑶族：于唐代、元代时起陆续迁入滇东南、滇东北地区。

清代时苗族大规模从滇东北的昭通、曲靖等地向滇西、滇南迁徙；瑶族则是从广东、广西进入云南，并由东向西再向南进入滇东南、滇南等地区。

自远古起直至清代，云南境内的民族迁徙流动几乎从未停止过。在云南原住民的基础上，氐羌族群、苗瑶族群、百越族群西进，百濮族群北上，再加上大批汉人移民和回族、蒙古族、满族的迁入，就使云南成为典型的多民族、多文化聚居区。进入云南境内的各民族经过一系列的迁徙之后，由于交通阻隔，同一民族各支系间的联系逐渐减少。在局部地区，一些民族仍有小块相对单一的聚居区。在元江水系东北的云南腹地，由于明清时期汉人的大规模迁入，形成了以汉人为主、各民族交错杂居的格局，在边疆地区则主要是以少数民族为主的民汉杂居区。民族迁徙还造成一些民族大分散而又相对集中于一个地方的分布现状。这种分布状况，傈僳族最有典型意义。傈僳族经过一系列迁徙之后，人口相对集中分布到今天云南省的怒江州和迪庆州维西县两块毗邻地区。

自明末清初以来，云南境内各族群的分布状况与现在的分布情形基本一致，大致的分布模式为：汉人主要居住在城镇和内地坝区；氐羌族群后裔多居住在滇北、滇东、滇西、滇中及滇西北的部分地区，也就是今天云南省的保山、大理、楚雄至昆明一线及其以北地区；百越族群后裔多分布于滇东南、滇南和滇西南的部分地区，即今天云南省的文山、红河、西双版纳和普洱等地；百濮族群后裔多居住在滇西南和滇南的部分地区，即今天云南省的临沧、德宏一带，云南境内属于百濮族群后裔的佤族、德昂族和布朗族的很多民众与今天属于百越族群的云南德宏傣族交错杂居。

云南境内的少数民族除了水平空间的分布差异外，同一空间内生活的民族还呈现出垂直立体分布的特点。在垂直方向上，由于云南境内高山、河流、平坝相互交错，同一地区的平坝与高山海拔悬殊，不同海拔区域的气候条件、自然景观差异很大。在民族迁徙过程中，某一地区由于各民族迁入时间有先后和生产生活习惯不同，也会导致该地区各民族在居住上的立体分布。云南有俗谚云："瑶族住箐头，苗族住山头，壮族住水头，汉族住街头。"而在德宏州却是傣族住在河谷地带，景颇族、德昂族住在半山半坝区，汉族住在山区，傈僳族住在高寒山区。这种分布方式和居住形式的形成与历史上云南各民族持续的迁徙流动关系密切。

由于频繁的战争和游耕经济生活所导致的迁徙使云南很多少数民族的生产生活方式

不断发生变化，其民族文化就一直在流动中断层、积累、沉淀和延续，又在流动中包容、吸纳了其他民族的文化，由此使自身文化发生嬗变。

第三节 迁徙对云南少数民族文化的影响

传统文化是文化中历史悠久、世代相传的部分。人是文化的载体，人的流动即文化的流动。云南复杂多样的地理环境及天然形成的河谷通道，使得云南既成为远古人类的发祥地之一，又成为远古时期区域性多族群迁徙和多元文化交流融汇的中心地带。因为各种原因引起的族群大规模迁徙，或游猎、游耕生计方式导致的小规模人口流动，都对各民族的传统文化产生了重要影响。

一、迁徙对生计方式的影响

迁徙与族群的生计方式、族群关系和文化变迁关系密切。人口的流动必然引起原有生计方式、族群关系格局与经济文化的变迁。在云南少数民族迁徙过程中，到达不同地方的族群在与其他族群接触、交往的过程中，其文化相应地也产生了变化，迁往云南河谷、平坝地区生活的族群渐渐掌握了定居农耕与水稻种植技术；在高山密林生活的支系则较多地保留了刀耕火种的游耕、游猎文化特征。以云南佤族、布朗族、德昂族的先祖“百濮”族群为例。明朝时，各地“蒲人”的社会发展仍很不平衡。居住在坝区的各民族，其社会、经济、文化、生活较为先进，在与汉族及周边民族交往中，部分“蒲人”开始“男耕女织，渐习文字”[①]，居住在山区的则相对滞后，“男子椎髻跣足，妇人绾髻于脑后。见人无拜礼，但屈膝而已。不知节序，不奉佛教，惟信巫鬼。勇悍好斗轻生，兵不离身”[②]。这是文献中对居住于平坝与山区的濮人社会发展不平衡现象的记述。

在布朗族神话、史诗及其他口头传统中我们也可以发现布朗族因为战争、迁徙所引发的生产方式的转变。迁徙史诗中说布朗族先祖最初生活在坝区及河谷地带，由于在资源竞争过程中失败，布朗族先祖只能放弃平坝，撤退到更为偏远的高山密林地区，经济方式也由平地农耕和水稻种植改为从事山地农业及狩猎采集活动。由于布朗族迁徙定居后的独特地域条件，大约在1700多年前，迁徙至西双版纳南糯山一带的布朗族开始栽培利用茶树。大约1300多年前，普洱市澜沧县芒景一带的布朗族也开始栽培茶树。大约在1000年前，布朗族辗转到达今天布朗山老蔓娥一带，在山上也种起了茶树。布朗族迁徙流落在哪里，就在哪里种茶。至今，在布朗族生活或曾经生活的地方，都还保存着大面积的古茶园和许多数百年乃至近千年的栽培型古茶树。

---

①(明）景泰:《云南图经书志》卷四《顺宁府》，昆明：云南省地方志办公室1998年翻印。
②(明）景泰:《云南图经书志》卷四《顺宁府》，昆明：云南省地方志办公室1998年翻印。

德宏州一带的景颇族，据说原来居住在德宏以外的江心坡等地。那一带天寒地贫，社会生产力的发展受到了极大制约，直到民国时期，那里的景颇族仍然没有犁、锄等农具，唯以砍刀伐树，晒干后纵火焚之，依然过着刀耕火种的生活。清代时期迁入云南境内的景颇族，普遍都有关于南迁是为了寻找好地方的传说。傈僳族主要聚居于云南西北的碧江、福贡、贡山、泸水等县，也有部分聚居于德宏、大理、楚雄、丽江及四川的盐边、西昌等地。这种分布格局是傈僳族先祖历史上的频繁迁徙造成的。迁徙定居在不同地区的傈僳族社会经济发展也极不平衡。中华人民共和国成立前，与汉族、白族接近的傈僳族地区，受到汉族、白族的影响，已经进入封建地主社会，如丽江、大理、保山和西昌的傈僳族。而中华人民共和国成立前居住在交通阻隔、山高水险的碧江、福贡、贡山、泸水等地的傈僳族，则还停留在刀耕火种的原始生产阶段，虽有一定的阶级分化，但很多方面仍保留着原始社会的因素。居住在高寒山区的傈僳族常常放火烧掉乱草和树木，然后用木棍在地上戳个小洞，点上苞谷、荞子、南瓜子等，播种后不施肥，不除草，任其生长，秋天收获。

对于迁入云南的部分苗族与瑶族民众来说，迁入云南后的经济生活方式与原来相比有了鲜明的变化。在苗族古歌与瑶族信歌中都多次提及先祖曾经在平坝或者富饶的山区生活，他们种植棉花和水稻，开掘水渠、建造水车，农业经济发达，生活富裕。但是迁入云南高山区后，土地贫瘠，原来的农业生产方式无法继续，有很多都转变为刀耕火种的游耕农业。苗族、瑶族迁入云南后，有很大一部分仍然继续向南迁徙，这和他们刀耕火种的生产方式有着密切关系。原金平县二、七两区的苗族，由开化（今砚山）经蒙自后南迁至金平山区，原因之一就是他们刀耕火种的生产方式要求经常更换土地。每当将一处土地砍烧尽，地力耗尽后，就要重新迁徙。越往南，气候越温暖，降雨越充沛，林木愈多，也就愈利于刀耕火种。这样，有利的自然条件就吸引着这些苗族不断地向南迁徙到达了金平。① 屏边县瑶山的瑶族迁徙的原因之一，也是因为刀耕火种，地力耗尽，向西南方向迁徙，可以找到水热条件良好、林木茂盛、适宜从事刀耕火种农业的山地。

生活在今天滇南、滇西南山区的许多少数民族，其传统的耕作方式有很多都是轮歇耕作。由于生态环境和民族分布的立体化差异，同一地区内海拔不同的地带，其生计方式也不尽相同。如红河南岸的元阳县一带，傣族、壮族住在河谷从事河谷稻作农业，哈尼族、彝族居住在半山地区开垦梯田，种植稻谷；苗族、瑶族、拉祜族等则居住在高山区，靠山地农耕为生。

二、迁徙对社会文化的影响

云南少数民族分布广泛，支系众多，历史上迁徙频繁，各个支系乃至各个家支对自己的血缘都十分重视，各自都在追寻本民族的起源，寻找民族的发祥地。体现其民族主

①《民族问题五种丛书》云南省编辑委员会编：《苗族瑶族社会历史调查》，昆明：云南民族出版社，1982 年，第 17—19 页。

义核心的正是祖先信仰及族群意识，并以此作为民族有效的凝聚力，确定了民族文化的一个固有模式，所有族群成员都会自觉或不自觉地归属、依赖和服从这业已认同的历史延续，从而调节个人的精神生活，寻找民族生存发展的精神支柱。

（一）迁徙与族群意识

云南的很多少数民族，无论是自称还是他称，对曾经迁徙、定居地的命名上都蕴含着与迁徙相关的丰富历史记忆与文化信息。作为“彝族六祖”之一的糯支系慕雅热部的一个支系在迁离六祖分支地，渡过云南省东北部和贵州省西北部交界处的牛栏江后，进入今天贵州省威宁县境内。在不断迁徙途中，这支彝族曾经遭到外族的多次袭击和劫掠。有一次，作为迁徙途中重要物资之一的盐巴和马匹都被抢走了，在转移过程中，赖以生存的羊群又被抢走。彝文典籍中说，这一支系在迁徙至异族领地俄叙地方时，“在仡族俄叙地，三百驮白盐被外族人收了；放牧在山谷的马，也被外族收了；土地也少，是洛举掌权，再不能住了，又急速转移。从外族的俄徐地，迁沽雅嘎拟；从沽雅嘎拟，迁洪伯底鲁。在洪伯底鲁，羊群被夺走，洪伯底鲁，因此而得名”①。这支彝族把羊群被抢走的地方命名为“洪伯底鲁”，是沉痛教训在族人内心沉淀后的一种表现形式，是一种与迁徙中重大事件相关的历史记忆。因为“洪”是“羊”的意思，“伯”是“失落”的意思，“底鲁”是“坝子”的意思，合起来就是“失落羊群的坝子”，该地有可能在今贵州威宁、赫章两县一带。

在云南少数民族地区，有很多地名的来历也与某一族群历史上的迁徙经历有关。如《孟连宣抚司历史情况》中讲到，傣历600年左右的时候，勐卯（据说为今德宏州瑞丽一带）地区的土司去世，弟兄之间因为争王位引发内乱，当时中央王朝派兵镇压，造成勐卯傣族大规模南迁，其中有一支到达现在的孟连。那时候，孟连境内被茂密的森林覆盖，傣族民众砍伐森林，焚烧荒地，开辟出新的田地。人们便把这个地方叫作“孟连”，即“找来的地方”。

关于先祖迁徙的历史记忆，除了广泛体现在地名上之外，族群自称、他称中也包含着丰富的迁徙信息。如有学者认为，景颇（jingpo）“是从‘jum－hpo’一词演变而来，意为‘开盐矿的人’（‘jum’景颇语意为‘盐’；‘hpo’意为‘开’）。传说历史上景颇族祖先曾经居住在青海盐湖地区，从事盐矿开采”②。怒江傈僳族自治州碧江县的卡石和色得洼底两个寨子的名字也与傈僳族的迁徙相关。“卡石”就是“迁来”之意，“色得”意为“美好的地方”。据老人讲，他们的祖先是从丽江搬来的，距今十几代人了。怒江州的傈僳族寨子诸如此类命名方式很多，都与傈僳族迁入怒江相关。

德昂族分布在云南省西南部，德宏地区多称“德昂”，镇康、耿马地区称“尼昂”或“纳昂”。“‘昂’，是本民族自称。在他们的语言里，‘昂’具有‘山崖’‘崖洞’的意思。他们的《古歌》里说，德昂先民最早是住在崖洞里，‘昂’似乎包含着对他们

①易谋远：《彝族史要》，北京：社会科学文献出版社，2007年，第326页。
②杨圣敏主编：《中国民族志》，北京：中央民族大学出版社，2003年，第258页。

的先民住崖洞的历史的纪念。”[①] 把曾经居住的地方与族群自称联系，或者与迁徙、定居的时间相联系，作为地方名称的这种地方命名方式经常出现在云南少数民族的居住地，这是历史上其先祖迁徙经历对族群文化影响的体现。

古代拉祜族没有姓氏，就常以与迁徙有关的事件来称呼新从异地迁来的成员或分布各地的成员，从其称谓中可以反映出在迁徙过程中形成的不同文化。例如，澜沧县大山区拉祜纳的他称为“拉祜虚韦”，“虚韦”有“掉队”的意思；澜沧县糯福区拉祜西的自称为“拉祜俄吾士拨格脂尾”，意为“最先到达的拉祜”；称勐海县拉祜纳为“拉祜列苏”，“列苏”有“遗漏”的意思；金平县拉祜普自述本属拉祜纳，“普”与银子同义，既有白色的意思又有反抗的意思；耿马县拉祜纳他称为“拉祜那门”，“那门”有“和随、顺从”的意思；耿马县拉祜纳他称“拉祜苏”，“苏”有“遗落”的意思。上述各种称谓词义，确与迁徙史实相符。[②] 拉祜族自称与其迁徙经历密切相连，从其自称的含义中我们可以体味到其先祖曾经的频繁迁徙经历。

（二）迁徙与社会习俗

云南少数民族迁徙、定居适应环境的过程中，原有的风俗习惯慢慢弱化、消失或者得以保留；新的文化要素引入或形成，并由此产生新的风俗习惯。其中，某些新的习俗、规矩、禁忌的形成往往与族群迁徙经历关系密切。

1. 禁忌习俗

云南省文山州干溪的苗族过去不吃狗肉，因为当地苗族有这样一则传说：祖先因战争失利从不知名的故土仓皇南迁时，丢掉了旧年的谷种，等爬上高山休息时才发现断了粮源，焦虑万分时突然看到跟随左右的狗的身上还挂着几粒谷种，从此奉狗为救命恩公，不再以之为桌上餐。文山屏边上坝的杨家至今不吃猪心，《西部苗族古歌》中杨芝演唱的“格缪耶老的故事”中讲到了苗族杨姓、韩姓不吃猪心的来历。在云南的部分哈尼族聚居区曾有“禁止哈尼姑娘与外族小伙子通婚”或者“只准姑娘出嫁，不准伙子上门”的规矩，在其迁徙史诗中有很多文本都讲述了这一禁忌的来源。如在哈尼族雅尼支系迁徙史诗《雅尼雅嘎赞嘎》中讲道：“遭了殃的加滇百姓们，都怪罪贞兰阿吆，说她收养了外贼的儿子，断送了加滇的大好河山。拣来的男孩啊，出卖了加滇，外来的女婿啊，给加滇带来了灾难。从那以后哟，雅尼雅立下规矩，只准姑娘出嫁，不准伙子上门。这个古老的婚配习俗，一直延续到今天。”[③] 这一婚配习俗的形成应该与哈尼族土地、房屋等财产继承、分配制度有关，他们不希望本族财产被上门的异族女婿或嫁给异族的哈尼姑娘分去或带走，由此而形成了不与外族通婚的习俗。

2. 饮食与服饰

傣族与哈尼族是两个在民族渊源、宗教信仰、语言文化等方面差异较大的民族，但

---

①《德昂族简史》编写组：《德昂族简史》，昆明：云南教育出版社，1986年，第1页。
②《拉祜族简史》编写组：《拉祜族简史》，昆明：云南人民出版社，1986年，第8页。
③景洪县民委编：《雅尼雅嘎赞嘎》，昆明：云南人民出版社，1992年，第148—149页。

迁入西双版纳的哈尼族在与傣族的交往中却汲取了傣族的很多文化元素。如哈尼族建筑的干栏式楼房、饮食上的“剁生”（一种生吃畜禽鱼肉的方法）等都是吸收了当地傣族建筑和饮食文化的结果。甚至，栽种糯谷和糯食习俗据说也源于傣族的稻作文化。而哀牢山区的哈尼族文化则有着较多的彝族文化特征，甚至过去有人认为哈尼族就是彝族。哀牢山区的哈尼族和彝族有着共同的节日、极为相似的生产生活方式，长期以来互通婚姻、互学语言。因此哀牢山区的哈尼族有这样的俗语：“盐巴辣子一起拌，哈尼族彝族一娘生。”

云南少数民族服饰特别是女性服饰，刺绣花纹与衣服样式中蕴含着丰富的社会文化信息，贮藏着本族群深刻的历史记忆。如苗族服饰被称为“穿在身上的迁徙史”，在西部苗族古歌中，有多处诗章唱述了苗族妇女制作服饰以纪念失去家园的情境。哈尼族妇女服饰的颜色，装饰的贝壳，刺绣的花纹、图案等也与哈尼族历史上的迁徙经历密切相关。

拉祜族聚居区有一则讲述拉祜族妇女为何不系腰带的传说。文中说，古时候，拉祜族祖先曾经去到大理，向汉祖献了鹅毛。汉祖十分满意拉祜族先祖的心意，就问拉祜族先祖想要什么，拉祜族先祖说想要个“洗麻塘”①。从那以后，很多拉祜人就陆续迁徙到大理境内。有一年，恰逢大理赶街，许多拉祜族妇女穿着新衣、系着红腰带来赶街，碰到一群官兵，不少妇女被官兵拖着腰带，一个个地抢走了。从那以后，拉祜人记住这一教训，妇女都不愿意系腰带了。逢年过节时，她们干脆让男子系着腰带去赶街。这则拉祜族传说中保留有本支拉祜人丰富的历史记忆，他们从本支女性为什么不系腰带讲起，引出先祖与汉祖之间的关系，讲到先祖曾经往大理境内的迁徙与定居生活以及官兵对拉祜族妇女的掳掠等，将丰富的历史文化信息贮藏于服饰中。

3. 节日庆典

云南很多少数民族的节日节庆、庆典仪式的起源传说都与历史上的迁徙经历有关。如西双版纳傣族房屋盖好后要举行“进新房”仪式，通常都要根据财力请数量不等的“章哈”② 来演唱，曲目有很多，除了必须唱的《巴塔麻嘎捧尚罗》中的“贺新房”篇外，其他曲目根据听众喜好而定。但一般来说，主人会请“章哈”演唱包括“迁徙篇”在内的史诗《巴塔麻嘎捧尚罗》，主人会把村寨的历史提前告诉章哈，或者写在纸上拿给章哈。章哈们要从开天辟地一直唱到迁徙定居，再到这个寨子的建立，还要唱出寨子现在的村主任、村主任夫人是谁，谁建盖了房子，谁请章哈来唱歌等现实情景。德宏傣族没有职业歌手“章哈”，但是在“进新房”仪式上也有相似的诗歌演唱，特别是要演唱与族群迁徙有关的歌。

云南红河屏边苗族举行“砍火星”仪式的目的是让在迁徙中失散的兄弟们能够重新团聚。云南德宏景颇族“目瑙纵歌”节上，人们边舞蹈、边吟唱包括祖先迁徙历史在内的古歌《勒包斋娃》，据说人们舞蹈时的行进路线就是景颇族先祖历史上曾经的迁

①洗麻塘：传说大理的汉祖所赐的宝地，也叫“洗马塘”，据说地址在苍山上，也有人说在其他地方。
②傣族章哈又称“赞哈”，既是歌手称谓，也是作为曲艺表演形式的曲种名称。

徙路线。

4. 人生仪礼

婚丧嫁娶是人一生中的重要节点，这些重要节点通常都会伴随着被人类学家、民俗学家称为“人生仪礼”的隆重纪念活动或祭祀仪式。云南少数民族人生仪礼的形式多样，内容丰富，文化内涵深厚。对于有过漫长迁徙的云南很多少数民族来说，其人生仪礼的形式与内容往往都与曾经的迁徙经历相关。

中华人民共和国成立前，云南宁蒗白地的纳西族在火葬前要举行“如差”仪式，汉语意译为“洗马”。“洗马”，意为给死者回祖居住地所骑的马进行洗礼仪式。在永宁地区，“洗马”仪式通常为期三天，洗马数量多者为七匹，少则一匹，一般为三匹。据说最初的时候在葬礼上要杀马殉葬，后来改为葬马鞍，以后又逐渐演变为洗马放生。纳西族摩梭支系的祭司“达巴”① 解释说，给死者洗的马是供死者的灵魂返回北方祖先居住地用的。洗马时，达巴在旁一边念诵《献冥马经》（也叫《洗马经》），一边往马头上、身上洒水，直到马儿浑身颤抖为止。因为此时预示着死者已经骑马上路，将来还会庇佑家人。众人在旁高呼“骑上了，骑上了!”，纷纷向马背上的亡灵磕头告别。达巴此时提高嗓门，向死者祝祷：“死者啊，你去祖先发祥地途中，要翻越一座又一座的雪山，要渡过一条又一条的大江，你的脚会受冻，你的脚会疲软，现在给你献上坐骑，你可以舒适地到达祖居地了。”②献完冥马，即出殡到火化场火化。洗马后，死者的亲人骑马扬鞭，返回丧家，途中与人跳舞搏斗，表示死者战胜艰难险阻顺利返回祖先居住地。到家后，达巴还要念《洗马经》祈祷亡灵骑马速去。《洗马经》实际上也就是纳西族的一部迁徙史。

在葬礼上，阿昌族要给死者送魂。他们认为，人有三个魂。人死后，一个魂供在家里，一个魂要送到坟地上，一个魂要送往祖先那里。送魂前，“活袍”（阿昌族的巫师）要念一天一夜的《遮帕麻与遮米麻》以及祖先迁徙史，历数从始祖开始的历代祖先创世创业、迁徙定居的“历史”。前一部分告诉亡魂祖先是谁，自己是怎样产生的；后一部分向亡魂讲述祖灵在什么地方，沿着什么路线才能回到祖灵那里。

景颇族葬礼上祭司董萨要唱《送魂调》，把死者的灵魂沿着祖先迁徙的路线送回祖先居住的地方，否则死者的灵魂就得不到归宿，灵魂滞留会打扰活着的人。在董萨的吟诵声中，逝者的灵魂跟随着歌声，沿着先祖曾经走过的路回到祖居地。

此外，在苗族婚礼上唱的“洪水朝天”歌、拉祜族婚礼上唱的《追蜂子》、德昂族婚礼上唱《眼泪歌》、景颇族送“木代鬼”（天鬼）时吟诵的古歌等都与本族群的迁徙有关。

民族迁徙必然伴随着文化的变迁与涵化，各民族丧葬仪式中的指路现象，“进新房”时的歌唱与表演，着装上的装饰图案，神圣热闹的火把节、砍火星、目瑙纵歌节等节日习俗以及民间叙事中大量存在的“战争”与“迁徙”主题都表明这些民族的先

①一般说来，纳西族的祭司被称为“东巴”，摩挲支系的祭司被称为“达巴”。

②参见英古阿格：《纳西族传统文化中的水文化意蕴》，《丽江教育学院学报》2005 年第 2 期。

民在族群的迁徙与分化过程中始终携带着祖先所创造的文化符码作为精神行囊，在千百年的辗转迁徙、安寨定居中形成了新的民族共同体。除了以上社会文化不同层面所蕴含的迁徙信息外，“迁徙”还是云南少数民族口头传统的重要主题，特别是汉藏语系藏缅语支的族群，有着十分丰富的迁徙叙事传统。这些形式丰富、曲调多样、规模不一的韵文、散文体迁徙叙事为云南少数民族迁徙史诗的形成提供了丰富的素材。

三、迁徙对口头传统的影响

几乎每一个族群都曾有过迁徙的历史，由于生计方式的局限，越是远古的年代，迁徙就越频繁，但在汉文献典籍中，几乎找不到关于云南少数民族远古时期迁徙历史的完整记录，即使是关于其迁徙的碎片化、片段式介绍也非常少。但是，与汉文典籍缺少对云南少数民族迁徙历史的关注相比，在云南少数民族的口头传统中却有着源远流长的迁徙叙事。口头传统是民族历史与文化传承的重要形式，在我国大多数少数民族的口头传统中都有反映本民族起源与迁徙的主题，迁徙主题在云南少数民族口头传统中尤为常见。

“迁徙”是云南少数民族口头传统的重要主题之一。具体来说，以迁徙为主题的口头传统中，除迁徙史诗、短篇迁徙歌、谚语、俗语等韵文文类外，还有以迁徙为主题的神话、传说、民间故事等散文文类。这些形式丰富、规模不一的韵文、散文体口头传统为云南少数民族迁徙史诗的形成提供了丰富内容与重要情节。

云南少数民族有着丰富的以迁徙为主题的口头传统，特别是其迁徙史诗中涵括了与迁徙有关的神话、传说、故事、歌谣、谚语、祭词、家族谱系等众多内容和文本形式，是所有迁徙叙事的综合体。因为迁徙史诗在下面章节中有详细介绍，本章不再赘述。在此，我们只介绍以迁徙为主题的歌谣、谚语与传说故事等其他文类。

（一）短篇迁徙歌

云南少数民族的迁徙史诗大多也是祭词的一部分，只能在重大节日或祭祀场合吟唱，有着较为严格的时间、地点限制，包括迁徙史诗在内的仪式歌、习俗歌对于日常生活中人们抒发情感、怀念先祖的需要并不能充分满足，在民间便出现了许多可以即兴演唱的以迁徙为主题或者包括迁徙内容的短歌。云南少数民族地区流传的短篇迁徙歌非常多，其中较具代表性的有哈尼族的《糯比人迁徙歌》《搬迁歌》、拉祜族的《勐属密属》《追蜂子》、德昂族的《眼泪歌》、布朗族的《帕雅艾棱历史歌》、苗族的《格自爷老·爷觉比考歌》《三位老人之歌》《爷觉力唐歌》等。

瑶族源于“长沙，武陵蛮”或“五溪蛮”，大约从南北朝开始，瑶族先民即开始其漫长的迁徙。迁徙使得各个宗支或支系离散，为了知道亲人居住何方，平安与否，在瑶族生活中逐渐产生了一种相互传递的歌体书信——“信歌”，以此来探寻宗族兄弟的消息。信歌也叫歌信或放信，是各地瑶族民众以诗歌的形式，将自己的境况、对亲人的思念之情编写为七言或五言体的“信”，在瑶族村寨中“邮寄”，以寻找离散的亲戚朋友的一种特殊文类。瑶族的信歌一般用汉文书写，信中不时夹杂着用汉字记录的瑶音或者自创字。瑶族信歌内容驳杂，不但记述了先祖迁徙的原因、地点，还涉及瑶族的宗教信仰、家族姓氏、风土人情、古今世事、生产活动等内容。

德昂族迁徙歌《雷弄山的儿女》《泪水歌》则反映了明代以后德昂族由盛转衰的历史，详细地唱述了他们如何从世代居住的平坝被迫迁徙至偏远的高山区的过程，伴随着居住地的转移，很多德昂族先祖的生活方式也由建寨安家、集中居住逐渐转变为迁徙游耕。

云南少数民族的这些迁徙短歌虽然有可能本身便是迁徙史诗的某一片段，但是它们的演唱可以不受神圣环境的限制，在田间地头、瓜棚豆架、酒席游乐等各种场合均可演唱，篇幅可长可短，艺术手法灵活多样。

（二）迁徙传说

先有迁徙传说，再有迁徙神话与史诗，这是神话、史诗叙事发展的普遍规律。迁徙传说的数量是成千上万、难以计数的，但是迁徙神话、迁徙史诗的数量则是有限的，只有少量的迁徙传说才能进入迁徙神话。“迁徙”作为云南众多少数民族历史进程中的重要事件，在其各类型的民间传说中以迁徙为主题或者包含迁徙内容的文本非常多。很多用来解释云南少数民族英雄人物、历史事件、风俗习惯、居住地域、服饰以及节日节庆等的民间传说都与其祖先历史上的迁徙经历有关。这些传说的情节和主题通常也会被歌手纳入迁徙史诗中，极大地丰富和拓展了迁徙史诗的内容和主题。

1. 人物传说

人物传说主要是指关于各民族历史上著名人物的故事。在民间，著名人物总是有很多英雄事迹或奇闻轶事被当地人讲述，传说就是对这些历史人物“事迹”的夸张和宣扬。

（1）哈尼族的《哈尼三祖先》

哈尼族的《哈尼三祖先》讲的是哈尼三祖先仰资、区依、莫作的迁徙故事。相传哈尼祖先曾住在美丽富饶的诺玛阿美，后来迁至宽宽的谷哈（今昆明滇池一带），由于异族的入侵，他们被迫离开谷哈，分成十二路去寻找能安稳过日子的地方。其中，四路朝着南边的大山走，四路朝着太阳升起的地方走，四路朝着太阳落山的地方走。《哈尼三祖先》讲的是朝着南边大山走的这四路哈尼人。这四路哈尼人其中的一路在迁徙途中失散了，只剩下了三路一起走。这三路哈尼人中有一路留在了今天红河北岸的山上，一直繁衍到今天，称为“嘎堵哈尼”（意为掉队的哈尼）；一路从坎罕（今红河县境）渡过大江，在南边的高山上安了寨，他们的祖先叫区依；一路在祖先仰资的带领下，来到“拉沙”（今元江）坝子安寨。但是没过多久便遭遇外族人的侵扰而迁徙到“额咪”（具体地点不详）。因为该地瘴气大，人畜经常病死，仰资又带领这路哈尼人顺大江来到南洼（今元江县境）安寨。失散的那一路哈尼人的后代都定居在哀牢山区，并逐渐发展壮大。

（2）傈僳族英雄刮木必传说

刮木必是较早迁入怒江的傈僳族刮氏族的始祖。关于刮木必的传说，在怒江傈僳族中几乎家喻户晓。据传，刮氏傈僳族先民迁进怒江之前，是散居在金沙江、澜沧江两岸的。大约在400年前，刮氏族曾被丽江木氏统治。那时，丽江纳西族木高、木德土司和西藏封建领主争夺中甸地区，刮氏木必率傈僳军多次击退了西藏军的进攻。木必的智勇和治军才能引起了西藏军的注意和惊慌，也引起了木氏土司的嫉妒。木氏土司陷害木必，使木必的军队败退。木必率众沿澜沧江退至兰坪县境内的营盘，渡过澜沧江继续向西迁移，到达普杜地区，并与当地居民和睦相处，共同开发了普杜。由于内争，刮木必带领部分傈僳族民众越过碧罗雪山迁入怒江峡谷。原碧江境内的俄夺罗、汪普马秋米底便是第一批迁居怒江的傈僳人居住的地方。[①] 刮木必氏族进入怒江后，经过长期的繁衍生息，逐步发展成为怒江地区傈僳族的主要支系之一。

（3）布朗族的《三岗别刚》

布朗族是濮人的后裔，经过长期的迁徙和部族的分化融合，原来居住在今西双版纳、思茅和临沧市的濮人的一部分发展成为今天的布朗族。《三岗别岗》讲的是西双版纳勐混地方布朗族首领的故事。“三岗别岗”意思是“三首领，八头人”，傣语叫作“三陶别坤”。据说勐混很久以前有三个领袖、八个头人，即三个哈尼族首领率领众人在南嗨河北部居住，八个布朗族头人率众在南嗨河南部居住，后来傣族在首领帕雅景罕的率领下，从布朗山打了进来，布朗人、哈尼人战败，被赶上了山。

（4）壮族的《艾撒和艾苏》

《艾撒和艾苏》是一则流传在云南文山壮族沙支系中的迁徙故事。文本讲述了弟弟艾苏战胜各种困难终于为族人找到幸福居住地的故事，反映了壮族先民在迁徙途中，踏遍千山，涉过万水，寻找定居地的艰辛历程。故事梗概如下：很久以前，艾撒和艾苏兄弟俩住在纳波，纳波地方因为受到“雷”的糟蹋而逐渐变得贫瘠不堪。母亲鼓励他们出去为乡亲们寻找一个幸福快乐的地方。母亲叮嘱他们，路上看到老爷爷的坟不要讲话，看到河里的流水不要用东西去劈，一定要沿着清水河走，不能沿着浑水河走。在路上，艾撒见到浑水河两岸有大路和树林，就忘记了母亲的话，不肯沿着烈日炎炎的清水河走。艾撒怕苦怕累，后来干脆在浑水河边住了下来。艾苏谨记母亲的叮嘱，一直沿着清水河走，一路上与各种猛兽争斗，还打败了长毛怪，娶了心爱的姑娘，在远方的寨子里住了下来。艾苏觉得很幸福，认为这里就是母亲让他寻找的地方。他决定要把家人与全寨的人都接来居住，就原路返回，经过浑水河的时候，发现哥哥艾撒跟一只母猴结婚，还有了五只猴孩子，过着不耕不织的野生活。艾苏把小猴子全部摔死，硬把哥哥也拉到自己所在的幸福的地方。艾撒见弟弟的妻子十分漂亮，起了坏心，找机会把弟弟推到了大坑里。弟弟在九尾狗和其他动物的帮助下爬了上来。哥哥艾撒见事情败露，无脸见人，跑进树林后变成了猴子。最后，艾苏骑马回家接来了妈妈和乡亲们，大家一起过上了幸福快乐的生活。

在有过迁徙经历的云南少数民族中，围绕着迁徙途中出现的英雄人物或者带领大家

①怒江州政协文史资料委员会：《怒江州文史资料选辑》第七辑，1987年编印，第36页。

迁徙的普通头人，当地形成了一个个范围大小不一的传说圈。与迁徙相关的云南少数民族人物传说既是对迁徙途中历史人物的评价和追忆，也是讲述者与听众共享历史知识、追忆苦难历史与先祖功绩的重要形式。

2. 历史传说

历史传说主要是指关于各民族或各地方遥远历史的记忆和重大历史事件的传说。在云南少数民族中有很多历史传说都与先祖的迁徙有关。这些与祖先迁徙相关的民间传说主要是用来解释“我们从哪里来”“为什么会到这里”“谁带着我们来到这里”等重要问题的。这些与迁徙有关的传说文本与云南少数民族现在的居住地、真实地名、历史事件、历史人物等相结合，具有较强的可信性。

（1）傣族住坝子，拉祜族住山区

拉祜族有一则传说讲述了“傣族住坝子，拉祜族住山区的由来”①。相传，很早以前，拉祜族和傣族同住在平坝里，那时，傣族人口比拉祜族多，力量也比拉祜族强，傣族土司经常欺压拉祜族和其他民族。拉祜人老实，并不反抗。拉祜族在狩猎生活中练就了高强的爬山、射弩本领，引起了傣族土司的恐慌。傣族土司要增加拉祜人的贡赋，引起拉祜人的不满，傣族土司发兵进攻拉祜人的寨子，但战败。傣族土司施计用响篾换走了拉祜族弩弓上的发销。拉祜族战败迁入深山老林。拉祜族的珠摩请天神厄莎为他们划分住处，厄莎让他们跟着动物走，傣族人选了马，朝坝子跑去；拉祜人选了马鹿，朝深山里跑了。第二次傣族人选了水鸭，还是跑到了坝子的水里；拉祜族选了斑鸠，又飞到了山林。从此后傣族就住坝子，拉祜族就住山头了。厄莎又分别送了他们一件宝物。宝物在坝子里变成了一条河；拉祜人走到山坡就忍不住看了宝物，宝物变成了火，火烧死了野兽，拉祜族就一直过着狩猎、种旱谷吃的日子。这则故事中讲述了拉祜族与傣族的关系，并用“神谕”的方式解释了拉祜族住山区、傣族住平坝的现实。

（2）哈尼族的《分地皮》

云南省西双版纳州勐海县的哈尼族聚居区流传着一个《分地皮》② 的传说。故事讲的是远古的时候，哈尼族和傣族都住在坝子里。那时候，傣族人口不多，哈尼族人口也很少，两个民族相处得十分和睦。过了许多年，傣族人口和哈尼族人口都多了起来。傣族有了自己的头领，哈尼族也有了自己的头领。头领们开始争河中的鱼，抢山中的兽，争水田，争山地，时常争争吵吵，闹得两个民族的百姓不得安宁。百姓们怕影响两个民族的和气，都主张把地皮分开，不要再住在一起。分地皮的那天，哈尼族的头领点了几把野火，野火烧了平坝后，傣族头领引来了滔滔大水淹地，滔滔大水涌进平地，一直淹到大山脚下。从此，地皮便分开了，高山给了哈尼族，平坝给了傣族。

（3）德昂人为什么要住在大山里

在德昂族口头传统中，数量最多的是关于民族历史、分布及迁徙的传说和记忆。无

①刀凡坤搜集整理：《傣族住坝子，拉祜族住山区的由来》，《华夏地理》1990 年第 2 期

②杨胜能搜集整理：《分地皮》，勐海县民族事务委员会《西双版纳哈尼族民间故事集成》，昆明：云南少年儿童出版社，1989 年，第 89 页。

论是民间还是知识精英的表述，都认为历史上德昂族是生活在德宏坝子的，是德宏坝子最古老的居民，后来由于经济实力与政治局势的变化，引起德宏地区民族关系的重大变动，德昂族逐渐由坝区转移到山区。关于德昂族为什么会住在山里的传说有很多，其中比较具有代表性的是以下两个传说。

文本一：剑锉之争

据说以前德宏地区的平坝上居住的都是德昂族，他们拥有的田地很多。傣族进入德宏后想把德昂族赶走，听说德昂族的先祖在地下藏有金锉，傣族就把剑埋入地下并与德昂族打赌，谁先挖出各自所藏的宝物，谁就住在德宏的平坝地区。傣族使用计谋先挖到利剑，德昂族输了，被迫迁离德宏坝子。①

文本二：三钱银子

关于德昂族为什么住在山上，也有人说是因为德昂人与傣族人语言沟通上的误会引起的。据说德昂族的银子很多，傣族进入德宏后想要德昂族的银子，便跟德昂族约定，如果德昂族打赌输了，要想在原来的居住地继续居住的话要给傣族“三钱银子”，傣语“钱”的发音与德昂语“丘”的发音相似，德昂族误以为傣族要三丘银子，但是把德昂人全部的银子都拿到田埂上也填不满三丘田，无奈之下只有迁走。②

上述关于拉祜族、哈尼族、德昂族为什么会住在山里的传说都与傣族相关。故事中都讲到自己的先祖原来是住在平坝的，后来因为族群间产生矛盾纷争才与傣族划分地界，迁徙到山里。在这些族群的历史记忆中，无论是因为“神谕”，还是因为战争失败而导致的迁往高山区，都反映了本族群先祖在与傣族争夺资源的过程中，傣族处于强势地位，本族群处于弱势地位的历史事实。

3. 风物传说

钟敬文先生在《浙江风物传说·序言》中讲道：“所谓‘风物传说’主要是指那些跟当地自然物（从山川、岩洞到各种特殊的动植物）和人工物（庙宇、楼台、街道、坟墓、碑碣等）有关的传说。……除了自然物、人工物外，还有一些关于人事的，如关于某种风俗习尚的起源等。这些传说，也应当包括在内。”③ 风物传说中往往包含着一个民族的深层文化记忆。

普洱市墨江县景星乡的布朗族在人死后，要用木棒击毙一只狗，作为魂魄的领路狗。传说是因为布朗人的老家本来在大理那边。一次被敌人追赶，顺着澜沧江跑进了哀牢山，由于有狗领路，他们才走出了茫茫林海。他们牵着狗，装成是别的民族的人打猎骗过了追杀他们的敌人。他们顺着哀牢山往下走，由于前边的人走得快，有两兄弟落下了。他们到达曼别时，见走在前面的人砍过的芭蕉树长出的嫩芽已经有三寸高，认定追

①参见国家民委《民族问题五种丛书》云南省编辑组编：《德昂族社会历史调查》，昆明：云南民族出版社，1987 年，第 55 页、第 20 页、第 121 页。

②参见国家民委《民族问题五种丛书》云南省编辑组编：《德昂族社会历史调查》，昆明：云南民族出版社，1987 年，第 24—26 页。

③钟敬文：《钟敬文民间文学论集》（下），上海：上海文艺出版社，1985 年，第 87 页。

不上前面的人，就停下住了下来。经过两代，一个弟兄从曼别搬迁到洼墨居住。走在前面的人便一直走到了西双版纳。由于布朗人是在狗的帮助下逃出哀牢山的，所以墨江县的布朗族至今仍保留着人在逝世时祭献领路狗的习俗。

哈尼族民间传说《木鞋的来历》中讲述了生活于元江盆地的一支哈尼人喜欢穿的木鞋子的来历。老人们说他们所穿的木鞋子与哈尼人的迁徙经历有关。哈尼人在“腊萨坝子”（今天的元江坝子）定居后，外族人主动与哈尼人结亲，霸占了哈尼人的地盘，把哈尼人驱逐出元江坝子，并一路追杀。为了摆脱追兵，哈尼先祖仰资砍木头做成高跷，把高跷的脚做成野猪、马鹿的蹄子形状，让族人踩着高跷逃走。敌人一路寻找，只是发现了很多野猪马鹿的脚印，不见人的脚印，就返回了。从那以后哈尼人代代都穿上高跷作为纪念。因为高跷不便行走，后辈的哈尼人渐渐地就把高跷改成了木鞋，哈尼语叫作“阿资色诺”。

云南少数民族与迁徙相关的风物传说是对一个地方人工物和自然物上的一种想象性叙事，是对某些风俗习惯的诠释。叙事和诠释的目的在于确认和提升景物、风俗习惯的文化地位，并注入历史的逻辑力量。与迁徙有关的风物传说一般是将历史上、迁徙途中曾经发生过或者压根就没有发生过的事件附着在某一自然物或者人工物上面，增加传说内容的可信性，在代代口耳相传的过程中逐渐成为当地人关于迁徙的一种“集体记忆”历史资源。

（三）与迁徙有关的俗语

民间俗语是短小精悍的语言艺术，沉淀凝练着各族民众的知识与智慧。在云南少数民族俗语中，有很多俗语与其先祖的迁徙历史有关。

1. 金鹿引着祖先，进入勐缅密缅（拉祜族）

这则谚语的来历与拉祜族的迁徙相关。在拉祜族史诗与传说故事中都有拉祜族是在一头大马鹿的指引下来到了牡缅密缅（今临沧市）的说法。

2. 汲水南卧河，定居景陇地（哈尼族）

根据西双版纳勐海县哈尼族民间传说，哈尼族南迁时，曾经过元江、墨江，来到澜沧江边，在傣家人的帮助下渡过澜沧江，住在景陇金殿王国管辖的景洪坝子，承担贡赋。景洪坝子在南卧河边，哈尼谚语便有了“汲水南卧河，定居景陇地”的说法。后来他们又迁到勐遮、暖朗（今格朗和哈尼族乡政府所在地——黑龙潭），勐遮有河名南央，暖朗有河名南混（从格朗河流入勐混），于是又有谚语“汲水南央河，迁住勐遮地”或者“汲水南混河，定居暖朗地”的说法。

3. 河滩边吃午饭，草地边吃晚饭（傣族）

傣族喜欢住在水边，善于种植水稻。历史上傣族也曾不断迁徙，其规模、时间虽然不及苗、瑶等民族，但顺水而移是其显著特点。傣族有“河滩边吃午饭，草地边吃晚饭”“泡沫随浪漂，傣家人跟着水走”“哪里温暖哪里去，哪里光明往哪走”“雨水来自天上，傣家顺水而行”等反映其迁徙经历的谚语。

4. 桃树开花，苗子搬家（苗族）；人跟地走，地跟山走（瑶族）

苗、瑶民族迁徙历史之长、之频繁为世所罕见。他们从北到南，从平坝到高山，从国内到国外，一直在寻找适宜的栖身之地。迁徙使得他们备尝艰辛，俗语中有“老鸦无树桩，苗家无地方”“桃树开花，苗子搬家”“大雁北飞，瑶家南移”“春暖花开日，瑶子搬家时”等俗语，反映了苗、瑶族群频繁迁徙的特点。此外，瑶族“人跟地走，地跟山走”的俗语反映了其游耕生产活动的特点。

5. 濮曼战败日，布朗上山时；强者占平坝，弱者钻山林（布朗族）

布朗族民间俗语“濮曼战败日，布朗上山时”“强者占平坝，弱者钻山林”用精练的语言概括了布朗族迁徙的原因、迁徙的方向以及族群强弱对民族分布、资源分配的影响。这是布朗族先祖对历史、战争与迁徙经验的总结。

受到历史上族群漫长艰辛迁徙经历的影响，很多民族都有相关的迁徙叙事。在源自古氐羌、百濮、百越族群系统的云南少数民族口头传统中，以迁徙为主题的史诗、歌谣、传说故事类型丰富，数量较多。迁徙作为重要的历史过程对云南诸多少数民族口头传统的形塑有着相当重要的影响，大凡有过长期迁徙经历的民族，通常都会有一种由“寻根意识”“漂泊意识”塑造的历史观。云南少数民族迁徙史诗的产生和形成，其渊源可以追溯到古氐羌、百濮、百越等族群历史上的族体分化及其接踵而至的大规模迁徙时代。几千年前，古氐羌、百濮、百越三大族群中的一些支系跨越千山万水，历经各种磨难才由原居住地迁入云南境内，此后，又经过长期的历史演变才逐渐分化、形成今天的云南各少数民族。民族迁徙必然伴随着文化的迁徙，各民族宗教信仰中的指路仪式，风俗习惯中的节日节庆、人生仪礼、饮食习惯与服饰、建筑等，以及口头传统中与以迁徙为主题或重要内容的神话、史诗、传说与民间俗语等口头文类，都是我们了解各民族迁徙历史的重要佐证。

第二章　云南少数民族迁徙史诗概述

一说到史诗，人们头脑里可能会浮现出《伊利亚特》《奥德赛》《摩诃婆罗多》《罗摩衍那》等国际性史诗，中国史诗可能会想到《格萨尔》《江格尔》《玛纳斯》等英雄史诗与《布洛陀》《司岗里》《遮帕麻与遮米麻》等南方创世史诗。[①] 流传于云南省富宁县、广西壮族自治区那坡县和越南与中国云南接壤的彝族聚居区的史诗《铜鼓王》中唱述了本支彝族在历代“铜鼓王”带领下从古到今所经历的五次较大规模的迁徙和途中所发生的可歌可泣的英雄故事。每个民族的史诗传统，不仅是我们认识该民族的百科全书，也是一座“民族精神标本的展览馆”[②]。《铜鼓王》不仅唱述了本支彝族的历史文化、迁徙历程，还彰显了其勇武坚韧、奋力前行的民族精神。

第一节　迁徙史诗概念的提出与认定

中国南方少数民族史诗中，除了规模庞大的讲述神灵开天辟地、洪水、人类再生故事的创世史诗，还有一些内容是关于民族迁徙的。迁徙，曾经是很多民族历史上波澜壮阔、世代铭记的伟大事件，族群迁徙、英雄成长与社会文化的发展变迁紧密结合，歌手

①朝戈金、尹虎彬、巴莫曲布嫫：《中国史诗传统：文化多样性与民族精神的“博物馆”·代序》，《国际博物馆》（中文版）2010 年第 1 期。

②朝戈金、尹虎彬、巴莫曲布嫫：《中国史诗传统：文化多样性与民族精神的“博物馆”·代序》，《国际博物馆》（中文版）2010 年第 1 期。

唱述先祖们在英雄带领下经历重重磨难，翻越万水千山，最终找到定居地的故事撼人心魄。但“迁徙史诗”这一史诗类型在20世纪80年代之前却很少引起学者的关注。

一、迁徙史诗概念的提出

“迁徙史诗”很可能是中国学者自己创造的一个术语，很多史诗学者认为“迁徙史诗”这一术语可能是出自长期研究哈尼族史诗的学者，因为这一术语的大量使用始于哈尼族史诗研究。吴晓东曾询问哈尼族文学研究领军人物史军超关于“迁徙史诗”这一术语的使用问题。史军超说这一术语很早就有了，不是他们创造的。目前查到的资料显示，这个术语最早在贵州省民间文学工作组1960年发表于《民间文学》上的古歌《跋山涉水》里用到，这首古歌被认为是“贵州苗族的迁徙史诗”。但这是不是这一术语的最早出处，尚不清楚。吴晓东指出，在晚清、民国期刊报纸数据库中均未出现这一术语。①

尽管“迁徙史诗”这一术语在一些文章中经常被使用，但这只能说是这一类型的史诗在某种程度上被接受。当代编撰的《民间文学概论》《民间文艺学》《民俗学概论》等相关学科的教科书上很少将这一术语纳入其中。教科书上的论述通常会被某学科视为较为权威的书写，但是教科书内容的调整也相对滞后。“迁徙史诗”这一术语或史诗类型虽然在南方史诗研究中被广泛接受，并频繁出现在单篇论文或著作中，但相关教科书中对迁徙史诗这一重要南方史诗类型的独特性并没有详细的介绍，学术界对其重要性的认识仍有待提升。

以“民间文学概论”命名的教科书目前已有多本。在1957年匡扶所著的《民间文学概论》中，“史诗”这一术语尚未出现，该书只是将韵文分为歌谣、谜语、大众诗歌三类。1980年，乌丙安所著的《民间文学概论》中将史诗放在“故事歌”里进行介绍，并未出现“迁徙史诗”一词。1982年，钟敬文先生主编的《民间文学概论》中开始将史诗分为英雄史诗与创世史诗两大类，但有关民族迁徙内容的史诗被归入英雄史诗中，仍没有单独提出“迁徙史诗”的概念。1998年，钟敬文先生主编的《民俗学概论》中，认为“迁徙叙事诗”是民间叙事诗的一种，也可以叫作“韵文迁徙传说”，以追述先祖率众迁徙为内容，多写实性叙唱。书中举例说，哈尼族的《哈尼阿培聪坡坡》是原始性叙事诗向英雄叙事诗过渡的模糊地带的作品，也可视为前一类创世史诗的片段。钟敬文先生主编的《民俗学概论》（1998）较早地涉及了有迁徙内容的史诗类型。

刘守华的《民间文学概论十讲》，李惠芳的《中国民间文学》，汪玢玲、孙世文、刘晔原的《民间文学概论》，田兆元、敖其主编的《民间文学概论》，万建中主编的《新编民间文学概论》以及钟进文主编的《中国少数民族文学基础教程》中都没有将“迁徙史诗”作为史诗的一个单独门类进行论述。如李惠芳在所著的《中国民间文学》中认为：族群迁徙是英雄史诗的主要内容之一。英雄史诗是反映民族形成过程中各氏

①吴晓东：《史诗范畴与南方史诗的非典型性》，《民间文学论坛》2014年第6期。

族、部落之间频繁的战争，还有与之相联系的部族大迁徙。[①] 在此，英雄史诗涵盖了“与之相联系的部族大迁徙”内容。韵文的族群迁徙叙事并未成为单独的史诗类型。在钟进文主编的《中国少数民族文学基础教程》中则将有关迁徙的史诗纳入创世史诗之中。文中说：“我国广大地区特别是南方民族地区发现了大量以创世为主要内容的长篇叙事作品，表明除了英雄史诗之外，还存在着相当部分讲述世界形成和部落迁徙的创世史诗。”[②]只有在毕桪主编的《民间文学概论》（2004 年）中提及了迁徙史诗这一术语，但未正式列入史诗分类中。文中说：“西方文学批评理论术语的史诗定义基本上指的就是英雄史诗，根据的是许多古典史诗基本上都是英雄史诗这一种现实。而中国的情况与西方不尽相同，对史诗的定义和范畴的界定有所不同。根据中国各民族史诗的内容，学界习惯把史诗分成英雄史诗和创世史诗两大类，也有人提出迁徙史诗的概念和范畴。”由此可见，“迁徙史诗”作为“中国史诗”的成员，其非典型性十分明显。

虽然绝大多数的教科书中并未将迁徙史诗列为与创世史诗、英雄史诗并列的史诗类型。但是，这一术语在学者们对南方史诗的研究中愈来愈引起重视却是不争的事实。如潜明兹认为基本情节是判断史诗类型的重要依据。因基本情节构成的不同，史诗可以分为创世史诗和英雄史诗两种。创世史诗又可以分为两个亚型：一种是叙述天地、人类、万物的起源，以神话为基本内容，幻想色彩很浓，如纳西族、白族的《创世纪》、壮族的《布伯》、瑶族的《密洛陀》和古巴比伦的《埃努玛·埃利斯》等；另一种创世史诗是除了创世神话之外，还有写实记事的内容，这多半在史诗的后半部，不是以塑造形象为主，而是记载历史上曾经经历过的一些事情，包括风俗习惯的形成，宗教信仰之隆重，以及迁徙定居的原因、过程、路线等等。这些，都是在历史演变过程中逐渐加进去的。表面上看，和前边的神话内容风马牛不相及，实际上是一个民族发展的有机部分。[③]

黔东南苗族的《苗族古歌》、彝族的《梅葛》《阿细的先基》都是国内外比较有影响的史诗文本。这几部史诗便是由神话和写实两种截然不同的内容糅合在一起构成的一种独特的文学类型，是一种幻想和现实组合、神话和记事相连接的口传的史前史。在隆重的仪式中，由有威望的歌手演唱全文，在一般的场合，根据具体情况分别演唱不同的章节，所以各部分又有相对的独立性。如《苗族古歌》由“开天辟地歌”“枫木歌”“洪水滔天歌”“跋山涉水歌”组成，潜明兹认为如果抽取了创世神话的部分，《苗族古歌》将不能成为一部创世纪的史诗，最多只是一首迁徙歌。[④] 根据史诗基本情节构成的不同，可以判断史诗有不同的类型。在此，潜明兹先生并没有把迁徙史诗单独列为一种史诗类型，只是将它做成创世史诗的组成部分，并认为如果迁徙情节脱离了创世史诗只能称作迁徙歌，并未将迁徙史诗列为独立的史诗类型。

①李惠芳：《中国民间文学》，武汉：武汉大学出版社，2002 年，第 188 页。

②吴晓东：《史诗范畴与南方史诗的非典型性》，《民间文学论坛》2014 年第 6 期。

③潜明兹：《史诗类型略论》，《民族文学研究》1984 年第 4 期。

④潜明兹：《史诗类型略论》，《民族文学研究》1984 年第 4 期。

李子贤从史诗内容出发，将南方少数民族原始性史诗分为以下几种类型：

（1）创世神话型；

（2）创世—文化发展史型；

（3）在第二种类型的基础上，增益进了古代的战争描写；

（4）迁徙型。

李子贤认为迁徙型史诗既不涉及“创世”过程，也不以浓缩的情节内容去反映人类早期的文化发展，而只追忆先民迁徙的情景。目前已发掘出来的有哈尼族《哈尼祖先过江来》以及红河地区彝族的迁徙史诗。[①] 与潜明兹相比，李子贤明确提出了迁徙型史诗是南方少数民族原始性史诗的一个重要类型，肯定了其独立存在性。但在此处，迁徙性史诗只是作为原始性史诗的一个亚类型存在，虽然肯定了其重要性，但其地位在南方史诗中还没有提升至与英雄史诗、创世史诗并列的高度。

二、迁徙史诗的认定

现在民间文艺学界大多将史诗划分为创世史诗和英雄史诗两大类别。近年来，随着西南各民族史诗文本的发掘和出版，中国史诗类型学的研究也有所拓展。学界大都注意到了一类“新”的史诗类型，即“迁徙史诗”。对许多学者来说，“创世史诗”或“迁徙史诗”的提法已不陌生，但在概念和范畴的科学界定上，还没有进行过深入的讨论，也尚未在学术界取得一致的认同。在《民间文学概论》（高等教育出版社 2010 年版）中，编著者将迁徙史诗归入英雄史诗中：“英雄史诗的主要内容，是反映民族之间频繁的战争，还有与之相联系的民族大迁徙。”其他概论性的专著包括《民俗学概论》，也都未涉及迁徙史诗的类型化问题。

最早提出将迁徙史诗与南方地区的创世史诗、英雄史诗并列看待的应是巴莫曲布嫫。她认为迁徙史诗是以民族或支系在历史上的迁徙事件为内容，展示各民族或各支系在漫长而艰难的迁徙道路上的社会生活和族群分化，塑造迁徙过程中发挥重大作用的民族英雄、部落首领等人物形象及各民族的迁徙业绩为主的民族叙事。在彝语支民族中，这类史诗的主要特征是以各族群的世系谱牒为时间线索，以迁徙辗转的路线、沿途的迁居地为空间线索，以迁徙原因、迁徙活动、迁徙结果为叙述内容，如哈尼族的《哈尼阿培聪坡坡》《雅尼雅嘎赞嘎》、拉祜族的《根古》、彝族的“六祖诗系”等作品。通过作品的梳理，巴莫曲布嫫觉得彝语支民族的迁徙史诗有着相同或相似的传演程式、故事范型和叙事传统。因而，在中国史诗类型学的理论建构上应该有进一步的推进。[②]

目前，迁徙史诗作为南方史诗的一个重要类型，已经得到了众多学者的认同。在中国社会科学院民族文学研究所主办的“中国民族文学网”上，在由巴莫曲布嫫主持和

---

①李子贤：《略论南方少数民族原始性史诗发达的历史根源》，《民族文学研究》1984 年第 1 期。

②钟敬文、巴莫曲布嫫：《南方史诗传统与中国史诗学建设——钟敬文先生访谈录》（节选），《民族艺术》2002 年第 6 期。

编辑的“南方史诗概说”中，根据叙事对象的不同，就已经将南方史诗划分为创世史诗、迁徙史诗和英雄史诗三种类型。

吴晓东认为，中国南方史诗在认定上的困惑，原因有多方面。在形式上，南方史诗有一些与北方英雄史诗不同的特点。南方叙事长诗的内容与史诗概念的典型成员之荷马史诗相比，具有很大的不同。南方史诗描叙英雄的不多，大多是关于创世、万物起源、民族迁徙、祭祀等等。要将中国南方诸多长篇叙事诗纳入史诗范畴，唯有给出不同于“英雄史诗”的名称，这便是“创世史诗”“神话史诗”“原始性史诗”“迁徙史诗”。在“史诗”之前加上修饰语，其功能是明确史诗文本的特点、属性，将某种史诗文本与其他文本区分开来。①

中国南方少数民族的“史诗”几乎都是在祭祀、丧葬、节日等仪式中演唱的，是整个仪式诵词的一部分，只不过是在民间歌谣搜集整理的浪潮中，将一些被认为是迷信的内容删除掉，留下了创世、迁徙、战争等内容，有的被称为“古歌”，有的被称为“古老话”。在“史诗”一词被广泛使用的背景下，这些文本便成为目前我们看到的史诗。这些文本的内容往往不是单一的，就算去掉了纯祭祀的部分，往往也会同时包含有创世、万物起源、战争、民族迁徙等诸多内容，无论是用“创世史诗”“神话史诗”还是“迁徙史诗”单独来概括中国南方史诗，都有欠妥之处。② 因此，近年来有学者称之为复合型史诗，例如朝戈金的《〈亚鲁王〉：“复合型史诗”的鲜活案例》，比较准确地给了南方史诗一个定位。把“复合型史诗”这一术语运用到南方史诗，能比较确切地概括其混融性。③

三、迁徙史诗的类型研究

并不是所有的族群都有过较大规模的、漫长的迁徙历程。由于自然灾害、战争等各种原因，我国西南地区有不少民族都经历过长时期、长距离的迁徙，这方面的记忆形成了西南民族独有的迁徙史诗。特别是在云南地区彝语支族群中，迁徙史诗数量巨大，形成了“迁徙史诗群”。

按照史诗内容的差异，我国一般将史诗分为创世史诗、迁徙史诗和英雄史诗三大类。三种类型的史诗都以叙事为主，内容各有侧重。其中，创世史诗又称“原始性史诗”或“神话史诗”，是一个民族最早集体创作的结晶，其出现的时间在迁徙史诗和英雄史诗之前。创世史诗的主要内容是讲述开天辟地、万物起源、民族迁徙等，是一个民族对自然的认知与抗争的经验。英雄史诗主要是围绕人物进行叙事，讲述英雄人物的英勇事迹。云南少数民族英雄史诗主要集中于壮侗语族和藏缅语族的民族中，但其规模较北方三大英雄史诗要小得多。

①吴晓东：《史诗范畴与南方史诗的非典型性》，《民间文化论坛》2014 年第 6 期。
②吴晓东：《史诗范畴与南方史诗的非典型性》，《民间文化论坛》2014 年第 6 期。
③朝戈金：《〈亚鲁王〉：“复合型史诗” 的鲜活案例》，《中国社会科学报》2012 年 3 月 23 日。

迁徙史诗是以某一族群或者其支系曾经的迁徙历程为主题的长篇叙事诗。迁徙史诗讲述了其先祖在漫长艰辛迁徙路途中的社会生活、文化命运和族群分化，塑造迁徙过程中发挥重大作用的民族英雄、部落首领等人物形象，赞颂本族群的迁徙业绩。在汉藏语系彝语支民族中，迁徙史诗的主要特征是以各族群的世系谱牒为时间线索，以迁徙辗转的路线、沿途的迁居地为空间线索，以迁徙原因、迁徙活动、迁徙结果为主要叙述内容。这些史诗通过口头演述或经籍文献留存下来。

综合上述概念，笔者认为迁徙史诗是一种以"迁徙"为主题的民间韵文叙事，是用诗歌语言讲述的族群漫长艰辛的迁徙史。判定一首迁徙歌是否是迁徙史诗，笔者认为可以参考学界认定一则诗歌体故事是否能算作史诗的6个重要尺度而给出迁徙史诗的范畴：

（1）是关于"迁徙"的长篇叙事史诗；

（2）与"迁徙"相关的场景宏大；

（3）风格崇高；

（4）由超凡的主人公带领族群迁徙；

（5）迁徙途中遭受磨难；

（6）分为"原生"的和"次生"的。

符合以上所有这些尺度的，如哈尼族的《哈尼阿培聪坡坡》《雅尼雅嘎赞嘎》、彝族的《夷僰榷濮》《赊窇榷濮》、拉祜族的《根古》、苗族的《西部苗族古歌》、傣族《巴塔麻嘎捧尚罗·迁徙篇》等当然是较为典型的迁徙史诗。只符合其中几项核心特质的，可以认定为不够典型的迁徙史诗，如哈尼族的《普嘎纳嘎》《哈尼先祖过江来》、傈僳族的《乔氏祖先迁徙歌》、壮族的《砍芭蕉歌》等。

此外，云南的许多少数民族都拥有由创世、迁徙、英雄、战争等不同主题组合而成的复合型史诗，如彝族的《铜鼓王》、苗族的《西部苗族古歌》、哈尼族的《十二奴局》等，"迁徙"是其重要的组成部分，这些复合型史诗的不同主题可以通篇演唱，也可以在某一场合独自演唱，这些迁徙歌也可以看作是非典型的"迁徙史诗"。

在实际演唱情景中，演唱技艺高超的歌手可以将情节大致相同的其他歌手唱的几百行甚至几十行的"歌"扩展为几千行甚至几万行的"长歌"。笔者认为对于"迁徙"主题而言，即使篇幅较短，比如说虽然只有几百行，但如果其仍是对族群迁徙历史的概述，风格崇高，且涉及了迁徙途中的重大事件或者沿途重要迁徙地的生活情境等内容的文本也应是本课题的研究对象。所以在本课题研究过程中，并不是以篇幅的长短来确定某一首迁徙歌是不是"迁徙史诗"，而是根据它的"主题"是不是"崇高的族群迁徙"来确定。

除了讲述先祖来自何处、经过了哪些地方、遇到了哪些人、如何来到现在居住地的迁徙史诗，云南很多少数民族还有数量众多、规模宏大的"指路经"。"指路经"是云南很多民族的神职人员在葬礼上为死者吟诵的歌，目的是为灵魂指路，使其顺利返回祖居地。据学者考证，指路经中的送魂路线或涉及的很多地点就是其先祖曾经的迁徙路线。但是，本课题的研究并不包括各民族的指路经。主要原因如下。

首先，二者的展演情景不一样。尽管部分指路经中包含该族群或支系的迁徙事件、迁徙路线或迁徙生活等信息，但是这些特定内容只能由各少数民族祭司或歌手在葬礼上的某一特定时刻，即为灵魂指路时演唱。迁徙史诗也在葬礼上演唱，但与“指路经”的演唱时刻是不一样的。

其次，祭司或歌手自己对迁徙歌和指路经有着明确的区分意识。他们认为迁徙歌什么人都能唱，什么时候都可以唱，唱时可长可短；完整的迁徙史诗只能在节日节庆、人生仪礼或者祭祀仪式上演唱；但指路经只能在葬礼上唱，只能由特定的人唱，唱的时候不能唱错，即指路经的演唱有严格的演唱者、时间、空间限定。如在哈尼族葬礼上，迁徙歌与指路经同为殡葬祭词的一部分，要先唱迁徙歌，再唱指路经，顺序不能颠倒。

最后，唱述的主体不一样。迁徙史诗讲的是人的迁徙，指路经讲的是人死后灵魂如何返回祖居地。虽然有很多学者认为指路经中涉及的魂魄回归的路线就是其祖先原来的迁徙路线，但是指路经唱述的主要内容与迁徙歌不同，指路经唱述的是死者灵魂从居住地出发，如闯关游戏一般，克服相应的困难，才能到达下一地点，直到克服全部困难顺利到达先祖居住地的过程。指路经是死者从现居地回祖居地的回归路上发生的故事，迁徙史诗则是先祖从祖居地到现居地的迁徙路上所发生的故事。

尽管云南地区众多指路经中送灵魂回归故乡“指路”时，也涉及祖先原来的“迁徙路线”，但是笔者认为指路经是“魂”的回归，迁徙史诗则是“人”的迁徙。二者彼此联系，但本质不同，歌手也绝不会把指路经与迁徙歌混为一谈。指路经是丧葬仪式上念诵的经典之一，其主题是死者“魂归故乡”，与先祖的迁徙之路是相对的，与其他丧葬祭祀典籍结合在一起演述，不能独立存在。指路经只能在丧葬仪式上演唱，其他任何时间、任何地点都不能随意演唱。但是迁徙史诗不同，它可以在人生仪礼、祭祀祖先、节日庆典等神圣场合演唱，也可以在日常生活中演唱。所以指路经中虽然与先祖的迁徙有关，但不是迁徙史诗，故不在本课题的研究范围之内。

第二节　云南少数民族迁徙史诗的搜集整理

我国绝大多数的史诗都是在20世纪50年代以后才被陆续发现的。在此之前，几乎没有人发现南方少数民族也有自己的活态史诗传统。直到50年代末，中国学者对南方少数民族史诗的搜集整理工作才陆续展开，但是影响并不大。今天被我们称为南方少数民族史诗的大量作品，后来又被学者们称为“南方创世史诗群”的文学现象，其文本大规模搜集整理与学术研究工作，直到70年代末才真正开始，大规模记录、整理、翻译及出版工作的展开则是80年代以后的事情，从那时起一直持续到现在，成绩斐然。

一、中华人民共和国成立前云南少数民族史诗的搜集整理

我国南方少数民族史诗的搜集整理最早可追溯到清朝末年。早在1896年，英国传

教士克拉克与贵州黄平籍的苗族人潘寿（秀）山合作，记录了苗族史诗《洪水滔天》《兄妹结婚》《开天辟地》中的一些篇章，这是目前我们可查到的最早的中国南方少数民族史诗搜集工作。

迁徙史诗概念的提出与被学术界认可是20世纪80年代以后的事情，但迁徙史诗的搜集整理工作却是与其他类型史诗的搜集整理一起进行的，即南方迁徙史诗的搜集整理是包含在其他较早搜集整理的创世史诗中的。云南少数民族中包含迁徙内容的史诗的搜集整理工作最早发生于20世纪30年代。30年代，在滇东北与黔西北一带，以杨芝为代表的一批苗族知识分子用英国传教士创制的苗文记录了大量的苗族古歌，这些古歌包括了创世、战争、迁徙等内容。这是中华人民共和国成立前国内最早的包含族群迁徙内容的史诗的搜集、记录情况。演唱者与当时的记录者没有现在常见的创世史诗、迁徙史诗、英雄史诗等分类意识，迁徙内容是与其他内容一起唱述并记录下来的。杨芝等人演唱、记录的苗族古歌内容非常广泛，从开天辟地、人类诞生，到频繁迁徙、居无定所，一直到现在的定居生活都有所涉及。但是，中华人民共和国成立前史诗的搜集整理较为分散，多为有识之士自发进行。这些有识之士对史诗文本的记录、保存与翻译做出了重要贡献，为史诗文本的深入研究奠定了基础。

二、1949—1980 年间云南少数民族史诗的搜集整理

中华人民共和国成立后，迁徙史诗的搜集、整理是伴随着南方民族其他类型史诗的搜集、整理工作同时进行的。中华人民共和国成立后最早的史诗搜集工作很多时候并不是出于史诗研究的目的，而是为了语言研究的需要。

中华人民共和国成立以后，政府首先进行了民族识别工作，之后又为各个没有文字的少数民族创制了文字。为了调查语言、搜集语言材料，一些语言学家开始搜集记录民间史诗。马学良先生在1983年出版的《苗族史诗·序言》中说：“这部史诗，我们原是作为研究苗族语言调查搜集的，因而记音是忠实的。以后按照记录的素材，经过一词一句的直译，再综合意译，所以译文是不失原意的。《史诗》是在所记录的众多语言材料中选择出来，作为文学读物整理加工而成的。”① 1992年出版的萧家成的《勒包斋娃——景颇族创世史诗》是作者于1996年用景颇文和国际音标记录的，当时的目的主要是为了进行语言学方面的调查研究。早期云南少数民族史诗的搜集大多是在一些语言学家的指导下进行的，要先归纳出当地语言的音位系统，然后再进行记录。在创造文字之后，搜集口头文学则改用民族文字记录。不过，尽管这期间学者们做了很多搜集整理工作，但其成果一直很难出版，这时期搜集整理的很多史诗都是以内部资料的形式与大众见面的。

1958—1960年，文艺界开展了一次大规模搜集民间文学的运动。80年代出版的史诗，有很多都是在这一时期所搜集的资料的基础上整理完成的。1960年，由贵州省民

①马学良、今旦译注：《苗族史诗》，北京：中国民间文学出版社，1983年，第9页、第12页。

间文学工作组整理的苗族《跋山涉水》（贵州苗族迁徙史诗）发表在《民间文学》上，这是目前能查到的对“迁徙史诗”这一术语的最早运用。这一时期史诗收集整理的数量增多，但由于此时史诗的搜集整理工作有很多是在语言调查时顺便进行的，不是出于专门的史诗收集整理研究而为。本时期很多搜集整理到的史诗文本是作为语言研究的参考资料，很多都没有发表，仅为内部资料，资料的使用与研究视角相对狭窄。

三、1980 年后云南少数民族迁徙史诗的搜集整理

德昂族史诗《达古达楞格莱标》译成汉语为“最早的祖先传说”，由赵腊林（德昂族）演唱翻译，陈志鹏记录整理，刊发于 1981 年第 2 期的《山茶》杂志上。据调查，目前德宏芒市三台山能够完整演唱德昂族史诗的歌手都已去世，现在只剩 80 多岁高龄的李腊翁能演唱部分史诗；保山潞江坝、芒宽一带仅有散文版的传说故事流传。

1983 年开始，我国又进行了一次大规模的民间文学搜集运动。这一时期搜集整理的史诗，几乎都是由多个文本综合而成的。如隋嘎、艾荻、张开达等搜集、整理的《司岗里》是目前影响最广的《司岗里》文本。80 年代，隋嘎与岩扫一起讲述，由李正新、张开达整理的《司岗里》故事，虽然演唱者与搜集整理者都认为这次讲述的故事仍然是残破不全，甚至还有错误，但却一直是被公认、引用最多的《司岗里》散文本。

从 1983 年起，中国开始进入搜集民间古籍的新阶段，这一时期的主要任务是抢救古籍。云南省少数民族古籍整理出版规划办公室于 1984 年按照国务院有关文件要求，经云南省人民政府研究决定成立，古籍办隶属于云南省民族事务委员会，其主要职责是负责组织、协调、联络、指导全省的少数民族古籍抢救、保护、翻译、整理、出版和研究工作，制定少数民族古籍整理规划和保护法规，建立民族古籍资源库等。云南省少数民族古籍整理出版规划办公室编纂出版了一系列史诗文献，其中便包括后来被称为迁徙史诗的很多文本。例如，1986 年出版的《夷僰榷濮》、1987 年出版的《赊窆榷濮》等彝族迁徙史诗。哈尼族迁徙史诗《哈尼阿培聪坡坡》是在 1987 年出版的，包含迁徙内容的哈尼族殡葬祭词《斯批黑遮》是在 1990 年出版的。1992 年，云南苗族迁徙史诗《西部苗族古歌》出版。

1986 年，由云南省少数民族古籍整理出版规划办公室编，云南民族出版社用汉文和新推行的哈尼文对照的《哈尼阿培聪坡坡》出版，这个版本是哈尼族著名歌手朱小和口头演唱的记录本。整理者在朱小和演唱录音的基础上，根据录音与歌手逐字逐句直译，再补充录音，根据大量补充录音修订的录音直译，最后翻译完成。这期间，录音共有三次，第一次的系统录音和 1984 年 4 月、7 月的两次补充录音。口译者主要是卢朝贵，其间朱小和自己也担任了一部分口译工作，直译记录由史军超和杨叔孔担任，补充修订部分的直译记录和笔译稿都是由史军超完成。此诗的哈尼文译稿是由卢朝贵、段贶乐担任。[①] 史军超在哈尼族迁徙史诗《哈尼阿培聪坡坡·后记》中详细记述了该史诗收

①史军超、卢朝贵等整理：《哈尼阿培聪坡坡》，昆明：云南民族出版社，1986 年，第 222 页、第 226 页。

集、整理、翻译的过程，是我们了解该文本形成过程的重要资料。后记中详细回顾了《哈尼阿培聪坡坡》哈尼文、汉文对照版文本的搜集、记录、整理与翻译出版情况，为我们了解云南少数民族迁徙史诗由歌手录音的口头文本形成汉文译文的整理本的全过程，为我们了解这部代表性迁徙史诗汉译文本的形成过程提供了典型案例。

彝族罗罗支系的《铜鼓歌》是口头唱诵的本支系的迁徙史和英雄史。《铜鼓王》的主要搜集者是文山州富宁县文化局离休干部李贵恩。中华人民共和国成立初期，李贵恩在富宁县从事民族文化工作，多次参加龙迈、木腊、龙洋一带的彝族人盛大的传统节日——跳宫节，多次听到毕摩演唱《铜鼓王》。李贵恩请当地彝族知识分子翻译并记录了《铜鼓王》的大部分章节。后来因为受极“左”路线干扰，《铜鼓王》的搜集、翻译工作被迫终止。党的十一届三中全会以后，龙迈、木腊、龙洋一带彝族的跳宫节得以恢复。但是当年能够把史诗从头唱到尾的老毕摩有的去世，有的虽然健在，但记忆力却早已衰退，再也唱不完整了。李贵恩不畏艰难，先后到与滇桂比邻的龙迈、木腊、龙洋以及与越南接壤的木卓、篾洒、木煞、术桑、木香、术思、木令、老寨等20余个彝族村寨进行搜集，并对广西者弹、达腊、必念等地来的富宁的彝族老人进行了大量的访谈，终于将比较完整的《铜鼓王》翻译、整理了出来。现在的《铜鼓王》是以李贵恩的搜集、翻译稿为蓝本整理而成的。

综上可知，中国南方史诗的搜集整理与研究工作的开始都相对较晚。迁徙史诗的搜集整理一开始就是包含在南方创世史诗搜集整理过程中的。直到80年代，才有学者注意到南方史诗中存在的这些以迁徙主题的史诗类型。80年代之后，云南少数民族古籍整理出版规划办公室对哈尼族、拉祜族、傣族、佤族、苗族等民族迁徙史诗的收集整理，以及本民族学者对迁徙史诗类型的关注，为我们的研究提供了最为重要的民语本与汉译本，也为此后包括迁徙史诗在内的云南少数民族各类型史诗的进一步研究奠定了基础。

第三节　云南少数民族迁徙史诗概述

云南少数民族的迁徙史诗若按照其所属民族的历史源流进行划分的话，可分为源自古氐羌族群系统民族的迁徙史诗、源自古百越族群系统民族的迁徙史诗和源自古百濮族群系统民族的迁徙史诗。此外，还包括相对较晚迁入云南的苗瑶族群系统民族的迁徙史诗。同一族群系统的文化传统相近，其中越是典型性的迁徙史诗①其程式化往往也就越高。笔者首先从属于以上四个族群系统后裔的民族中选取了其中最具代表性的民族的迁徙史诗，并在此基础上再选择出该民族代表性的迁徙史诗文本。笔者认为，判断一个民族的迁徙史诗是否是该族群系统各民族中最具代表性的标准是：

①“典型性的迁徙史诗”指的是那些唱述了在超凡主人公引领下，经过漫长艰辛的迁徙历程终于到达现在居住地的口头或书面文本的气势恢宏、风格崇高的长篇叙事诗。

（1）迁徙史诗的数量大、异文多；

（2）除有典型性迁徙史诗外，还有丰富的其他类型的迁徙史诗；

（3）能够较好地体现整个族群系统迁徙史诗的共性和个性；

（4）能与本族群系统内部和外部的其他民族的迁徙史诗之间呈现出较为鲜明的互文性；

（5）有一批既能够遵循传统，也能够超越传统的优秀史诗歌手。

以此为选择标准，笔者在源自古氐羌族群的民族中选取了哈尼族、彝族、拉祜族以及景颇族的迁徙史诗作为本课题重点分析解读的对象；将佤族、布朗族、德昂族作为源自百濮族群民族的迁徙史诗的重点研究对象；关于百越族群的迁徙史诗，笔者选取了傣族、壮族的迁徙史诗作为重点分析的对象。此外笔者还将苗族与瑶族迁徙史诗作为后来迁徙云南境内的少数民族迁徙史诗文本的重点分析对象。云南苗族、瑶族的迁徙史诗与贵州、广西等地苗族、瑶族的迁徙史诗相比既有共同的民族性特征，又有鲜明的地域性特点。

一、源自古氐羌民族的迁徙史诗

古氐羌民族迁徙史诗的产生和形成，可以追溯到遥远的古代，那就是古氐羌族群历史上的族体分化及其接踵而至的大规模迁徙。古氐羌族群系统的迁徙史诗呈现出鲜明的集群现象，迁徙史诗类型丰富。如在哈尼族、彝族、拉祜族、景颇族等民族中既有典型性迁徙史诗，也有非典型性迁徙史诗。笔者参考上面的拣选标准，以上述民族为例，概述古氐羌族群迁徙史诗的基本面貌。

（一）哈尼族迁徙史诗

哈尼先祖经历了大规模的漫长迁徙才到达现在的居住地。在漫长艰辛的迁徙和发展中，哈尼先祖创造了丰富多彩的口头传统，迁徙史诗便是其中之一。

1. 长篇迁徙史诗

在云南各少数民族中，哈尼族迁徙史诗是目前搜集整理、翻译出版文本最多、类型最为丰富的。迄今为止，公开发表、出版的哈尼族长篇迁徙史诗有《哈尼阿培聪坡坡》（哈尼祖先的迁徙史）、《雅尼雅嘎赞嘎》（雅尼人的迁徙史）、《普亚德亚佐亚》（在头人带领下建寨开田）、《普嘎纳嘎》（祖先的迁徙与居留）、《祖先迁徙歌》、《哈尼祖先过江来》以及《迁徙悲歌》（一）、《迁徙悲歌》（二）等。具体情况详见附录。

哈尼族迁徙史诗文本附录

文本名称	演唱者	翻译/收集者	行数	出版社/保存者
《哈尼阿培聪坡坡》	朱小和	史军超、杨叔孔收集，卢朝贵翻译	5900余行	云南民族出版社1986年版
《普亚德亚佐亚》	朱小和	史军超、卢朝贵收集记录	2500余行	文稿由云南省社会科学院史军超保存

续表

文本名称	演唱者	翻译/收集者	行数	出版社/保存者
《戚姒然密》	朱小和	史军超、卢朝贵、杨叔孔翻译整理	1300 余行	文稿由云南省社会科学院史军超保存
《大头人纳索》	朱小和	史军超、卢朝贵、杨叔孔翻译整理	1100 余行	文稿由云南省社会科学院史军超保存
《哈尼、腊伯的比赛》	朱小和	史军超、卢朝贵、杨叔孔翻译整理	7200 余行	文稿由云南省社会科学院史军超保存
《雅尼雅嘎赞嘎》	批二	施达、阿海记录翻译整理	7200 余行	云南人民出版社 1992 年版
《聪坡坡》(迁徙)	白学梗		6050 行	
《聪坡坡》(迁徙)	杨批斗	密贝	3200 行	
《哈尼阿培聪坡坡哈八》(祖先迁徙的古歌)	李开明	哈萨然搜集	8750 行	
《哈尼阿培搓》(哈尼祖先逃跑)	马蒲成		2330 行	
《搓葩葩》(大逃亡)	罗成三		5010 行	
《哈尼阿培聪坡坡》(哈尼祖先迁徙史)	陈阳则	普金明	5570 行	
《搓坡坡哈八》(逃跑的歌)	李起然		4250 行	
《聪坡坡》(跑)	卢万明		2500 行	
《聪坡坡》(跑)	杨罗斗		6500 行	
《搓坡坡然》(逃跑的人们)	车国忠		2070 行	
《阿波仰者》	杨伙吉	黑嘎翻译、宋自华记录	1200 行	
《哈尼祖先过江来》	卢万明	卢朝贵翻译、杨笛记录	265 行	收入《中国歌谣集成·云南卷》,中国 ISBN 中心 2003 年版,265 行;保存于史军超处的有 900 行

续表

文本名称	演唱者	翻译/收集者	行数	出版社/保存者
《哈尼杜达尼嘎嘎》(哈尼祖先的迁徙)		黄世荣搜集整理	900 行	
《普亚德亚佐亚》	朱小和	卢朝贵翻译	3600 行	
《迁徙悲歌(一)》	车朗	阿海翻译、阿流整理	600 余行	收入《西双版纳哈尼族歌谣》,云南少年儿童出版社 1989 年版
《迁徙悲歌(二)》	佚名	高和搜集翻译整理	561 行	收入《吴奔米奔》,中国戏剧出版社 1999 年版,561 行
《迁徙》	赵呼础 赵呼周	李期博记录翻译	700 余行	文稿由红河哈尼族彝族自治州民研所李期博保存
《觉出、觉车、觉麻迁徙歌》	土坡龙	李期博记录整理	500 余行	文稿由红河哈尼族彝族自治州民研所李期博保存
《普嘎纳嘎》	赵呼础 赵呼周	李期博记录翻译	1700 余行	文稿由红河哈尼族彝族自治州民研所李期博保存

(备注:表格中列出的文本,没有出版或保存人说明的大多只有录音或文字记录,保存在某一学者手中,但至今还没有翻译整理出来)

如果说,《哈尼阿培聪坡坡》和《雅尼雅嘎赞嘎》讲述的是哈尼族全体先民完整的迁徙历程的话,《普嘎纳嘎》《哈尼先祖过江来》《迁徙悲歌》《寻找祖先的足迹》等单篇型迁徙古歌唱述的则主要是某一支系的哈尼先祖的迁徙经历,或者是整个族群在迁徙途中的某一地的生活境况。例如《普嘎纳嘎》唱述的是云南红河、思茅等地哈尼族的迁徙历程。"普嘎纳嘎",哈尼语意为"祖先迁居与停留"。史诗广泛流传在红河、思茅等地的哈尼族聚居区,异文本众多。本文所用文本是由红河县哈尼族歌手赵乎础、赵乎周演唱,哈尼族学者李期博搜集、翻译整理,收录于红河州民族语文古籍研究所编辑的诗史《木地米地》中的文本。《哈尼祖先过江来》是哈尼语哈雅方言演唱的迁徙古歌,共计 265 行,由芦万明演唱、杨笛采录,收录于《中国歌谣集成·云南卷·上卷》,是简要概述哈尼人迁徙生活的短歌。《迁徙悲歌》是哈尼语哈雅方言迁徙古歌,流传于云南省西双版纳傣族自治州哈尼族聚居区,演唱者是车朗,翻译者为阿海,整理者是阿流,收入西双版纳勐海县民族事务委员会编的《西双版纳哈尼族歌谣》中的"历史传说歌"中。歌中唱述了哈尼族回标、科德和塔迁三个支系的迁徙经历。该文本与《雅尼雅嘎赞嘎》中“到了景洪坝”篇章中的“德其与标格”“水火无情”以及“从出走到定居”篇章的基本情节一致，两者应该互为异文。迁徙史诗《寻找祖先的足迹》由歌手赵呼础、李七周演唱，李期博、米娜搜集整理，是殡葬祭词《斯批黑遮》的重要组成部分，摩批都要会吟唱此诗。译者在本篇注释中说，这段祭词是哈尼族迁徙史诗的一种，一般作为史诗演唱时，内容更为丰富。这里作为祭词，是要把哈尼祖先的由来告诉死者，只要简要唱述祖先曾经迁徙定居的地方，知道祖先是如何到达现在居住的地方就可以了。唱完此篇，说清楚先祖的迁徙之路后，歌手要接着演唱“指路”篇，按照先祖的迁徙之路，把死者的灵魂送回去。

以上介绍的是哈尼族较为典型的迁徙史诗，这些文本的篇幅较长，异文众多，有较多优秀史诗歌手世代演述。这些长篇迁徙史诗有的是作为节日或仪式祭词的一部分在哈尼族节日或祭祀仪式上出现，有的则是作为殡葬祭词的一部分在葬礼上演述。在节日节庆或集体祭祀仪式上演述时，歌手演唱的内容丰富，篇幅也较长，但是作为殡葬祭词演述时，内容与情节则要简练得多。

2. 短篇迁徙歌

除了上述较为典型的迁徙史诗之外，哈尼族民间还流传着很多与迁徙相关的短歌。这些短歌有些是从长篇迁徙史诗中脱落下来的，有的则是独立的文本。在这些众多的迁徙歌中，较具有代表性的有：《迁徙》《糯比人迁徙歌》《觉出、觉车、觉麻迁徙歌》《搬迁歌》《那妥密查》《那罗普楚》《刹勒勒本本》《佐甸密查》《汗交交本本》《哈尼苏嘎惹罗普楚》《大雁领去的地方》等。以上文本在《中国少数民族古籍总目提要》(哈尼族卷)① 中，被列入“史诗歌谣”的“迁徙古歌”部分，共计 19 个文本。

短篇迁徙歌附录

文本名称	演唱者	翻译/收集者	行数	出版社/保存者
《刹勒勒本本》(打猎的歌)	杨批斗	卢朝贵翻译、史军超、杨叔孔收集整理	170 余行	文稿由云南省社会科学院史军超保存
《汗交交本本》(人类的起源与迁徙)	罗哈牛	罗继新翻译	70 行	
《祖先迁徙歌》	李书周	白学光收集记录	96 行	文稿由云南民族艺术研究所白学光保存
《糯比人迁徙歌》	杨伙吉	倪伟顺翻译、宋自华记录	170 行	收入《哈尼族古歌集》，元阳哈尼族彝族傣族自治县史志办公室 2002 年编印

①全国少数民族古籍整理研究室组织编写：《中国少数民族古籍总目提要》(哈尼族卷)，北京：中国大百科全书出版社，2010 年。

续表

文本名称	演唱者	翻译/收集者	行数	出版社/保存者
《搬迁歌》	李四义	李四义翻译、宋自华记录	256行	收入《哈尼族古歌集》，元阳哈尼族彝族傣族自治县史志办公室2002年编印
《那妥密查》	朱小和	史军超、卢朝贵、杨叔孔收集翻译整理	70行	文稿由云南省社会科学院史军超保存
《纳罗普楚》	朱小和	史军超、卢朝贵、杨叔孔收集翻译整理	230行	文稿由云南省社会科学院史军超保存
《左甸密查》	朱小和	史军超、卢朝贵、杨叔孔收集翻译整理	200余行	文稿由云南省社会科学院史军超保存
《哈尼苏嘎惹罗普楚》（哈尼最富庶的惹罗大寨）	朱小和	史军超、卢朝贵、杨叔孔收集翻译整理	260余行	文稿由云南省社会科学院史军超保存
《大雁领去的地方》	朱小和	史军超、卢朝贵、杨叔孔收集翻译整理	110余行	文稿由云南省社会科学院史军超保存
《木朵策果》	朱小和	史军超、卢朝贵、杨叔孔收集翻译整理	240余行	文稿由云南省社会科学院史军超保存

这些短歌的演唱比较自由，不用限定时间与场合。上面列表中出现了多首由朱小和演唱的短歌，在节日期间演唱全本《哈尼阿培聪坡坡》时，这些短歌也会被纳入其中，成为长歌的组成部分。在日常生活中，这些短歌可以在茶余饭后演唱，灵活自由。

3. 其他古歌中的迁徙篇章

上述皆为单独成篇的迁徙史诗文本。在被学者们认定为是哈尼族创世史诗、其他古歌的文本中也有族群迁徙的内容，这些章节可以作为迁徙歌独自成篇，单独演唱。这些文本中的迁徙篇章也是本课题要研究的文本类型。哈尼族创世史诗《十二奴局》中的《杜达纳嘎》和哈尼族丧葬祭词《斯批黑遮》中的《寻找祖先的足迹》讲述的都是哈尼族的迁徙历史。《十二奴局》是一部在哈尼族民间广泛流传的史诗，也是哈尼族人民长期集体创作的长篇巨著，它通过“哈八”（唱传统古歌）调子在民间传唱，世代流传。“奴居”是哈尼语，相当于汉族著述中的“篇”“章”或汉族曲艺中的曲目。《杜达纳嘎》便是用哈巴调子演唱的《十二奴局》中的一个篇章。

在哈尼族民间，迁徙史诗的口头文本类型十分丰富。围绕迁徙母题，核心情节相似，但由于演述情境和歌手演唱技能的不同，口头文本可长可短。迁徙母题可以是长篇综合型史诗中的重要母题和情节，由歌手或祭司在大型节日节庆期间演唱，也可以从综合型史诗文本中脱离出来，单独存在，成为独立的长篇迁徙史诗或者更为短小精悍的迁徙歌。

（二）彝族迁徙史诗

在云南少数民族迁徙史诗中，彝族迁徙史诗是一种非常独特的类型。彝族迁徙史诗中很少有曲折、跌宕的故事情节和英雄祖先的名字与开疆拓土的业绩，即使有，通常也是几句话轻轻带过。云南彝族迁徙史诗中内容丰富、篇幅较长、出现最为频繁的是毕摩一次次祭祀祖先、举行分支的场景。

彝族迁徙史诗的形成与“六祖分支”这一重要事件密切相关，围绕这一事件形成了丰富的“六祖”迁徙史诗系列。“六祖分支”是彝族古代历史上的重大事件，时间大约相当于西周末年，在当时的彝族聚居区发生了洪灾，彝族先民由部落酋长笃慕[①]率领，由原来的世居地迁到洛尼山[②]暂避洪水。后来，因为此地土地贫瘠，不宜长期居住，笃慕主持分支祭祀大典后，将其民众分为武、乍、糯、恒、布、默六个部落，分别向三个方向迁徙，由此形成今天川滇黔桂彝族的基本分布格局。后世彝族将这次历史事件称为“六祖分支”。这六支分别由笃慕的六个儿子慕雅枯、慕雅切、慕雅热、慕雅卧、慕克克、慕齐齐统帅，组成了武、乍、糯、恒、布、默六个部落，分别向三个方向发展。武、乍两个部落迁徙后主要分布在云南西部、中部、南部地区，是这些地区的彝族以及彝语支民族的祖先。糯、恒两个部落后来主要迁徙定居于云南昭通和四川西部、南部地区，是现在云南昭通、四川凉山等地的彝族先祖。布、默两个部落迁徙后主要分布在云南会泽、宣威、曲靖和贵州毕节、安顺以及广西隆林等地区，是现在这些地区的彝族之祖。

1. 六祖诗系

“六祖分支”这一彝族古代历史上的重大事件，不仅作为口头传统在彝族民间广为流传，也被彝族古代史学家和文人记载于彝文典籍中。经搜集，在现存的《西南彝志》《洪水泛滥史》《勒俄特依》《六祖魂光辉》等彝文文献中，都或详或略地记述了六祖分支的过程以及六祖分支后各主要家支世系，各家支间的相互关系、核心人物以及战争、祭祀、分支等重要事件。涉及“六祖分支”及其前后彝族先民迁徙历程的史诗，主要有《赊豋榷濮》（古代六祖）、《夷僰榷濮》（六祖史诗）、《根因榷濮》（六祖源流）、《尼祖谱系》、《彝族源流》、《彝族氏族部落史》等；其他碎片化的迁徙内容则散存于《西南彝志·谱牒志》《彝族创世志·谱牒志》等大部头经籍中。彝族关于“六祖”的典籍，在滇东北彝族地区流传的抄本很多，但总的归纳起来有《夷僰榷濮》（魂光六祖）、《赊豋榷濮》（古代六祖）、《根因榷濮》（六祖源流）三大类。这是彝族六祖

①笃慕：尊称为“阿普笃慕”，意为先祖笃慕。

②据说在今云南会泽一带。

分支后，各支系后裔对六族历史记载详略、偏重不同的各种“六祖史”抄本。

2. 彝族其他的迁徙史诗

《铜鼓王》是流传于云南省富宁县、广西壮族自治区那坡县和越南与中国接壤的彝族居住区的一首讲述本支系在各代首领铜鼓王的带领下，经历了流血战争与漫长迁徙定居于现在居住地的长诗。笔者所用版本的主要搜集地点为富宁县的龙迈、木腊和龙洋三个彝族村。古歌中既有民族起源、生存繁衍的概述，也有民族迁徙、定居，再迁徙、再定居的反复铺叙；既有大规模的战斗描绘，也有历代彝族英雄业绩的记叙；既有创造发明铜鼓过程的描述，也有彝族跳宫节来历的叙说。内容庞杂，人物众多，迁徙距离远，时间跨度大。完整版本一般只在跳宫节上由彝族毕摩在祭祀时演唱，又叫《铜鼓歌》。

（三）拉祜族迁徙史诗

拉祜族先祖历史上也属于古氐羌民族系统，跟彝族、傈僳族、哈尼族等民族一样，也经历了从西北到西南的迁徙之路，拉祜族居住的地区也创作流传着众多的迁徙古歌。在云南普洱市的澜沧县拉祜族地区，《牡帕密帕》是一首众所周知的讲述先祖迁徙的古歌。1979 年，首个汉文译本《牡帕密帕》出版，这个文本糅合了澜沧、临沧多地歌手的演述，但主要出自澜沧的木戛。刘辉豪整理时说，在决定使用“牡帕密帕”（造天造地）这一名称时，曾有多个字词的取舍。文字整理校正后的《牡帕密帕》汉译本只有 2200 余行，其中的“狩猎、分民族”与“扎倮和娜依”篇讲述的便是拉祜先祖分支、迁徙的过程。

（四）景颇族迁徙史诗

景颇族是跨境民族。在中国境内，景颇族主要聚居于德宏州的陇川、盈江、潞西、瑞丽、梁河五县山区及畹町镇。景颇族的古歌与传说中都有先祖来自遥远北方的说法，老人去世后的送魂路线也是指向遥远的北方。景颇族史诗中，迁徙也是其重要主题。

景颇族史诗《目瑙斋瓦》中“宁贯杜打天造地”与“两个年轻人寻找火种”两个篇章以及“牵目瑙牛”等章节都是用象征的手法，详细讲述了景颇族先民漫长曲折的迁徙历程。“目瑙”，在景颇语里是“舞蹈”的意思；“斋瓦”，即“以歌的形式来吟唱历史”之意，“目瑙斋瓦”合起来的意思是“历史的歌”。这种吟唱历史的歌一般在景颇族大型目瑙舞的祭祀活动上，由专职的斋瓦吟唱。

二、源自古百濮民族的迁徙史诗

佤族、布朗族与德昂族先祖的历史一起混合于“濮”等民族源流分化复杂的群体历史记载中，三个民族的迁徙史诗在主题、典型场景以及叙事结构等方面存在着较高程度的互文性。

（一）佤族迁徙史诗文本

佤族的《司岗里》既有韵文本，也有散文本，是综合神话、传说、史诗、歌谣、谚语、祭词、咒语等多种文体形式的百科全书式的综合体。1950 年以来，通过民族学者、民间文学研究者的辛勤工作，《司岗里》的收集、整理取得了很多成果。这些成果最多的是散文体的《司岗里》，同时也收集到一些韵文体的《司岗里》。

1957年初，由西盟佤族自治县马散窝努小寨大魔巴艾扫用佤语口述，经云南少数民族调查组邱锷峰、聂锡珍和傅愫斐等诸位学者纪录、翻译、整理的《佤族历史故事"司岗里"的传说》，是目前所见到的最早的《司岗里》神话传说的搜集、整理文本。1960年，云南民族民间文艺沧源调查队在沧源佤族自治县进行佤族民间文艺调查时搜集到3份《西岗里》（即《司岗里》）的材料。这3份《西岗里》文本虽然篇幅短小、内容不够全面，但它们是最早收集到的韵文体古歌《司岗里》，是极为珍贵的原始资料，而且这3份《西岗里》古歌与在西盟收集到的《佤族历史故事"司岗里"传说》在内容上有所不同，使我们能看到不同佤族地区《司岗里》文本的变异情况。1980年，刘允禔、陈学明一起整理出版的《葫芦的传说——佤族民间神话史诗》（原名《西岗里》）文本，由序歌、天边飘来一只小船、葫芦啊人类的家、关于谷子的传说、太阳和月亮、天空和彩云、夜空落下一颗星星、星星腿的故事、各民族是亲兄弟、花朵一样的文字、寨子和竹楼、阿佤的木鼓、远方飞来一只银鸟等13章组成，每章100行左右，共1000余行，是第一本公开出版的"司岗里"神话史诗。

由西盟佤族祭司或歌手达老屈、达嘎、科窝朗、娜海、岩扫、岩班、岩瑞等人口述，佤族学者隋嘎、贝叶春、贝岩巩等搜集，最后由艾荻、张开达整理的《司岗里》，是流传于西盟佤族地区最长的散文体《司岗里》。该版本汇集了20多篇相关的"司岗里"神话传说，每一篇讲述了一种自然现象、一件事物的起源或者某一风俗习惯的起源，涵括了开天辟地、人类起源、日月形成、衣食住行等众多内容。

沧源佤族学者王学兵在沧源、西盟、澜沧、耿马、孟连、腾冲，甚至到缅甸进行田野调查，期间对国内外的很多佤族精英和学者进行了深入访谈，历时10年。2004年，《司岗里传说》在远东出版社出版。这是对"司岗里"神话传说第一次较为系统、连贯的收集与整理。该书共由33个部分（章）组成，内容涉及开天辟地、日月产生、人类起源与再生、民族形成、部落迁徙以及在迁徙途中所发生的性别区分、语言文字产生、原始农业文明的出现等神话传说，反映出佤族先民特定历史时期的社会经济和文化生活，是近几年"司岗里"搜集、整理所取得的重要成果之一。

2009年3月，云南出版集团、云南人民出版社出版了由毕登程、隋嘎搜集整理，西盟佤族自治县文联编辑的佤族创世史诗《司岗里》。这是迄今为止第一本系统、完整的诗歌体《司岗里》文本。这一版本的《司岗里》由引子、尾声、正文共26章组成，从开天辟地、洪水暴发、人类繁衍、走出司岗里、建寨定居、学习各种生产技能，一直唱到佤族节日和宗教信仰的形成以及司岗里的守护、祭祀、吟唱和传承等。

佤族史诗《司岗里》是神话、史诗、故事、歌谣、俗语等文类混合而成的综合体，加上又没有准确的纪年，致使我们看到的故事显得比较杂乱，但通过相对准确的地点的转换来推动故事讲述的叙事方式，是包括佤族歌手在内的云南少数民族迁徙史诗演唱者们为后人保存先祖迁徙经历和社会发展过程的独特方式。

（二）布朗族迁徙史诗

布朗族是跨境民族，民间传说其先祖曾经有过几次较大规模的迁徙活动，现在大部分布朗族居住在澜沧江中下游两侧的山间地带。中国布朗族主要居住在西双版纳州勐海县、景洪县、勐腊县等地的边缘山区。在布朗族民间，其迁徙历程在史诗《勐茅来的人》《来自“洪勒南三嘿”》等文本中有较为清晰的描述。

1.《勐茅来的人》

《勐茅来的人》唱述的是布朗族某一支系从勐茅寨子迁徙至现在双江县一带居住的故事。口头文本广泛流传于云南双江县地区，文本中说布朗族原来住在一个叫“勐茅”的地方，因为烧土蜂与勐枉地方的人起了冲突。勐枉人从勐茅的一个寡妇口头探听到保护勐茅人的神树的秘密，砍死了神树，之后又施计烧了勐茅人的寨子。勐茅人只能扶老携幼向外奔逃，歌中唱道：“有一天，来到了小黑江边，在邦歪河口休息后爬上了一道山梁。爬啊爬，最后到了一个平缓的山坡上。这儿草丰林茂，环境宜人，恰在这时，他们抱着的一只大公鸡叫了，勐茅逃出的人认为这是吉兆，就在这儿停留下来，祭献祖先后扎寨居住。他们把当拐棍带来的芦蒿竹插在地上，咦，芦蒿竹竟然活了。这是一块宝地呀！”① 这个地方就是现在的邦丙弄寨。“邦丙”是祭祀时用的托盘，“弄”是“第一”的意思，“邦丙弄”这个寨名就是“第一个祭献的地方”的意思。

这部史诗的部分诗句在20世纪50年代时还在一些布朗族老人口头上流传。老人们会唱到迁徙途中的艰辛与定居地的选择：“太阳出得天高，大地如烈火燃烧，从勐茅弄来的人儿啊，蹲在这儿休息一会吧！把柱子竖起来，房子要盖在平的地方，饭要吃热的，这样才能好吃好在（住）。”②

2.《来自“洪勒南三嘿”》

《来自“洪勒南三嘿”》这部史诗流传于勐海县。文中说布朗族祖先最初生活在一个叫“洪勒南三嘿”的地方。“洪”是澜沧江，“勒”是上游，“南三嘿”是三条河交汇的地方。“洪勒南三嘿”指的就是“来自澜沧江上游的一个三条河交汇的地方”。对于这个地方，史诗中唱道：“四季全不冷，白昼都温和。平地青草嫩，畜吃人也吃。树上挂满果，颗颗酸又甜。野兔满山跑，遍地野鸡窝……”③

但是，布朗族最初生活的这个美丽富饶的地方后来遭到外族劫夺，布朗族祖先被迫南迁，途中遇到种种天灾人祸，最终来到一个叫“法洪埋哦”的地方，据说是现今景洪县内澜沧江边一个长满芦苇的湖边。定居了若干世代后，因为“开线”（一种病名，即疟疾）和外族驱赶，被迫迁进勐海深山。

3.《我们是帕雅艾楼的子孙》

布朗族有祭祀祖先的习俗。不同的是，滇西布朗族各自祭祀近亲祖先，滇南布朗族

①王国祥：《布朗族文学简史》，昆明：云南民族出版社，1995年，第174页。

②王国祥：《布朗族文学简史》，昆明：云南民族出版社，1995年，第176页。

③王国祥：《布朗族文学简史》，昆明：云南民族出版社，1995年，第177页。

则全寨或数寨集体祭祀古代有卓著功绩的祖先。澜沧县芒景、芒洪每年都要祭祀英雄祖先——艾棱，王国祥推测艾棱有可能是元代这个地区的布朗族首领。祭祀时要吟诵史诗《我们是帕雅艾棱的子孙》。关于艾棱的故事，除诗歌外，还有散文体的传说故事流传，并用傣文写进了地方志书。民间传说与书中记载相比细节更丰富、更完整。除了上述单独成篇的布朗族史诗外，在布朗族史诗《创世歌》的“迁徙篇”中也讲到了布朗族先祖的迁徙故事。

（三）德昂族的迁徙史诗

《雷弄山的儿女》是德昂族迁徙史诗。在这一文本中，德昂族先民将其历史追溯得很远，古歌中讲述了德昂族祖先是怎么来到雷弄山居住的，反映了德昂族分化和迁徙的历史。学界认为文本可能产生于元明以后德昂族由盛到衰的历史。除了上面介绍的德昂族单篇型迁徙史诗外，在其大型史诗《达古达楞格莱标》中也有一章节专门唱述了德昂族先祖的“漫漫坎坷迁徙路”。达古达楞格莱标，译成汉语是“阿公阿婆如是说”。文本由序歌，天和地的由来，葫芦人的传说，茶树、粮种和衣饰的来历，太阳王子和龙公主，王宫斩龙，漫漫坎坷迁徙路七部分组成。最后一部分讲述了德昂族由盛转衰、由平坝迁往高山地区的原因和过程。

三、源自古百越民族的迁徙史诗

壮族和傣族同源于百越族群，本是“一家人”，壮、傣的分离据说发生在现在的文山壮族苗族自治州境内。据说在很久以前，壮族和傣族曾经共同生活在文山这片土地上，经过多次迁徙之后，傣族先祖到达了德宏、版纳等地；走得不太远的是花腰傣、黑傣等支系；壮族的布傣支系则是留下来的遗民之一。云南壮族的土支系自称“布傣”，也叫“布岱”或“土佬”。土支系世代口耳相传的迁徙歌名为《考潭归》，意思是“砍芭蕉的古话”，在文山州马关县的黑傣、玉溪市新平县的花腰傣地区也有相同的故事。

百越族群的迁徙史诗目前除傣族史诗《巴塔麻嘎捧尚罗·迁徙篇》较长外，目前整理出版的文本皆为短篇迁徙歌。但这并非说明这些史诗以前在民间流传时篇幅也如此短小，有可能其口头文本篇幅很长，但是现在能够演唱长歌的人已经没有了，我们目前搜集到的只是长歌的部分片段。笔者从云南百越族群系统民族中选取了傣族、壮族迁徙史诗作为代表性民族迁徙史诗进行介绍。

（一）傣族迁徙史诗

傣族迁徙史诗既有独立成篇的文本也有作为其他形式的史诗部分章节而存在的文本。如傣族史诗《巴塔麻嘎捧尚罗》的第十四章“迁徙篇”便是整部创世史诗的一部分。“迁徙篇”中唱述了两个傣族女王为了寻找生存之地，带领傣族先民迁徙的故事。而德宏傣族地区“进新房”时要唱的“迁徙歌”、文山州马关县傣族的《傣器》、红河州金平县傣族的《逃难离境》《悲哈调》等则是独立的迁徙歌。

1. 西双版纳傣族的《巴塔麻嘎捧尚罗·迁徙篇》

《巴塔麻嘎捧尚罗·迁徙篇》中说，自从“帕雅桑目的”当了人类首领后，他就率领众人到处寻找能安居乐业的地方，最后他在美丽富饶的宗补大地建立了大勐——“勐泐龙”。在勐泐龙除了大首领“帕雅桑目的”之外，还有很多小首领。其中的两位女首领，一个叫“苏米答”，另一个叫“雅罕冷”，她们是天上的女神“萨丽捧”和“约相”化身而来的。

两位女首领的辖域灾难降临，神灵指引人类迁离勐泐龙，两位女首领在神灵的指引下把民众分成两支，沿着河流迁徙。两个女王率领的迁徙队伍最终分在两处定居。正是从那时起，苏米答女王的支系有了这样的规定：森林属于卡，坝子属于傣，并载入史诗中，叫作“藤卡纳傣”①。在目前能查到的傣文资料中，只有《巴莎坦》和《本勒傣泐西双邦》两部傣文典籍中记载有两位女王率众迁徙的历史，其余文献不见记载。

2. 德宏傣族的迁徙歌

在德宏傣族聚居区，傣族民众在新房建成后通常会举行“进新房”仪式，届时要请歌手来唱歌祝福。德宏傣族地区进新房仪式上所唱的祝福歌中就有讲述本地傣族先祖的迁徙经历的内容。如在盈江县盏西镇姐告村的“进新房”仪式上，两位歌手分别在新房的里面与外面，以一问一答的对唱形式讲述本地傣族的迁徙经历。在新房门内与门外唱歌的两位歌手分别扮演了“迁徙者”与“原住民”的角色。迁徙者讲述自己的迁徙经历，告诉“原住民”他们走过了哪些地方，为什么没有在那些地方住下，而是想在“原住民”所在的地方生活，并恳请“原住民”获准，允许他们在此地落脚生根。歌谣反映了德宏地区傣族先祖的迁徙经历。

3. 其他地方傣族的迁徙歌

黑傣是云南境内傣族分布格局上处于最东边的一个傣族支系，主要生活在文山州马关县境内，仅有7000余人。黑傣自称“傣乱”，意思是在历史迁徙过程中被“漏掉”的一支傣族支系。在这个傣族支系中广泛流传着一首名为《傣器》的迁徙歌。歌中唱述了这个傣族支系从一个名叫“器”的地方迁徙至文山马关的故事。长诗中说，“器”是傣族的发源地，居住在“器”的傣族非常兴旺，人口众多，每天要吃掉千头猪、百只羊、万担米，挑水路过的地方桶底滴下的水都能汇集成小河。后来“器”地的傣族人口越来越多，部族之间为了抢夺地盘，常常发生械斗和战争。世道混乱，生活动荡，为了求得生存和发展，傣族首领“朵贺”只能带领部族重新寻找居住地。他们顺着河流，穿过森林，翻越山岭，走走停停，停停走走，每到一处就住上一阵。当暂居地再也没有野菜可挖、野果可摘、动物可猎之后，他们就又迁徙到另一个地方居住。晚上睡觉时，大家集中在一块平地上或一个山洞里，中间烧一堆火，老人、妇女和小孩睡在里边，身强力壮的男人睡外边，保护部族不受野兽袭击。

迁徙途中，“朵贺”带领部分人马在前面引路，边走边砍路边的野芭蕉树或蕨芨为记号，标记好路线，以便日后返回家乡。“朵贺”部族一直向北迁徙，后面的人沿着记号跟着走，一直来到了现在的文山境内。“朵贺”告诉大家，等世道平稳后，他再带领

---

①“藤卡纳傣”的意思是森林或山地归山区的民族所有，田坝或坝区归傣族所有。

大家重回“器”地。住了很久，“朵贺”召集部族回去时，由于部族分散在不同地方，一时半会儿不能齐聚，没有办法一起回乡。“朵贺”就带着人先走，标好路线，住得较远的人来到约定地点时，看见先走的人砍的野芭蕉和蕨芨已经发芽了，以为跟不上前面的人了，而这里山也青，水也秀，有田耕，有地种，气候也很好，就定居下来，不再回“器”地了。因此，马关县这部分傣族称自己为“傣乱”，“乱”就是“遗漏”的意思，“傣乱”就是“遗漏的傣族”。

在位于哀牢山腹地的玉溪市新平傣族彝族自治县境内的傣族支系花腰傣中流传着一首名为《逃难离境》的迁徙歌，歌中凝结了这个傣族支系的迁徙历史。新平傣族被外族称为“花腰傣”，按自称又分“傣雅”“傣卡”“傣洒”三个支系。“傣雅”的意思是“遗留、停留下来的傣族”，据说他们是傣族南迁时遗留下来的贵族。传说在2000多年前古滇国的政权动荡中，包括百越民族在内的很多民族被迫向南迁徙。他们由北向南迁徙，途经元江、墨江、普洱、西双版纳等地，有的民族或支系就在沿途适合居住的地方留下来，有的则继续南迁，一直抵达今天的缅甸和泰国境内。花腰傣的先祖在沿着红河谷迁徙时掉队了，从此就留在了哀牢山下的红河谷里。迁徙古歌中唱道：“每逢下雨，雨水自山顶汇集成河，树叶的倒影铺满整个滇池，滇池里长满了荷花……”古歌中说，不知道什么原因傣族先民开始离开滇池故地，到远方寻求更好的安居之地。当时有许多部落头人带着自己的部落分别远行，其中有一支贵族，他们身穿华丽的衣服、昂贵的披挂，一路上走走停停，行进缓慢，最后落在队伍的后面。这些迁徙者相约，走时砍倒身边的树木为标记。当贵族部队走到红河谷地的时候，看到一片芭蕉树被砍倒，但是被砍倒的芭蕉树芯已经长出了新芽。这些贵族不知道砍倒的芭蕉树会很快倒抽芽，他们以为前面的队伍已经过去了很久，追不上前面的部队了。又看到这里土地肥沃，鸟语花香，是个好地方，于是他们放弃了追赶，在哀牢山的红河谷内定居了下来。象征着贵族身份的服饰也在岁月变迁中逐渐演变成了现在花腰傣靓丽华美的服饰。

红河哈尼族彝族自治州南部的金平苗族瑶族傣族自治县的傣族聚居区流传着一首迁徙古歌《悲哈调》。歌中唱道：“大官大汉官，大官大理王。心毒似火辣，心黑似火炭。种地没粮食，种田没饭吃；带包饭去勐卧，带包饭去勐乃。那里好地方，到勐弄开地，到勐岗开田。手不断不怕，脚不断不悲，顺大江奔走，朝大河向前；坐大船过江，踩竹筏渡岸。实现了我的愿望，到达我的目的地。”[①] 歌谣唱述了金平傣族历史上被异族逼迫、颠沛流离的迁徙经历。

（二）壮族迁徙史诗

在云南文山州的壮族土支系中流传着一首壮语名为《考潭归》的迁徙史诗，也有学者记录为《考汤归》，其汉语译名为《砍芭蕉》或《砍去的芭蕉树》。2015年暑假，笔者到文山壮族土支系聚居区之一的砚山县平远镇调查时，发现这里已经没有人可以完

①刘岩：《溯礼江而上——花腰傣历史文化考察笔记》，陶贵学主编《中国云南新平花腰傣文化国际学术研讨会文集》，北京：民族出版社，2003年，第126—128页。

整地演唱《考潭归》了。拖白木村老年协会的负责人告诉我，以前在地里干活的时候，老人们跟年轻人“款古”，会唱很多古歌，他们一开始也听不懂，老人唱完了会给他们翻译一遍，慢慢地他们也会唱了。他说，牛角寨的一个老人唱《考潭归》唱得最好，完整地唱下来要好几个小时。他们只能唱一些片段，记得住故事的大概情节，完整的歌他们已经不会唱了。笔者搜集到的《砍去的芭蕉树》有300多行。故事梗概为：很久以前，布傣壮族接到了打仗的命令，男女老少一起奔赴战场，途中被河水拦住，只能绕行。到达战场后，布傣立下了战功，返回家乡的途中相约以鸡鸣为号，一起动身，途中各寨以砍芭蕉标记路线。但是上寨公鸡叫得早，三更就起身了，下寨没有公鸡，天亮后才出发。下寨人追赶途中发现上寨人砍下的芭蕉树都已长了起来，以为时间已经过去很久了，就决定不再追赶前面的人，而是留在当地开荒定居。

文山州文联壮族作家梁宇明所写的《我是一匹壮族的纸马》一文中提到了一首名为《考汤归》的迁徙歌，其基本内容与笔者所收集的文本一致。笔者以为两个文本应是互为异文的，是布傣人迁徙故事在不同地区流传而形成的异文。

云南师宗县壮族地区流传的《话说砍芭蕉》歌中说：在遥远的古代，官家征调土僚兵去作战，要他们充当先锋，取胜后才准回家。土僚兵开始长途跋涉，经过滔滔河水，打了胜仗。土僚兵谢绝官家给的轿与马，徒步回家。途中，在上下两寨宿营。次日，住在上寨的士兵公鸡叫就出发，住在下寨的士兵因没有公鸡，等母鸡叫时，天已大亮，于是出发追赶前队。前队以砍芭蕉作为路标，后队看到砍过的野芭蕉已长出很长一节，认为前队早已经走远了。问芭蕉，芭蕉说还可以追上。遇到追栗树，路过麻栗林，都说还可追上前队。土僚兵走得精疲力竭，再也不能往前走，就在有地板藤的地方住下，开荒种地。他们种荞麦、稻谷，稻谷上交官家，人只能吃荞麦度日，生活极度困苦。某年北方打仗，土僚男人应征参战，分别时夫妻难分难舍。土僚兵作战英勇，战争结束，官家安排坐轿骑马回家，被土僚官兵拒绝。他们走路回到家时已经快到年三十了，于是当地壮族有了正月三十过小年的习俗。

云南壮族的迁徙歌主要流传于土僚支系中，情节大同小异，“砍芭蕉”是其中最为核心的母题，砍芭蕉作标记的典型情节反复出现于各地土支系的迁徙歌中，搜集整理者便将这类迁徙歌称为“砍芭蕉歌”。

四、苗瑶民族的迁徙史诗

据说元代以前就有部分苗族和瑶族民众从贵州、四川、广西等地迁入云南境内，但是，关于苗瑶族群在云南的情况直至元代才有记载。清代，苗族、瑶族开始大规模从贵州、四川、广西迁入云南境内。其中，苗族主要是从贵州、四川迁入云南；瑶族则主要从广西迁入。因此在苗族、瑶族的迁徙史诗中，既有讲述在原居住地贵州、四川、广西迁徙、定居的情境，也有进入云南后继续迁徙、分散居住的情境。

（一）苗族迁徙史诗

西部苗族迁徙史诗是指流传于滇东北、黔西北的一系列迁徙史诗。目前这类史诗主要收录于苗青主编的《西部民间文学作品选（2）》①、云南省少数民族古籍整理出版规划办公室编的《西部苗族古歌》②、田玉隆编注的《蚩尤研究资料选》③、中国民间文艺研究会贵州分会翻印的《民间文学资料》④ 四本书中。这四本书中的迁徙史诗由多个文本组成，是在多位歌手演述文本的基础上按照一定的顺序加工整理而成的。除了这四本书外，还有一些文本中也包含有苗族迁徙古歌。

与上述四本书中所收录的篇幅较长的迁徙史诗相比，还有很多篇幅相对较短的迁徙歌在云南苗族地区流传，笔者制作了一个表格，以方便读者了解目前学者们记录整理的云南苗族短篇迁徙歌。

云南苗族短篇迁徙歌

篇名	开本/页数	行数	演唱者	记录整理者	流传地区	收入的著作
《苗族古歌（二）》	32开13页	298	佚名	张荣	云南省昭通市苗族聚居区	《昭通民族民间文学资料选编》（第一集），昭通县民委、文化局1983年编印
《爷觉力岛之歌》	32开36页	871	张树民	张绍祥	云南省宣威市苗族聚居区	《宣威民间文学集成综合卷》，云南民族出版社2001年版
《苗族来自志民利》	32开8页	152	张树民	格娄东	云南省宣威市苗族聚居区	《云南省民间文学集成·宣威县苗族卷》，宣威县民间文学集成办公室1989年编印
《阿义翱》	32开3页	78	杨芝 王建国	杨世武 王建国	云南省昭通市苗族聚居区	《昭通地区民族民间文学资料选》（第二集），昭通地区文化局、民委1985年编印
《龙心歌》	32开9页	104	潘德明	朱宪荣	云南省武定县、禄丰县、禄劝彝族苗族自治县苗族聚居区	《中国苗族文学丛书·西部民间文学作品选（2）》，贵州民族出版社1998年版

①苗青主编：《西部民间文学作品选（2）》，贵阳：贵州民族出版社，1998年。
②云南省少数民族古籍整理出版规划办公室编：《西部苗族古歌》，昆明：云南民族出版社，1992年。
③田玉隆编注：《蚩尤研究资料选》，贵阳：贵州民族出版社，1996年。
④中国民间文艺研究会贵州分会翻印：《民间文学资料》第十六集，1985年。

续表

篇名	开本/页数	行数	演唱者	记录整理者	流传地区	收入的著作
《苗族迁入彝良》		44		杨忠信	云南省彝良县苗族聚居区	《苗族民间文学选》，贵州民族出版社 1996 年版
《苗家迁入环州》	32 开 17 页	196	王福才	张志辉 朱仁俊	云南省武定县苗族聚居区	《中国苗族文学丛书·西部民间文学作品选（2）》，贵州民族出版社 1998 年版
《苗族迁徙到云南》	32 开 3 页	81 行			个旧、金平苗瑶傣族自治县苗族聚居区	《中国苗族文学丛书·西部民间文学作品选（1）》，贵州民族出版社 2003 年版
《卯蚩嫚翠》	32 开 18 页	822	朱兴德		云南省彝良县苗族聚居区	《云南省民间文学集成·彝良县民间文学集成卷》第一卷，彝良县文化馆 1989 年编印
《花山起源之歌》	16 开	60 行	陶开英	侯　健 王万荣		《民间文学》1998 年第 18 期，中国民间文艺出版社 1998 年
《踩花山》		65 行				《中国苗族文学丛书·西部民间文学作品选（1）》，贵州民族出版社 2003 年版
《飞歌起源》	32 开 11 页	505	朱兴德			《云南省民间文学集成·彝良县民间文学集成卷》第一卷，彝良县文化馆 1989 年编印
《迁徙歌》	32 开 5 页	87	刘文保		昭通永善、彝良、大关等县苗族聚居区	
《苗族祖先过江记》	32 开 19 页	430	杨王	熊国有	金平苗族瑶族傣族自治县苗族聚居区	《云南民间文学集成·金平长诗卷》，金平苗瑶傣族自治县文联 1989 年编印

这些古歌篇幅较短，内容涉及迁徙路程中的一个重要事件、著名人物或者与迁徙相关的某种风俗的起源等。代表性的迁徙歌有《苗族来自志民利》①、《阿义翱》②、《花山起源之歌》③ 等。以上文本中的母题与情节也会出现在篇幅较长的迁徙歌中，成为云南苗族长篇迁徙史诗的组成部分。

（二）云南瑶族迁徙史诗

瑶族分勉瑶、布努瑶及拉珈瑶三大系统。蓝靛瑶是勉瑶中的一个较大支系，主要分布于云南、广西境内，越南北部也有分布。中华人民共和国成立前，蓝靛瑶在文化习俗上受其他民族影响并不显著，保留的民族传统文化也较为完整。目前收集整理的云南瑶族迁徙史诗主要有文献类的《过山榜》和口头类的信歌。

1.《过山榜》

瑶族多用文书形式记载其迁徙历程，常见的有“过山文书”，俗称“过山榜”或“评王碟券”。据说这是最古老的叙述文书，用于记录瑶族的族源以及迁徙路线。此外还有族谱、家谱、碑文等，用于记录家族源流及社会变迁。云南瑶族《过山榜》主要流传于“勉”支系瑶族聚居区。《过山榜》起初源于唐王朝为招抚瑶族先民而颁布的入籍券牒文照，是羁縻制度的产物。榜文的颁发形式有两种：一是中央王朝政府直接颁发，二是瑶族首领发放或瑶民传抄。从瑶族民间榜文的行文和内容来看，后一种形式占绝大部分。《过山榜》主要叙述了十二姓瑶族的来历及其社会地位，讲述了古代高王侵犯平王国土，龙犬盘瓠为平王打败高王，立有大功，平王答应将三公主许给盘瓠为妻。后来夫妻迁入南山中，生下六男六女，平王各赐一姓氏，成为盘瑶族系最早的十二姓。因为十二姓瑶人的特殊身份，中央王朝颁发《过山榜》，以惠及其后代。《过山榜》是研究瑶族族源、迁徙历史、组织制度等文化的重要文献。

2. 信歌

瑶族民间有传抄歌书的习惯，歌书多为用汉字记瑶音抄写而成，所抄录的唱本内容极为丰富。信歌是歌书中的一种特殊文体，是一种可以唱诵的书信，是瑶族民间特有的一种文学类型。历史上，瑶族几经迁徙，多分散居住于各地的山区。由于交通阻塞，通信不便，民间便以信歌的形式来交流信息、表达情感。信歌内容驳杂，打官司、求爱、做媒、诉苦、过节等社会生活各个方面都可以用信歌的形式唱述。按照演唱内容的不同，我们可以对瑶族类型繁多的信歌进行分类。与本课题相关的信歌主要是“迁徙信歌”和“寻亲信歌”两种。

“寻亲信歌”是以文字记录唱歌的方式来寻找亲人。这种方式虽名曰“信”，但往往并没有具体姓名，只是以这种特有的叙述手段来传递情感，表达瑶族非凡的民族凝聚

---

①全歌 152 行。收入宣威民间文学集成办公室 1989 年编印的《云南省民间文学集成・宣威县苗族卷》（内部资料）中。

②全歌 87 行。收入昭通地区文化局、民委 1985 年编印的《昭通地区民族民间文学资料选》（第二集）中。

③全歌 60 行。收入中国民间文艺出版社 1998 年出版的《民间文学》中。

力。由于瑶族迁徙时间久，迁徙路线长，分散地域广，历史上遭受的压迫又深，为了寻亲，为了民族的团结便产生了这种特殊的叙述体裁。这也是为什么“寻亲信歌”多无具体人名，而是杂糅民族、宗教、家族、历史于一体的原因。以迁徙为主题的信歌我们可以称之为“迁徙信歌”。迁徙信歌唱述了瑶族先祖从最初的祖居地辗转迁徙到现在居住地的历史以及这期间的生活状况和文化变迁。《寻根歌》是蓝靛瑶的一首迁徙信歌，叙述了瑶族先祖迁徙的历史，相传此信歌为广西凌云的一位盘姓歌手作于清乾隆年间，后辗转传抄，广泛流传。云南、广西有蓝靛瑶居住的地方多有抄本。

云南少数民族迁徙史诗的产生与各民族的迁徙历程和族群认同有着极为密切的关联。“迁徙”作为其先祖特殊的生活历程对云南少数民族叙事传统的模塑有着重要的影响。大凡有过漫长族群迁徙经历的民族，大多都有着一种浓重的“寻根”或者“家园”意识。云南少数民族迁徙史诗大多以本民族在历史上的迁徙事件为主要内容或者重要叙事线索，唱述某族群或支系在漫长艰难的迁徙途中所发生的生产生活和文化的变迁，塑造了迁徙过程中曾发挥重大作用的英雄或部落首领等人物形象，描绘了一幅幅各民族迁徙的壮阔画卷。

第四节　云南少数民族迁徙史诗的形态与类型

云南少数民族中，历史上曾经创制并使用本民族文字的民族极少，即使是对于拥有文字的云南少数民族来说，其历史记忆、经验智慧、伦理道德等传统文化主要也是靠口耳相传来代代传递的。民族迁徙是其历史记忆的重要内容，民族迁徙记忆的呈现形式与文本类型十分丰富。本课题所使用的“史诗文本”概念，是指通过口头或书面表达、用各种方式记录下来、以各种可见载体保存的史诗。

一、云南少数民族迁徙史诗的形态

根据约翰·迈尔斯·弗里和劳里·杭柯及其他学者对文本的认识与分类，笔者将云南少数民族迁徙史诗的文本形态按照口头诗学的分类方式也分成了口头文本形态、“来自口头”的文本形态与书面文本形态三种类型。

（一）口头文本

迁徙史诗的演唱是一种口头传统，口头性的表演和传承决定了迁徙史诗文本的形式多为口头文本。口头传统（oral text）是指口头传承的民俗事项，而非依靠书写。劳里·杭柯认为，在民间文学范畴内尤其像史诗这样的口头传承，主要来源于民间艺人和歌手，他们的脑子里有个“模式”可称为“大脑文本”（mental text），当他们表演、讲述或演唱时，这些“大脑文本”便成了他们组织故事的基础。

迁徙史诗一般在祖先、神灵的祭祀仪式、节庆或葬礼上演唱，多为口头形式的文本。迁徙史诗的口头文本在隆重的仪式中演唱，由有威望的祭司或歌手演唱全文。在生活中的其他聚会场合，歌手也可以根据具体情况分别演唱不同的章节，所以史诗各部分又有相对的独立性。歌手的每次演唱都是一首独立的、新的迁徙歌。迁徙史诗的口头文本不仅是歌手所表演的史诗内容，还包括当时情境中歌手、听众/观众的情景反应、互动，以及体势语言、表情等。在云南少数民族迁徙史诗中，大多为口头演述文本，如哈尼族的《哈尼阿培聪坡坡》《雅尼雅嘎赞嘎》、苗族的《跋山涉水歌》《西部苗族古歌》、拉祜族的《根古》、傈僳族的《古战歌》、佤族的《司岗里》、德昂族的《眼泪歌》等皆为口头迁徙史诗。

（二）"来自口头"的文本

在傣族史诗《巴塔麻嘎捧尚罗·序歌》中，歌手开篇唱道："听吧乡亲们，我捧着一部古老的唱本，讲述智慧无比的天神，开创宇宙天体和大地，创造山川、河流、湖海，以及植物、动物和人。"歌中所提到的手捧着的"古老的唱本"便是歌手演唱时所用的书面文本。云南少数民族许多迁徙史诗的形成历史比较久远，把口头文本（元文本）记录、抄写下来诉诸文字的文本即属于"来自口头"的文本形态。"来自口头"的文本特点是能够把自身恢复到史诗演唱的情境中去，并能再次进行口头表演。这样的文本也较多，如彝族的毕摩、纳西族的东巴、壮族的麽公、傣族的章哈在人生仪礼、节日节庆与祭祀仪式上演唱时所使用的经籍很多都是迁徙史诗的手抄本。

在云南彝族、纳西族、壮族、傣族等拥有文字的少数民族地区，其祭司毕摩（彝族）、东巴（纳西族）或麽公（壮族）以及傣族职业歌手章哈等在祭祀仪式中使用的典籍即"仪式文"是"源于口头的文本"。这些"仪式文"多为手抄本，其最初形态是口头创作、世代流传的碎片化文本，后来被记录下来，其形式和内容逐渐固化，并逐渐趋于完整、精致。时至今日，毕摩经、东巴经、麽公经、章哈歌本等经书或手抄本在仪式中唱诵时保持了口头文本与书面文本相结合的特征，书面文本也呈现出符合口头唱诵和口头传承的综合特点。瑶族《过山榜》、信歌，纳西族讲述迁徙故事的东巴经，彝文经籍《夷僰榷濮》《赊窨榷濮》《六祖源流》，傣族的《巴塔麻嘎捧尚罗·迁徙篇》等皆为书面形式的迁徙史诗文本。这些文本通过汉文、东巴经、彝文、傣文典籍文献留存至今，虽然其口头表演的文化语境在当今现实生活中大都已经消失，无法得到实地的观察与验证，但是，从文本分析来看，这些已经定型的古籍文献依然附着了各民族口头传统的基本属性。

（三）书面文本

按照劳里·杭柯的定义，这类文本是由编辑者根据某一传统中的口传文本或与口头传统有关的文本进行汇编后创作出来的。常见的情形是，将若干文本中的组成部分或主题内容汇集在一起，经过编辑、加工和修改后形成新的书面文本，如：汇集了云南苗族多篇迁徙歌的《西部苗族古歌》，毕登程、隋嘎版的《司岗里》等文本便是学者们按照时间、主题、事件发展顺序等标准将其搜集、整理的众多口头文本加工整理、连缀成篇后形成的新的书面文本。这类文本大多是20世纪80年代以来学者们翻译整理的汉译文本或汉语和民族语相对照的书面文本，这些文本不仅脱离了具体的表演语境，语言形式也由民族语转变成了汉语。这些书面文本多为静态文本，很难再次转化为活态的口头文本。

二、云南少数民族迁徙史诗的文本类型

迁徙史诗文本的记录方式和整理状况对于文本的分析十分重要，概括起来，迁徙史诗传统文本主要有以下几种。

（一）经籍本

经籍本指在历史发展过程中积淀形成，成为本民族的经典固定下来并得到一致认同和广泛流传的史诗文本。在纳西族、傣族、彝族等拥有文字的少数民族中，都有其世代相传的经典。经籍本内容广泛，而作为民族的根谱和宗教、历史、文学的渊薮的史诗更是其中最为重要的部分。史诗经籍本是在本民族文字出现之后，由本民族知识精英兼宗教领袖的祭司、歌手在世代流传的口头史诗基础上记录、写定的。这些经籍本多掌握在祭司手中，具有权威性、经典性。史诗经籍本是民间口头传统的记录和整理，并非书面创作，基本上以手抄本形式流传，并在口头流传和抄本传承中发展出变异形式乃至衍生形式。如在彝族迁徙史诗《夷僰榷濮》后记中便记述了经籍手抄本的形成过程及抄写者情况等重要信息：

> 本书译自云南万德土署凤氏土司家藏彝文典籍《夷僰榷濮》，成书时为清嘉庆二十四年（一九一八年）。原著虽未署作者姓名，但从原著对斋事的详尽描写，对毕摩一职的尊崇，以及对禄劝、武定彝族各宗支沿革掌故的稔熟，可推证著作者应系土署毕摩。原著大致可分为两大部分，一是“六祖分支”前，描写了彝族先祖的由来；一是“六祖分支”后，讲述了居于禄劝、武定彝族各宗支迁徙沿革的过程。尽管全书充满了“祭祀”“做斋”的宗教色彩，但从字里行间可以窥见古代社会面貌，为学者研究彝族古代文化提供了重要依据。《夷僰榷濮》系彝族文献典籍中的类书，各彝族聚居地区均有该书抄本。但由于各地彝族在发展上的差异，抄录者水平的高低，致使此类书出现了文字上的变异。但均是研究各地彝族发生、发展的重要史料。应尽力搜集、翻译、整理，以展现彝族“六祖分支”历史的全貌，此译本仅系该类书之一卷，现予刊印，拟起抛砖引玉的作用。①

《夷僰榷濮》是彝族文献典籍中的类书，从书中所述内容来看，应该是毕摩所用“经书”。在云南彝族居住的很多地方都能找到该书的其他手抄本。在云南彝族典籍《裴妥梅尼——苏嫫（祖神源流）·自序》中，抄书人普正兴毕摩为我们留下了关于该文本的重要信息——“毕摩自序”。“毕摩自序”是彝族经籍文献的重要部分，是毕摩抄写完经书正文后书写的序跋，记录抄写经书母本的来源、抄写的缘起、抄写的过程以

①云南省少数民族古籍整理出版规划办公室编：《夷僰榷濮》，昆明：云南民族出版社，1986年，第59—60页。

及对抄写者本人身世背景的简短回忆等。《裴妥梅尼——苏嫫（祖神源流）·序言》中说：

> 这部祭祖经，传抄给法果哨村①的徒弟。我原求学于觅令董氏家，后把经书传。我的故土，山高林又深，东边大麻配，南靠上价格，西临咪尼村，北近大黑土，村名西扯邑。② 普氏门中的手迹，抄书人姓普名正兴。抄这部书的时候，参考觅令吾师童氏的书，又细读临安玉王庄罗富于乾隆三十二年抄的一部《柏妥梅妮》，遂把它抄就……传抄这部书的时候正是盘溪大桥③建造，后人细读，知道吾祖迁徙史。知书识礼人，官府自会用，懂汉书做汉官，识彝文做彝官。我读书时，白昼活计忙，夜晚点明子，来把经书念。在熏人的明子灯下，抄下一部部书。我抄书不用功，字迹不工整，一行长，一行短，一字大一字小。后人看时，切莫把我笑。
>
> 普千总
>
> 清朝光绪二十一年④

经籍本是史诗在较早时期就固定下来的文本，较为全面、真实地保存了史诗在某一历史发展阶段的原生面貌，在某种意义上，是其后传播的信息源，对史诗的向后传播起到了关键性作用，因而是研究史诗原始形态、发展流变弥足珍贵的资料。

彝族的《夷僰榷濮》和《赊窦榷濮》是典型的书面经籍文本。这种类型文本虽然也是在口头文本基础上记录、整理而成的，但是它们的流传途径包括口头流传和书面文本流传两种。彝文文献的文体体现为韵文，说明彝文的应用还没有脱离具体的传播——交流语境（仪式）。即使阅读写定的彝文文献，也可以从中发现这些书面典籍有其独特的口头程式，比如押韵、压调、双声叠字、四字骈俪语、拆字组句、平行排比、冗余复沓、主客设问对答、“天—地—人”三段式结构、主题系列、故事范型等等，而这些口头程式被带进了书面文献，对我们研究书面文本如何留存和改变了原生口承模式，实在是不可多得的材料。⑤

实际上，经书在毕摩看来，不仅包括有形的、成册成卷的“特依”（书籍），也包含了无形的、以音声为表征的记忆文本“克此克哈毕”（口诵经）。就彝文书写文本而言，其意义的发生与内容的激活，皆是在仪式诵经与口头演述的声音中获得生命的。任何一部书写文本，对彝族传统社会来说，一旦脱离了毕摩的口头诵演，都不过是一页毫无用处的书页而已。同时，一个出色的毕摩往往能够洋洋洒洒地背诵上百卷口诵经籍，一个合格的毕摩往往是一个出色的歌手和口头论辩家、演说家，他们同样具有创造性的

---

①法果哨村：今弥勒五山乡法果哨村。

②大麻配、大黑土、西扯邑是属于五山乡；上价格和咪尼村属于弥勒巡检司镇。

③盘溪大桥：今华宁县盘溪镇，此桥建于光绪二十年，次年竣工。

④师有福、阿者倮濮、罗希吾戈译注：《裴妥梅尼——苏嫫（祖神源流）》，昆明：云南民族出版社，1991年，第187页。

⑤巴莫曲布嫫：《口头传统与书写传统》，《读书》2003年第10期。

天赋和创新的才能，他们中间也涌现了许多荷马式的大师级人物，而且在自己所属的社区和族群中有他们自己的审美标准和评价体系。①

经籍翻译本是指经籍本翻译成的其他文字的版本。早在20世纪初，国内外学者就开始了对中国少数民族文字经籍的翻译和研究工作，其中就包含很多少数民族史诗。如杨成志、马学良对彝族古籍的搜寻、研究和翻译，丁文江的《爨文丛刻》，傅绩、李霖灿先生对东巴经的搜集和翻译等。

中华人民共和国成立后，少数民族经籍的搜集、翻译和整理工作系统有序地开展，许多珍贵的史诗被翻译，有的还以双语对照的形式呈现。学者们对经籍文本的翻译要遵循很多原则：在翻译过程中，力求保持原书的面貌，首先完成原文的表音、字译、句译稿，在此基础上再进行必要的民语汉语文法对应上的调整。为了使各族读者均能读懂，在译稿中尽其所知加以注释。由于书中提到的地名、人名支系称谓极其繁多，凡能考订者均一一注出，有未知者不能妄加校勘，以音译的办法保持原貌。② 经籍翻译本是研究者借以了解、研究史诗的重要工具，然而翻译不仅要求认识和理解本民族文字，还需要翻译者对其相应的文化生态系统熟悉、理解乃至情感认同。因此，经籍本提供的史诗需与其至今在民间存留的口头形态（如果该抄本仍然还有活态演唱形式的话）进行印证、比较，才能得到更为可信的结论。

（二）口述记录本

口述记录本是由一位或数位歌手逐次演唱（加上翻译和解释），由田野工作者记录下来的文本。20世纪40年代，民族学家在进行田野调查时记录了部分当地流传的神话或史诗片段，但零碎而分散。20世纪50年代末，在民族民间文学调查过程中，很多原始资料即为口述记录，有些编辑成“资料本”内部出版，如云南大学中文系、中国作家协会云南分会民间工作部编印的资料汇编中就有《梅葛》《阿细的先基》等的原始调查资料。但更多的是在汇总整理过后被丢弃，造成了无法挽回的损失。在云南少数民族迁徙史诗中，文山广南彝族的《铜鼓王》是典型的由口头文本记录、整理而成的口传记录本。毕登程、隋嘎版的佤族《司岗里》则保留了由歌手口头文本整理成的原始资料汇编。

（三）录音本

这是在录音乃至录像技术运用到田野调查后形成的新的口述记录本，相对于以往口授笔记的形式，现场录音在现实的场景中进行，因而比之于口述记录，其内容更真实。吟唱者能更为流畅和自然地表达，感情更饱满，能更好地发挥即兴创作的才能。但是，相对于口述记录，现场录音整理本不能及时反馈、咨询翻译和整理者的疑问，有时会在整理中留下遗憾。

---

①巴莫曲布嫫：《口头传统与书写传统》，《读书》2003年第10期。

②云南省少数民族古籍整理出版规划办公室编：《夷僰榷濮》，昆明：云南民族出版社，1986年，第59页。

史诗歌手的现场录音不仅是学者后期整理、翻译的重要资料，也是歌手学习众人之长，提升演唱技巧、拓展演述内容的重要途径之一。佤族歌手隋嘎任县政协主席时，将全县各乡镇一些有名的原来当过头人、祭司、英雄、歌手的老人任命为政协委员，工作之余，常常与他们探讨本民族历史文化，并用录音机录下《司岗里》的各种说唱。

歌手的演唱录音不仅使演述的内容被记录，还使得歌手的声音得以保存。但是，录音整理的难度极大，特别是对于用方言、民族语演述的史诗来说，歌手演述时的吐字归音，史诗中的古词汇与宗教术语以及虚词等都很难翻译，因此听录音翻译的过程中会遇到很多模糊不清的地方，这时需要翻译者及时联系演唱者或者相关学者咨询和请教，解决问题。但是如果录音没有被及时整理，时间长了，演唱者本身的记忆也会模糊，难以想起当时演唱时的一些细节，往往会影响文本的翻译质量。

（四）整理本

整理本是在口述本、经籍本或在二者基础上进行汇总、综合、比较、推理，进而删减、调整、修改而成的文本。一般说来，其阅读对象主要还是普通大众，而不是只针对一些特定方向的学术研究者。例如，在 1958 年的民间文学调查形成的成果中，由于特定历史条件的限制，政治意义、思想意义的强调使整理者带有一定的导向性，有些材料因为不符合时代要求没被选用，有的可能还被部分篡改。由于不注重其相关“上下文”的报道，导致研究者无法对其进行全面真实的研究。

以各种方法记录下来的史诗文本各有其特点与作用。在本课题研究过程中，笔者选取的迁徙史诗文本虽然具有一定的典型性，但大都是经过系统整理和多次删减、补充，甚至是多篇短歌连缀而成的“重组”文本，又因为语言关系，笔者分析的只是汉译文本，相对来说，很难避免原来语言艺术魅力的减弱。而且，选取的被文字记录下来的汉译本，必然对演唱过程中的互动和语境等方面的分析有所欠缺。

关于迁徙史诗整理本的形成过程，隋嘎、毕登程搜集整理《司岗里》的过程非常具有代表性，在《司岗里》的前言中系统讲述了这一文本的形成过程。在毕登程开始搜集整理《司岗里》时，隋嘎就告诉他，不可能找到能够从头至尾说唱完《司岗里》的人。可毕登程还是抱着侥幸心理，认为只要自己多跑跑，四处寻找总能找到一两个能完整演唱司岗里的人，听他一唱，翻译出来稍加整理就是完整的《司岗里》。隋嘎他们经过多年的搜集、研究，他们自己也成了最了解《司岗里》史诗的人，尤其是隋嘎，他本来就是一位出色的歌手和故事家，他完全有能力来进行创造性的吟诵和歌咏。本着这样的认识，他们反复思考、研究搜集到的全部《司岗里》原始材料。《司岗里》说唱歌手，常常是唱着唱着唱累了，就停下来，改唱为说；说着说着来劲了，又改说为唱，民间有许多精彩的祈祷词、祭祀歌、抒情歌，实际上是《司岗里》活态史诗在实际生活中的运用，是它的有机组成部分。《司岗里》史诗的民间说唱难免有说唱错了的内容，他们力求排除；《司岗里》史诗的民间说唱存在着编得好与编得不好的差别，他们择优选用编得好的版本，然后又用其他版本的精华加以补充。

从该版本搜集整理者自述的这段内容中，我们发现，当地学者在搜集整理《司岗里》时，很多人已经先入为主地将《司岗里》限定为全佤族的“创世史诗”，并刻意地选择与所谓“创世”相关的内容，在众多异文的筛选、加工、重组基础上形成了我们看到的这一“科学”或“完整”的《司岗里》文本。但是，在“全民族的歌”比某一支系或家族的“迁徙史”更重要的思想认识下整理而成的长篇《司岗里》，虽然是把各地司岗里古歌中都有的开天辟地、洪水泛滥、出洞等共同母题与核心情节都包含在内，但遗憾的是，在这些看上去属于全民族的“完美”文本中却看不到佤族先祖出洞后各支系、家族具体的迁徙历程了。因为，出洞后各支系不同的迁徙故事恰恰是最初的一些《司岗里》搜集整理者在“全民族”“世界性”“创世史诗”等思想观念指导下刻意删除的内容。

随着史诗学研究的发展和深入，现在对包括迁徙史诗在内的民族民间文学的搜集、整理更为科学、严谨，更注重原生性、真实性，更注重对民俗、信仰、生态环境等相关文化生态系统的研究与报道，并引入影视人类学手段，民族民间文学得到了立体多元的反映。迁徙史诗的理想文本形式应该是“情理本”，即融记录与整理、文本与相关背景资料、书面文本与多媒体于一体，能够多层次、多视角地反映云南少数民族迁徙史诗的活形态与实质内容，保存文化精华，体现真实性，具有一定美学价值、社会作用，更具有研究价值和文化意义的新型文本形式。

“情理本”的提出让我们看到当代史诗由传统文本向多元文本转化的演述形式与学者们与时俱进、推陈出新的研究视角与创新方法。在笔者调查的过程中也发现，当代社会环境中，迁徙史诗的演述形式与文本形态都有了较大的变化，作为传统文本的手抄本、现代印刷本、改编本、口述记录本、录音整理本、视频和音频文本的普通阅读与欣赏者越来越少，当笔者为本学院的藏语班、纳西语班、德宏傣语班、西双版纳傣语班、壮语班等班级的学生讲述《民间文艺学》课程时发现，他们即使已经上过《民族文学》《民族古籍》等相关课程，也很少有人阅读过本民族某一部代表性史诗文本。但是，当我推荐同学们观看红河州制作的大型歌舞剧《诺玛阿美》《用动画带你走进哈尼族迁徙史诗》等与迁徙史诗有关的视频；下载喜马拉雅、蜻蜓 FM 等 App，在线或下载收听《云南民族传唱艺术——云南九个少数民族十一部口头传唱长诗》《最后的遗产——云南 8 个人口较少民族原生音乐》等音频时，他们很快就能完成任务，并十分惊奇可以用如此便捷的方式了解本民族的史诗和文化。由此看来，面对已经习惯多媒体、自媒体的当代受众，特别是作为民族文化传承者、发扬者的年轻人，我们应该以多元文本的形式吸引他们走进并了解包括迁徙史诗在内的口头传统，才能真正实现延续民族文化血脉，推动民族文化创造性转化、创新性发展，激活其生命力的愿望与目标。

第三章 云南少数民族迁徙史诗的口头程式及审美意蕴

云南少数民族迁徙史诗是在漫长的迁徙、适应、开发新居住地的过程中逐渐形成的。同一民族的不同支系、同一地区的不同民族之间、同一时代或不同时代的祭司或歌手在不同场合或者面对共同的“迁徙”主题时，其具体的处理方式都不一样，这样就形成了形式多样、类型丰富的云南少数民族迁徙史诗群。通过静态的、共时的、横向的文本分析，我们可以更加深入地了解文本的形成过程、叙事特点及其审美风格。

文学人类学具有一般人类学的基本特性，试图考察各类不同语境下神秘条件的具体化和虚构与想象的理论化过程。由于虚构与想象不可能被先验地确定下来，因此，它们只能在具体语境中得到确认。伊瑟尔认为虚构与想象既与人类的内在性情相关，同时又是文学自身构成的要素。虚构作为弥合现实与想象之间的虚构化行为的认定，有助于我们对文学的理解。文学虚构能使人类以不断展开自我的方式走出自我，毫无羁绊地利用多种文化手段全景式地展现人的各种可能性，是人类的一种自我塑造和创造世界的范式，这正是文学虚构的人类学意义所在。

在云南少数民族迁徙与发展过程中，只有彝族、纳西族、傣族、壮族等极少数民族创制了自己的文字。这些族群除了使用本民族文字记录族群历史与文化外，更多的仍然是靠神话、史诗、歌谣、传说故事等口头传统总结经验，传递知识。云南哈尼族、拉祜族、傈僳族、景颇族、苗族、佤族等少数民族历史上并没有形成自己的文字，他们的历史、文学、宗教、哲学等完全是以口耳相传的方式流传下来的，其中便包括以迁徙为主题的各类口头传统。本章主要是从云南少数民族迁徙史诗的叙事程式、文学形象以及审美意蕴三个方面对其文本进行阐释。

第一节　云南少数民族迁徙史诗的口头程式

云南少数民族迁徙史诗的口头文本与书面文本，特别是在口头文本中，有着极为相似的词汇、语句、主题、情节和场景，呈现出较强的语言共性。这种相似程度极高的语言组织形式被民俗学和民间文艺学者称为“程式”。“程式”是口头诗歌的创作方法，而“程式表述”则是用“程式”的方法创作出来的具体诗句。除了口头文本，我们在阅读彝族、纳西族、傣族、壮族等用本民族文字写定的文献中也有着独特的“程式表述”。对于云南少数民族迁徙史诗来说，无论是口头还是书面史诗文本中都具有明显的程式化特征。

“口头程式理论”由米尔曼·帕里和阿尔伯特·洛德创立，因此又被称为“帕里—洛德理论”，是20世纪在西方发展起来的经典民俗学理论之一。口头程式理论研究主要集中在口头诗歌的概念、程式和关于以程式、母题进行创作的问题，以及与之相对应的即兴创作、记忆、本文背景的研究。而这一切都必须在口头史诗表演这个层面来理解。① 米尔曼·帕里将程式定义为“一组在相同的韵律条件下被经常使用以表达一个特定的基本观念的词汇”②。在帕里和洛德对荷马史诗的分析中我们可以看出，史诗中由姓名、行为、时间、地点构成了最基本的程式，句法上的平行式和语言模式“词”与“大词”。

在云南少数民族迁徙史诗中，同一族群系统内部甚至不同族群系统之间的迁徙史诗文本中，都呈现出不同程度的“程式化”特征。这些程式小到有意味的地名、数字、方向等词语、平行式语法，再到反复出现的迁徙主题或典型场景，乃至迁徙史诗的故事形式或故事类型都极具程式性。

一、程式句法

“程式”是云南少数民族迁徙史诗口头文本与书面文本的主要表达单元。程式句法在云南少数民族迁徙史诗文本中广为分布，表现为特性形容词、专有名词、平行式句法等不同的程式类型，这些程式句法与迁徙叙事传统存在着极为密切的指涉性关系。口头程式理论中的“词”我们可以将其理解为大小不等的层次。第一个层次是尺度最小的语言层面上的“词”，也就是程式化的句法。云南少数民族迁徙史诗在演述过程中形成了大量具有固定形态与文化含义的“词”，歌手在演述过程中对这些“词”的运用十分娴熟。这些有着固定形态和文化内涵的“词”主要包括特性修饰词、平行句法与修辞

---

①尹虎彬：《史诗的诗学：口头程式理论研究》，《民族文学研究》1996年第3期。

②[美] 约翰·迈尔斯·弗里：《口头程式理论：口头传统研究综述》，朝戈金译，《民族文学研究》1997年第1期。

程式。

（一）特性修饰语

特性修饰语（epithet）是用来表示人或事物特征的形容词或形容词短语。特性修饰语往往是复合形容词，例如荷马史诗中的“飞毛腿阿喀琉斯”“灰色眼睛的雅典娜”等。它们取决于同熟悉事物相连接的贴切性，而不在于其新颖性或多样化。这种固定的措辞几乎成了名称的一部分。在云南少数民族迁徙史诗中，特性修饰语的使用频繁而多样，较为充分地体现了语词程式“大量重复和系统化运用”的特点，并且这些与特定的人名、地名、族称等密切相关，反复出现的固定修饰语有着特定的文化内涵。

1. 与人相关的特性修饰语

与人相关的特性修饰语，最为常见的是与本族和异族出场人物紧密结合的词语。在云南少数民族迁徙史诗中，本族人与异族人通常是一组对立的形象，冠于二者之前的形容词也是对立且程式化的。通常，外族人多与“狡猾”“狠毒”“贪婪”相连，本族人则多与“憨直”“善良”“老实”等词汇同用。如在哈尼族迁徙史诗《哈尼阿培聪坡坡》中，提到哈尼族头人乌木，多用“憨憨的”“忠厚的”“老实的”等词来形容，而异族女婿腊伯则是“黑心黑肠的腊伯”“巧嘴的腊伯”等。

戚姒是《哈尼阿培聪坡坡》中着力塑造的女英雄形象，她美丽、聪慧、隐忍、智勇双全，史诗中说：“她在哈尼人中排名第一，戚姒的名声永远流传”①。与戚姒常常一起连用的词汇有“厄戚戚姒”“戚姒扎密”“厄戚戚姒扎密”等，这些特性修饰词有着较强的传统指涉性，如果不了解哈尼族文化传统，便很难真正了解这些词汇的意指。在《哈尼阿培聪坡坡》汉语与民语对照本的后记中，翻译者指出“戚姒扎密”这个词有着诸多的含义。第一，“戚姒扎密”的全称是“厄戚戚姒扎密”，“厄戚”又是“厄戚蒲玛”的简称，意为建筑在水边的戚支系的大寨，这是哈尼族在谷哈（昆明）所建的第二个大寨，而戚姒是厄戚大寨头人的女儿，因此叫“戚姒扎密”，即“戚支系头人之女”。第二，由“戚姒”了解到“姒”是古代哈尼族对平辈青年女性的尊称，如诗中提到的“遮姒”“马姒”等等。这样就全面地把握了“戚姒扎密”这个词的含义。②“戚姒扎密”一词的传统文化内蕴，若不是翻译者细加解释，普通读者很容易将其当作一般的女性名字，而忽略了其中包含的支系归属、性别、辈分、身份等传统文化内涵。

云南苗族迁徙史诗《西部苗族古歌》中，“沙族”是异族的代名词。古歌中说入侵苗族疆域的沙族首领是“沙兆玖帝敖”，意为“夏族的那些姑爷们”。③“沙，苗语音

①云南省少数民族古籍整理出版规划办公室编：《哈尼阿培聪坡坡》，昆明：云南民族出版社，1986年，第123页。

②云南省少数民族古籍整理出版规划办公室编：《哈尼阿培聪坡坡》，昆明：云南民族出版社，1986年，第223—224页。

③云南省少数民族古籍整理出版规划办公室编：《西部苗族古歌》，昆明：云南民族出版社，1992年，第179页。

译，即夏族的意思；敖，苗语音译，原意为姑爷，转意为对汉族的称呼。”① 笔者在文山州田野调查时采访苗族歌手，问他们古歌里“Shak draos jiox Vaos”的意思，他们说：“‘沙’嘛，你们汉族嘛！我这样说你不要生气，老人就是这样说的”。

在《西部苗族古歌》中只要沙族首领沙兆玖帝敖的名字一出现就会与贪婪、眼红、狠心、阴谋、掠夺和战争等词汇连接在一起。苗族先祖自称为“Adhmaob”，“Ad”为词头，译音为“阿”；“hmaob”为词根，准确音译，取字为“髳”。汉字“髳”“髦”“苗”在上古音中，均属于第五韵部，明母，平声。阿髳首领常常与受骗、迁徙等词语相连。这些词的连用反映了苗族先族对汉族的敌意，认为是汉族的贪婪和阴谋导致苗家人迁离大平坝，被迫迁到高山上的。如沙兆玖帝敖听说苗家首领根支耶老去世，“立即带兵来骚扰，抢走粮食和财宝”②；沙兆玖帝敖欺骗阿髳首领格缪耶老立约、休战，自己却“沙族大举兵，山坡平坝都摆满，烧杀掳掠逞凶狂，阿髳地盘被抢占”③；“阿髳好地方，红了沙族眼；阿髳好日子，伤了沙族肝。沙兆玖帝敖，心肠实在狠，又来夺地盘，贪欲无止境”④。与之相对应的是苗族先祖在沙族的劫掠和侵犯下，苦难没个完，地盘草木焦，只好忍痛离开家园，扶老携幼向南迁徙。

佤族史诗《司岗里》中提到大神达能，常说是“黑油油的达能”，这是因为佤族传说达能肤色很黑，至今佤族的老人见了黑人还会悄悄议论：“瞧，达能的人，达能的人！”或者用“达能啊达能，大力神”连用。用“吃达能的吐沫”或者“交换吃吐沫”暗喻两性之间的亲密关系，史诗中说，妈侬和女儿安木拐都是吃了达能的唾沫后怀孕的。佤族始祖母妈侬为了养育人类，吃尽了苦头，佤族歌手常常这样描绘她：“妈侬啊妈侬，可怜的妈侬”“妈侬啊妈侬，我们的妈侬”“人类最初的妈妈”“人类之母”等，以此来表达对始祖母妈侬的崇敬和热爱。

彝族支系“昆明族”迁徙史诗《铜鼓王》中塑造交趾人形象时常用无理、凶残、阴险等词汇。这支彝族支系因为瘟疫、水灾和干旱等原因不断迁徙，一直迁徙到与交趾交界的滇桂边境才定居下来。彝家没有耐寒的荞种可播种，只能向交趾人借荞种。彝家人低眉顺眼，说尽了好话，但是交趾人丝毫不为所动，并趾高气扬地说：“不管是郎桓，还是滇桂边，都是你彝人。跟我结仇怨，此仇若不报，死也不闭眼！只要见彝人，我就怒火燃。不请你自来，叫你抬尸还！”⑤ 从上述诗句中我们能体会到交趾人对彝人的怒火与仇恨。最后，这支彝家只好用珍贵的铜鼓交换，才借回荞麦种。他们垦荒种

①云南省少数民族古籍整理出版规划办公室编：《西部苗族古歌》，昆明：云南民族出版社，1992年，第97页。

②云南省少数民族古籍整理出版规划办公室编：《哈尼阿培聪坡坡》，昆明：云南民族出版社，1986年，第128页。

③云南省少数民族古籍整理出版规划办公室编：《哈尼阿培聪坡坡》，昆明：云南民族出版社，1986年，第128页。

④云南省少数民族古籍整理出版规划办公室编：《哈尼阿培聪坡坡》，昆明：云南民族出版社，1986年，第134页。

⑤刘德荣等搜集整理：《铜鼓王》，昆明：云南人民出版社，1991年，第82页。

荞，蓄水养山，生活有了较大改善。朝廷又派遣移民队来到边疆。这些移民主要由内地迁来的汉人组成，彝家人心善、老实，客家（移民队）人多，来到彝人聚居的边境之地——普梅后就要手段争田夺地。迁徙史诗中在描述本族与异族时所用的一组组对立的褒贬色彩鲜明的词汇和语句中所倾注的感情是十分明显的。

彝族迁徙或分支前都要请“师”做斋。在彝族迁徙史诗《夷僰榷濮》和《赊窦榷濮》中，有大量描述“师”的语言、行为及其重要性的诗行。文本中“师”常被尊称为：名师、尊者、贤师、慧师、高毕等。彝族远古时代曾建立过君、臣、师、匠、民五位一体的社会组织。君、臣、师、匠属管理阶层，史诗中对君、臣、师、匠的描绘常常是一起出现的。如《夷僰榷濮》中道：“君魂号令魂，臣魂指挥魂，师魂熟知魂，匠魂管辖魂”①。本章节唱述的是天地之初，昼夜初分，魂魄出生的情境。《赊窦榷濮》中讲：“君长管布政，贤臣管论理，高毕管述史，慧匠管职造。”② 文中提到这四类人时用的都是敬称，详细交代了他们各自的职能。在彝族迁徙史诗中对“师”的重要性也反复提及。“祭天又祭地，一祭接一祭，怎样行祭祀，舌勺来筹备。地上所有事，听凭舌勺管，凡有吉庆事，请他来先飨。”③ “尊者开口言，好似金银声。”④ 这些与师相关的特定修饰词将毕摩的重要性、权威性及知识性充分体现了出来。

2. 与物相关的特性修饰词

在云南少数民族迁徙途中，棉花、稻谷、小红米、马鹿、白鹇、癞蛤蟆等特定植物、动物形象会反复出现。这些特定的植物、动物与云南少数民族的迁徙与定居的地点选择以及日常生产生活的自然环境密切相关。

云南少数民族先祖迁徙的主要目的是为了寻找适合生存的土地，找到的土地能否种植原来的农作物，饲养的牲畜能否长大繁殖，是迁徙途中遇到的某个地方能否定居的前提条件。如在云南苗族迁徙史诗《西部苗族古歌》中，苗族先祖在描绘定居地土壤肥沃、物产丰富时常用“棉花秆秆水桶粗，棉花包如梭子大”⑤ “棉秆有楼高，棉桃如鹅蛋，种下稻谷去，颗粒饱满金灿灿；黄瓜如手臂，高粱红成团”⑥ 等诗句，表现他们对适宜生存的新定居地的赞美。在描绘失去家乡或居住地的美好生活时，这些特性形容词也会反复出现，一方面体现了迁徙途中人们对故乡的殷切怀念，另一方面也与现在迁徙不定、物产贫瘠的现实生活形成对比，体现了人们对现在生活的不满。

在彝族迁徙史诗中，宗筒、祖灵、斋祭等词汇会反复出现，使得彝族迁徙史诗显示出较为浓厚的宗教氛围和神秘气息。如在《夷僰榷濮》中，斋祭、迁徙、分支是三个

---

①云南省少数民族古籍整理出版规划办公室编：《夷僰榷濮》，昆明：云南民族出版社，1986 年，第 7 页。
②云南省少数民族古籍整理出版规划办公室编：《赊窦榷濮》，昆明：云南民族出版社，1992 年，第 55 页。
③云南省少数民族古籍整理出版规划办公室编：《夷僰榷濮》，昆明：云南民族出版社，1986 年，第 26 页。
④云南省少数民族古籍整理出版规划办公室编：《夷僰榷濮》，昆明：云南民族出版社，1986 年，第 26 页。
⑤云南省少数民族古籍整理出版规划办公室编：《西部苗族古歌》，昆明：云南民族出版社，1992 年，第 132 页。
⑥云南省少数民族古籍整理出版规划办公室编：《西部苗族古歌》，昆明：云南民族出版社，1992 年，第 134 页。

循环出现的场景，无论是哪一种场景的出现，宗筒、灵竹、美酒、弓箭、牺牲等词汇都会出现。这些特定词汇的出现，意味着重要时刻的来临。文本中常常这样描述："黑畜备一对，用作族斋飧，牺牲祭酒备，族铃召祭祀……族人尊族筒，按时行祭祀"①，"做完了大斋，人群即分散"②。《夷僰榷濮》《赊窅榷濮》等彝族迁徙史诗是毕摩祭祀时所用的经籍文献，因此文本中随处可见毕摩举行做斋、祭祖、分支等仪式的场景。

3. 与地名相关的特性修饰词

在云南少数民族迁徙史诗中，有着固定修饰词的反复出现的一些地名具有特殊的文化内涵。这些地名有的指向遥远的故乡，有的指向对于族群来说曾经发生过重大事件的一个地方，有的蕴含着迁徙族群的生活理想。例如，在西部苗族迁徙史诗中反复出现"旨密立大平坝""蔡塞咪夫氏大平坝"等地名。这些地名的出现通常伴随对富饶的物产、和谐的秩序与美好生活情境的描绘。文本中说蔡塞咪夫氏大平坝"这里产棉花，棉花开得像扇小簸箕，棉桃鸡蛋大"③。苗家先祖在这块美丽的平坝上建新城、修高楼，"根蚩支劳建高楼，高楼建的雄伟又华丽；层层叠叠亮堂堂。楼房住着多舒适，楼房住着多欢畅；楼房高大又明亮，根挪支劳办学堂。阿髳子孙来读书，书声琅琅热闹象蜂房"④。在云南苗族迁徙史诗中，这个名叫蔡塞咪夫氏的大平坝本是其现实家园，却因为异族入侵、战争失败而成为永远也回不去的理想家园的符号象征。

云南瑶族称其发祥地为"真龙"，瑶族民众认为那是一个富裕、美好到引人妒忌的圣地。瑶族迁徙史诗《寻根歌》中唱道："瑶人世世代代在山里，山人生生死死住林中，山林原是盘王赐，盘王给它取名叫真龙。真龙北边是楚地，南边是那粤广城，北方楚人兵如蚁，南边粤道枪如林。像那饿猫望着架上肉，像那馋狗舔嘴唇，峒官早就有心占瑶山，红眼望着瑶家的好真龙。大火烧来山花死，飞来尘土污圣地，从此真龙不平静，逼得瑶家往外移。"⑤ 瑶族歌手用盘王赐、圣地、山里、林中等词汇将真龙的神圣性、合法性，瑶人生活与世隔绝的特点以及真龙的地理方位等描述得清清楚楚。

佤族先祖在安木拐的带领下经历了漫长的迁徙过程，史诗《司岗里》中说，他们到过滇池边，最初叫它"浓吆哩"。王学兵在佤族《司岗里传说》中则把它音译为"诺瑶里"，意思是猪带着他们找到的湖。后来阿佤又把滇池叫作"浓泻"，意思就是败掉的湖。这种说法源于他们在滇池边的战败经历。毕登程、隋嘎版的《司岗里》中讲道："不知过了多少代，滇池边的佤族人才发展起来，各处的佤族人越来越多，大板桥有著名的祖先达坂。又不知过了多少年，佤族人遭到了大民族的驱赶，说是某某人欺负他们

①云南省少数民族古籍整理出版规划办公室编：《夷僰榷濮》，昆明：云南民族出版社，1986年，第43页。
②云南省少数民族古籍整理出版规划办公室编：《夷僰榷濮》，昆明：云南民族出版社，1986年，第55页。
③云南省少数民族古籍整理出版规划办公室编：《西部苗族古歌》，昆明：云南民族出版社，1992年，第163页。
④云南省少数民族古籍整理出版规划办公室编：《西部苗族古歌》，昆明：云南民族出版社，1992年，第164页。
⑤《寻根歌》，《山茶》1986年第5期。

女人。踩着牙里它们的脚印，佤族人又到了浓朗那边。我们从此叫滇池‘浓泻’，意思就是‘败掉的湖’。”① 在王学兵的《司岗里传说》中则更为详细地讲述了佤族在滇池边生活、繁荣、战争以及迁徙的过程，滇池由“诺瑶里”向“浓泻”这一地名更替的过程，也就是佤族先祖由定居、繁荣向战败、迁徙的过程。

综上可知，这些用特定词汇和诗行描绘的地名有着极为丰富的历史文化内涵。云南苗族用棉花、稻谷等物产的丰富描述旨密立大平坝的富足；瑶族用“盘王所赐”来突出真龙的神圣性与合法性，用敌人的眼红和妒忌来反衬出真龙的美好；佤族先祖则用地名称谓的转换来隐喻佤族先祖的繁荣昌盛与战败迁徙的过程。

4. 与数字和方位有关的特性修饰词

在云南少数民族迁徙史诗中，还可以看到某些数字和方位词的反复出现，它们有着某种固定的组合方式。特定数字与方位词的频繁使用，是口头诗行程式化的表现，同时也是语言简洁表达、诗句铺排的需要。例如，在哈尼族迁徙史诗《阿波吉德》中，这种数量词是通过递增的方式进行的，歌中说“哈尼人第一次安家的时候……哈尼人第二次安家的时候……第三次……第四次……第五次……”，运用数词的增加来表示哈尼迁徙的方向和建寨的次数。在最后“兴规矩”一节中写道，“先剖开簸箕大的鱼头，里面有九层皮相隔，每一层都说了一条规矩，优莫对众人讲得一清二白。第一层装的是水……第二层装的是小牛小龙……第三层装的是三粒黄饭……第九层装的是各种棉线……”② 通过这些递进数词的描写，层次清晰地将哈尼族的规矩表述了出来。还有一种是数词的重复使用。如“七十七万次”“七十七种”“七十七万回”“七十七万年”等，在一个小节中多次出现，既是为了加强语气，同时简单稳定的结构也易于听众理解和接受。

在傈僳族的《串亲调》中，一、三、十二、七十、九十等数字频繁出现，河头、河尾、桥头、桥尾等则是最为常见的方位词。如《串亲调》的开篇，串亲人邀约同伴一起去其他地方串亲，歌手唱道：“河头上去约，河尾上去请啊，约来七十个同伴，请得九十位同伴。七十个串亲的男子，九十位访友的女人。”③ 这些数字表明，傈僳族先祖在漫长艰辛的迁徙途中，很多家族、支系的亲友失散或散居在不同的地方。如此多的串亲人相约一起串亲，才可以在串亲途中彼此帮助，顺利前行。现在的串亲路其实就是傈僳族先祖原来的迁徙之路。串亲途中常被峡谷、河流阻挡去路，过河架桥是家常便饭，迎亲人唱的“爹的朋友十二个，妈的伙伴十三人，他们都是打石匠，他们全是凿石人”④ “十二个人架桥梁，十三个人削桥板”⑤ 等诗句就是迎亲人劝慰、指导串亲人

①毕登程、隋嘎搜集整理：《司岗里》，昆明：云南人民出版社，2009年，第53页。

②元江哈尼族彝族自治县文化馆编：《元江民族民间文学资料》第六辑，玉溪：元江哈尼族彝族自治县文化馆，1986年，第143页。

③《串亲调》，余仁澍、李兴主编《傈僳族风俗歌集成》，昆明：云南人民出版社，1988年，第1页。

④《串亲调》，余仁澍、李兴主编《傈僳族风俗歌集成》，昆明：云南人民出版社，1988年，第5页。

⑤《串亲调》，余仁澍、李兴主编《傈僳族风俗歌集成》，昆明：云南人民出版社，1988年，第8页。

如何架桥、如何过桥时所唱的。这些常见的数字和方位程式描绘出了串亲的艰难与迎亲的郑重。

在景颇族史诗《目瑙斋瓦》中，歌手唱述的两个年轻人寻找火种的过程，也就是景颇族先祖寻找幸福所在地的过程，诗歌就是用数字和方位词组织、推动故事情节发展的。文中说："两个年轻人，从戛昂地方出发，找火光去了，取火种去了。翻过一座山，越过两个坝，火光还在远处，还没有走到羌河边。翻过三座山，越过四个坝，火光还在远处，还没有走到羌河边。翻过五座山，越过六个坝，火光还在远处，还没有走到羌河边。翻过七座山，越过八个坝，火光还在远处，还没有走到羌河边。翻过九座山，越过十个坝，来到了羌河边，可是羌河没有桥。"① 与在世界上许多民族中所能观察到的情况一样，这些数字有特定的文化含义。从数字一递进演唱到数字十，以此表明寻找火种的人在翻山越岭、划船过河时需要耗费大量的时间和精力。从一到十，既表明了困难之多，也寓意着寻找火种的人有条不紊、沉着冷静地圆满完成任务的过程。史诗中景颇族年轻人找火种的路也就是景颇族先祖辗转迁徙寻找定居地的迁徙之路。

这些出现在迁徙史诗中的词语并没有过多的修饰，整理成文的作品也没有夸张的渲染。如同日常叙事一般，把事情的经过逐一讲述出来。在云南少数民族中有很多迁徙传说和故事，都是以史诗为依据变换过来的，把史诗的语言加以扩充和增添，就形成了便于讲述的民间故事。这种口语化的叙述风格是与叙述内容相关的，迁徙史诗侧重事件的陈述和展现，史诗歌手更愿意使用简洁明了的词语去叙述历史事件，而不是词语的堆砌。

（二）诗行程式

云南少数民族迁徙史诗中存在着大量诗行程式，重复率高、押韵，诗行以五言、七言为主，其中最具代表性的为平行式和"三段式"的开头程式。歌手通常会借用自己储备的诗行程式顺利实现较大规模诗行的创编。

1. 平行式句法

平行式，也有译为"平行结构"或"平行法则"的，其核心表征是相邻的片语、从句或句子的相同或者相近句法结构的重复。在一般文学批评中，平行式有时也被译为"对应"，指句子成分、句子、段落以及文章中较大单元的一种结构安排。平行式要求用相等的措辞、相等的结构来安排同等重要的各部分，并要求平行地陈述同一层次的诸观念。② 平行式具有并列平行、递进平行等多种结构模式。在云南少数民族迁徙史诗的演唱中，平行式诗行有着广泛的运用。

平行式的核心是句法。构成平行的，至少要两个或者两个以上单元彼此呼应—意象、喻义、字面乃至句法结构可供比较，才有可能建立起平行的关系来。③ 在云南少数

①李向前：《目瑙斋瓦》，芒市：德宏民族出版社，1991 年，第 90 页。
②朝戈金：《口传史诗诗学的几个基本概念》，《民族艺术》2000 年第 4 期。
③朝戈金：《口头史诗诗学：冉皮勒〈江格尔〉程式句法研究》，南宁：广西人民出版社，2000 年，第 193 页。

民族迁徙史诗中排比平行式的特点非常突出，贯穿整部史诗。平行式句法又可以细分为隔句平行和对句平行。

在彝族迁徙史诗中，平行式句法多运用于对居住环境、祭祀场景和族群谱系的描述。如《夷僰榷濮》中描绘彝族先祖在策勒的生活环境，以数字一到七的排列将居住环境一一介绍出来："平民居住地，雪山有二座，一高又一矮，把地分三段。平坝有四处，祭场有五块，流水六股淌水，股股碧波荡。慧君传七代，贤臣共相扶，良师人众多，在处鸟常鸣。"① 接着歌手又以数字一到十的顺序将在策勒生活的这一彝族支系的代际更迭一一列了出来："立下英雄志，世代策勒居。一代木阿企，二代企阿洪。三代洪阿得，四代得阿诗，五代诗俄姆，六代俄姆丘。七代丘阿努，八代努阿罗，九代罗阿尼，十代尼阿毛。"②

《赊豋榷濮》《夷僰榷濮》是由彝族毕摩诵读的经籍文献。因为诵读的需要，其书面文本也具有浓厚的口头程式特征。毕摩在演述经籍文献中的迁徙史诗时，常常会涉及对一个家族或支系的迁徙历史或发展历程的讲述，毕摩常将该家族或支系的谱牒、君臣师、祭祖仪式、分支分寨等情节放在一起。一般来说是先介绍在某地的代际更迭，指出君臣师是谁，再讲明由于人口兴旺，要祭祖分支的问题。如彝族迁徙史诗《赊豋榷濮》中讲到，当武部迁徙至"夺吐"（古地名）的代际更迭、君臣师与祭祖分支情况时说："少数留夺吐，裔称夺吐氏；武阿德一代，德阿矛二代，矛阿育三代。矛阿育为君，戈阿额为臣，格阿纳为毕。三人德望高，夺吐木谷地，后裔住三代。按照祖传规，举斋设祭场，三代祖亡灵，奠祭得超度。离夺吐木谷，迁往夺吐古。"③ 这是彝族经籍本迁徙史诗中常见的平行式句法。这样的叙事结构既清楚地排列了该支系的谱牒，又赞颂了当时彝族社会中最为重要的三类能人，还指明了祭祖分支后的迁徙地点，为接下来的叙事做好铺垫。

哈尼族对自己家园的赞美是朴实的，多描述其作物，如芋头、苞谷等的丰产，且多由这样的句式展开："一……收几……"如《哈尼阿培聪坡坡》对诺玛家园的赞美："头年过去，一棵苞谷收三包；二年过去，一蓬芋头挖五背；三年过去，一穗红米收九碗。"④ 这种递进平行式句法的使用及排比，层层递进、形象生动，往往能给听众留下较深的印象。哈尼族迁徙史诗《雅尼雅嘎赞嘎》中的平行式句法也非常突出，上下诗行的内容具有比较性，情感非常饱满。文本中说，雅尼则交部落与则维部落起初关系良好，则交部落首领阿交科德的儿子德其与则维部落首领追玛辉标的女儿标格成婚，后来

---

①云南省少数民族古籍整理出版规划办公室编：《夷僰榷濮》，昆明：云南民族出版社，1986 年，第 36 页。

②云南省少数民族古籍整理出版规划办公室编：《夷僰榷濮》，昆明：云南民族出版社，1986 年，第 36 页。

③云南省少数民族古籍整理出版规划办公室编：《赊豋榷濮》，昆明：云南民族出版社，1987 年，第 42—43 页。

④云南省少数民族古籍整理出版规划办公室编：《哈尼阿培聪坡坡》，昆明：云南民族出版社，1986 年，第 50 页。

由于德其烧地时不小心烧掉了岳父部落的粮仓而引发了两个部落之间的矛盾和冲突。标格想亲手做一道菜，把三个部落的老人聚在一起商议解决问题，于是一个人下河抓鱼，不幸淹死在河里，这更加激化了两个部落之间的矛盾。则维部落首领追玛辉标捶胸顿足，咬牙切齿地发誓说："只要世上还有一棵栗树，决不把泡木当柴火；只要还剩一个则维人，绝不和则交人联姻。"[①] 则交部落的人被则维部落首领追玛辉标的骂声激怒了，觉得他做得太过分，则维民众个个摩拳擦掌，要与则维部落一较高下，回敬道："只要有舂盐的碓窝，绝不换舂辣的木棒；只要还有一个则交女人，绝不讨则维女人做老婆。"[②] 由上面的对话可以看出，双方情感激烈，兄弟部落间的战争一触即发。这时，则交家族最有名望的首领阿交科德不忍心兄弟间发生残杀，不忍心断了手足情谊，急忙拉过另一兄弟部落的首领达哈达标请他想办法缠住追玛辉标，自己带着本族人连夜离开了原住地景兰，朝着儿子德其逃走的方向迁徙。描绘两个部落之间矛盾与对话的诗行是一种典型的并列式平行句法。

佤族史诗《司岗里》中同样也运用了大量的平行式句法来构筑诗行。如"人们继续住森林和山洞，人们继续在树根和崖脚，人们继续盖妈侬的绿叶棚子……"[③] 讲述了人类诞生后居无定所的生活状况。天神安木拐教佤族人按照农时开展生产，牢记节日，安排生活："布谷鸟叫时白花开，做地、撒种要及时；格朗万叫时谷子熟，阿佤收谷过新米节；叶咧叫时叶子黄，佤寨可以有一家盖新房；格朗布叫时白雾茫茫，家家户户可以盖新房；斑鸠叫时满地霜，接新水、拉木鼓、敬神祖。"[④] 佤族歌手用平行式句法唱述了天神所教授的生产方式，提醒佤族民众要按时行事，不能违背天神教导。

云南苗族迁徙史诗《西部苗族古歌》中唱道："根乌耶老带领百姓亲友，建成了铅都络鸲；根挪耶老带领百姓亲友，建成了金都洛孤；根爷耶老带领百姓亲友，建成了戈哉城。"[⑤] 并列式平行句法将苗族三位首领的功绩展示出来，赞颂了苗家先祖曾经的辉煌。

这些都是云南少数民族迁徙史诗中较为典型的平行结构。我们在这里分析的平行式句法，是在口头诗歌长时期的演述与发展过程中，歌手逐步积累起来的诗行创编的传统技巧。就其基本方面而言，它是句法的结构原则；就其功能而言，它显然是有利于歌手的现场创编。[⑥] 而且在我们的样例中，在绝大多数情况下，它还是与程式同一的。一般说来，多行组合的程式都是平行式的结构。

---

①景洪县民委编：《雅尼雅嘎赞嘎》，昆明：云南人民出版社，1992 年，第 202 页。
②景洪县民委编：《雅尼雅嘎赞嘎》，昆明：云南人民出版社，1992 年，第 203 页。
③毕登程、隋嘎搜集整理：《司岗里》，昆明：云南人民出版社，2009 年，第 33 页。
④毕登程、隋嘎搜集整理：《司岗里》，昆明：云南人民出版社，2009 年，第 138 页。
⑤云南省少数民族古籍整理出版规划办公室编：《西部苗族古歌》，昆明：云南民族出版社，1992 年，第 210—211 页。
⑥朝戈金：《口头史诗诗学：冉皮勒〈江格尔〉程式句法研究》，南宁：广西人民出版社，2000 年，第 203 页。

2. 修辞程式

特定修辞手法的反复使用，是迁徙史诗口头传统的重要特征。比喻、排比、拟人、夸张等修辞手法的大量运用，使得云南少数民族迁徙史诗的语言生动、朗朗上口，又韵味十足，给听众留下了深刻印象。

哈尼族迁徙史诗《雅尼雅嘎赞嘎》中讲到，雅尼支系有一个名叫贞兰阿吆的善良女人，有一天她在捞鱼时捡到了一个小孩，就把他带回村里抚养。文本中用一连串的排比句描述了贞兰阿吆情绪的变化和心理波动："他像汉人的小儿，又像彝家的小儿，还像傣家的小儿。不管是谁家的孩子，我不能丢下不管。……如果是汉人的男孩，就叫你白真；如果是彝人的男孩，就叫你窝查；如果是傣家的男孩，就叫你穷兰。"① 贞兰阿吆开始就怀疑这个水中漂来的孩子是异族的，但是她非常善良，还是决定收养他，并思考要给他起什么名字。孩子长大后娶了哈尼姑娘，却恩将仇报，先是一步步霸占了养母的财产，接着又给彝族大王通风报信。战争爆发，雅尼人战败，最终失去了加滇。

傈僳族迁徙史诗《串亲调》中反复唱述搭桥、涉水的过程，歌手使用拟人、比喻与象征方式来形象说明先祖迁徙时的艰难困苦。每搭一座桥时，串亲人都要唱眼前遇到的困难，而接亲人就要告诉他解决的方法："走到了桥头，来到了桥边，右脚踩上地响，左脚踩上扎扎有声，我慌忙往后退，我急忙折转身。后退碰着水老鼠，转身遇见小水鸟。它问我去哪里，它问我去何方，我说去串亲，我讲去访友。它说这不是串亲的桥，它讲这不是访友的路，还说这是它的桥，还说这是它的路。串亲又遇到困难，访友又有了苦处，我们好比被困住的鱼，我们好似被困住的蜂，要我们来你得把桥换，盼我们来你得把路修。"②

串亲时走的路就是先祖原来迁徙时开辟的路。但是，现在这些路已经长满了荆棘，早先搭好的桥也已经摇摇欲坠了。串亲的人们要想继续前行，就要先开路、再搭桥，这意味着先祖迁徙时走的路、过的桥比现在还要困难得多。在无路、无桥，前行异常困难的情形下，迁徙途中原来在一起生活的家族或支系的亲朋好友很容易失散而在不同的地方定居下来。迁入怒江地区的傈僳族过着游猎、游耕生活，住处经常变化，再加上怒江河谷气候恶劣，风雨不定，使得串亲路也就是当年的迁徙之路异常艰难。分散居住的傈僳人，因为山高水深、路途遥远，亲友之间很难经常见面。他们盼着见到自己的亲人，心情非常迫切："我爹盼着与你爹相会，我妈盼着与你妈相见。若是不得相见呀，如果不得相见呀，就像羊儿死了不闭眼，就像白鱼死了眼不闭。我们望你多月了，我们盼你多年了，像干旱的土地盼雨水，像河滩的鱼儿盼波浪，像黑夜里走路的人盼月亮，像寒冬的小树盼太阳。"③ 文中比喻与排比手法连用，把对亲人的渴盼表述得淋漓尽致。

在云南苗族迁徙史诗《西部苗族古歌》中，比喻也是常用的手法，如对旨密立大平坝的描述："旨密立坝子平坦坦，宛如一扇大簸箕"，"这里产棉花，棉花开的像扇小

①景洪县民委编：《雅尼雅嘎赞嘎》，昆明：云南人民出版社，1992 年，第 138—140 页。
②余仁澍、李兴主编：《傈僳族风俗歌集成》，昆明：云南民族出版社，1988 年，第 4—5 页。
③余仁澍、李兴主编：《傈僳族风俗歌集成》，昆明：云南民族出版社，1988 年，第 3 页。

簸箕，棉桃鸡蛋大。”① 在云南苗族另一部迁徙史诗《苗家先祖过江记》中讲到一支苗家的先祖熊安因为家乡发大水，坐着木鼓漂流到一座大山上，山上的一对老夫妻把独生姑娘沙板嫁给了他，用比喻的方式形容熊安当时的高兴心情时说：“熊安高兴得像吃了麂子干巴”。麂子干巴是苗家人认为最好吃的东西之一，吃到麂子干巴的时候自然是最开心、最幸福的时刻。

在云南少数民族迁徙史诗中，拟人手法的应用也很常见，最具代表性的是迁徙途中人类向动物打听、寻找丢失的东西或者是各种动物与人一起迁徙的情境。在哈尼族迁徙史诗《雅尼雅嘎赞嘎》中有一段非常有意思的情节，讲述的是雅尼支系迁徙到加滇后，天神阿培咪耶在加滇开创了第一个苦扎扎节和嘎汤帕节。天神阿培咪耶在与哈尼人一起欢度苦扎扎节和嘎汤帕节时，马童阿沙沙余把天神阿培咪耶的花马丢失了。于是开始向蚂蚁、蜂鸟、夜猫等动物打听花马去向，最后找到盗马贼的故事。史诗是在阿沙沙余跟不同动物的对话中推进寻马过程的。

在佤族史诗《司岗里》中，天神安木拐曾经带领人们迁徙过很多地方，经历了很多事情，那时候人、动物、植物乃至金、银矿物都是能说会道、跟人一起生活的，不过它们之间也会有各种矛盾出现。例如，在美磨外②寨时：“人们报告说阿佤人没粮种了，洪水后金、银和谷子、小红米吵架，金、银说自己比谷子、小红米贵，应该它们在世上露脸。它们还强行抢占了地面，金子还打了谷子一巴掌，谷子从此由团变成长，谷子从此一脸金黄。谷子和小红米气愤地跑躲了，它们先跑到深林里，后又跑到林中河。”③ 这段话中的信息非常多，歌手用拟人手法既解释了稻谷的颜色、谷穗形状的由来，也说明了矿物与谷物的分布环境。据说现在佤山有一种像鱼眼的、名叫奥矮嘎的旱谷，仍是团的。传说被金子打了一巴掌的谷子是奥讼日芒——大官吃的谷子，又大又瘪，谷壳是金色的，据说从前司岗里的水塘里就有这种谷子。从前佤族祭祀日耶、莫伟都用它，它的味道很香，软而不糯，蓬高而大。

3. 俗语的运用

云南少数民族迁徙史诗的口头文本经过整理翻译转变成书面文本后，并没有改变那些简洁朴素的叙述方式，而是保留了原来带有民族色彩与地方特色的语言形式，通俗易懂却又意味深远。似乎是歌手的低吟浅唱，也是云南各族民众的喃喃絮语，散发着浓厚的生活气息。

云南少数民族迁徙史诗中，当歌手描绘本族与贪婪、强势的异族比邻而居的情景时，常用人人都知道、个个都能懂的俗语警醒民众，预告结果。如在迁徙途中，哈尼族曾与异族腊伯一起居住，当头人的女儿嫁给了异族伙子或者外族女子嫁给哈尼头人为妻时，往往也就是灾难与战争开始之际。哈尼人在与异族相处的过程中，总结了许多经验

①云南省少数民族古籍整理出版规划办公室编：《西部苗族古歌》，昆明：云南民族出版社，1992 年，第 163 页。

②美磨外：意思是“黄牛鼻子”，今天叫“莫美”，属于西盟蒙卡镇。

③毕登程、隋嘎搜集整理：《司岗里》，昆明：云南人民出版社，2009 年，第 116 页。

教训，并用恰当的俗语进行表达。例如，《哈尼阿培聪坡坡》中讲到，在诺玛阿美，哈尼头人乌木允许腊伯伙子靠着哈尼寨子安家，又答应分给腊伯伙子一些牛羊。歌手说头人乌木的这一决定十分愚蠢，唱道："水牛老虎同一山，老虎张口了，水牛还活得成？薄荷香柳共一园，香柳高了，薄荷怎能不蔫？"①《普嘎纳嘎》中则说："哈尼和那然不能结姻缘，哈尼和那然不能过一世，火塘里的三脚不用铁来做，锅里的大米煮不成饭吃；男女要是不诚心，难做夫妻过日子。你和那然结成亲，哈尼山寨难平安。你和那然结亲，如同鸭子伴老鹰，鸭身鸭毛要两分；你和那然做一户，如同小牛随老虎，牛头牛脚分两处。"②这些俗语通俗易懂又富有哲理，对整个文本意蕴的表达起到了烘云托月的作用。

在佤族史诗《司岗里》中，牙万带领佤族先祖迁徙至阿觉定居，与同在阿觉生活的文人、克人中的尼文和塞克人经常起纷争、争地盘，牙万苦口婆心地告诫两族要和谐相处，说道："腿粗的是象，心长的是人，互争两丑，相让同美；都是司岗里出来的弟兄，同一股藤子上的两个瓜，到了哪里也还是一家人。既然你们还认我们为大哥，你们今后就要相待如兄弟。"③ 牙万用通俗的语言，特别是俗语，清楚地讲明了大家应相互宽容忍让、和平相处的道理。

瑶族在讲述祖居地真龙被外族抢占时说"池塘里来了老虎鱼，小鱼纷纷逃下滩"，"鱼儿下滩结成对，瑶人出走一伙伙"。④ 歌手将瑶族同胞喻为小鱼，将抢占真龙的异族喻为一种凶猛的会吃掉小鱼的老虎鱼。为了避开异族，保全性命，瑶族民众如小鱼般一伙伙地离开了家乡。离开家乡后，兄弟家族、支系定居在了不同的地方，他们彼此思念，渴望得到对方的消息，了解亲人的生活状况。歌中"同是瑶人讲瑶话，同是山人着黑衣""地处异国心不异，椒地不由情相依""界石只是官家种，瑶人头上同顶盘王天"⑤ 等几句家常俗语，把瑶族同胞身在异地、此心相同的心愿唱述得非常清晰。

在傈僳族《串亲调》中也运用了大量俗语来描绘对迁徙途中失散亲人的深切怀念之情："兄弟本是一双竹筷，弟兄们原是一对篾弦，同吃一包母乳，同披一块怀衣，同吃一锅饭，同烤一塘火。"⑥ 如此绵厚的兄弟之情，绝不能被崇山峻岭、深沟险壑阻隔。歌手以此开头，引出了后面串亲人与迎亲人之间所唱的克服重重困难、一定要相见的歌。

在迁徙史诗中所使用的大量朴素生动或富含哲理的俗语，生动形象地说明了迁徙族群的经验与智慧。俗语是非常符合口头表达需要的，俗语的运用在文本中能起到烘托或

①云南省少数民族古籍整理出版规划办公室编：《哈尼阿培聪坡坡》，昆明：云南民族出版社，1986年，第59页。

②李期博翻译整理：《木地米地》，蒙自：红河哈尼族彝族自治州民族语文古籍研究所，1985年，第70—71页。

③毕登程、隋嘎搜集整理：《司岗里》，昆明：云南人民出版社，2009年，第54页。

④岑隆业（壮族）、廖武仕（瑶族）、凡逊收集整理：《山茶》1986年第5期。

⑤岑隆业（壮族）、廖武仕（瑶族）、凡逊收集整理：《山茶》1986年第5期。

⑥余仁澍、李兴主编：《傈僳族风俗歌集成》，昆明：云南民族出版社，1988年，第1页。

画龙点睛的作用。这些俗语通常是两句或四句为一段，节奏、韵律感强，富有诗意，诗句简短、结构精练，旋律清新，朗朗上口。

二、复合大型程式

复合大型程式往往在表达作品某一阶段重复性情节时被套用，其在语言与整段结构中都显示出重复性特征。在这类情节中，大量采用了程式语言的套用表达，并且贯穿始终。这种程式给史诗带来比较固定的节奏感，使节奏与内容相对统一，在表达上也易于操作。① 在迁徙史诗文本中的复合大型程式主要表现在文本的开篇语、转换语、结束语、典型情景以及音乐程式上。

拉祜族迁徙史诗《根古》演唱时，歌手总是在开篇唱道："白头老人的话多，开口一唱歌成河。要尝清水寻源头，要想识古听古歌。古歌不是我自创，就像树叶自长自己落。古歌一代传一代，今晚学唱老人歌。"② 当一个篇章唱完后，拉祜族歌手常常用这样的句子结尾："不知唱的对不对，我也没见过。我学白头老人唱，一人一句找古根。"或者用"古根不是我乱编，我是学着前人唱""没唱对的你莫怪，说的对的要代代传下去"③诸如此类的程式性诗句结束本次演唱。

佤族歌手在吟唱司岗里时，也要先唱开篇的引子。歌手首先念诵自然、神灵和祖先的名字，然后再唱正文，引子有着相对固定的模式：

［吟］连姆娅—司么迫—帕—匹—俚—伦—列—勒—历—弱—寡—团—喷—能—努—吹—依—拐—岗—里—佤—万—吧—吧—吧！

［唱］古连姆娅，司么迫，水时代—司么迫。哎—古时代，哎—古时代，哎—哎—，古啊古时代，水时代帕、匹古，水时代俚、伦古。哎—古时代，哎—古时代，哎—哎—，古啊古时代，哎，古啊古时代。水时代列、勒古，水时代历代、弱古。哎—古时代，哎—古时代，哎—哎—，古啊古时代，哎，古啊古时代。

后面的段落便是用相同格式将第一节列出的名字四个一组，依次唱完。引子结尾处也是歌手演唱《司岗里》时常用的收尾模式："从前阿佤没有文字，但我们都能记住祖先的路；从前阿佤没有书本，但我们都能说出祖先的理。阿佤的路和阿佤的理，全部都在《司岗里》里面，千秋万代啊万代千秋，我们都要歌唱《司岗里》。"④ 在《司岗里创世歌》结尾，歌手则唱道："祖先的话，祖先的理，心中记它，口里传它，心心相印，代代相传。"⑤ 这体现了佤族迁徙史诗开头与结尾的程式化特征。

除了序言与结尾，在史诗的开篇、中间过渡与衔接处，史诗语句往往也呈现出鲜明

①梁俊海、宋铮：《〈土族格赛尔〉文本语句的程式化运用》，《青海民族学院学报》（哲社版）2009年第3期。

②澜沧拉祜族自治县民间文学集成办编：《拉祜族诗歌集成》，昆明：云南民族出版社，1989年。

③澜沧拉祜族自治县民间文学集成办编：《拉祜族诗歌集成》，昆明：云南民族出版社，1989年。

④毕登程、隋嘎搜集整理：《司岗里》，昆明：云南人民出版社，2009年，第3页。

⑤《司岗里创世歌》，收入《中国歌谣集成·云南卷》，中国ISBN中心，2003年。

的程式化特征。云南少数民族迁徙史诗开篇正文部分一般都是唱述先祖原来并不是居住在本地，而是生活在一个遥远的地方。如云南苗族迁徙史诗《苗族先祖过江记》开篇唱道："以前苗家不住高山顶，以前苗家住在大平原。那一回天上落下大雨来，地下的水有三丈三，淹死了全寨的人和牛马，只剩下一个小伙子叫熊安。熊安靠着木鼓逃了难，飘到一座大山……"① 这样的开篇很容易引起人的注意和兴趣。听众自然会发问：原来我们住在平原呢？那我们是怎么来到山上的呢？

歌手说熊安后来生下三个孩子，死了一个，只剩下两个儿子。但由于家乡的土地"一年比一年瘦"，"爹妈又一年比一年老"，大儿子熊山决定出门讨饭，仙女可怜熊山，走出树林嫁给了他。熊山日子好过起来，但他一直思念家乡。仙女答应熊山回家看望爹娘："熊山回家像山上的雀一样快，熊山回家像水里抢吃的鱼一样忙。要晓得熊山回家以后的事，等我吃锅烟又接起唱。"② 最后一句是口头传统中常见的转折、过渡手法，相当于评书艺人们常用的"欲知后事如何，且听下回分解"。歌手在下一章节开头便唱道："前头说到熊山回家看爹娘，这里接着把仙女姑娘唱。"这种叙事角度转换的手法与评书中的"花开两朵，各表一枝"常用句法是一样的。古歌最后唱述了熊山的后代成了黑苗、花苗和清水苗的先祖。尾声处唱道："熊山逃过红水河，传下人烟一大帮，他成了苗家的先辈人，他的坟还在冷登寨的山坡上，现在山坡上光的没有草，牛马的脚踩在坟上，苗家的后代都不记得他了。树上的雀儿还飞在他的身边，把最好听的歌唱给他听，把一片野花栽在他面前。他的坟山就是那条红水河，红水河永远记着他的事。"③ 这首古歌的结尾很凄凉，不像其他的古歌，只是叮嘱后辈一定要记住先祖走过的路、记住先祖唱过的歌。这首苗族迁徙史诗的结尾呈现出一种清晰的反思意识，歌手说现在人们已经遗忘了先祖创建家园的千辛万苦，任由先祖的坟地被牲畜踩踏，这与古歌中一次次提醒听众"你们要记住老辈的好处"，"你们不要忘记老辈的好处"形成呼应，正是因为后人容易忘记先辈的经验与教训，歌手才会在演唱过程中一再提醒现在听歌的人。

傣族史诗《巴塔麻嘎捧尚罗·迁徙篇》的开篇、过渡、衔接与结尾也极具程式性。歌手在接着上篇开始演唱"迁徙篇"时说："乡亲们啊，请听我继续唱，讲两个女王的故事，唱祖先们迁徙的歌。"④ 歌手先是唱述了先祖们原来生活的地方以及迁来这里的原因："据上代人们讲，傣泐的祖先，原来不住在这里，现存的这块地方，是迁徙时才找到的。我们祖先的旧居呀，在遥远的北边，那里土地连着天。后人都想知道，我们的祖先，为何要丢下家园，出走找新地，迁徙到南面。这个故事啊，听我从头讲，让大家

①《苗家先祖过江记》，金平县苗族瑶族傣族自治县文联编《云南民间文学集成·金平长诗卷》，1989年编印，第1页。

②《苗家先祖过江记》，金平县苗族瑶族傣族自治县文联编《云南民间文学集成·金平长诗卷》，1989年编印，第2页。

③《苗家先祖过江记》，金平县苗族瑶族傣族自治县文联编《云南民间文学集成·金平长诗卷》，1989年编印，第6页。

④西双版纳傣族自治州民族事务委员会编：《巴塔麻嘎捧尚罗》（内部资料），1987年，第139页。

人人心甜。”[①] 歌手这种带入性很强的演述，指引充满疑问与好奇的听众，跟着先祖迁徙的足印，一起回到遥远的年代。

彝族迁徙史诗《夷僰榷濮》中的章节过渡衔接时，毕摩总是会说“各自变化去，自从生育后，魂是我父母，魂在前面言”[②]，“人们得变化，化育得新生，魂是我父母，常常来指引”[③]。这些都是彝族文献典籍中较为常见的段落衔接程式，与之相似的语句程式还有“他们得变化，育化成新物”[④]“从此变化去，共思做斋祭”[⑤] 等。

以上列举的都是较大单位的程式句法，歌手使用这些句法将上下文、段落、篇章连缀成篇，自然过渡。结尾针对当前与眼下，通过古歌叮嘱，警醒后人要谨记先祖的功绩与苦难，敬天崇祖。

三、典型场景

云南少数民族迁徙史诗中最能凸显迁徙主题的“词”是与迁徙有关的典型场景的固定化描写。所谓“话题或典型场景”，指的是“成组的观念群，往往被用来以传统诗歌的程式风格讲述一个故事”。[⑥] 这类词往往是程式化的两行、四行乃至数十行诗句，相当于弗里所说的通常呈现为一通讲话（可长达若干行）的“较大的词”来表现出的典型场景。口头表演的性质使歌手掌握了一系列相似的对迁徙情境的程式化描述方式。这些相似情境在云南少数民族迁徙史诗中反复出现，对情感表达和叙事发展具有重要的推动作用。迁徙史诗中较为常见的有迁徙、战争、灾害、竞赛与祭祀等典型情境。在迁徙史诗的演述过程中，歌手对典型场景的铺排，较好地渲染了迁徙、战争、灾害、祭祀等特定氛围，营造了歌手与观众互动的恰当情境。

（一）迁徙情境

彝族诗人吉狄马加在其诗歌《一支迁徙的部落》中，用象征手法描写了彝族部落的迁徙情景。诗人写道：“我看见他们从远方走来，穿过沉沉的黑夜，那一张张黑色的面孔，浮现在遥远的草原。他们披着月光编织的披毡。托着刚刚睡去的黑暗。”这首诗的副标题是“梦见我的祖先”，梦的存在增加了想象的介入，利用空间上的杂糅和交错，呈现了一个民族艰难的历史进程。这首描写部落迁徙的诗歌实际上是一种元家族概念的适宜表达，“从远方走来”，叙述的是彝族“家支式”的古老家族理念，“穿过沉沉的黑夜”则表明了彝族人遥远而漫长的奋斗史与迁徙史，至于“那一张张黑色的面孔”，因为彝族人崇尚黑色，显然黑色是身份的一种象征。关于部落文明，法国人类学

①西双版纳傣族自治州民族事务委员会编：《巴塔麻嘎捧尚罗》（内部资料），1987 年，第 139 页。
②云南省少数民族古籍整理出版规划办公室编：《夷僰榷濮》，昆明：云南民族出版社，1986 年，第 8 页。
③云南省少数民族古籍整理出版规划办公室编：《夷僰榷濮》，昆明：云南民族出版社，1986 年，第 11 页。
④云南省少数民族古籍整理出版规划办公室编：《夷僰榷濮》，昆明：云南民族出版社，1986 年，第 12 页。
⑤云南省少数民族古籍整理出版规划办公室编：《夷僰榷濮》，昆明：云南民族出版社，1986 年，第 12 页。
⑥（美）约翰·迈尔斯·弗里：《口头程式理论：口头传统研究概述》，朝戈金译，《民族文学研究》1997 年第 1 期。

家克洛德·列维·斯特劳斯认为是“出于赋予社会秩序某种世系有别的基础的必要性，一种摆脱现实或血缘纽带的神话的必要性，从而有利于居所或其他确定身份的形式”①。吉狄马加的《一支迁徙的部落》从社会结构方面阐述了时空间隔极大的彝族家族传统建制的共同性，同时又通过神秘的部落文化的叙写，表达了一个民族坚韧、质朴的品格，并让这种品格在想象中获得了一次诗意的呈现。②

在云南少数民族迁徙史诗中，迁徙作为最重要的场景，既有以写实为主的十分朴素的白描手法；也有情感饱满、诗意盎然、极具想象力的文学表达。迁徙情境是云南少数民族迁徙史诗中最为典型的场景，也是歌手唱述最为细致、动情的地方。迁徙场景通常包括迁徙前的准备情境、对迁徙时艰辛与痛苦心理的铺排以及迁徙途中苦难生活的繁复描述等。

《苗族史诗》中的“溯河西迁”部分对迁徙前的准备场景的描述十分别致。歌手使用拟人与排比手法，把先祖迁徙前细致周全又略显慌张的准备工作唱了出来：“祖传的钢钎，爹爹收好了，放它在哪里？放在黄沙坝，后来变巧嘴，地方靠它来治理。先人的纺针，嫂嫂收好了，藏它在哪里？纺曲送给谁？藏在黄亮亮的沙滩，纺曲送给纺织娘。五月运转回来了，纺织娘拿来‘唧唧’纺。哥哥忘带了东西，忘的是哪样？忘了只芦笙。笙曲谁要了？蛉蛉螂拿去了。五月一来到，蛉蛉螂吹得‘唧唧’响。妈妈也忘了东西，忘的是哪样？忘了根手杖。后来变成绊脚石。哥哥走路绊倒了，妹妹走路绊倒了，‘剥朵’摔一跤，跌倒总要喊声‘妈哟’。”③ 歌中十分巧妙地把远古时期的迁徙场景与人们现在的语言习惯、动物的习性联系到了一起，我们在阅读时既能感觉到搬家时的纷乱和紧张，因为家里的每个人都丢失了东西；也能体味到他们紧张背后顺其自然、乐观开朗的心态，东西丢了就丢了，捡到的人或小动物都有用，摔倒了就摔倒了，叫声“妈哟”就赶紧爬起来走。

在哈尼族迁徙史诗《普嘎纳嘎》中，歌手同样用较长的篇幅交代了这支哈尼人迁徙前的准备情境，与上面生动活泼、略显慌乱的迁徙准备相比，这支哈尼人的准备则井井有条、忙而不乱：“萨拉阿依—哈尼离乡往前迁移，光着一身走？空着两手去？背着哪样走？带着哪样去？萨拉阿依—哈尼往南找新地，为的是建村立寨过日子。金子要带着走，银子要拿着去，贝壳要拿着走。带着年月去，日轮莫忘记；背着五谷籽种走，禽畜粮种要带齐。”④ 随后，歌手又以同样程式化的语句唱述了如何带走家禽中的牛、马、猪、狗、鸡、鸭的种和魂。最后歌手说还要带走鼓和锣，这是因为“建寨要有鼓敲，立村要有锣打；响鼓怎样背？铜锣怎样拿？萨拉阿依—建寨要打牛皮鼓，立村要敲铜铓

①[法]克洛德·列维·斯特劳斯：《人类学演讲集》，张毅声、杨珊译，北京：中国人民大学出版社，2007年，第200页。

②李骞：《论吉狄马加诗歌的人类学价值》，《中央民族大学学报》2016年第5期。

③马学良、今旦译注：《苗族史诗》，北京：中国民间文艺出版社，1983年，第260—261页。

④《普嘎纳嘎》，李期博翻译整理，收入《木地米地》，蒙自：红河哈尼族彝族自治州民族语文古籍研究所，1985年，第66—69页。

锣，牛皮鼓要背着走，铜铓锣用手提着，没有响鼓难过年，没有响锣敲不快活。坏鼓后边留，好锣提着走，公鼓母锣提一双；准备好了这一切，哈尼就要走他方。萨——萨！”①

云南苗族迁徙史诗《西部苗族古歌》中同样也唱述了苗家先祖迁徙时的情境。但是，歌手的演唱与《苗族史诗》“溯河西迁”中较为自然、欢快的准备场景不同。《西部苗族古歌》中的迁徙大多是因为强敌入侵或者战争失败而引发的，《苗族史诗》中的迁徙则是因为原居住地寒冷贫瘠、人口过多而引发的主动迁徙。《西部苗族古歌》中的迁徙场景更多的是表达了苗家先祖被迫离开时对家乡的依依不舍之情。文中唱道：“苗家结队离开住地，翻山越岭力竭精疲；那天来到一个地方，男女老少停下休息。他们想起失地气愤不平，他们想起家乡别情依依。他们留恋历秣平原，他们怀念旨密立。想到故土从此不可复得，禁不住长声叹息。他们一帮帮吹着芦笙跳着舞，唱着歌儿往回转。回身远望旨密立，回身远望历秣平原，两眼泪涟涟；回身远望历秣平原，回首远望旨密立，哭声响震天。苗家一群群吹着芦笙跳着舞，唱着歌儿回头看；用歌声驱赶心中苦楚，用歌声寄托心中思念。他们唱着歌儿又上路，逃到地边和天边。”②

这一迁徙场景的描述给笔者留下了很深的印象。苗家先祖离开富裕美好的大平坝被迫迁徙，没有目标、没有方向，他们一次次回头望着家乡，但是，家乡再好也回不去了，为了缓解心中苦闷，为了表达心中思念，他们唱着歌、跳着舞，走向了远方。歌手杨芝有着高超的演唱技艺，如此唱述迁徙场景比反复诉说迁徙路上多艰辛、哭声能震天等常见的描述方式更易触动人心。苗家先祖以仪式性的歌唱与舞蹈方式告别家乡，既是与过去的告别，又体现了他们对新生活的憧憬。这支队伍边跳舞、边回头，但是脚步却是一直向前的，人们可以感受到苗家先祖的失落与不舍、希望与勇气交织的复杂心情。

迁徙史诗中对迁徙情境的描述更多的是被迫迁徙时的愤怒与不甘、泪水和无奈。如佤族《司岗里》中唱道：“永佤、昔卜和永栋地，我们永远不能忘记，达佤、达栋的脚印在那里，至今那里有阿佤的子孙。永佤、昔卜和永栋地，阿佤开辟几千年后，外族人将我们排挤。阿佤祖先啊阿佤祖先，生生被从主人的宝座撵下来，生生被人从勤劳的手中夺走土地，外族人说他们会给阿佤吃，可吃着吃着又被夺走饭碗。阿佤祖先啊，阿佤祖先，一步一回头离开了家园，老的老、小的小，人喊马叫，煮螃蟹充饥，砍芭蕉作标记，一路血汗一路泪水，走的走、掉的掉，艰难回佤山。”③ 这次，佤族迁徙的目的地是非常明确的，就是返回祖居地——佤山。而更多迁徙途中的族群是不知道目的地在哪里的。如瑶族先祖在干旱与洪水的威胁和土匪与官家的逼迫下，不得不离开他们的圣地真龙：“塘里来了老虎鱼，小鱼纷纷逃下滩，真龙山上日子无法过，瑶家只好把家搬。

①《普嘎纳嘎》，李期博翻译整理，收入《木地米地》，蒙自：红河哈尼族彝族自治州民族语文古籍研究所，1985 年，第 92—93 页。

②云南省少数民族古籍整理出版规划办公室编：《西部苗族古歌》，昆明：云南民族出版社，1992 年，第 201—202 页。

③毕登程、隋嘎收集整理：《司岗里》，昆明：云南人民出版社，2009 年，第 66—67 页。

鱼儿下滩结成对，瑶人出走一伙伙，几家几个结成伴，互助相帮躲灾祸。出门的时候北风寒，人人转背面朝南，只有一帮瑶人朝北去，风雪把他们阻在大湖边。几帮瑶人朝西去，走到日落的大盘山，许多瑶人朝南走。一直走到大海边。”①

在云南少数民族迁徙史诗中对迁徙场景描述最为细致的是彝族迁徙史诗《铜鼓王》。歌中说他们在越析诏铸造铜鼓，选出部落首领——铜鼓王，过着幸福的生活，但是邻族蒙舍诏发动战争，两次侵扰越析诏，目的是要夺鼓称霸。为了保住铜鼓和族人性命，他们要举族迁徙至老人们传说中的幸福之地——蒙胡诏。老人们说这个地方就是现在的滇池一带，歌手唱道：“东有蒙胡诏，那里山和水，更比天堂好。那里胜仙境，幸福乐逍遥。东方蒙胡诏，行程有多少？那时彝家人，一点不知晓。只为迁铜鼓，才往东方跑，从早走到晚，处处是荒草。日出就开路，日落才停脚。起初走得快，倒也不疲劳，走去又走来，情况不大妙。穷山加恶水，路也无一条。高山多沟堑，尽是崎岖道。爬坡又上坎，路远山也遥。人多长行军，跋涉受煎熬。”② 之后，他们在迁徙途中先后又经过了神仙坡、长虫坡、阴阳坡、猫猫跳等山高坡陡的很多地方，歌手对每一次上坡、下坡都有十分细致的描述，充分显示了其高超的演唱能力。

对迁徙途中悲惨情境的描述，在笔者所见的云南少数民族迁徙史诗中以傣族史诗《巴塔麻嘎捧尚罗·迁徙篇》中的唱述最具代表性。歌手唱到，在傣族先祖的祖居地勐泐龙，随着人口的增加与猎物的减少，神灵告诫子民，不要在一个地方待太久，要想活下去，只能迁往其他地方。傣族的两位女王各自带领一支民众迁徙，歌手对途中悲惨情境的描述情真意切、催人泪下：“两路人不停，两女王带领，穿林又爬山，顺着河流行。走了多少天，走了多少月，叶落了又发，花开了又结果。路还没走完，人累哭嚷嚷。哭者走不动，倒在路边草。病者脸发黄，多望天哀号：‘迁徙苦啊，折断人筋骨；行程茫茫呀，新居在何方？’天无情，地无情，日辣似火烧，雨密似稠云。人生病，身瘦弱；病母怜婴儿，乳干儿饿哭，母以泪喂他，哭声撕碎心。河边洼地处，躺着母子俩，母病儿也病，再也走不动，爬也爬不起，离群了。夜来临，可怜病母病儿，双双搂抱着，苦盼天快明。夜黑风凄凉，狼叫虎来了。狼睁眼，虎露牙。哭声变惨叫，可怜母子俩，丧命在虎口。骨不留，血不见，被饿狼舔了。草木留腥味，嗡嗡苍蝇飞。昨日绕人飞，昨日死了五十女，今天又死三十男。走出黑林地，人死了一半。两女王悲伤，挥泪抱头哭，哭完就上路，朝前不停步。”③

傈僳族迁徙古歌《串亲调》中最为典型的场景是迁徙途中搭桥过河的情境。傈僳族在迁往怒江河谷的过程中遇水要架桥过河，开路要披荆斩棘。搭桥过河场景集中体现了歌手对傈僳族先祖迁徙艰辛的追忆与想象：“盼亲人：你说长刀被水冲走，你说桑弩随水漂走，我爹的亲人你莫焦，我妈的亲友你莫急。我爹三代是架桥人，我妈三代是架

①《寻根歌》，《山茶》1986年第5期。

②李贵恩、刘德荣搜集整理：《铜鼓王》，昆明：云南人民出版社，1991年，第20页。

③西双版纳傣族自治州民族事务委员会编：《巴塔麻嘎捧尚罗》（内部资料），1987年，第145—146页。

桥女，可以架桥到对岸，可以搭桥来接你。我把大斧扛在肩上，我把长刀挎在腰间，沿着江边瞧，顺着河边看，找着一棵水边树，寻着一棵铁实竹，就拿它来架桥，就用它来搭桥，宽处劈成七宽，长处截成九长，桥板削得像白石板，桥身劈成似蟒蛇尾，桥头凿了十二个洞，桥脚打下十三个坑。还要去找拉板索，还要去找寻拖树藤，黄山坡上找到野葡萄，朝阳地边寻着苦果藤，大斧砍藤一条条，长刀割藤一根根。肩上扛着野葡萄，手里拿着苦果藤，十二个洞绑上十二条藤，十三个坑绑了十三根藤，把它们拴紧在桥头，把它们绑牢在桥身。拖树不消叫别人，拉板不必请他人。爹的朋友十二个，妈的亲戚十三人，拖得路面起坑坑，近处听像雷声滚，远处听似雨倾盆，把板拉到河岸边。这边架到那边去，那边架到这边来。让我先来试着过，让我先来试着走，右脚踩上不会响，左脚踏上没有声，这桥架得真正牢，这桥搭得实在稳，请你从这桥上过，请你由这桥上行。"① 这段文字详细描绘了架桥所用的木料、架桥的详细步骤，经验老到。傈僳族先祖远在7世纪以前，就已经居住在四川雅砻江及川滇交界的金沙江两岸的广大地区。大约在明洪武年间逐渐向滇西北的澜沧江和怒江一带迁徙。最早进入怒江的是木必家族，其他支系随后也陆续迁徙至怒江流域及现在的腾冲地区。《串亲调》正是他们迁徙的历史记忆和叙述，被傈僳族群众看作是寻找自己民族根底的依据，饱含着傈僳族群众强烈的历史意识和民族情感。

云南少数民族的先祖在迁徙途中遇水过河、翻山越岭寻找新居住地的情境随处可见，常常不知道要越过多少山岗、不知道要翻过多少山崖、不知道要走多少日子，才能找到适合居住的地方。因此，迁徙史诗中最为常见的，也是最为重要的一些场景，如迁徙前的准备，迁徙途中划船渡水、架桥过河等场景便顺理成章地成了迁徙史诗中的典型场景。

（二）迁徙途中

在云南少数民族迁徙途中究竟发生了什么事情，遇到了什么人，途中的生活是苦是甜，这些在迁徙史诗中有的歌手演述得非常细致，有的则较为简练。关于迁徙途中具体生活的唱述非常考验歌手的演唱技艺，迁徙途中的故事也是最能吸引听众的关键点之一。

彝族史诗《铜鼓王》中说，彝家老祖辈最初是在昆仑生活，起初他们狩猎、捕鱼、捞虾的生活十分艰苦，后来学会了豢养家畜，过起了随畜迁徙的游牧生活："养了牛和马，游牧来谋生。随畜而迁徙，没有领头人。不分男和女，生活共一群。年年放牛羊，到处去安身。畜肉来充饥，皮毛御寒冷。四处寻水草，生活在昆仑。"② 后来这一支彝族迁到雪山脚下生活，形成越析诏。"蒙舍诏"开疆拓土，逐步兼并了其他部落。史诗中说越析诏与蒙舍诏两个族群之间是为了争夺铜鼓才引发战争的。铜鼓是权力的象征，哪个部落的铜鼓越多，说明哪个部落的权力也就越大。铜鼓之争即权力争夺，译者将其

---

①《串亲调》，余仁澎、李兴主编《傈僳族风俗歌集成》，昆明：云南民族出版社，1988年，第4页。

②黄汉国等译：《铜鼓王》，昆明：云南人民出版社，1991年，第2页。

与唐代时期云南地区六诏之间的战争相对应。歌中说生活在越析诏的彝家人，为了保住铜鼓和百姓生命，在首领波涛的带领下迁往东方："日夜把路赶，行军受折磨。历史大搬迁，困难实在多。饿了没饭吃，渴了没水喝。受尽饥和寒，苦楚更难说。走了好几天，路过神仙坡。山高千万丈，岩下是深壑。山脚太阳辣，山头云雾裹。上山百里多，下山百里多。抬头看山顶，头帕也会落。猴子也难爬，老鹰难飞过。自古无人走，荒凉又冷落。传说众神仙，山头来落脚。从此得了名，叫做神仙坡。……"① 史诗中说，好不容易过了大险坑猫猫跳，又到了妖精山。彝家敲响铜鼓，驱鬼逐妖。过了妖精山，倒了一碗水，有人口渴难耐，喝了水后变成了哑巴，波涛寻找草药治好了病人。队伍终于到了滇王国。这段文字细致详尽地为我们描述了这支彝族迁徙途中困顿劳累、寝食不安的情境。

云南彝族迁徙史诗《赊窦榷濮》中细数了六祖分支后各部的迁徙发展过程，讲到尼部时，多次提及尼部与夏家之间的纷争。正是尼部与夏家之间的战争导致尼部的频繁迁徙。尼部迁徙途中老祖母因年高体弱在迁徙途中含悲去世的情节令人动容："难受夏家气，尼家重迁居，越山过深菁，阿等红松居。阿等红松地，仍受夏家欺，尼马夏家骑，尼家夏家抢。尼家再搬迁，越歹阿麻勒，涉过色玛河，住供麻洪松。供麻洪松地，尼家一个奴，可换米一升，外搭酒一壶。一个奴身价，一餐有剩余，两餐不敷食，供麻粮价贵。迁离供麻地，到台木奔成，搬迁路艰辛，沿途苦难言。尼家的老母，不耐长颠沛，含悲辞世去，母逝路更艰。到农旁载清。农旁载清地，尼母诸贤儿，祭奠把母葬。擦泪辞母灵，众人往前行……"② 关于这段悲惨历史，在云南彝族另一部迁徙史诗《夷僰榷濮》中也有描述，并且添加了尼部老母的话语以及众人的悲切心情等更多细节："夏家得发展，渐把土地占，那时全族系，只得重返回。阿尼家老母，一路泪淋淋，走往深谷去，边走边哭泣：'祖辈遭灾难，儿孙要牢记，走过的路啊，不要再回去。'来到深谷后，请师做祭祀，祭祀已做毕，良师鸣不平。阿佬把路带，来到俄遭处，找到夏家人，痛诉尼遭遇。诉完不平后，师发恻隐心，带领尼家人，迁往好地方。经格阿麻初，涉过色玛河，到戈麻喝梭，戈麻喝梭居。那时阿尼家，家主如黑虎，棚中有名师，辖下有千奴。离戈麻喝梭，向戈麻于突，走完一路程，天还未亮明。二程走完了，赶路未停歇，经戈麻于突，过于布戈麻。天刚微微亮，来到豆撤处，途中苦难言，牢记在心田。天明遭灾星，尼家老母逝，路途还遥远，忍悲赶路程。抬着母遗体，子孙伴随行，经讨得多喝，到得帕则亲。尼家迁离后，夏家接踵来，这些经历事，儿孙要牢记。尼家的儿孙，来把老母葬，安置石冢中，骑马走长途。"③ 迁徙途中尼家老母去世是《夷僰榷濮》与《赊窦榷濮》中尼部迁徙途中的重要事件。在这两部迁徙史诗中，对事件的

①李贵恩、刘德荣等整理：《铜鼓王》，昆明：云南人民出版社，1991 年，第 21 页。

②云南省少数民族古籍整理出版规划办公室编：《赊窦榷濮》，昆明：云南民族出版社，1992 年，第 49 页。

③云南省少数民族古籍整理出版规划办公室编：《夷僰榷濮》，昆明：云南民族出版社，1986 年，第 45—46 页。

叙述一般来说是非常简练的，但对于尼家老母迁徙途中去世这件事情的叙述，两部迁徙史诗中的演述都非常详细。

苗族迁入云南境内的时间相对较晚，在他们迁入时，大多数平坝地区适宜耕种水田的土地早已为先前就已经世代居住的傣族、壮族、彝族、汉族等民族所耕种，加上苗族是分批零散迁入云南境内的，力量较为单薄，因此即使迁入云南境内后，他们一般也只能选择在高山区刀耕火种，生活十分困难："走了很长很长的路，来到西南种烟处。这里地势高，只能种荞麦；荞麦产量低，生活困苦没法保。阿髳只好再迁徙，阿髳继续走远方。"① 高山区土地贫瘠，所产粮食往往不够充饥，苗家先祖不得不打猎补充食物，在《西部苗族古歌》中杨芝所唱的"苗家迁到骚诺地方"一篇中便唱述了这一情景："人们来到高山区，没有耕地不产稻谷，生活十分困难，要靠打猎来补充食物。"② 而迁入平坝地区的苗族则受到田主的剥削，日子也很难过。当苗家迁徙至昭通坝时，只能租种彝族地主的土地："财主见苗家有吃有穿，不让苗家活下去。要来赶走牲畜，要来掠夺土地。格缪竹呐嘴站不住，来找逼纰珠璋依商议：'天下财主一般黑，到底再往哪里搬，苗家才能活下去？'"③

苗族迁入云南境内的时间相对较晚，苗家迁入时，平坝地区已经所剩无几。因此，苗族一方面采用粗放的耕作方式，在深山大箐里开荒劳作，继续着他们比较熟悉的劳作和生活方式；另一方面又依附于剥削极高的租佃经济，这是他们尽管到了一个土地资源较为富足的地方仍然要不断迁徙的主要原因。关于苗家先祖因为战争失败后的历次痛苦迁徙的经历在云南各地苗族中广为传唱，这些古歌中传唱的迁徙生活在汉文献中很少有详细记载，迁徙途中的生活情境是苗族先祖难以泯灭的历史记忆。

（三）竞赛场景

战争、瘟疫、干旱或者洪水等灾害既是迫使云南少数民族迁徙的主要原因，也是迁徙途中最为常见的情景。歌手在演唱过程中会反复唱诵战争、瘟疫、干旱等灾难场景，每当这时，歌手和听众常会产生共鸣，情难自抑，痛哭流涕。

关于战争与灾害情境的描述与分析在第一章已有详细论述，在此我们把分析重点放在竞赛场景上。在迁徙史诗中，当族群之间发生冲突时，战争通常并不是首要选择，敌对族群往往选择公开竞赛的方式来决定去留。在哈尼族迁徙史诗《哈尼阿培聪坡坡》中讲到，异族头人腊伯想要把哈尼人赶出世代居住的诺玛阿美，哈尼头人因为年少缺乏经验，答应了腊伯在诺玛河上放火，看谁的火烟飘得最远诺玛就归谁所有的竞赛方式。歌手描绘的竞赛场面气势宏大："乌木拿起刻纹的牛角，号声传遍河坝山梁，哒哒——

①云南省少数民族古籍整理出版规划办公室编：《西部苗族古歌》，昆明：云南民族出版社，1992 年，第 134—135 页。

②云南省少数民族古籍整理出版规划办公室编：《西部苗族古歌》，昆明：云南民族出版社，1992 年，第 260 页。

③云南省少数民族古籍整理出版规划办公室编：《西部苗族古歌》，昆明：云南民族出版社，1992 年，第 264—265 页。

呜——！哒哒——呜——！一声比一声响亮。九山的哈尼赶来了，九坝的哈尼跑来了。各路哈尼聚在一方。乌木说完放火的话，七十个雄壮的男人走出来，弯腰听从安排指点，他们都是砍树的内行。走遍诺玛的大沟小箐十道山梁，找着最粗最大的干树，扛到宽宽的诺玛河旁。架起山高的火堆，干树烧得雷响，火把节也比不上这样热闹，全体哈尼来河边瞭望。七百个贝玛齐声念咒，请神灵保佑火烟飘扬。杀倒公牛献过公鸡，哈尼把燃烧的大树推进波浪。奸狡的腊伯不进山箐，不砍大树不烧火塘，拾来干干的牛屎，点着的青烟细线一样。哈尼的火堆呼呼燃烧，火光把河水照的红亮，随着波浪时起时落，好像傍晚江心的太阳。—哦嗬，可惜罗！漂过短短一截，干树浸成湿树，火苗呲呲哭着，慢慢不见亮光。腊伯的牛屎浮在水面，不怕漩涡不怕风浪，火苗越烧越旺，浓烟飘满大江，江风呜呜作鸣，浓烟飘扬远方。啊哟，哈尼的后代子孙，我们的火焰就这样熄灭！苦罗，亲亲的兄弟姊妹，哈尼把眼泪洒进波浪！"① 哈尼头人跟腊伯比赛放火失败，又比赛射箭，同样以失败告终。但因为诺玛阿美本来就是哈尼人的家乡，腊伯是后来才逐渐迁入的，虽然比赛失败，但是哈尼头人拒绝迁走。腊伯头人恨得咬牙切齿，却也无可奈何，双方矛盾加剧。

在佤族史诗《司岗里传说》中也有佤族巴饶克支系的先祖与异族尼文人比赛的场景，他们比赛的是把湖水烧沸，佤族先祖取胜，赢得了湖泊。在"第十四夜：固守诺瑶里"篇中讲到，尼文人与佤族先祖决定让天神裁决湖泊的归属。双方老人一起剽牛，用牛血祭祀木鼓，用牛肉祭祀天神、地神和姆依吉神。祭祀完毕后，他们一起睡在姆依吉神的树林里。夜里双方老人都做了一个相同的梦，他们梦见一位老人对他们说："谁能把湖水煮涨，那么诺瑶里就是谁的。"尼文人认为不可能有人把那么大一个湖煮涨。他们对佤族先祖说："把湖水煮涨我们做不到，除非你们能把它煮涨我们就认输。那么湖就归你们了，我们也没有什么话可说的。"佤族头人艾太把所有老人聚齐后，共同商议出用石灰把湖水煮涨的方法。到了指定的日子，大家把烧出的石灰运到湖心，倒入湖里，湖水就这样被佤族先祖烧涨了。佤族先祖因此获得了在诺瑶里湖中捕鱼的权利。

在云南少数民族迁徙史诗中，迁徙与定居交错进行。迁徙的目的是寻找理想的定居地。找到定居地后，先祖们筚路蓝缕，用汗水和智慧建设家园，过上了安稳富足的生活。在迁徙史诗中用了很多篇幅描述迁徙途中的云南少数民族先祖用心寻找适合的定居地以及家园建好后的幸福生活场景。

与其他迁徙叙事不同的是，迁徙史诗的演唱必须是在村寨祭祀、节日、葬礼等重要仪式上，是仪式过程不可缺少的部分，而且是主要部分。这些仪式场合释放出只有当地人才能理解的象征意义，仪式生活的重复性、丰富性、可模仿性使迁徙史诗能够代代相传，并和仪式一起保持着生命力。佤族迁徙史诗《司岗里》中便唱到了史诗与仪式相伴相成的情境："吟唱完人类出司岗的段落，布批念念有词地撒撒米，然后喝水，休息一会。小布拆则吹起面昂洛跳一跳舞，等布批休息好后接着唱。就这样唱唱歇歇，通宵

①云南省少数民族古籍整理出版规划办公室编：《哈尼阿培聪坡坡》，昆明：云南民族出版社，1986年，第72—75页。

达旦，第二天还要去陪砍人家唱!”① 仪式的重复性和程式性也决定着迁徙史诗的重复性和程式性。在迁徙过程中产生的迁徙史诗因为与神圣的祭祀仪式相伴，使整部的迁徙史诗不能随便演唱。即使是在仪式中演唱，也有着诸多的禁忌。而当地迁徙传说故事、短篇迁徙歌等其他形式的口头传统的传承和创编更侧重于生活中的娱乐层面或认知层面，可以随时随地演述。

此外，迁徙史诗中的情节、母题和叙事内容也经常被民间传说、故事、歌谣、地方戏曲、音乐舞蹈、绘画等其他口头传统形式或艺术形式所借用。迁徙史诗和传说故事、歌谣等处于同一文化语境中，诸多文本的互相借用是常见的现象。如在佤族、哈尼族、拉祜族、苗族的史诗、歌谣、故事中都有对曾经在平坝、湖泊地区美好生活的反复演述：他们的先祖在那里过着没有疾病与瘟疫，没有战争与欺诈，和平、富足、美好的幸福生活，但是随着异族的入侵，随着灾害的发生或者人口的过度繁衍，拉祜族的糯弄糯谢厄②、牡缅密缅③，苗族的蔡塞咪夫氏大平坝、“戈哉城”，佤族的诺瑶里④，哈尼族的诺玛阿美、加滇等地成了这些族群魂牵梦绕的地方。除了把先祖曾经的美好家园、漫长艰辛的迁徙历程唱出来、讲出来，他们还把迁徙路线、美好家园绣在衣服上穿起来，或者编进舞蹈中，纳入祭祀里。族人去世后，其魂魄还要在祭司的指引下，在《指路经》的诵念中沿着先祖的迁徙路线返回先祖最初居住的地方。

第二节　云南少数民族迁徙史诗中的审美意象

“意象”是一个诗学术语，在诗学范畴中，内涵极其丰富，一直众说纷纭，并在不同的意义上被广泛使用。有时近于“形象”，有时指“意中之象”，有时则指“意”和“象”，即主观和客观两个方面。它可以指对视觉物体和景象的描写，可以指文学作品中所涉及的一切感觉物体及其品质，也可以指比喻语言或者象征体系，充当隐喻和明喻的媒介物，等等。意象一词既是西方诗学的基本范畴，同时也是中国古代文论中的一个重要概念。意象是人的一种生命体验，是对于物质生产活动和个体生命有限存在的超越，艺术创作中意象的形成是在审美活动过程中生成的，不是一种物理实在，也不是一个抽象的理念世界，而是一个完整的、充满意蕴的、充满情趣的感性世界。

民间口头传统中的意象与作家文学中的意象有着较大的差异性。意象通常被认为是书面诗人的“专利”，其实史诗歌手也会使用意象，即程式意象。程式意象是程式诗句或词语中聚合传统美学表象和意义的字或词。在书面诗歌那里，创作与阅读之间也许有

①毕登程、隋嘎搜集整理：《司岗里》，昆明：云南人民出版社，2009 年，第 108 页。
②据说是今天的大理洱海与昆明滇池。
③据说是今天的双江坝子。
④诺瑶里，意思是“猪发现的湖”，据说是今天的昆明滇池。

一条鸿沟，即不一定在同一个现场进行互动；而在史诗歌手那里，演述的那一刻就是创编，也是与观众面对面的互动，歌手的现场演述为我们展现了程式意象再创编的精彩场景。民间口头诗歌中的意象不是某个人用语言文字所表达出来的富于美学意味的形象与主观情感结合创造出的为艺术所接纳的意象，而是集体创作的结果，歌手的现场演述所呈现出的是族群精神和审美理想。在云南少数民族迁徙史诗中塑造了“家园”“异族”“引导兽”“失败的头人或英雄”等凝聚主题意义的重要意象。

一、家园意象

在族群形成与发展过程中，每个族群对自己祖先的发源地、迁徙途中曾经建设的家园以及发展鼎盛期有着深刻记忆与深厚情感，形成了许多动人的意象群。在云南少数民族迁徙史诗中，“家园意象群”非常突出。自然灾害、疾病瘟疫、战争失败等各种原因迫使各民族失去原有家园，人口过快增长、分支分寨、土地贫瘠等原因促使人们主动迁徙，寻找更为适宜的生存之地。离开家园的族群一边迁徙，一边寻找并建设了很多短暂或长久居住的家园。尽管路途艰辛，但迁徙族群从未想过放弃。对于他们来说，“家园意象”中既有对于整个族群来说的神圣地方——最初的祖居地，也有对该族群来说曾经美好的现实家园。这些美好家园有的是安放灾难过后的疲惫身心的现世家园，如哈尼族哈尼支系念念不忘的“诺玛阿美”和雅尼支系魂牵梦萦的“加滇”都是哈尼人迁徙途中美好家园的典范；也有对最初家园——祖居地的深切怀念，如佤族的司岗里、云南瑶族的“真龙”、云南苗族的“旨密立”大平原等便是慰藉心灵、安抚灵魂的祖居之地。云南少数民族迁徙史诗中的“家园意象群”不仅指向与家相关的田园、山水、自然，更是献祭神灵，驱逐恶鬼，灵魂回归，即满足人类精神终极追求的灵魂安放之地。

（一）哈尼人的家园意象

在云南少数民族迁徙史诗中，哈尼族对家园“诺玛阿美”和“加滇”的描述是所有迁徙史诗中较为突出的家园意象。史诗中说这两个地方都是在神奇动物的指引下找到的，是神赐之地。在哈尼族歌手演唱的各种类型的迁徙史诗中，诺玛阿美是哈尼支系歌手唱述的典型意象。

在元阳县歌手芦万明所唱的《历史传说歌》中，对诺玛阿美的描述有50行，主要赞颂其历史意义和族群认同功能。诗篇对诺玛阿美意象的具体展开从对诺玛河的赞颂开始，诺玛河哺育了哈尼百姓，人们在河边建寨子、割茅草盖房子以及养家畜。“寨脚栽竹子，寨头种松树”成为哈尼族建寨时必须遵循的传统。哈尼人在诺玛河边种植荞子、棉花、姜蒜、稻谷，代代繁衍，生生不息。

在元阳县另一位著名歌手朱小和演唱的《哈尼阿培聪坡坡》中，对诺玛阿美意象的描述多达180多行。如果我们把哈尼族家园作为一级程式意象的话，家园中的百姓、三种能人，寨子中的寨神树、竹子、棕树、磨秋房、杀牛房，白鹇鸟、喜鹊、骏马、肥猪等，也经常出现在哈尼族歌手对其美好家园的唱述中，形成哈尼家园的二级程式意象群。寨头、寨脚，哈尼姑娘、小伙、老人，蘑菇房的具体构造、功能，大田中的秧苗等构成三级意象群，有些三级家园程式意象还可以继续细分。

歌手在演唱时，可根据具体场景，从这些哈尼族基本家园要素中选取所需要的，但这并不意味着迁徙史诗中的家园意象千篇一律。歌手的气质禀赋不一样，演唱技巧也有高低，其选取的家园要素与程式展开的层级也有差别。以哈尼族家园中具有标志性的蘑菇房意象为例，在《哈尼先祖过江来》中，只提到“母亲割茅草”“父亲用最好的木头”盖房子，至于房子的样式、功能等没有提及，没有分化为更细致深入的程式。但这并不是说歌手的演唱技巧较差，很可能是因为在《哈尼先祖过江来》中，史诗的开篇便是从诺玛阿美唱起的，歌手开始演唱时，诺玛坝子、寨子、竹子、贝壳、哈尼三种能人等程式意象没有被进一步分解，也可能是因为歌手尚未深入演述状态。而在《哈尼阿培聪坡坡》中，朱小和在唱到诺玛阿美时，已经进入了演唱的高潮时期，他口中的诺玛阿美便可以进一步分解成诺玛大寨、哈尼头人、工匠、寨神、蘑菇房、大田、水井等诸多更为细致的多级程式意象。

元阳县胜村乡全福庄寨的老歌手卢万明唱到在好地丫多建立的家园时，进入亢奋状态，语速加快，与朱小和一样，卢万明也将家园程式分解为哈尼寨子、杀牛房、磨秋房、蘑菇房、家畜、三种能人等诸多意象，诗行也扩展到 80 行，为我们呈现出另一种多级程式的家园意象。卢万明所唱《哈尼先祖过江来》的汉译文本共 265 行，其中对丫多家园的唱述就多达 80 行，是文本中最浓墨重彩的家园意象。此外，意象层面的哈尼族家园还具有一以贯之的朴素、自然、温馨特征。

迁徙史诗中，哈尼人每到一地，家园意象都会出现，且都是以画卷的形式展开。虽然哈尼族迁徙史诗中关于家园的具体细节各异，但都以这种澄澈、朴素的审美意象呈现在眼前，不管经历了多少次的战乱、迁徙与流离，眼前的家园从不曾蒙上一点悲伤与尘埃。这也从一个侧面反映了哈尼人执着坚韧、温柔和顺、顺应自然的民族性格及温暖朴素的审美理想。

（二）《夷僰榷濮》中的“策勒”

家园意象在云南彝族迁徙史诗中突出表现为对六祖分支地的描述。如在《夷僰榷濮》中提到一个名为“策勒”的地方，说那里是六祖分支时，祭司所属支系居住的地方：“分支那时节，我居策勒地，别后策勒时，怀念策勒名。策勒好地方，水中蛙歌唱，蛙在海中欢，慧者有真知。平民居住处，雪山有二座，一高又一矮，把地分三段。平坝有四处，祭场分五块，流水六股淌，股股碧波荡。慧君传七代，贤臣共相扶，良师人众多，在处鸟长鸣。立下英雄志，世代策勒居……居住策勒时，君有好姑娘，臣有好儿郎，师有众贤徒。三位贤良人，德高年长寿，人旺又分支，又往格卧迁……”① 这段文字中提到本支彝族先祖在策勒生活时，君慧、臣贤、师良，人们安居乐业，人口增长迅速，氏族分支，长房主动迁往他处开拓。

①云南省少数民族古籍整理出版规划办公室编：《夷僰榷濮》，昆明：云南民族出版社，1986 年，第 35—36 页。

在云南彝族另一部迁徙史诗《六祖魂光辉》中讲到了始祖阿布笃慕原来生活在东方。洪水过后，阿布笃慕住在石土屋中，为了让民众过上好日子，他经常祭祀天神，巡游民众居住处，察看他们是否吃饱穿暖："君住沟上头，谷子长得旺，臣住热地方，居住在矮处。师居如雁飞，恰似吹竹笙。人变坟头草，形影孤单单。住在野外的，先需把衣制，大家齐动手，一时成十件。常在竹中行，裸头守村尾，恰似星出时，做错无法言…东方这地方，原是苦地方，再做也穷困，再苦也难富。曾教民养猪，由于居贫地，富裕难上难。"①

由于原来的东方居住地太贫瘠，阿布笃慕带领众人迁出祖居地，再次往东方迁徙。文本中对彝族家园的唱述除了简要介绍居住环境，都会涉及君—臣—师的重要作用和功能。这是彝族迁徙史诗中独具特色的地方，与哈尼族家园意象中对头人—工匠—摩批三种能人的唱述属于相同的程式意象。

（三）拉祜人的牡缅密缅

拉祜族俗语说"能渔能猎的地方，是理想的家园"。拉祜族迁徙史诗《根古》中说，拉祜族先祖在马鹿的指引下来到一个叫牡缅密缅的地方。这里天高地阔，能渔能猎，生态环境良好，刚到这里时："牡缅的天如锅底，密缅坝子如掌平；枝头千鸟鸣啾啾，林中野兽闹嚷嚷。牡缅坝子中间，有一棵大青树，大树干如囤箩，九十九枝伸四方。"② 在牡缅密缅，他们追麂子、打马鹿，过着自由快乐的生活。最为重要的是学会了耕种土地："从此在牡缅坝子，拉祜人撵山打猎；在密缅坝子里，开始了农耕生产，分出糯谷和饭谷。谷穗长似芦苇花，谷米白似牛尾花。男人上山去挖红薯，一天挖得一背薯，裤子变成黄裤子，脚杆变成黄脚杆。女人下箐摘野菜，一天摘得一背菜。染绿了手指，染绿了脚杆。"③

在拉祜族史诗《盘古盘根》第三部分的"迁徙篇"中，也提到了牡缅密缅坝子，史诗中讲述了包括拉祜族在内的多个民族在这里和谐相处的美好时光。在这里，拉祜人一面打猎，一面开荒，拿鱼又种荞，又歌又舞，日子过得乐陶陶。除了拉祜族，这个地方还生活着傣族、汉族、回族等其他民族："牡缅密缅好地方，大伙结下尘缘。傣家回家住河边，彝家汉家喜爱米粮川；拉祜住高山，各家兄弟聚一团。一家支占一岭，一族占一湾。肥沃的山坳，处处冒炊烟。是烟是雾难分辨，烟雾紧相连。和睦相处数百代，共同来往几千年。拉祜开荒选一山，傣家造田选一湾。地界连在一起，埂界紧紧相连。"④

①云南省社会科学院楚雄彝族文化研究室：《彝族文献译丛·六祖魂光辉》（内部资料），楚雄：楚雄印刷厂，1983年，第75—76页。

②《根古》，澜沧拉祜族自治县民间文学集成办编《拉祜族诗歌集成》，昆明：云南民族出版社，1989年，第6—7页。

③《根古》，澜沧拉祜族自治县民间文学集成办编《拉祜族诗歌集成》，昆明：云南民族出版社，1989年，第4页。

④陶学良、娜迫记录整理：《盘古盘根》，云南民族古籍网电子版，第20页。

一个地方是不是值得人留恋、怀念，除了能让人丰衣足食之外，人际关系、族群关系是否和谐也是重要因素。若是同处一地的人与人、族群与族群之间能够恪守本分、互相尊重、互不侵犯的话，关系其乐融融，共同发展；但凡有一方起贪心，想霸占别人的财产、土地时，和谐的家园就会纷争不断，甚至变成流血的战场。在彝族史诗《铜鼓王》中唱到，彝家的一支昆明人为了躲避战争，经历了千辛万苦迁徙到滇池周围的滇王国，与滇族群和谐相处了很长时间，老滇王去世后，小滇王十分贪心，企图霸占昆明人的土地，引发战争。歌中唱道："昆明与滇族，祖辈结姻缘。两族连了姻，情如兄弟般。波涛娶公主，得了胭粉田。度日有根基，生存有地盘。年年去垦荒，荒地变良田。稻谷喷鼻香，日子蜜样甜。加上昆明族，滇地把经传。在滇铸铜鼓，又多增财产。铸出铜鼓来，两族各分半。人人不贪心，个个讲平权。你仁我也义，你亲我也善。日子过得欢。就是吃点亏，谁也不埋怨。亲如一家人，情谊重如山。你好我也好，一年又一年。"①

拉祜族迁徙史诗《根古》《盘古盘根·迁徙》与彝族迁徙史诗《铜鼓王》中，在唱述美好家园时，都赞颂了家园共同生活、互帮互助、和谐相处的族群关系。这是云南少数民族迁徙史诗家园意象中对人与人、族群与族群之间关系的美好想象。

（四）云南苗族的"旨密立"大平原

中华人民共和国成立前，云南境内部分苗族居无定所，迁徙频仍，俗语有"桃子开花，苗子搬家""老鸦无树桩，苗子无地方"的说法。苗族进入云南境内的历史相对较晚，云南地方文献所记载的迁入云南境内的苗族往往居无定所，迁徙无常，对其迁入云南以前的生活很少涉及。在云南苗族古歌中，有很多都唱述了苗族迁入云南之前曾经在平坝地区劳作耕种的富足生活。

在云南苗族迁徙史诗《西部苗族古歌》中便唱述了一支苗家的先祖曾在一个名叫"蔡塞咪夫氏"的大平坝开创了幸福生活的场景。他们在那里开田、养蚕、种稻谷、造水车、造木碓，建设新城。这座新城壮丽非常，苗家先祖不仅丰衣足食，还祭祀祖先、创办学校，这里的"新城"意象是这一支苗家先祖记忆中理想生活的诗意呈现。布朗族史诗《来自"洪勒南三嘿"》中说，布朗族先祖最初生活在一个叫"洪勒南三嘿"的地方。"洪"是澜沧江，"勒"是上游，"南三嘿"是三条河交汇的地方。这里"四季全不冷，白昼都温和。平地青草嫩，畜吃人也吃。树上挂满果，颗颗酸又甜。野兔满山跑，遍地野鸡窝"。后来这个环境优美、美丽富饶的地方被异族夺走，布朗族先祖从此被迫迁徙至勐勒。

以上介绍是云南少数民族史诗中各族群或支系的美丽家园意象或者祖居之地。在云南少数民族迁徙史诗中，有很多文本都说滇池、洱海等地是彝族、佤族、哈尼族等很多少数民族先祖曾经共同居住开发过的家园，在不同少数民族的迁徙史诗中，对于传说中他们曾经生活过的"滇池"或"洱海"，歌手又是怎样营造这些家园意象的呢？

①李贵恩、刘德荣等搜集整理：《铜鼓王》，昆明：云南人民出版社，1991年，第39页。

（五）滇池意象

据考古学与人类学成果得知，滇池是远古居民最早的聚居地之一。目前，已在滇池东岸呈贡龙潭山发现了属于旧石器时代晚期的古人类化石及其文化遗址；在滇池沿岸发现了属于新石器时代晚期的大量“贝丘遗址”，此外还有不少石器和陶器的零星出土地点。这说明当时滇池地区人口在不断增加，并已经形成了许多长期居住、规模较大的聚落遗址。早在西汉时期，滇池地区的居民就已经发展到了较高的农业文明时期。

在云南少数民族迁徙史诗中，滇池是其先祖迁徙途中的一个重要定居地。先祖曾经在此长期定居，是滇池最早的开发者，或者作为后迁入者与其他民族一起，共同开发了美丽富饶的滇池。关于其先祖在滇池定居时的生产方式、社会组织、风俗习惯以及族群关系等情况，很多云南少数民族迁徙史诗中都有较为细致的描述。例如，在云南富宁彝族迁徙史诗《铜鼓王》中唱到了彝族先民的一支——昆明族来到滇池后与先在此地生活的另一支彝族支系——昆明族和谐相处、共同开发滇池的情境。经历了漫长迁徙，后来才到滇池边的这支彝族受到先在的兄弟支系的热情帮助，他们向农业耕作技术、文明程度更高的滇族兄弟支系学习，重新过上了美好幸福的生活，滇池也就成了昆明族集体记忆中的另一个美好家园。

在佤族《司岗里传说》的“第十四夜：固守诺瑶里”中讲到，佤族先祖在野猪的带领下来到一个很大很大的湖边，佤族先祖把那个湖叫作“诺瑶里”，意思是“猪发现的湖”。湖边有个平坝，周围山上的树林里有很多动物，坝子里到处是芦苇，还有“格哇”（即瘴气）。佤族先祖放火烧芦苇驱赶老虎和野狼，烧石灰对付瘴气。滇池周围坝子里的土地很肥沃，佤族先祖在有水的地方种稻谷、没有水的地方种五谷。湖里的水产很丰富，为了感谢最初带着佤族先祖向南迁徙的癞蛤蟆，这支佤族便自称为“巴饶克人”。巴饶克人在诺瑶里生活了很多年，寨子布满湖边。后来，在与尼文人的战争中，巴饶克人输掉了诺瑶里。输了诺瑶里后，人们慢慢忘掉了湖泊原来的名字，而把它称为“诺些”，意思是“输掉的湖”，把滇池周围的平坝称作“门些”，意思是“输掉的地方”。老人们说这个湖就是现在的滇池，佤族至今仍然把滇池叫作“诺些”，把昆明叫作“门些”。

提及家园，人们心中往往会涌起一种祥和、温馨与幸福的感觉。从西方的伊甸园，到中国的桃花源，再到云南少数民族迁徙史诗中反复吟唱的先祖曾经开发居住的美好家园或最初的祖居地，无论是云南少数民族迁徙史诗中反复提及的哈尼族的诺玛阿美和加滇、云南彝族的策勒地和洛宜山、拉祜族的牡缅密缅坝子、壮族的敢壮山、佤族的“诺瑶里”、瑶族的“千家峒”，还是云南苗族的“旨密立”大平坝等，都是其祖先的理想家园或者灵魂栖息之地。迁徙族群把对现世生活的追求和后世灵魂的安放都凝聚在这些家园意象中。这是云南少数民族精神信仰、道德观念与审美理想的体现，也是家园多级程式意象的审美价值所在。

在云南少数民族迁徙史诗中，家园自始至终都是滚滚红尘中的一份慰藉，是漫长迁徙旅途的最终归宿，是迁徙民族的一种集体疗伤和精神慰藉。在迁徙史诗的反复吟诵中，族群精神升华了，逝者的灵魂飞升了，生者的生命态度也更加从容了。不管现实如何，云南少数民族的精神家园始终存在，而灵魂也必定返乡。

二、人物形象

云南少数民族迁徙史诗中塑造了丰富多彩的人物群像，这些群像与作家文学中的极具个性的主人公不同，迁徙史诗中的人物群像极具类型性，个性特征并不是十分突出，迁徙史诗中的人物是迁徙族群深重历史感与坚韧品行的集中体现。

（一）本族人物形象

按照族群身份归属，笔者将迁徙史诗中的人物分为族群内部的人物形象与异族人物形象两大类。其中，族群内部“带领迁徙的头人”“战争失败的头人”“战争英雄”“爱上异族伙子的姑娘”等是迁徙史诗中着力塑造的本族群内的重要人物群像。

1. 男性英雄

迁徙史诗中的英雄形象与原始性史诗、英雄史诗中的英雄形象不同，迁徙史诗中的英雄往往是战争、竞赛中的失败者或带领民族迁徙的落魄者，人物形象有着浓重的悲剧意味。其中，哈尼族迁徙史诗《哈尼阿培聪坡坡》中的头人纳索是云南少数民族迁徙史诗中较为典型的悲剧英雄形象。史诗中讲到，当哈尼人迁徙至谷哈居住时，在这里成长起来的哈尼头人纳索力大无比、勇猛无畏，带领哈尼人多次打败入侵的蒲尼人。但是，纳索嘴快心直，刚愎自用，听不进妻子和其他头人的劝告，坚持娶进异族妻子，信任异族亲戚。一次，纳索酒醉后泄露了自己砍头不死与本族节日祭祀期间会放松对异族防范的秘密，导致与蒲尼人战争的失败，被迫迁徙。与此同时，哈尼族大头人纳索也渐渐失去了民众的信任。但是，在迁徙途中，纳索为了保护族人性命主动献出了自己的生命，使得这一人物形象在悲剧性中又呈现出崇高性。哈尼头人纳索不仅力大无穷，拥有砍头不死的神奇本领，还会各种变化，但是为了拯救族人性命，他主动收起神力，心甘情愿地被石七头人烧死。

在史诗《哈尼阿培聪坡坡》的第六章，歌手朱小和用了1700多行讲述哈尼族在“谷哈密查”的生活与战争。“谷哈密查”据说就是今天的昆明一带。在这里，哈尼族在英雄纳索及其妻子戚姒的带领下与异族蒲尼人进行了殊死斗争。这是哈尼族历史上规模最大的战争，在这次战斗中，哈尼族经历了最为惨烈的失败，纳索是悲剧英雄，即使他力大无穷、砍头后可以再生，但最终还是惨死在敌人的手下。

彝族迁徙史诗叙事的着力点在于讲述本支彝族迁徙途中发生的重要事件、祭祖分支仪式以及迁徙路线等，人物形象塑造不是其核心任务。但在《夷僰榷濮》《赊豋榷濮》《铜鼓王》中仍然塑造了阿卜笃慕、历代铜鼓王等英雄形象。彝族共祖阿卜笃慕，在洪水暴发时带领民众迁徙至罗尼山①上。天神派出三个儿子寻找、安慰笃慕，笃慕心忧百

①罗尼山：据说罗尼山是彝族六祖的父亲笃慕躲避洪水的地方。在现今的云南省东川、昭通、禄劝、易门等地均有名为罗尼山的高山。

姓，说道："为君不愁吃，为君不愁穿，此话也不真；天地皆荒芜，五谷欠收获，百姓受煎熬，为君也发愁。为男无忧愁，此话也不真；视水悠悠流，为男也发愁。巧妇无忧愁，此话也不真，半夜贵客临，无米为炊愁……承你们不忘，感你们看望。父恩我要报，母情我要还。本应建青棚，做斋酬恩情。无奈未婚娶，孤独孑然身。又遭洪水灾，贫困随我身，做斋实无力，宴客无粮牲。"①

笃慕列举出了一系列令人发愁的事情，为我们展现了在洪水威胁下迁入新地方的族群所面对的各种困难。笃慕是头人，想通过做斋恳请与酬谢天神，护佑民众，但因为贫困，无力祭祀。面对这些暂未解决的问题，笃慕十分忧心。天神的三个儿子一起安慰他，并帮助他娶到了天神的三个姑娘，生下了六个儿子，即后来的彝族六祖。笃慕一族在昭阿巳夺生活数年之后，迁往木阿殊昭，之后又因为人多地乏，返回昭阿巳夺居住。笃慕在天神的帮助下，赢得了与沃部、莫部的战争，兵强马壮，人口众多。在玛查俄戛，彝族六祖设立祭场，祭祖分支，笃慕说："举斋将分支，分支得兴旺。"从此之后，彝族六祖分别向不同的方向迁徙、繁衍。

在另一部彝族迁徙史诗《夷僰榷濮》中也唱述了笃慕心系民众、事必躬亲的崇高形象。文中说："阿卜笃慕呢，亲自来察看，好衣轻又暖，人们穿没穿。贤君常忧民，离位起徘徊。贤君育后代，常把子孙诲。教会一小儿，做出好衣裳。小儿做好衣，献给笃幕穿。安排一小儿，擀一件披毡。多好的披毡，献给笃幕穿。派遣一小儿，快马牵一匹。多好的快马，献给笃慕骑。阿卜笃幕呢，穿上华丽衣，披上好披毡，骏马身上骑。常把居处巡，经他巡视过，遍地草花开，柏树常青翠。阿卜笃幕呢，身材真魁梧，脸耀日月辉，常把人教诲。"②

在云南彝族迁徙史诗中，阿卜笃慕被塑造成一位德高望重、贤能勤勉的君主。他带领民众躲避洪水，迁徙东方，设立斋场，祭祀分支。六祖分支是发生在笃慕时期最为重要的事件，他告诉民众："天地无穷大，越走越狭窄，为了得兴旺，分做九处走。"③ 据说彝族是从六祖分支后逐步分散迁往各地繁衍生息的。

在云南苗族迁徙史诗《西部苗族古歌》的"根蚩支劳、根挪支劳的故事"中，根蚩支劳带领民众在蔡塞咪夫氏大平坝开辟出了大片水田，种稻养蚕，建造高楼，创办学校，造福一方。但是因为他好酒贪杯延误了战机，致使战争失败。民众对首领好酒贪杯颇有微词，但是苗家头人在带领族人撤退时并没有只顾自己，而是首先关照老人和孩子，让他们先撤退。虽然苗族迁徙史诗中的头人或首领大多是失败的英雄，但是民众依然感念他们，记得他们引领族人建设田园、浴血奋战与艰难迁徙的英勇事迹。

---

①云南省少数民族古籍整理出版规划办公室编：《赊窋榷濮》，昆明：云南民族出版社，1987 年，第 21 页。

②云南省少数民族古籍整理出版规划办公室编：《夷僰榷濮》，昆明：云南民族出版社，1986 年，第 29—30 页。

③云南省少数民族古籍整理出版规划办公室编：《赊窋榷濮》，昆明：云南民族出版社，1987 年，第 35 页。

根蚩支劳、根挪支劳带着民众从蔡塞咪夫氏大平坝迁徙至旨密立大平坝，带领民众砍竹子做兵器，但是竹子、蒿枝与茅草做的兵器哪里抵抗得住沙兆玖帝敖的再次侵犯，于是二人被俘。歌手唱道："根蚩支劳被活捉，根挪支劳遭捆绑。根蚩支劳关楼下，根挪支劳关楼上。沙兆玖帝敖心狠毒，沙兆玖帝敖心肠黑，他们心肠黑如炭。把根蚩支劳带到石板前，把根挪支劳带到石板前。二人鲜血洒在石板上，三天三夜血不干。沙兆玖帝敖派兵丁，采来杉松枝与叶，盖住石板不见血，平安利落过新年。天晴天空无片云，晒够张姓杨姓儿[①]；淋透张姓杨姓女。张姓杨姓儿女从此离家园，张姓杨姓儿女永不回。"[②] 上文中唱述的是苗家首领根蚩支劳和根挪支劳被沙族俘虏后被害死的故事。苗家两位首领被杀掉后，沙族用松枝盖住英雄血，欢欢喜喜过新年。英雄的后人张姓和杨姓苗族支系，无论迁徙到何方，都会永远铭记先祖的英勇事迹与悲剧命运。

澜沧县芒景、芒洪的布朗族每年正月都要祭祀其功绩卓越的祖先艾楟。据说艾楟是带领布朗族迁徙并赐予布朗族茶种的英雄祖先。围绕着英雄祖先艾楟，布朗族民间产生了一系列的古歌和传说故事，都讲述了艾楟带领布朗族先民披荆斩棘迁徙到景迈茶山的故事。艾楟在与傣族首领抗争过程中，为布朗族先民争取到生存与发展的空间，并给后辈留下了茶叶作财产，泽被后世子孙。其中有一个史诗文本《帕雅艾楟历史歌》中唱道："他当初当家受苦难，没有草席睡，酒瓶小得像麻雀蛋，羞见天下人。后来艾楟想办法，砍树盖房屋，胆子如大地，脸面也宽绰。如今过上好日子，吃饭在木桌，酒瓶大得像龙竹头，用来看卦的鸡大得似孔雀。今晚是好日子，祖先保佑我们。胆子大得像大地，脸面宽阔似太阳，我们拄的拐杖是芒登树，这树是艾楟种留。艾楟吩咐：三年为期祭奠我，不吃菜，不吃肉。"[③]

澜沧县芒景一带布朗族也世代传颂着英雄祖先艾楟的伟大功绩。古歌《艾楟传》中说，艾楟去世后，并没有留给后世子孙金银财宝与骡马牲畜，而是特意留下了一块名为"皎诺帕"的透明宝石。就是在这块宝石中，布朗族先民找到了茶树："听着，蒲曼人的子孙：树老，会枯；花老，会掉；水老，会干；人老，会死。我留下什么给你们呢？留下金银，你们会花光；留下牛马，它们会跑掉；留下鸡猪，也会得瘟病。留下皎诺帕[④]，世世代代会有吃的。"[⑤] 为了纪念艾楟带领人们迁徙定居，并教会人们盖房屋、种茶叶、栽旱谷的英雄事迹，布朗族先民创作了大量与艾楟相关的古歌、祭祀词与传说故事。云南省普洱市澜沧县芒景一带的布朗族在艾楟的忌日，也就是每年的正月初七都要祭祀他，并且要唱述艾楟的生平事迹。

---

①张姓杨姓儿：据说，根蚩支劳的后人姓杨，根挪支劳的后人姓张。

②云南省少数民族古籍整理出版规划办公室编：《西部苗族古歌》，昆明：云南民族大学，1992 年，第 172—173 页。

③王国祥：《布朗族文学简史》，昆明：云南民族出版社，1995 年，第 112—113 页。

④皎诺帕：透明的宝石。据说布朗族先民从"皎诺帕"中找到了茶树，以后就种茶为生。

⑤王国祥：《布朗族文学简史》，昆明：云南民族出版社，1995 年，第 180 页。

2. 女性英雄

云南少数民族迁徙史诗中还塑造了很多美丽善良、坚韧智慧、宽宏大量或特立独行的女性形象。其中，较为典型的有哈尼族迁徙史诗中的戚姒、滇仙，佤族女神安木拐，彝族的逋诺公主，等等。

在哈尼族迁徙史诗《哈尼阿培聪坡坡》中，浓墨重彩地塑造了戚姒这位哈尼族民众世代崇拜供奉的女英雄形象。戚姒的父亲是厄戚头人，而厄戚寨子是排在英雄纳索所在的大寨之后的哈尼支系第二大寨。美貌聪慧、箭法超群的戚姒长大后嫁给了大英雄纳索，她协助丈夫管理寨子，赢得了丈夫及族人的敬重。在谷哈密查生活的哈尼族受到异族蒲尼头人罗扎的欺侮，要承担沉重的赋税。哈尼族百姓不甘受辱，天天缠着头人纳索，要与罗扎开战，夺回自己的权利。面对这种情形，戚姒非常冷静地表达了自己的看法："水大才能养出大鱼，坝宽才能开出大田，会打的只打一架，不会的天天纠缠；老辈说做罗扎的帮手，是为哈尼的子孙后代，不要看小娃换上新衣，他是嫩竹身子还软，谷哈人像树叶样多，蒲尼人占了大半，耐耐性子忍忍气，哈尼才会得平安。"① 戚姒指出哈尼人现在还不是蒲尼的对手，蒲尼在人口数量、生产工具等各方面都要领先于哈尼人，如果双方交战的话，哈尼人并不占上风。戚姒的话合情合理，丈夫纳索采纳了妻子的话，继续忍耐，等待恰当的时机再反抗。当纳索被罗扎的女儿马姒迷住，又听信罗扎要将谷哈交给他来掌管的谎言，决定迎娶马姒，纳索与罗扎和好时，戚姒耐心地规劝丈夫不要上罗扎的当，不能迎娶马姒进门，她说："高能的纳索，亲亲的阿哥，一棵粗粗的树，不能一夜长成，一天长成的大树，会被大风吹断；一个聪明的人，不能爬得太高，爬上高处的人，会把腰杆跌断！哈尼在谷哈七代，人还没占一半，谷哈坝子的四角，哈尼只有两边，蒲尼怎肯让出好地，听凭你去主管！纳索啊！没有老象的身子，就不要去占老象的地盘，领着哈尼好好地过吧，不要听罗扎的花言巧语。"② 戚姒劝告丈夫不能听信谎言，妄想娶了马姒后掌管蒲尼人的地方，而是应该首先管理好哈尼人自己的土地。

哈尼头人纳索把罗扎女儿马姒娶进门之后，马姒常常探听纳索及哈尼人的情报。初春二月，哈尼人要祭祀祖先。罗扎趁机来索要哈尼的神山神树，纳索陷入危机中。早有防范的戚姒领着娘家兄弟前来救援，戚姒意识到哈尼人无法与蒲尼抗衡，力主丈夫迁徙，她说："男人做事只图痛快，女人才会知道艰难。豹子和老虎咬架，豹子要血流遍地，哈尼和蒲尼打架，哈尼要头落满山。啊哟，亲亲的纳索，难道诺马的事情又要重现，哈尼又要出大批寡妇？难道喊杀的声音又要响起，吃奶的小娃又要见不到阿爸

①云南省少数民族古籍整理出版规划办公室编：《哈尼阿培聪坡坡》，昆明：云南民族出版社，1986年，第126—127页。

②云南省少数民族古籍整理出版规划办公室编：《哈尼阿培聪坡坡》，昆明：云南民族出版社，1986年，第126—127页。

的脸？”①

戚姒不主张开战，坚持迁徙，但被丈夫拒绝。虽然在戚姒的帮助下，哈尼人赢了几次战争，但是因为哈尼与蒲尼实力相差悬殊，最终纳索战败。聪明的戚姒再次劝慰丈夫，要他把哈尼人带出谷哈平原：“哈尼像被割断的草，一排一排倒在田间，要保住哈尼的人种，只有另找新的家园。”② 哈尼的众多头人认为是马姒害了他们，导致战争失败，哈尼人才不得不迁徙。他们将仇恨集中在了马姒身上，要求杀掉马姒替哈尼报仇。纳索盛怒之下要杀掉马姒，戚姒此时表现出她博大的胸怀与超群的智慧。她阻止丈夫杀掉马姒，说道：“大头人哟，我的丈夫，我一夜翻身五次，十夜没有闭眼！开头劝你不要讨马姒，你偏偏要把她领进家来；后来劝你莫泄露机密，你又把嘴凑到她耳边，哈尼今天吃尽苦难，只能怪你嘴快心短！纳索啊，马姒肚里有哈尼的小娃，你怎能把怀孕的妻子杀死？难道丈夫杀死妻子的规矩，要从你高能的纳索开头？难道阿爸杀死儿女的规矩，要从你英雄的头人开端？杀死马姒，十条大江也洗不净你的臭名，谷哈大海也洗不净你的黑脸！”③

英雄纳索以及哈尼族的其他头人都认为本族战败的原因在于马姒泄露军情，要求纳索杀掉马姒，但被戚姒阻挡。戚姒客观地指出，是纳索自己要娶马姒进门的，是纳索自己主动把机密告诉马姒的，哈尼族战败，要怪就怪纳索自己。更何况马姒已经有了身孕，丈夫杀死有身孕的妻子，父亲杀死孩子，这在哈尼族社会中是不能被原谅的。这段文字集中展现了戚姒的客观、公正、宽容、智慧以及其处变不惊、临危不乱的良好心态和高瞻远瞩的长远眼光。

戚姒在丈夫纳索战死后，并没有一味沉浸在失去丈夫与美丽家园的悲痛中，而是忍痛含悲带领族人继续向滇南方向迁徙。为了避开追兵，戚姒把哈尼族分成若干支，分别向哀牢山、无量山等地转移，以期最大限度地保全更多族人性命。戚姒由此得到了全体哈尼人的尊敬和崇拜。人们把她与寨神并列，虔诚地祭祀戚姒，期望她与寨神一起护佑哈尼民众的生产与生活。“先祖的古规十足十美，尼阿多又添出新的一样，从前庄严的阿玛突，只把寨神供在上方，今后哈尼的阿玛突，要把尊贵的戚姒祭献颂扬！戚姒是哈尼最大的能人，她的地位和寨神一样，她是最直最高的大树，威严地站在哈尼山上，她有最大最多的神力，保护着哈尼子孙牛羊。”④ 女英雄戚姒被哈尼人尊奉为神，且地位崇高。哈尼族相信这位智勇双全、宽容仁慈的女英雄肯定能和寨神一样一直护佑他们。

佤族女神安木拐是佤族部落女头人的化身或者说原型。佤族先祖说安木拐是人类始

---

①云南省少数民族古籍整理出版规划办公室编：《哈尼阿培聪坡坡》，昆明：云南民族出版社，1986年，第146—147页。

②云南省少数民族古籍整理出版规划办公室编：《哈尼阿培聪坡坡》，昆明：云南民族出版社，1986年，第170页。

③云南省少数民族古籍整理出版规划办公室编：《哈尼阿培聪坡坡》，昆明：云南民族出版社，1986年，第172页。

④云南省少数民族古籍整理出版规划办公室编：《哈尼阿培聪坡坡》，昆明：云南民族出版社，1986年，第204页。

祖母妈依的女儿，她能沟通天地，与万物和谐相处，她的职责是繁育与教化人类。安木拐在带领阿佤先祖辗转迁徙的过程中不断教化人类，引导佤族先祖踏入文明之门："安木拐见阿佤人越来越多，她说阿佤要创造新生活，她说阿佤要四方传人种：'出司岗里的人不能局限在司岗边，要向外开拓，向外迁徙。既然远方的人都来开辟佤山，我们也应该到远方发展。'安木拐亲自率领牙里、牙万，共同领人户到远方找幸福……安木拐专找天高处走，一直走到依隆①地方。安木拐见那里天很高，安排布伟在那里在下……安木拐和牙里她们两个啊，一直向西北直达图莫伟龙。图莫伟龙是人间最高的山峰。天之下、地之上，数它最高。站在这方能看到不尽的雪原，站在那方能看到无际的云海。安木拐就从那边登云上了天，她飘飘然成了天上的神仙，帕、匹、俚、伦夸奖她。生人、带人已功德圆满。"②

从女神妈依、安木拐，到牙万、叶勇等女神或女性形象来看，在佤族古代文化中存在着浓厚的女性崇拜意识，在一定程度上反映了女性在佤族历史上的权威和崇高地位。佤族先祖这种浓厚的女性崇拜意识既是母系社会中女性地位由不自觉到自觉强化和巩固的反映，也是母系社会维护女性地位、以女性为生存主导的社会意识的体现。

傣族史诗《巴塔麻嘎捧尚罗·迁徙篇》中着重唱述了带领两支傣族分别迁徙的雅罕冷与苏米答这两位执着、倔强、聪慧的女神形象。她们带领傣族民众翻山越岭，到达新的居住地。数年迁徙，艰辛异常。在迁徙途中，有老人死去，有孩子长大。当两位女王发现所带领迁徙的民众人口锐减时，异常伤心："两女王心痛，互相抱着哭，可怜部下人，生怕人又病，生怕人又死。两女王决定，暂时不走了，就地停下来，靠林搭住棚，在米梯腊住下。"③ 因为迁徙途中艰辛异常，人口锐减，带领迁徙的两位女王心疼民众，每隔一段时间就会选取较为适合的暂居地，进行短暂的修整后再踏上迁徙之路。

在迁徙途中，为了避免人口集中在一起造成更大伤亡，两位女王决定把队伍分成两支，各自迁徙。她们约定，谁先找到适宜生存的地方就通知另一支迁徙队伍。但是，女王雅罕冷带领的队伍先到达"雷依邦"后，抢占地盘，拒绝后来到达的苏米答女王所带领的傣人入住。苏米答女王宽容大度，谆谆教导众人说："何必分你我，迁徙两群人，本是一个勐里的人，同是一个母亲生，彼此是兄弟姐妹呀！布帕这地方，虽是块平地，但山高黑石多，平地在山顶，水少土不松，长不出谷粒。我看这地方啊，不能做新居。不如齐心协力，大家先住下，休息养身体，再找好地方。"④

众人觉得苏米答女王说得有理，就邀请她的队伍一起住了下来。两位女王决定分开迁徙后，雅罕冷女王带着族人在水路上走，苏米答女王带着众人在山林中行。文中说雅罕冷女王找到理想的居住地后，按照约定吹响了牛角号，点燃了一堆大火。但是，沿着山林迁徙的苏米答女王却没有及时接收到信号。她因此误会雅罕冷女王违背诺言，找到

①依隆：字面是"平坝森林"的意思。佤族也叫它"耿隆艾"，意为"我们的大平地"。
②毕登程、隋嘎搜集整理：《司岗里》，昆明：云南人民出版社，2009 年，第 51—55 页。
③西双版纳傣族自治州民族事务委员会编：《巴塔麻嘎捧尚罗》（内部资料），1987 年，第 147 页。
④西双版纳傣族自治州民族事务委员会编：《巴塔麻嘎捧尚罗》（内部资料），1987 年，第 149 页。

好地方后故意不吹响号角，异常愤怒："女王苏米答，瞪大了双眼，怒气涌心头，误认雅罕冷，抛弃了她们，指着山下骂：'勐南汰的人，真不守信誉，找到好地方，不吹响牛角。他们的心够狠啦！他们的心够毒啦！'苏米答女王，发誓不入伙，要霸占森林，以山林为地盘，立寨于山顶，创建新大勐。女王传下话，人人都听她，于是山路人，分成群和伙，去占领森林，爬上周围山顶。他们一路走，一路留下记号，沿途插树枝，沿途劈树干；走到哪座山，就记到哪座山，划山地界限，定新勐区域，不许水路人，进山来居住。"①

这段文字展现了苏米答女王的倔强与干练。但是面对艰难的环境和生存压力，当误会产生后，即使是对姐姐和同族人，苏米答女王也绝不原谅。姐姐的部落在平坝居住，她就抢占山林，并拒绝与姐姐雅罕冷的族群往来。两位女神的性格呈现出多面性，既有宽容、友善、互帮互爱的一面，也有倔强、任性、独断专行的一面。

从总体上来看，有过漫长迁徙经历的云南少数民族，在迁徙途中与定居之后都产生了大量的英雄人物。这些英雄人物或为部落首领，或为部落首领的妻子，也包括有着英雄行为的普通人。在远古时期生产力极低的情况下，为了带领族人寻找新的生存空间，他们带领民众在险山恶水之间辗转迁徙，身先士卒与猛兽搏击，抗击干旱、水灾、战争等灾难。在迁徙途中，为了保全民众生命、维系族群繁衍，这些英雄或者头人担负着组织迁徙、调节族群内外关系、维护民众生命与财产安全等重要职责。在这些英雄形象中，男性英雄有些虽然具有神力，如砍头不死、死后再生等神奇本领，但是，最终仍是以失败、死亡等悲剧形式来完成形象塑造。女英雄形象虽然相对较少，但是她们大多性格坚韧、品性善良、智慧超群、胸怀博大，与有着各种缺陷的男性英雄相比，迁徙史诗中的女英雄形象更加生动，趋于完美，更具典型性。

3. 普通头人

除了上述为族群做出巨大贡献乃至牺牲生命、受人敬重、为人崇拜的英雄形象外，在云南少数民族迁徙史诗中还有一类相对普通甚至连名字都没有的头人群像。在面对强大异族欺侮、排挤甚至入侵时，很多头人选择主动放弃家园，率领族人迁徙。这类头人隐忍坚定，在组织本族群迁徙、选择定居地以及定居之后恢复生产与社会秩序的过程中都发挥了重要作用。无名无姓的普通头人同样也令人尊敬，受人爱戴。

在哈尼族迁徙史诗《哈尼阿培聪坡坡》中，哈尼人在惹罗建立了大寨，第一次过上定居生活。因为瘟疫降临，哈尼头人决定离开惹罗，不愿离开的哈尼女性伤心地质问头人："哈尼尊敬的头人阿波，你们的话女人从来不敢顶撞。你们叫哈尼离开惹罗的田地，是惹罗出了不懂规矩的媳妇，还是出了不肯出力的姑娘！你们叫哈尼离开惹罗的山林，是嫌媳妇摘回家的猪菜太少，还是嫌姑娘背回家的泉水不凉？"② 面对族人的不解与质问，年迈的头人耐心地向她们解释离开的原因，并劝慰她们赶快迁徙。"孝顺的姑

①西双版纳傣族自治州民族事务委员会编：《巴塔麻嘎捧尚罗》（内部资料），1987 年，第 157 页。

②云南省少数民族古籍整理出版规划办公室编：《哈尼阿培聪坡坡》，昆明：云南民族出版社，1992 年，第 36 页。

娘媳妇哟，世上再找不着你们这样的好心肠！你们的心贴在惹罗的火塘上，你们的心拴在惹罗的田坝上。开大田数你们最出力，盖蘑菇房数你们最忙。想离开惹罗的人心最狠呵，是灾难叫我们把狠心人来当！"① 这里的哈尼头人隐忍坚强，他耐心地向姑娘、媳妇们解释了为什么要搬家，肯定了她们的辛勤劳动，尊重她们在惹罗付出的心血与汗水。但是头人明白，瘟疫无情，为了保全族人生命，惹罗再好也不能再继续待下去，他只能带领族人赶紧离开。于是，这些哈尼人，告别家乡，身背着不会走路的婴儿，手牵着才会蹦跳的小娃，拉着不愿上路的老牛，哄乖了汪汪叫着的小狗，走向遥远南方的万道山梁。

这是一幅哈尼先祖迁徙时的典型场景。没有人愿意离开家乡，民众甚至把怒气和怨恨发泄在头人的身上。哈尼头人要耐心地向姑娘、媳妇们解释为什么要迁徙，要安抚民心，还要组织好迁徙队伍，一个个细节、一件件事情，凸显了哈尼头人耐心、坚韧、不屈的形象。这是坚韧、宽容的哈尼普通头人的艺术体现。

在哈尼族迁徙史诗中还有一类忠厚老实、心地善良，但是缺乏斗争经验的头人形象。如哈尼人把诺玛阿美建设成幸福家园后，引来了异族人腊伯的垂涎，腊伯伙子先是用甜言蜜语说动头人乌木答应其把房子盖在哈尼旁边的请求，又答应了腊伯伙子要分哈尼人财产的请求，当腊伯伙子牵走小牛小马时，歌手表达了自己的看法："——哦哦，亲亲的兄弟姐妹，先祖乌木比老牛还笨，把无数灾难带到哈尼中间！——啊哟，权威的乌木头人！你的眼睛咯是被鬼抠掉，怎么望不见灾难来到面前？难道最小的道理你也不懂，难道放鸭的小娃还胜你十分？"② 之后，哈尼乌木又答应腊伯伙子娶了哈尼族姑娘扎密，在妻子帮助下，腊伯伙子骗走了乌木的权帽绶带，引发了一系列矛盾争端。最后，战争爆发，哈尼人战败，流血流泪，被迫迁离诺玛阿美。哈尼人将这一系列的不幸全部怪罪在先祖乌木的身上："只怪忠厚的先祖乌木，把田地牛马分给豺狼；只怪老实的先祖乌木，嫁出了不该出嫁的姑娘；只怪昏头的先祖乌木，不把权帽绶带珍藏！"③ 先祖乌木过于老实善良，对腊伯的诡计看不清、辨不明，引狼入室，给诺玛阿美的哈尼人带来了巨大灾难。

在云南苗族迁徙史诗《西部苗族古歌》中这类普通头人的形象也非常多。如在"阿髳迁到贵阳地方"篇中讲到了一位注重享受、对敌人缺乏警惕心，但在战争中能够奋力抵抗，战败迁徙时能保护百姓撤退的普通头人形象。歌手唱道："耶玖哩刀④的始祖，是则劳诺司居孜劳；英明的先辈已长逝，只剩下儿子咱导。老人有句话：人在乱世

①云南省少数民族古籍整理出版规划办公室编：《哈尼阿培聪坡坡》，昆明：云南民族出版社，1992年，第36页。

②云南省少数民族古籍整理出版规划办公室编：《哈尼阿培聪坡坡》，昆明：云南民族出版社，1992年，第59页。

③云南省少数民族古籍整理出版规划办公室编：《哈尼阿培聪坡坡》，昆明：云南民族出版社，1992年，第87页。

④耶玖哩刀：苗语中各部族各支系每一代首领都以同一名称相称。

生，却因安宁死。现今的耶玖哩刀，十分昏庸无能，只顾带着百姓，共享天下太平。从上到下讲吃讲穿，热衷送丧娶亲。到了猴年兔月，阿髳正在过年。家家杀鸡宰猪，互相请客喝酒，实在热闹非凡。昭焦敖孜劳蓄谋已久，早已定下巧计，趁着阿髳过年，连夜前来偷袭。派出重兵来围困，放火焚烧戈哉城。阿髳奋力抵抗，保护百姓撤离，打退敌人进攻，逃进深山老林里。挨过多少磨难，蒙受多少损失，经过长途跋涉，来到甘依施勒氏。甘依施勒氏是阿髳住地，张姓首领已先带着百姓到这里。王姓亲友随后到，便和他们在一起。就在阿髳地盘上，搭起窝棚来安居。另一位王姓耶玖哩刀，迁到核桃坪和花椒坪。多少年过去，耶玖哩刀老死在那里。"① 文本中唱述的这位苗家头人只顾跟民众共享太平盛世，忘了敌人的虎视眈眈，战争失败后带领部族踏上漫长的迁徙路程，最终老死异乡。

在云南少数民族迁徙与定居的过程中，无论是英雄头人还是普通头人，作为领导者，他们起着重要的引导与组织作用，是歌手赞颂的对象。这些头人有男有女，有老有少，有的是为族群流血牺牲的英雄，有的是带领族人迁徙定居的首领，有的是组织管理民众日常生产生活的普通头人。他们有的隐忍坚强、执着自信；有的宽厚仁慈、智勇双全；有的则老实木讷、缺乏变通；还有的粗暴鲁莽、好色贪杯，甚至腐化堕落、贪图享受。但在迁徙途中，他们都能够恪尽职守，开拓求生路径，直至把百姓在新家园里妥善安顿。这些丰富多样的头人群像是云南少数民族对族群领导者的客观认识和情感判断的结果，也是族群性格、内在气质的形象化体现。

4. 不愿迁徙的祖母

祖母们年老体弱，在生产生活和抚育子女的过程中几乎耗尽心血。她们是最不愿意背井离乡、迁往异地的人群之一。"不愿迁徙的祖母"是云南少数民族多部迁徙史诗中频繁出现的形象。如《哈尼阿培聪坡坡》中的扎纳玛便是一位典型的不愿意离开家乡诺玛阿美的哈尼祖母。当哈尼人战败，不得不离开诺玛阿美时，头人扎纳的妻子哭瞎了双眼，泪水浇湿了烧倒的老房，她不愿意离开自己的故乡，说道："麂子死了，也要死在出生的岩洞；白鹇死了，也要死在出生的凹塘；大树一样的哈尼，不能离开生根的家乡！哈尼人啊，怎能丢下座座大山，那里有先祖的尸骨埋葬；怎能丢下棵棵神树，哈尼在那里祈求过吉祥；怎能丢下滚滚的诺马河啊，那滴滴河水是哈尼的血浆！"② 埋葬先祖尸骨的大山、棵棵神树、诺玛河……这些哈尼人深深眷恋着的家乡的一切，可能会因为迁徙再也看不到了。扎纳的妻子是老年哈尼族女性的典型形象，她们的心声通过扎纳妻子的话语表达了出来。

在彝族迁徙史诗《夷僰榷濮》与《赊窦榷濮》中也塑造了一位不愿离开家乡的彝族尼部的老母形象。《夷僰榷濮》中说，当彝族与夏族一起在沙眯特突居住时，夏家发

①云南省少数民族古籍整理出版规划办公室编：《西部苗族古歌》，昆明：云南民族出版社，1992 年，第 216—217 页。

②云南省少数民族古籍整理出版规划办公室编：《哈尼阿培聪坡坡》，昆明：云南民族出版社，1992 年，第 88 页。

展得非常快，渐渐占据了很多土地。彝族尼支系只能重新返回以前的居住地：“阿尼家老母，一路泪淋淋，走往深谷去，边走边哭泣：‘祖辈遭灾难，儿孙要牢记，走过的路啊，不要再回去…’天明遭灾星，尼家老母逝，路途还遥远，忍悲赶路程。抬着母遗体，子孙伴随行，经讨得多喝，到得帕则亲。”① 抬着祖母尸体迁徙，成为这部史诗中最为撼动人心的场景之一。后来，尼家子孙将老母葬在石冢中。在彝族另一部迁徙史诗《赊窋榷濮》中也提到尼支系迁徙途中十分辛苦，且有苦难言，尼家老母因为不耐长途颠簸含悲辞世的故事。

《赊窋榷濮》中讲述了彝族布部支系不愿迁徙的老母亲的故事。文中说，当布部迁徙至涛普额本②时，德布支系的照罗莫娶了德施氏姑娘，夫妻二人迁居至涛普洪白③。德施氏姑娘生了三个儿子，有一年举行斋祭，丢失了祭铃，长子糯罗特埋怨次子糯且保，兄弟之间起了纷争。且保不愿受气，询问母亲能否跟随自己搬迁，母亲不愿且保迁离，指出开垦异地的艰辛与孤苦，且保没有听从母亲的劝阻，而是想说服母亲同意与他一起搬迁到其他地方，重新开垦耕地，建立家园。母亲没有与且保同行，但她给了儿子三升稗种，并为儿子送行：“取把青松毛，且保后面撒：‘松涛嗡嗡响，且保名声扬！’绿石拣一个，丢向且保后：‘石岩宽又高，且保似巉岩！’清水舀一瓢，泼向且保后：‘江水长悠悠，且保福悠悠！’我儿糯且保，若迁德布④地，德布祖多高，你也有多高。若住德施地，德施⑤受尊敬，你也受尊敬。”⑥ 且保母亲慈爱宽容，虽然不愿儿子迁离，但是仍然为儿子虔诚祈福。儿子居住的地方千里之遥，母亲没能够前来探望儿子。母亲辞世后，且保将其迎为神庇，在母亲灵前尽了孝心。

在漫长迁徙途中，女性比男性承受的苦难更多，一方面她们要追随丈夫与族人的步伐，另一方面她们要照顾老人孩子，料理繁杂的家务。老人难耐迁徙困苦，极有可能生病甚至去世，族人虽不愿将老人葬在异地他乡，但是又不能抬着尸体赶路，所以在云南少数民族迁徙史诗的很多文本中都塑造了痛心哭泣、不愿迁徙或客死异乡的祖母形象，尽管叙事篇幅相对较短，但是这些祖母形象却极能触动人心。

5. 向往远方的人

在云南少数民族迁徙史诗中还有一些个性非常强的独特青年形象。男青年大多有着较强的好奇心与好胜心，对外面的世界充满了渴望。女青年的个性则更为丰富多元，她们中有人勇于与异族小伙子相爱，帮助夫君获取本族的财产与权力；有的姑娘能吃能喝，一生走在嫁人的路上；有的姑娘主动远游，传播纺织技术。这些女性形象有着鲜明

---

①云南省少数民族古籍整理出版规划办公室编：《夷僰榷濮》，昆明：云南民族出版社，1986 年，第 45—46 页。

②涛普额本：古地名。

③涛普洪白：古地名，据说在今禄劝县境内。

④德布：彝族六祖布部落阿德布后裔为德布氏，所以彝族布部落又多称德布氏或德布支系。

⑤德施：彝族六祖默部落德施且后裔为德施氏，所以彝族默部落又多称德施氏或德施支系。

⑥云南省少数民族古籍整理出版规划办公室编：《赊窋榷濮》，昆明：云南民族出版社，1987 年，第 62—63 页。

的自我意识，与史诗中赞颂的传统女性形象大相径庭。但是歌手在演述这些女性的“恶行”时，却并未显出多么的讨厌，反而是运用大量诗章唱述她们的独特个性与出格行为。

（1）骑飞马的斗查

伊卡洛斯是希腊神话中的人物。据奥维德在《变形记》卷八第183—235行中的讲述，伊卡洛斯的父亲代达洛斯为了带他逃离克里特岛，用黄蜡黏合羽毛制作了两双翅膀，可伊卡洛斯不听父亲劝告，鼓动翅膀兴奋地向着太阳越飞越高，终因黄蜡融化、羽毛散落而坠海死亡，化为伊卡洛斯海（Icarian）。古希腊神话中的伊卡洛斯受到后世文人与艺术家的喜爱，被阐释为各种形象，如追求爱与美的诗人与爱人，追求自由的英雄、革命者、反叛者与乌托邦主义者等。

在哈尼族迁徙史诗《雅尼雅嘎赞嘎》中同样也唱述了一位骑着一匹同样用蜂蜡黏合翅膀的飞马的年轻人，他是哈尼族的“伊卡洛斯”。史诗中说哈尼族在开辟加滇的途中遇到了一块巨石，雅尼小伙子斗查用金锤子砸开巨石后，巨石中飞出了一匹金马。“斗查叫回金马，告诉阿妈，他想骑着金马飞翔。他对着阿妈说：‘我苦命的阿妈啊，斗查是您的骨肉，斗查是雅尼雅的后代，雅尼雅的汉子志不短，我一定要骑马去飞翔，这是孩儿的愿望，这是斗查的理想。苦命的阿妈呀，请您不要阻拦。’该说的话说完了，该讲的事讲完了，斗查骑着金马飞上天。迎着初升的太阳，遨游在广阔的蓝天上。有志气的伙子斗查，一心要去看加滇地方，去瞧美丽加滇的山水，一切烦恼都忘记了。雅尼雅的伙子斗查，骑着那金马，飞翔一阵，回过头来对阿妈说：‘苦命的阿妈啊，斗查骑上金马了，要去看加滇地方，要去瞧美丽的山水。孩儿要为阿妈争气，斗查要为雅尼雅争气。阿妈呀我的好阿妈，您的儿子斗查，飞到南边的时候，如果蜂蜡化了，如果金翅膀断了，我愿落下来，落得粉身碎骨。但是阿妈哟，我落在了加滇地方，落在了美丽的土地上，用鲜血去染红花瓣，用身躯去养肥土地。阿妈呀我的好阿妈，您的儿子斗查，飞到北面的时候，如果蜂蜡化了，如果金翅膀断了，我愿意落下来，落在那荡漾的湖泊，把青春献给浪花，把生命留给碧水……’”①

人类文明之初的神话人物常常被作为一种文化原型表达人类的精神诉求，如俄尔普斯呈现了文学艺术摄人心魄与改变世界的魔力，普罗米修斯集中体现了反抗强权与启蒙人类的战斗精神，飞向太阳的伊卡洛斯则寄托了人类追求自由、光明与美的激情。伊卡洛斯坠落大海，但那片大海被称为伊卡洛斯海，无尽的海浪永远吟唱着伊卡洛斯。

雅尼雅的儿子斗查是哈尼人的伊卡洛斯，他骑着金马飞向太阳升起的东方，虽然坠死在了飞往美丽加滇的路上，但却体现了雅尼人对自由、理想与勇气的永恒渴望：“雅尼雅的斗查啊，将烟魂变成了云海，将鲜血染红了花瓣，将尸骨变成了碧水。我们找不到斗查了，那云雾就是他的气质，那鲜花就是他的笑脸，那波浪荡漾的湖泊，就是雅尼雅男儿的抱负……”② 斗查明知骑着用蜂蜡粘接翅膀的飞马会面临摔死的危险，可是他

---

①景洪县民委编：《雅尼雅嘎赞嘎》，昆明：云南民族出版社，1992年，第43—47页。

②景洪县民委编：《雅尼雅嘎赞嘎》，昆明：云南民族出版社，1992年，第51页。

宁愿飞翔死在美丽加滇的土地上，也不愿意一直停留在原地。斗查死后仍被一代代的雅尼雅歌手传唱，是斗查精神不死的见证。不听母亲劝告而骑着金马飞翔的斗查以世俗眼光来看显得任性、鲁莽、倨傲，但是，诗歌让我们更多感受到的却是他的勇气与信念，是追求自由的精神与坚持理想的激情。

（2）嫁人能手滇仙

云南少数民族迁徙史诗中塑造了很多聪慧善良、勇敢执着的女性形象。但在所有这些女性形象中，最特别、最具个性的却是哈尼族迁徙史诗《雅尼雅嘎赞嘎》中唱述的加滇的两位姑娘，一位叫滇仙，一位叫滇娥。歌手说："加滇有两位姑娘，她们的名字传遍天下。大的叫滇仙，小的叫滇娥。滇仙是个喝酒女大王，一天能喝九坛酒，不剩下半点酒糟。滇娥是吃肉女大王，一顿能吃九只肥鸡，不剩半点骨头，门前的母狗看着流泪。滇仙是喝酒大王，滇娥是吃肉大王，酒肉姑娘的名声传遍天下。"①

这种大碗喝酒、大口吃肉的性格，一般是用在民间男性英雄的描述上，在云南少数民族迁徙史诗中，这样用来描述女性的片段并不多，因此滇仙与滇娥的形象很容易被听众记住。不过，在后来的篇章中，滇娥姑娘的故事并没有进一步展开，而喝酒大王滇仙姑娘的故事却有了新的发展。在后来的篇章中"滇仙姑娘"成了嫁人能手，文本中说滇仙姑娘多次嫁人，最后死在嫁人的路上。歌手在开篇唱道："在雅尼雅的先民中，出了个了不起的姑娘，她的名字叫滇仙，滇仙是嫁人的能手，她嫁过汉人，嫁过彝人，她嫁人嫁过七十七次。加滇姑娘滇仙，长大成了一名美女。她看不起同胞姐妹，她嫁人要嫁到远方。嫁给汉人，嫁给彝人。滇仙是喝酒能手，一天要喝九坛米酒，滇仙是吃肉的能人，一顿要吃九只肥鸡。"② 歌手对滇仙姑娘的塑造方式是极为程式化的。把前面滇仙、滇娥姐妹能吃肉喝酒的特征再次移植到此处。这样做既强调了滇仙姑娘原有的特点，又为故事的发展留下悬念。如果滇仙姑娘只会喝酒吃肉，大概也没有小伙子会喜欢她。但是，歌手说滇仙长大后变成了一位美丽、清高的姑娘，她看不起同胞姐妹，声称嫁人就要嫁到远方，嫁给汉人，嫁给彝人。滇仙非常挑剔，嫁人后的滇仙要求丈夫伺候好她的一切，其生活方式完全颠覆了传统文化对哈尼族女性的要求。滇仙虽然多次嫁人，但每次都觉得丈夫没有达到她的要求，主动离开夫家，回到娘家准备再次嫁人。从年轻貌美一直到白发苍苍，滇仙一直没找到让她完全满意的丈夫："滇仙嫁给汉人，汉人伺候不起她，她不想做汉人的媳妇，就回了娘家。嫁过人的滇仙哟，不能长留在娘家，过了三个月又三天，滇仙又想着要嫁人，她四处寻找男人。她看不上雅尼雅男子，找来找去呀，找到了彝族男子。彝族男子娶她做了妻子，可彝族男子伺候不起她，她不想当彝家的媳妇，就再次回到娘家。已经嫁人的滇仙，怎能老是在娘家，滇仙又想着要出嫁，她看不起雅尼男子，雅尼男子也不要她。滇仙日日盼夜夜想，没有伙子来找她，滇仙就自己嫁给了布朗族男子，滇仙常暗想：'如果我是路边的小草，随风飘摇多自在，如果

①景洪县民委编：《雅尼雅嘎赞嘎》，昆明：云南民族出版社，1992 年，第 62—63 页。

②景洪县民委编：《雅尼雅嘎赞嘎》，昆明：云南民族出版社，1992 年，第 94—95 页。

我是烤肉棍①，砍不完竹子心不甘。’可怜美丽的滇仙啊，一生中只忙于嫁人，她嫁了人又回娘家，回了娘家又出嫁。嫁嫁离离，离离嫁嫁，直到白发苍苍，手拿拐杖，可怜的滇仙能女啊，仍没有一个固定的婆家，手拿拐棍继续找新郎，最终累死在山间小路上。”②

歌手唱述的滇仙美丽、清高，一心想找个令自己满意的夫君，但是却在多次嫁人的过程中一次又一次失望，失望的原因是她嫁过的男子都不能伺候好她。民间关于这位美丽奇异女子的传说故事也非常多，俗语中还有“加滇滇仙美姑娘，选夫出嫁七十七”的说法，哈尼族民众对这位极具个性的姑娘的关注与评判可窥一斑。

歌手说滇仙拄着拐杖去嫁人，最后累死在了出嫁途中。长老们认为滇仙嫁过那么多的人，是不纯洁的女人，不能埋在坟山里。长老们决定把滇仙葬在河水中，等到河水涨潮时，让水把她冲出山外，并派人每天用开水浇滇仙用过的拐棍，要把拐棍烫死。但是因为首领派去的人嫌麻烦，没有把水烧开，而是直接用冷水浇，滇仙的拐棍在河边成活了，她用过的拐棍最终长成了遮天大树，遮住了太阳和月亮，让雅尼雅居住的加滇失去了光明和温暖。雅尼雅和布朗人联合起来砍倒了大树，但是灾难又从天而降，天上出来了六个太阳和六个月亮……滇仙生前除了能吃能喝能嫁人外，没有任何神奇性。但是滇仙死后，其神奇性却显现了出来，她用过的拐棍变成了遮天大树，给人间带来灾难。砍倒大树后，天上又出现了6个太阳和6个月亮，灾难继续。细读文本的话，我们会发现，这一切都是由于哈尼族长老们认为滇仙不洁，处理其尸体及拐棍不慎而引起的。到此，滇仙的特异性与神奇性得以充分体现。

（3）测天量地的兄弟

在苗族迁徙史诗《西部苗族古歌》中，有两个小伙子非常特别，他们是兄弟俩，大的叫告笃扎氏敖，小的取名咧氏固哉俏，意为年轻有为的量地、管地的人。兄弟俩从小跟随父母种地、绣花、写字、画画、卷书，后来兄弟俩背着书卷去周游天边，去测天量地：“告笃扎氏敖，咧氏固哉俏，背着书卷去周游，背着书卷到天边，背着书卷去量地，背着书卷去测天。白天走，夜里宿，不知走了多少岁月，不知爬了多少山梁，不知跨过多少河流。他们来到湖边宽阔地带，他们来到圪潴甲鲁咻。圪潴甲鲁咻茫茫一片水，圪潴甲鲁咻水波荡漾绿汪汪。四方江水流出湖边宽阔明亮，宽阔明亮像落日反光。湖边水草丛生，湖边芦苇荡漾，这是老雁做窝抱蛋的地方，这是老雁做窝养崽的地方。”③

但是壮丽的景色留不住赶路的兄弟二人，不知又过了多久，他们来到太阳姑娘走的路上，来到月亮伙子走的路上。这里是大平原，兄弟二人心情愉快，思绪悠长，他们思念家乡父老，决定在这个地方筑一座像家乡髦施噜一样的石头新城。新城建好后，太阳、月亮不再一起出现，而是分开行走。六七月份的时候，太阳姑娘走远路，月亮伙子

①烤肉棍：雅尼雅常用竹子削成烤肉棍，放在火塘边烤吃。

②景洪县民委编：《雅尼雅嘎赞嘎》，昆明：云南民族出版社，1992年，第95—96页。

③云南省少数民族古籍整理出版规划办公室编：《西部苗族古歌》，昆明：云南民族出版社，1992年，第139—140页。

走近路。到了腊月，太阳姑娘走近路，月亮伙子走远路。兄弟俩见到了世人从未见过的美景，他们一直计算着走过的时日："不管走过多少岁月，不管走到什么地方，告笃扎氏敖计算着时日，咧氏固哉弰计算着时日。六个月来是半年，三年就润一个月。告笃扎氏敖记着，咧氏固哉弰记着。到了正二月，鸟儿迎春喜飞翔；到了三四月，布谷声声叫；到了五六月，各类鸟儿生蛋孵小鸟；到了七八月，鸟儿换毛把窝分；到了九十月，霜杀野草黄；到了冬腊月，大地冰凌白晃晃。"①

最后兄弟二人转回故乡老城，乡亲父老认为他们是见多识广的人，是最有智慧的人，他们因此被乡亲父老选举为髦施噜城的治理者。髦施噜城在兄弟二人的管理下，六畜兴旺，五谷丰登。这是两个爱读书、喜游历、知识丰富的年轻人形象。他们精通天文历法，会设计建筑城池，后来成为家乡的管理者，为民造福。这反映了苗家先祖理想中的年轻人成长历练的过程，即少时勤学技艺，出门远游增加见识、智慧和才干，学有所成后返回建设家乡，承担责任，贡献力量。

（4）传播纺织技术的叶勇

在佤族史诗《司岗里》中唱述了一位名叫叶勇、热爱远游、不断走向远方的女性形象。叶勇是牙吥的姑娘，她是一个纺织能手。尽管达络曾经与牙梭在一起过，但是因为他聪明能干、会搞建筑，美丽又会纺织的叶勇依然接受了达络，与之相爱。达络忙着到各处去盖房子，叶勇经常找不到他，便带着几个女人从勒尔出发，去外面传播纺织技术："叶勇带着几个女的从勒尔出发，途径德克一②上到昆明。她们在大板桥与佤族人在了一久③，又转到滇池边矣六地方。后来她们又去到了图背，她们在那里看到了瀑布，叶勇很喜欢那里的布芒④人。叶勇与他们一起修山洞，叶勇与他们一起造房子，叶勇与他们一起开田地。当人们知道她是纺织能手，纷纷向她学习阿佤纺织术。叶勇长期生活在芒隔⑤，芒隔人都舍不得她离开，但是叶勇心中有达络，一直找不着更爱的人，终于她决定回老家，她回到德克一地方时，跟汉人、傣人在了一久，后来背了些盐巴回老家。叶勇回到了阿瓦山，她径直来到达络的大石桥。达络已基本造好了大石桥，可他的一只眼被石头打瞎了。想起从前恋爱的歌，叶勇深情地吹起了乌儿⑥。"⑦

叶勇没有嫌弃达络又老又瞎，依然深爱着他，两个人又欢欢喜喜地在一起了。据说叶勇死后，埋到深山里的她变成了盐巴。叶勇对远方充满了好奇，主动到远方游历，其游历路线也就是佤族先祖曾经的迁徙路线。她与不同地方、不同族群的人们和谐相处，有情有义。叶勇对爱情忠贞，对年老眼瞎的达络不离不弃。佤族民间至今仍在传颂着与

①云南省少数民族古籍整理出版规划办公室编：《西部苗族古歌》，昆明：云南民族出版社，1992年，第142—143页。

②德克一：字面是"盐巴洞"，传说在今景谷。

③一久：云南方言指"一段时间"。

④布芒：传说是白族。"布"是"者"，"芒"有当官之意。

⑤芒隔："隔"有"在下"之意，所以"芒隔"是指布芒人的地方。

⑥乌儿：佤族一种古老的吹奏乐器。

⑦毕登程、隋嘎搜集整理：《司岗里》，昆明：云南人民出版社，2009年，第57—58页。

叶勇有关的故事和叶勇唱过的歌，甚至把盐巴的来历也黏附到了叶勇身上，说是叶勇为佤族人背回来了盐巴。传说今天的西盟佤族中课地方还有叶勇的坟墓，在那里还有盐水流出，足见佤族民众对叶勇的喜爱与敬重。

以上介绍的云南少数民族迁徙史诗中骑飞马的勇士斗查、哈尼族嫁人能手滇仙、苗家四处游历的兄弟二人、佤族外出传播纺织技术的叶勇等人物形象，有一个共同的特征——对远方的向往。为了看到加滇美景，斗查骑上飞马；为了寻找中意的人，滇仙走向出嫁的路；为了增长见识，苗家兄弟俩走向天边；为了传播纺织技术，叶勇走向更远的地方。在去远方的过程中他们遇到了很多人、经历了很多事，也在很多美好的地方停留过，但是命运却大不相同。他们中有的人死在了去远方的路上，有的人死后被族人厌弃，有的人回到家乡被人尊敬，有的人返回家乡找回了爱情。但是，无论是哪一种人，他们的独特个性、对自由和远方的向往、勇气或好奇心直到今天仍然能吸引和打动人。

（二）异族人物形象

在云南少数民族迁徙途中，难免要与遇到的异族打交道，甚至和异族人长期生活在一起。史诗中对异族人的演述同样体现出云南少数民族对异族的认知特点。

云南少数民族迁徙史诗中本族人形象丰富、性格多样，与之相对的还有一系列异族人形象。异族形象包括异族头人、异族妻子、孤儿、官兵等。史诗中的这些异族人有的凶恶、贪婪，有的豪爽、大度，有的真诚、谦虚，有的狠毒、残暴，性格差异较大。在云南少数民族迁徙史诗中，异族人形象往往是善恶、美丑、真假等各种品行杂糅呈现的，在一定程度上反映了迁徙途中各族群间的真实情感与多样化的族群关系。

迁徙史诗文本中常见的异族形象

迁徙史诗文本	地　点	异族人形象	典型行为	结　果
拉祜族《根古》	1. 阿沃阿戈东	孤儿（官方的奸细）	响篾换弩床	战败迁徙
	2. 牡缅密缅	收税的官兵	收税、驱赶	射箭选择迁徙地
哈尼族的《哈尼阿培聪坡坡》	1. 嘎鲁嘎则	阿撮	互助、欺骗	不忍交恶，迁徙
	2. 诺玛阿美	腊伯	美人计	战败迁徙
佤族的《司岗里传说》	1. 诺瑶里	尼文老人、漂亮姑娘	美人计	输掉了诺瑶里湖
	2. 曼德勒	萨姆戴老人	掉包计	输掉曼德勒500年
苗族《西部苗族古歌》	1. 旨密立平坝	沙族	美人计	战败迁徙
	2. 蔡塞咪夫氏	沙族	美酒美食	战败迁徙
	3. 骚诺地方	彝家逋诺公主	帮苗家定居	迁徙至骚诺
彝族《铜鼓王》	1. 雪山地	蒙舍诏	争铜鼓	战败迁徙
	2. 普厅	布越人	赠送铜鼓	定居普厅
	3. 普梅	交趾人 内地移民	拒绝借粮 霸占普梅	铜鼓换粮 划定疆界

云南少数民族迁徙史诗中的异族人物形象大致可以分为奸细卧底型、矛盾冲突型、和善友好型等，是迁徙途中各族群间交往接触、交流认知、接纳融合以及矛盾冲突过程的形象化体现。

1. 奸细卧底型

在云南少数民族迁徙史诗中有很多异族孤儿、女婿、妻子、商贩以及官兵形象。这些异族形象通常承担着为母族刺探对方族群秘密情报的任务。在史诗中，他们刺探到的秘密情报对双方战争胜败往往有着决定性影响。

（1）异族女婿/妻子

云南少数民族迁徙史诗中的异族女婿或妻子的形象存在很多相似性。首先，他们都有着漂亮的外表，或是花言巧语、能说会道，赢得了姑娘或伙子的心。在《雅尼雅嘎赞嘎》中，异族小伙“长成了英俊的少年，漂亮的小伙啊，没有姑娘见了不动心，没有姑娘见了不献殷勤”①，他想要娶雅尼人漂亮的余莎莎吆，“余莎莎吆见小伙子长得英俊又漂亮，一眼就看上了他，答应做他的老婆”②。在《哈尼阿培聪坡坡》中，腊伯伙子则是“好好听听的话，一日说三遍，句句说出来，冬蜜一样甜：‘亲亲的女人，好瞧的白鹇，为了让你日子好过，我要把生意做起来，为了当上权威的乌木，我要多多地找钱’”③。在《西部苗族古歌》的“革缪耶劳的故事”中，革缪耶劳见到的沙族女子美丽异常，非常动心：“沙族女子真漂亮，两眼闪亮有波光，身材匀称又丰满，性格潇洒又爽朗，人见做梦也难忘。”④ 尽管革缪耶劳早就知晓这是沙族在使美人计，但是他认为自己定力强，不会受魅惑，便坦然接受了沙族女子。

其次，他们工于计谋，善于伪装，往往能取得本族人的认可甚至赞扬。《哈尼阿培聪坡坡》中“腊伯伙子和哈尼相好，见人就喜笑颜开，好像久别的亲人团圆，拉着两手叙长问短。雄鸡刚刚叫过头遍，伙子来到乌木门前，丰厚的礼物抬进大门，动听的话说出一串”⑤，哈尼乌木是截竹筒，耿直但是没有心眼，就答应了腊伯伙子的请求，准他把房子盖在寨边。在《杜达纳嘎》中，“要求上门做姑爷的话比蜜甜，先祖仰者心肠软，招下十个姑爷帮栽田，十个姑爷非常勤劳，一年到头不闲—天”⑥。这些外族的小伙子嘴甜、勤快，很快就赢得了姑娘和岳父的欢心。

《西部苗族古歌》的“革缪耶劳的故事”中唱道：“夫人来到髳疆，遍游城池村庄，

①景洪县民委编：《雅尼雅嘎赞嘎》，昆明：云南人民出版社，1992年，第140页。

②景洪县民委编：《雅尼雅嘎赞嘎》，昆明：云南人民出版社，1992年，第141页。

③云南省少数民族古籍整理出版规划办公室编：《哈尼阿培聪坡坡》，昆明：云南民族出版社，1986年，第63—64页

④云南省少数民族古籍整理出版规划办公室编：《西部苗族古歌》，昆明：云南民族出版社，1992年，第111—112页。

⑤云南省少数民族古籍整理出版规划办公室编：《哈尼阿培聪坡坡》，昆明：云南民族出版社，1986年，第57页。

⑥赵官禄、郭纯礼、黄世荣、梁福生：《十二奴局》，昆明：云南人民出版社，1989年，第121—122页。

了解阿髳习俗，熟悉地理风光；掌握阿髳脾性，要使民心归向。历次沙髳战争，她要摸清战情：阿髳主将是谁？何以屡战屡胜？从前沙髳的战争中，多次砍落革缪耶劳的头；何以头落头又生，砍不尽的头头头？多次砍此主将头，何以头落兵不败，头落头生何根由？……夫人百般来献媚，要叫革缪耶劳心喜欢。求问头落头又生，什么原因砍不完？"①

这些异族女婿或妻子奸猾贪婪，帮助父族或者娘家霸占本族土地和财产是其最终目的。成为本族女婿或妻子后，他们的这种本性或者职能便渐渐暴露出来，或者怂恿自己的妻子要田要地、刺探军情，或者一步步打听丈夫拥有神奇本领的原因。《雅尼雅嘎赞嘎》中的异族小伙是自己开口去要，但在《哈尼阿培聪坡坡》中，腊伯女婿怂恿哈尼妻子帮助自己攫取了许多财产。他先是要求老乌木分给他一些牛马，老乌木答应了。他只牵走小牛小马，而不牵走母牛母马，表面上是谦让恭敬不贪心，实际上"腊伯拉走了小牛，母牛哞哞叫着跟在后面，腊伯牵走了小马，母马嘶叫着跳出栏圈，诺马的先祖呀，没有牛也没有马了，吃苦的哈尼哦，望着空圈把乌木埋怨！"② 值得注意的是，史诗中外族女婿霸占了哈尼族的土地和财产后，还有一段和哈尼人斗智斗勇的情节，在比试中，外族人的机智狡猾、哈尼人的憨厚老实跃然纸上。

《西部苗族古歌》"革缪耶劳的故事"中沙族妻子一次次打听革缪耶劳砍头后还可再生的原因。沙族妻子说："你要告诉我，你头砍不尽，到底是何因？我的舅舅们，为何难要你的命？"③ 在多次询问失败后，沙族妻子最终摸清头可复生的真实原因："沙兆玖帝敖，施展美人计，来收髳帅心。经过长时期，美人摸清底，设法来勾魂。革缪耶劳勇无敌，勇猛之心变软心；革缪耶劳意志坚，坚强之心变软心。"④ 沙族妻子美丽大方，性情温和，语言甜美，时间长了，阿髳头人就将自己砍头不死的秘密告诉了外族妻子。

云南少数民族迁徙史诗中对外族女婿或妻子的叙述还有一个显著的特点：众多异文中，在强化其外族身份及相似情节的同时，反而忽略了外族女婿或妻子的姓名，只将其笼统地称为"腊伯"、"小伙"、"姑爷"、沙族女子、傣家姑娘等，相应的传说故事中也很少提及外族女婿或妻子的姓名。这是否是由于年代久远而遗忘了外族人的姓名，索性略去不记？但是，与之相对的本族姑娘却是有名有姓的。可见，略去外族女婿或妻子的姓名有着其深层的原因。

迁徙史诗中对异族妻子的描述主要集中于她们的美丽容貌和能言善辩上。如《哈尼阿培聪坡坡》中讲道："罗扎的姑娘走进来，一朵白茶花开放在眼前。罗扎的姑娘马姒，美名到处流传，一双手像嫩嫩的藕节，圆圆的脸像绽开的红莲，薄薄的嘴唇能说会

---

①云南省少数民族古籍整理出版规划办公室编：《西部苗族古歌》，昆明：云南民族出版社，1992年，第112—113页。

②云南省少数民族古籍整理出版规划办公室编：《哈尼阿培聪坡坡》，昆明：云南民族出版社，1986年，第60页。

③云南省少数民族古籍整理出版规划办公室编：《西部苗族古歌》，昆明：云南民族出版社，1992年，第112—113页。

④云南省少数民族古籍整理出版规划办公室编：《西部苗族古歌》，昆明：云南民族出版社，1992年，第112—125页。

唱，斜斜的眼睛会悲会欢，头上金钗太阳般亮，两边耳环月亮般弯，两只小小的绣花鞋上，百花开出一片春天。马姒扎密张开小嘴，说话像画眉婉转：‘宽眉大眼的纳索啊，不要背对人家的笑脸；瞧你宽厚的肩膀，好像坚强的石岩，瞧你明亮的眼睛，发出神光一片；和你一处吃饭，干饭也比肉香，和你一处喝水，清水也比蜜甜；听你说话暖人心房，同你共处我老实心宽，家中有女人也不要怕，叫她阿姐我也心甘！’好听的话就像好喝的酒，纳索被说得心软……”① 马姒不仅说话好听，做事也颇能赢得人心：“罗扎的姑娘马姒，嫁来已经半年，肚里已怀三月身孕，走起路来也很艰难。住进哈尼寨子，马姒喜喜欢欢，拉着戚姒叫阿姐，亲热得像块红炭；见着老人‘阿波，阿匹’地叫，见着小娃‘扎谷、阿妮’地喊，遇着扎密长长地说话，遇着伙子笑得很甜；她和纳索相亲相爱，笑脸像开不败的鲜花，说话像画眉婉转啼鸣，日日抬酒又敬烟。”② 从以上文本的描述来看，罗扎的女儿不仅貌美如花，能言善辩，而且把人际关系处理得也非常好，很快赢得了大家对她的信任，哈尼人特别是丈夫纳索渐渐放松了对她的警惕。

对于闯入本民族的外族女婿，云南少数民族史诗中多以杂草、蚂蚁、苍蝇等相比，如哈尼族迁徙史诗《普嘎纳嘎》中讲：“庄稼地里生杂草啰，哈尼寨里来了那然的小伙。”③ 在云南少数民族迁徙史诗中对外族女婿的称谓不尽相同，但大致指向汉族、彝族、白族的先民，且都毫无例外地强调了其外族身份。由此，强化的是非我族类，或者说是一个文明程度相对优于自身的外族，以及在此基础上的对外族女婿或夫人怀疑、痛恨的固定化的情感。但是另一方面，这些异族的女婿或夫人聪明、漂亮、能干，赢得了妻子或丈夫的欢心甚至族人的同情和认可。这事实上反映了迁入云南境内的少数民族面对异族先进文明时的复杂情感。

在云南少数民族迁徙史诗中，各少数民族对外族女婿或妻子的情感是复杂的，一方面是本族姑娘或小伙对外族小伙或姑娘的爱恋与痴情，另一方面是绝大多数本族人对外族女婿或妻子的抵触，这是与其他民族接触过程中，迁入云南境内的各少数民族对异族先进文化既向往又恐惧的潜意识的反映。本族姑娘或小伙爱恋外族小伙或姑娘，是对异族先进文化的向往与好感；绝大多数本族人抵触外族女婿或妻子，则是对异族先进文化的恐惧。特别是异族女婿或妻子形象的塑造离不开“两个民族的比试”这一重要情节，比试或者竞赛就成了两种文化的正面交锋，虽然觉得外族奸猾，但不得不承认他们的聪明以及这种文化的先进性。在对外族的憎恨中，也蕴含着一种对异族先进文化的羡慕向往、但同时又害怕担忧的复杂情感。

（2）孤儿

在云南少数民族迁徙史诗中“孤儿”的形象较为突出，他们往往是具有多重身份、

①云南省少数民族古籍整理出版规划办公室编：《哈尼阿培聪坡坡》，昆明：云南民族出版社，1986年，第129—130页。

②云南省少数民族古籍整理出版规划办公室编：《哈尼阿培聪坡坡》，昆明：云南民族出版社，1986年，第142页。

③红河哈尼族彝族自治州民族语文古籍研究所编：《木地米地》（内部资料），1985年，第67页。

肩负重任的人。这些孤儿有的是从河里漂过来被当地人抚养长大的，有的是自称孤儿流浪到本地的。如拉祜族迁徙史诗《根古》中的“卡丕卡列”篇中，孤儿就是自己流浪到拉祜族聚居区的，文本中说：“日子过了很久，在一个日落时候，平静的寨子里，又来了个外族人。他说自己是孤儿，没有阿爸和阿妈，到处流浪没有家，要求头人收留他。头人很同情，留下他自苦又自吃。孤儿聪明又能干，早出晚归做活计。住了一年多，养胖了九头猪。公鸡母鸡有九群，拉祜个个喜欢他。教他养猪又养鸡，教他做活计。有酒有肉大家醉，拉祜把他当作自己人。男人上山去打猎，寨子留给他照管。有一次打猎去了三个月，寨子又由他照管。聪明的孤儿，心灵手又巧，砍来九十九棵金竹，做了很多的响篾。弹起悦耳的响篾，好似林中的蝉鸣，好似山中的溪流，天上的月光也更明。姑娘和妇女，人人都喜爱，送他银子他不要，送他金子他不接。只换弩弓的弩床，只换弩弓弩机。弩床换了三箩箩，弩机换了三簸箕。白头老人说，卡丕些科口罗，卡列些哈玛，就是拉祜的根古。只见孤儿拿笋叶，只见孤儿在画字。拉祜没有见过字，不知画里说什么。拉祜问他写什么，他说学画蚂蚁，团团转转是画窝，密密麻麻是蚂蚁。三天过后孤儿不见了，只见官府兵丁到寨边……”①

在这里，孤儿是自己找到拉祜寨子主动要求住下来的。孤儿住下来后，善良的拉祜人教会他养鸡、养猪和做各种活计。在拉祜男人出门打猎的时候还非常信任地把寨子交给孤儿照管。孤儿用响篾跟拉祜族妇女换走了拉祜人最善用的武器——弩弓的关键部件，并将刺探到的情报送出，引来了大批官兵攻打拉祜寨子，拉祜人战败后被迫迁离。

在哈尼族迁徙史诗《雅尼雅嘎赞嘎》中，雅尼妇女贞兰阿吆在下河捞鱼的时候发现了一个哭泣的小孩，她决定把小孩带回寨子抚养。贞兰捡来养大的这个孩子非常勤劳：“早出晚归做活计，出工的路上有条河，河水流向远处西边。小伙去出工时，摘来路边的扫帚叶，又在叶子上刻下花纹，砍来河边的芦苇秆，把刻好花纹的叶片，塞进芦苇秆里面，把芦苇秆放在河里飘下去。他一次又一次这样做，谁也猜不着他这是为什么。贞兰阿吆捡来的男孩，原来是彝人的儿子，彝人的儿子刻花纹，是给彝人父王送密信。信中告诉彝人首领说，在美丽的加滇地方，在肥沃的雅尼雅住地，牛羊肥壮，物产丰富。雅尼雅有一种规矩，属虎日他们不砍柴，属羊日他们不劳动，祭日里他们只顾喝酒，祭日里他们只顾吃肉。彝家的大王啊，快快派兵来进攻，这是占领加滇的好时机。”这个异族孩子把雅尼人祭祀、节日的日期及期间只顾喝酒吃肉的行为告诉父亲，让他们抓住雅尼人放松防卫的祭祀及节日期间攻打他们。

这个捡来的孩子后来做了加滇的女婿，他一边跟养母分家索要财产，一边刺探雅尼人的情报。孤儿在信中详细描述了加滇的物产以及风俗习惯，特别是对他们节日祭祀情况的了解。节日祭祀时，雅尼人喝酒吃肉庆祝，加滇防卫松懈。守城官兵不听百姓劝告，只管寻欢作乐，贻误战机。敌人趁机攻进了加滇城，加滇大王被俘。遭殃的加滇百姓都怪罪贞兰阿吆，说她收养了外贼的儿子，断送了加滇的大好河山。歌手在本节的结

①《根古》，澜沧拉祜族自治县民间文学集成办编《拉祜族诗歌集成》，昆明：云南民族出版社，1989年，第3—4页。

尾处唱道："捡来的男孩啊，出卖了加滇，外来的女婿啊，给加滇带来了灾难。从那以后哟，雅尼雅立下规矩，只准姑娘出嫁，不准伙子上门。这个古老的婚配习俗，一直延续到今天。"①

这也是很多云南少数民族迁徙史诗中都会唱到的经验教训，捡来的孩子或者外来的伙子、异族的姑娘成为本族女婿或妻子后，不是挑唆妻子侵占父亲财产，就是替母族刺探情报，帮助异族取得战争胜利。本族人痛定思痛，总结教训，于是有了"只准姑娘出嫁，不准伙子上门"或者是"不准娶外来女子为妻"的婚姻习俗。

（3）其他身份

除了孤儿、外族女婿或妻子的形象，在云南少数民族迁徙史诗中较为常见的异族形象还有医生、官兵、歌手、商贩等有着特定身份的人，这些人通常也被描述为是异族派来刺探情报的人。

在彝族迁徙史诗《铜鼓王》中描绘了唐朝时世代居住在越析诏境内的一支彝族善于铸造铜鼓，临近异族蒙舍诏的首领意欲抢夺铜鼓，吞并越析诏。文本中说："当时蒙舍诏，有个坏头领。暗暗施毒计，阴谋除波亨。派个心腹人，摸进越析境。此人最阴险，假装越析人，见鬼就做鬼，见神就装神，四方会唤雨，八面能呼风。波亨的妻子，患了不眠症。躺着睡不着，坐着不打盹。整整三个月，不曾合眼睛。人瘦如干柴，脸黄像姜根。波亨心焦急，坐卧不安宁。四处访名医，为妻治怪病。这个蒙舍人，走寨又串村。探知这消息，不觉喜在心。改头又换面，挂牌装医生。波亨派人来，请他治奇症：'我们大首领，听说你高明。如今请你去，家里做贵宾。治好他妻病，自然报大恩。望你莫嫌弃，跟我走一程。''既然首领约，怎敢不答应？但我医道浅，恐怕难回春。'这个蒙舍人，谦虚好一阵，这才跟着走，前去见波亨。波亨大首领，老实太过分。不知中奸计，反而笑相迎：'你的医术高，我早闻大名。我妻这条命，寄托在你身。''首领器重我，不敢不尽心。尊妻不眠症，看来已深沉。若要治好她，第一要安静。请你快下令，斥退身边人。'这个假医生，手段最凶狠，嘴上挂着笑，肚里藏祸心。不住眨贼眼，盯着那波亨，满脸露杀机，波亨分不清。波亨退众人，众人不挨身。一间房子里，只剩波亨和妻子，还有假医生。时机已到来，医生露原形。拔出一把刀，样子多狰狞，一下扑过去，举刀杀波亨。又再戳一刀，病妻也丧命。医生窜出门，顿时无踪影。"②异族人假扮的医生杀掉了越析诏彝族首领和他生病的妻子，这支彝族顿时群龙无首，无人愿意主动承担责任，担任首领。越析人就想出了用铜鼓占卜的方式选出新的首领的方法，此后相沿成习，每次都用铜鼓选出首领。

在《西部苗族古歌》"根蚩支劳、根挪支劳的故事"中，面对阿髳人的严密防范，沙族首领沙兆玖帝敖开始动脑筋，未曾用兵先使计："派出女人做货郎，来到蔡塞咪夫氏，她们卖针又卖线，引得阿髳姑娘笑眯眯。沙兆玖帝敖，又费心机变花样：派出男人来卖糖。担子摆在根蚩支劳台阶上。根蚩支劳见卖糖，忙叫女儿买点尝。糖果真好吃，

①景洪县民委编：《雅尼雅嘎赞嘎》，昆明：云南人民出版社，1992 年，第 148—149 页。

②李贵恩、刘德荣收集：《铜鼓王》，昆明：云南人民出版社，1991 年，第 15—16 页。

糖果甜又香。糖是杂粮做，手艺真高强。沙兆玖帝敖计又生，派人卖酒去侦察；高粱美酒味醇香，卖到根挪支劳家。好酒进肚人醉翻，根挪支劳倒在火塘边。”①

沙族派出刺探军情的人扮成卖杂货的货郎、卖糖的人、卖酒的人。针线杂货、糖、酒等日常用品是苗家日常生活中必不可少的，沙族善于制糖、酿酒、制作百货用品，这三类人在沙族境内非常受欢迎，他们把外界的信息带进来，又把沙族的信息带出去。在西部苗族迁徙史诗中，歌手将刺探军情的奸细与在沙族地区做生意的货郎、商人等联系起来是自然而然的事情。

2. 矛盾冲突型

在云南瑶族《寻根歌》中，朝廷与官兵是异族的象征，他们抢占瑶族土地，逼迫瑶族民众服劳役。如“壬辰年间朝廷来犯山，刀枪布满江竿城。官兵团团围住真龙山，大刀砍向山里的黑衫人。癸丑那年兵贼来作乱，丙辰官家罗晨进山林，壬戌李七入瑶寨，甲子妖皇杀山人”②。官家、朝廷不仅侵占瑶人土地，还强迫瑶人筑城修路，承担劳役：“官家拉我瑶人去修路，官家捆我兄弟去筑城，抬石伐木都使我，背土搬砖都是山里人。”③官家的欺压引发了瑶民一次又一次的反抗。官家是异族代表与朝廷的象征，瑶民对官家充满了怨恨之情。《西部苗族古歌》中则常用心狠、狠毒、残忍、心黑等词汇来形容异族首领“沙兆玖帝敖”。如“沙兆玖帝敖心狠毒，沙兆玖帝敖心肠黑，他们心肠黑如炭”④ 或者是“沙兆玖帝敖心毒手也狠，对待髳家太残忍。抓到女的用鞭抽，抓到男的用绳捆”⑤ 等类似的词汇与句子将苗族先祖对沙族的怨恨与愤怒呈现得一览无遗。

彝族《铜鼓王》中唱述的异族蒙舍诏的头人是凶狠残忍的。歌中说：“想那蒙舍诏，凶狠如虎豹，专横又跋扈，野心真不小。为了争铜鼓，一举灭四诏。贼心不满足，要灭越析诏。”⑥ 蒙舍诏兵强马壮，先后两次侵扰彝族先祖生活的越析诏，越析诏的彝族首领无奈，为保住子民生命与铜鼓只能带领本族人迁往他处。拉祜族迁徙史诗《根古》中的“南氏北氏”篇中唱道：“为了争地盘，拉祜的头人，汉族的官府，发动了战争。今天拉祜人打过去，明天官府兵打过来，北氏天天大火烧，南氏天天在流血。”⑦在这里，官府是异族，是与拉祜人争地盘的敌人。彝族迁徙史诗《赊窆榷濮》中的“夏家”，翻译者将其解释为是彝族之外的其他民族。夏家、汶家或者濮人是彝族迁徙史诗中异族的代名词。歌中说：“夏家似蚂蚁，再次纷纷来。夏家人凶凶，夏家有兵

---

①云南省少数民族古籍整理出版规划办公室编：《西部苗族古歌》，昆明：云南民族出版社，1992 年，第 168 页。

②《寻根歌》，《山茶》1986 年第 5 期。

③《寻根歌》，《山茶》1986 年第 5 期。

④云南省少数民族古籍整理出版规划办公室编：《西部苗族古歌》，昆明：云南民族出版社，1992 年，第 172 页。

⑤云南省少数民族古籍整理出版规划办公室编：《西部苗族古歌》，昆明：云南民族出版社，1992 年，第 174 页。

⑥李贵恩、刘德荣收集：《铜鼓王》，昆明：云南人民出版社，1991 年，第 17 页。

⑦澜沧拉祜族自治县民间文学集成办编：《拉祜族诗歌集成》，昆明：云南民族出版社，1989 年，第 1 页。

马，夏家来号令，彝事夏家管。百牛进夏门，金银输夏门，粮食送夏门，夏家得势啦！"① 夏家势力强大，彝家受欺侮，被劫掠。

彝族武部支系与濮人的纷争由来已久，在武部渡过色玛河，越过玛查山后的迁徙途中，恰好遇到濮人正举行祭祀活动，《赊窆榷濮》中讲道："途中见濮人，聚众举斋祭，濮祖和六祖，历来是冤家。冤家路相逢，双眼分外红，濮人势力强，武家也不弱。一场恶战起，濮人报仇急，武甲鲜血淋，武戟饮人血。冤家打一战，双方元气挫。"②彝族武部支系与濮人的仇怨由来已久，途中仇人相见，分外眼红，战争中双方势力均受损。在彝族迁徙史诗《赊窆榷濮》与《夷僰榷濮》中，彝族六祖分支后各支系先祖在与异族的战争中有胜有败，但这并不是引发彝族迁徙的主要原因。在云南彝族迁徙史诗中，引发彝族各支系迁徙的最主要的原因还是人口繁衍、增加引起的主动分支型迁徙。

佤族《司岗里》中说当他们的先祖在迁居开发了永佤、昔卜和永栋地方几千年后，到这里来的异族人排挤佤族先祖："阿佤祖先啊阿佤祖先，生生被从主人的宝座撵下来，生生被从勤劳的手中夺走土地，外族人说他们会给阿佤吃，可吃着吃着又被夺走饭碗。阿佤祖先啊阿佤祖先，一步一回头离开了家园。"③ 文本讲述了佤族开发建设很久的家园被异族抢占，硬生生被赶出家园的过程。

不同族群能否在同一处地方和谐相处与他们的经济、军事实力和对待彼此的态度密切相关。云南各少数民族在迁入异族居住地时，若是遇到异族头人和百姓真诚、友善地接纳自己，他们会心存感激，铭记对方的情谊；若是迁入地的异族头人和百姓苛责、欺侮自己甚至残酷剥削的话，他们往往会奋起反抗，或者迁离此地。云南少数民族迁徙史诗在描绘迁入本族居住地的异族人形象时，大多数迁入本地的异族人是狡猾、虚伪、贪婪甚至是忘恩负义、恩将仇报的。这反映了在漫长迁徙途中，云南少数民族与异族之间在交往、交流、交融的过程中，特别是在土地、森林、人口等资源分配关系紧张时敌对的一面。这时，冲突和战争成为敌对族群间解决问题的重要方式，战胜者获得更多的土地和资源，战败者只能远走他乡。

3. 和善友好型

在迁徙途中，云南各少数民族先祖既遇到了凶狠残暴、狡猾恶毒的异族首领，也遇到了具有同情心、真诚善良、热情帮助外来者的异族头人。如在哈尼先祖迁徙的途中，哈尼支系在嘎鲁嘎则遇到的异族阿撮的头人、帮助哈尼族雅尼支系渡过澜沧江的傣泐头人等，这都曾给迁入境内的后来者以帮助，并保持了很长时间的和谐相处状态。

在彝族迁徙史诗《铜鼓王》中，普厅的布越寨老对迁入境内的彝族支系非常客气、友好，他们说："普厅这地方，到处是荒坡，由人去开垦，任你去耕作。只要有力气，

①云南省少数民族古籍整理出版规划办公室编：《赊窆榷濮》，昆明：云南民族出版社，1987 年，第 37 页。

②云南省少数民族古籍整理出版规划办公室编：《赊窆榷濮》，昆明：云南民族出版社，1987 年，第 43 页。

③毕登程、隋嘎搜集整理：《司岗里》，昆明：云南人民出版社，2009 年，第 66—67 页。

包你能过活。就是住千年，这也没什么。我们是主人，你们是客哥。大家凑一起，共同来合作，我们手牵手，开拓普厅河。"① 布越是普厅的壮族，布越首领开明友好，热情地接纳了迁徙至境内的这一支彝族。两族之间互相帮助，共同开发建设了普厅。

在哈尼族迁徙史诗《哈尼阿培聪坡坡》中讲到，当哈尼支系的先祖迁徙至嘎鲁嘎则时，在这里生活的阿撮不仅热情招待了他们，还教会哈尼人编织竹帽，两族相处非常愉快："竹林里住着阿撮，说话像清清的波浪；阿撮见人嘻嘻地笑，拉着哈尼问短问长。先祖放下背箩，娃娃爬到地上，女人在溪边梳好头发，男人把脸洗得放光。哈尼跟阿撮走进竹林，林间绿荫像溪水清凉。好客的阿撮拿出竹鸡竹笋，远来的哈尼拿出玉麦酒浆，两处人都像火塘一样热情，不断的话像溪水流淌。"② 阿撮还教会哈尼人编织竹筐和帽子，在哈尼人的心中阿撮始终是对他们有过帮助的人。哈尼人后来走到哪里都要挖一蓬嘎鲁嘎则的龙竹带上，以示从来没有忘记阿撮的好意。哈尼族的另一支系雅尼人迁徙时被澜沧江挡住去路，对岸的傣泐人热诚地帮助了他们："傣泐人找来所有的木舟，金梭银梭划到雅尼雅面前，迎接他们渡过江去。欢呼雀跃的数万雅尼雅，乘着木舟划过江面。飞梭般的木舟，一只接一只，过江的雅尼雅，一批接着一批。过了三天三夜，在傣泐人的帮助下，数万雅尼雅度过了大江。"③

过了大江的雅尼人，对傣泐人感激不尽，雅尼雅大头人维墨洛查带领追玛辉标、阿交科德以及达哈达迁三位大臣，带着厚礼来拜见傣泐王。傣泐王久久打量着雅尼人，猜测他们是善还是恶。直到雅尼人首领和大臣奉上礼物，又虔诚施礼后，才让他们坐下，召哈勐对雅尼人说道："傣泐人友好四方，朋友来了，兄弟一般接待，要是打仗抢地盘，就将他们剁成肉酱。这里有宽阔的平坝，有我们的田，就有你们的地。"④ 这段话表明了傣泐人的立场，更清楚地宣示了傣泐人对景洪的所有权，同时还警示雅尼人要服从自己的管理，如果胆敢争田夺地的话，傣泐人是不会容忍的。

傣泐人面对前来投奔的雅尼人满怀警惕，充满戒备，一再试探，而在《西部苗族古歌》中的"十二支苗家迁到逋诺"和"苗家来到逋诺地方"两支古歌中，则唱述了苗家先祖与彝族公主之间毫无戒备、开诚布公的交往过程。歌中唱到，当12支苗家的先祖迁徙至逋诺地方，受到了彝族公主关照的情形。在这两支古歌中着力塑造了谦恭正义、真诚善良，被苗家先祖称为"彝家表姐"的逋诺公主这一美好形象。彝家表姐听说12支苗家来到自己境内，亲自前来迎接，并表达自己的想法："众位兄弟不用发愁，天宽地阔任鸟飞翔，我的领地十分宽广。任随你们挑选地方。天下出事，轻担重担，我

①李贵恩、刘德荣收集：《铜鼓王》，昆明：云南人民出版社，1991年，第58页。

②云南省少数民族古籍整理出版规划办公室编：《哈尼阿培聪坡坡》，昆明：云南民族出版社，1986年，第20—21页。

③景洪县民委编：《雅尼雅嘎赞嘎》，昆明：云南人民出版社，1992年，第187—188页。

④景洪县民委编：《雅尼雅嘎赞嘎》，昆明：云南人民出版社，1992年，第189—190页。

一肩扛。”[①] 苗家先祖被彝家表姐的真诚友好打动，心潮起伏，想起丢失的旨密立大平坝，想起千里迢迢的征途，受尽人间多少罪，吃尽人间多少苦。男女老少情难自禁，号啕大哭，彝家表姐感同身受，劝慰苗家先祖说：“请把眼泪揩干，苦泪不必再流；请把艰难困苦，全都抛到脑后！”[②] 在彝家表姐的倾力帮助下，12 支苗家在长着木姜子、黄花香和贯众的根蚩那鲁落脚，种地、放牧，开始了新生活。

4. 多重性格的异族头人

在云南少数民族迁徙史诗中关于异族的认识与想象主要是通过对异族头人形象的塑造来完成的。迁徙族群在迁徙途中所遇到的众多异族群体，有的一开始便作为对立面出现，有的则是作为善良大度的引导者、接纳者形象出现的，是典型的扁平人物系列；更多的异族头人则是随着故事情节的发展，由最初的热情、诚恳、包容、豪迈转变为后来的凶狠、无情、狡诈、贪婪，是具有多重性格的圆形人物系列。

异族头人的性格发展是伴随着故事情节的推进而逐渐呈现出来的。异族头人的性格由最初的对迁入族群热情接纳到后来的无情驱逐，呈现出一种动态发展的特征，其形象也趋于饱满。如哈尼人迁徙至谷哈地方，谷哈坝子里居住的是蒲尼人，他们的阿篇（即头人）叫罗扎，罗扎住在海边的高楼内，戴着鸡纵般的遮阳帽，出门坐高轮马车，非常气派。他见到哈尼人来到自己的住地，多次差人传话：“谷哈土地比天还大，蒲尼只有鸡窝星一点，在不完的地方由你们在，盘不完的田地尽你们盘；只是手粗脚粗的哈尼，要当我罗扎的帮手，谷哈密查的事情，样样由我阿篇掌管。”[③] 这段文字说明罗扎最初是非常欢迎哈尼人留在谷哈的，但条件是哈尼人要做罗扎的帮手。当罗扎听说哈尼人愿意留下来后，欢喜异常，立即坐着高轮马车跑来，对哈尼人说出又甜又软的话：“来吧来吧，哈尼人！大大的水塘在得下多多的鱼，宽宽的坝子歇得下多多的哈尼。爱撵山就把大山分给你们，爱种田就把坝子划出半边；你们快快丢下大刀，快把长矛卸下双肩，亲亲热热地不用大刀帮忙，喜喜欢欢地在，长矛只会戳眼。”[④] 但是，当罗扎眼见哈尼人砍出大块火地，开出大片良田，日子越过越好的时候，他的态度就发生了变化，他开始向哈尼人索要越来越多的东西：“罗扎有碗大的贪心，把哈尼的红米撮完，罗扎有盆大的狠心，把哈尼牵空了畜圈。”[⑤] 有一年，当哈尼人正欢度“昂玛突”节时，罗扎突然出现，要求哈尼人让出神山，砍倒神树，他要在哈尼人的神山上建盖蒲尼人的

①云南省少数民族古籍整理出版规划办公室编：《西部苗族古歌》，昆明：云南民族出版社，1992 年，第 221 页。

②云南省少数民族古籍整理出版规划办公室编：《西部苗族古歌》，昆明：云南民族出版社，1992 年，第 222 页。

③云南省少数民族古籍整理出版规划办公室编：《哈尼阿培聪坡坡》，昆明：云南民族出版社，1986 年，第 116 页。

④云南省少数民族古籍整理出版规划办公室编：《哈尼阿培聪坡坡》，昆明：云南民族出版社，1986 年，第 118 页。

⑤云南省少数民族古籍整理出版规划办公室编：《哈尼阿培聪坡坡》，昆明：云南民族出版社，1986 年，第 122 页。

庙宇。哈尼头人纳索忍无可忍，与罗扎开战。从此两族之间战争不断。

哈尼人最初来到谷哈时，正是阿篇的热情接纳给了疲惫的哈尼先祖休养生息的时间。但随着时间的推移，罗扎阿篇贪婪无度的本性逐渐暴露出来。他以哈尼先祖的恩人自居，不但要求哈尼人将大量的粮食、牲畜缴纳给他，还企图霸占哈尼人的神山，挑起战争。最终哈尼人战败，不得不迁离谷哈，古歌中罗扎的形象也从最初气派、大度的接纳者，转变成了贪婪、狡猾、暴虐的异族头人形象。

在《佤族历史故事“司岗里”的传说》中，佤族魔巴艾扫把韵文古歌《司岗里》用佤语慢慢地讲述了出来。这段历史故事中说，最初佤族、傣族、拉祜族等跟汉族一同走出了司岗里，并在一起和谐相处了很长时间。后来由于拉祜族先祖吃独食，傣族先祖用煮熟的粮种欺骗佤族先祖，三个族群才逐渐分开：“佤族、汉族、拉祜族、傣族一同走。傣族（皮肤）白，佤族（皮肤）黑，汉族（皮肤）更白。傣族供茶，佤族供茶，汉族是煮茶的。他们一起走……后来商量我们阿佤上哪里去。分路以后，佤族搬到固呵寨。从固呵下寨到固呵上寨。拉祜族跟着佤族，从此拉祜族和佤族就在一起。他们在一起种地，地很好。佤族又种黄瓜。拉祜族将黄瓜完全吃掉。（佤族说）‘不要叫我哥哥。’拉祜族说‘你不要同我吵，我慢慢去找熟的还给你’，但没有找着，更没有找着有六个拳头长的。他们因此吵了架。（拉祜）接水（原文叙述者解释：佤族砍断了拉祜背的水筒，打了拉祜），大家从此分开。佤族回去单独居住……”①后来佤族与傣族先祖一起迁徙到勐角董，在这个地方开田种地，佤族与傣族之间相互通婚，阿佤把自己漂亮的女儿嫁给了傣族人普普依，傣族人向佤族人借粮种：“普普依和西格盎两个傣族人起了歹心。阿佤把他漂亮的女儿嫁给普普依。这两个傣族向佤族的每一家借谷子吃，而用煮过又晒干的谷子赔还。（佤族的）鲁安拿这些煮过的谷子去种，谷子长不出来。佤族和傣族吵架。拉祜族种子也不见生长。于是看卦。你（佤族）找魔巴来做鬼。给你们（佤族）谷种，杀了猪，谷子以后才会长得好，谷穗才会长好，谷穗才会长得蓬大穗长。你们再去薅草，挖田，种小红米，我们就可以收割了。那时田里的树很多，要砍树才能种田。你们上午去看佤族种谷子。佤族和傣族砍树，树倒了以后就吵起架来了。（原文叙述者解释：那时树很多，要砍了树才能种地）。于是佤族跑了，离开了傣族坝子到叫各将……”② 文中叙述了佤族、傣族、拉祜族从一开始的一起迁徙、居住、开田、通婚到闹矛盾后分开迁徙、居住的过程，并在文本中特别指出佤族先祖与他们分开是拉祜族先祖的自私和傣族先祖的欺骗造成的。

在《西部苗族古歌》中也讲到苗族先祖与沙族曾经友好相处，但是后来由于沙族的蛮横、不讲道理触怒了阿髳先祖，两族交恶的故事。古歌中说在古时候，沙族和髳族生活在一起，婚丧嫁娶各种重要场合、祭祀仪式上都会互相帮忙。在沙族的一次祭祖仪式上，阿髳先祖给沙族头人帮厨，要祭祖了，沙族头人发现猪心不见了，就怀疑是阿髳先祖逼兹耶老的儿子偷吃了猪心，沙族头人固执己见，不听逼兹耶老辩解，双方争吵不

①《佤族历史故事“司岗里”的传说》，《佤族社会历史调查（二）》，昆明：云南人民出版社，1983年。
②《佤族历史故事“司岗里”的传说》，《佤族社会历史调查（二）》，昆明：云南人民出版社，1983年。

休，几乎要动武。为了证明清白，逼兹耶老一怒之下杀了儿子。两族之间至此交恶，战争不断。在《西部苗族古歌》和其他地区的苗族古歌中，沙族头人的形象都是贪婪、残暴、狡诈的，笔者在这段文字中看到了苗族先祖对沙族所抱有的复杂心情。曾经是朋友，也曾友好相处，但是沙族的一再逼迫、驱逐，致使阿髳远离家乡、流离失所，因此心中充满着对沙族的极大怨恨，古歌中的沙族形象因此也是贪婪无度、心狠手辣的恶人类型。

三、神奇引导物

在云南少数民族迁徙史诗中有很多文本都讲到其先祖是在耕牛、马鹿、山鸡、山狗和白鹇鸟等动物的指引下，或者由这些动物身上携带的某种植物的启示下才找到某一处宜居地的故事。这些作为引导物的动物或植物与迁徙民族的生产生活和精神世界密切关联。

在哈尼族雅尼支系迁徙史诗《雅尼雅嘎赞嘎》的“达河达哈朗”[①] 篇中讲到，人和鬼分家之后，雅尼人的祖先带着子孙和家人，不怕路途艰险，找到了达河达哈朗地方居住。他们在达河达哈朗居住了很久很久之后，一个阳光明媚的早晨，一只山鸡落在树梢上，面对雅尼人喔喔啼鸣，山鸡唱着歌说：“达河达哈朗的雅尼雅哟，我落在树梢喔喔啼，不是我的嗓子好，不是我的歌儿多，不唱雅尼雅家乡堆满谷，不说雅尼雅家乡有鱼肉，我看到了美丽的地方，看到了富饶的去处，美丽的地方是加滇[②]，富饶的去处是加滇。”[③] 山鸡唱完后，在一个红霞满天的傍晚，雅尼人又听到了山狗[④]趴在树梢上唱着同一支歌。歌中再次告诉雅尼先祖一定要到美丽富饶的加滇去。在山鸡、山狗的指引下，雅尼先祖历尽千辛万苦，劈开挡路的巨石，终于到达了加滇。文本中说雅尼人在加滇建立了城池和强大的王国，其经济、政治与社会制度都发展到了雅尼支系历史的巅峰。

哈尼族的另外一部迁徙史诗《哈尼阿培聪坡坡》中则说权威的戚姒领着哈尼人走遍了江外所有的大山，一心想找到最适合哈尼人生活的地方。最后戚姒在美丽的白鹇鸟的引导下才找到了好地方“尼阿多”。文中说：“这天队伍停在山坡，哈尼正在喝水歇凉，树上飞来一只白鹇，轻轻走过哈尼身旁。白鹇走到戚姒面前，摇摇身子抖动翅膀，一片白云样的羽毛，轻轻飘到戚姒手上。白鹇抬起细细的红脚，走一步拍一下翅膀，白白亮亮的羽毛，像银子闪闪发光，银光闪闪的小路，铺向树多的山岗。戚姒跟着白鹇，走进旺旺的草丛，绕过高高的老崖，望见迷人的地方。”[⑤] 白鹇鸟是哈尼人吉祥幸福生

---

①达河达哈朗：达河达哈朗为古地名，具体地址不详。“朗”是比“查”更大的区域。

②加滇：地名，这里说的加滇指今天的昆明和元江流域，是雅尼人祖先居住过的地方。

③景洪县民委编：《雅尼雅嘎赞嘎》，昆明：云南人民出版社，1992 年，第 21 页。

④山狗：狐狸，是雅尼人忌讳的动物之一。

⑤云南省少数民族古籍整理出版规划办公室编：《哈尼阿培聪坡坡》，昆明：云南民族出版社，1986 年，第 198—199 页。

活的象征，一般说来，白鹇鸟生活的地方，生态环境良好，土地肥沃，适宜哈尼人生存。哈尼人把白鹇鸟生活的地方当作神灵赐予之地，歌手在史诗中会反复唱述白鹇鸟是如何带领哈尼先祖找到美丽新地方的。

拉祜族口头传统中常说，其先祖是在一只头上缠着水灵草、蹄子上夹着黑油油泥土的大马鹿的引领下找到迁徙途中的重要居住地“牡缅密缅”[①] 坝子的。拉祜族迁徙史诗中出现的马鹿、水灵灵的植物、黑油油的泥土等，是拉祜人判断马鹿来的地方肯定是一片肥沃土地的依据。在拉祜族迁徙史诗《根古》“牡缅密缅”篇中讲道：“在一个月明的夜晚，打得一只大马鹿，蹄子像小饭勺，角已长成四平头。角上缠着水灵草，有一庹三拃长；蹄子夹着黑油油的土，这是一处富饶的地方。……拿着水灵草，拿着黑油油的土，沿着马鹿的足迹，去寻找肥沃的地方。”[②] 拉祜族先祖沿着马鹿的足迹，拿着水灵草和黑油油的土做样本，终于找到了“牡缅密缅”这个生态环境良好的平坝。后来，拉祜族先祖迁徙到了牡缅密缅坝子，并在这里发展成了妹妹和哥哥两大部落。很多年后，牡缅密缅爆发了战争，在一次战斗中，拉祜头人射完了所有的箭，自己也受了伤，拉祜头人把妹妹叫到跟前，拿出金、银、铜三支弩箭，告诉妹妹说：“这是祖传的弩箭，我们要朝着南方射，箭落到哪里就在哪里安家。我不能跟你们走了，记住白头老人的话。”传说这三支箭，一支落在澜沧牡密、一支落在玛牡密、一支落在泰牡密。拉祜族寻到了落弩箭的地方，今天的拉祜人就居住在这三个地方。拉祜族先祖曾经生活的地方，有的是天神厄莎曾经在的地方，有的则是在麂子和神箭的引领下到达的。

傣族关于叭阿拉武追金鹿的古歌与传说故事说，天神看到勐梭、勐睑和勐泐这三个坝子上没有人，地上长满着“力懒哄”（草名），很想使这三个肥沃的坝子有人住，想让叭拉阿武来这个地方建勐。天神就派一个天神变成一只金色美丽肥壮的鹿来吸引叭阿拉武。一天没打到猎物的叭阿拉武正准备回家，忽然看见了一只金色肥壮的马鹿，一箭射中马鹿的大腿，但马鹿却带着箭跑了，叭阿拉武就带领头人、百姓去追赶，最后追到了勐泐，在这里建寨居住。[③]云南苗族迁徙史诗《西部苗族古歌》的“波操耶操逃难歌”中唱到这支苗族也是在追马鹿的过程中发现适宜居住的地方的：“耶操带着黑狗花狗去撵山，身上背着黑弓弩；猎狗钻进箐林里，撵出一只大马鹿。耶操跟踪马鹿，一路紧紧追逐；马鹿长途奔命，跑到嘎依格哉桥边站住。耶操弯腰张弩，射向马鹿胸脯；马鹿连纵三下，便在桥边僵仆。耶操剥了马鹿，请人背回马鹿肉；他从嘎依格哉回来，忙给波操讲述：‘嘎依格哉地势低洼，嘎依格哉能产稻谷。’耶操带着波操，来到嘎依格

①牡缅密缅：拉祜语地名，具体地点不详，指肥沃富饶的土地。

②澜沧县拉祜族自治县民间文学集成办编：《拉祜族诗歌集成》，昆明：云南民族出版社，1989 年，第 6 页。

③《民族问题五种丛书》云南省编辑委员会编：《傣族社会历史调查》（西双版纳之三），昆明：云南民族出版社，1983 年，第 187 页。

哉桥边；就在那里建盖房屋，就在那里新建家园。”① 正如《哈尼阿培聪坡坡》中所说：“白鹇是吉祥的鸟，白鹇是哈尼的伴。白鹇喜欢的地方哈尼也喜欢，白鹇的家乡也是哈尼的家乡。”② 引导兽的出现推动了迁徙史诗叙事情节的发展，将迁徙人群引至一处美丽的地方，这个地方符合迁徙族群对居住环境与生产生活条件等各方面的要求，于是这些族群便在此定居，并将此地建设成美丽家园。

作为引导兽的地上动物都是食草动物，他们大都喜欢活动在低洼潮湿、草木茂盛的地方；作为引导兽的鸟类也是喜欢在水边捕食或者是在树林里生活的鸟类。追赶引导兽的民族大都处在刀耕火种、兼事狩猎采集的经济阶段，他们需要经常寻找好地方来维持粗放的生产方式，狩猎也是他们获取生活资料的重要途径。同时这也说明他们十分熟悉各种动物的习性。白鹇、马鹿等引导兽形象反复出现在云南少数民族的神话、史诗、传说以及其他口头传统中，引导兽成为各族民众吉祥幸福生活的引导者与象征物。

从云南少数民族迁徙史诗的文本内容来看，引导物不仅限于地上行走的马鹿、麂子、山狗、白鹇、山鸡等鸟兽，还有一些是植物、种子、土壤等物品。这些东西通常从打猎时所捕获的动物身上获得。这些被捕获的动物身上所携带的东西通常是远方土地上生长的植物、种子或者是泥土，这些东西可以帮助迁徙民族判断这只动物生活的土地是否真的适合本民族生存所依赖的某种重要农作物的种植。种子、植物、土壤等云南少数民族迁徙史诗中较为常见的引导物说明，在当时的云南少数民族中，已经有很多民族从原始狩猎、采集经济发展到了农业耕作时期，并已经积累了大量关于植物、种子、土壤等的农业生产经验。由此，他们才能够正确判断所捕获动物来自的远方是否有适宜本民族生存的自然条件。

第三节　云南少数民族迁徙史诗的叙事程式

在云南少数民族迁徙史诗中，叙事程式的存在与运用随处可见，如反复出现的平行式诗行、三段式结构、修辞手法、母题、情节、典型场景以及特定叙事结构等，它们通过简约的固定格式存储了复杂的内容与丰富的文化信息。这些反复出现的叙事程式是歌手常用的一种记忆方法和叙事手段，同时从迁徙叙事的情节和主题来看，程式又是歌手的一种隐性讲述策略，它不仅直接推动迁徙情节的发展，还隐性完成了迁徙主题的凸现。

---

①云南省少数民族古籍整理出版规划办公室编：《西部苗族古歌》，昆明：云南民族出版社，1992年，第285—286页。

②云南省少数民族古籍整理出版规划办公室编：《哈尼阿培聪坡坡》，昆明：云南民族出版社，1986年，第201页。

一、迁徙史诗中的常见母题

程式对歌手来说是记忆与创编的手段，用于构筑诗行，常遵循一种韵律——语法上的规则；母题则引导歌手快速创作、思考、建构更大的结构。程式可比之于词素的异形词，它们是流动易变的，永远处于变化之中，这种变化与具体情形相联系并受其约束。由母题导引，由语法韵律单元即程式系统调控，口头诗人以传统的固定词语为手段进行创作。

（一）母题

“母题”一词由英文“motif”音译而来，原是音乐术语，是指在一首乐曲中反复出现的一组旋律。后来被渐渐移用至民间文学、比较文学、文化人类学等领域，并引起了各专业、各领域学者们的广泛讨论。

在民间文学领域，美国民间文艺学家斯蒂·汤普森认为：“一个母题是一个故事中最小的、能够持续在传统中的成分，要如此它就必须具有某种不同寻常的和动人的力量。”① 然而，什么是“最小单位”、怎样划定“最小单位”等的界定都是十分含混的，因而引起了之后学者们对此定义的不断讨论与深化。俄罗斯学者普罗普认为母题可以分解为许多人物行为，这些人物的行为都是对情节的发展具有决定性的行为，母题为“功能”（function），这里，普罗普实际上强调的是母题对作品叙事的推动作用。② 刘魁立将普罗普的“功能”总结为“根据在事件发展过程中的意义来确定的主人公的行为。在英语里，function（功能）一词，可用以表示特定的主项所具有的作用、活动或目的之类的意义。一般说来，相互联系的因素，互为对方的function（功能）。功能的研究，正是强调在事物的相互联系和相互作用的过程中来认识事物”③。陈建宪将母题界定为：“母题就是民间叙事作品（包括神话、传说、民间故事、叙事诗歌等）中最小的情节元素。这种情节元素具有鲜明的特征，能够从一个叙事作品中游离出来，又组合到另外一个作品中去。它在民间叙事中反复出现，在历史传承中具有独立存在能力和顽强的继承性。它们本身的数量是有限的，但通过不同的组合可以变换出无数的故事。”④ 陈建宪突出了母题的独立性与继承性，认为同一母题通过不同的组合可以变化出无数的异文。

在比较文学领域，“母题”概念的界定是在与“主题”的讨论比较中展开的。美国学者乌尔利希·韦斯坦因在《比较文学与文学理论》中指出，母题和主题都属于文学作品中内容范畴的成分，并引用了弗兰采尔的论述。他说：“母题这个字所指明的意思，是较小的主题性的（题材性的）单元，它还未能形成一个完整的情节或故事线索，

①[美]斯蒂·汤普森：《民间故事分类学》，郑海译，上海：上海文艺出版社，1991年，第499页。

②[俄]弗拉基米尔·雅可夫斯基·普罗普：《故事形态学》，贾放译，北京：中华书局，2006年，第1页。

③刘魁立：《历史比较研究法和历史类型学研究》，《刘魁立民俗学论集》，上海：上海文艺出版社，1998年，第108页。

④陈建宪：《神祇与英雄——中国古代神话的母题》，北京：三联书店，1994年，第11页。

但它本身构成了属于内容和形式的成分。”① 法国学者布吕奈尔则认为：“母题首先是一种具体的成分，它与主题的抽象性和概括性正相反。”② 上述两位学者在同一主题的对照研究中深化了对母题的认识。

在中国比较文学领域，学者李达三对母题的界定颇具代表性，他认为：“母题指的是一个主题、人物、故事情节或字句样式，其一再出现于某文学作品里，成为有利于统一整个作品的有意义的线索；也可能是一个意象或原型，由于一再出现，使整个作品有了脉络，加强了美学吸引力；也可能成为作品里代表某种含义的符号。”③ 李达三肯定了母题形式的多元化，认为反复出现于文学作品中的、有重要叙事或美学意义的主题、人物、故事情节、字句样式、意象或原型等都可以成为母题。

文化人类学者认为母题具有重复性、整体性与变异性等特征，因而其“本身具有十分广阔的理论空间，可以运用文化学、心理学、人类学、民俗学、叙事学、比较文学与比较宗教学等多种人文学科的理论与方法进行考察研究”④。母题在文化人类学中表现出更多的综合性与跨学科性。

孙文宪撰文从文学批评角度阐述母题概念，指出：“民俗学家用母题来指称一种反复出现的与叙事类型化特征相关的因素，是为了揭示和描述民间叙事作品存在着各种类型化现象而形成的一个术语……母题必须以类型化的结构或程式化的言说形态，反复出现于不同的文本之中；具有某种不变的，可以被人识别的结构形式或语言形式。俄国形式主义和结构主义叙事学在民间文学母题研究的基础上，发现并揭示了这种形式结构特征，认为民间叙事就是将各种相关的功能组合或聚合，从而深化了母题研究。”⑤

在民间文艺学领域，刘守华对母题的定义较具代表性。他认为：“母题是故事中最小的叙事单元，可以是一个角色、一个事件或一种特殊背景类型，是一个完整的故事。类型是由若干按照相对固定的一定顺序组合而成的，它是一个母题序列或者母题链。这些母题也可以单独存在，从一个母题链上脱离下来，再按照一定的顺序和别的母题结合构成另一个故事类型。”⑥

自从帕里提出“程式”在口头文学中的重要性以来，所有研究口头程式创作的学者都承认了母题在即兴创作的诗歌中所起到的重要作用。然而，严肃认真地阐释母题的意义，却是从洛德开始的。根据洛德的定义，所谓的母题乃指“传统的口头诗歌中反复出现的叙述与描写的成分……但它们并不像程式那样必须受到严格的韵律条件的限制；也不是拘泥于逐字逐句的准确无误的重复”。洛德将母题阐释为“一个话题单元，

---

①[美]乌尔利希·韦斯坦因：《比较文学与文学理论》，刘象愚译，沈阳：辽宁人民出版社，1987年，第136页。

②[法]布吕奈尔等：《什么是比较文学》，葛雷、张连奎译，北京：北京大学出版社，1989年，第191页。

③陈建宪：《神话解读——母题分析方法探析》，武汉：湖北教育出版社，1997年，第20页。

④谭桂林：《长篇小说与文化母题》，长沙：湖南师范大学出版社，2002年，第3—4页。

⑤孙文宪：《作为结构形式的母题分析——语言批评方法论之二》，《华中师范大学学报》2001年第6期。

⑥刘守华：《比较故事学》，上海：上海文艺出版社，1995年，第83页。

一组意念，它不仅仅只是在某一首给定的诗歌中，而是在整个的诗歌创作中，被歌手经常加以运用”。其后，他在对这一问题全面系统的研究中又指出，母题是以“传统诗歌的程式风格叙述一个故事时所经常运用的意念组合”。他认为，这些意念组合可以深入到“一个国家的许多地方的众多歌手的创作”中去。再进一步说，在洛德看来，母题即在口头创作过程中能引向更大的结构——故事的情节——的指标作用的一组意念。程式则作为“词组”，形成较小的结构，即诗行，而在诗行中，母题的一系列相关成分也具体化了。其实，母题首先是一种记忆单元，它可使口头歌手免于逐字逐句的去死记硬背故事的劳苦。因此，从故事叙事的结构和情节考虑，母题可以理解为最大的程式，由于母题——程式化经常性地运用，几万行乃至几十万行的长篇的口头叙事才成为可能，被一代代歌手学习并传承下来。

虽然母题在诸多领域都引起了广泛讨论，且各执己见，但在这种争论与磨合中，却反而呈现出一种求同存异的趋势，达成了以下较为一致的认识。其一，母题在同一部作品中反复出现；其二，母题推动着作品的发展，或为其情节线索，或为其精神脉络；其三，母题体现着传统的力量，具有丰富的象征意义和深刻的文化内涵。

（二）常见母题

史诗文本的叙事程式是指一个特定的文本对其他文本的母题、词语与叙事范型的改写、复制、模仿和转换。这种改写、复制、模仿和转换首先依赖于史诗文本中大量相同或相似的母题。母题是叙事过程中所用的最小叙事单元。一个或几个母题即可以形成叙事，而相同母题构成的叙事，就形成了故事类型。在民间文学或民俗学的叙事研究中，母题被用来指一种反复出现的与叙事类型化特征相关的因素，是为了揭示和描述民间叙事作品存在着各种类型化现象而形成的一个术语。母题必以类型化的结构或程式化的言说形态反复出现于不同的文本之中，具有某种不变的、可以被人识别的结构形式或语言形式。

在云南少数民族迁徙史诗中最为常见的有家园、战争、阴谋、祭祀、英雄、异族婚姻、比赛、兄弟或兄妹失和、丢失文字、遮天大树等母题类型。这些母题间不同的排列组合形成了不同类型的迁徙史诗。典型性迁徙史诗由多个母题组成较长的母题链推动叙事的发展。非典型性迁徙史诗中母题则相对单一，母题链较短。笔者从各族群系统的后裔民族中选出代表性的民族及其迁徙史诗文本，再从中提取出其中最为常见的一些母题制作了“迁徙史诗常见母题”表，以便更好地说明上述问题。

迁徙史诗常见母题

民族	文本名称	文本中的重要母题	演唱者（源出文本）
哈尼族	《哈尼阿培聪坡坡》	创世、迁徙、家园、灾害、战争、英雄、比赛、异族婚姻、阴谋、竹子生人	哈尼族哈尼支系歌手朱小和
	《雅尼雅嘎赞嘎》	创世、迁徙、家园、灾害、战争、阴谋、异族婚姻、英雄、比赛、遮天大树、神马、寻马、英雄出走	哈尼族雅尼支系歌手批二
彝族	《夷僰榷濮》	创世、人神婚、洪水、六祖分支、灾害、英雄、作斋、战争、阴谋	毕摩手抄本
傈僳族	《荞氏祖先歌》	英雄、战争、迁徙、家园	佚名
拉祜族	《根古》	家园、战争、阴谋、孤儿、兄妹失和	拉祜族歌手扎祝
佤族	《司岗里》	创世、出洞、分支、迁徙、砍人头、祭木鼓、剽牛、阴谋、战争、异族婚姻、做鬼、新生活（见到毛主席）	佤族歌手艾扫
壮族	《考汤归》	战争、砍芭蕉、家园	佚名
苗族	《西部苗族古歌》	创世、洪水、迁徙、家园、战争、英雄、异族婚姻、神马、阴谋	苗族歌手杨芝

母题除了是最小的叙事单元外还是民间叙事中最为活跃的叙事因素，组成母题链的那些常见母题如果从原母题链上脱落下来，就可以随意组合，形成新的故事。如上面列表中的参天大树、女英雄、比赛、神马、丢失文字、异族婚姻等母题从原迁徙史诗叙事中脱落后，若不在节日、祭祀、丧葬等特定场合演唱，而是在日常生活中随意讲述的话，又可以演变成民间传说、民间故事、叙事歌、民间戏曲中的常见母题，并且拥有众多的异文。

母题的重复是一条统一化的原则，它在类型学的层次上，将“传统诗歌的结构变成为传统意念与意念的重复”，每一母题“都预先暗示了它下一次出现时的上下文语境”，借用母题，歌手易于在其控制下的叙述结构中讲述某一故事，母题还能限定诗人的联想，统一所叙事件的先后顺序。作为民间叙事作品，母题主要指向叙事层面。在民间文学中，汤普森提出母题是故事中的最小单位，为了补充母题理论，汤普森又提出了“功能”这一概念，强调母题在叙事中的结构功能。中国学者吕微提出了“功能性母题”的概念，即“在一段相对完整的叙事文本中提取和确认母题时，仅仅将目光停在那些故事角色的行动环节上，而不考虑句子（我们暂且将故事简化为一个有着主、谓、宾结构的句子）谓语以外的其他成分……”①。

在迁徙史诗中，家园是最为常见的母题之一。如果我们在家园前面也加上谓语动词。通过分析文本，笔者发现，各民族迁徙史诗总是围绕着如下情节模式展开：建设家园—丧失家园—寻找家园—重建家园。建设家园、丧失家园、寻找家园、重建家园，作为迁徙史诗中一个较小的单元，对推动整部史诗情节的发展却至关重要，构成了叙事层面上的母题。而这几个母题的不同组合则形成了丰富多彩的迁徙史诗群。当然，在迁徙史诗中，还有战争、比赛、异族婚姻等其他母题存在，但建设家园、丧失家园、寻找家园、重建家园却是推动整个史诗情节发展、转变的主要母题。

在迁徙史诗的演唱中，“传统的口头诗歌中反复出现的叙述与描写的成分”即母题的反复出现是一种“存在的状态或情景”，母题反复出现在迁徙史诗叙事的结构之中。特定的母题一旦在叙事中出现，就给听众一种心理期待，期待故事按照自己所熟知的口头传统进行，一旦违背这一传统，史诗的演唱就会不被认可。作为民间口头诗歌创作中的一种世界性现象，母题并不只是作为记忆手段出现在长篇叙事诗的创作中，而是作为一种从听众那里得到的本能的、固定反应的程式创作的普遍方式，出现于长诗或短诗之中。用于演唱的诗歌，不管它们是叙事的还是抒情的，都把听众的直接认可作为成功的首要标准，而主题创作是引导听众认可的最方便也最合适的方式。

二、迁徙史诗中的母题系列

除母题外，在叙事层面还存在着一个更大的周期性情节单元——母题系列。母题系列为我们从整体上把握云南少数民族迁徙史诗提供了一种思路。“母题系列”是仁钦道吉尔在分析蒙古英雄史诗时提出的，他认为“在基本情节中除了有作为英雄史诗最小情节单元的母题外，还有一种比母题更大的周期性情节单元普遍存在”，“根据其内容可分为婚姻型母题系列和征战型母题系列两种”。② 在提炼出蒙古英雄史诗母题系列的基础上，仁钦道吉尔还据母题系列的内容、数量及组合方式对蒙古英雄史诗进行了分类：一是由一种母题系列所组成的单篇型史诗；二是以前后串联的两个或两个以上史诗母题系列为核心的串联复合型史诗；三是以《江格尔》为代表的并列复合型史诗。③ 仁钦道吉尔的母题系列概念及其对蒙古英雄史诗的分类，就笔者对云南少数民族迁徙史诗母题组合方式的分析来说有着重要的借鉴作用。

在云南少数民族迁徙史诗中，在“迁徙”这一核心主题下，包含了一系列围绕核心事件——“迁徙”形成的母题链，其中最为常见的三大母题系列为：灾害母题系列、迁徙母题系列与家园母题系列。灾害母题系列讲述了各民族迁徙的具体原因，迁徙母题系列则着重记述灾难发生的过程与艰辛的迁徙历程，家园母题系列侧重于描述建设家园

①吕微：《神话何为：神圣叙事的传承与叙事》，北京：社会科学文献出版社，2001 年，第 15 页。
②仁钦道吉尔：《蒙古英雄史诗源流》，呼和浩特：内蒙古大学出版社，2001 年，第 48 页。
③仁钦道吉尔：《蒙古英雄史诗源流》，呼和浩特：内蒙古大学出版社，2001 年，第 50—51 页。

的艰辛与不忍离去。三种类型的母题系列互为补充，形成完整的迁徙叙事。

（一）灾害母题系列

按照灾害形成的原因，我们可以将灾害母题系列细分为自然灾害与族群战争两个母题系列。自然灾害母题系列又可以细分为旱灾母题、洪水母题、瘟疫母题等亚类型；族群战争母题系列中又包含了竞赛母题、异族婚姻母题、阴谋母题、孤儿母题等亚类型。

在云南少数民族迁徙史诗中演述的其先祖所遭遇的自然灾害中，一部分并非人类违背自然规律、破坏自然秩序造成的，比如地震，往往对人类生活造成毁灭性的破坏；另一部分是人类自身活动或者人类自身活动与自然因素相互作用造成的，比如持续干旱、山洪暴发、水土流失等。对于前者，人类甚至到现在都只能有限地减少损失，对于后者，人类只要认识、遵循和有效利用自然规律，往往可以避免或者减少自然灾害带来的损失。原初时代的人类虽然不能充分认识和利用自然规律，但是，通过惨重的自然灾害，也能够总结出“不能破坏森林植被”“不能涸泽而渔”等结论，并通过神话、史诗等口头传统警示后人。

云南少数民族迁徙史诗中曾多次出现人类因为过度狩猎、打鱼、开荒等行为，致使神灵震怒，降下洪水、地震、瘟疫等灾难的故事。如在哈尼族迁徙史诗《哈尼阿培聪坡坡》中讲到，当哈尼族先祖迁居到“什虽湖”边定居后，一次狩猎时不小心引发了山火，烧毁了森林，烧干了湖水，致使神灵震怒，降下灾祸惩罚，哈尼族先祖只能迁徙。文本中说：“先祖去撵猎物，烈火烧遍大山，燎着的山火难熄，浓烟罩黑四方，烧过七天七夜，天地变了模样。老林是什虽的阿妈，大湖睡在老林下方，这下大风吼着来了，黄沙遮没了太阳，大湖露出了湖底，哈尼惹下祸殃。栽下的姜杆变黑，蒜苗像枯枝一样，谷杆比龙子雀的脚杆还细，出头的嫩芽又缩进土壤，天神地神发怒了，灾难降到了先祖头上。身背不会走路的婴儿，手牵才会蹦跳的小娃，哈尼先祖动身上路了，要去寻找休养生息的地方。”①

在彝族迁徙史诗《赊窆榷濮》中也讲到因为彝族先祖阿钟和阿额过度狩猎、打鱼，致使猎物越来越少，天神测梗兹降下灾难的故事。史诗中说，天神测梗兹认为地上的野物都是天神饲养的，谁要敢捕杀殆尽，就会遭到严厉惩罚。违背天神旨意的这两位彝族先祖“铜枷肩项扛，双手锁铁链。违天受惩罚，生活艰难多，婚配者比②女，后裔名不扬”③。以上两段引文的叙事内容都可以概括为：人类因为过度渔猎、开荒而触怒神灵，神灵降下灾难，人类被迫迁徙，这是非常典型的由灾害母题构成的情节，广泛存在于包括彝族迁徙史诗在内的云南少数民族迁徙史诗文本中，是其中较为典型的母题和重要情节。

---

①云南省少数民族古籍整理出版规划办公室编：《哈尼阿培聪坡坡》，昆明：云南民族出版社，1986年，第17页。

②者比：音译，意为奴仆。

③云南省少数民族古籍整理出版规划办公室编：《赊窆榷濮》，昆明：云南民族出版社，1987年，第13—14页。

灾害母题的文化内涵十分丰富。原初时代的人类认为自然灾害是神灵对人们违背神谕的惩罚，不能清晰地认识到过度渔猎、开荒等人类行为是造成生态环境恶化和破坏的直接原因，不能充分认识自然规律。但是，通过神谕的方式确立禁止过度渔猎、开荒、破坏森林植被等行为规范，可以说是人类早期环境保护的“神法”，也暗合了生态自然规律，客观上保护了人类赖以生存与发展的根基——生态环境。无论是人口过快繁衍，疾病瘟疫爆发，还是洪水、干旱等自然灾害造成的云南少数民族先祖的迁徙，都向我们昭示：自然秩序是独立于人的行为之外的自在自为的秩序系统。在这个秩序系统中，存在着占有支配地位的自然规律。因此，人类在改造自然的过程中必须充分认识、遵循和利用这些规律，不能向大自然无限制地索取，正确处理好人与自然之间的关系，如果违背自然规律，破坏自然秩序的和谐，就会受到大自然的惩罚。这对于在科学技术和经济社会高速发展的同时，伴随着极为严重的环境污染和生态破坏的现代社会，同样具有重大的警示和教育意义。

在云南少数民族迁徙史诗的族群战争母题中，除了常见的战争场面的描述，最为精彩的情节出现在异族婚姻或孤儿母题中。本族姑娘爱恋外族小伙、本族头人娶了外族姑娘或者是本族人收养了外族孤儿等情节都展现了本族对异族先进文化的向往与好感。绝大多数本族人都抵触外族女婿、媳妇或者孤儿，这有可能是源于对异族先进文化的恐惧。

（二）迁徙母题系列

迁徙虽然是迁徙史诗中的核心情节，但是迁徙母题一般很少单独构成史诗情节，大多情况下迁徙母题是与其他母题联合形成迁徙母题系列而构成迁徙史诗的基本情节的。迁徙母题系列包括自然灾害、人口过度繁衍、异族入侵→迁徙→定居、建设家园→自然灾害、人口过度繁衍、异族入侵→再次迁徙→再次定居、建设家园、异族入侵……→迁徙至现今居住地。

在云南少数民族迁徙史诗中，迁徙往往不是目的，而是达到目标的手段。迁徙的目的是要寻找新的家园。迁徙是灾害和新家园之间的过渡环节，这一环节有长有短，迁徙的过程大都是艰辛与无奈的。但是，也有一类迁徙是主动进行的，这类迁徙是为了避免人多地少，引发纷争，迁徙的途中充满了对美好生活的憧憬，而不是对过去家园的不舍与留恋。主动迁徙事件常见的母题链为人口过快繁衍→祭祖→分支，这是彝族迁徙史诗《夷僰榷濮》与《赊窆榷濮》中最为常见的迁徙母题链。主动分支、各自迁徙，建立新的家园是彝族先祖解决人多地少、族群纷争和土地过度使用的重要策略之一。

迁徙是迁徙史诗中的核心情节，迁徙史诗中的其他母题都是围绕着迁徙母题排列的，天灾人祸是迁徙的原因，有迁徙才有建设新的家园的行为。灾害母题、迁徙母题与家园母题常常是按照一定的顺序出现的，顺序不同，往往会导致迁徙史诗不同文本的产生。

（三）家园母题系列

云南少数民族迁徙的目的是为了寻找、建设新的家园。家园母题是迁徙史诗中最为重要的母题之一。迁徙史诗在叙述历史时以迁徙路线和沿途的迁居地为空间线索，由于空间上的跨度不一，不同史诗在叙述过程中采用了不同的叙事手法。大致有以下两种：一是以沿途的每一个迁居地为中心，每一个迁居地的到达都围绕着寻找家园、建设（重建）家园、丧失家园展开，关于每一个迁居地的叙事就是一个单独的文本；二是以最初的家园为起点，以现在的家园为终点，将沿途迁徙路线并入寻找家园中，也是围绕着寻找家园、建设（重建）家园、丧失家园展开。这样，很明显，"寻找家园—建设（重建）家园—丧失家园"就构成了一个大的母题系列，这一大的母题系列的展开就形成了大型的循环并列型迁徙史诗。

循环并列型迁徙史诗中的家园母题系列可概括为：幸福家园→自然灾害、人口过度繁衍、异族入侵→迁徙或寻找家园→定居、建设家园→自然灾害、人口过度繁衍、异族入侵→再次迁徙或寻找家园→重新定居、建设家园……→迁徙至现今居住地。在笔者所搜集到的迁徙史诗翻译本中，有一类文本是根据歌手的口头演唱整理而成的大型迁徙史诗文本，以哈尼族的《哈尼阿培聪坡坡》《雅尼雅嘎赞嘎》、彝族的《夷僰榷濮》《赊窋榷濮》、拉祜族的《根古》为典型。歌手从开天辟地唱起，一直唱到本支系如何迁徙到现在的居住地为止。这类文本中的母题十分丰富，反复出现的一系列母题在文本中形成超级母题系列：创世→造人→洪水→人类再生→建设家园→灾害（天灾、瘟疫、战争）→迁徙→定居→灾害→迁徙→定居……如此循环往复，一直演唱到歌手现在所在的寨子或所属支系的重要居住地为止。

在超级母题系列中，对于迁徙史诗文本来说，最为核心的事件为灾害→迁徙→定居，综合型迁徙史诗就是由灾害、迁徙、定居三个核心母题系列的自由组合、循环出现而构成的。歌手可以先唱美好家园，再唱灾难降临，最后唱族群迁徙。也可以先唱灾难来临不得不迁徙，再唱在定居地的美好生活以及对家园的怀念，演唱顺序不同，形成的具体文本就不一样。

云南少数民族迁徙史诗的稳定性并不在于史诗的语词层面上，而是在以迁徙为核心的母题层面和惯用表达方式上。迁徙史诗的基本叙事结构可概括为灾害→迁徙→定居。这种结构原则为一组母题系列及其特定的基本表达方式。这些母题、母题系列反映了云南少数民族先祖的迁徙经历、迁徙途中的重要事件与民风民俗等内容。对迁徙史诗而言，其基本单位是迁徙史诗原有的灾难、迁徙与家园三类核心母题系列，这是迁徙史诗内容、主题的决定因素；派生单位则是插入迁徙史诗中的神话、传说、故事、俗语、歌谣、祭祀词等内容以及其他口头传统中的相关母题，用以丰富和扩充其内容。其中一些母题以其本原性、典型性、历史性而形成各民族迁徙史诗的特定核心母题，甚至成为该民族的文化标识。迁徙史诗中的母题与云南各少数民族民众的思维方式、心理特点、宗教信仰、生活境遇有密切关系，因而既有共性，又有民族与地域的特点。通过母题的不断复制和母题间不同的排列组合，演绎出不同类型的众多迁徙史诗文本。

三、迁徙史诗的叙事范型

云南的少数民族特别是历史上源自同一民族系统的少数民族之间有着相似的历史文

化背景，长期交融互动形成了各具特色的口头传统和民间文化。共同的迁徙经历使他们形成了数量众多、类型丰富的迁徙叙事文本，对叙事框架、叙事视角的研究是我们研究迁徙史诗叙事程式的重要组成部分。

叙事是人类最古老和最基本的话语方式。叙事就是“讲故事”，是按照一定次序排列一系列事件。叙事是当代西方文论中运用最为广泛的术语之一，叙事问题同时也是20世纪以来人文学科中最具争议性的问题。杰克·古迪认为应当在更严密的意义上使用“叙事”这个词，它包含一个具有稳定连续结构的情节，以亚里士多德所说的开头、中间和结尾为标志。① 叙事表达了人类的思想和想象，是世代传承下来的人类智慧与知识，它有其自足的范式，民间叙事亦是如此。

民间叙事是来自口头的一个重要的文化传统。关于对“传统”这个概念的理解，美国学者 E. 希尔斯认为：“传统就其最明显最基本的意义来看，它的含义仅只是世代相传的东西，即任何从过去延传至今的东西。决定性的标准是它是人类的行为、思想和想象的产物，并且被代代相传。”叙事所承载的是事或事件，在口头传统中，除了民歌等抒情性文类外，其他如神话、传说、史诗、故事乃至民间说唱等文类都是叙事形式。史诗是真实中又夹杂着虚构与想象的一种叙事形式，从叙事学的角度来看，它可以被界定为纪念历史、重要事件或传统上的一些英雄人物事迹的叙事诗。

（一）叙事框架

叙事框架是指事件和故事是以何种序列进行组合的，它是叙事逻辑、叙事内容的一种外在的表现形式。对云南少数民族迁徙史诗来说，无论是典型性迁徙史诗，还是非典型性迁徙史诗，其叙事框架的安排都表现出一定的逻辑程式。

云南少数民族迁徙史诗叙事框架的纵向结构明显，在情节结构上体现出较为完整的程式体系。典型性迁徙史诗一般包括了开天辟地、造人造物、洪水泛滥、族群起源、战乱纷争、漫长迁徙，直到现在居住地的过程，形成以历史发展为时间顺序，以地点转换为空间线索，从祖居地到现居地的完整叙事模式。典型性迁徙史诗始终以“迁徙”这条主线为纵轴，依照历史演变或居住地的转换，通过迁徙途中天灾人祸、制度安排、族群关系、文化变迁等事件的展开和相关人物形象的塑造，把各个诗章的主题和核心情节连贯起来，构成一个自然而又完整的迁徙史诗程式。这其中尤以哈尼族的《哈尼阿培聪坡坡》《雅尼雅嘎赞嘎》和佤族歌手岩扫口述的《司岗里历史故事》最具代表性。

非典型性迁徙史诗一般只截取迁徙过程中的某一个片段，叙事框架一般为在某一个定居点的生活，或者是以历史发展为时间线索，简略演述先祖从祖居地一直到现在居住地的过程。但是在后一种叙事框架中，细节往往无法展开，对于迁徙途中所发生的重要事件也仅粗略概述。这些短篇的独立诗章同时也是大型迁徙史诗的组成部分。

云南少数民族迁徙史诗若是按照史诗形成的时间来看，越往前，描述性越强，主要

①［英］杰克·古迪：《从书面到口头：故事讲述中的人类学突破》，胡晓辉译，《民族文学研究》2002 年第 3 期。

描述先民的生活场景与战争场面，而对迁徙史诗来说最为核心的迁徙历程和建设新家园的演述则非常简单，基本无故事情节可言。如在云南苗族迁徙史诗《西部苗族古歌》中，歌手杨芝所唱的“根爷耶老与根蚩耶老”中讲到的从异族头人根炎敖孜劳带兵攻打阿髳先祖居住的笃那依摸大平坝，到阿髳先祖战败、迁徙，仅有100余行。在唱到迁徙途中的经历时，歌手只是简单唱道：“阿髳大伤元气，想在这里歇息，谁知追兵又到，只得再次撤离。他们被迫往西撤，越走越远越往西。根爷耶老的亲人，根蚩耶老的儿孙，从此离开平原地，来到根蚩那里和里根昭，来到昭支沟的高山区。根爷耶老的亲人，根蚩耶老的儿孙，就在这里住下，就在这里生存，时光流逝岁月长，发展到了十二村。”① 这类单篇型迁徙史诗中的故事情节粗略，人物形象简单，主要描述其群体性，人物个性不足。

在综合性迁徙史诗的中间及后半部分，则会出现许多个性鲜明的英雄人物如女英雄戚姒、头人纳索、异族妻子或者媳妇的形象等等，其叙事框架特点鲜明，故事情节性强，人物形象相对饱满。

傈僳族古歌《串亲调》通篇用象征的手法唱述了本族历史上频繁的迁徙场景。歌手的叙事框架非常巧妙，把先祖的迁徙历程浓缩简化为需要过十二座桥，每一座桥都用当地傈僳族所熟悉的自然林木搭成，分别由两种鸟类或者小动物把守。每过一次桥，歌手就要叙述一次桥的名称、树的名称、鸟和动物的名称以及他们之间的利害关系。以“十二座桥”把整首歌连为一体。傈僳族《串亲调》中串亲人到达亲戚家要过桥，每过一座桥的叙事框架跟经过其他桥时都是一样的，歌手都是遵循“到桥边—难过桥—架新桥—过新桥”的叙事模式。

关于迁徙途中本族与异族之间的关系，迁徙史诗中也用相对稳定的叙事模式讲述了民族关系建立与转变的动态过程。迁徙史诗中关于民族关系动态发展的叙事模式可概括为：接触→和平相处→资源争夺→战争迁徙。

1957年版的佤族史诗《司岗里》是由岩扫讲述的。通过细读文本，笔者发现岩扫在讲述先祖的迁徙历史时一直都不忘细数事件发生的地点即寨子的名字，并且是按照从古至今的顺序来讲述这些事件的。除了开天辟地等神话故事外，他都会讲到先祖是从哪个寨子搬到了哪个寨子，在那个寨子居住时发生了什么故事，即阿佤先祖从××寨→××寨，发生了什么事情→又搬到××寨，又发生了什么事情→又搬到了××寨……按照这种叙事模式，他从阿佤、傣族、汉族、拉祜族等各民族先祖出洞后一直讲到他讲故事的当下时间，即1957年。我们没有必要计较岩扫提到的这些地点和事件是否准确无误，但是这一模式化的讲述方式却让一连串的空间地点具有了明确的倒叙式的时间顺序，这就使得1957年版的《司岗里》呈现出了明显的时间框架，它也就具有了特殊的历史文本特征。

最能显示迁徙史诗口头文本即兴创作永远处于变化中的特点的，是佤族歌手岩扫一

①云南省少数民族古籍出版整理规划办公室编：《西部苗族古歌》，昆明：云南民族出版社，1992年，第149页。

直把故事讲到了当下。当时岩扫是西盟一带最大的布拆，时任马散区团结爱国生产委员会主任，还曾经作为佤族代表去过北京参观。他在讲述去北京参观这一事件时，按照从北京返回阿佤山的返程路线，逐一列举了记忆中的地点，也就是按事件发生顺序的倒叙方式：我们到了北京、上海、重庆、广西、衡阳、贵阳、沾益，然后在昆明开会“佤族懂得了（毛主席的）道理”，又经过玉溪、元江、通关，到了普洱（今宁洱县），在普洱喝了酒，在思茅开了会，再到登维、可恩、勐朗坝、佛房、同祖、田坝、募乃，回到阿瓦寨。即使在50多年后的今天来看，岩扫记忆这些地点的前后顺序的精准程度都是令人惊讶的。

佤族的传统文化中没有精确的纪年方式，既是宗教领袖又是歌手的佤族布拆只能按照特定的方式记忆历史，他们通常会利用空间转换的前后顺序弥补时间不够精确的缺憾。正是这一特征让我们明白，为什么在村寨的祭祀仪式上佤族布拆要背诵《司岗里》，因为《司岗里》首先是被作为回溯族群和村寨历史的历史典籍来记诵的。岩扫记诵《司岗里》的方式，应该就是这一经典的传统记诵模式。

（二）叙事视角

叙事视角是指一部作品或一个文本看世界的特殊眼光和角度。在《中国叙事学》中，杨义先生指出：“看的视角具有选择性、过滤性和精神的穿透性。视角的功能在于可以展开一种独特的视境，包括展示新的人生层面，新的对世界的感觉，以及新的审美趣味、描写色彩和文本形态。成功的视角革新可能引起叙事文体的革新。”①

叙事视角一般用于作家文学文本的研究，我们分析云南少数民族迁徙史诗文本的叙事视角时，还要注意到文本生成的文化传统及演述场域。云南少数民族先祖如何演述、呈现他们的迁徙经历与叙事者的视角密切相关。在一定程度上，叙事者的视角决定了口头传统的构成方式与感受方式。从叙事视角切入迁徙史诗文本，对于我们理解迁徙史诗文本的整体形态以及主体间性有着鲜明的推动作用。口头诗学与叙事学相结合的“内在性”是当下迁徙史诗研究的利器。

在云南少数民族迁徙史诗中，哈尼族的《哈尼阿培聪坡坡》《雅尼雅嘎赞嘎》、彝族的《铜鼓王》、佤族的《司岗里》、苗族的《西部苗族古歌》和瑶族的《寻根歌》等文本都是以全知叙事视角为主，傈僳族的《串亲调》主要是故事内叙事，彝族的《夷僰榷濮》《赊窦榷濮》主要是故事外叙事。

史诗歌手使用全知视角叙事时，演唱者的喜怒哀乐及其思想观念均通过对史诗中人与事的叙述、描写，通过人物的对话加以表达。以全知的方式对文本中的不同事件和不同人物进行描述和评价。如当哈尼族歌手朱小和唱述蒲尼人霸占了诺玛阿美，哈尼族的英勇抗争失败后不得不迁徙时，歌手唱道：“翻过一山睡一夜，走过一箐歇歇肩膀；涉过一水喘一口气，爬过一坡吃嘴干粮。女人抱紧了小娃，小娃是哈尼繁衍兴旺的人种，男人牵牢了牛马，牛马是哈尼开发新地的靠望。搬家的哈尼受尽苦难，像雨中的蜻蜓颤

①杨义：《中国叙事学》（增订本），北京：商务印书馆，2019年，第260页、第265页。

抖着翅膀，受难的哈尼不说山陡水急，只怨先祖乌木太憨太犟。”① 歌手以全知视角叙事，他像是一架透视机，洞悉古歌中所有人物内心的隐秘以及各种人物之间的微妙关系；他通晓人间的一切事物，还熟悉神灵与鬼怪、动物世界的生活。凡是古歌中人物到过的地方，他似乎都曾去过；凡是史诗中所描写的各种风俗习惯，他都知晓。歌手在史诗叙事中，犹如上帝一样，对先祖的迁徙路线、故事经历、安寨定居等无所不知，无所不晓。

故事内叙事在第一人称聚焦者讲述的故事中，许多是以回忆过去的方式进行的，包括回忆以前发生的事。内聚焦叙事是人物—聚焦者重合，以一个故事参与者的身份去讲述故事，或者以某一特定人物作为意识中心，透过人物的意识，以这一人物作为聚焦点去讲述故事。文本中的第一人称“我”是聚焦者，以“我”的意识来进行表达，讲述“我们”先祖的迁徙故事。在瑶族迁徙史诗《寻根歌》中，歌手的演唱都是从主位立场出发，以“我”的意识来进行表达的。文本中唱道：“是人谁不念同胞，人不识礼才薄情，由亲变疏伤人心，我曾见过这样三代人。一代的兄弟是同胞，久别重逢抱头哭，二代的兄弟是同堂，见面点头打招呼。三代兄弟不认了，板着面孔昂头过。为此我才写信歌，盘王子孙不可情太薄！莫让云山割情谊，莫让时光割骨肉，有福我们才相会，无缘三代不相识。”② 在这里，歌手主要使用了内聚焦叙事的方式，歌中的人物与聚焦者合二为一，歌手是以参与者、知情人的身份去讲述瑶族先祖迁徙故事的。

“神话通常采用叙事文体进行‘叙述’，当这种叙述在仪式中以故事中的人物角色进行‘表演时’，叙事体就变成了代言体，而代言体的表演正是戏剧的典型特征，所以代言体的仪式表演可以称作‘仪式戏剧’。”③ 在云南少数民族迁徙史诗中，叙事视角也不是一成不变的，通常歌手会根据演唱情境转换叙事视角，从故事外叙事转变为故事内叙事，或者是由故事内叙事跳出来变成故事外叙事。即使是同一文本，如果在不同场合演述，也会采用不同的叙事视角，并非一成不变。

杨杰宏在分析纳西族史诗口头文本叙事视角的转换时指出，纳西族东巴在祭天仪式上演述史诗《创世纪》时，不仅代言着“神灵”“鬼怪”，也代表着指挥仪式现场的“总导演”，有时也发生角色互换，如会替主人代言与鬼神对话，有时又成为鬼神与主人的调节者或旁观者，由此可见，东巴的角色具有了“导演”“主演”“观众”等多元角色，“主演”也有祭司、神灵、鬼怪、主人公等多元角色的转化，他的视角与演述方式也随着角色的转换予以相应的变化。④ 同样，在场的观众也并非是“沉默的旁观者”，他们也会参与到场景中扮演相应的角色，成为仪式表演中不可或缺的组成部分，这种角色互融互动也促进了叙事视角的多元融合。

---

①云南省少数民族古籍整理出版规划办公室编：《哈尼阿培聪坡坡》，昆明：云南民族出版社，1986年，第93页。

②《寻根歌》，《山茶》1986年第5期。

③薛艺兵：《对仪式现象的人类学解释》，《广西民族研究》2003年第2期。

④杨杰宏：《转换与交融：东巴史诗的多元叙事视角》，《贵州民族师范学院学报》2015年第5期。

迁徙史诗演述时的多元视角融合与其所蕴含的“戏剧因素”也有关系。歌手作为叙事者在民族神圣、庄严的节日祭祀仪式中演述族群迁徙史时，他通常是神灵的化身，代神传话，他所演述的内容是神灵借他的舌头讲出来的。如在傣族史诗《巴塔麻嘎捧尚罗·迁徙篇》中讲到，世上的一切包括人类都是由神创造的，他们被要求听命于神。当神看到人类在宗补大地上过快繁衍，导致资源匮乏、生存艰难时，就多次劝告人类早日迁徙，神说：“出走吧，离去吧，别惋惜旧居。生死交替着，灾难就要来，等灾难过了，你们再返回！别犹豫了，快些走呀，天下都这样，你去灾难就来，它来你就走，世道才更新。”① 歌手此时的演唱便是宣示神谕。

由上可知，迁徙史诗主要以空间的转换带动叙事的发展，其叙事框架就是由迁徙途中曾经生活过的一个个定居点构成的，叙事线索就是在这些先祖曾经生活过的地方究竟发生了什么事导致了先祖下一次的迁徙。在特定空间中发生的重要事件彼此之间存在着因果关系，由此推动迁徙史诗情节的不断往前发展。迁徙史诗中叙事视角的形成、切换与云南少数民族特定的文化传统及具体演述场域密切相关。在云南少数民族迁徙史诗口头文本演述过程中，叙事者与受众的角色处于互动、融合的状态，由此达成了多元叙事视角的融合与转换。

第四节　云南少数民族迁徙史诗的审美意蕴

文学具有审美性和审美功能。审美性使得文学这种特殊的意识形态形式不同于一般的意识形态形式，它不是以理论的、思想体系的形式出现，而是一种“诗性的观念”，就像别林斯基所说的“把理智对意念的简单理解转变为精气充沛的、热情追求的对意念的爱”②，从自己的心底里唱出来的，才能在作品中获得真切而生动的表现，并使读者为之感动。一切美的文学艺术中的思想内容都是从作家或歌手心底里唱出来的，它把理性告诫的东西都具象化为一种内心的感动，所以对于读者或听众来说，同样不存在强制的方面，而总是经由“共情”进入与作家或歌手的对话和交流。包括迁徙史诗在内的民间演述活动也是如此，唱的、讲的都是心里的话，只不过史诗歌手所唱述的是迁徙族群的集体经历与想象，所表达的是千百年来本族群民众的集体感受、集体情感，歌手与听众的个人情感融汇在集体情感之中。

①西双版纳傣族自治州民族事务委员会编：《巴塔麻嘎捧尚罗》（内部资料），1987 年，第 142—143 页。
②[俄]别林斯基：《亚历山大·普希金的作品》，《别林斯基选集》第四卷，上海：上海译文出版社，1991 年，第 335 页。

一、迁徙史诗中的审美情感

文艺理论家伊瑟尔说:“现实、虚构与想象之三元合一的关系是文学文本存在的基础。”① 在云南少数民族迁徙史诗中,想象不仅是歌手建构诗歌文本的一个重要基础,也是歌手进入历史语境的一个重要方式。迁徙史诗是一种诗性的民间叙事,承载着深厚的民族记忆,表达了族群认同的观念,同时还具有文学的情感性与审美性特征。可以说,迁徙史诗既是族群迁徙的历史记忆,也是族群关于迁徙的虚构与想象。歌手在演唱史诗时,用极具程式化的语言和叙事模式抒发了族群深切的历史情感。

口头文学的存在价值,首先在于它是美的。人们之所以热衷于传播优秀的口头文学作品,也主要在于可以获得审美享受。美国民间故事家珍妮·约伦(Jane Yolen)说:“无论是口头流传的故事还是写在书上的故事——是个好故事,这才是最要紧的。在书面故事这张广阔的锦缎上,同时也织入了口头与记录的故事传统。梭子来回编织,将各种丝线混合在一起。现在,只有最孜孜不倦的学者才能追溯出哪一条丝线源于何处。然而在这样做的过程中,这些分析学家和考证家们经常忽视了整匹锦缎的美。”② 口头文学研究真正的不足,在于其审美特质还没有完全被揭示出来。我们在强调口头文学的族群认同、生活认知、道德教育等价值的同时,也不能忽视其作为文学的审美特征。但是长期以来,学者们在研究史诗的过程中,对史诗审美维度的关注确实是不够的。

美与审美,是人类文化的高级形态。审美是诉诸情感和知觉的精神活动,它所探讨的是客体为感觉所体验的过程,所关注的是感觉经验所引起的愉快或不愉快的感情,而非事物的实用功能或信息。康德认为美学对应的是人的知、情、意心理结构中的情感领域,审美是“通过不带任何利害的愉悦或不悦而对一个对象或一个表象方式作评判的能力”③。他提出审美的无利害性就是指美的文学艺术不是作为一种手段依附于其他目的,为其他目的服务,其根本目的是提升和完善人本身。因此,审美所展开的领域是感觉的领域,它所涉及的是个体化的、感性的、情感的、形象的、经验的事物,它所强化的是感觉和观念之间的区别。口头文学的审美与作家文学不同,它是借由歌手来表达的一种审美性的集体情感和族群意识。歌手的表演个性、艺术特点不同,现场观众的审美感受会有差异。但是,故事的歌手在其歌中所表达的却不是他的个人情感和思想观念,而是浸润于本族群文化传统中的集体审美情感和审美理想。在中国文学的悠久传统中,抒情的源头可以上溯到最为古老的口头文学时期。《诗经》《楚辞》奠定的“情—志”体系从本质上规定了情感与思想的博弈互存,确立了情感参与写作的合法性。尽管各个时代艺术实践方式在不断衍化和延伸,但抒情仍旧是文学的原点,是文学审美功能的主导和话语组织的轴心。

---

①[德]伊瑟尔:《虚构与想象》,陈定家译,长春:吉林人民出版社,2011年,第3页。

②[美]珍妮·约伦:《世界著名民间故事大观》,潘国庆等译,上海:上海文艺出版社,1991年,第9—10页。

③[德]康德:《判断力批判》,邓晓芒译,北京:人民出版社,2002年,第45页。

从历史上看，古氐羌民族、古百越民族与古百濮民族都曾长期处于迁徙游动中，其中尤以氐羌民族迁徙游动持续时间最长，跨越距离最远。迁徙不仅形成了云南众多少数民族与其他民族不同的生活方式，也塑造了他们的精神世界、审美意识和民族性格。艰难困苦的迁徙经历成为他们共同的心理特征，也是他们内心世界的深层情感元素，千百年来沉淀为云南迁徙族群的集体无意识，表现在各民族创造的大量反映本族迁徙历史的歌谣、史诗、传说、故事、谚语等不同类型的迁徙叙事中。迁徙这一特点直接影响到云南众多少数民族的审美情感和审美观念。

二、迁徙史诗中的抒情话语

云南少数民族迁徙史诗中审美情感的直接表达主要是通过抒情话语的形式实现的。审美情感以歌手极为个性化的感性姿态，融汇着本民族普遍的理想和愿望，或者说融汇着人类追求超越现实灾难与痛苦、建设幸福家园与安放逝者灵魂的理想和愿望。迁徙史诗中存在的这种情感状态，无论是爱与恨还是悲与喜，都超越了歌手和听众作为个体存在所具有的任何情感状态，而达到了一种集体情感的开阔和博大的境界。

傈僳族古歌《串亲调》中用比喻与象征的手法把对亲人的思念与不舍之情抒发得淋漓尽致。在《串亲调》的开篇，歌手唱述了“盼亲的人”对亲人的想念，情感真挚，抒情优美。盼亲的人唱道：“兄弟们本是一双竹筷，弟兄们原是一对篾弦，同吃一包母乳，同披一块怀衣，同吃一锅饭，同烤一塘火。条条流水都有源，棵棵树木都有根，把思念的源头对你讲，把怀念的根由对你说。兄弟们在这个火塘烧过火，姊妹们用这些石头支过锅。姊妹们同在山坡上看鸡，弟兄们同在溪水边放畜。篱笆上还挂着旧箭包，房间里还放着旧背袋。在阿爹的背袋中，翻出一颗南瓜子，抖出一粒黄瓜子。在弟兄们的火塘边，在姊妹们的支锅处，种下了南瓜子，栽下了黄瓜子。过了三个早晨去看，过了三个夜晚去瞧，绿叶长出来了，粗藤长出来了。一根藤伸向河尾，一根藤伸向河头。去河头的是河头亲戚，往河尾的是河尾亲戚。”① 这段《串亲调》中采用了民歌中常见的比兴手法。正是眼前的火塘、旧箭包、旧背袋等日常生活中的常见景物，引起了人们对本为一家却离散各地的亲人的深切怀念。歌手把兄弟比作同一根藤上的瓜，藤蔓向各处攀爬，亲人分散到各个地方，这是一种典型的象征手法。

由于高山峡谷间适宜大规模人口居住的地方十分匮乏，傈僳族先祖在迁入山高林密的怒江峡谷时，同一支系甚至同一家族通常只能选择在不同的地方分散居住。他们的居住地峡谷纵横、山高水深，交通十分不便，逢山开路、遇水架桥是迁徙途中的常见情境。以串亲途中的一个架桥场景为例，串亲人说：“真想与亲戚相会，多想同亲友相见。弹着四弦走来，拉着二胡来串，来到了你的桥头，走到了你的桥尾。一只果鸟在桥上飞，一只松鼠在桥头站，果鸟来把路阻，松鼠来把路拦，说是它的桥，不准别人走，讲是它的桥，不许旁人占。阿爹的亲戚你可听着？阿妈的亲友你可听见？要想相见不容

①《串亲调》，余仁澍、李兴主编《傈僳族风俗歌集成》，昆明：云南民族出版社，1988 年，第 1 页。

易，要想相会难上难。我想念的亲人啊，你修过了多少路？我思念的亲友啊，你架过了多少桥？我的泪水满眼眶，我的眼泪流满面，拎着二胡转回去，拿起四弦把家返。”①盼亲的人劝慰串亲的人，叫他们不要害怕，不要理睬守桥的松鼠和果鸟，他们会架新桥给串亲人走。桥梁在傈僳族迁徙途中与现实生活中的作用巨大，在《串亲调》中“桥梁”成为歌手抒情的集中承载物和象征符号，全文共唱述了12次遇水、架桥、过桥的情境，把傈僳族先祖迁徙途中的艰难险阻用遇水、架桥、过桥的象征手法集中体现了出来。

除了对迁徙途中离散亲人的怀念，对家乡的依依不舍之情也是迁徙史诗中较为集中的情感表达。在《西部苗族古歌》的“十二支苗家的管理制度”一章中，歌手唱到在迁徙的路上，带领苗家迁徙的3位耶老常常回首眺望家乡，思乡之情跃然纸上：“在迁徙的路上，3位耶老常常回首远望，想起令人留恋的蔡塞咪夫氏好地方；南风吹来更增添无限惆怅，难忘的蔡塞咪夫氏在哪里？圪潴甲噜休在何方？在迁徙的路上，他们再次回顾远方，还是想起蔡塞咪夫氏好地方；南风刮来，更增添无限怅惘；难舍的蔡塞咪夫氏在哪里？圪潴甲噜休在何方？三位耶老举目四望，只见衰老的古树遍地低垂，阴森森的老林发出嚯嚯声响。”② 通观《西部苗族古歌》中的诗篇，大多都是简单朴素的叙述性语句，这段是其中少见的抒情性文字，表达了苗家先祖迁徙途中离家乡越来越远，但未来的定居地又不知在何处的集体失落与怅惘之情。

《雅尼雅嘎赞嘎》在哈尼族迁徙史诗中是较为独特的一部，与哈尼族其他迁徙史诗相比，该史诗具有较强的抒情性。特别是在迁徙途中遇困、英雄出现或者牺牲时，歌手往往会使用大段的抒情话语，这些抒情语句充分表达了主人公的浓烈情感。如当雅尼支系在迁往加滇的途中遇到巨石，雅尼小伙子斗查打碎巨石后，斗查想骑着从巨石飞出的金马去远方，但是他的阿妈不让，并打断了金马的翅膀，斗查用蜂蜡黏住金马的翅膀，飞向远方。途中蜂蜡被烤化，斗查跌进了山间，坠死在山谷里。消息传到了斗查的家乡达何达哈朗，他的父母和乡亲非常悲痛，喊声凄凄，哀泪涟涟，但是他们看不见斗查的踪迹，看不见斗查的影子，找不到斗查的尸骨。文本说：“雅尼雅的儿子斗查，不知他的阴魂落在哪里？撵不开浓浓的云雾，采不完簇簇的鲜花。雅尼雅的斗查啊，将烟魂变成了云海，将鲜血染红了花瓣，将尸骨变成了碧水。我们找不到斗查了，那云雾就是他的气质，那鲜花就是他的笑脸，那波浪荡漾的湖泊，就是雅尼雅男儿的抱负……”③ 歌手用如此长的篇幅赞颂雅尼英雄斗查的勇气和抱负，表达他们的思念与哀痛之情。斗查父母悲哀地哭诉着未成家就死掉的孩子，头人和百姓则感激和赞颂着斗查为他们开辟道路的英勇行为。悲痛、哀伤、赞颂与思念等多重情感在对比、排比、比喻、拟人等修辞手法的转换下，无形的情感具象为声音、符号和意象，以审美化的诗歌语言生动形象地

①《串亲调》，余仁澍、李兴主编《傈僳族风俗歌集成》，昆明：云南民族出版社，1988年，第6—7页。

②云南省少数民族古籍整理出版规划办公室编：《西部苗族古歌》，昆明：云南民族出版社，1992年，第231—232页。

③景洪县民委编：《雅尼雅嘎赞嘎》，昆明：云南人民出版社，1992年，第50—51页。

表现了出来。

在毕登程、隋嘎版的《司岗里》中讲到，佤族先民迁徙至勒尔居住后，在女神安木拐的引导下，民众慢慢恢复了生产和生活，她率领民众祭祀母亲妈依，缅怀妈依的功绩，告慰母亲的亡灵。同时还教阿佤民众确定农时、节日，教会他们酿酒和耕种，所有这些都是以唱歌的形式进行的。佤族民众天生喜欢唱歌，而且人们对唱的内容比对说的内容更为相信，重要的道理也常常蕴含在歌中。歌手用一大段抒情歌谣唱述了安木拐完成自己职责后从勒尔的龙潭上空飞升成仙的情景："安木拐盘旋在龙潭上空，长发飘飘似水波，筒裙款款像花瓣，眼泪滴滴如白雨……万木森森皆垂首，林中的无名山花瓣，无言无语自飘落；潭边的老树无花果，'咚咚'落出水上波。不知道安木拐飞了多少圈，最后她又唱了一支歌——一支深情的告别歌……"① 安木拐是佤族民众非常崇拜的女神，她不仅繁育人类，还带领人类迁徙、定居，创制时令、节日等文明形式。在毕登程、隋嘎整理的《司岗里》中，安木拐既是懵懂、美丽、聪慧的女子，又是勇敢、坚强、无畏的女神。洪水过后，安木拐带领人类迁徙到适宜的地方，把人类安顿好，祭祀完母亲妈依，教会人类耕种、酿酒等技能后，飘然飞升时依然教育迁徙各地的佤族子孙要铭记"天下阿佤是一家"的道理。人们对安木拐的依恋、不舍之情久久不能平静。

在苗族迁徙史诗《西部苗族古歌》的"根蚩支劳、根挪支劳的故事"中讲到，当阿髳战败，被迫迁离美丽富饶的蔡塞咪夫氏大平坝后，在迁徙途中他们风餐露宿，十分困苦，因为怀念失去的亲人和伙伴，很多人在迁徙途中惊恐不安，内心十分压抑："阿髳流落在外乡，艰辛岁月恨日长；常常怀念失去的亲人，常常怀念死去的伙伴。怀念死者神思乱，死者仿佛会动弹；满身血迹爬起来，要同活人来作伴，妇女看见心胆寒，忙舀清水泼后面；水泼幻影影消失，妇女心中才安然。"② 传说此即苗族"泼鬼"习俗的由来。

在云南少数民族迁徙史诗中我们很容易看到对迁徙艰辛苦难的直接描绘，但是对于迁徙途中民众惊慌失措、惶恐不安的心理状态的间接描述则相对较少，上面的描述恰好弥补了这一遗憾。亲身经历战争，目睹亲人伙伴死亡的阿髳幸存者，在离开故乡后的迁徙途中，心理上仍常常处于惊恐不安的状态，甚至产生了种种幻象。为了避开死者的干扰，苗家先祖的"泼鬼"仪式由此产生，只有把鬼赶走后，苗家妇女心中才能安宁。

迁徙史诗中集体情感的具象化，尤以比兴手法的运用最为常见。"比"是比喻，"兴"是起兴，是对创作主体审美情感的唤起，其起因是客观外物的变化给主体心灵的触发。如彝族迁徙史诗中常用彩云、雾气、松柏、雪山、竹子、灵筒、弓弩、牛羊等作起兴之物。苗族迁徙史诗中，歌手则常会因豌豆、蚕豆、棉花、蚕丝、桑树、农田、稻子、小米等农作物触景生情，把对曾经在肥沃平坝地区生活的怀念充分展现出来。"兴"不仅是心之于物的受动过程，更是主体情感被唤起后将所感外物转化为审美意向的过程。"情感唤起"的过程，也就是由主体所感受的自然情感到审美情感的转化与升

①毕登程、隋嘎搜集整理：《司岗里》，昆明：云南人民出版社，2009 年，第 146—147 页。

②云南省少数民族古籍整理出版规划办公室编：《西部苗族古歌》，昆明：云南民族出版社，1992 年，第 175—176 页。

华。这个过程是自然而然的，却发生着自然情感向审美情感的暗转。迁徙史诗中歌手将自然情感转化为审美情感的重要方式就是对比兴手法的恰当运用。

从整体上来看，云南少数民族迁徙史诗中对于迁徙途中发生的故事、遇到的人以及迁徙原因等的唱述较多，但对人们内心情感的描写则相对较少。歌手通常采用全知全能的叙事视角进行唱述，对人物的言行举止、事件过程、族群关系等做出评论，对情感的直接表露则相对较少。但正是迁徙史诗中的这些篇幅较少的抒情诗行，把迁徙途中人们的惶恐不安、忧伤悲痛，对带领人们迁徙的英雄的敬重与怀念之情，更为直接地表达了出来。让本来朴素、简要的叙事话语变得更为情真意切。这些真挚的集体情感大多通过比兴、拟人、排比、夸张等艺术手法表达出来，是集体情感的审美化表达，感人至深。

三、迁徙史诗的审美风格

云南少数民族迁徙史诗中，歌手以一种诗化的语言抒发着自己的民族感情，唱述本民族的历史与苦难、迁徙与发展，感性认识与理性反思并存。但因为迁徙原因的不同，族群性格、心理各异，迁徙时具体经历不同，使得云南少数民族迁徙史诗呈现出一种多元化的审美风格。

（一）悲壮与崇高之美

在云南少数民族迁徙史诗中有很多文本有着鲜明的悲剧审美价值，这与创世史诗和汉族叙事文学中常见的大团圆结局是不同的。家乡是如此温暖美好，战争是那样残酷无情，迁徙道路是如此险恶难行。在因战争失败导致的迁徙途中，有很多族群是希望与绝望共存、抗争与退避交织的。奋起反抗、浴血奋战是为了保护家乡，捍卫族群生存的权利，战败后的迁徙则是为了保全族人性命，找寻新的生存之地，迁徙史诗中体现出众多民族的悲壮与崇高之美。

在苗族迁徙史诗《西部苗族古歌》的“根爷耶老、根蚩耶老与噶骚髳彪”中讲到，当沙族从蔡塞咪夫氏大平坝过来抢夺苗族先祖根爷耶老、根蚩耶老与噶骚髳彪部落所居住的笃那依摸大平坝时，三位头人率领本族民众与沙族抗争。实力相差悬殊，打赢的机会渺茫，但他们依然选择奋起抵抗，这是因为：“这是祖宗世代开发经营之地，这是世世代代养育儿孙之地，阿髳对每寸土地都有深厚的感情，阿髳的每片土地都是用血汗换取的。男女老少都知道，这片土地决不能轻易放弃；飞禽走兽也知道，谁要来强占都不合理。他们挺起胸膛站起来，协同一心去战斗，战斗在笃那依摸大江边，战斗在山边山坳山丫口。”①

一开始，阿髳使用强弓硬弩杀退了沙族的进攻，沙族后来造出了火炮，火炮射向阿髳的队伍中，阿髳之前没有见识过火炮，吓得发呆、发窘，只得回头逃跑。“知其不可为而为之”，知道打不赢也要抗争、维护生存权利的行为，是真正的勇士行为。没有前

①云南省少数民族古籍整理出版规划办公室编：《西部苗族古歌》，昆明：云南民族出版社，1992年，第179—180页。

面的浴血奋战，后面的艰难孤苦迁徙只能以悲惨博得听众的同情。但是，英勇反抗后的迁徙则充满了悲壮意味。苗族迁徙史诗中，悲壮孤苦与信念希望并存。

这种悲壮的抗争与迁徙场景也经常出现在哈尼族迁徙史诗中。在《哈尼阿培聪坡坡》中讲到，当生活在诺玛阿美的哈尼族财产和土地逐渐被异族腊伯部落侵占后，腊伯头人要把哈尼人赶出世代居住开发的诺玛阿美，哈尼头人扎纳不甘受辱，决心反抗，头人扎纳的话立刻传遍了四方："诺玛是哈尼的好地，不能给野狗来屙屎；诺玛是哈尼的家园，不能给乌鸦来歇翅膀。九山九寨的哈尼，不要再等再望，快快吹响九道刻纹的牛角，快快集合犁田种地的兄弟，快快磨亮闪光的大刀，快快削尖戳人的竹枪，快快跟着我扎纳，把心狠的腊伯撵光！打了，亲亲的兄弟，哈尼和腊伯开了战。河边遇着河边打，田坝遇着田坝打，喊打的声音传遍四面；山上遇着山上杀，箐里遇着箐里杀，喊杀的声音叫人心慌！哈尼的竹刀啊，挑不破腊伯的肚皮，哈尼的竹箭啊，穿不透腊伯的胸膛；腊伯的铁刀啊，像剃头刀一样快，把大树样的哈尼，砍倒在山上！腊伯的铁箭啊，像尖刺一样硬，把大象样的哈尼，射翻在坝旁！水急的诺马河，漂起数不清的死人死马，宽大的诺马坝，哈尼人睡平倒光！七千个女人变成寡妇，七千个小娃望不见爹娘，高高的秋房搡倒了，三层的蘑菇房被烧光。"①

哈尼人的竹刀竹剑没有办法与腊伯的铁刀铁箭相比，哈尼与腊伯的这场战争悲壮惨烈，死伤甚重。战败后，哈尼头人扎纳决定率领族人迁徙。他耐心地劝慰不愿意迁徙的妻子说："不能了，再不能舍不得了，花鹿最宝贵的是角，人最宝贵的是生命，哈尼还想要有后代，就要到远远的下方。走吧亲亲的女人，草结烧掉，来年还会转青，房子倒掉，石脚还会在地上，大山不会变心，平坝不会变肠，只要哈尼没有死光，总有一天会回到诺马河旁！"②

以上文本中体现出来的悲剧审美价值是不应该被忽视的。"如果苦难落在一个生性懦弱的人头上，他逆来顺受地接受了苦难，那就不是真正的悲剧。只有当他表现出坚毅和斗争的时候，才有真正的悲剧，哪怕表现出的仅仅是片刻的活力、激情和灵感，使他能超越平时的自己。悲剧全在于对灾难的反抗。"③ 对于迁入云南境内的这些少数民族来说，有很多处于边缘中的边缘位置，是真正的弱者。面对强势民族的入侵，弱者的"反抗"不仅仅是内心痛苦而无望的挣扎，还是对民族尊严与生存权利的护卫。

（二）坚韧与乐观之美

云南少数民族的迁徙并非一劳永逸，很多族群因为战争、疾病、灾难、瘟疫等原因在历史上曾经经历了多次迁徙。他们默默承受着一次次迁徙带来的苦难，歌手也就唱述着他们反复迁徙、定居的故事。在迁徙史诗中，歌手所表达的无论新的家园在哪里，无

①云南省少数民族古籍整理出版规划办公室编：《哈尼阿培聪坡坡》，昆明：云南民族出版社，1986年，第85—87页。

②云南省少数民族古籍整理出版规划办公室编：《哈尼阿培聪坡坡》，昆明：云南民族出版社，1986年，第89—90页。

③[英]斯马特：《悲剧》，朱光潜《悲剧心理学》，北京：人民文学出版社，1983年，第206页。

论前方会发生什么，他们都要一直往前走，直到找到新的繁衍生息之地的诗行，集中体现了迁徙族群的坚韧与乐观。

哈尼族迁徙史诗《哈尼阿培聪坡坡》中讲到，当哈尼族先祖生活的什虽湖边被接连发生的山火、干旱、狂风等灾害破坏成了水源干涸、庄稼难生的不毛之地后，哈尼族先祖踏上了迁徙之路："身背不会走路的婴儿，手牵才会蹦跳的小娃。哈尼先祖动身上路了，要去寻找休养生息的地方。走走停停，停停走走，几百个人做一队，一个也不漏掉；停停走走，走走停停，几千个人做一群，一个也不走散；先祖走过的高山，七十七双手也数不清；先祖涉过的河滩，七十七张嘴也说不完。熬过了多少干季和冷季，耐过多少雨天和热天，哈尼来到南方的群山，来到嘎鲁嘎则地方。"① 山水相间，关山万重，哈尼族先祖凭借着超常的韧劲儿和耐心，终于在南方群山之中找到了暂时栖居的地方。

云南少数民族迁徙史诗中除了清晰地表现出了民族坚韧不拔的精神外，还表现了浓厚的乐观主义倾向。在迁徙途中他们经常用歌声、舞蹈、祭祀仪式、新制作的服饰来寄托对家园的怀念与对新生活的向往。

在云南苗族迁徙史诗《西部苗族古歌》中，歌手杨芝唱述了苗家先祖"跳花山的来历"。文本中说，十二支苗家本来是住在旨密立平原的，由于兆家和苗家持续不断地战争，眼看着子孙战死得越来越多，阿髳头人决定带领族人搬迁。歌手唱道："他们一帮帮吹着芦笙跳着舞，唱着歌儿往回转。回身远望旨密立，回身远望历秣平原；回首远望旨密立，哭声响震天。苗家一群群吹着芦笙跳着舞，唱着歌儿往回看；用歌声驱赶心中苦楚，用歌声寄托心中思念。他们唱着歌儿又上路，逃到地边和天边，那里不再受羁绊。从此十二支苗家到远方，从此开始跳花山。"②

在苗族迁徙史诗中，这种在迁徙途中唱歌跳舞以排遣思乡之情的场景并不多见。但是在云南傈僳族迁徙歌《串亲调》中，当串亲人诉说串亲路上所遇到的种种困难时，盼亲人一方总是进行劝慰，以积极乐观的心态指导串亲人解决困难，顺利前行。例如，当串亲人说他们前行的道路被白鱼、黑鱼拦住，不能通行，心里十分难过、忧伤时，盼亲人就会唱道："串亲的人你莫难过，访友的人你别忧伤。白鱼拦路你莫气，黑鱼当道你别愁，我请阿爹想办法，我求阿妈拿主张。"③ 文本中说，盼亲的人把阻拦串亲人道路的白鱼、黑鱼捞起来煮熟后吃肉喝汤，找到空心芦苇做桥面，寻到硬芦苇做桥杆，做成芦苇桥后让串亲人顺利前行。盼亲的人鼓励串亲的人一定不要放弃，一起克服所有困难，直到与亲人相见。在整部傈僳族《串亲调》中，迎亲人所唱的内容始终是积极向上的，情绪也是乐观开朗的。他们一方面软语温言劝慰着串亲途中遇到各种困难的串亲人，另一方面积极想办法指导串亲人解决困难。诗句多用象征、拟人和夸张的手法，特

①云南省少数民族古籍整理出版规划办公室编：《哈尼阿培聪坡坡》，昆明：云南民族出版社，1986年，第19—20页。

②云南省少数民族古籍整理出版规划办公室编：《西部苗族古歌》，昆明：云南民族出版社，1992年，第201—202页。

③《串亲调》，余仁澍、李兴主编《傈僳族风俗歌集成》，北京：云南民族出版社，1988年。

别是缩小夸张手法的运用，为遇到困难的迁徙者、串亲人鼓舞士气，鼓励他们克服困难，继续前行。

在历史上的迁徙途中，拦住傈僳族先民道路的是高山、深谷和湍急的河流，但是在《串亲调》中，歌手用12座桥以及把守桥头的水鸟、鱼虫等小动物拦住桥头，来比喻、象征傈僳族先祖迁徙途中所遇到的重重困难，恰恰是其乐观、豪爽性格的体现。《串亲调》的整体审美风格与毛主席在“五岭逶迤腾细浪，乌蒙磅礴走泥丸”诗句中所表达的豪迈、乐观之情是极为相似的。

（三）朴素与简洁之美

云南少数民族迁徙史诗中，有很多文本叙事精练，情感内敛，具有朴素、简洁的审美特点，其中尤以彝族迁徙史诗最具代表性。彝族迁徙史诗《夷僰榷濮》与《赊窆榷濮》为书面文本的彝族经籍文献，其念诵、记录者为彝族祭司——毕摩，念诵的场合是在大型的祭祖或分支仪式上。在这两部彝族迁徙史诗中，关于“失败迁徙”的记忆并不多，更多的是由于人口繁衍过快、人多地少，主动举行典礼，某一支系离开原来的居住地、开辟新家园的过程。这与哈尼族、拉祜族、苗族迁徙史诗的叙事特点和审美风格是不同的。

在《赊窆榷濮》中，毕摩在唱述布部的迁徙、发展与分支具体情况时，条理清晰，叙事简练，极具形式美：“布族慕阿克，迁居寻福禄，慕阿克一代，克普茅二代，普茅照三代，照罗莫四代。照罗莫这代，布家分支居。一支阿德布，阿德布后裔，人称德布氏，德布各搬迁。德布这一家，牵牛选吉地，朵吐木谷地，选为居住处。糯家照罗莫，有毕俄阿高，杀牛共议事，商议搬迁地，早晨天未明，众人上路途。”① 这段文本语言朴素，逻辑清晰，叙事简洁。

谱系—祭祀—分支—迁徙—定居的叙事模式是彝族经籍文献本迁徙史诗的经典叙事模式。彝族经籍本迁徙史诗中的诗句用词非常朴素，少有华丽的词汇和语句，但是叙事流畅，形式稳定，无论是在诗歌的内容还是形式上都具有简洁、朴素的美感。在另一部书面经籍文献本迁徙史诗《夷僰榷濮》中同样也呈现出了这种简洁、流畅、朴素之美。如毕摩在讲述尼家迁徙与发展历史时讲到，当尼家在北方发展到鼎盛后，毕摩到处奔走寻访贤臣，帮助尼部头人成为尊贵的君主，并开始叙写谱牒：“尼家六祖裔，得把谱牒叙，高师搭青棚，做斋把谱叙。尼家的谱系似天高地厚，尼家传九代，子孙得兴旺。子孙分三房，长房官罗布，二房和三房，共掌和松地。东方现彩云，风随云雾兴，舅家帮尼家，共把荞麦播。荞熟该收割，人该随牛迁，由师来祭祀，尼家把家分。尼家有三儿，祖地分三份，夜间歇深箐，天明奔居处。尼家分定后，各耕各家地，各在各处居，从此繁衍去。”② 毕摩用极为简练朴素的语言把彝族尼部续谱牒的仪式与分支迁徙过程

①云南省少数民族古籍整理出版规划办公室编：《赊窆榷濮》，昆明：云南民族出版社，1987年，第57页。

②云南省少数民族古籍整理出版规划办公室编：《夷僰榷濮》，昆明：云南民族出版社，1987年，第48页。

交代得清清楚楚。

在佤族迁徙史诗中与迁徙有关的叙事部分同样也非常简练，歌手迅速念诵着祖先曾经的迁徙、定居之地，同时还以地点的转换为线索，将佤族的风俗、信仰、社会制度等内容融汇于简要的语句之中："安木拐专找天高处走，一直走到依隆[①]地方。安木拐见那里天很高，安排布伟在那里在下。当地人惊奇布伟那么高，不知叫她什么好。牙里、牙万告诉他们，布伟她是欧梅[②]啊。后来布伟化身为山，传说就是那峨眉山。安木拐和里、万他们啊，又折回来到了滇池边，滇池浩茫空阔无边，佤族叫它'浓吆哩'，说是猪带他们找到的湖。安木拐和里、万没有久恋，留下些人户就到阿觉[③]那边。不知过了多少代，滇池边的佤族才发展起来，各处的佤族人越来越多，大板桥有著名的祖先达板。又不知过了多少年，佤族人遭到大民族驱赶，说是某某人欺他们女人。踩着牙里他们的脚印，佤族人又到了浓朗那边。我们从此叫滇池'依泻'，意思就是'败掉的湖'。到了阿觉安木拐心欢喜，因为阿觉是古老的地方，人人都赞美地叫它'阿撒阿觉'，山上的动植物也出奇地多……"[④]

以地点转换推动情节发展的叙事方式在云南少数民族迁徙史诗中很常见，歌手通过迁徙地点的快速转换加快叙事节奏，简要说出在这些地方发生的重要事件，直到距离现在居住地不远的地方或者到达现在的居住地之后，叙事才又细致起来。这类叙事节奏明快，风格简洁，与接下来节奏缓慢、场景宏大的繁复叙事形成对比，叙述张弛有度，容易调动观众情绪。

（四）理性与反思之美

云南少数民族迁徙史诗中的理性之美与反思精神主要是通过迁徙史诗中的契约叙事体现出来的。在云南少数民族迁徙史诗中有着丰富多样的契约叙事，立约、践约或者违约是推动迁徙史诗故事情节发展的重要因素。

契约叙事的根本标志是迁徙史诗中诸多"神谕"的运用。神谕，即为神之谕，由神谕之于人，集中体现了神的意志，具有神圣性与神秘性，既不可抗拒，也无法改变。云南各少数民族的先祖们认为，每一次迁徙，每一次定居，每一次建寨、分寨、分支，每一次与异族的竞赛……都是神谕的结果。神谕是迁徙与定居时随处可在的、神圣的、神秘的、权威的、无形的规范和有形的规约。这些神谕的获得，更多是云南少数民族先祖对人与自然以及人与人之间关系的理性处理与反思。

云南少数民族迁徙史诗中曾多次出现人类因为过度狩猎、打鱼、开荒等行为，或者是有人做出不道德的事情致使神灵震怒，降下洪水、地震、瘟疫等灾难的故事。在佤族史诗《司岗里》中讲道："在牙东所在的寨子啊，有一年暴雨连绵不断，山洪很快就暴

①依隆：字面是"平坝森林"的意思。佤族也叫它"依隆艾"，意为"我们的大平地"。

②欧梅：意为"你嫂嫂""你姨姐""你大姑子"等。

③阿觉：据佤族的一些老人说是云南楚雄元谋一带地方。全称是"阿撒阿觉"，"阿撒"是修饰词，"以后""永远"之意。

④毕登程、隋嘎搜集整理：《司岗里》，昆明：云南人民出版社，2009年，第52—53页。

发，冲走了不少房屋和人畜，这在寨子里还从未发生过。等到洪水落了之后，又暴发了可怕的瘟疫，更加奇怪的事还有几桩：煮米不会涨，种棉不开花，生下来的娃娃不聋他就傻。整个大寨子人心惶惶，大家都在议论说，是谁干下伤天害理的事。有一夜莫伟神托梦给牙东，说是远与亲哥哥相恋。第二天牙东就去处罚两兄妹，罚兄妹两个彻底扫寨子，并要剽猪、剽牛上咐神灵，保证从此终止兄妹恋。”文本中说，是兄妹相恋触怒了神灵，降下洪水与瘟疫，佤族先祖由此禁止兄妹成婚。

很显然，并非所有神谕都能反映自然规律或解决人与人之间的矛盾冲突。但是，在人类认识能力存在极大局限的原初时代，这些规约客观上指导、规范着人们的日常行为与祭祀活动，调整着人与自然、人与人之间的关系。特别是对于后来迁入云南境内的族群来说，无论是迁徙途中，还是定居之后，如何立足于原始荒蛮的大自然，如何与先在的原住民和谐相处，一直是必须面对和解决的极为重要的问题。为了族群的繁衍与发展，这些迁徙族群在人与神、人与人、族群与族群之间订立了各种约定，并努力践行这些约定，由此形成了云南少数民族迁徙史诗中丰富多彩的契约叙事，这对维持自然秩序和人与人之间的和谐起着至关重要的作用。

如同在自然界中一样，秩序在人类生活中也起着极为重要的作用。大多数人在安排他们各自的生活时都遵守某些习惯，并按一定的方式组织他们的活动和空闲时间。然而，人类对秩序的追求时常为偶然情形所阻碍，有时还会被普遍的混乱状况所挫败，这种规律层面上的混乱与失调情形似乎在人类生活中要比在非有机的自然界中发生得更为频繁。

在云南少数民族迁徙史诗中有一类反复出现的竞赛母题，较好地体现了通过制定较为理性的契约公开竞赛来调整社会秩序和人与人之间关系过程。竞赛胜利者赢得土地、财产和居住权，失败者按照约定迁徙离开。在佤族《司岗里传说》中讲到，当阿佤先祖与尼文人因为诺瑶里的归属问题产生纷争时，两族的老人共同商议决定谁能够把诺瑶里湖的水煮涨，那么诺瑶里就归谁。阿佤头人艾太叫人们全部去烧石灰，到了指定的日子一起把烧好的石灰推到诺瑶里湖中，湖水很快沸腾起来。尼文人遵守约定，再也不在诺瑶里湖中捕鱼撒网。尼文人离开时双方约定不再有任何往来。但是后来尼文人使用美人计，派出姿色出众的姑娘在佤族巴饶克支系年轻人打猎的森林里放羊，久而久之佤族小伙子与尼文人的姑娘相恋生子，尼文头人带着怀抱着孩子的姑娘来找巴饶克人，要求他们信守承诺。巴饶克人杀掉了违背诺言的年轻人，让出诺瑶里，向远方迁徙。这段话讲述了对于各族群来说，无论是胜利者还是失败者，双方都要严守契约，理性对待、处理族群间的矛盾与冲突。

云南少数民族迁徙史诗中存在的大量契约型情节体现了其先祖浓厚的理性之美。这些契约型情节虽有严守契约过上幸福生活的描述，但更多的是不守诚信违背契约，遭到报应、承受痛苦的叙述，无疑隐含着对严守契约、诚实守信的理性和规则意识的渴望。进一步说，云南少数民族先祖对契约的理解，本来就是将其作为一种理性的制度安排，必须认真遵守。云南少数民族先祖的契约精神，既是一种法律精神，也是一种理性文化精神，更是一种制度安排和生活方式。

在叙事上，云南少数民族迁徙史诗基本上是按照历史发展顺序或迁徙途中定居空间的转化为线索进行叙述的。在云南少数民族迁徙史诗文本中，全知型、限制型的叙事视角都是存在的，但以全知视角叙事为主，故事内叙事和故事外叙事为辅。在迁徙史诗的演述过程中叙事视角的转换、融合则是在叙事者、受众、故事角色等多元主体间的互动、交融场域中达成的。云南少数民族迁徙史诗及其演唱过程凝聚着歌手与民众的深厚情感和审美理想。迁徙途中与定居之后的云南少数民族的生存境遇依然异常艰难，他们唱述先祖的漂泊迁徙、曾经的美好生活与现在的日常劳顿、生活艰辛。他们的悲伤与欢喜、挂念与不舍、悲愤与无奈等情感伴随着史诗的演唱和故事的讲述不断地从内心深处涌出，那么美好的家园、那么痛苦无奈的迁徙、那么可爱的英雄、那么凶狠残暴的敌人、那么热烈地与亲人相见的期盼……在歌手年复一年的周期性重复演唱过程中，特定民族迁徙史诗的审美风格也逐渐形成，它们有的悲壮崇高，有的朴素简洁，有的则呈现出坚韧乐观与理性反思之美。这些歌不知道被反复演唱了多少遍，其基本内容、主要情节乃至歌手的叙事方式，听众都是谙熟于心的，但是反复演唱、重复经历的审美体验并不妨碍他们的情感共鸣，歌手在演述这些迁徙史诗时情真意切，感人至深。迁徙史诗的演述，既是历史追忆，也是现实咏叹与审美理想的表达。

第四章　云南少数民族迁徙史诗中的历史记忆

《尚书》云："诗言志，歌咏言。"云南少数民族迁徙史诗和其他诗歌文类一样，是生活在云南境内的各族民众对祖先功绩与迁徙历史的一种集体记忆。人类历史约有300万年左右，但人类社会自文字产生以来的历史却不过五六千年。只有在产生文字以后，人类才有可能用文字记述自己的历史。文字产生之前的历史或者无文字民族的历史，是全体部落成员，特别是部落中一代代歌手共同记忆、集体传承的结果。云南有很多少数民族自古以来就没有长期整体使用的文字系统，因而也就没有关于自己文化与历史的本民族文字的书面记录，即便是有，也是汉人文献中的零散描述。他们把保存过去经历的任务交给了故事讲述者、记忆力好的人、歌唱者、仪式专家等。在这些故事中，更多内容是一种主观记忆和集体情感的表达，而不是对历史真相的捕捉，这种创造历史的手法也把真正的事实过程浓缩在几个关键的主题或概念之下，并在实践的过程中不断重复或翻演。①

在现代文化语境中，每个民族总是用自己特有的书面文本、口头文本、仪式文本等印证本民族的历史，以防在强势文化侵蚀下发生"失忆"和"失语"，实现民族记忆与自我认同。如果一个民族有着特殊的历史却失去了记述本民族历史的书面材料，那么见证民族历史的过程就会显得非常艰难，民族志书写只能凭借在民间流传的口头文本与仍在进行的仪式活动重现。康纳顿说："非正式口述史的生产，既是我们在日常生活中描

①杨瑜东：《永久的漂泊——定耕苗族之迁徙感的人类学研究》，北京：社会科学文献出版社，2008年，第51页。

述人类行为的基本活动，也是全部社会记忆的一个特征。”①

云南少数民族迁徙史诗是迁徙族群的集体记忆。集体记忆概念由法国社会心理学家莫里斯·哈布瓦赫于1925年首先提出，把集体记忆定义为“一个特定社会群体成员共享往事的过程和结果”，认为“了解过去，主要应通过象征符号、仪式研究以及史志和传记”。他指出“集体记忆不是一个既定的概念，而是一个社会建构的概念……尽管集体记忆是在一个由人们构成的聚合体中存延着，并且从其基础中汲取力量，但也只是作为集体成员的个体才进行记忆”，“每一个集体记忆，都需要得到具有一定时空边界的群体的支持”。② 哈布瓦赫所定义的集体记忆具有双重性质，它既是一种物质客体、物质现实，比如一尊塑像、一座纪念碑、空间中的一个地点等，又是一种象征符号，或某种具有精神含义的东西、某种附着于并被强加在这种物质现实之上的群体共享的东西，这说明集体记忆有多种展现方式。保罗·康纳顿《社会如何记忆》一书探讨的则是“群体的记忆是如何传播和保持的”。作者在外在形式化层面上寻找社会记忆得以传播和保持的手段，认为“有关过去的形象和有关过去的回忆性知识，是在（或多或少是仪式性的）操演中传送和保持的”。

德国学者扬·阿斯曼发展了哈布瓦赫的观点，提出文化记忆概念并将其引入文化学研究领域，认为文化记忆是一个民族或国家的集体记忆力。他指出：“文化记忆的内容通常是一个社会群体共同拥有的过去，其中包括传说中的神话时代也包括有据可查的信史。”③

历史记忆也可以称为集体记忆。台湾学者王明珂对集体记忆进行系统梳理，并将历史记忆引入族群研究，他认为族群认同建立在历史记忆之上。王明珂所说的历史记忆并非中国历史学的正统，而是特定族群尤其是边缘族群对自身形成、发展的主观记忆。在他看来，只有深究历史记忆背后的社会情境和思想背景，历史研究才能摆脱实证主义或科学主义的历史学阴影，以一种理解与阐释的精神面对历史。他所说的历史记忆是与集体记忆、文化记忆、社会记忆一脉相传的概念，只是侧重“历史”，即“如何选择、组织、重述‘过去’”。

“群体记忆”与“族群记忆”或“社会记忆”的内涵既有相似之处，又有细微区别。群体可以理解为“族群”或“社会”，也可以理解为民众集体。包括神话、史诗在内的口头传统的主体是民众，尤其是社会中、下层民众的集体创作。从创作到流传，从不断加工到长期保存，始终与广大民众这个伟大集体有着极其密切的关系，反映的是广大民众的理想、愿望与审美情趣。笔者认为，口头传统中“群体”主要指的是普通群众。在口头传统中只有那些为全民族喜闻乐见，即反映了共同美审的作品，才属于全民族或全社会，其中的历史内涵才可以看作族群记忆或社会记忆。当然，在那些阶级分化

①［美］保罗·康纳顿：《社会如何记忆》，纳日碧力戈译，上海：上海人民出版社，2000年，第40页。

②［法］莫里斯·哈布瓦赫：《论集体记忆》，毕然、郭金华译，上海：上海人民出版社，2002年，第40页。

③黄晓晨：《文化记忆》，《国外理论动态》2006年第6期。

不明显，统治者或剥削者还未形成阶层或阶级的民族或地区，口头传统作为群体记忆也等同于族群记忆或社会记忆。

弗拉基米尔·雅科夫列维奇·普罗普指出："我们想研究的是历史往昔的哪些现象（不是事件）与俄罗斯的故事相符合并且在何种程度上确实决定并促使了故事的产生，换言之，我们的目的在于阐明神奇故事在历史现实中的根源。"①普罗普认为俄罗斯民间故事中包含着对历史往昔的记忆。俄罗斯历史往昔的社会法规、仪式、习俗都可在其中寻得踪迹。那么作为一种历史记忆的云南少数民族迁徙史诗中真实的历史往昔又有哪些呢?

第一节　迁徙原因和迁徙路线

集体记忆是无文字时代人类较为普遍的文化传承手段，它的主要领域是神话与史诗，这些神话与史诗构成了民族的历史根基。神话与史诗相辅相成，史诗的重要内容由神话构成，通过史诗演述，神话流传至今。神话与史诗都呈现出一种神话化的历史倾向，是一种诗性历史记忆，有流动性的特点。许多神话传说和史诗歌谣等口头传统中的具体情节或者人物都有可能是虚构的，但是它们所表现出来的历史情境与创作者、传播者和改编者的心态与观念却是真实存在的。我们所要了解的正是这种记忆得以存在、流传的历史情境。

我国的中原地区经过春秋战国500多年的社会大变革后，原来的古氐羌、百濮、百越族群系统的部分部族，山西和四川的部分氐羌民族皆逐渐融合于秦人和蜀人之中；江汉以西的濮人有一部分融合于楚人和巴人之中，但大部分仍保留着自己的特点，成为汉以后的武陵蛮与五溪蛮；东南一带的越（粤）人大部分则融合于华夏族。云南历史上属于古氐羌、古百越、古百濮民族系统的许多民族都是经历了万水千山的跋涉，最终定居在云南。春秋战国之后，居住在云南境内的部分氐羌和百越族群，由于距离内地华夏族地区较远，各自仍保持着他们语言文化上的特点。其中，羌、氐、夷后来形成藏缅语各族，越人则是壮族和傣族的祖先。滇西南的"濮"人则分化为孟高棉语各族。②

在云南这片远离华夏中心的边缘地带，千百年来，各少数民族先祖一直上演着异彩纷呈的历史故事，形成了丰富多元的民族文化。但是对于高山峡谷密布、交通极为不便的云南边陲地区的很多少数民族来说，从古到今，他们究竟走了多少路、翻了多少山、蹚过多少河、遇到什么人、发生什么事、受了多少磨难、流了多少泪水，正史文献甚至地方史志中都很少涉及。但是，他们的迁徙故事却在本族一代代的祭司、歌手、普通民

①[俄]弗拉基米尔·雅科夫列维奇·普罗普：《神奇故事的历史根源》，贾放译，北京：中华书局，2006年，第1—2页。

②马曜主编：《云南简史》，昆明：云南人民出版社，2009年，第4页。

众的口中代代流传，在其生产生活、节日节庆与祭祀仪式中反复展演。云南少数民族过去的迁徙历史在记忆和回忆中变成叙事，添加了想象，附加了意义，最终成为当代实践的一部分。

一、迁徙的原因

先祖们为什么要迁徙？他们是如何迁徙到现在的居住地的？这两个问题常常结合在一起，是迁徙族群中歌手一定要演述的重要内容。但是在汉文典籍中对云南少数民族先民迁徙原因及迁徙路线的记载非常少。汉文典籍中记录较多的是明清以来，云南少数民族地区因为政治、军事上安定边疆、开发边疆等原因而引发的较大规模的、有组织的迁徙事件，或者是被中央军队征讨、打败而退往更为偏远地区的迁徙事件。云南少数民族迁徙史诗的形成年代大多是在唐宋时期或更为久远的时代，由于汉文典籍中对唐宋及更远时期云南少数民族迁徙历史的记载十分匮乏，即使有简单的介绍也只是对云南少数民族先民不同时期的分布情况、风俗习惯、生计方式等有所涉及，对其具体的迁徙原因、迁徙路线都没有详细记录，我们只能从云南少数民族迁徙史诗中来寻找这些族群迁徙的具体原因与历史过程。笔者从汉文典籍的碎片化记载和云南少数民族迁徙史诗中梳理出的迁徙原因大致可分为以下几类。

（一）自然灾害引发的迁徙

云南处于高海拔、低纬度地区，地形气候复杂多样，俗语有“一山有四季，十里不同天”的说法。一个区域内多种气候条件、多种地理环境共存，自然灾害往往只会在局部地区发生，很少有像北方草原或平原地区那样波及面极广的水旱灾害发生。因此，汉文典籍中关于云南少数民族因遭遇自然灾害而迁徙的记载较少，但是在云南少数民族迁徙史诗中却有讲述得十分详细的因为遭遇自然灾害而导致的多次迁徙。这是因为，迁徙史诗往往是特定地方的某一族群某一支系的历史记忆，自然灾害的发生对于这一群体来说几乎是灭顶之灾，发生灾害的地方往往会被认为是被神灵诅咒的地方，灾难过后，通常他们不会选择在原地重建，而是迁离原地，重新寻找家园。

云南苗族迁徙史诗《西部苗族古歌》中的“根蚩支劳、根挪支劳的故事”的开篇唱到，这支苗族的迁徙是因为原来的居住地非常寒冷，想要去远方寻找好地方。正如这支苗族古歌中所讲的，居住地气候发生变化，不再适宜人类居住是人类早期迁徙的重要原因之一。

彝族迁徙史诗《夷僰榷濮》中记载了彝族先祖阿卜笃慕时期遭遇洪水的情境：“高高山头上，土石垒住屋，山下周围处，洪水如猛虎。”① 在哈尼族不同支系的迁徙史诗中也都提到了先祖因水灾而不得不迁徙的事情。如西双版纳哈尼族雅尼支系迁徙史诗《雅尼雅嘎赞嘎》中说，雅尼人则交部落在迁徙途中曾经在一个山坳里暂时居住，山坳

①云南省少数民族古籍整理出版规划办公室编：《夷僰榷濮》，昆明：云南民族出版社，1986年，第27页。

旁边有一个小金湖，但是突然有一天："暴雨下了七天七夜，小金湖不见了。山花已经凋谢，雨水淹没了村寨。雨水冲跑了牛羊，冲走了寨门。则交人不能在这里了，众人在德其的率领下，又开始迁徙。"① 文中导致这支雅尼人此次迁徙的原因是暴雨后引发的洪水。洪水淹没了村寨，冲跑了牛羊，则交部落无法继续在此生存，只能迁徙。除水灾外，干旱对农耕族群的影响也是十分显著的。在云南瑶族迁徙史诗《寻根歌》中记述了其先祖因遇到洪涝、干旱灾害而迁离家园的情境："乙丑那年天大旱，丁卯那年雨不停，大旱三年地里不长草，大雨三街洪水淹田坪……"② 文中洪水淹三街指的是洪水泛滥持续的时间很长。一般说来，云南少数民族的一个街期一般为五天，也有三天、七天、十天不等。三个街期最少也是十天左右的时间，也有可能长达一个月左右，旱灾、洪灾的轮番肆虐使得当地瑶民无法生存，只能迁徙。

除了水灾、旱灾、火灾等引发的迁徙，疾病和瘟疫也是导致迁徙的重要原因。《哈尼阿培聪坡坡》中唱述了哈尼族先祖在迁徙途中曾在红河下游地区居住，但是后来由于瘟疫爆发，不得不迁离该地的情境："猪羊蹄子烂了，骏马牙齿掉光。公鸡不会啼鸣，狗也不会汪汪。母牛下儿难活，母马养儿死光。阿妈生下的小娃，只能活过三早上！"③ 云南民间所说的瘟疫多半是疟疾，这是湿热地区较为常见的一种由于蚊虫叮咬而传染的疾病。疟疾的流行传播面广，染病者往往由于高热不退而死。文本中讲述的这一哈尼族支系最初迁徙至红河下游定居，但由于不习惯这里炎热潮湿的气候，易生疾病，才又从河谷迁到山地居住。

（二）人地矛盾引发的迁徙

自然灾害、疾病瘟疫是引发云南少数民族被迫迁离的主要原因。除此之外，还有一类迁徙与人口的过快繁衍有关。人口过快繁殖导致猎物减少、耕地不足、食物匮乏，从而引发生存危机。如在《哈尼阿培聪坡坡》中讲到，当哈尼族先祖在虎尼虎那生活时，他们到处追捕猎物，致使猎物越来越少："麂子、马鹿下儿，一年只得一窝，猎野物的先祖，一天一天增多。从前人见野物就跑，现在野物逃到远方，先祖们找不着肉了，两座山峰戳上肩膀……听我讲呵，哈尼的子孙！听我唱呵，先祖的后人！仓里的红米撮一碗少一碗，撮到底半碗也不够装。两条大河里的鱼越捞越少，虎尼虎那不再是哈尼的家乡。"④ 随着猎物、鱼虾的减少，哈尼先祖只能沿着野兽的足迹到处迁徙游动。

在彝族迁徙史诗《赊窆榷濮》中讲到，彝族先祖阿钟和阿额靠狩猎打鱼生活，吃穿不愁，但是随着人口的增多，猎物日渐稀少。为了满足更多人口的需要，他们想尽办法猎取更多的动物，致使动物都快被吃光了，因此惹怒了天神："地上的野物，都是天

---

①景洪县民委编：《雅尼雅嘎赞嘎》，昆明：云南人民出版社，1992 年，第 206—207 页。

②《寻根歌》，《山茶》1986 年第 5 期。

③云南省少数民族古籍整理出版规划办公室编：《哈尼阿培聪坡坡》，昆明：云南民族出版社，1986 年，第 195—196 页。

④云南省少数民族古籍整理出版规划办公室编：《哈尼阿培聪坡坡》，昆明：云南民族出版社，1986 年，第 13—14 页。

饲畜。谁敢来杀尽，施予灾和难。”[①] 除彝族外，在认识与处理人与自然的关系时，云南的其他少数民族中也有类似的看法，认为土地、粮食、自然生长的动植物等都是天神赐予人类的，人类不能任意垦殖土地、捕猎动物，若过分攫取，会引发天神的震怒。在云南傣族史诗《巴塔麻嘎捧尚罗·迁徙篇》中讲述了由于人口增长，耕地减少，再加上狂风、干旱等自然灾害的多重影响而引发的大规模迁徙。古歌中说：“勐泐龙虽宽，勐泐龙虽好，可是如今啊，人增多，地变窄，苦来了，哀来了，怒也来了。太阳狂，烧炸土，石崩裂，草木变枯黄；撒谷不出土，人肚肠挨饿。灾难天上来，人遇难争吵，争吵心不和，途中人相遇，没有了笑脸，彼此直瞪眼。”[②] 这段古歌不仅描述了灾难的发生及其对生产生活的影响，更重要的是唱述了灾难中世道人心的变化：争吵、矛盾加剧，族群内人与人之间关系恶劣。为避免这种矛盾的出现，云南很多少数民族在某地开垦居住若干代之后便会举行分支或分寨仪式，将多余的家族、支系迁走，以解决人与自然、土地的矛盾。

（三）分支分寨引发的迁徙

在农业耕作技术非常落后的时代，即使是肥沃的土地，其承载力也是非常有限的。当一个族群在特定的地方生活了若干代之后，土地的产出不再能满足人们基本需要时，为避免族群内的冲突和纷争，首领就会举行分支或分寨典礼，把多余的人口分出去。

分支与分寨的情境在云南少数民族的迁徙史诗中有较多的描述。如在彝族迁徙史诗中，作斋分支便是彝族“六祖诗系”中的典型场景和重要情节。彝族某部在一个地方住到三代或三代以上时，为了避免出现人多地少、资源匮乏的现象，就会举行祭祀进行分支。彝族迁徙史诗《赊窅榷濮》中说：“后裔住三代，按照祖传规，举斋设祭场，三代祖亡灵，奠祭得超度，离夺吐木谷，迁往夺吐古，罗吐比河长，彝家福禄盛。”[③] 上文讲述的是六祖之一武部的分支迁徙情况，其他支系亦是如此。如乍部迁到色玛地方繁衍生息了若干年后，每当出现人多地少的情况时，就会举行分支仪式。《赊窅榷濮》中还讲道：“色玛这地方，住满乍家人，乍家更昌盛，做斋来分支，一支迁出去，住印木租木。迁出这一支，乍阿勒一代，阿勒戈二代，戈孟额三代。戈孟额这代，乍阿戈为君，离印木租木，住考夺尼洪。……乍家日昌盛，人多地渐少，乍家就分支，大小分两支。小支留原地，大支有三家，主奴共四家，开垦向南方。”[④] 这段文字讲述的是彝族乍支系多次分支、迁徙与定居的情况。彝族迁徙史诗中讲述的一般是三代以后就分支，长房迁往别处，最小的弟弟留在原地耕种。

①云南省少数民族古籍整理出版规划办公室编：《赊窅榷濮》，昆明：云南民族出版社，1987 年，第 13—14 页。

②西双版纳傣族自治州民族事务委员会编：《巴塔麻嘎捧尚罗》（内部资料），1987 年，第 143 页。

③云南省少数民族古籍整理出版规划办公室编：《赊窅榷濮》，昆明：云南民族出版社，1987 年，第 42—43 页。

④云南省少数民族古籍整理出版规划办公室编：《赊窅榷濮》，昆明：云南民族出版社，1987 年，第 46—47 页。

在百越、百濮与苗瑶族群迁徙史诗中也同样存在因为人多地少而主动分支、分寨迁徙的情况。如在佤族史诗《司岗里》中，佤族在跨莫开始了定居建寨、耕田种地的生活，之后人口越来越多，于是在头人带领下不断向其他地方迁徙扩散。佤、万的子孙后代越来越多，虽然人们早已开始养动物，也开始了种田地，但主要还是靠渔猎和采集为生。撵山常空手，下河一碗汤，不够吃来不够穿……安木拐见阿佤人越来越多，她说阿佤要创造新生活，她说阿佤要向四方传人种："出司岗的人不能局限在司岗边，要向外开拓，向外迁徙。既然远方的人都来开辟佤山，我们也应该到远方发展'。安木拐亲自率领牙里、牙万，共同领人户到远方寻找幸福。"[①] 分支、分寨是云南少数民族先祖协调人与自然、人与人之间关系的一种有效途径。为解决或避免人地矛盾，人们主动分支、分寨向远方迁徙，去开创更加幸福美好的生活。

在傣族史诗《巴塔麻嘎捧尚罗・人类大繁荣篇》中讲道："傣家先祖最初生活在一个叫宗补洲的地方，在天神帕雅桑木底带领下，他们学会了狩猎、种谷、制造工具，生产力水平越来越高。随着人口增长，土地上出产的粮食渐渐不够吃了，森林中的猎物也越来越少。桑木底传下旨意，把'乃勐'[②] 叫来，委任他们当首领，迁徙到别的洲，去开辟新寨，去开辟新勐，寻求生存地，把大勐[③]建立。帕雅桑木底，威望震天下，他说出的话，天下人都听。各勐新首领，率领自己的部落，在同一时间里，迁徙到别洲居住。再不回宗补森林。从此人类啊，就分出一百零一伙，有一百零一个帕雅[④]，产生一百零一种民族，分居在四大洲里，说着一百零一种话。"[⑤] 这是傣族先祖对人类早期生活与迁徙的认识。他们认为人类本是一家，共同生活在宗补森林与平坝地区。当人口增长过快，出现人地矛盾时，天神指引人类向其他地方迁徙，因此才有了世界上不同地区的不同人群。

无论是因为自然灾害还是人口过快繁衍所引发的迁徙，都成为云南少数民族先民刻意留下来的重要记忆。被迫迁徙带来的痛苦难以磨灭，汲取经验教训，由被动迁徙变为主动分支、分寨以避免类似事件再次发生是先祖们反复叮嘱后人的。

（四）战争引起的迁徙

人类关于社会事件的历史记忆可分为两种情形，一种是和谐性的历史记忆，另一种是冲突性的历史记忆。在冲突性的历史记忆中，应该存在两种以上相互对立、相互冲突的历史记忆。仅仅存在一种历史记忆，意味着它可能是强权的结果，或非历史真相。[⑥] 战争是典型的冲突性历史记忆。关于战争的官方记忆与民间记忆有着诸多的不同之处。官方记忆

①毕登程、隋嘎搜集整理：《司岗里》，昆明：云南人民出版社，2009 年，第 51 页。

②乃勐：傣语，一个地方的领头者，即部落首领。

③大勐：包括若干个小勐，这里指一个国家。

④帕雅：傣语，这里指一个国家的王。

⑤西双版纳傣族自治州民族事务委员会编：《巴塔麻嘎捧尚罗》，昆明：云南人民出版社，1989 年，第 137—138 页。

⑥张荣明：《历史真实与历史记忆》，《学术研究》2010 年第 10 期。

的一个特点是制造敏感历史问题的记忆盲区，另一个特点是有选择地培养公众对某一些历史事件或人物的认知，以至于一系列被过滤或矫正的记忆被公众视为常识性知识。①

苗蛮是中国南方百越族群之外的又一大族群系统，又称“苗民”或“有苗”。很多汉文典籍将苗民描述为喜杀戮、无礼法的族群。如在先秦史书中已有对苗族的记载，而且大都是关于战争的。《尚书》载：“苗民弗用灵，制以刑，惟作五虐之刑曰法，杀戮无辜，爰始淫为劓、刵、椓、黥。越兹丽刑并制，罔差有辞。民兴胥渐，泯泯棼棼，罔中于信，以覆诅盟。虐威庶戮，方告无辜于上。上帝监民，罔有馨香德，刑发闻惟腥。皇帝哀矜庶戮之不辜，报虐以威，遏绝苗民，无世在下。……惟时苗民匪察于狱之丽，罔择吉人，观于五刑之中；惟时庶威夺货，断制五刑，以乱无辜，上帝不蠲，降咎于苗，苗民无辞于罚，乃绝厥世。”② 此文本讲述了苗民因不遵守上帝约束，混淆天地人神，制作五刑，杀戮无辜，戕害百姓，上帝看到人间毫无美德，只闻到血腥味，于是施用天威平服暴虐，遏绝苗民，使之不得延续的故事。中原皇帝制服三苗主要是通过战争手段。《吕氏春秋・恃君览・召类》载：“尧战于丹水之蒲，以服南蛮；舜却苗民，更易其俗。”而且战争是非常激烈的，《墨子・非攻》（下）载：“昔者三苗大乱，天命殛之，日妖宵出，血雨三朝，龙生于庙，犬哭于市，夏冰，地坼及泉，五谷变化，民乃大振。高阳乃命禹于玄功，禹亲把瑞令，以征有苗。”经过征战，三苗大败，一部分迁之三危，但绝大部分还是留在原地。

如果史书上记载的“有苗”“三苗”确实是现在苗族的先祖的话，那这些关于发动战争的理由与苗族古歌中唱述的内容则大相径庭，苗族古歌中唱述的引发战争的原因大多是由于夏族或沙族③的贪婪和暴虐，而不是汉文典籍所载的不服教化，举兵叛乱。在云南苗族迁徙史诗《西部苗族古歌》的“耶玖哩刀”故事中讲到，苗家先祖耶玖哩刀带领百姓建造了美丽宏伟的戈哉城。城外土地平坦肥沃，苗家先祖植桑养蚕、种棉织布，日子越来越富裕，这引发了异族沙兆玖帝敖的贪心。在《西部苗族古歌》中，有大量篇章唱述了阿髳与沙族或者夏族之间的矛盾与战争，对沙族或夏族的怨恨乃至仇视情绪非常鲜明。苗族古歌和传说故事中说其先祖蚩尤战败后被迫迁徙，失去了在中华大地的“正统”地位。在漫长的封建社会中，历代中央王朝对苗族采取的都是武力驱逐或歧视政策。特别是东汉以后，中央政府对苗族先祖征剿不息，保卫最基本的生存权利一直是千百年来苗民反抗的核心要义。

云南傈僳族史诗《创世纪》中也唱述了古时各族民众不服异族残酷的劳役盘剥、奋起反抗的事迹：“阿昌头人叫自里，付片领袖叫马自。自里的兵九十九，马自的兵七十七，打到同票坝子里，打到亚角坝子里，涂上毒药射毒箭，搽上毒药射毒箭，马自兵死数不完，自里兵死数不尽。驱散云雾见晴天，赶走水獭鱼自由。弩背上面过生活，长

①景军：《神堂记忆：一个中国乡村的历史、权利与道德》，福州：福建教育出版社，2013 年，第 19 页。
②《尚书》第五十三章《周书・吕刑》。
③夏族、沙族（其首领为沙兆玖帝敖）是《西部苗族古歌》中对包括汉族在内的异族的统称。

刀尖头过日子。只过三个年头后，马它不服又起兵……”① 云南傈僳族口头传统《创世纪》中有较多反抗奴役的战争场面，是其先民反抗奴役与强权的历史记忆。傈僳族还有一部在民间广为流传的《古战歌》，傈僳语称“得图木瓜”②，记述了数百年前滇西北一带爆发的民族战争及傈僳族被迫迁徙的历史。

布朗族迁徙史诗《勐茅来的人》中也讲到因为战争而迁徙的历史。史诗中说布朗人原来生活在勐茅寨子，因为烧土蜂与勐杠地方的人产生矛盾而引发了战争。战争由勐杠人挑起，他们砍倒勐茅人的神树，用油烧了勐茅人的寨子，勐茅人只能迁往别处。另一部布朗族史诗《来自“洪勒南三嘿”》中说他们的祖先最初生活在一个叫“洪勒南三嘿”的地方，后来这个美丽富饶的地方遭到外族劫夺，布朗族祖先被迫南迁。南迁途中遇到种种天灾人祸，好不容易在一个叫“法洪埋哦”的地方定居下来，又因为瘟疫和外族驱赶，只能迁进了现在勐海县的深山中。德昂族迁徙史诗《雷弄山的儿女》中也唱述了战争失败后德昂族先祖不得不迁徙的故事。史诗中说德昂族先祖从雷弄山迁徙至勐卯坝子，生活美满，六畜兴旺，掸人眼红德昂先祖的好日子，由此而引发了战争。

以上讲述的主要是由于战争失败引发的被动迁徙。在云南少数民族迁徙史诗中还有很多关于本族群开疆拓土的主动迁徙型叙事。主动型迁徙叙事较为集中于彝族与傣族迁徙史诗中。在彝族迁徙史诗《赊豋榷濮》中用大段诗章描绘了默部早期开疆拓土、征伐迁徙的情境。

研究历史记忆的学者普遍认为，历史记忆具有选择性。一方面是对族群“原生纽带”的忠诚与延续，另一方面又根据特定历史情境做出对自己最有利的选择。云南少数民族的迁徙史诗便是历史与记忆互动的结果，关于这些战争，有的在汉文典籍中也有记述，但因为立场不同，对战争原因与动机的表述相差甚远。云南少数民族迁徙史诗大多是从战败者、弱势族群的角度进行诉说的，告诉后世子孙为什么他们会丢掉先祖创建的美丽家园而迁徙到现在的居住地。

迁徙史诗中关于迁徙原因的记载既有自然事件历史记忆又有社会事件历史记忆，但并非所有事件的历史记忆都可以被分为自然事件历史记忆和社会事件历史记忆两类。自然事件的历史记忆是有局限性的、不完整的。迁徙史诗中很多关于自然事件的记忆是模糊的、不具体的，随着时间的流逝，关于洪水、干旱、瘟疫等自然灾害的记忆越来越模糊，呈现出碎片化。通常，迁徙史诗中只是简单地说明了迁徙的原因，关于战争细节的描述要远远多于关于自然事件的描述，对战争的前因后果和战败后的痛苦迁徙进行了细致描绘，足见对由战争引起迁徙的记忆之深。

历史上为了生存、利益等原因进行的民族内部或对外斗争是民族迁徙的重要因素。因战争失败而离开故土的迁徙是一种被动式迁徙。与之相对应的是战争胜利，开疆拓土引起的主动迁徙。战争在民族历史记忆中往往会占据重要的地位，尤其会在民族的神话、史诗中得到展现。在云南少数民族迁徙史诗中唱述最多的就是因为族群间的战争所

①怒江傈僳族自治州文化局编：《创世纪》，1980 年，第 6 页。
②得图木瓜：也有人译作“德图木刮”，意为“打仗开辟田土的调子”。

引发的迁徙。如苗族先祖阿髳与夏族的战争、瑶族先祖与峒人的资源争夺战争、哈尼先祖与腊伯的战争、佤族先祖与尼文人的战争以及拉祜族先祖与官家、异族的战争等等。这些族群与异族的战争大多以失败告终，以迁徙他乡为最终结果。

二、迁徙的路线

关于云南少数民族历史上的具体迁徙路线，我们很难从汉文典籍中找到完整的记载，只能从不同时代对同一族群分布、发展的零星记录中推测其大致的迁徙路线。但在云南少数民族迁徙史诗中，却有很多史诗详细生动地记录了云南少数民族先祖具体的迁徙路线或较为明确的迁徙方向。

（一）西部苗族迁徙路线

在云南、贵州等地流传的《西部苗族古歌》中反映了部分苗族支系在迁入贵州、云南的彝族、汉族或其他少数民族地区的小范围内的、短距离的迁徙活动。但是，由于《西部苗族古歌》收录了由若干位苗族歌手分别演唱的不同史诗文本，而不是仅仅对某一位歌手全部演唱内容的记录，再加上编者将十几位歌手分别演唱的不同文本，按照其所演唱内容的历史先后顺序进行了排列，因此我们很难搞清楚这些苗族支系的具体迁徙路线。又因为演唱《西部苗族古歌》的歌手们分别来自贵州、云南的不同地方，属于不同的苗族支系，其具体的迁徙路线也不同，编者将他们的演唱按照历史发展的先后顺序进行编排后，我们很难再找出具体、清晰的迁徙路线。笔者只能根据译者对反复出现的古地名的考据、推测和现代学者对西部苗族迁徙研究的相关资料推测进入云南的苗族的大概迁徙路线。

在《西部苗族古歌》中，不同的歌手都反复提及苗族先族最初居住的地方是“旨密立”或“直米利”。如王贤英唱述、王建国整理的“阿耶混与阿耶喃、阿耶导”的故事开篇就唱到这三位苗族首领在旨密立的生活。歌中说：“他们住在旨密立历秣坝，他们是郎舅好亲家。为了猎野兽，他们常迁徙；哪里野兽多，追逐到哪里，一年又一年，逐渐向东移，最后来到阿纳河畔，来到那鲁地。”[1] 在王建国搜集整理的“根蚩支劳、根挪支劳的故事”的开篇则说阿髳先祖最初住在冰冷刺骨的高山，后来请根蚩支劳、根挪支劳去寻找到了大江边的一个名叫“蔡塞咪夫氏”的低凹处。歌手唱道：“天地初形成，人们住在大江边，大江碧绿向东流，流经蔡塞咪夫氏大平坝，平坝地低洼，这里产棉花。”[2]

在同样为王建国整理的苗族古歌中，出现了“旨密立”与“蔡塞咪夫氏”两处阿髳先祖最初繁衍生息的平坝。在“旨密立”，文中说苗家先祖过的是游猎迁徙、居无定

①云南省少数民族整理出版规划办公室编：《西部苗族古歌》，昆明：云南民族出版社，1992 年，第 96 页。

②云南省少数民族整理出版规划办公室编：《西部苗族古歌》，昆明：云南民族出版社，1992 年，第 163 页。

所的生活，由于旨密立后来资源匮乏才逐渐东移至阿纳河畔的那鲁地。而在“根蚩支劳、根挪支劳的故事”中则说苗家先祖最初在蔡塞咪夫氏大平坝种棉花、栽稻子、养蚕，并建立了城池，后来由于沙族入侵，被迫迁徙至旨密立大平坝。沙族追杀至旨密立后，再迁徙至卯戛老坝。

我们很难推测这两个文本中一个为狩猎、游居的“旨密立”，一个为农耕、定居的“旨密立”，这两个生产方式差异巨大的“旨密立”究竟是不同历史时期的同一个地方，还是名字重合的两个地方。因此，即使笔者根据《西部苗族古歌》中同一人记录整理的古歌或同一歌手演唱的古歌中的地名、地域特征以及迁徙方向来推测内部支系众多的苗族的具体迁徙路线也几乎是不可能的，笔者所能做的只是把《西部苗族古歌》中的同一文本或同一歌手演唱的不同文本按照迁徙地点或迁徙方向出现的先后顺序列出，以期为其他学者更为深入的研究提供借鉴。

《西部苗族古歌》中的迁徙路线

演唱者/整理者	篇　名	最初居住地	迁徙路线
杨芝	根爷耶老与根蚩耶老	络鸰、络里、发苔坝	络鸰、络里→根蚩那里和里根昭（昭支沟的高山区）
	则嘎劳的故事	笃那依摸大平坝	红水河、浑水河旁的发苔坝→渡过笃那依摸大江，到了与彝族接壤的地方
	根爷耶老、根蚩耶老、噶骚髳彪的故事	金坝、锡坝	笃那依摸大平坝→四处迁徙
	根乌耶老、根挪耶老	旨密立	旨密立（京城络鸰）→络里→贵州威宁县境内的林那高山区与那鲁河两岸居住
	根蚩耶老的故事	湖泊大平原、七道江湾腹心地	湖泊平原→北方平原，太阳落山的地方→络里
	跳花山的来历	旨密立、络鸰和戈戠平原	洛朗州氏、旨密立大平坝→迁徙到天边和地边山区花盛开的地方→那鲁河根蚩那鲁地方→多别并大山区
	十二支苗家迁到逋诺	旨密立京都	旨密立京都→逋诺

续表

演唱者/整理者	篇名	最初居住地	迁徙路线
杨雅各	根支耶老、格缪耶老和耶玖逼蒿的故事	不详	最初的居住地→东方大河边→笃那依摸大平坝→往南迁徙度过笃那依摸江→江南→西南种烟处→仡佬族地界→颛德颛历诺彝族土司领地
王建国搜集	根蚩支劳、根挪支劳的故事	寒冷高山上	寒冷高山上→蔡塞咪夫氏大平坝→旨密立大平坝→卯嘎老坝
陶自改	根孜则利到和则劳诺司居孜劳迁徙故事	戈哉城	戈哉城→向南来到花椒坝→核桃坪→落脚在格超河、明林河转弯处
陶自改	耶玖喱刀的故事	戈哉城	戈哉城→卯戛志坝→达施标珠孜劳在的地方→阿那河→昭通坝
佚名	阿髳迁到贵阳地方	柯约山	柯约山→迁到旨密立、迁到洛朗州氏→阪泉→甘依施勒氏、核桃坪、花椒坪→格整河→那诺河→榜逗氏
杨爱新	苗家迁到逋诺地方	戈哉平坝	戈哉坝子→往西到一个高山区→那鲁坝、逋诺
杨爱新	苗家来到骚诺地方	逋诺	逋诺→骚诺→根潮河边的河谷两旁
杨世崇	苗家迁到昭通坝	不详	原居住地→夫乌地→逋伊地方→氏夫休高原坝子→标标坪→摸氏坝

清代以前，汉文典籍中就有关于苗族先祖从贵州、四川、广西迁入云南的记载。《蛮书》卷十说："黔、泾、巴、夏四邑苗众，咸通三年（862年）春三月八日，因入贼（指南诏）朱道古营栅，竟日与蛮贼将大羌杨阿触，杨酋盛，拓东判官杨忠义话得姓名，立边城自我一国之由。祖乃盘瓠之后。其蛮贼杨羌等云绽盘古之后。此时缘单车问罪，莫能若事。咸通五年（864年）六月，左授夔州都督长史，问蛮夷巴、夏四邑根源，悉以录之，寄安南诸大首领……"① 这是《蛮书》作者樊绰于咸通三年（862年）三月八日在安南都护府战场上亲眼见到的情况。当时已经有一些自称"盘瓠之后"的

①(唐) 樊绰:《蛮书》卷十。

“苗众”在安南都护府的战场上出现，这些人应该就是苗族先祖。他们从黔、涪、巴、夔四州一带迁徙而来，居住在接近安南都护府的地方，受南诏统治，因而向南诏将领提出“立边城自为一国”的要求，现应居住在今云南文山壮族苗族自治州境内。唐朝中期，一部分苗族向西南迁徙至南诏东南边境，即今云南文山州境内居住，更多的苗族人口仍然居住在黔、涪、巴、夔四州地区。

但是，在西部苗族迁徙史诗中所描绘的并不是苗族从遥远的地方迁入云南境内的迁徙路线，而是迁入贵州、云南边境彝族聚居区前后的、短距离的迁徙过程。在《西部苗族古歌》中，平原腹地旨密立、戈戠城、笃那依摸大平原、蔡塞咪夫氏大平原等地名在文中时常出现，提到旨密立时歌手都要指明它是广阔的平原，且是平原的中心地带。吴晓东认为，西部苗族迁徙史诗反映的是苗族迁徙到彝族地区时与汉族的一系列战争与迁徙，史诗中所描绘的迁徙路线，不是苗家先祖从黄河中下游迁徙到长江中下游流域，再西迁到目前的地方，或从长江中下游流域被放逐到“三危”后，再从甘肃一带南下到目前的地理位置，而是在彝族地区小范围内的短距离迁徙。①

唐代樊绰《蛮书》中所讲到的南诏东南边境声称“祖乃盘瓠之后”的“苗众”中也应杂有“莫瑶”，即今天瑶族的先祖在内，只是当时的记录未曾明确而已。直到14世纪的元朝时期，才有关于云南境内瑶族的记录。《元史・本纪》中说：“至治三年（1323年）冬十月丙戌，八番、顺元及靖江、威楚诸路猺兵为寇，敕湖广、云南二省招谕。”因为瑶族的迁徙方向是从东北向西南发展的，东北部的靖江路、八番、顺元和西南部的威楚路（驻地在今云南楚雄市）应该都已经有了瑶族居住。元朝以后，苗族和瑶族先祖又都从云南东南边境继续向西南深入，苗族在深入贵州西部的同时，还从云南东部和东北部向西迁徙。

在云南瑶族迁徙史诗《寻根歌》中也涉及了瑶族的迁徙路线。歌中说瑶族先祖原来居住在一个叫真龙的地方，后来由于各种天灾人祸，瑶族先祖一帮帮离开真龙向北、向西、向南迁徙，其中向南迁徙的一支瑶族落脚在了云南境内一个名为“那椒地”的地方。

（二）纳西族迁徙路线

一般说来，仅仅唱述一个民族从祖居地到现居地迁徙路线的文本，通常用于较为神圣、庄重的祭祖仪式以及大型的节日、节庆或分支典礼上。这些文本的文学性、情感性较弱，历史性、记忆性较强。代表性文本如纳西族《创世纪》（又可以译为“人类迁徙记”）中所记载的纳西族迁徙路线与彝族迁徙史诗《夷僰榷濮》与《赊窋榷濮》中所记载的彝族“六祖分支”前后的迁徙历程，特别是分支后各部的迁徙路线，十分详尽。虽然这些文本中的有些古地名我们已经无法考证，但是迁徙方向明确、路线清晰。

根据东巴经《创世纪》记载，人类从什罗山（即巨那茹罗山）迁徙到英古地（丽江）的路线为：“人类迁徙呀，先从什罗山顶走下来，经过什罗山腰，来到什罗山麓。

①吴晓东：《论西部苗族迁徙史诗非蚩尤时代苗族战争迁徙口碑史》，《民族文学研究》2003年第3期。

从天底白山脚迁徙，来到天底撒种地；从天高星伴山迁徙，来到大地草伴山；从种麻田坝迁徙，来到干地蔓菁田；从住人广阔地迁徙，来到‘精肯熟陀地’，来到‘落多布法’大河边；从高地飞鹰山迁徙，来到连天飞鹤山；从虎过虎爪迁徙，来到熊过熊爪山；从‘勒起都主’山迁徙，来到‘米鲁阿呷’山；从‘喜潘高鲁’山迁徙，来到‘北母许主’坡；从黑岩两路口迁徙，来到十二岔路口；从十二岔路口迁徙，来到十二白坡脚；从恒英玉水河上游迁徙，来到恒英玉水河下游；从‘精肯苏羡’坝迁徙，来到洛朵红栗山；从高地烂泥塘迁徙，来到高地涉水坡；从高地‘龙高老’迁徙，来到叶本地吕吉（永宁）；从绵阳白草山迁徙，来到‘吕本’松林山；从木里鼠罗箐迁徙，来到左边枯林箐；从赶到猪坡迁徙，来到肥沃山；从木里苏吉顶（无量河）迁徙，来到十二栏杆坡；从大两股箐迁徙，来到两谷白木寨；从窝左罗迁徙，来到三竹丛之间；从‘增那郭’山迁徙，来到‘增来增寿’山；从长刺深谷迁徙，来到翠柏高鲁山；从卸驮子地迁徙，来到鹇歇箐；从青草山迁徙，来到水草箐；从弯安坡迁徙，来到恩土湾（中甸县①白地）；从涉水坡迁徙，来到杀狗坪；从勒托丁迁徙，来到本刁寨；从冬渡口（金沙江）迁徙，来到夏渡口；从盘又大鼓（李江县）迁徙，来到三道湾；从黑水迁徙，来到白水河；从上干海子迁徙，来到下干海子；从本窝里迁徙，来到章那坡；从置偶岩洞迁徙，来到盘朵纳朵坝；从三思渠村迁徙，来到塔本甸（祭祖台）；从白沙迁徙，来到龙泉村，最后来到英古地（丽江）。”②

上文中迁徙路线的起点是什罗山顶，终点是丽江，其中很多古地名至今仍没有找到与之对应的现在的具体位置。东巴能够如此清晰地记忆先祖迁徙的路线，有可能是因为这段历史并不太遥远。近代史料认为纳西族源于南迁氐羌的一支——牦牛羌，晋代称为“摩沙夷”，唐代称为“摩些”“摩些蛮”，历史脉络相对清晰。唐代前后，纳西族先祖的迁徙频率低、距离较短，民族主体形成后，相对集中在丽江地区，没有发生过大的民族迁徙。③ 西汉时牦牛羌分布在沈黎郡（今四川汉源县清溪），汉武帝设牦牛县。以后，牦牛羌南迁至雅砻江下游。晋代，纳西族先民南迁至越嶲郡定莋县（今盐源）被称为“摩沙夷”。《华阳国志·蜀志》说：“县在郡西，渡泸水……曰摩沙夷。”唐初，纳西族的先祖已经迁徙到今宾川县，并建立了“越析诏”（又称“磨些诏”）。南诏统一六诏后，宾川地区的“磨些”被北迁返回丽江。《蛮书》卷四中说：“磨些蛮亦乌蛮别种。铁桥上下及大婆、小婆、三探览（在丽江境内）、昆池（今盐源）等川，皆具所居之地也。”④ 这说明在唐代时，纳西族先祖的生活地域就已经十分广泛，有些地方就是纳西族现在的居住地。

明代，丽江纳西族木土司崛起，向吐蕃地拓展，曾夺取维西、中甸及今四川的巴塘、里塘地区，纳西族遂迁入这些地区。纳西族先祖的分布地域再次扩大。虽然我们很

---

①中甸县现已更名为香格里拉县。

②何志武：《纳西东巴经选译》，云南省社科院东巴文化研究室 1983 年印。

③苍铭：《云南民族迁徙文化研究》，北京：民族出版社，1997 年，第 21 页。

④（唐）樊绰：《蛮书》卷十。

难完全破译上述迁徙路线中的每一个地名，特别是越早出现的地名，其具体位置更是难以确定。但是，纳西族先祖从北向南的迁徙痕迹却是十分明显的。

（三）彝族的迁徙路线

在云南彝族的部分彝文典籍与口头迁徙史诗中，有着较为清晰的对本支系迁徙地点的记录与描述。我们可以通过对迁徙、停留地点的分析连缀其迁徙的基本路线。如在彝族迁徙史诗《赊窋榷濮》中便详细记叙了六祖分支后各部的迁徙路线。

彝族六祖分支后各支系具体的迁徙路线列表

支系名称	始　祖	祖居地	迁　徙　路　线
默部德施氏	慕阿齐	姆吐涛布	德祖谷→宋碧城→泽本洪嘎地→亥吐那贝→乌蒙避补地（昭通坝子）→贡基涛恒地（今嵩明县境内）→台碌旁歹→布作（今寻甸县竹园一带）、江边迟谷地（今禄劝县大松树一带）、克阿本基地（昭通鲁甸县境内）、涛普矣尼（今禄劝县普渡河东安一带）、八德涛台地（据传说为今东川区汤丹一带）
武部朵吐氏	慕阿额	昭阿巳夺	昭阿巳夺→堵乌涛歹（在今东川县境）→贡碾洪矛→夺吐木谷（今寻甸县多马戛）→勒勒额初（今寻甸县五星一带）→俄曲波万→分支，一支留下，另一只涉过色玛河向东迁徙
乍部	慕阿枯	昭阿矣夺	昭阿矣夺→己多卧黑→涛哺涛歹→色玛苦夺→分支，一支迁徙至印木租木→考夺尼洪→考夺耐洪→迁回苦夺地→分支，大支向南迁徙
尼部	慕阿热	昭阿己夺	昭阿己夺→堵乌涛歹→涛歹更实→矣哺彩戛→歹哺吐纽→沙眯歹吐→阿等洪松→供麻洪松→台木奔成→戏洪矛根→噜哺（相传为今四川省米易县境内）
恒部	慕阿卧	昭阿己夺	昭阿己夺→卓阿碾卧→分支，长子住枯木汶纽、次子处麻歹发吐、幼子住阿瑙咪道→莫沽莫歹→咪拍歹吐→印木租木→直清俄矣→向各地迁徙
布部	慕阿克	涛普额本	涛普额本→分支，长子住麻罗纹纽、次子处涛普洪措、幼子居俄安照沙→次子搬迁至谷青俄格→登勒俄格→古瑙城（又称谷窝城，今昆明城）→罗婺家族现在的居住地

彝族六祖分支后，武和乍两个支系是向云南南部地区迁徙的。所以，我们看到在云南南部彝族古籍中对武、乍两个支系的迁徙与发展历史的记载就比较详细。因为这六大部落在迁徙、发展的过程中，分支、分寨是其主动适应环境，调整人与自然、人与人之间关系的一种重要手段，在迁徙的过程中，随着各部在某地的繁荣发展，分支、迁徙的事件必然发生，每次分出的支系向着不同的方向迁徙，我们只能找出保存、抄录该典籍支系的较为详细的迁徙路线，其他支系的迁徙路线只是偶有涉及，但并不完整清晰。

在彝族口传迁徙史诗《铜鼓王》中也清晰地记录了本支彝族的迁徙路线。具体为从昆仑向南迁徙至雪山地、越析诏，再艰难跋涉迁徙至滇池旁的蒙舍诏都蒙乡，与滇人共同开发建设了滇池地区。后来由于矛盾引发战争迁徙至布越人所在的普厅的普梅，在这里，这支彝族分为木思、木树、木桂、大平四支，这四支后来迁徙至滇桂边境的者祥、龙迈、木腊、朗桓，最后这支彝族迁徙至龙祥地区。在《铜鼓王》这首流传于云南富宁县、广西壮族自治区那坡县、越南与中国接壤的彝族聚居区的一个彝族支系的迁徙古歌中所记录下来的迁徙路线不仅与彝文经典和汉文典籍中部分记载相照应，而且对汉文、彝文的书面文献没有记录的这支远迁彝族的历史情况和迁徙路线有着极为细致的描绘。

（四）其他民族的迁徙路线

在云南少数民族迁徙史诗中，通过文本细读与文献比较，我们可以梳理出相对清晰的苗族、纳西族和彝族某一支系的迁徙路线。但是，对于云南境内更多的民族来说，由于文献记载的缺乏与迁徙史诗中对迁徙经历的演述过于简单，我们很难理清其具体迁徙路线。

秦汉时期，滇西原住民族已经向东迁徙至滇池以西地区，当这支从洱海边迁徙的彝族支系来到滇池周围时，发现这里早已住满了本族的另外一个支系——昆明族。唐代，彝族的分布随南诏的拓展而扩大，但人口和文化中心还是在滇池—洱海一线北面，向南则散布在元江下游。元明时期，彝族被称为“罗罗”，《铜鼓王》中的这支彝族也自称为“罗罗”，史诗中说他们迁徙至文山州的普厅境内居住。在天启《滇志》卷三十载：“纳楼长官司（今建水西部）土官普少，罗罗人，洪武初归附……”“妙罗罗，皆土酋官舍之裔……在阿迷州（今开远）为诸种所敬擽……”“其在王弄山（今文山县西部）者，不著其种汇，止曰罗罗，……”官方文献记载了迁入文山州境内罗罗的土司归附、声望、自称等重要信息，但是对于这支彝族支系的迁徙路线、生产、生活、祭祀、族际关系等的记载则很少，口传史诗《铜鼓王》中对迁徙路线等的详细唱述，弥补了正史文献中关于迁入文山境内的这支彝族的具体迁徙路线、迁徙情况记载不详的情况。

在拉祜族迁徙史诗《根古》中每篇都以拉祜族历史上某一著名的定居地或历史事件命名。其迁徙路线为：北氏南氏→牡罗哈罗格→阿沃阿戈东→糯弄糯谢→牡缅坝子。后来战争爆发，拉祜人沿着三支神箭射向的方向迁徙：一支迁徙至澜沧牡密，一支迁徙到在玛牡密，另一支迁徙至泰牡密。

在毕登程、隋嘎搜集整理，隋嘎演唱的佤族史诗《司岗里》中，佤族先祖的迁徙路线为：一支在安木拐的带领下走出司岗里→跨莫→永克露→锡古→捏围→勒尔→滇池→依朗→阿觉；另一支在牙里、牙万的带领下，牙里和牙万一直向西北直达图莫伟龙后来又走下山岗和补蒙人生活在一起。达佤领着一支人跨过萨尔温江直达伊洛瓦底江，在伊洛瓦底江岸边建立的永佤、昔卜和永栋→返回阿佤山。在王学兵的《司岗里传说》中，佤族的迁徙路线为以下几条：

（1）门高西爷→巴格卫→门买（印度）→比杨杜姆（腾冲）→德拉尔（潞西）→得加（腊戍）→佤城（门得勒/曼得勒）；

（2）门高西爷→门些（昆明）→普洱→越南；

（3）公莱姆（公明山）→沧源/西盟/景栋/泰国等地。

历史上，由于佤、德昂、布朗三个民族同出一源，居住地相对集中在滇西和滇东南地区，没有像氐羌族群那样大跨度、长距离的迁徙经历。但是因为这三个民族先祖的分化相对较晚，我们很难从唐代以前的文献记载中将对这三个民族的记载完全区分开来。唐代，一部分濮人被称作“望蛮”“望苴子蛮”，这一部分与今天的佤族有族源关系。《蛮书》卷四中说：“望苴子蛮，在澜沧江以西……其人勇捷，善于马上用枪。”唐代典籍中关于佤族先民居住在澜沧江以西的记载与其迁徙古歌中的记忆是相吻合的。

在傣族史诗《巴塔麻嘎捧尚罗·迁徙篇》中详细描述了两支傣族迁徙的路线。文中讲这两支傣族本来是共同居住在勐泐龙，她们从勐沙奔、勐南汰出发，沿着白沙河向南方迁徙，途中经过了阴湿寒冷的峡槽地、瘟疫蔓延的黑林地，又经勐缅龙、先狼坡、惠龙胡，到达“米梯腊”①。女王们在米梯腊修整队伍，休养生息，并将米梯腊改名为勐拉。迁徙人群再次开拔时，有部分民众见米梯腊有河、有水、有山、有林，不愿意继续迁徙而留了下来。女王雅罕冷领着泐族女人、老人和小孩顺着平地走，沿着水边行；女王苏米答，领着泐族男子，爬坡走直路，顺着山梁行。两路人在龙谷②相遇后再一起迁徙。走到“汇吾莱”时，两位女王又带领各自的队伍分开迁徙。女王雅罕冷带着众人率先到达布帕③，女王苏米答带领的另一支队伍随后到达。两位女王在布帕暂时定居，并把布帕改名为广莫。最后，雅罕冷女王带领的这支傣族率先抢占了大江两岸的平坝地区，建立了新勐，结束南下迁徙；苏米答女王因为误会雅罕冷女王故意不发出汇合的信号，要独占平坝地区，一气之下，抢占了所有的高山森林地区，并发誓与平坝地区的傣族永远不相往来。女王苏米答的支系遵照神的旨意，改了族种，不再是傣泐，成为“枣豁芒”④。

由上可知，在云南少数民族迁徙史诗中记载的迁徙路线或者迁徙历程，在一定程度

①米梯腊：傣语，又叫“米梯腊纳管”，古时候的一个地名，据说它就是今天的思茅区。

②龙谷：傣语，古地名，传说中两位女王率众迁徙途中经过的一个地方，有人说就是今勐腊县象明彝族乡一带。

③布帕：傣语，一座山的名字，即石头山，位于勐腊县境内，在今天的布帕地区。布，是山或者峰的意思；帕，是石头、岩石的意思。

④枣豁芒：傣语，泛指世代居住在山上的民族。

上弥补了汉族文献对少数民族迁徙路线记载的空白或碎片化、零散化。迁徙路线与迁徙方向的确定是由迁徙、定居地的转换或对古地名的释读推测出来的。一般说来，迁徙历史越近，地点越丰富、方向越明确、路线越清晰。迁徙历史越久远，学者们对地点、地名的释读与推测越困难，迁徙路线也较为模糊，甚至只能通过与汉文献典籍中的地域分布的对照来推测其大概的居住地和迁徙方向。但是，在云南少数民族祭祀天地祖先、婚丧嫁娶等重要人生仪礼上，念诵先祖从何而来，或者灵魂应如何沿着迁徙路线返回祖居地是必不可少的仪式，由此，人类的心灵获得慰藉、灵魂得以安息。

第二节　迁徙史诗中的民俗书写

风俗，风俗即民俗，是社会生活的底色和背景，被誉为民族历史进程的“活化石”，风俗习惯的记忆与遵循能够唤起一个民族的历史记忆，是该民族的“文化基因”。风俗习惯的形成与变迁见证了一个民族的迁徙与发展，实现着他们的族群认同。迁徙史诗中的“民俗书写”指的是其文本中存在的大量对节日节庆、祭祀仪式、婚姻制度、生活禁忌等特定民俗事项的来源、过程及意义的唱述。民俗书写是迁徙史诗的重要内容，是一个族群迁徙历史记忆与身份认同的重要载体。

在民族发展进程中进行风俗描写，在民族传统中寻找精神支柱，作品就会豁然显现出强大的生命力、巨大的凝聚力和永久的向心力。汪曾祺认为，风俗是民族感情的重要组成部分，而民族感情常常体现在风俗中，他说，“我以为风俗是一个民族集体创作的生活的抒情诗”①，“风俗，不论是自然形成的，还是包含一定人为的成分，都反映了一个民族对生活的挚爱……风俗中保留了一个民族的常绿的童心，并对这种童心加以圣化。风俗使一个民族永不衰老。风俗是民族感情的重要组成部分”②。风俗是具体的，一种风俗对维系民族感情的作用是不可估量的。民族文学最突出的特点之一就是本民族风俗人情的描写，它不仅在民族传统文化中深刻地揭示人性，而且充分地显示出民族性格。风俗描写，实际上也就是民族性格、民族文化的揭示和民族感情的抒发。

一、迁徙史诗中的节日与祭祀

迁徙史诗对民族生活和社会文化的“言说”首先体现在：把民俗生活的渊源延伸到民族迁徙的历史之中，使现实生活历史化，这样民俗生活就进入了口头传统。口头传统经常对五彩缤纷的现实生活和社会文化进行解释，这种解释被整个族群所认同，也在一个族群中不断地流传。祭祀仪式或节日节庆起源传说是迁徙史诗中最为常见的母题。

---

①汪曾祺：《大淖记事是怎样写出来的》，《汪曾祺全集》卷三，北京：北京师范大学出版社，1998年，第214页。

②汪曾祺：《谈谈风俗画》，《汪曾祺全集》卷三，北京：北京师范大学出版社，1998年，第348—355页。

（一）迁徙史诗中的节日

迁徙史诗中的岁时节令是各迁徙族群的先祖在悄然流逝的岁月长河中留下的印迹，记录着各民族在不同时期、不同地域的社会生活、风土人情、文化创造、审美理想和精神信仰，是中华民族社会生活的重要组成部分。迁徙史诗中记录的岁时节令犹如一面镜子，透过它，可窥见各个族群每个阶段的文化信息。

1. 苗家踩花山

历史文献中对苗族踩花山的记载很多，如《马关县志·风俗志》载："苗人踩花山（亦即跳月）……每年初春'自初一起，来者日众，累百盈千，肩摩踵接……'场中芦笙既歌且舞，曲其腰而昂首，盘旋往复……歌声嫋嫋，笙韵悠悠。如是数日，唱酹既恰，男女相悦'。"① 在云南苗族迁徙史诗中，歌手杨芝也唱述了"花山节"的来历，他说："在古老的年代，有两个部落争地盘。茂俞是耿米元老的子孙，住在绿茵茵的平原；早俞是格炎佛直的后代，住在高高的群山中间。这两个部落，像黑牯子牛角对角，两个部落要打仗。早俞先挥棍冲下平原，茂俞也奋起作战，从第一个鸡年打到第二个鸡年，十三个年头不分胜败。耿米元老见子孙死亡多，这样打下去不划算，茂俞也认为应该让步，打仗争夺没有好处，到哪里都可以生活。商量定了，他们便把一望无边的大平原，让给格炎佛直部落去居住。在鸡年鸡月鸡日那一天，茂俞的子孙离开了家园，像一只母鸡领着一大群小鸡，爬上了高高的山。避开了战争的灾难，茂俞部落怎能不喜欢，年轻人唱歌跳舞吹芦笙，老人们杀鸡宰猪来祭献，从此，茂俞部落，为纪念脱离灾难，每年五月初五都要赶花山。"②

这首歌讲到苗族先祖为了避免继续流血牺牲而主动放弃了平原，他们并不认为主动放弃平原有什么不好，反倒是为了祝贺本族群远离战争、脱离灾难而赶花山庆祝。古歌唱出了苗族先祖乐观、积极的心态。这与《西部苗族古歌》中整体悲凉、漂泊的心态形成鲜明的对比。在《西部苗族古歌》中，也收录了歌手杨芝唱述的跳花山的来历。与上一次演唱相比，杨芝此次演述的内容更丰富、情节更细致。歌中说："十二大支苗家住在旨密立，住在络钨和戈哉平原里。安居乐业就像太阳出山，安居乐业就像太阳升起。世道如簸箕一样平稳，人心如磐石一样安定。世道总要看天意，到了猴月鸡月里，兆家和苗族，打仗打得发了疯，你攻我杀无穷期。兆家从蔡塞咪夫氏过来，苗家就在洛朗州氏，在自己的平原腹地。兆家是哪家？兆家是根炎敖孜劳的兄弟和儿孙；苗家是哪家？苗家是革缪耶劳的人。乌云密布雨要下，出了恶人仗要打。兆家和苗家就像黑牯子，伸出角来要斗架。他们为了争地盘，他们为了夺江山，打的时间长又长，打了几个周期年。胜负不分不收兵，双方打得红了眼。苗家众兄弟，倒在战场上，兆家众儿孙，伤亡也一样。眼看尸体堆成山，苗家心里很悲怆。苗家父老来商量：'打仗挡不住风

①张自明编纂：《马关县志》，昆明：云南德生石印局，民国二十一年（1932年）。

②杨芝演唱，王建国、杨清明、杨世武整理：《花山节的来历》，《华夏地理》1984年第2期。

雨，当兵遮不住太阳。我们不如搬到天边网，我们不如搬到地边网。[①] 我们搬到天边去，没有什么把手绊；我们搬到地边去，没有什么把脚挡。索性放弃旨密立，满足根炎敖孜劳的贪心；干脆放弃历秣平原，满足根炎敖孜劳的愿望。’苗家要搬迁，选定猴年和鸡年，到了猴月和鸡月，正月初五属鸡天，苗家带着儿孙走，男女老少离家园；好像翻毛的母鸡带小鸡，避过老鹰走天边。老弱妇孺暗中早出发，先期住到高山头，想念家园一步一回首，好像踩着舞步走。年轻人随后到山上，放下忧虑心舒畅；总算平安跑出来，摆脱了根炎敖孜劳的魔掌。老年人杀猪宰鸡忙叫魂，叫唤惊魂快回转；总算平安跑出来，摆脱了根炎敖孜劳的窜犯。苗家转移有策略，苗家迁徙计谋多：山羊身上拴皮鼓，绵羊身上拴铜锣。绵羊面前放扇大簸箕，装满粮食够它吃；山羊面前放扇大簸箕，十天半月有刍秣。羊拖铜锣四处走，铜锣皮鼓相碰撞；好像有人在敲打，咚咚哐哐一片响。根炎敖孜劳很奇怪，忙派兵丁来打探；苗家传话给他们：‘这是我们祭祖先，祭祀活动一结束，再摆阵势来决战。’苗家锣鼓响不停，接连响了十多天，沙家再派人来看，房屋空空人不见，才知苗家早转移，只有羊拖锣鼓四处串。苗家结队离开住地，翻山越岭力竭精疲；那天来到一个地方，男女老少停下休息。他们想起失地气愤不平，他们想起家乡别情依依。他们留恋历秣平原，他们怀念旨密立。想到故土从此不可复得，禁不住长声叹息。他们一帮帮吹着芦笙跳着舞，唱着歌儿往回转。回身远望旨密立，回身远望历秣平原，两眼泪涟涟；回身远望历秣平原，回首远望旨密立，哭声响震天。苗家一群群吹着芦笙跳着舞，唱着歌儿回头看，用歌声驱赶心中苦楚，用歌声寄托心中思念。他们唱着歌儿又上路，逃到地边和天边，那里不再受羁绊。十二支苗家到远方，从此开始跳花山。十二支苗家到远方，从此不用绵羊山羊祭鬼神：绵羊山羊为苗家，曾经贡献过生命；绵羊山羊帮苗家，开启过迁徙的历程。”[②]

在云南屏边县上坝的苗族中，也有关于“立花杆”和“踩花山”起源的传说。无论歌中唱的是哪一种踩花山的起源，都包含着苗族对自己祖先迁徙历程的回忆与想象。这些与迁徙相关的主题中凝聚着苗族先祖被迫逃离家园，经历万重劫难，在异地重新团聚，并期盼回到故乡的集体无意识。

2. 彝族跳宫节

云南彝族罗罗支系“跳宫节”的来历也与该支系曾经的漫长迁徙有关。过“跳宫节”的目的是纪念战争中救护先祖的金竹。节日期间要祭祀金竹、跳铜鼓舞、唱迁徙史诗《铜鼓王》。古歌中唱述了远古时期，滇王为了独霸滇境，强迫罗罗支系先民昆明人退回当年老滇王相赠的“胭粉地”，昆明族首领都罗据理力争，双方不能达成共识，随即兵戎相见，从此干戈不断的故事。昆明族势单力薄，退守金竹山，藏身金竹丛，以竹笋为食，以竹笋为箭，并靠神鼓仙灵冲撞敌阵而化险为夷。休战后昆明族带上铜鼓、竹笋南迁，在新的地方种下救过命的竹笋。一年后竹子生长成蓬，他们绕着竹蓬击鼓歌

①天边网、地边网：苗族先祖认为天地相接如渔网，天边网、地边网均指很遥远的地方。

②云南省少数民族古籍整理出版规划办公室编：《西部苗族古歌》，昆明：云南民族出版社，1992 年，第 197—202 页。

舞，相沿成俗，形成现在的“跳宫节”。

在跳宫节活动上，歌手所唱的《铜鼓王》中叙述了金竹、铜鼓的神奇功能，赞颂了历代“铜鼓王”抗击强敌、抵御外敌的英雄业绩，展示了彝族罗罗支系先民迫于部落之间的兼并战争而不断迁徙的历程。《铜鼓王》序歌中唱道：“彝家跳宫节[①]，跳起铜鼓舞。彝家过荞年[②]，唱起铜鼓歌。鼓舞二十盘，盘盘血泪史，鼓歌二十调，调调英雄颂。斑斑血泪史，彝家苦难多。多的像荞皮，装满千万箩。英雄创大业，壮志镇山河。山河添异彩，光辉照史册。苦难不能忘，铭记在心窝，英雄永不死，如星在闪烁。大家一齐来，烧起一堆火。跳起铜鼓舞，唱起铜鼓歌。铜鼓咚咚响，心头掀大浪。代代铜鼓王，名字我记得，彝家老根底，万事从头说。”[③] 彝族罗罗支系跳宫节的来历与本支系的迁徙历史相关，跳铜鼓舞、唱《铜鼓王》是为了不忘英雄，铭记血泪斑斑的苦难历史与迁徙历程。

3. 景颇族目瑙纵歌节

在景颇族史诗《目瑙斋瓦》[④] 中，有一段唱述远古时期天神宁贯杜率领打天造地的队伍，翻过高山、越过平坝，打好热旺松康山、依山、贡氏山、掸诗贡山、崩景颇山、直黎山、蒙嫩锐藏山等地方，天神为人类打造适合生活的地方的过程其实就是景颇族不断迁徙、繁衍、分支扩散至不同地方居住的过程。为了庆祝自己打天造地的丰功伟绩，宁贯杜决定举行盛大的庆祝仪式：“宁贯杜在勒章松坎瑙然地方，杀了石牛，宰了石猪，跳起目瑙舞，庆贺打好的高山、造好的平坝。并在洛芒龙布地方，建成了宏伟的王宫。”[⑤] 景颇族没有自己的文字，与其他族群一样，其历史也是以歌的形式吟唱出来的。“目瑙斋瓦”就是“历史的歌”，这种歌一般在举行大型目瑙舞的祭祀仪式上，由专职的斋瓦吟唱，具有神圣的意义。

4. 哈尼族艾玛突节

在哈尼族迁徙史诗《哈尼阿培聪坡坡》中，多次描述了哈尼族的艾玛突节、苦扎扎节、十月年、祭竜等节日活动及祭祀仪式。每年农历二月的属龙日，是哈尼族最盛大的祭祀日，又叫“艾玛突的日子”，哈尼族崇拜万年青树，以其为神祇。这一天，全寨都要祭祀神树，以求风调雨顺，人畜平安。古歌中说就在哈尼人欢度艾玛突节的时候，异族蒲尼人突然出现，恶言挑衅哈尼人，引发了两族的战争。蒲尼人选择在哈尼族最为神圣的节日祭祀期间寻衅滋事，并提出要哈尼人砍掉神树、让出神山的苛刻要求，故意惹怒哈尼人引发战争，使得本段叙事达到高潮。文中对哈尼族安宁祥和、热闹欢快的祭祀情境的描述与后来蒲尼人恶意挑衅引起的激烈战争和无奈迁徙形成鲜明对比。此段文

---

①跳宫节：节日时间为农历四月二日至八日，立夏前后。

②荞年：节日时间为农历六月二十四日火把节前后，即大暑前后。

③李贵恩、刘德荣搜集整理：《铜鼓王》，昆明：云南人民出版社，1991 年，第 1 页。

④《目瑙斋瓦》中的“目瑙”是“舞蹈”的意思；“斋瓦”即“以歌的形式来吟唱的历史”。“目瑙斋瓦”就是“历史的歌”。这种歌一般在举行大型目瑙舞的祭祀活动上由专职的斋瓦吟唱。

⑤李向前搜集整理：《目瑙斋瓦》，芒市：德宏民族出版社，1991 年，第 37 页。

字把哈尼族英雄纳索的直爽、暴躁与蒲尼头人罗扎的贪婪、蛮横与狡诈描绘得非常充分。

迁徙史诗中对岁时节令的描写有推动故事情节发展、塑造人物形象、刻画民族心理的重要作用。在苗族、哈尼族、拉祜族等民族的迁徙史诗中也有很多对于岁时节令的描述，有的是各族群在节日期间喝酒吃肉、通宵作乐，而对敌人放松警惕，使得异族抓住时机侵占家园，不得不迁徙的故事；有的是异族派奸细打听到各民族的重要节日，送酒、送糖，趁机打探消息；有的则是为了铭记战争失败教训而特别设立的纪念日或祭祀活动。

岁时节令对于人类来讲，意味着从平凡庸常、琐碎辛苦甚至颠沛流离的日常生活中暂时脱身，进入一种欢乐祥和、神圣庄严的氛围中，进入一种秩序与等级颠倒的阈限状态里，甚至可以暂时忘却人世间的烦恼与痛苦。特别是对于迁徙族群来说，节日的欢乐祥和，祭祀仪式的崇高神圣可以让人暂时忘记迁徙时的悲伤和无奈，重新积蓄生活下去的力量，因而节日节庆的来历与祭祀仪式的盛大场景也是迁徙史诗反复吟诵的对象。

（二）祭祀祖先与人生仪礼

在云南少数民族迁徙史诗中对民间信仰与祭祀活动的描写非常多，也非常细。史诗中说这些信仰和祭祀活动起源于先祖的迁徙途中，为了纪念先祖迁徙时的苦难艰辛和带领迁徙者的英雄业绩而兴起、设立的。迁徙史诗中的祭祀仪式和人生仪礼主要包括祭祖、分支、婚礼和葬礼等。

1. 祭祖仪式

在云南少数民族迁徙史诗中，歌手常常会用大篇幅的诗章唱述先祖祭祀祖先的情境。无论迁徙过多少地方，不管经历了多少苦难，随着祭祖仪式的进行，后辈们对先祖的感恩之情就会立刻弥漫开来。

云南苗族迁徙史诗《西部苗族古歌》中讲到，苗家首领耶玖哩刀带着百姓跋山涉水，最后落脚在阿那河边。他带领大家烧荒种地，种植苏子、稗子和小米。三十年后，子孙繁衍，渐渐恢复了生机。为了感念祖先恩情，耶玖哩刀决定借鼓祭祖，歌中说："日子一天比一天好，不能把祖先忘记；那年又遇到好年成，耶玖哩刀要作祭，到髳嘎志地方借母鼓。……'向人借鼓太麻烦，来往不便路途远；还是自己来制鼓，今后祭祀才方便。'耶玖哩刀叫张姓家族制母鼓，叫杨姓家族制公鼓，樟木树干制成的鼓用来祭祀，樟木树根制成的鼓用来嫁娶。从此耶玖哩刀的子孙祭祖，不必再去髳嘎志借鼓。说到髳嘎志的苗家亲友，他们保存了很多追根溯源的古歌，耶玖哩刀的子孙，则保存着追根溯源的芦笙调最多。后来髳嘎志的苗家也得到了一些芦笙调，耶玖哩刀的儿孙创作了迁徙调。"① 文中注释说，黔东地区的苗族早就迁徙到那里了，因此他们保存着祭祖用的大鼓，追根溯源的古歌也比较多。后面才迁徙来的苗家即滇东北次方言区的苗族，

①云南省少数民族古籍整理出版规划办公室编：《西部苗族古歌》，昆明：云南民族出版社，1992 年，第 244—247 页。

芦笙调保存的较多，古歌较少。但是，不论是芦笙调还是古歌其内容都是追根溯源，回顾历史的。这段古歌唱述了苗家祭祖的情境，特别是通过借鼓、制鼓、创作芦笙调和古歌的过程，告诉了我们这支苗家与黔东地区苗家的联系与交往。

2. 分支仪式

在常态生活中，分支、分寨是云南少数民族解决人与环境、资源紧张关系的一种重要举措。在迁徙途中，分支、分寨还是躲避追杀、保全生命的无奈之举；或是体现该族群在某暂居地繁衍生息、人丁兴旺的重要标志性事件。

（1）彝族祭祖分支仪式

彝族迁徙史诗《夷僰榷濮》本身就是彝族毕摩祭祀祖先或举行分支典礼时所用的祭祀经。在这部经典的开篇就唱道："我师名阿倮，阿倮居何处，终结时日到，阿倮应入位。延师做斋经，大家齐准备……"① 文中首先指明了作斋的主持者是毕摩。在《夷僰榷濮》中，祖灵、牺牲、魂魄、宗筒、分支、作斋等词汇频繁出现。作斋—分支—安放宗筒这一组事件则多次循环出现，这与彝族祭祖分支的传统习俗有关。如果彝族某一支系在一地繁衍生息数代后，人口增加，超出了土地的承载能力，他们就会举行祭祖分支仪式。分支时要先请毕摩作斋祭祀，重新制作好祖灵筒才举行分支。关于祭祖分支最为盛大的场景出现在迁徙史诗《赊窨榷濮》中。文中详细唱述了由彝族共祖阿普笃慕举办的"六祖分支"仪式。分出的各支系在到达新的居住地后，还要请毕摩作斋放置好新做的宗筒。宗筒放置的地点十分讲究，地势要如卧龙，必须面海又临坝。文本讲出了安放宗筒时的地形讲究与放置规矩。

彝族迁徙史诗中讲述最多的不是因为战争、灾害引发的迁徙，而是因为人口增长引发的自然分支与主动迁徙。这与其他族群因为战争、自然灾害引发的被迫迁徙在叙事风格、民族情感、族群心理上的表现差异巨大。

（2）哈尼族祭祖分支仪式

哈尼族迁徙史诗中也唱述了哈尼人在迁徙到"石七"后，为避免被蒲尼人杀光，女头人戚姒决定祭祀祖先举行分支仪式，让本来聚在一起的哈尼人分别迁往各方。文中说："分寨的日子哦，像木刻刻在哈尼心上；分家的日子哦，像烙铁烙在哈尼肝上……哈尼今后各走一方，人人都把基石抚摸；搬迁的哈尼背不走神山，要把这神石放在心上。"② 歌手所唱述的这段讲述哈尼人分支迁徙情境的歌是其所演唱古歌中最精彩的场景之一。歌手不仅描绘了分支时人们的依依不舍之情和神圣庄严的分支仪式以及贝玛们的殷殷叮嘱，还告诉分支后的哈尼人一定要谨记先祖的古规古距，敬天敬祖，这是分隔各地的哈尼后人们日后相认的凭证。日后，分别各处的哈尼人正是凭借着世代遵循的祭祀仪式与古规古距形成了强大的凝聚力与浓厚的族群认同意识。

---

①云南省少数民族古籍整理出版规划办公室编：《夷僰榷濮》，昆明：云南民族出版社，1986 年，第 8 页。

②云南省少数民族古籍整理出版规划办公室编：《哈尼阿培聪坡坡》，昆明：云南民族出版社，1986 年，第 186 页。

（3）佤族砍人头祭祀仪式

在《佤族历史故事“司岗里”的传说》中讲到，当歌手所属支系的佤族先祖搬到莫社寨后，商量着要分支迁徙。魔巴艾扫在文中用极简的语句讲述了佤族历史上用人头祭祀习俗的来历与祈求洪水退去、护佑五谷丰登有关。在另一则佤族史诗《葫芦的传说》中，歌手则用饱含深情的诗句唱述了佤族的砍头祭谷仪式，文中说：“他们祈求五谷，砍掉自己的头颅，他们含笑牺牲，为了自己的民族。”① 西盟佤族有俗语说：“木鼓一响，人头落地。”从民间信仰角度看，只有用人头祭祀，才能让木鼓具有最高的神圣性和灵验性，拉木鼓仪式才能承载人们祈祷谷物丰登、村寨平安的愿望。

云南少数民族迁徙史诗中唱述了很多节日节庆、祭祀仪式的起源。节日节庆是展示民族身份的表象系统，彝族铜鼓节、佤族砍牛尾巴、苗族的踩花山、布朗族的茶祖节等，都是关于迁徙的集体记忆，族群的迁徙历程和艰辛苦痛通过节日、仪式的周期性展演，把拥有共同历史记忆的成员凝聚到一起。祭祀仪式、节日节庆集中展示的文化表象，既是物质文化、制度文化衔接的链条，也是民族精神文化传承的纽带，其集中呈现出一个民族的价值观念、社会关系、民族精神、历史记忆等，显示了该族群与自然、世界相处的方式和知识体系。迁徙族群的某些节日、祭祀以其独特的方式、固定的程序向周围族群表明本民族的迁徙历程、文化身份，以此作为族群成员认同的标志和依据，同时也以此方式传承本民族所属群体的历史记忆。

二、民族服饰中的迁徙信息

云南很多少数民族服饰的样式、图案、花纹、颜色等都与各民族原来的家园、迁徙的路线、途经的山川河流以及历史上发生的重要事件有关。传统社会中，服饰主要是女性来制作，是迁徙历史在女性群体记忆中的一种体现方式。

在佤族史诗《司岗里》中唱到，洪水淹天后，安木拐毅然从天上返回地面，带着佤族先祖来到莫伟努，佤族妇女把先祖迁徙的路径纺织在了衣服上。歌中说：“妇女们望着山下的洪水浪，织出了布上美丽的水波纹。水波纹织来又织去，把祖先的脚印也织在了上面。传说佤崩支系的人，顺水出去到处都走通了，他们的水波纹全用顺针织，一浪又一浪推向远方，织出的是跳跃前进的波浪花；传说佤格和佤固德支系的人，顺水出去走不通又折回来，他们的水波纹先用顺针织，然后又用倒针织折回来，两两相对围成了方块花。”② 文中不仅讲到佤族衣服上花纹的含义，还解释了佤族不同支系因为迁徙路线、行走方向不同而导致衣服上的花纹也不一样的事。

苗家先祖阿髳与异族打仗战败后，跋山涉水，撤退到高山密林中，人们想念平坝中

①刘允禔、陈学明整理：《葫芦的传说》（原名《西岗里》），昆明：云南民族出版社，1980 年，第 14 页。

②毕登程、隋嘎搜集整理：《司岗里》，昆明：云南人民出版社，2009 年，第 103 页。

建立的城池，留恋当时的美好生活。头人便教会苗家妇女在衣服上绘出城池的图案，纪念失去的家园。在《西部苗族古歌》中，歌手杨芝用数百行的篇幅专门演唱了“制作服饰纪念失去的家园”，文中说，在苗家三位善于制作服饰的头领根爷耶老、根蚩耶老和噶骚挐彪的带领下，先祖将曾经的城池、物产、土地，迁徙途中蹚过的河流、翻越的高山统统化作服饰中的围腰、绑腿、披毡以及绣花图案、红布、铜片等装饰物，将苗家的迁徙史穿在了自己的身上。歌手唱道：“故土不可得，心中十分留恋，他们想出办法，要留下长久的纪念。制成方块花围腰，象征洛朗州氏平原，妇女儿童围在身上，前面一片，后面一片。让妇女儿童不忘故地，让老人看着心中温暖。围腰边饰有坠子和花边，那是洛朗州氏四围的田园；围腰边缝着平挑的红带，那是两条向东流淌的大江，它们交汇在故乡的平原，汇成笃那依摸大江水，滚滚滔滔奔向前。根爷耶老、根蚩耶老和噶骚挐彪，十分留恋络鸨和络里。两座城池呈圆形，瓦房楼房明亮又整齐；于是把它做成圆领折叠毡，用它象征络鸨和络里……洛朗州氏、络鸨和络里，城里有高楼瓦房彩花墙，远远看去金光闪亮。该用什么来比喻？制成三角形铜片，让已婚的妇女戴在前额上。洛朗州氏平原，有笃那依摸大江，有红色的浑水河；红河绵延没有尽头，红河两岸土地肥沃，且把他们化作黑绑腿。让妇女们在小腿上缠裹。绑腿的黑底上缝着红黄两条带，那是浑水河和笃那依摸，从宽阔的平原上流过。制作这些衣着图案，要让最早迁出来的每个人知道；留下这些衣着图案，要让分散四方的子孙个个记牢。”①

杨芝是苗族有名的学者型歌手，他所唱的古歌中苗族服饰的由来比其他歌手要详细得多，诗歌的寓意也更为丰富。笔者 2015 年在云南红河州屏边苗族地区做调查时发现，对于上述歌谣中唱述的这样一种身体与服饰的象征意义，制作服饰的女性大多数都不能明确地说出来，村里老年男性能大概指出来裙子上的细长花纹代表着苗族在迁徙当中渡过的大江大河，裙子的褶皱则表示翻越过的高山。笔者在上课的时候曾经问过学院苗族语言文学方向的学生，他们对自己民族服装所承载的历史记忆更是语焉不详。

云南哈尼族服装的颜色以黑、藏青为主，对于哈尼族先祖的服饰及其颜色，汉文献中的相关记述较多。景泰《云南图经志》：“其民皆僾尼，类蒲蛮，男子绾髻于顶，白布缠头，妇人盘头漏顶，以花布为夸头，衣黑布筒裙。”乾隆《景东直隶厅志》：“窝泥，男服皂衣，女束发，青布缠头……”道光《普洱府志》卷十八：“黑窝泥，宁洱、思茅、威远、他郎皆有之。性情缓和，服色尚黑。”哈尼古歌《迁徙的脚印》中也多次唱到哈尼族先祖“服色尚黑”的传统：“过了足足七天，朝南走的小伙才回来，大家一看，都认不出来了，身上穿着才缝才染的黑色新衣，前前后后挂满了雪亮的银饰……”②对于哈尼族服饰尚黑、尚青的特点，哈尼族古歌中说，这与哈尼族先祖的迁徙历史有关。

①云南省少数民族古籍整理出版规划办公室编：《西部苗族古歌》，昆明：云南民族出版社，1992 年，第 271—274 页。

②《先祖的脚印》，刘豪辉、阿罗编《哈尼族民间故事选》，上海：上海文艺出版社，1989 年，第 81 页。

哈尼族老人的日常着装　王淑英/摄

在《哈尼阿培聪坡坡》中对哈尼族祖居地“虎尼虎那”的描绘：“天边有个叫虎尼虎那的地方，红红的石头像天火燃烧，黑黑的石头像黑夜笼罩。”在哈尼古歌中，哈尼族妇女的包头甚至具有稳固天地的重要作用。《十二奴局》中唱到，洪水过后，人类再生，天神为了让人种一代代传下去，把天地四方锁起来，向万物发下誓言并打下木刻做记号：“大公鸡的冠子上打了刻，老水牛的角上打了刻，山羊的角上打了刻，彩虹的身上打了刻，哈尼妇女的包头上打了刻，从此天不会坍下来。”这些记录哈尼族迁徙历史的古歌中对服饰的记忆不仅涉及服饰的由来，还指出了特定服饰的重要意义。

参加2016年哈尼语口语测试的绿春学生的着装　王淑英/摄

云南曾经有过漫长迁徙经历的少数民族的服饰是一个相对独立的符号系统，服饰与文献典籍、口头传统、祭祀仪式等相互印证、互为补充，共同发挥着文化阐释的功能。迁徙途中的人群，为了纪念失去的家园，为了传承祖先的道理，他们把有纪念意义的事项缝在了身上，记在了心中。以前，人们往往在“书面文本”中寻找民族志材料和地域文化特色，殊不知在一个民族的口头传统之中潜藏着更加丰富的社会文化与民俗风情，进而提醒人们“活态”的口头传统具有重要的价值。

三、其他重要文化符码

在云南许多少数民族的口头传统中，地域文化占有相当的比重，云南少数民族迁徙史诗也不例外。哈尼族迁徙史诗中的梯田、白鹇鸟、磨秋房、寨神树、诺玛阿美等，拉祜族的葫芦、牡缅密缅，佤族的司岗里、人头桩、小红米等，德昂族的茶树，苗族的芦笙、鼓、旨密立大平坝等文化元素在迁徙史诗中频繁出现，这些文化符码是云南少数民族迁徙途中与定居之后的日常生活、节日节庆与祭祀仪式的重要组成部分，也是本民族最具代表性的文化元素。

（一）苗家的鼓与芦笙

在苗族节日节庆与丧葬仪式上，鼓和芦笙是两样极具民族特色的器具。每个苗族村寨几乎都有自己的一面牛皮鼓，每逢有人过世，就会用这面鼓为他送魂。伍新福认为，鼓是苗族最古老也是最重要的乐器之一。在战斗和迁徙的过程中，鼓声既可以鼓舞斗志，也可以召唤那些失散的亲人；一个家族鸣鼓前进，以鼓建村，形成早期苗族的“鼓社”家族组织。刚迁入云南的苗族，在举行较大祭祀仪式时，往往要向其他村寨借鼓用，在《西部苗族古歌》“耶玖哩刀的故事”中便唱述了这一现象：“耶玖哩刀要作祭，到髳嘎志地方借母鼓。主人把鼓交给他，耶玖哩刀背在背上上了路。来到岩脚村头夹石岩，忽听的髳嘎志的大鼓响七声；耶玖哩刀又听见，背上的鼓应三声。耶玖哩刀才知道，背上背的是公鼓，髳嘎志的母鼓未借到。耶玖哩刀转回程，再到髳嘎志把母鼓拿。主人把公鼓挂在堂屋上，上楼取来母鼓拿给他。”①

在《西部苗族古歌》的“芦笙手和绣花女”篇中讲到苗族小伙子幺髳朱善吹芦笙：“主各枭家要祭祀，来招人间芦笙手；单单选中幺髳朱，叫他上天去演奏。去了整整十三天，祭完他才回人间。主各枭家有喜庆，招芦笙手到人间，单单挑中幺髳朱，要他上天去表演。庆典结束才回来，整整去了十三天。”② 从文中我们知道，对于苗家先祖来说，不仅人间祭祀需要芦笙手，天上的祭祀也需要芦笙手，并且天上的祭祀要连续演奏芦笙十三天。幺髳朱就是因为芦笙吹得好才被上天选中到天庭去演奏的。在云南苗族聚居区，其先祖迁入云南时，规模较小，大多是几家几户或者单户在不同时期迁入云南境内的不同地区，同一个村寨的苗族人家，并不像最初在祖居地生活时那样，一个家族一个村寨、一个家族一面鼓。云南的很多苗族村寨往往不可能只有一个苗族家族，单个家族独占一面鼓的情况越来越少，多个家庭共居同一个村寨、共用一面鼓成为比较普遍的现象。

（二）佤族木鼓与崖画

木鼓是佤族通神、悦神的神器，是佤族幸福和吉祥的象征，是民族感情的寄托物，

---

①云南省少数民族古籍整理出版规划办公室编：《西部苗族古歌》，昆明：云南民族出版社，1992 年，第 245—247 页。

②云南省少数民族古籍整理出版规划办公室编：《西部苗族古歌》，昆明：云南民族出版社，1992 年，第 290—291 页。

是佤族文化传承的线索，是佤族自然性格的表征和生命图腾。佤族拉木鼓是木鼓文化中最为重要的核心要素。在拉木鼓仪式中，个体成员参与其中，强烈感受到个人与集体、族群部落间的联系，强化了集体意识。正如歌中所唱的："我们佤族的木鼓啊，分为莫伟木鼓和娱乐木鼓。莫伟木鼓是我们通神的木鼓，也是我们民族的号角，它也可以用来搞娱乐，但首先是为了通神娱神，因为它是莫伟的化身。村村寨寨的木鼓房，安放的就是莫伟木鼓。我们把神圣的木鼓房，就当作莫伟大神的家，祭莫伟常常就是去祭木鼓。"① 隋嘎、毕登程搜集整理的《司岗里》中详细描绘了拉木鼓仪式。在《葫芦的传说》中也唱述了佤族拉木鼓时神圣、庄严的情境，极具抒情性，文中说："他们立誓生存，要找通天的巨树，用巨树做成木鼓，让木鼓把心里的话倾诉。人人取片巨树皮，统统把心交木鼓，木鼓说心中话，阿佤日夜敲木鼓。木鼓声咚咚，是阿佤向太阳和月亮高呼；木鼓声咚咚，是阿佤向大地和高山痛哭。木鼓声咚咚，是阿佤呼唤远方兄弟；木鼓声咚咚，是阿佤思念兄弟民族。木鼓声咚咚，是阿佤祈求丰收的五谷；木鼓声咚咚，是阿佤向往未来的幸福。一朵花凋零了，千万朵花又盛开；一根金竹弯曲了，千万根金竹挺起来。直到阿佤摆脱苦难，直到阿佤迎来幸福，那就砸碎木鼓吧，让欢乐永远代替痛苦。"

这段古歌语句优美抒情，把佤族木鼓的象征意义充分唱述了出来。歌手说佤族敲响木鼓，目的是为了把他们心中的话、他们的痛苦表达出来，是为了呼唤出司岗里时走散的各族兄弟，是为了祈求五谷丰登、为了迎来幸福，拉木鼓仪式因此也就具备了不可替代的崇高性与神圣性。

（三）哈尼族的蘑菇房和梯田

蘑菇房和梯田是哈尼族的重要文化符号。开垦梯田是哈尼人重要的生计方式，蘑菇房则是哈尼人最具特色的住房样式。在哈尼族迁徙史诗中多次唱到了美丽的蘑菇房和层层叠叠的梯田。如在《哈尼阿培聪坡坡》中唱道："像野草一样扎根，像石头一样站稳，神赐的诺马好地，哈尼又把蘑菇房兴建：惹罗的蘑菇房盖到诺马，先祖又把新的式样增添，两层的房子又多建一层，矮矮的耳房站在旁边，房顶修成平平的晒台，老人爱去烤太阳，小娃爱去摔大跤，女人爱去做针线。高高的房子新落成，谷雀就来祝贺寨人，扇动着棕片般的翅膀，来把勤劳的主人叫唤；花花的喜鹊也来搭伴，领着小儿搬来这边，它也有自己的蘑菇房，只是高高盖在树丫中间。"② 哈尼人十分喜爱自己的蘑菇房，据说蘑菇房的样式是哈尼族迁徙至惹罗地方时兴起的。哈尼先祖迁徙到诺玛阿美后，新建的蘑菇房样式有了改变，添加了耳房，房顶也修成了平平的晒台，功能更多样、式样更美观，老人、妇女和孩子都很喜欢。

梯田是哈尼人为适应环境在农业耕作发展上的伟大创举。哈尼人在提到自己开出的

①毕登程、隋嘎搜集整理：《司岗里》，昆明：云南人民出版社，2009 年，第 156 页。

②云南省少数民族古籍整理出版办公室编：《哈尼阿培聪坡坡》，昆明：云南民族出版社，1992 年，第 49 页。

“大田”时充满了幸福和自豪之情。但是，开垦梯田的过程却浸满汗水，艰辛异常。如在《哈尼阿培聪坡坡》中讲道：“几千个人一个不要走散，几千双手一双不要得闲，快拿凿有八个孔的犁去开荒，快拿开有十个孔的耙去平地，开田不要怕挖绝土狗的种，挖地不要怕把蚯蚓的脖子挖断！”① 哈尼人在诺玛阿美开辟出层层梯田，梯田在哈尼人的精心管理下，产出丰富的稻米、芋头和苞谷。红河两岸重重叠叠的梯田是哈尼先祖的生产经验与辛勤汗水的结晶，理想家园诺玛阿美的大田中则凝聚了世代哈尼人的浓厚情感和审美理想。

（四）百濮民族的茶叶

在唐代以前的汉族文献典籍中，对云南佤族、德昂族和布朗族先民的记述并没有明确的区分，在佤族、布朗族和德昂族的古歌中也有很多讲述茶叶种植和生产的故事。茶叶是云南地区源自百濮族群系统民族共有的文化符号。

在佤族史诗《司岗里》中讲到了茶叶的起源与祭祀。史诗中说，洪水暴发后，佤族先祖各自迁徙。岩冷、叶伦这一支发展出了有名的腊人。腊人对茶叶功能的认识很早，是最早种植茶叶的人，并崇拜祭祀茶叶。佤族有一首《古茶歌》，世世代代唱茶的道理。歌中说：“我们出司岗里就和茶在，哎，我们出岗里就，就和茶在。我们永远祭茶魂，哎，我们永远祭，祭茶魂。腊人他们最先种茶，哎，腊人他们先，先种茶。我们祭拜茶的功劳，哎，我们祭拜茶，茶的功劳。大布拆他们要念咒，哎，大布拆他们要念，要念咒。莫伟、日耶保佑我们，哎，莫伟、日耶保，保佑我们。茶莫伟保佑我们所有东西，哎，茶莫伟保佑我们所，所有的东西。人丰收莫伟更有力量，哎，人丰收莫伟更，更有力量。茶清凉治百病，哎，茶清凉治，治百病。莫伟、日耶他们欢喜，哎，莫伟、日耶他，他们欢喜。我们不能忘记祭拜茶。如果忘记定会不顺，哎，如果忘记定，定会不顺。”② 文本中说，佤族先祖中的一支——腊人是最先认识、种植茶叶的人。佤族人敬拜茶叶，祭祀茶魂。阿佤认为茶叶清凉，可治百病，用茶叶供神，神会喜欢。后来，从腊人中分化出布朗人，他们在祖先岩冷的带领下到芒景种茶。

澜沧县芒景、芒洪等地的布朗族每年都要祭祀艾楼，祭祀时要唱《我们是帕雅艾楼的子孙》，歌中讲述了先祖艾楼带领布朗人离开家乡，四处迁徙，教会布朗人种茶，并留下茶种作为后代子孙财产的故事。古歌开篇唱道：“我们是帕雅艾楼的子孙，我们是帕雅艾楼的兵，我们是佤人的儿女种茶叶，我们是傣王的子民薅茶秧。”③ 这段古歌与佤族《司岗里》中关于茶叶的篇章相互印照，再次证明佤族、布朗族历史上是同源关系。

同属于百濮族群的德昂族迁徙史诗《泪水歌》中也提到了茶叶的种植。歌中说：“我们原来居住的地方，到处飘着鲜花的芳香。我们淌汗栽种茶叶，我们辛勤耕种稻

①云南省少数民族古籍整理出版办公室编：《哈尼阿培聪坡坡》，昆明：云南民族出版社，1992 年，第 49—50 页。

②毕登程、隋嘎搜集整理：《司岗里》，昆明：云南民族出版社，2009 年，第 97—98 页。

③王国祥：《布朗族文学简史》，昆明：云南民族出版社，1995 年，第 111 页。

田。茶叶一年收三回，稻谷堆满了囤仓……”[①] 德昂族原来居住的地方适宜茶叶生长，茶叶一年收三回，产量较大。歌中表达了对种植茶叶、耕种稻田的坝区生活的思念。茶叶对德昂族先民的生活有着非同一般的重要性。德昂族史诗《祖先创世纪》和《达古达楞格莱标》中都说“茶”是大地的创造者，是德昂族的祖先，德昂族是茶树的子民。《达古达楞格莱标》中说：“有德昂的地方就有茶山，神奇的传说流传到现在，德昂人的身上还飘着茶叶的芳香。”[②] 又说：“各个民族都喝茶，喝着苦水莫把祖宗忘。”[③] 茶叶是德昂族重要的生产对象，种茶是德昂族重要的生计方式。虽然云南有很多少数民族都以茶叶作为重要的生活用品，但是像德昂族那样，认为自己是茶树的子民，把茶树与开天辟地的功绩联系在一起，并用茶、拜茶，以茶作为定情与交际的手段的民族却并不多见。

迁徙史诗中的历史记忆固化于文本中频繁出现的服饰、节日、物产、习俗等文化符号上，是一种固化的历史记忆。迁徙史诗犹如一部部云南少数民族迁徙历程与民俗文化的“百科全书”，唱述了与漫长迁徙有关的民俗事项和丰富多样的民俗生活。迁徙史诗的内容常常和一个民族的历史与现在的生活关系最为紧密。一个民族的迁徙经历、矛盾战争、民族关系、山川风物和民俗生活进入迁徙史诗文本之中，成了族群内部成员了解族群历史与自我意识的文化代码，同时，还实现了阐释现代社会文化、组织结构，建构族群“历史文化空间”的功能。

第三节　迁徙史诗中的族群意识与族群关系

在云南各地过着平坝农耕、山地农耕、半农半牧、游猎或游耕生活的少数民族，把自己的足迹留在了云南的平原、群山、河谷、密林之中，这彩云之南高高的山峦、纵横的河谷、富饶的山间平坝不知养育了多少族群、多少代民众。以往的迁徙经历，曾经的艰辛生活，所有这些都以民族集体经验的形式出现在各民族的迁徙史诗中，结集成“寻根意识”“漂泊感”等民族情结。本族群的地域文化特色每当被演唱者提及时，心灵深处的民族认同感便涌现在听众的心头，这种浓重的寻根意识是族群认同的重要表现形式。云南少数民族迁徙史诗中的族群认同意识主要表现为对“我们是谁?”“我们从哪里来?”“我们要到哪里去?”“我们与异族的关系”等问题的解释。

一、同源共祖与分家迁徙

关于“我们是谁?”的问题，云南少数民族先祖在迁徙史诗中同样给出了自己的回答。很多迁徙史诗文本中都认为各个民族最初的时候都生活在一起，是兄弟。很多迁徙

①杨忠德：《德昂族历史的真实写照》，《山茶》1990 年第 5 期。
②《达古达楞格莱标》，《山茶》1981 年第 2 期。
③《达古达楞格莱标》，《山茶》1981 年第 2 期。

史诗的开篇就唱述了“我们是谁?”“我们从哪里来?”“我们最初的祖居地在哪里?”的问题。关于开天辟地与人类起源的神话史诗，学者们已经进行了较为深入的分析并取得了丰硕成果。本文仅就迁徙史诗中常见的“弟兄民族”起源问题进行阐述。

在《西部苗族古歌》的“洪水滔天”歌中唱到，洪水过后，阿髳先祖中只剩下了幸存的一对兄妹，兄妹在天神主各袅的安排下成婚生下了三个男娃娃：“老大叫苗家，老二叫彝家，老三叫汉家。兄弟三人已长大，到了时候要分家。山场分三份，土地分三片。苗家有些憨，揪结茅草作地界，网好蒿枝做地界；二弟有些懒，削来木桩做地界。三弟有见识，凿打石桩作地界。三份山场已分定，各守土地度日月。不久干燥季节到，天空晴朗朗。牧童放牛羊，放火烧山野，茅草蒿枝全烧光。从此苗家无地界，不知地盘在哪方；老二地界也被烧，留下几处大木桩；只有小弟石桩在，稳当经营日长久。”①这段文字中所蕴藏的信息非常丰富，文中出现了口头传统中常见的兄弟分家母题，苗族古歌中告诉我们，苗族、彝族、汉族本就是亲兄弟，因为苗家大哥老实憨厚，用茅草、蒿枝划定自己的界限，一把火就烧没了，因此后来苗家到处迁徙，居无定所。这段看似并不复杂的多民族同源母题中却包含了民族来源、民族关系、民族迁徙、土地分配等直接关系民族活动和生产生活等多方面的知识和经验。

在佤族史诗《司岗里》中也唱述到，人类先祖最初生活在又黑又不方便的石洞里，在小米雀的帮助下，洞口被炸开，人类终于从司岗里走了出来：“佤人一个接一个跳出来，文人跟着一一跑出来，傣人又跟着文人出来，克人又跟着傣人出来……人出的像飞蚂蚁密密麻麻，人多势众老虎再也不敢回来。后来人们说：‘岩佤、尼文、三木傣、塞克……’说各民族都是司岗里兄弟，佤族带头出洞是老大，彝族紧跟其后是老二，傣族随后出来是老三，汉族跟着傣族是老四……”② 这是佤族对兄弟民族起源的解释。佤族古歌中说，一开始各个民族就是一起生活在司岗里的，出洞后，大家向着不同的方向迁徙才分开来。

哈尼族古歌《阿培阿达埃》即“祖先的传说”中也讲到了兄弟民族起源的神话。歌中说洪水过后，大白鱼所造的人类只剩下了最小的一对兄妹，兄妹成婚后生下了三个孩子：“肚子里生的是老大，脚趾上生的是老二，耳边生的是老三。三兄弟长大各走各，老三顺着林子攀，老二沿着水边走，老大在箐沟里转。三兄弟要找好地方住。老三攀到林子深处，抓虎下豹打猎忙，娶个老婆没眉毛③，他们是瑶族的祖先。老二在江边住下，捉鱼捕虾捞青苔，娶个老婆爱洗澡，他们是傣族的祖先。老大在箐沟里转，找到一个好地方，山腰里有地有水，有林子有草场，老大在山腰上住下，砍坝开地种庄稼，林子里找笋采菌，草场上放牛放马。老大娶个媳妇，是天神的姑娘，他们生下的儿女，大眼睛宽嘴巴，天神就是这个模样。他们是哈尼的祖先，他们是松米窝的爹妈。他们住

①云南省少数民族古籍整理出版规划办公室编：《西部苗族古歌》，昆明：云南民族出版社，1992 年，第 69—70 页。

②毕登程、隋嘎搜集整理：《司岗里》，昆明：云南人民出版社，2009 年，第 41 页。

③娶个老婆没眉毛：指瑶族妇女。瑶族女子曾有把眉毛全部拔掉的习俗。

在山腰好地方，子子孙孙在山里长大。”[①] 这段文字不仅描述了哈尼族、瑶族与傣族先祖兄弟三人的出生，还讲到了他们娶妻成家、各自生活的情境。文本抓住了瑶族、傣族与哈尼族的某些身体特征和生活习惯进行描述，并特别指出，天神最爱的是肚子里生的老大——哈尼族，因此给了他们在半山腰居住的权利。

纳西族史诗《人类迁徙记》中既有开天辟地的神话，又有包括洪水过后人类再生、迁徙定居的故事。史诗主要讲述了洪水过后人间只剩下从忍利恩一个人，他在天神的引导下上天寻找配偶并迁徙人间繁衍后代的故事。从忍利恩经过考验娶了天女衬红褒白。他们所生的三个儿子，变成了后来的三个民族，长子是藏族、次子是纳西族、幼子是白族。这三个民族有着深厚的兄弟情义，在一块神奇的土地上和平相处，繁衍生息。

弟兄祖先母题是云南少数民族口头传统中的常见母题之一。王明珂认为，弟兄祖先故事是一种“历史心性”的产物，“弟兄”隐喻着人群间的合作、区分与对抗。他认为，同一个群体内的成员，相信大家出于同一母体，这样的“血缘或拟血缘认同群体”是人类资源关系中最基本的结群方式。[②] 弟兄祖先母题的主旨是服务于解决现实实践问题。如人类早期关于领地的所有权、分配权问题等就可以通过类似母题的相关叙述得以解决。在人类刚刚进入文明时期，社会组织就已经形成，群体间的交往也日趋增多，但是人们对生存区域的占有或某些权利的获得往往靠那些约定俗成的神话、史诗为根据，强调对本共同体的认同，或强调对居住地域的占有和某些特权的享有。

叙述多民族同源关系的母题一般具有明确的创作主旨和传承目的。这类母题的产生源于一个民族对于本民族认识的需要，或通过描述多个民族间的关系实现与周围社会环境的友好相处，或服务于周边民族的界定与认可，或解释本民族生存和发展的状况。弟兄祖先母题常常出现在云南少数民族迁徙史诗的开篇，这类母题常与兄弟分家母题相结合，共同推动迁徙史诗故事情节往前发展。

二、迁徙方向的确定

不管是什么原因导致云南少数民族先祖离开熟悉的家乡，“到底应该迁往哪里去?”都是引路的头人或率领迁徙的英雄首先要解决的问题。他们有的是在神灵或动物的指引下迁往某地的，有的是为了凸显本族文化与其他文化的不同而选择某地的。选择在什么地方居住的过程，也就是非常鲜明的族群认同与区分的过程。在云南少数民族漫长的迁徙途中，他们经过了很多的地方，但并不是所有地方都适合他们居住，迁徙途中的人群对定居地的选择是非常慎重的，他们通常会在神谕的指引下选择定居点。

（一）头颅引路

布朗族古歌与传说故事中说，他们的先祖与邻国打仗，几年后，青壮年几乎全都战

---

①西双版纳傣族自治州民族事务委员会编：《哈尼族古歌》，昆明：云南民族出版社，1992 年，第 501—502 页。

②王明珂：《英雄祖先与弟兄民族》，北京：中华书局，2009 年，第 28—29 页。

死，只剩下了老人和孩子。一天，一位年老的父亲对儿子说："孩子，我们已经没有安身的地方。我快死啦，我死后，把我的头割下来，用绳系上，拖着离开这个城池。我的头停在哪里，你就在哪里安家生产。"① 少年离开勐占帕城，他按照父亲的叮嘱，拖着父亲的头走过了很多地方。在适宜居住的肥沃平坝地区，头并没有停下来。少年拖着头走了很久，月亮圆了又缺。父亲的头终于停在了一个与世隔绝、古木参天、岩石林立的地方。儿子只能遵照父亲的话，在头颅停下的地方生活。他在深山密林中伐竹割草盖窝棚、砍树烧荒种田地。后来，越来越多从勐占帕城逃出来的布朗族先民也来到了这里，他们推举少年为召曼（寨头）。布朗族谚语说的"濮曼战败日，布朗上山时""强者占平坝，弱者钻山林"等都是对布朗族先祖迁徙经历的历史记忆。

（二）寻找与家乡相似的地方

云南境内的蓝靛瑶在文化习俗上受其他民族的影响较小，所保留的民族传统文化较为完整，这与他们迁徙途中对定居地的选择有关。在漫长的迁徙途中，蓝靛瑶的先祖如果遇到与最初居住地——真龙生态环境相似的地方，便会停下迁徙的脚步定居下来。他们在新的居住地仍按照原来的生活方式过日子。歌中说："海边有座红泥山，红泥山里有片黑胶地，瑶人在那里立村寨，砍树烧山来定居。我族别了真龙后，一直向着西南走。西南地大人烟少，土民住处未曾立州府。这里山高树林密，样样都像当年的真龙山，只因新地像故土，人们爱上这块好地方。砍根栗木打个桩，起屋按照老祖样，过日子的规矩循盘王，就像回到当年的真龙山。一样砍树一样烧，耕种沿袭老法子；一样种棉一样纺，用的还是当年的蓝靛缸。"②

在新的居住地延续原来的文化传统和生产方式生活是云南很多迁徙族群的选择。除了在瑶族史诗中有着鲜明的体现外，在哈尼族的《哈尼阿培聪坡坡》中也有多处先祖对后世子孙一定要遵守"古规古距"的反复叮咛。当哈尼人迁徙到了一个叫"惹罗"的地方后，歌手说"惹罗"是"头一回安寨定居的地方"，是"头一回开发大田的地方"，也就是说惹罗的生活是哈尼人农耕定居的"样板"。在以后的迁徙途中，曾经有很长的一段时间，哈尼人一直在寻找跟惹罗生态环境相似的平坝地区。作为哈尼人心目中的理想家园的"诺玛阿美"便是参照惹罗大寨的样子找到和建设的，为了找到和惹罗一样的土地，哈尼人吃尽了苦楚："去吧，亲亲的兄弟，你们长着马鹿的快脚，你们生着老鹰的尖眼，不要怕脚趾头踢掉，不要怕膝盖骨走弯，快快找到合心的土地，不要白做哈尼的男人！"③

在关于"寻找什么样的好地方落脚"的问题上，云南少数民族迁徙史诗中有很多是说在白鹇、马鹿、山鸡、山狗、耕牛等动物的引导下找到了一个适宜居住的地方。在少数民族的神话史诗中，动物是天神创造的，特别是跟人类关系密切的动物，更是天神

①《布朗族为什么住在山林》，王国祥《布朗族文学简史》，昆明：云南民族出版社，1995 年，第 196—197 页。

②《寻根歌》，《山茶》1986 年第 5 期。

③云南省少数民族古籍整理出版规划办公室编：《哈尼阿培聪坡坡》，昆明：云南民族出版社，1986 年，第 39 页。

的赐予。动物带领人类寻找到的居所在当时的民众看来就是神谕，是神灵赐予的地方。

在佤族《司岗里》中说金马鹿所在地方的地下全是金子，跟着金马鹿走的话，人们会过上幸福的生活。歌中说："那时图更堵[①]刚好来了金马鹿，图更堵很想把它留住，众神说金马鹿死在哪儿，哪儿的地下就会有金子，既然金马鹿选中了图更堵，图更堵理当是埋它的土。努跑去请求达能说：'达能啊达能，大力神，干脆你来剽金马鹿，看看我和吹哪个能把它堵住。'为了把金马鹿永留在它爱的土地，也为了帮助努、吹打赌，达能就真的用剽子剽伤了金马鹿。努从公莫伟努来短住西路口，吹从图吹[②]来短住南路口，结果金马鹿跳过了吹的头，一直跑往下面死在了火烧山。"[③] 佤族的神灵吹和能都想让金马鹿永远留在自己的领地，但是金马鹿跑到了今天西蒙翁嘎科乡龙坎村的火烧山上。据说20世纪80年代初期的时候，时任云南省地质五大队大队长的何志强曾召集一些佤族老人了解金矿的民间信息，老人们给他讲了金马鹿的传说，后来地质队真的在火烧山周围发现了金矿。

三、迁徙途中的民族关系

随着云南少数民族先祖的频繁迁徙和长途跋涉，因为途中的地理与自然环境的变化，本民族文化在与异族群文化接触、碰撞的过程中发生了交融、变迁与涵化。民族关系的建立与转变过程和各族群文化涵化变迁的过程相伴相生。迁徙史诗中的民族关系包括本族与异族之间的外部民族关系和民族内部不同阶层、不同支系或家族之间的关系。族群关系的和谐与敌对直接影响各民族的生产与生活。恶劣的民族关系是导致民族迁徙的重要原因之一。在迁徙途中，能否在一个地方安定下来重建家园与民族关系，与不同民族间的关系调节紧密相关。如果我们把迁徙史诗中的民族关系类型进行划分的话，大致可划分为和平共处型与矛盾敌对型两种类型。

（一）和平共处型

西部苗族迁徙史诗中记载了苗族先祖在进入云南境内前后的迁徙生活。在苗族先祖迁徙途中与汉族交恶后发生了一系列的战争，古歌中呈现出一种对汉人的明显敌意。进入云南地区后，苗族先祖受到彝族部落头人的关照，关系相对融洽。在《西部苗族古歌》中的"十二支苗家迁到逋诺"篇，两个民族真诚相见，彝族女首领的所作所为与汉人对苗族的欺诈和阴谋形成强烈的对比。歌手唱道："她向苗家首领捧真心，苗家首领向她说真话。彝家表姐笑盈盈，彝家表姐把话讲：'众位兄弟不用发愁，天宽地阔任鸟飞翔，我的领地十分宽广，任随你们挑选地方。天下出事，我会抵挡。轻担重担，我一肩扛。一席诚恳的话，深深打动苗家的心，十二支苗家眉开眼笑，十二支苗家有了救星。"苗族迁入云南境内彝族土司的地界后，既遇到了彝家表姐的同情与安慰，也受到

①图更堵：更堵山梁。此山头是与缅甸分界的西蒙马散后山最高峰。"图"意为山梁。

②图吹：吹的山梁，即今西蒙力所乡最高的倮铁棵山。

③毕登程、隋嘎搜集整理：《司岗里》，昆明：云南人民出版社，2009年，第14页。

了彝族其他土司的压迫与欺侮，但如果不遇到灾荒或者战争，基本是能够和平相处的。在《西部苗族古歌》的“波操耶操逃难歌”中唱述了饥荒年景中波操耶操一家人的逃难经历。这是当时苗家先祖为躲避天灾人祸而迁徙的多个家庭经历的缩影。波操耶操在原来的居住地已经是无米下锅了，彝族土司逋诺珠孜劳仍逼迫他们交租，歌中说：“在那饥荒年，生活已难顾，采来竹米无花果，还要交地租。逋诺珠孜劳心狠毒，规定要交一石租。过去收租用升子，现在收租用斗量；波操耶操交不起，他们打算去逃亡。”①当波操耶操逃到逋诺珠孜劳辖地内后，想要得到逋诺土司的保护并在此地居住，逋诺珠孜劳回答说：“要送女儿来顶租，送来给我做家奴。波操波耶无法想，只好送出心头肉，女儿做逋诺的家奴，波操耶操做了逋诺的佃户。”逋诺公主出嫁到骚诺，波操耶操的女儿也跟随了过去，两位老人思念女儿，又到骚诺去寻找女儿。骚诺被异族所占，彝族公主又带着波操耶操一家回到逋诺，收留他们做奴仆。波操耶操家的日子每天在辛劳和受侮中度过。后来耶操在追马鹿的时候找到了一片名叫嘎依格哉的地方，那里地势低洼，能产稻谷，一家人就离开土司家迁徙到那里生活。

歌中所唱的波操耶操一家人的经历，在进入云南彝区土司领地生活的苗族家庭中是比较有代表性的。很多苗族家庭在彝族土司辖地上租种土地生活，遇到天灾人祸时，租税并不减免，他们无力继续缴纳租税，就把家人抵给土司缴税或者一家人迁徙到高山无人区，过起游耕生活。

佤族《司岗里史诗原始资料选辑》中，西盟县隋嘎演唱并口译的“叶勇去别处”中唱道：“这里要讲叶勇的线路，叶勇我们古代的叶勇，从我们的勒尔崖子，迷失道路到后洞。为什么她会到处走，因为她会找达络啊，我们大家莫忘记。叶勇啊我们的叶勇，她从垒勒尔出发，又到达那壤叶勇，那儿的汉人可怜她，叫叶勇跟他们在一起，叶勇织、缝各种东西，她这样在汉地生活，生活了一段时间后，叶勇又到富永那边。从富永她又到德克一，跟汉族、傣族在一起，傣族、汉族一起生活，他们做盐做的早，叶勇后来又到了昆明，我们的达板早就在昆明，达坂哎我们远古的达坂，她在过的地方今叫大板桥。叶勇啊我们的叶勇，从大板桥又到矣六那点，去到大理鸡足山，她在那点看见瀑布。她就在那点停了下来，在那点与白族在一起，教他们各种阿佤纺织术，她喜欢跟白族在一起。但后来她还是离开白族，回到德克一这方来。接着她又回老家，给佤山带回些最初的盐巴。叶勇走到今中课地方，看见达络在造石桥，达络眼睛已打瞎一只，叶勇还是重新和他在一起。”② 叶勇是佤族史诗中塑造得非常成功的一个独特女性形象，她渴望爱情，喜欢冒险、远游，并且能与所到之处的不同人群友好相处。回到家乡后对爱人不离不弃，最终生活在了一起。叶勇游历的经过是佤族迁徙发展历程的缩影，在佤族迁徙过程中与异族文化接触、融合与相互影响，民族关系也保持着较为和谐的状态。

彝族史诗《铜鼓王》中讲，这一支系来到文山富宁壮族地区后，受到了当地壮族

①云南省少数民族古籍整理出版规划办公室编：《西部苗族古歌》，昆明：云南民族出版社，1992 年，第 280—281 页。

②西盟佤族自治县文联编：《司岗里史诗原始资料选辑》，北京：民族出版社，2010 年，第 106—109 页。

布越头人的盛情招待和热情接纳。布越寨老极为开通，接纳了这支队伍。彝人赠送两只铜鼓给布越人表示感谢，普厅与后来迁入的这支彝族关系融洽："自从那天起，开始新生活。两族是兄弟，携手共合作。共住一个村，共饮一条河。共烧一山柴，共开一片坡。所有布越人，爱护我罗罗。耕田传技术，心胸最宽阔。瞧那河两岸，土地最肥沃，播下一粒种，收得一大箩。稻穗像马尾，苞谷似牛角。布越会种棉，纺纱把衣做。他们好经验，彝家从头学。"① 文本讲述了布越与迁入的彝族之间互相帮助、共同发展的情境。

在云南少数民族的迁徙途中既会遇到和善、大度、肯接纳、愿包容的族群，也会遇到不肯接纳、敌意驱赶的族群。这对于经历了漫长迁徙的族群来说都是寻常之事，相对于和谐友善的族群关系来说，矛盾冲突型的族群关系在迁徙途中是更为常见的。

（二）矛盾敌对型

在苗家先祖记忆中对于汉人的敌意构成了其族群意识中最为显著的一部分。在《西部苗族古歌》中有多处章节表达了这种敌意，苗族先祖认为："沙兆玖帝敖心狠毒，沙兆玖帝敖心肠黑，他们心肠黑如炭。"② 在该书汉译文本的注释中，"沙兆玖帝敖"译者解释为："沙，苗语音译，即夏族的意思。敖，苗语音译，原意为姑爷，转意为对汉族的称呼。"③ 苗族古歌中的汉族与苗族先祖的关系一直是以敌对的状态出现的，汉人掳掠苗家的人口、牲畜，抢占苗家的土地、财产是造成敌意的主要原因。文中说："根支耶劳在世时，沙兆玖帝敖，不敢来侵扰。根支耶劳去世后，沙兆玖帝敖，已经探听到，立即带兵来掳掠，抢走妇女和财宝。"④ 但古歌中也唱到古时候汉人与苗家互帮互助、和谐生活的场景，在《西部苗族古歌》的"格缪耶劳的故事"中，当沙族的夫人问起格缪耶劳为何头被砍掉后可以再生的问题时，他回答说："不是为哪般，怪只怪沙族，做事太蛮横，杀我阿髳儿，祭祀你祖先。我们祖宗不答应，要求拿命来偿还。阿髳儿子被杀害，伤心故事一大段。让人讲给世人听，明白仇恨何根源。"⑤ 格缪耶劳向夫人讲述了自己拥有"砍头不死"神奇本领的原因是对于舅家的仇恨，这种仇恨产生的原因是因为丢失猪心，舅家便蛮横、残忍地杀害了阿髳小儿。歌中说这是苗、夏两族仇恨战争的起源。但这只是表面的原因，引发战争更为深层次的原因是强势族群对弱势族群的掠夺与兼并之心。战争失败的原因也不是因为英雄砍头不死的秘密被窥见，而是两

---

①李贵恩、刘德荣搜集整理：《铜鼓王》，昆明：云南人民出版社，1991 年，第 58—59 页。
②云南省少数民族古籍整理出版规划办公室编：《西部苗族古歌》，昆明：云南民族出版社，1992 年，第 172 页。
③云南省少数民族古籍整理出版规划办公室编：《西部苗族古歌》，昆明：云南民族出版社，1992 年，第 97 页。
④云南省少数民族古籍整理出版规划办公室编：《西部苗族古歌》，昆明：云南民族出版社，1992 年，第 110 页。
⑤云南省少数民族古籍整理出版规划办公室编：《西部苗族古歌》，昆明：云南民族出版社，1992 年，第 114—115 页。

个族群间军事与经济实力相差悬殊。文本中说："沙兆玖帝敖又侵犯，只好用蒿枝去抵挡，只好用茅草去抵抗。蒿枝茅草挡不住，根蚩支劳被活捉，根挪支劳遭捆绑。"[1] 阿髳用以反抗夏族的武器是"蒿枝"与"茅草"，这说明了阿髳当时经济、军事力量的落后，这种武器不可能与夏族的长矛相抗衡，阿髳显然处于弱势地位。

在《西部苗族古歌》中，歌手所唱的每次战争都是由军事和经济实力处于强势的夏族挑起的，阿髳只能被迫应战。对敌人的仇恨使部落团结在一起，歌手也凭借想象让部落首领拥有各种神奇本领，这是弱者对强权抗争意识的一种象征性表达。你可以多次砍掉英雄的头颅，但是弱者的反抗意识却永远也不能被彻底消除。夏族对阿髳英雄的残害，阿髳后人铭记于心："二人鲜血洒在石板上，三天三夜不干。沙兆玖帝敖派兵丁，采来杉松枝与叶，盖住石板不见血，平安利落过新年。"[2] 在杨芝演唱的另一篇古歌"制作服饰纪念失去的家园"中同样也唱述了这一情节。文本中说异族头人根炎敖孜劳挑起战争，苗家战败后，夏家抢占了本属于苗家先祖生活之地的络鸽和络里，抢占了湖泊平原笃那依摸，抢占了洛朗州氏后，苗家首领根爷耶老、根蚩耶老和骚嘎髳彪被捉住，在大年三十晚上被杀掉："在大年三十晚上，根炎敖孜劳把他们杀害，鲜血淌满了堂屋。大年里这情境实在不雅，于是采来松枝和青松毛，把满地的鲜血掩盖。一直盖到正月里，盖到正月十五月儿圆，到了十六那一天，才把血迹和青松毛打扫出外。后来每逢过年，沙兆玖帝敖都在堂屋里铺松毛。这就是他们习俗的根源，这就是他们习俗的由来。"[3] 阿髳的首领被杀害后，在族群内部引起了极大的悲痛，但是夏族轻轻巧巧地用松枝与树叶就遮盖住了阿髳首领的鲜血，开心过年。苗家传说这便是当地汉族过年时在屋里屋外用青松毛铺地的由来，这种强烈的对比更加激起了阿髳对夏族的强烈仇恨。

苗族先祖迁入云贵交界处的彝族土司境内时，与彝族的关系虽然并不像对汉人那样充满敌意，但也矛盾重重。为了避免矛盾，老人常常谆谆告诫年轻人："你们去开荒，不能过地界；越过彝族土司地，惹是生非祸端起。年轻人不懂事，年轻人不在意，开荒越了界，种了土司地。土司查地界，倒也不责备；只叫交租来，还要派伕奴。从此有些阿髳人，搬进土司领地内，谁知地租差役重，受尽盘剥受够罪！"[4] 文中说，在苗家艰难的迁徙过程中，有部分苗族因为开荒越过地界而进入了彝族土司的领地，他们开始租种彝族土地，但是租税沉重，受尽盘剥。

官与民、中央与边民的敌对关系，是导致云南很多少数民族不断迁徙的重要原因。在瑶族、拉祜族、彝族等云南少数民族迁徙史诗中多次唱述了官家对边民的盘剥与压

①云南省少数民族古籍整理出版规划办公室编：《西部苗族古歌》，昆明：云南民族出版社，1992 年，第 172 页。

②云南省少数民族古籍整理出版规划办公室编：《西部苗族古歌》，昆明：云南民族出版社，1992 年，第 172—173 页。

③云南省少数民族古籍整理出版规划办公室编：《西部苗族古歌》，昆明：云南民族出版社，1992 年，第 274 页。

④云南省少数民族古籍整理出版规划办公室编：《西部苗族古歌》，昆明：云南民族出版社，1992 年，第 263 页。

榨。在瑶族迁徙史诗《寻根歌》中唱道："官家拉我瑶人去修路，官家捆我兄弟去筑城，抬石伐木都使我，背土搬砖都是山里人。父亲一去不回转，儿子被征不再返山林，地里的野草无人薅，谷子无收官家逼粮紧……官家诬说山民要作乱，派兵遣将来抓人，进山见鸡就捉鸡，入村见人就杀人。十个瑶寨烧九个，百户瑶家只剩一活人，血泊尸坑爬出来，抹泪抚伤去逃生。"①文本中描述了边地瑶民对官府横征暴敛、巧取豪夺的深深不满以及对官府诬陷镇压瑶民血流成河的痛苦记忆。

史诗中的历史记忆不是某一个人对历史的记忆，而是一种群体记忆，反映的是广大民众对族群自身与族群历史的认识、理解与评价。作为民族历史记忆重要形式的迁徙史诗，从云南各迁徙民族的角度来看，这些与迁徙相关的民间口头传统对官修史书有着重要的参考与补正价值。云南少数民族迁徙史诗在流传过程中演绎着一个族群如何去留的荣辱，告诉人们本族群曾经拥有过的美好家园是如何失去的，先祖是如何来到现在的居住地的，促使族群内部全体成员将这些重要事件铭记于心。通过丰富的迁徙史诗、歌谣的演唱，迁徙族群的内部成员对本族群的迁徙历史有了较为深刻的认识，从而不断地增强了民族的凝聚力和向心力，长期以来的迁徙经历，形成并强化了云南少数民族的迁徙记忆与族群意识。

第四节　迁徙史诗中的文化交融与变迁

在细读迁徙史诗文本时我们会发现，作为云南少数民族的一种重要历史记忆，迁徙史诗中除了讲述云南少数民族先祖的迁徙原因、路线、过程以及与其他族群的接触、矛盾乃至战争等流血流泪的苦难经历与重要事件外，也讲述了本族群积极适应当地环境、主动接触新族群，互相交往、交流、交融，进而推动各自文化的发展与变迁，最终引起本族群或接触族群文化涵化与变迁的过程。

一、生计方式的变迁

在云南少数民族迁徙史诗中有很多诗章唱述了各民族迁徙途中生产生活方式的变化。通过梳理，笔者认为其一般的经济变化轨迹为：由游猎游耕经济转变为农耕定居生活或者由农耕定居生活转变为游猎游耕的生计方式，居住环境则是大多数迁徙民族经历了从平坝地区到高原山地、河谷地带或半山区的转变。

（一）狩猎采集

狩猎与采集是人类最早的生计方式。这种生计方式对大自然的依赖性较大，需要不断地迁徙游动才能获得足够的食物。春秋末年到战国时期，云南大部分地区处于"编

①《寻根歌》，《山茶》1986年第5期。

发左衽，随畜迁徙”[①] 的原始社会，滇西和滇中平坝地区已出现青铜文化，开始向奴隶制过渡。关于先祖曾经的狩猎采集经济，迁徙史诗中有着多处描述。如彝族迁徙史诗《夷僰榷濮》中描述先祖早期的生活时说道：“他们遇猎物，认为是灾难，不敢去捕杀，忍饥又挨饿。阿着和阿而，相见把话言：‘你说巡查处，处处藏野物。你不猎一兽，误认是灾难，如能猎到鹿，茸角健身体。’听清嘱咐后，骑马去出猎，寻着兽踪迹，追遍密林间。慧者曾告诫：‘猎鹿要分清，公鹿长好茸，母鹿吊着奶。’阿者和塞查，四处把猎捕，居处无兽迹，全被驱赶走。阿着和阿而，又把话来说：‘居处无野兽，人们少肉食。’聪明人曾说：‘灾来找躲处，难来避开它，你要慎为之。’”文中“慧者”与“聪明人”在彝族先祖不知道狩猎充饥时，教会了他们打猎。但是，当人类把居住处的野兽都猎光、赶走后，他们又提醒人类如果把动物都赶走的话，就没有肉吃了。指导人类认识、把握并调整好人与自然、动物之间的关系，既不能害怕胆怯、逆来顺受，也不能用力过猛、过度攫取，而应该“慎为之”。

布朗族迁徙史诗《布朗族之歌·迁徙篇》中唱述了布朗族先祖在起源地穴居洞处狩猎采集的情境。歌中说：“那时有人王，男女各一个。女叫代袜娜，男称代袜么。所有的妇女，代袜娜领着。坡地种稻谷，深山采野果。男王领男子，森林去打猎。有时打不着，也不会挨饿。妇女有存货，食物抬上桌。男子吃饱出洞去，家中诸事管不着。洞里万般事，全由妇女做。一年复一年，把男子比过。威望渐抬高，男人被女管。男子知不知，听命很自觉。不论男和女，团结很紧密。单独一两个，不敢到处游。谁要逞英雄，肯定喂野兽。当时布朗人，以洞分群体。各洞有范围，一般不相侵……有时动物打的多，受了轻伤还活着。背回洞中关起来，交给妇女喂养着。天长日久成习惯，变成猪鸡和牛马。”[②] 古歌中唱述的布朗族先祖的狩猎生活一直延续到近代。隋唐、五代、宋朝时期的布朗族先民被称为“朴子蛮”，汉文典籍上关于他们的风俗习惯、社会组织、生计方式等有一些记载。如《云南志》卷四记载了唐代朴子蛮的境况：“朴子蛮，勇悍矫捷，以青娑罗段为通身绔。善用白箕竹弓，入深林间射飞鼠，发无不中。部落首领为之酋。其土无食器，以芭蕉叶藉之。”文献中描绘了朴子蛮善猎和饮食不用器皿的特点。

狩猎采集生活在迁入云南境内的部分苗族中依然是其生活的重要组成部分。《民国丘北县志》第二册《种人》载：“苗人，有青、黑、花三种……喜居箐林，烧火山种植，林败则迁，无定所，好猎善用强弩。”[③] 苗族善猎，这在苗族古歌中也有多处描述。在《西部苗族古歌》的“苗家三位首领”中讲述了狩猎高手柯乌和柯挪的故事。古歌中说世上出了大恶人，只有柯乌和柯挪两位神射手才能打败恶人，苗家的一位首领柯约带人去寻找两位神射手的过程也就是见证二人高超箭法的过程：“人们打猎到远方，人们都回转；人们打猎到远地，个个都回还。柯挪狩猎到哪方？怎么不回转？柯乌狩猎到

①(晋）常璩：《华阳国志·南中志》。

②林璋收集整理：《布朗人之歌》，1999 年编印，第 17 页。

③徐孝喆修、缪云章纂：《民国丘北县志》第二册，石印本，1926 年。

哪方？怎么不回还？柯约是回是留正思量，忽闻歌声在回荡：‘我们追虎到高山，我们撵虎过山梁……柯乌跟踪花斑虎到那闾地方，柯挪跟踪花斑虎到那利地方。’柯乌先到河边老虎住的岩洞口等候，柯挪从那闾来到河对岸。柯挪趁虎即将渡河进岩洞，拉满弩弓搭上箭，嗖嗖利箭射入虎胸膛，老虎鲜血四溅倒地上。”① 文中栩栩如生地描绘了柯乌、柯挪两位神箭手追虎、射虎的过程。追虎、射虎的过程与柯约寻找这两位神箭手的过程是一致的。虎是兽中王，他们是人中王，只有找到老虎、射杀老虎，他们才是名副其实的神箭手，而柯约也只有找到他们才能打败敌人。

唐代，滇西及滇西南的一部分濮人，由于长期以来在经济、文化上的差异性越来越大，分化开始产生。《司岗里》中有名为“训练阿佤人豹口夺食”的一段话，描绘了阿佤人彪悍勇猛气质的形成。故事讲述的是洪水过后，天神安木拐要去永依察看人类生产、生活的恢复情况，在路上遇到一只豹子咬死了一头黄牛。安木拐告诉永依的佤族人：“佤族人拿起刀子跑过看，豹子正在撕吃他们的黄牛。人们勇敢地去跟豹子抢，豹子咬着牛屁股那边，人们抢牛头这边。人越来越多后把豹子吓跑了，人们终于抢得一些肉回家，安木拐大大地夸奖了佤族人。牙梭帮助找拢人，按木拐带领大家到山头集会，一边烤牛肉吃一边跳舞。”② 传说安木拐带领佤族庆祝豹口夺食的集会规模宏大，人们跳舞时把永依原来尖尖的山头都跳平了，佤族从此开始了活剐黄牛的风俗，这既是对历史的纪念，更是对佤族男子生存能力的训练。为了生存，天神教会人们豹口夺食，在狩猎、打仗时佤族人都很勇敢。

（二）农业经济

云南少数民族迁徙史诗中的农业经济形态可分为刀耕火种的游耕经济与粗放耕作或深耕细作的定居农耕两种类型。由于居住环境与生产力发展水平的不同，即使是同一地区不同海拔上的族群或不同地域的同一族群间，其具体的农业生产方式或农业发展水平也是有较大差异的。

1. 刀耕火种

中国刀耕火种农业源远流长，以火助耕是农业发展的重要阶段。在云南地区，这种原始耕作方式延续了相当长的时间，不少史籍、古歌中均有反映。早期农业在锄草、施肥、灌溉等技术与观念没有完全成熟时，以火焚地去除杂草并获得肥料，再播种和引水，这样的农耕方式直至20世纪50年代还存在于云南众多的少数民族中。

云南少数民族地区是中国刀耕火种方式保留最多的地区，哈尼族、彝族、拉祜族、景颇族、苗族、佤族等十几个山地民族的很多支系一直进行着刀耕火种的农业生产。在云南少数民族迁徙史诗中，对于刀耕火种农业形态的描绘非常多。即使是进入定居农耕经济很久的民族，其古歌中也保留着对于先祖刀耕火种、迁徙游动农业的记忆。如在彝

①云南省少数民族古籍整理出版规划办公室编：《西部苗族古歌》，昆明：云南民族出版社，1992年，第94—95页。

②毕登程、隋嘎搜集整理：《司岗里》，昆明：云南人民出版社，2009年，第115页。

族迁徙史诗《铜鼓王》中唱道："彝家学耕作，开初也无门。烧山撒种子，撒遍满山岭。种子撒得多，粮食少收成。一年苦到头，日子也难混。吃的不到口，穿的不上身。饿了喝稀汤，山菜伴水吞。冷了披羊皮，树叶遮下身。一年又一年，年年受苦辛。一代又一代，又传几代人。后来我彝家，有个女能人，上山去撒种，种子落土坑。后来这颗种，出芽嫩生生。到了秋收时，苗壮穗又沉。像阵绵绵雨，滋润她的心。来年播种时，她拿一根棍。就在山坡上，戳些小土坑。一坑一粒种，粒粒点得匀。秋收后收割，多收好几成。她把这办法，传给同族人。过了好几代，又出大能人。石块做斧头，石斧挖窝坑。一挖两三寸，种子埋的深。这样来耕作，生产又改进。"①《铜鼓王》中的这段文字非常有意思，形象生动地描绘了彝族先祖刀耕火种农业的发展。由一开始的烧山后满山撒种，到后来的木棍点种，再到石斧挖坑点种，把刀耕火种农业发展的具体阶段描绘得清清楚楚。

除彝族外，古氐羌族群中保留刀耕火种的民族也是比较多的，如哈尼族的部分支系直到中华人民共和国成立前一直从事刀耕火种。关于哈尼先祖刀耕火种的由来，《哈尼族古歌》中的"湘窝本（开田种谷）"篇中说，是大神扎纳告诉哈尼先祖要向老鼠学习埋草籽的。古歌中说哈尼先祖观察老鼠埋草籽的行为，学会在坡地、土灰里种植草籽，解释了粮食种植的起源。古歌中讲到的把草籽埋到烧山过后的土灰里的行为便是典型的刀耕火种形式。

自隋唐到明清，部分苗族支系先是大批西走贵州，此后又不断向川、滇移动，有的支系甚至迁徙至东南亚半岛北部诸国。迁入云南的苗族中虽然不乏耕种水田者，但就其整体而言，主要是流动性极大的刀耕火种农业。光绪《丽江府志》卷一说，苗族"开种山田，随地纳赋，食足则居，一岁稍歉则他往，其所居迁徙无常处焉"②。在《西部苗族古歌》中歌手也唱述了上古时期苗家先祖最初的刀耕火种经济。天地之初，苗家先祖生活在一个叫作"昭佛爪"的地方，这个地方古木森森、野兽成群。歌中说那里："知施劳领人造工具，知施劳率众把树砍，磨快斧子拿到手，磨快弯刀别腰间。砍树砍到箐沟边。吃饭睡觉不回家，三天砍伐一小片，砍了九天不见边。一直砍了三个月，一直砍了九十天，大树砍倒一排排，大树倒下像麻杆。等到天气干燥时，风吹枯叶哗哗响。知施劳率众去点火，知施劳率众去烧荒。烧了三天没烧遍，烧了三月没烧光。白天浓烟起，夜晚火苗飘；火焰舔虎身，虎毛现花纹，火焰舔狮身，狮毛焦一片。老虎在怒吼，狮子在咆哮；老虎没有栖身处，急忙往外逃。火箐烧好，野兽跑光，谁来种地？谁来开荒？知施劳带头种地，知施劳带头开荒。荒地开出来，荒地一墒墒。"③ 这段古歌详细描述了上古时期苗族先祖烧荒垦地、刀耕火种的生活。云南苗族中有"老鸦无树桩，苗族无地方，背着犁铧去讨饭""桃树开化，苗子搬家"等俗语，说明迁入云南境内的部分苗族迁徙游动性很强，其生产方式大多也是刀耕火种的游耕经济。

---

①李贵恩、刘德荣搜集整理：《铜鼓王》，昆明：云南民族出版社，1991年，第3—4页。

②（清）陈宗海修、李福宝等纂：光绪《丽江府志》卷一，传抄清光绪二十一年稿本。

③云南省少数民族古籍整理出版办公室编：《西部苗族古歌》，昆明：云南民族出版社，1992年，第83—85页。

苗族在迁徙途中，刀耕火种是其主要农业生产形式。如在《西部苗族古歌》中的“耶玖哩刀”篇中讲到，耶玖哩刀带领民众离开物产丰富的大平坝迁入阿那河边的高山区：“阿那河边古木参天老林阴森，这是花斑虎栖息之地，这里麂子小兔成群。耶玖哩刀查看地形，认为这是安全之地。苦于跋山涉水多次迁徙，决定在这里休养生息。他自己在林子边安家，让众亲友住在岩下。他领着大家烧荒种地，播下苏子、稗子和小米。”[①] 从大平坝地区的深耕农业到密林深处的刀耕火种农业，随着生存环境的改变，这支苗族的农业经济形态也发生了重要转变。

瑶族也是较晚进入云南的少数民族之一。清代早期迁入云南屏边境内的瑶族，其迁徙原因与其刀耕火种的经济密切相关。传说由于瑶族人口繁衍过快，刀耕火种将家乡原有的森林砍光了，听说云南红河山陡箐深，便集体迁入了云南。清代迁入马关县一带的瑶族还保留了其刀耕火种的生产方式，“其种有二，一名顶板，一名蓝靛，刀耕火种，逐山箐以为家，性疑胆怯，窜徙无定，生计不良，种类已微”[②]。从广东地区迁徙至墨江的瑶族也是“居无定所，每到深山开垦耕种，候田稍熟又迁别所，开垦如前，不惮劳瘁，耕种之处，亦勤捕猎”[③]。瑶族是非常典型的游耕、游猎民族。在瑶族迁徙史诗《寻根歌》中也唱道：“山高坡陡无平地，大块水田开不成，瑶人只好砍树开旱地，播种五谷度光阴。”[④] 瑶族迁徙至别的地方后生产生活照样沿袭老规矩：“过日子的规矩循盘王，就像回到当年的真龙山，一样砍树一样烧，耕种沿袭老法子。”[⑤] 这是因为明清时期，从贵州迁入云南的苗族和从广西迁入云南的瑶族，当他们来到云南时，平坝地区的肥沃土地早已被其他族群所占有，于是这些后迁入的族群只好退到高山深箐中砍树种地。他们知道后面来的人要比前面的人多，往后走不如往前走，因此总是往前迁徙，有的苗族、瑶族先祖一直走到了现在的东南亚各国。

2. 游牧经济

云南少数民族迁徙史诗特别是古氐羌族群的迁徙史诗中，还涉及其先祖们早期的游牧经济。《新唐书・南蛮传》中说：“爨蛮西有昆明蛮，一曰昆弥，以西洱河为境，即叶榆河也……随水草畜牧，夏处高山、冬入深谷。”乾隆《东川府志》卷八说：“披夷……语言与熟夷不同，不知法度，其大户别无盖积，惟牛羊，奴仆百十，随时迁徙。”这些汉文献典籍所载的部分彝族支系的迁徙游牧经济与彝族文献典籍《夷僰榷濮》和《赊豋榷濮》中关于彝族先祖迁徙游牧生活的描述相互映照、互为补充。《夷僰榷濮》中说，彝族德施支系首领糯且宝世代游猎、放牧在北方高高的雪山下：“鸟歇树梢头，高高雪山上，藏福禄地方，祖灵常保佑。糯且宝这家，得享大繁荣。牲畜无其数，放牧

①云南省少数民族古籍整理出版办公室编：《西部苗族古歌》，昆明：云南民族出版社，1992 年，第 244—245 页。

②《云南苗族瑶族社会历史调查》，昆明：云南民族出版社，1982 年，第 17 页。

③王崧：《云南通志》，第 185 页。

④《寻根歌》，《山茶》1986 年第 5 期。

⑤《寻根歌》，《山茶》1986 年第 5 期。

山谷中。所豢养牲畜，备来做牺牲，常把天地祭，五谷得丰登。比谷有三水，猎牧好地方，父母魂来护，土地有灵气。”① 文中讲述了德施支系在雪山脚下豢养牲畜、放牧牛羊的游牧生活。

纳西族史诗《创世纪》（又译作《人类迁徙记》）中也唱述了其先祖早期的游牧生活。文中说，当纳西族始祖从忍利恩和天女衬红褒白从天上迁徙到人间后，夫妻二人就过着刀耕火种、游牧狩猎的生活。他们生下的三个儿子后来成为纳西族、藏族与白族这三个民族的祖先。《创世纪》中这样讲道：“老大是藏族，居住在上边，养着成群的牦牛，养着长角的犏牛，养着长耳的鹿子。藏族的后代，像树叶一样繁盛。老三是白族，居住在下面，养着象，养着骡，养着骑马，养着驮骡。白族的后代，像雪花一样多。”② 这部纳西族史诗中不仅有对纳西族早期的农业生产与畜牧养殖情况的描述，也有对周边兄弟民族主要经济方式的描述。从上面文本来看，刀耕火种、放牧牛羊、饲养家畜是纳西族及周边藏族、白族等少数民族早期农业经济的特点。

3. 定居农耕

云南少数民族迁徙史诗中唱述定居农耕经济的片段也非常多。这其中既有平坝地区的旱田、水田耕种，也有山地梯田与定居类型的深耕农业。以哈尼族的梯田稻作农业为例，尽管汉文史籍对哈尼族早期经济活动的记载很少，但仍然为我们保留了与哈尼族民间记忆相映照的农业生产史料。《尚书·禹贡》载：“和夷”所居之大渡河畔“厥土青黎，厥田上下，厥赋下中三错”。《山海经·海内经》说：“西南黑水之间，有都广之野，后稷葬焉，爰有膏菽、膏稻、膏稷，百谷自生，冬夏播琴（殖）。”黑水系指大渡河西南的雅砻江和金沙江。文献中说这一带曾是哈尼族先祖的聚居地，而且有着较为发达的农业。在哈尼族迁徙史诗《哈尼阿培聪坡坡》中，歌手朱小和唱述了哈尼族先祖在惹罗地方第一次建寨定居、开辟大田的情境。惹罗是哈尼人开始建寨定居、开垦大田、种植水稻的最初的地方，惹罗大寨对于哈尼人来说意义重大。歌中说：“老牛忘不记它的脚迹，白鹇忘不了找食的草场，麂子忘不了出生的岩洞，哈尼忘不了惹罗——那头一回安寨定居的地方！那头一回开发大田的地方！”③ 歌手朱小和对哈尼族梯田稻作农业的唱述是饱含深情的，特别是对哈尼族第一次开辟大田种植稻谷的演唱更是充满了自豪感，对大田和秧苗的爱护之心溢于言表：“大田是哈尼的独儿子，大田是哈尼的独姑娘。西斗领着先祖去挖田，笑声和沟水一起流淌。在落叶季节去砍树，树灰是土地的米粮，先种两年玉米荞子，试试土地对哈尼的心肠；土好再来打埂犁耙，地要松的像蒸糕一样。田小伙打扮好，又来养秧姑娘，秧姑娘出嫁的日子，哈尼就在田里奔忙。秧苗长高结谷穗，像顶金帽发光；新谷回家的时节，脚碓像啄木鸟把树敲响；清香的新米煮

①云南省少数民族古籍整理出版规划办公室编：《夷僰榷濮》，昆明：云南民族出版社，1986 年，第 55—56 页。

②《创世纪》，北京：人民文学出版社，1962 年，第 24 页。

③云南省少数民族古籍整理出版规划办公室编：《哈尼阿培聪坡坡》，昆明：云南民族出版社，1986 年，第 24 页。

好了，头一碗给阿波阿批先尝。”这段歌中有季节时令，有耕田播种，有施肥打埂，有收获的欣喜，有对老年人的敬重等。歌中所表达的哈尼族先祖对农业生产的依赖与重视，对梯田稻作生产过程的形象描绘是我们在汉文典籍对少数民族农业生产三言两语的描述中感受不到的。

傣族是最早种植稻谷的民族之一。在《巴塔麻嘎捧尚罗》中，唱述了傣族先祖的稻作农业，特别是稻田管理与分配经验。文中说：“帕雅桑木底，就率领众人，去划分田地，用细竹竿丈量，大小都一样，分的很合理。他把大片湿地，划分成无数块，以长十九约，宽处为七约，定为一畦田；沿田边栽桩，沿田边垒埂，把田分开来。”① 这是傣族先祖对稻田分配与管理经验的总结。

传统观念认为，刀耕火种是苗族原有的生产方式，高山密林是苗族先祖自古及今的居住环境。但是，从明清时期的地方志及《清实录》的记载看，明清之交大多数苗族已经进入了定居的农耕社会，贵州苗族的梯田垦种技术十分精湛，居住在平坝地区的苗族也有很多。如滇西北威信坝区多为苗族居住，苗族社会的生产力十分发达，威信苗族的殷实之家数不胜数，文化教育也很发达，是中华人民共和国成立后云南苗族培养人才最多的地方。在《西部苗族古歌》中多次提到苗家先祖在平坝上发达的农耕经济和富裕生活。如在王建国搜集整理的“根蚩支劳、根挪支劳的故事”中讲到，天地初形成的时候，苗族先祖住在大江边上的蔡塞咪夫氏大平坝：“平坝地低凹，这里产棉花。棉花开得像扇小簸箕，棉桃鸡蛋大。”② 苗族先祖在蔡塞咪夫氏大平坝上建立了新城，建盖了层层叠叠的楼房，创办了教育，形成了一派欣欣向荣的景象。他们在平坝上养蚕、种稻、用水车车水、用木堆舂米，农业经济已经发展到较高的阶段。歌中说：“是谁有一双巧手？年轻人有一双巧手，巧手开出大片田，丘连丘来片连片，开出田地种稻谷，开出田地来种蚕。是谁有一双巧手？年轻人有一双巧手。巧手造水车，水车装着九个斗，水冲水车骨碌转；清清流水润禾苗，蔡塞咪夫氏平坝绿油油，秋来谷粒金灿灿，各种杂粮满坝熟。是谁有一双巧手？年轻人有一双巧手。巧手造木碓，木碓舂石臼；碓嘴有九拃，舂粮真顺溜。”③ 这是云南苗族对先祖在平坝地区成熟的稻作农业耕作、管理、灌溉、收割等情境的描述，这反映出其先祖的稻作农业经济已非常发达。然而，迁入云南境内的苗族大部分是刀耕火种经济，只有部分苗族是以稻作水田为业。在《西部苗族古歌》中，杨芝所唱的“治理昭通坝”一篇中较好地描述了迁入云南境内依然从事水田稻作农业的这部分苗族的生产生活状况。歌中说苗家先祖自夫劳召集百姓筑城后开田：“自夫劳又领着百姓忙改田，长块农田连成片。引来河水润禾苗，四处田里水汪

①西双版纳傣族自治州民族事务委员会编：《巴塔麻嘎捧尚罗》，昆明：云南人民出版社，1989 年，第 130 页。

②云南省少数民族古籍整理出版规划办公室编：《西部苗族古歌》，昆明：云南民族出版社，1992 年，第 163 页。

③云南省少数民族古籍整理出版规划办公室编：《西部苗族古歌》，昆明：云南民族出版社，1992 年，第 165—166 页。

汪，绿波荡漾稻苗香，绿波闪亮蚕豆壮；早谷成熟籽粒满，稻谷成熟一片黄。"① 迁入昭通坝的这部分苗族在平坝地区依然从事稻作农业，这段文字将苗家先祖"善治田"的特点充分展现了出来。

云南少数民族迁徙史诗中除了有大量唱述各族群农业经济方式变迁的诗章外，也有很多关于商业、手工业、建筑业等其他经济方式演化的内容。无论是哪一种经济生产方式，都是该族群适应或改变当地自然环境与文化发展交流的结果，是云南少数民族先祖因地制宜和调整人与自然、人与人之间关系的结果。

二、社会组织的形成

文化变迁是指各民族文化在历史发展过程中由于内部或外部因素导致的文化变化。任何社会、民族都要面对来自不同方面的压力。一方面，要试图维护来自社会传统内部的力量，以维持社会的稳定性，保持社会功能最低限度的变化；另一方面，要应对促使其社会发生变化的外部因素，并对社会结构、功能进行调整，以使该群体适应和符合来自不断变化的社会因素的影响和作用。② 云南少数民族迁徙史诗中的文化变迁，除表现在生计方式、农业生产、耕作技术等方面的变化外，还体现在迁徙族群社会组织的变迁等其他方面。

就绝大多数民族而言，其社会组织的发展大都经历了一个从无到有、从低级到高级、从简单到复杂的过程。云南少数民族先祖在迁徙前后、迁徙途中其社会组织表现形式和内容丰富多样，且呈现出由低向高发展的趋势。云南少数民族迁徙史诗中描述的社会组织有：靠血缘关系连接而成的家族公社，以地缘关系为基础的农村公社制度，凝聚血缘和地缘关系的家支制度，集政权与神权于一身的政教合一的社会制度，处于封建领主制度下的诸种社会组织制度，等等。在迁徙前、迁徙途中与定居之后，迁徙族群的社会组织也会出现相应的变化与调整，使其更加符合社会现实的需要。历史上，有很多云南少数民族曾经建立过自己的政权，其社会组织制度文化也曾发展到较高阶段。这些组织、制度形式在云南少数民族迁徙史诗中都有涉及。

（一）布朗族社会组织的变化

云南布朗族的社会组织形式被称为"戛滚"，是一种带有浓厚血缘氏族公社特点的社会组织制度。在布朗族《创世歌》中便唱述了其先祖社会组织形式的发展与变化，古歌中说："当时布朗人，以洞分群体。各洞有范围，一般不相侵。各洞有首领，听人王号令。有时有争议，人王来调停。调停不服气，决斗分胜负。胜者为头领，败者当喽啰。若有大罪过，人王不放过，该换就换人，该杀就杀头。"③ 布朗族的这种"各洞有

---

①云南省少数民族古籍整理出版规划办公室编：《西部苗族古歌》，昆明：云南民族出版社，1992 年，第 333 页。

②[美] 克莱德·M. 伍兹：《文化变迁》，何瑞福译，石家庄：河北人民出版社，1989 年，第 13 页。

③《创世歌》，《布朗人之歌》（内部资料），1999 年编印，第 17 页。

首领，部落有人王”的社会组织和管理形式延续了很久。古歌中说，布朗族在迁徙途中曾经在傣族地区生活了三个月，学会了傣族先进的农业耕作、烧陶建屋等技术。找到新的定居地后，人们就按照部落首领的要求选出新王和各部头人，建立新的组织形式。歌中说：“样样技术教完后，又领人们选新王。布朗人要分散住，避免疾病来传染。三个部落成犄角，外族侵犯好照应。各部选出一个头，分管部落要合作。东边召曼叫岩龙，西寨首领名尼索，西方头人是尚列。”①

文本中讲到的布朗族的这种社会组织形式是一种氏族公社与部落联盟制，有着原始民主制的特点。各部落的头人由本部落的民众选出，各部落之间要通力合作，各部落头领接受部落联盟首领——人王的统领，人王拥有象征性的最高权力。氏族公社社会组织的特点包括：具有外婚制；通过民主选举推选公社首领；首领与成员一起劳动、共同生活，并无太大的特权，只是在需要时才出面调解内外事务。氏族成员之间有相互帮助，特别是血族复仇的责任和义务。

（二）哈尼族封建领主制的形成

在哈尼族雅尼支系迁徙史诗《雅尼雅嘎赞嘎》中讲述了雅尼人在氏族公社、部落联盟的基础上还进一步建立了自己的封建领主制——加滇政权，促使加滇的政治制度、社会秩序、生产生活都发展到较高水平的情境。文中说：“在那美丽的加滇，雅尼雅有了自己的土地，雅尼雅有了自己的首领。有威望的交邦，是加滇时候最有本事的大王，他统辖着十一个首领。十一个首领啊，个个听从交邦邦玛的话。……在十一个首领下面，配有管水的求罗朗波，管寨的阿纳南摆，管户口的交巴优仕，管金银的南额和突，管送信的赞嘎和都，管粮畜的阿诺诺康，他们都是交邦的家族。大王交邦邦玛，统治着加滇地方，交邦下面的首领，一人分管的辖区，以九响牛号角为限，在加滇地方，雅尼雅有了自己的土地，片片土地肥沃如油，雅尼雅生活得多么美好。”②

文本中详细描述了加滇政权中的组织机构和权利分配情况。可以看出那时候的加滇王是部落联盟最大的头人，各部落的头人听从加滇王的管理，他们之间分工明确，在分别承担不同职能的同时，还要治理自己的独立辖区。最高首领加滇大王脱离劳动生产，靠百姓税收养活，建有自己的府邸，王位世袭，形成了封建领主制度。

当时加滇社会的组织形式为：

加滇大王：交邦邦玛

↓

十一个首领：管水、管寨、管户口、管金银、管送信、管粮畜

↓

十一个首领各自的辖区：向加滇大王纳税

也就是说，在加滇王国时期，不仅保留有哈尼族传统社会中的摩批、咪谷与工匠三

①《创世歌》，《布朗人之歌》（内部资料），1999 年编印，第 21 页。

②景洪县民委编：《雅尼雅嘎赞嘎》，昆明：云南人民出版社，1992 年，第 59 页。

类能人组成的社会领导层，还形成了由下而上划分领地，缴纳赋税的封建领主制。

在哈尼族迁徙史诗《雅尼雅嘎赞嘎》中用了较长的篇幅讲述了哈尼头人、祭司与工匠的社会地位和重要作用。文中说雅尼人建立了富饶的加滇国，但由于加滇王和十一个首领腐化堕落，醉生梦死，加滇的社会秩序非常混乱，导致吉玛、批玛、追玛三类能人在加滇生活不下去，先后离开了加滇。之后，加滇国又来了抢夺铁、铜、金、银的人，加滇百姓赶走了到加滇国抢夺铁、铜、金、银的人，保卫了加滇国的财富。后来加滇国社会秩序混乱到了“铁匠买不起铁，铜匠买不起铜，银匠买不起银，金匠买不起金，吃盐的人买不起盐，用棉的人买不起棉”① 的地步，加滇国王最终失掉了百姓和工匠、祭司的信任，再加上苛捐杂税过多，超过了百姓的承受能力，加滇百姓起义，杀死了最大的头人交邦邦玛。

头人、祭司与工匠在云南少数民族传统社会中的作用巨大。在云南很多少数民族社会中，头人、祭司与工匠都是当地社会中公认的最重要的三类人，位于社会的上层，扮演着领导角色。在云南很多民族的神话、史诗中，早在天地之初，头人、祭司与工匠就已经诞生，并扮演了重要角色，这三类能人对于社会组织的形成、社会秩序的稳定作用巨大。

（三）苗族的农村公社制

过去，在云南、贵州、广西、湖南等地的苗族、侗族等村寨中，有一种被称为“款”的社会组织，是一种较为朴素的具有农村公社性质的社会组织制度。有关文献典籍中将其称为“合款”“议款”等。“款”有大小之分，由若干个甚至十几个临近村寨组成一个“小款”，若干个“小款”又合成一个“大款”。凡参加“款”的村寨，相互间有彼此援助的义务和监督执行“款约”的权利。“款”有款首，也称“头人”“老人”等，多由德高望重、办事公正的老人承担。《西部苗族古歌》“阿髳迁到贵阳地方”一篇中唱道：“沙兆玖帝放出了神将，天下就要有兵荒，他要清除战祸，去找根乌耶老商量。根爷耶老去找他们，他们也来找根爷耶老，三位恰好碰到一起，三人共同来想主意。他们约定一起出动，共同抵御外来之敌。”② 文本讲述了远古时期苗家先祖的这些头人或者首领是社会生产、社会分工的组织者也是军事首领，部落之间可结成军事联盟，共同抵御敌人的入侵。云南苗族迁徙古歌中所唱述的社会组织与管理形式也具有原始民主制的特点，部落头人组织民众生产、调解民众生活、带兵打仗，并无其他特权。

（四）彝族的家支制度

彝族家支制度既是云南小凉山、禄劝、楚雄等地彝族聚居区过去的一种社会组织形式，也是云南彝族地区过去的一种最重要的上层建筑的政权组织形式。云南彝族迁徙史诗《夷僰榷濮》中讲述的是禄劝、武定彝族各宗支、家支迁徙沿革的过程。据禄劝毕

①景洪县民委编：《雅尼雅嘎赞嘎》，昆明：云南人民出版社，1992 年，第 117 页。

②云南省少数民族古籍整理出版规划办公室编：《西部苗族古歌》，昆明：云南民族出版社，1992 年，第 208—209 页。

摩经书记载，本地彝族有 80 多个家支。新家支的确立必须通过举行“做斋”祭祀大典，按照程序举行分支仪式后，才能建立新的家谱，并用彝文记入彝族谱牒中，再由毕摩颁发新家支的家谱才可以。在《夷僰榷濮》《赊窆榷濮》中，记录了毕摩多次举行“分支仪式”确立新家支的过程。《夷僰榷濮》中对祭祀分支与家支组织描述说：“长期在此住，祭了三代祖，做完大斋后，族人把支分。斋事需花费，各支应承担，派给各支后，以后好做斋。斋头[①]来摊派，凡被摊派者，都把寨费交，寨事做完毕。新凿祖灵筒，安置在泽北，君来分居处，各支管地产。泽北和嘎处，德实[②]根尼耕，戈及涛俄处，德实者客耕……余戈得讨特，帕鸟帕和处，好地有两片，留来做斋田。树木丛林中，鸟儿有栖处，赫裔分地产，各支得繁衍。”[③]

家支是推动彝族社会发展的动力，也是凝聚氏族成员团结奋斗、共同进步的有力武器，对彝族社会历史与组织制度的发展有积极的一面。中华人民共和国成立前，家支是彝族血缘氏族的管理机构，每个家支都由自己的头人做主持，统一管理家族的各种活动，协调家支内外的各种纠纷，代表家支处理内外发生的各种问题。彝族家支中有很多族规戒律，如：严禁同一家支的人互相婚配、不许虐待老人、不准欺压弱小、不准偷盗等，都是稳定社会、团结和谐的传统美德。家族成员如果有人违反家支戒律，由主持人召集本氏族户主商量，按照族规予以公开处理。中华人民共和国成立前，特别是川滇交界地区的大、小凉山彝族聚居区，仍处于比较典型的奴隶制社会形态。在这种社会形态下产生的家支组织，是一种特殊的制度文化的表现形式。

三、文化的交流交融

从古至今，无论中外，任何社会都不可能脱离其他社会环境而完全独立发展起来。从这种意义上讲，一切社会文化都可以被视为不同程度的混合乃至混杂文化。可以说，基于外因，即不同文化之间的交流和传播而产生的文化迁徙事件，要远多于基于内因的创建而产生的文化变迁事件。

（一）文化的交流

本民族在与异民族交往、交流、交融的过程中，民族间的文化交流与融合也就同时产生了。在云南少数民族迁徙史诗中，有很多歌手演述了本民族与异民族接触、交往的过程中发生的吸收与接纳对方文化的情境。

在云南瑶族聚居区广泛流传的《寻根歌》中便记述了瑶人在与外界文化接触交流的过程中所产生的文化变迁。瑶人最初生活在深山密林地区，过着自给自足的生活。后来由于人口增多，部分瑶族就逐渐迁徙至与山外“峒人”接壤的地带。瑶族社会文化

---

①斋头：每一族系中由长支主持，管理斋事，俗称斋头。

②德实：家支、支系名，现在武定禄劝张姓彝族为其后裔。

③云南省少数民族古籍整理出版规划办公室编：《夷僰榷濮》，昆明：云南民族出版社，1986 年，第 53—54 页。

在与山外异族接触的过程中发生了变化。歌中说："瑶人自己开山自己种，不去侵占他人的田地。山里东西换东西，不去谋算别人的金银。瑶人自己纺织自打扮，不穿峒人的衣和裙。裙衫都照盘王样，不穿黑衣不是真瑶人。山上自找山人打亲家，瑶人不准嫁娶山外人，这个规矩谁不守，扔进深渊除他瑶人名！……林里的瑶人生山人，喜庆丧葬不出界，生生死死在老林。"① 随着山里瑶族人口的增加，瑶人开始迁徙分支。渐渐地有瑶人搬到林边盖起了新房，山里瑶家与山外峒家的距离越来越近，并开始接触，互通有无。文中说："从此瑶家峒人挨近了，从此山上山下路相连，山上的树种落到山脚下，山下的炊烟飘到山里边。山里山外有来往，瑶家峒人有交换，瑶家常到峒里走，峒人也成山上客。鸟儿出林见新天，瑶家渐渐有见识。原来只知做人在世种五谷，哪知有的峒人做生意。生意人啊不砍山，挑着单子逛四方，一手他卖石康盐，一手他收野兽皮。石康的白盐味道好，只是买盐要银钱，银钱瑶人不会造，只好拿出山货抵。"②

随着瑶家与外界峒人接触的增多，瑶人接触到很多新鲜事物，增长了见识。在受做生意的峒人的多次欺骗后，瑶人渐渐掌握了一些商业规律，开始学会讨价还价，有了经济头脑。歌手唱道："多出门的马儿识新途，常走平坝的山人长心机，瑶人也学会了讲市价，不得价钱不交易。何处有湾我靠船，哪方有路我向前。山人常把山货运远方，只为挣个好价钱。只因买卖常争价，迫我瑶人也把峒话学，数数我常讲粤语，报名我把官话说。只因山上山下相通了，瑶家变了语言和衣着，盘王子孙心不变，祖先的古训记心窝。"③

随着山里瑶人居住环境的变化，与山外峒人④的接触也越来越多。为了跟峒人做生意，跟官家打交道，瑶人开始学习异族的语言和文化。例如，为了使生活和贸易更方便，他们改变了衣着，学会说粤语和官话，瑶人的语言、生活方式和思想观念等都发生了明显的转变。在与峒人的接触过程中，瑶人积极主动地学习峒人语言、接受峒人的商贸文化，以满足走下高山的瑶民新的社会文化需求，这是瑶族传统文化的改变与创新。

在长期的迁徙与战争环境中，苗族形成了独特的管理制度，使得人们在动荡与安定的环境中都能够保持较高的警惕性，这种特殊管理制度的形成对于战争、生产、狩猎与迁徙皆十分有利，使得苗家儿女能够齐心合力、团结一致应对各种天灾人祸。在《西部苗族古歌》的"十二支苗家的管理制度"中讲道："每当苗家大队兵马开出，去夹石岩丫口迎战，去大江交汇的历秣坝迎战，去昌罔河边迎战，十二支苗家，就要组织老人管城郭，组织历格历主⑤管乡间。一旦发现险情，历格历主大声呼喊，唤起全体父老，唤起全体青年。首领一有召唤，青年男女马上汇集，年轻夫妻也要分居；姑娘集中在村中哨房，伙子集中在山头哨所，姑娘们负责煮饭，供给山头的小伙。……根乌耶老、根

①《寻根歌》,《山茶》1986年第5期。

②《寻根歌》,《山茶》1986年第5期。

③《寻根歌》,《山茶》1986年第5期。

④峒人:《寻根歌》中瑶人对生活在平坝地区的异族人的统称。与峒人相对应，瑶人也自称为山人。

⑤历格历主：历格相当于一乡之长；历主相当于村长。

挪耶老、噶骚髫彪，把苗家组织得井井有条，迁徙的时候也想得周到。后面有队伍压阵，前面有队伍开道。遇上巨大的黑石岩，带领大家迂回；遇到参天树林，把它放平砍倒。开出一条平坦的道路，让年轻人行走方便，让老年人不绊着脚。"①

这种特殊的管理制度形成于战乱频仍、迁徙不断的历史时期，曾经在战争与迁徙的途中发挥了重要作用，是苗家先祖应对战争、迁徙等特殊环境时所产生的管理制度。随着战争的结束与定居生活的开始，这种制度的战备功能也就慢慢被削弱或转化了。但是这段古歌揭示出了"战争与迁徙"主题在苗族主观意识中所占的核心位置，他们的迁徙古歌、管理制度、节日祭祀中所体现出来的族群漂泊意识并没有随着苗族从平坝到山区即从定居到迁徙再到定居的生产方式的变化而消减，这使得我们在一个看似定居的农业文明当中感受到一种鲜明的漂泊心态。

长期的迁徙使哈尼族得以接触众多的民族，实现了不同文化的相互接触和影响，形成哈尼文化和对方文化的变迁和涵化。当哈尼族在谷哈与蒲尼人一起生活时，学会了冶炼和打铁。铁器的使用对哈尼族的生产和生活影响非常大，与冶炼、打铁相关的活动也沉淀为历史记忆在哈尼族后代子孙中传唱。恰如歌中说的："谷哈成了哈尼的家乡，哈尼在这里增到七万，先辈的规矩一样不少，哈尼又把新事增添：谷哈有大大的红石，蒲尼背来炼铁，哈尼学会烧石化水，也学会造犁铸剑。"② 在谷哈时，哈尼族先祖打出了第一眼水井，找到了更为甘甜、卫生的水源，更好地解决了哈尼人日常饮水的问题。哈尼族姑娘们打出的第一眼井被称为"窝泥井"。文中说："女人吃着这口井水，咯咯咯的笑声像水源不断，阿波吃着这口井水，脸上放出异样光彩，扎谷吃着这口水井，身子比牯牛还要健壮。这些事情虽然古老，弯腰的阿波还能记全，哈尼扎密的水井，如今还是谷哈最甜的清泉。"③ 哈尼人非常注重水的利用，选寨子的时候一定要选在有泉眼的地方，几乎每个哈尼寨子都有属于自己的一眼泉水。在没有天然泉眼的地方，哈尼人学会打井后，地下水就能被充分利用，这给哈尼人的生活带来了很多便利，老人们对谷哈的甘甜井水记忆犹新，并在古歌的演述中将这种记忆代代传递。

在《哈尼阿培聪坡坡》中，出现过众多的族群名称，其中不少族名和地名是用古哈尼语记述的，现在已经很难弄清楚这些族名所对应的现在的民族及具体的地理方位了，但是古歌中记述了在这些地方生活的各族群与哈尼族之间的接触与往来，古歌中出现了很多关于哈尼族文化变迁与涵化的记述。例如，当哈尼族迁入嘎鲁嘎则时，当地原住民是阿撮，哈尼先祖与阿撮在一起和平友善地生活了很长一段时间。"阿撮教哈尼破竹编篾，哈尼换上滑亮的竹筐；阿撮教给哈尼织帽子，笋壳轻巧又凉爽。哈尼把鸡鸭分

①云南省少数民族古籍整理出版规划办公室编：《西部苗族古歌》，昆明：云南民族出版社，1992 年，第 227—231 页。

②云南省少数民族古籍整理出版规划办公室编：《哈尼阿培聪坡坡》昆明：云南民族出版社，1986 年，第 121 页。

③云南省少数民族古籍整理出版规划办公室编：《哈尼阿培聪坡坡》昆明：云南民族出版社，1986 年，第 120 页。

给阿撮，雄鸡帮阿撮叫起太阳；哈尼教阿撮种五谷，阿撮的篾箩装满了玉麦高粱；酿酒的方法阿撮也学会了，阿撮男人们天天喝红脸膛。”① 但是哈尼人与阿撮这种互相学习、其乐融融的和谐状态却没有持续多长时间。史诗中说由于阿撮头人的老婆因为莫名的原因突然死亡了，阿撮头人咒骂哈尼人给他带来了不幸，发誓要把哈尼人赶出去。哈尼族的老者们经过商议，决定离开嘎鲁嘎则，老人们不愿意与阿撮动武，选择主动迁离了嘎鲁嘎则。歌中说：“哈尼要搬了，要到遥远的山岗，哈尼要走了，要到遥远的溪旁。挖一蓬龙竹带上呵，哈尼没有把阿撮的好意遗忘；让哈尼不管走多远，都有嘎鲁嘎则的竹林遮太阳。”② 据说从此以后，哈尼人每到一个地方都要栽种竹子，竹子成为哈尼寨子的重要标志之一。哈尼族贝玛在念诵殡葬祭词时必须要敲击一个鱼尾形状的竹筒，以表示对嘎鲁嘎则的怀念，如果不这样做的话，贝玛的全部诵经将不能够顺利传达到鬼神的耳中，这对于死者是不吉利的。

（二）文化的涵化

在文化交融、变迁过程中有一种十分重要的形式，即文化的涵化。涵化指的是不同文化群体深入接触时所发生的变化，即文化移民的过程，也就是伴随着文化接触产生的接收、选择、对抗、统一的过程，这个过程是双向对流的。以上文本中所描述的便是哈尼族对异族文化积极借鉴与吸收后所引起的本民族文化的涵化现象。

云南的布朗族在历史上也经历了规模较大、时间较长的迁徙经历。布朗族在迁徙途中与傣族文化接触，积极主动地学习更为先进的傣族文化，促进了本族文化的涵化。布朗族迁徙史诗《布朗人之歌》中的“迁徙篇”讲述了布朗族先祖在迁徙途中与傣族先祖一起生活了三个月后，傣族文化对布朗族文化发展的影响。傣族长者每天都把布朗族首领人王接到傣家寨子，积极主动教授他不同的知识与技能：“今天教会倒犁铧，明日又造织布架。盖房剖篾编草排，样样把手教人王。三月时间不算长，亲密如同是一家。”③ 三个月后，布朗人在人王带领下再次踏上行程，白发长者打开厚经书，“种田烤酒纺棉线，打铁造锄制钢刀。文字故事加礼仪，一样一样全教给”④，布朗族头人很快学会并掌握了这些新的生产生活知识。当布朗族头人带领其属下民众迁徙到新地方定居后，便把自己所掌握的这些新知识、新技术再教授给本族民众，促使布朗族的生产方式、手工技艺、建筑艺术等都有所发展。

通常所谓的“文化涵化”，是指两个或两个以上不同文化体系间因持续接触、影响而造成的一方或双方发生的大规模文化变异。⑤ 一般说来，文化涵化模式是经济、文化

①云南省少数民族古籍整理出版规划办公室编：《哈尼阿培聪坡坡》，昆明：云南民族出版社，1986 年，第 21 页。

②云南省少数民族古籍整理出版规划办公室编：《哈尼阿培聪坡坡》，昆明：云南民族出版社，1986 年，第 23 页。

③林璋收集整理：《布朗人之歌》（内部资料），1999 年编印，第 19 页。

④林璋收集整理：《布朗人之歌》（内部资料），1999 年编印，第 19 页。

⑤林耀华主编：《民族学通论》（修订本），北京：中央民族大学出版社，1997 年，第 384 页。

先进的族群涵化相对落后的族群。文化涵化更多地发生在频繁而持续接触的不同族群之间，文化涵化的程度则主要取决于其接触的时间、锋面和范围。在中国历史上形成的农耕社会和游牧社会交互的文化格局中，上古时期原来生活在北方的古氐羌族群在经历了漫长的迁徙来到南方后，有的逐渐改变为农耕民族，如哈尼族、纳西族等民族；而景颇族、拉祜族、傈僳族、怒族等民族以及彝族某些支系则是一直保持着刀耕火种的迁徙农业或半农半牧的生产方式，迁徙、战争、狩猎、采集、部落生活等构成了这些族群共同的记忆链条。云南各少数民族经过长期的迁徙分化、文化接触与涵化，最终形成了交错杂居的分布格局与丰富多样的民族文化。

不管正统的书面历史如何记载、专业历史学家怎样考证，在云南少数民族的迁徙族群中已经达成了一种共识，即自己的先祖是经过多次的迁徙之后，才在现在的居住地繁衍生息的，自己去世后，灵魂一定要返回原来的北方的祖居地才能获得安宁。迁徙史诗以先祖迁徙途中所经历的人事物象、经验记忆作为讲述对象。在云南少数民族迁徙史诗中我们可以重新发现文献史传上很少提到的云南少数民族群众的风俗、思想和情感，这些风俗习惯、节日庆典、祭祀仪式、浓重的祖先崇拜与漂泊感等都与这些族群历史上的迁徙经历相关，是云南各少数民族的民间信仰、家庭与民族迁徙历史的储存处。但是关于云南少数民族迁徙史诗中的迁徙路线、民俗书写以及文化变迁与涵化的历史记忆并不是固定不变的，地域不同、支系不同，他们的迁徙史诗的具体内容、情节也是流动变化的。

在社会记忆层面上，在村中频频讲述的神话、传说、古歌中，在老人传授下来的仪式咒语、念白、悼词中，都包含着云南少数民族关于迁徙的历史记忆。迁徙史诗是用韵文承载的先祖的迁徙故事。迁徙史诗一旦产生，迁徙故事与媒介物都将从选择性与偶然性中脱颖而出，进入到该族群共同的社会记忆和价值认同中，并得以代代传承，相沿成习。尤其是对经历了漫长艰辛的迁徙历程，但却无文字记录那段历史的民族，迁徙史诗无疑是一种经典的解释“我是谁？我从哪里来？”的具有权威性质的民族历史记忆形式。迁徙史诗自然也就成为有漫长迁徙历史的民族迁徙历史记忆的经典形式。显然，长期经历了无文字历史的云南少数民族，为了让后人铭记先祖曾有过的饱含泪水与苦难艰辛的迁徙经历，在民族内部口头传承的神话、史诗、民间故事等文类便成为讲述民族历史、加深族群记忆、增加价值认同的一个重要“筹码”。

史诗是一种特殊的族群历史记忆。云南少数民族的祭司或歌手在祭祀、节日或人生仪礼上所演唱的“根谱”、“根古”或者“古根”被本族群认为就是“先祖真实的经历”，是本民族的“信史”。迁徙史诗中虽然也有先祖敢于反抗强势族群、勇于斗争的故事，但更多的则是一次次被迫离开家园，扶老携幼“在路上”的漂泊无定。开天辟地、万物生成、人类起源、洪水滔天等母题大多是在赞颂祖先的伟大业绩，而迁徙、战争与漂泊则是在讲先祖的“失败”，讲述先祖在与自然、其他族群和谐相处失败后的一次次背井离乡的历史过往。在迁徙史诗流传过程中，那些最容易保留下来的、相对稳定的部分，也是最容易触动每个人心结、引起民众共鸣的部分，也就是反映了集体意识或集体无意识的部分。对于历史上那些有过漫长迁徙的云南少数民族来说，从哪里来、为什么要迁徙、走过了哪些地方、遇到了哪些人、他们怎么对待……诸多问题是后辈必须铭记并代代相传的。云南少数民族迁徙史诗中所承载的历史记忆正是对这些重要问题的解释与回答，是各民族在千百年来的迁徙、发展中沉淀下来的最为重要的情感、思想、知识与智慧，也是最能触动族群心里最柔软部分的启动器。

第五章　云南少数民族迁徙史诗的演述传统

彝家跳宫节，跳起铜鼓舞。彝家过荞年，唱起铜鼓歌。鼓舞二十盘，盘盘血泪史。古歌二十调，调调英雄颂。斑斑血泪史，彝家苦难多。多的像荞皮，装满千万箩。英雄创大业，壮志震山河。山河添异彩，光辉照史册。苦难不能忘，铭记在心窝。英雄永不死，如星在闪烁。大家一起来，烧起一堆火。跳起铜鼓舞，唱起铜鼓歌。铜鼓咚咚响，心头掀大浪。代代铜鼓王，名字我记得。彝家老根底，万事从头说。

——彝族《铜鼓王·序歌》

《铜鼓王·序歌》中绘声绘色地唱述了一支彝族过荞年、跳鼓舞、唱古歌的情境，演唱者、参加者的情绪都被这热烈神圣的节日、仪式情景感染，心绪难平。序歌过后，歌手将《铜鼓王》的正文缓缓唱出。每当彝家跳宫节、过荞年的时候，铜鼓声就会响起，铜鼓调就会演唱，观众、歌手乃至场域内的每一个人，既获得了审美愉悦，又重温了先祖开基创业、辗转迁徙的英雄史与血泪史，族群文化、族群意识、族群认同也借此得以强化。

20 世纪 80 年代以来，从书本作业的“原型批评”，到文学人类学的“活态文学”实地调查，这个发展过程大致体现了现象学意义上的“还原”性认识方略。所谓“活态文学”，是指相对于被文字固定化的文学作品，至今依然活在百姓生活之中的文学现象，又可称为“原生态文学”。云南少数民族迁徙史诗的演述往往伴随着仪式的举行，在歌手与听众的口耳之间传播、传承，是一种活态文学。活态文学的观念把迁徙史诗的研究视野引向更加广阔的“文化文本”语境：在云南少数民族的祭祖、分支仪式上；在婚礼、葬礼、建房等重要人生和生活节点；在驱鬼逐疫、护佑健康的祭祀活动中都需要吟唱迁徙史诗。迁徙史诗的吟唱是一种活态文学，是至今仍没有脱离信仰语境的民间口头叙事。

口头史诗具有文学与文化的双重属性，这为文学人类学视域中史诗的跨学科研究提供了众多的学术增长点。但无论是在人类学、语言学，还是在文学领域中，前人的研究大多倾向于将史诗看作是“以文本为中心的”（text-centered）。鲍曼以为，这种学术倾向严重限制了我们建构一个有意义的框架，以便将口头艺术理解为表演，理解为特定情境下人类交流的一种样式和一种演说方式的努力。① 将包括史诗在内的口头传统理解为“是一种表演”，是“特定情境下人类交流的一种样式和一种演说方式”，是表演理论的核心观点。口头传统的生命力源于人们的口耳之间，源于火塘边的诉说、吟唱和聆听。史诗演述就是在诉诸声音与行动的叙述中，加强人们对自然与民族发展的认识，深化文化认同感与历史连续感。在云南彝族、拉祜族、哈尼族、苗族、瑶族、佤族等民族以及傣族、壮族的部分支系的一些祭祀仪式与节日庆典中，包含迁徙主题的古歌与传说故事中除了对于早期迁徙的记忆外，还清晰地显露出回归家园的深切渴望。

民间叙事是与文人叙事、官方叙事相区别、相联系的，是民间意识形态的集中体现。民间叙事范围广泛，包含着许多叙事种类，诸如神话、传说、民间故事、叙事歌谣、史诗等。民间叙事是史诗文本的源头，是史诗外在叙事形式的一种内在根源，也就是史诗的演述传统。云南少数民族迁徙史诗的演述是一种生活中的民间叙事形式，对其演述场景的描述与分析有助于我们深入了解迁徙史诗的文化内涵。活形态迁徙史诗的演述与传承往往由演述者、文本和语境三个要素决定，并且三者相互关联，彼此互动。在这三个要素中，文本相对稳定，一旦形成便会在一定时期内超越历史和意识形态而存在。而语境是演述者及其话语文本赖以产生和发展的特定社会的关联域，是其中易变和活跃的层面。演述者是沟通文本和语境的中间层面，既是语境的接受者，也是文本的创编者。迁徙史诗演述语境的变迁首先会反映在演述者身上，而后体现在文本上。

第一节　迁徙史诗的演述

萨拉阿依——尊敬的父老乡亲，亲亲的姐妹兄弟，在圣洁的日子里，大家相聚在一起。四方桌子四边坐，好酒好菜摆上桌，过年没有这样热闹，过节没有这样欢乐。

萨拉阿依——尊敬的乡亲父老，亲亲的姐妹兄弟。兄弟姐妹情意浓，没有机会常相逢；知心朋友最珍贵，难有时机常相会。今天这样的日子，今晚这样的时光，兄弟姐妹在一起，亲戚朋友在一室。老辈人多么慈祥，孩子们脚粗手胖，大爹大妈跟前坐，叔叔婶婶后边站。在这吉祥的夜晚，我们的哈尼哈巴，要把堵达来说唱。哈尼人的堵达呵，像天上

①［美］理查德·鲍曼：《作为表演的口头艺术》，杨利慧、安德明译，桂林：广西师范大学出版社，2008 年，第 6—7 页。

的星星数不尽，似地上的泉水不断流淌。今晚唱的是“普嘎纳嘎”，把祖先的踪迹来寻访。

萨——萨！

——《普嘎纳嘎·引子》

这首名为《普嘎纳嘎》的史诗开篇描述了云南红河地区哈尼人古歌演唱活动的温馨热闹场面，这种演唱情境对于其他支系、其他史诗的演唱来说也具有典型意义：神圣集体祭祀仪式结束后的夜晚，平时很少团聚在一起的寨子里的兄弟姐妹、亲戚朋友团聚在一起，或坐、或站地层层围住一个歌手，人们面带笑容，心情愉快。孩子们身体强壮，老人安宁慈祥，一切都是那么的美好。在这样一个神圣、吉祥的夜晚，也许是哈尼人刚刚结束“昂玛突”祭祀的晚上，也许是年轻人结婚时的某个晚上，也许是十月年的某个晚上……人们安静下来之后，静静期待着歌手的演唱。歌手却先将这一美好场景唱了出来，作为引子有效地活跃了气氛，增加了歌手与听众之间的亲密感。歌手接着告诉大家，让我们一起静静地聆听先祖留下的迁徙故事，珍惜我们聚在一起的美好时光吧。很显然，歌手并非只是简单的表演者，而他演唱的古歌也并非一般的娱乐：他是代神演唱，把神灵想要对大家说的话告诉大家，因此他能够将观众完全吸引，用心灵深处的强大能量掌控每个听众的情绪和反应。

一、演述者

神话、史诗、歌谣与传说故事等口头传统是特定群体中的一小部分人创造和流传的，祭司、歌手、故事家等“个别人”的作用往往是至关重要的。我们常说，少数民族同胞“会讲话就会唱歌，会走路就会跳舞”，但这并不意味着少数民族的每一个人都会歌唱、跳舞，只是说对于整个民族而言，会唱歌的人、会跳舞的人、爱唱歌的人、爱跳舞的人占人口总数的比例比较高而已。一个民族之中，出色的歌手、舞者、故事家毕竟只是很少的一些人。史诗被演说时，在场的观众或听众中绝大多数人并不会成为史诗传统的演说人，“积极的传统携带者”毕竟是极为少数的史诗歌手，甚至是极少数作为优秀史诗歌手的“个别人”。因此，我们应该辩证把握史诗创作和流传过程中群体和个人的关系。

我们可以把各民族史诗或故事的演述者统称为“歌手”。歌手和他们的演述技艺是各个民族，特别是无文字民族的古老文化现象。帕里和洛德从20世纪30年代开始研究口头诗人，认为他们是在不借助书写的前提下传播和创作诗歌的人。在无文字或文字尚未普及的社会里，语言的记忆技能随着不断的需要和实践而得到高度的发展。对于一个无文字社会的熟练歌手来说，消化和吸收数千行诗是极有可能的。帕里和洛德对歌手的研究是解密性的，他们从口头传统历史长河的一个断面，揭开了蒙在歌手身上的神秘面纱。他们全部的学说就是要说明歌手的高不可及的口头技法是可以习得和传承的。[①]

那么，对于很多歌手都声称“这好听的窝果是天神传下来的，是天神借我的嘴对

①尹虎彬：《口头传统史诗的内涵和特征》，《河南教育学院学报》2009年第3期。

你们来唱”① 或“白头老人古话多，开口一唱歌成河……古歌一代传一代，今晚学唱老人歌”② 的云南少数民族史诗歌手来说，歌手的学习经历、演唱技巧是如何形成的，他们对于本族群文化、传统的延续和传播又起到了什么样的作用呢？

黑格尔在其哲学著作《精神现象学》中论述道：“史诗的歌唱者是个别的和现实的人，而史诗也就是从作为这个世界的主体的歌唱者那里创造出来并传播开来的。他所表现的情调不是使人惊愕若失的自然力量，而是对于以往直接的伟大的传奇人物之记忆、回想、追念并使其在内心中活着。他是一个消失在他所歌唱的内容中的工具；他自己本人是无足轻重的，主要的乃是他的缪斯（诗神）、他的普遍性歌唱。”③ 在这里，黑格尔注意到史诗传统对歌唱者的影响，认为歌手的史诗演唱不是个人创新，而是一种“普遍性歌唱”来体现歌手演唱时对诗歌传统的遵循。黑格尔特意区分了歌诗人和诵诗人两类人，认为歌诗人是史诗的作者，他能够创作出体现民族精神的具有整体性的史诗。颂诗人则一般用机械的方式去背诵，节拍整齐单调，音调平静安稳。以帕里和洛德等为代表的口头诗学理论的提出使黑格尔的史诗观念受到猛烈的冲击。到了 20 世纪 30 年代，帕里和洛德在前南斯拉夫地区研究口头诗人时指出，他们是在不借助书写的前提下传播和创作诗歌的人。

在云南少数民族中，能够演唱古歌或神圣歌谣的歌手也大多是本民族的祭司。祭司或从事某些巫术职业的人在云南少数民族中的称谓不一，如哈尼族称为“贝玛”，彝族称为“毕摩”，佤族称为“魔巴”，壮族称为“麽公”，苗族称为“巫公”，瑶族称为“师公”，纳西族称为“东巴”，景颇族称为“董萨”，等等。云南哈尼族、佤族、苗族中精通神圣歌谣的歌手往往同时还拥有本民族的祭司、医生等神圣或世俗的多重身份。

例如，傣族职业歌手被称为“章哈”。“章哈”有两层意思：第一层意思指傣族职业歌手，“章”就是匠人、师傅的意思，“哈”就是诗歌，或者创作诗歌的行为；第二层意思是曲艺形式。西双版纳职业歌手演唱叙事诗所用的曲调就是“章哈调”。除职业歌手“章哈”外，傣族地区还有半职业或是业余歌手“摩哈”。“章哈”一般都会傣文，能阅读长篇叙事诗，可以为民众脱稿演唱。而“摩哈”大部分不识字，多是即兴演唱的口头歌手。“摩哈”在山间地头劳作或逢年过节时，就会即兴演唱。在德宏傣族地区，没有职业歌手，大多数叙事诗是由“活鲁”、半职业歌手“摩哈”以及其他掌握诗歌曲调的人来演唱的。④

远古时代，祭司、巫师等神职人员往往是和氏族部落首领、歌手、医生、劳动能手等职业合而为一的。如彝族迁徙史诗《夷僰榷濮》中就唱述了毕摩既从事劳动又选择良辰吉日主持祭祀仪式的场景，歌中说：“贤师降人世，曾把绿水涉；来到人世间，师

①西双版纳傣族自治州民族事务委员会编：《哈尼族古歌》，昆明：云南民族出版社，1992 年，第 13 页。
②《根古》，澜沧拉祜族集成办编《拉祜族诗歌集成》，昆明：云南民族出版社，1998 年，第 1 页。
③[德]黑格尔：《精神现象学》(下)，贺麟译，北京：商务印书馆，2010 年，第 242 页。
④屈永仙：《寻找傣族诗歌——德宏傣族村落仪式中的诗歌》，昆明：云南民族出版社，2016 年，第 25 页、第 37 页。

把庄稼种。柏树开满花，吉时善辰到，牛年好日子，鸿雁成双飞；选择良居处，四周水环抱，水似蜜糖汁，寨旁植松柏。贤师宣教诲，声音切切鸣，教意似树纹，顺理又成章。寻到人居处，正在忙耕牧；奋力栽种后，快去听教诲。”①

云南少数民族的祭司，一般既是原始宗教活动的从事者，又是普通劳动者；既是祭祀、巫术仪式的主持人，又是史诗的传承者和演唱者。如：彝族史诗的演唱者是祭司“毕摩”；哈尼族史诗演唱者“贝玛”，既是专职祭司，又是歌手；一些纳西族史诗也是由祭司“东巴”来演唱的；苗族巫师除了熟悉祭祀仪式外，大多还能讲述本支系的谱牒、本民族重大历史事件和迁徙因由、路线，熟悉各种神话传说、古歌和民间故事，身兼祭司与歌手的双重身份；佤族传统社会中的“魔巴”，往往就是氏族首领“窝朗”，他兼管“佤族道理”、“鬼”、“祭木鼓”、战争、对外交往等多项事务，后来因为鬼事多了才分出魔巴专管；傣族则分出了专管祭祀的“波摩”和专门唱歌的“赞哈”；等等。

彝族毕摩被民众认为是“智者”和“知识丰富的人”。彝族谚语说：“德古（头人）的知识上百，兹莫（土司）的知识上千，毕摩（祭司）的知识无数计。”在彝族传统社会中，毕摩既是宗教的祭司，也是民族智慧和精神力量的最高象征。毕摩不仅是人与神相互沟通的桥梁，还是人与自然和平共处的使者。彝族迁徙史诗《夷僰榷濮》中说，天地形成之初，毕摩的魂就产生了，演化为人之后，毕摩帮助头人选择居住地、参加劳动生产、主持祭祀仪式、宣讲道理、教诲众人，有着重要的社会职能。当代著名彝族诗人吉狄马加在其创作的诗歌《毕摩的声音——献给彝人的祭司之二》中曾这样写道：“你听见它的时候，它就在梦幻之上，如同一缕淡淡的青烟，为什么群山在这样的时候，才充满着永恒的寂静。这是谁的声音？它漂浮在人鬼之间。似乎已经远离了人的躯体，然而它却在真实与虚无中，同时用人和神的口说出了生命与死亡的赞歌。当它呼喊太阳、星辰、河流和英雄的祖先，召唤神灵与超现实的力量，失去的生命便开始复活！”② 在祭祀仪式中、在人生仪礼上，毕摩不仅联系沟通了神灵和世人，也打破了圣与俗、生与死、历史和现实的界限。毕摩的神秘形象和神圣作用在此获得了诗意化的、形象化的呈现。这是当代诗歌对毕摩及其职能的诗意呈现。摩批与咪谷是哈尼族延续至今的两种职能不同的神职人员。“摩批”是哈尼语音译，俗称“贝玛”，意为“智慧超群的长者”。“摩”为“老”“长老”之意，“批”即“知识广博的智者”。在哈尼族部分聚居区，摩批也被称为“呗摩”“摩期”。摩批，即贝玛，主要从事葬礼、驱邪、看病等“阴性”事务；咪谷则主持村寨祈福、祭祀等“阳性”事务。他们分工明确，分别主持或参与家庭私人到村寨公共的几乎全部宗教活动。在哈尼族传统社会中，几乎每个哈尼族聚居区都有数量不等的大摩批以及跟随他们的多名普通摩批。哈尼族历史上没有文字，其文化传承全靠摩批世代口耳相传。哈尼族摩批既是巫师，又是歌手，他们熟

①云南省少数民族古籍整理出版规划办公室编：《夷僰榷濮》，昆明：云南民族出版社，1986 年，第 11 页。

②吉狄马加：《吉狄马加的诗与文》，北京：人民文学出版社，2007 年。

练掌握与演述本民族的神话、历史、文学、艺术、习惯法以及各家族的“父子连名”谱系等。哈尼族俗语说“贝玛发光的地方，是他神奇的嘴巴”，又说“民事纠纷官人断，驱鬼逐魔靠贝玛”。贝玛，即摩批，是当地权威的文化持有者，是哈尼族社会中最有知识的人。哈尼族古歌《直堵琵堵爵堵》中说贝玛是由开天辟地的天神创造出来的：“远古的天神来造天，还造出三个高能的人：一个是头人，一个是贝玛，一个是工匠……最先出世的贝玛，就是那高能的罗赫阿波，他头戴着尖顶的高帽，上头也插满好瞧的羽毛，两边也像天鹅张开翅膀，只是没有金花和珠宝。”① 贝玛能够传达天神的语言，是天神创造出的最有学问的人。

哈尼族民间将贝玛分为大贝玛与小贝玛：大贝玛称“牛腿贝玛”，祭祀时可分得一只牛腿；小贝玛称“鸡腿贝玛”，可分得一只鸡腿。据说贝玛的分类是天神烟沙创造贝玛之时就定下的：“头等的贝玛，是拿羊肉背的人，是吃掉羊肉又拿起羊脖圈的人；中等的贝玛，是念经送葬的人，是得吃九根牛肋巴骨的人；下等的贝玛，是有一点儿聪明的人，是得吃一只鸡翅膀的人，是得吃一只鸡大腿的人。”② 古歌中是按照贝玛主持活动的类型、所得报酬的多少来划分贝玛的等级的。在哈尼人的日常生活中，摩批，即贝玛又可以分为三种类型，即仰批（又叫“斯批”“批玛”）、翁批（又叫“刹批”“刹掩”“擦批”）和沟批。仰批是哈尼族社会中最高等级的摩批，谙熟哈尼族社会的历史与文化，可以主持较高规格的葬礼和节日庆典、祭祀仪式等。翁批的知识面也比较广，仅次于仰批，但他们并不能完全懂得所有仪式的祭词，只能主持一些求神驱鬼、招魂护魂、祈祷平安等村寨和个体家庭的一些规模较小的公共祭祀或私人祭祀。沟批是摩批中层级最低的一种，又可以分为尼玛和尤批两种。尼玛以中年女性居多，她们主要通过看相、蛋卦、米卦等占卜的方式为人问病解疑，她们大多能说出人们生病的原因和解救的办法；尤批也称“叟批”，以中青年男性居多，据说有些人有神秘力量，但不能主持杀牲祭祀、驱鬼求神的活动。

能否主持丧礼、演唱古歌，是评定一个摩批的级别的重要标志。在公共仪式活动中，摩批只是咪谷的助手，他所进行的活动较为简单，而葬礼、婚礼、出生礼等私人仪式的主持和组织，则是摩批的主要职责和功能。能够完整演唱哈尼古歌的摩批一般是属于最高级别的。他们对本民族的历史、习俗、宗教仪式等非常熟悉，是哈尼族传统文化的集大成者，具有重要的社会地位。据说哈尼族早期各类祭祀活动是由德高望重的长者或部落首领主持的，后来才逐步被摩批取代，不仅是因为摩批智慧超群，擅长总结生产生活经验，而且他们还被认为具有特异功能，能与鬼神联系。

在佤族社会中，人们的衣食住行、生老病死都和神灵结合在一起，请魔巴“做鬼”是佤族传统生活中的重要组成部分。“魔巴”是外族对佤族祭司的统称，“魔巴”一词是拉祜语，佤族一般称为“召毕”或者“毕哉”。魔巴是佤族社会中从事原始宗教祭祀的巫师，是世俗与神灵世界的中介，是负责“做鬼”的人。魔巴没有世袭性，一般在

①西双版纳傣族自治州民族事务委员会编：《哈尼族古歌》，昆明：云南民族出版社，1992 年，第 41 页。
②西双版纳傣族自治州民族事务委员会编：《哈尼族古歌》，昆明：云南民族出版社，1992 年，第 256 页。

日常生活中逐渐走入公众领域。魔巴是佤族生产经验、生存智慧的保存者。魔巴的存在，给予了佤族先民生产和生活的信心和勇气。直到现在，每个佤族寨子里仍有魔巴，他们在节日祭祀和人生仪礼等重要场合依然起着重要作用。以西盟县小马散村为例，至2006年他们寨子仍有六个魔巴。他们都会用古调吟唱《司岗里》，他们说《司岗里》是不能忘的，是讲述阿佤历史和阿佤道理的。《司岗里》还可以作为咒语念，过节和盖大房子时也要唱。他们还“做鬼”，根据请他们“做鬼”的人的具体情况，先找出是他们冒犯了什么鬼或者由什么鬼管，就做什么鬼，否则其他鬼哪怕是大鬼也不管用。小马散村的大魔巴名叫岩散，据说他可以用佤族古调连续演唱四个多小时的《司岗里》。

千百年来，在佤族社会里，祭司魔巴要做的就是引导人的灵魂与神灵进行对话。当魔巴的吟唱开始时，沉睡于族人记忆深处的迁徙史，便会在魔巴吟诵声的牵引下得以再现。但并不是每个人都具有当魔巴的资格，有无天赋是非常重要的。魔巴必须以神赋予的天才记忆，将阿佤先祖从葫芦诞生以来数千年颠沛流离的迁徙发展史演述出来，并能够从这些神授的传说和故事中读懂且为人们解释神灵的暗示，以此来把握整个部落的兴衰。佤族老人认为，没有魔巴的引领，人类世界便无法实现与神灵世界的沟通，人神和谐关系的丧失会给佤族人民带来灾难。

祭司或歌手是云南各少数民族民间宗教、祭祀活动、人生礼仪和生老病死等关节点的主持者、执行者或重要参与者，是各民族传统文化的重要传承者、传播者和解释者，是各民族文化传统与宗教信仰的代表人物。这些人因为掌握族群的传统知识与神圣仪式知识，大多是当地的德高望重者，又因为他们经常到处行走、演唱史诗或者帮助人们驱鬼治病、主持集体祭祀仪式等，具备较强的故事讲述能力，同时又是见多识广的远游者。他们是各个民族文化精髓的重要传承者与保存者，是具有较多地方性知识的人。

二、演唱技艺的习得

一般说来，成为史诗传承人的主要途径有三种：一是家传身授，二是拜师学艺，三是家传身授与拜师学艺相结合。云南少数民族祭司或歌手的培养大多都是家传与师承相结合的技艺学习方式，有的是以家传为主、师承为辅，有的则是以师承为主、家传为辅。

（一）传承惯制

红河州绿春县平和乡爬别村的哈尼族贝玛李三贵是家传学艺的典型。李三贵生于1926年，祖上为摩批世家，他主持祭祀活动并同时管理村务40年，直到1996年才因年迈体弱从村长的位置上退下来，但仍担任祭祀时的咪谷。元阳县哈尼族的大摩批、著名歌手朱小和则是家传与拜师综合学艺方式的代表。朱小和自幼受家庭环境与长辈的影响，很早就熟悉哈尼族古歌，后来为了提高演唱技艺，到处奔走拜师学艺。朱小和生于

1940 年，是元阳县攀枝花乡洞浦寨人，被红河南岸的哈尼人称为“摩批哈腊”。① 他的名字为中外很多哈尼族文化研究者所熟悉，由他演唱的古歌《窝果策尼果》和迁徙史诗《哈尼阿培聪坡坡》被誉为“哈尼文化的百科全书”。

哈尼族歌手朱小和　王叔英/摄

哈尼族歌手朱小和　王叔英/摄

朱小和是家传三代世袭摩批，在当地非常有名。朱小和父母过世早，他自幼没上过学。他的大伯是大摩批，是勐弄土司的专职祭司。从 8 岁起朱小和就跟着大爹走村串寨，参加各种祭祀活动。到了 14 岁，他又学起了打铁。从此，火塘边、铁炉旁，都成了他求学、练习“哈八惹”的地方。朱小和不识字，全凭心记，反复吟唱。他记忆力强，哈尼古歌听两遍就能够背诵如流，只要起个头就能够一口气唱完。日复一日，年复一年，他不仅成了远近闻名的铁匠师傅，还逐渐成了哀牢山区颇有名望的哈尼族歌手。

1985—2002 年，朱小和曾先后在广东、深圳、昆明演唱《哈尼阿培聪坡坡》《哈尼族古歌》等哈尼族古歌。1995 年，由朱小和演唱的创世史诗《窝果策尼果》荣获第二届云南文学艺术创作奖一等奖。他还培养了龙志能、罗依、普假省、马呼则、陈文亮等民间艺人。2002 年被云南省文化厅、云南省民族宗教事务委员会命名为“云南省民族民间音乐师”。

楚雄彝族大毕摩鲁世藩生于 1934 年，出身于毕摩世家，祖上 12 代都曾是当地很有名望的祭司，由于受长辈们的影响和熏陶，他从小热爱民间传统文化，9 岁时就跟着父亲鲁明升学习毕摩祭祀，20 岁出堂成为鲁氏第十三代毕摩。鲁氏家族属彝族中的“罗罗”支系。据传，鲁氏先祖大约是公元 250 年左右，从四川西北一个名叫窝巴的地方迁徙到云南来的。由于先祖们在迁徙途中几经战乱，毕摩经书已经失传，现在鲁氏毕摩所诵经典，全靠口传心记、父传子承的方式传承。

鲁世藩非常聪慧，大量的口传彝经他过耳能记，祭祀舞蹈过目不忘，祭祀礼仪也十分熟练。他吟唱的毕摩经内容全面，嗓音清亮高亢，祭祀舞蹈洒脱有力，做法礼仪庄重

①“摩批哈腊”，意为摩批中本领高强的能人，是哈尼族永远的歌者。朱小和享有“摩批哈腊”的头衔，“摩批”是祭司，“哈腊”是老虎，这表示他是哈尼祭司中资格最高的人。

吉祥，颇具个人风格。2001 年他参加由楚雄市民宗局和文化局组织的楚雄中部方言区毕摩经翻译工作，翻译整理了由他及其弟子吟诵的毕摩经共 10 万余字，为抢救和继承古老的毕摩文化做出了贡献。

2010 年，年近 80 岁的隋嘎与夫人敲起木鼓

2010 年 12 月 17 日，隋嘎向云南民族博物馆捐赠佤族文物

（这两幅图片均源自中国民族宗教网）

佤族歌手隋嘎出生在阿佤山一个部落头人的家庭，家族所属的打洛部落人口较少，是一个小部落，但却是佤族八大祖先之一的达络（老三木络）的嫡系子孙。此外，隋嘎的家族除了少数人迁徙离开外，大部分人一直留在佤山。以前，打洛部落的人能说唱很多的祈祷词、祭祀歌以及部分祖先的功绩、生平和迁徙故事。尤其是该部落的祭司、头人和歌手最擅长说唱古歌，三者有时由多人分任，有时一人可以身兼多职，如隋嘎的父亲岩可审①既是部落首领又是优秀歌手，他见多识广，可以说唱祖先创世、迁徙故事中的不少古老片段。至今很多佤族民众仍未听说过的大“能”神和阿佤母系氏族社会时期的圣母妈侬、安木拐等神灵，在隋嘎家族内部已经十分熟悉并亲如家人了。隋嘎的父亲给隋嘎弟弟起名为“能”，是上古时期一个大神的名字，叫他“扁能”；隋嘎自己又给弟弟扁能的女儿起名为“安木拐”。

作为部落头人的儿子，隋嘎从小就像父亲一样热爱本族文化，在跟随父亲参加各种祭祀和聚会的过程中，他从其他祭司、头人和歌手那里学会了很多与《司岗里》相关的歌。隋嘎说从前打洛部落的达波伟、达耸是最会祈祷、说唱《司岗里》的大不拆（大祭司）。1956 年，由于工作需要，隋嘎常到岩城部落王岩巩召发家里去，期间听岩巩讲过不少《司岗里》的故事，那时岩巩 70 多岁，管着西盟的很多地方，他讲给隋嘎听的主要是妈侬生娃娃的故事和达能的故事。岩巩还讲到自己家族盖大房子必须到勒尔龙潭拿祖先的衣胞土、背帕、匹山的奶水等。

除了小时候的耳濡目染和用心学习，隋嘎对司岗里故事的第二次集中搜集是在 20 世纪 80 年代末。那时的隋嘎是县政协主席，他将全县各乡镇一些出名的、原来当过头人、祭司或歌手的老人推荐为政协委员，工作之余，他常常与他们探讨本民族的历史、文化，并用录音机录下他们关于祖先的各种说唱。隋嘎还经常和其他佤族文化研究者一

①隋嘎的父亲岩可审：名字是“岩可”，官职为“审”，是部落的行政、外交领袖，也是出色的歌手。

起提着录音机到村村寨寨中去找原来做过布拆、头人的老人采录歌曲。隋嘎退休后，集中时间反复听以前录下的各地歌手的《司岗里》演唱录音，边整理资料，边提升自己的演唱技能，最终成为能够演唱《司岗里》全文的歌手之一。

在哈尼族社会中，只有德高望重的最高级别的贝玛才有权利带徒弟，徒弟的挑选与学习时间是非常漫长的，哈尼族古歌《直堵琵堵爵堵》中唱道："远古的规矩是这样讲，一寨的兄弟：初学退鬼的贝玛，要听师傅的话，不是三年的用功，学不会退鬼的好话。"① 古歌中说，要学会驱鬼的咒语就需要用三年的时间，要想能够演唱神圣的古歌则需要更长的时间。摩批通过示范身教和口耳相传的方式把自己所掌握的知识传授给自己的徒弟，其内容包括哈尼族历史文化、族群迁徙历史、神话传说、父子连名谱系、民间故事、音乐舞蹈、医术、天文地理知识、历法节令、道德规范、禁忌口诀、举行宗教祭祀活动的内容与方式、生产生活技能等。通过长时间的学习，摩批还要从通过严格考试的徒弟中挑选出合适的继承人。考试时由大摩批任意选出传统的章节演唱，演唱要求语言流畅、一气呵成，如果中间停顿或者遗漏就算考试失败。通过考试者，可以从师傅那里接过一把杀生祭祀用的尖刀和一个布包，然后开始行使摩批的职责。师承徒弟要与师傅连名，然后代代相传。

在西部苗族古歌的演唱者中，杨芝是比较突出的一位。在笔者所用的苗族迁徙史诗《西部苗族古歌》中，收录了杨芝所唱的数篇迁徙古歌。1875 年，杨芝出生在昭通府彝良龙街一个叫小梭嘎的地方。杨芝从小爱听父亲唱古歌，他的记忆力很好，只要父亲唱的歌他都能记住。杨芝 14 岁的时候，父亲不幸病逝，在外出打工时，杨芝留意学习雇主家和同伴们的语言和古歌。在他打工谋生的 15 年期间，他利用晚上空闲时间不断去拜访苗族老歌手，学唱保存在他们脑海中的古歌。就这样，杨芝一靠天赋，二凭用功，终于把丰富的苗族古歌和苗族历史故事融进了自己的记忆中。苗族古歌内容非常丰富，杨芝几乎什么都能唱。渐渐地，他成了人们尊敬的歌手，不论是青少年请他教歌授艺，还是村民们约他唱歌讲故事，他总是有求必应，一夜一夜地教人们唱歌，整夜整夜地讲述历史故事。光绪三十一年（1905 年），贵州威宁石门坎建立了基督教堂，同时创办了学校。已过而立之年的杨芝充满热情地去石门坎读书。1909 年，会讲彝语的杨芝被石门坎教会派到彝良、永善两县的苗、彝两个民族聚居的山乡传教办学，还创制了用石门坎苗文字母记录、学习彝语的方法。在十多年的学古歌、学语言过程中所积淀下的知识和经验为杨芝学习、记录、保存苗族古歌奠定了良好基础。在 20 世纪 50 年代初，杨芝传唱下来的苗族古歌曾被录成磁带保存，但后来遭遇不同程度的丢失。在 1992 年云南民族出版社出版的《西部苗族古歌》与 1998 年贵州民族出版社出版的《西部民间文学作品选》（苗汉文对照）中都收录了杨芝传承下来的多首大花苗古歌。

李扎戈与李扎倮是拉祜族著名的史诗歌手。1939 年，李扎戈出生于普洱市澜沧拉祜族自治县酒井乡勐根村，被人称为"嘎叩八"，即芦笙舞王子。他能够演唱拉祜族史

①西双版纳傣族自治州民族事务委员会编：《哈尼族古歌》，昆明：云南民族出版社，1992 年，第 268 页。

诗《牡帕密帕》《根古》《叫魂歌》等，也可以主持部分祭祀活动。他跟弟弟李扎倮都是集民间艺人、歌手、祭司于一身的文化传承人。李扎倮自幼喜爱本民族传统文化，少年时期开始学习芦笙舞和拉祜族古歌《牡帕密帕》《根古》等的演唱。由于《牡帕密帕》是一部长诗，完整地演唱一遍需要三天三夜，而且一般在逢年过节和婚丧嫁娶时吟唱，他与其兄李扎戈跟随村里老艺人学了十多年，才能完整地演唱《牡帕密帕》。兄弟二人演唱风格为大调式，一般由一人演唱或一人演唱多人跟唱，或多人轮唱。目前，云南拉祜族聚居区能完整演唱《牡帕密帕》《根古》等整部长诗的艺人不到10人，为使这部拉祜族的“百科全书”代代相传，李扎倮招收了5名邻近村寨的年轻人，传授《牡帕密帕》等古歌的演唱方法和内容。

我国境内的德昂族主要聚居在德宏州的三台山乡。世居邦外老寨，82岁高龄的德昂族民间艺人李腊翁是唱德昂族古歌《达古达楞格莱标》的国家级传承人。李腊翁8岁时父亲去世，11岁时妈妈又去世，他天生有一副好嗓子，爱唱歌的他长大后成了德昂寨子有名的歌手。20世纪80年代初期，李腊翁在缅甸发现一本写着德昂族、景颇族、德昂族兄弟支系恩怨的《达古达楞格莱标》经书，爱不释手。带回国后就开始学习吟唱，并去北京参加了民间歌手比赛。李腊翁说，以前中国寨子里也有这本书，但是都被烧掉了，后来他才从缅甸找回来。2009年，李腊翁被列为国家级非物质文化遗产项目传承人。近几年，李腊翁开始抄写那部从缅甸带回来的经书，直到2016年抄完。之后，李腊翁郑重地把这份凝聚半生心血的经书交给了当地政府保管。

（二）学习方式

云南少数民族史诗歌手的传承是师徒式、家传式的非制度化精英教育。在历史进程中，祭司或歌手教育培养了一批又一批的传承者，使得本民族传统文化得以长期存在和延续。民族成员及其祭司之所以选择这样一种传承方式，与云南少数民族宗教信仰的传播语境、口传或口传与书写有机结合的方法、口头“声教”的传统等众多因素相关。

1. 口传声教与情景教学

在云南的哈尼族、佤族、拉祜族等其他原来没有文字的民族中，以及傣族、彝族、壮族、纳西族等原来就有文字的民族中，其祭司或歌手师承、家传或二者相结合的传承惯制的主要传授方式都是“口传声教”。例如，吉克·尔达则伙是凉山著名的世传毕摩，他在自己的口述史《我在神鬼之间》中回忆其幼年时期学习彝文的经历：“老祭司吉克鸠诺瓦尔教我背诵经文和识字的方法是：一天分三个时段进行，有不同的要求。晚上一句句地领念，教我一首一首地背熟，不看文字；清晨督促我狠下功夫背诵记牢；白天教我认真地识字写字。先背熟后再认写，较为便于记住。”[①]这正是毕摩师承惯制中长期倡导的一种“声教”方式。

除了日常生活中的口传声教外，仪式上的情景教学也同样重要。在彝族寨子林林总总的祭祀仪式上，总能见到与言传身教同等重要的情境教学场景。巴莫曲布嫫说：“主

---

①吉克·尔达则伙：《我在神鬼之间》，成都：四川民族出版社，1994年。

祭毕摩在诵唱各类经籍时，他身边往往有数位年仅六七岁的生徒（彝语称为‘毕惹’）在逐字逐句地跟随老师轻声诵读经文。此时老师的领诵起着一种有声的演诵示范作用，学生跟着老师一段一段地记诵，积段成章，直到能够背诵整部经卷后，老师才返过来让学生识字、抄写经文、释读并理解经书，并逐步掌握主持仪式的各种知识。小毕惹从小就跟着老毕摩在各种仪式中修习背诵经典，这实际上触及了口承—书写关联中的一个重要问题，就是将口承、记忆、表演与书面知识的习得、掌握和运用结合为一体。小毕惹之所以能够背那么多经书，就是因为父辈们不仅言传，而且身教，而具体的、动态的仪式情景强化了他们对文本的理解和记忆；他们不仅用语言、唱腔记忆，同时也用身体姿态和手势动作参与记忆。毕摩教学从朗读到记诵，再到文字的习得和书籍的理解，始终贯穿着口头‘声教’的教学主张，为师者非常注重声情并茂地朗诵，也要求学生字正腔圆，音声要素得到了高度重视。而诗歌句式的短小、凝练和富于节奏韵律，都为书写文本的口头记诵提供了便利的条件。”① 彝族自古就有自己的文字系统，毕摩经典是书写文本，口头声教与情境教学的方式将彝族史诗口头文本与书面文本很好地结合在了一起。

苗族古歌的教唱也是典型的口头声教与情境教学相结合的方式。据苗族歌手讲，如果要教唱苗族古歌，师傅们的习惯教法是只教“骨”，不教“花”。“骨”是比较定型的，是歌的基本部分，也就是我们现在所说的“程式”，在苗族歌谣中表现为设问和解答叙述部分；“花”虽也有传统程式化的内容，但多数为即兴创作，或为赞美对歌的人，或为个人的谦辞，或为挑战性的，往往与诗歌本身内容没有什么联系，而只是特定情境化的东西。显而易见，苗族歌手所说的“花”，是歌手针对不同情境创编的内容。

拉祜族史诗中也有对口头声教方式的描述。演唱《根古》的歌手声称古歌是由“白头老人”传授的。他们说：“白头老人古话多，开口一唱歌成河。要喝清水寻源头，要想识古听古歌。古歌不是我自创，就像树叶自长落。古歌一代传一代，今晚学唱老人歌。”② 这是拉祜族迁徙史诗《根古》的歌头，唱述了人们学唱白头老人传下的古歌的情境。正是一代一代年轻的歌手跟着白头老人学唱古歌，拉祜族古歌才得以代代流传。拉祜族古歌的学习同样也是典型的口头声教与情景教学结合，只不过教唱古歌者的身份神秘化为“天神”或“白头老人”而已。

在云南少数民族地区，祭司或歌手演唱技能的学习除了家传与师承之外，还有神授一说。《哈尼族古歌》中便唱述了女神烟沙向哈尼族摩批教授古歌的情境。歌手说，哈尼族古歌是神灵传授的，是“两位女神站在金门坎上讲出来的，这些好话先传出神圣的天门，又传到人间下方”③。女神的话通过摩批的嘴巴向人间传播。女神一字一句地将古歌传授给摩批们。歌中说：“萨——依——萨！讲了，亲亲的兄妹，在这头一段窝

①巴莫曲布嫫：《口头传统与书写传统》，《读书》2003 年第 10 期。

②扎祝演唱，澜沧拉祜族自治县民间文学集成办公室编：《拉祜族诗歌集成》，昆明：云南民族出版社，1989 年。

③西双版纳傣族自治州民族事务委员会编：《哈尼族古歌》，昆明：云南民族出版社，1992 年，第 8 页。

果里，我要把神的产生来唱，这神圣的阿贝嘎虎烟嘎，一字一句都不能讲错。烟本烟姒女神传出一句古今，要问一声：‘格听清楚啦?’学唱的贝玛要响响地回答：‘听清楚啦！听清楚啦！’这好听的窝果是天神传下来的，是天神借我的嘴对你们来唱。”① 女神烟沙一字一句地传授给哈尼族贝玛古歌，每唱一句都要问学习的人有没有学会。只有学会了上一句，才能继续教授下一句，这是典型的口头声教形式。神授说使古歌的传承过程以及学习演唱古歌的人都具有了神圣性与神秘色彩。

2. 跟着录音机自学

佤族著名歌手隋嘎的身份非常多元。他是佤族古歌的演唱者、佤族文化的研究者，还曾经在政府部门工作。隋嘎学习司岗里古歌的过程除了是跟随父亲、亲戚学习之外，还有就是跟随录音机自学，这是一种典型的现代学习方式。

隋嘎退休后，主要是跟随早年录制的其他歌手的录音学习古歌演唱的。退休后的隋嘎开始集中精力从事司岗里史诗的搜集、整理与翻译工作，其资料翻译、整理的过程，也是他跟随录音学习、提高歌唱技艺的过程。在《司岗里・序言》中讲道：“1984 年采访翁嘎科允腊村 80 岁的原小布拆岩孟，主要记录安木拐的故事以及冷寨那边祖先的故事；1984 年采访翁嘎科龙坎村 75 岁的原大布拆岩旺，主要记录帕、匹的故事；1984 年采访翁嘎科班弄村 70 岁的原小布拆岩龙布，主要记录了祖先出司岗里后在岩城后山跳舞的情况；1984 年采访马散村 80 岁的原英雄、头人歌手岩佬，主要记录了勒尔的故事；1984 年采访马散村 65 岁的歌手娜海，记录了勒尔的故事；1984 年采访马散村 66 岁的歌手娜赫，她主要会演唱布批在砍牛尾巴晚上吟唱的司岗里片段；1985 年采访曼亨村 60 岁的原窝朗岩科，他会讲安木拐、达岗、牙里、达佤、牙万、八大祖先、叶娥、依登等人的故事；1985 年采访小新寨 60 岁的原小布拆、歌手岩布莱，他善讲人类出司岗里迁徙至跨莫一带的故事；1985 年采访岳宋村 60 岁的歌手娜布伦，她会讲牙拥开辟耿马、佤族和秾稳、佤族在秾稳与傣族比赛砍大树争田坝等故事；1986 年采访 80 岁的原阿佤莱小布拆、歌手岩扑冷，他善讲安木拐的故事、阿撒阿脚的故事以及各民族的关系、勐梭龙潭各民族的水等等；1986 年采访缅甸佤邦龙潭区玉溪大寨 80 岁老人岩垂石，主要记录秾稳的故事以及叶伦、岩冷是从勒尔上去学崖画、守崖画等故事；1987 年采访 75 岁的原中课大寨大头人、小布拆岩抢，他会讲佤族到阿佤、昔卜的故事以及达摆嘎木等人的故事；1987 年采访 51 岁的西盟政协副主席、耿马人马二，他会讲叶拥开辟耿马大寨的故事。1993 年，隋嘎又采访了缅甸佤邦勐冒县 70 多岁的岩板，主要讲安木拐在第二次大洪水后率众上莫伟努山躲水的故事。”②

隋嘎在职时，没有时间听他采访的上述歌手的录音，于是退休后想重新记录、整理司岗里的故事，就在与佤族学者毕登程合作的过程中，重新聆听、学习以前歌手的司岗里演唱录音，在此过程中，隋嘎逐渐掌握了越来越多的司岗里母题、叙事与典型场景等程式，充实了自己的演唱内容，提高了演唱技巧，并能在毕登程的提示与帮助下，用佤

①西双版纳傣族自治州民族事务委员会编：《哈尼族古歌》，昆明：云南民族出版社，1992 年，第 13 页。
②毕登程：《司岗里史诗原始资料选辑》，北京：民族出版社，2010 年，第 3 页。

语基本说唱通全文的《司岗里》史诗。隋嘎的学习方式是传统的声教、情境教学与使用现代录音设备学习、提升演唱技能的典型。

从对云南少数民族史诗祭司或歌手的访谈与调查来看，他们学歌的过程大体都是要经过以下几个阶段。初期的时候，多听老人前辈的演述，在现场情景中边看边学，耳濡目染，老人前辈手把手地从最为基础的演唱技巧教起。等到徒弟初步掌握了基本的演唱技巧和部分篇章之后，师傅会让他们在仪式的非核心环节中跟自己一同演述，让他们在实践中精进演唱能力。之后，便是徒弟主持或参加各种仪式活动，独立演唱部分篇章，师傅只是给予相应的指导和帮助，直到徒弟学成出山。歌手演唱技艺的学习和精进是终身任务，很多歌手学成后，在生活中、在仪式场上，仍会主动与其他歌手沟通交流甚至参与同行竞赛，不断提升自己的演唱技巧和演述能力。

三、演述者的职责

德国哲学家瓦尔特·本雅明（Walter Benjiamin）在《讲故事的人》（1936 年）一文中说："民间故事和童话因为曾经是人类的第一位导师，所以直至今日依旧是孩子们的第一位导师。无论何时，民间故事和童话总能给我们提供好的忠告；无论在何种情况，民间故事和童话的忠告都是极有助益的。"① 在这篇著名的文章中，本雅明解释了民间文学的教育作用源于故事讲述者拥有丰富的生活经验。善于讲故事的人有很多都有远游经历，是从远方归来的人。故事讲述者的另一种类型是当地的德高望重者，他们是一群了解本地掌故传说的人，他们同样见多识广，比当地其他人有着更为深刻的社会阅历，他们是深深了解时间的人，是当地历史记忆的代表和讲述者。民间社会中这两种会讲故事的人代表着人们物质生活和精神世界在空间和时间两个维度上的联系的维持与拓展。法国著名藏学家石泰安（R. A. Stein，1911—1999）在《西藏史诗和游吟诗人的研究》一书中强调，故事讲述者是当地传统文化和历史的保护者，是一个民族或族群记忆的保护者。② 包括史诗在内的口头传统被演说时，在场的观众或听众中绝大多数人并不会成为传统的演说人，"积极的传统携带者"毕竟是少数，甚至是"个别人"。在云南少数民族传统社会中，能够演述史诗的祭司或歌手就是这样一些"少数人"和"个别人"。他们有的是身世坎坷、走过很多地方帮工、见多识广的年轻歌手；有的则是德高望重、年纪大、阅历深的老者。无论是哪一种，他们都是各个寨子里知识渊博、声望较高之人，也是最会唱歌、讲故事的人。云南少数民族的史诗歌手对族群文化和族群心理有深入的了解和反思，是在传统社会中承担了集体重要角色，具有重要职能的人，一般都是宗教活动的主持者或参与者。他们主持或参加仪式，在仪式上吟唱古歌；同时，史诗歌手又是一群自在的人，是普通公民中的一员。在日常生活中，他们同样需要参与

---

①[德]瓦尔特·本雅明著，陈永国、马海良编：《本雅明文选》，北京：中国社会科学出版社，1999 年，第 309 页。

②[法]石泰安：《西藏史诗和游吟诗人的研究》，拉萨：西藏人民出版社，1993 年。

劳动，没有特权，也是普通的劳动者。

概括而言，云南少数民族史诗歌手的重要职能包括两个方面：一是要主持祭祀仪式，沟通天地人间；二是要传承民族文化，保存民族历史。

（一）主持仪式，沟通人神

哈尼族古歌中唱道："官人善解纠纷，贝玛能驱鬼魔，官人跟前纠纷少，贝玛周围无鬼闹，官人睡得好舒服哟，贝玛睡得好自在。"① 贝玛能够自在地睡觉，是因为他们拥有神力，会念咒语，可以退鬼。哈尼族的贝玛出来："不能背的鬼一样没有了，多怪的鬼也能背得走，多大的鬼也能背得去，听见贝玛'呸呸'的咒语，细脚鬼跑断了双脚，听见贝玛'呸呸'的咒声，鬼王领着子孙逃到了天边。"② 这段话主要讲述了哈尼族贝玛的驱鬼职能和退鬼能力。驱鬼在哈尼族传统生活中占有重要位置，贝玛的社会地位非常高，与头人、工匠并列为哈尼族三大能人。古歌中说："世上的哈尼，贝玛不在一日，阿爸病倒在床上，拉起的是哪个？阿妈睡倒在床上，扶起的是哪个？贝玛不在一天，寨子外面的鬼来扯磨秋，撵鬼的是哪个？寨边的鬼来打唿哨，驱鬼的是哪个？不要贝玛的哈尼，百样灾难降临，没有人来祭神献鬼，百样魔鬼捣乱，没有人来退鬼念咒。"③ 此段诗句唱述了贝玛对于维护哈尼人日常生活秩序的重要性。贝玛能够治病、驱鬼，如果贝玛不在，寨子里的病人便无人医治，寨外游荡的鬼就很容易进入寨子中。贝玛不在的日子里，哈尼民众会人心惶惶，安全感骤降。

佤族史诗《司岗里》中也唱述了布拆看卦、治病、主持祭祀仪式的情境。歌中说："从前的从前佤族医药落后，除了简单的草药和土办法，我们主要靠做些祭祀，小病请布拆在家撵鬼，大病请布拆到寨外看卦，重病我们就镖牛、猪祭祖。"④ 由上可知，佤族布拆即魔巴，在佤族社会中的主要职能也是主持仪式、驱鬼看病，是佤族民众身心健康的维护者。

（二）传承文化、记录历史

演唱迁徙史诗的祭司或歌手在史诗的加工、整理与保存中起了巨大的作用。他们把与迁徙相关的零碎的、分散的祭词、咒语、古歌、神话、传说故事等串联起来，形成系统完整的长篇迁徙史诗，并且在整理过程中有自己的加工和创造。例如，《哈尼阿培聪坡坡》的演唱者朱小和，家里三代都是贝玛，大伯曾在元阳县勐弄白氏土司衙门中担任专门演唱史诗的贝玛，朱小和从小聪颖过人，博闻强记，年轻时走南闯北，经历丰富。他把父辈所传、拜师所学的古歌及演唱技艺与自己在外流浪、打工途中所学的歌谣融合在一起，自创了五种发声技巧，使《哈尼阿培聪坡坡》的内容更为丰富完整，演

①云南省少数民族古籍整理出版规划办公室编：《斯批黑遮》，昆明：云南民族出版社，1990年，第1页。

②西双版纳傣族自治州民族事务委员会：《哈尼族古歌》，昆明：云南民族出版社，1992年，第265页。

③西双版纳傣族自治州民族事务委员会：《哈尼族古歌》，昆明：云南民族出版社，1992年，第262页。

④毕登程、隋嘎搜集整理：《司岗里》，昆明：云南人民出版社，2009年，第180页。

唱技艺臻于完善，并形成了独特的演唱风格。

在彝族、纳西族、傣族、壮族等拥有文字的民族中，祭司或歌手抄录、整理、保存的经籍中有很大一部分内容是关于先祖的谱牒、传说和历史故事。迁徙作为本民族历史上的重要事件也得以记录保存。如彝族古籍《六祖魂光辉》《西南彝志》《赊窦榷濮》《六祖分支》等都是关于彝族先祖迁徙历史的记述。在纳西族东巴典籍《崇搬图》（又译为《创世纪》《人类迁徙记》）中记录了纳西族的神话故事和祖先的迁徙过程。

“叙谱牒”是彝族毕摩经籍和迁徙史诗的重要内容，毕摩叮嘱族人一定要牢记本家支的谱牒，如彝族迁徙史诗《六祖魂光辉》中说：“追忆记谱系，族人皆牢记；离着而波戈，住色玛来科。色玛来科处，春天祭过祖，族人得昌盛；后裔一小支，新成一小族，吉利发展去，成了阿尼家，尼家立新谱。”① 尼家是在原来朵吐支系中分支出来的，除了记住原来的谱系外，更为主要的是由毕摩主持祭祖仪式，重建新谱。

笔者在西双版纳调查时发现，包括傣族迁徙经历的史诗有着众多情节相似、篇幅长短不一的异文。当地章哈解释说，这些文本以前主要是用来祭寨心、过新年或贺新房时吟诵的祭词，有长有短。不同的场合唱的祭词不一样。后来，这些祭词演变成了各种单篇的神话和史诗。特别是傣族歌手章哈出现后，由于演出的需要，作为职业歌手的章哈便把这些零散的篇目搜集起来，改编成了单篇的史诗演唱。章哈的演唱技艺越高，演唱的内容、细节就会越丰富，演唱的时间就会越长。这些章哈所唱的歌最初是以口头形式在民间广为流传的，自从文字在傣族聚居区产生并广泛用于抄经、诵经之后，章哈们所唱的这些歌才被记录下来，成为文献典籍。傣文是随着佛教的传播而进入傣族民间社会的，渐渐地，人们把吟诵天地由来、阐释万物起源、讲述迁徙经历的古歌也被纳入经籍文献的范围内加以保存。

在云南少数民族迁徙史诗中，“丢失文字”是迁徙途中所发生的重要事件之一。这一母题一方面表现了云南少数民族对文字与书写的渴慕，对先进文明的向往；另一方面也表现了他们对祭司、歌手重要性的肯定。如佤族《星星的传说》中讲到，佤族把写满文字的牛皮吃到肚子里后，知识就留在了肚子里。大布拆所唱的古歌中就包含了先祖创造的各种各样珍贵的知识，文中说：“佤族文字掉在哪里？知识丢在何方？牛皮啊，阿佤的宝中宝，牛皮已经被烤得焦黄。文字不见了，那文字美丽得像花朵；文字消失了，那文字是知识的海洋。不要把牛皮丢弃，吃了牛皮度饥荒，文字留在肚子里，知识记在心坎上。”②

云南少数民族中能够演唱本族群古歌的祭司或歌手一般都是其中级别最高的，他们对本民族的历史文化、风俗习惯、祭祀仪式等非常熟悉，是本民族传统文化的集大成者。包括迁徙史诗在内的云南少数民族古歌，是一个民族的“古根”和最基本的“理”之所在，是各民族传播知识、传承经验智慧、记忆历史的命脉所系。因此，那些吟唱古歌的祭司或歌手能够获得至高无上的文化地位也就顺理成章了。

---

①云南省社科院楚雄彝族文化研究室：《彝文文献译丛·六祖魂光辉》（内部资料），第103页。
②刘匀禔、陈学明（佤族）整理：《星星的传说》，昆明：云南民族出版社，1980年，第10—12页。

第二节　迁徙史诗的演述场域

保罗·康纳顿在他的社会记忆理论中提出一个观点，即仪式的重要特质乃是对社会记忆的塑造。他认为仪式是“受规则支配的象征性活动，它使参加者注意他们认为有特殊意义的思想和感情对象”，他指出仪式不是一种个人情结的升华，也并非仅仅具有集体认知的意义，也不完全在历史过程中呈现出不同的形态，而且仪式具有表达内容和操演形式的意义。[①] 保罗·康纳顿认为，我们应该在外在的形式化层面上寻找社会记忆得以传播和保持的手段。他还区分了三种记忆类型，着力研究作为社会记忆重要传播形式的纪念仪式和身体实践。景军在他的研究中指出，记忆与仪式操演对于恢复两座孔庙的正统性具有支配性意义，即便仪式的原型因岁月的久远已经变得模糊不清了，但是通过书写、长辈的部分记忆以及官方的权威等仍然可以创建出必要的仪式话语与操演过程，从而达到重塑历史与现实关联的目的。[②] 彭兆荣认为“仪式叙事”是连接“文学”与“人类学”最根本的内在逻辑。“把握仪式的重要性，就等于把握住文学与人类学两大学科之间的内在关联性，开启文学人类学方法向深层进行开掘的一个有效途径。”[③]

迁徙史诗的书面文本确实为我们呈现了云南少数民族历史记忆中的一幅幅跋山涉水、艰难迁徙与暂时定居、安居乐业相互交替的画面，给我们以崇高、悲壮或清新、明丽的审美感受。但是，当我们实地考察哈尼族的《哈尼阿陪聪坡坡》、佤族的《司岗里》以及拉祜族的《根古》等迁徙史诗时会发现，各民族歌手所唱的并不是今天意义上的文学，从族群认同角度来看，迁徙史诗唱的是一个族群如何在迁徙的途中再造、重建社会秩序的过程。我们很难从迁徙史诗仪式文本中直接获得这种鲜活的审美感受。

迁徙史诗是活态的，与神话、传说一样，是具有固定程式的口头文本，只有在一定的语境中，史诗的咏唱或讲述才有意义，它的演唱总是伴随着某一族群的或族群内某一民众的重要“关节点”：或是节日庆典、祖先祭祀的日子，或是生老病死、婚丧嫁娶等重要场合。只有在这些能将族群内民众聚集在一起的特定时间、特定场合，这些史诗才能演唱，只有在歌手演唱、观众参与的互动过程中，史诗的解释、教育、凝聚族群等重要功能才能得到充分体现。

在毕登程、隋嘎所唱版本的佤族史诗《司岗里》中，歌手清晰地为我们讲述了司岗里的不同演述形态。歌中说：“《司岗里》的传承场也多种多样，头人在会场讲理可以传唱，布拆在祭坛作祭可以传唱。歌手打歌、带歌可以传唱，老人火笼边讲古可以传

---

①[美]保罗·康纳顿：《社会如何记忆》，纳日碧力戈译，上海：上海人民出版社，2000年，第46—82页。

②景军：《神堂记忆：一个中国乡村的历史、权利与道德》，福州：福建教育出版社，2001年。

③叶舒宪：《评〈文学与仪式〉》，《神话意象》，北京：北京大学出版社，2007年，第197页。

唱。还可以边劳动边传唱……各种各样的传唱传承，最长最完整的是砍牛尾巴的晚上，大不拆布批[①]的彻夜吟唱。”[②] 这段文字中说佤族《司岗里》史诗在现实生活中的展演场合主要有三种：一是祭司们在各种祭祀场合的祈祷词吟诵和祭祀歌的说唱；二是头人、歌手（也包括祭司）们在集体劳动、节庆中的说唱；三是民众自发地在生活中的自由说唱。

在云南少数民族的生产生活中，对于先祖迁徙历史的演述在不同场合下具有不同的形态。迁徙史诗早期的典型形态是作为祭词的一部分在祭祖、分支等祭祀仪式上的演述。在祭祖、分支等神圣的时刻，祭司或歌手歌颂先祖的丰功伟绩，讲述先祖的艰辛经历和漫长的迁徙历程，最初的主要目的是召唤、取悦祖先的灵魂，使其保佑后代子孙幸福昌盛。迁徙史诗早期的第二类形态是在生产、生活等关键场合的演述，这类仪式上的演述与人们的生产实践和生活需要直接相关，如云南少数民族在春播前举行的祈祷仪式与秋收后举行的各类酬谢仪式，在建寨、盖大房子等重要生活时刻也要请祭司或歌手演唱迁徙史诗中的相关章节。云南少数民族迁徙史诗还有一种重要演述形态是在族人生命的各个关节点特别是在婚礼、葬礼上的演述。除此之外，在个人遭遇疾病或者寨子里出现灾难、瘟疫等的情况下也会演述迁徙史诗。歌手在这些场合中首先要唱述先祖的功绩和迁徙路线，然后沿着迁徙路线回到先祖的发源地找回病人的灵魂或者向天神询问疾病、瘟疫发生的原因，以求祛除疾病，消灾解难。具体说来，上述三种形态的迁徙史诗的演述场域如下。

（一）祭祀仪式上的演述

在云南少数民族的文化传统中，包含迁徙史诗在内的古歌演唱不是孤立的存在，而是与节日节庆、祭祀仪式、人生仪礼等活动密切联系着。就此而言，古歌与神话的共通之处在于，两者的演唱本身就具有庄严性。古歌的演唱常和祖先崇拜的祭祀仪式同在，歌唱与音乐舞蹈并存。在仪式上弥漫的是先民一种庄严而肃穆的崇敬神化了的祖先的气氛，一种狂热的娱神乐鬼的情绪。[③] 晚近在贵州麻山地区发现的苗族史诗《亚鲁王》，就是一个典型的例子。《亚鲁王》在内容上是创世史诗、迁徙史诗和英雄史诗的某种融合，在形式上是东郎一人或几人在夜间守灵时唱诵，在功能上具有“指路经”的作用，是当地苗族群众死后必有的仪式。吟唱《亚鲁王》是为了引导亡灵去当去之地。于是，史诗的语词叙事文本是嵌入仪式中的，其长度会受到仪式长度的规范。类似情况在云南少数民族史诗传统中也是极为常见的。

“仪式，通常被界定为象征性的、表演性的、由文化传统所规定的一整套行为方式。”“它可以是特殊的场合情境下神圣庄严的典礼，也可以是民俗功利性的礼法、做法。或者可将其理解为被传统所规约的一套约定俗成的生存技术或国家意识形态所运用

---

①布批：在西盟佤族中，专指砍牛尾巴晚上吟唱《司岗里》的大布拆。“布”是动作的发出者，“批”就是会说、会念、会唱、别人看不见的东西他看得见等含义。

②毕登程、隋嘎搜集整理：《司岗里》，昆明：云南人民出版社，2009 年，第 174 页。

③刘亚湖：《原始叙事性艺术的结晶——原始性史诗研究》，呼和浩特：内蒙古大学出版社，1991 年，第 31 页、第 25 页。

的一套权利技术。"[①] 本文中的"仪式"概念范畴限定于传统、民俗的二维向度上。云南少数民族迁徙史诗的演唱场域主要是本民族的祭祀仪式、节日庆典或人生礼仪等比较庄严的场合，由祭司或歌手用庄重严肃的曲调进行演唱。仪式叙事是云南少数民族迁徙史诗叙事的一个重要表征。如哈尼族摩批、佤族布拆、彝族毕摩、景颇族董萨、壮族麽公、傣族章哈、纳西族东巴等的史诗演述经常伴随仪式叙事。程式是"限度之内变化的原则"，是这些大小尺度不等的"大词"的共有特征，也是仪式叙事的核心特征。程式是构成仪式叙事的重要手段，毕摩、东巴、布拆、摩批等云南少数民族神职人员是通过仪式类型、故事范型等程式的有机组合迅速有效地达成口头与仪式叙事创编的。

迁徙途中，面对陌生的地域、不熟悉的族群，如何恢复秩序、重建家园呢？每一次迁徙、定居的经历都是宝贵的生存经验，值得所有人铭记。但是应该如何更好地记住这些对于维系族群生存繁衍来说非常重要的经验与智慧呢？他们举行纪念仪式、刻写在身体、服饰上，唱在口中，记在心头。可以说节日、祭祀仪式构成了连接神话、史诗等口头传统与民间信仰、日常生活的文化纽带，这也是各民族口头传统得以不断传承、建构的载体。

（二）节日仪式上的演述

云南少数民族迁徙史诗中最为常见的演唱场合是在节日、祭祖等祭祀上。如在佤族春播前的砍牛尾巴仪式上，哈尼族的苦扎扎节、十月年，彝族的祭祖仪式、分支仪式，广南彝族的铜鼓节，苗族的踩花山，景颇族的目瑙纵歌节，拉祜族的火把节等节日、祭祖活动上，祭司或歌手要演唱各民族的迁徙史诗。这些仪式化、神圣化的语境伴随着节日庆典和祭祀仪式周而复始的再现，使得云南少数民族迁徙史诗这种口头文本被年复一年地演述着，并因为仪式的周期性重复而铭刻在民众的记忆和生活中，世代相传。

在哈尼族节日、节庆等集体性重大的仪式活动中，哈尼族老人往往会用"哈巴"忆苦思甜，警醒子孙。他们吟诵先祖颠沛流离的迁徙历史，一直指向遥远的古地"诺玛阿美"。听的次数多了，寨子里的每个哈尼人几乎都会唱上几句关于"诺玛阿美"的古歌。但是，《哈尼阿培聪坡坡》《雅尼雅嘎赞嘎》等迁徙史诗的完整本在一般情况下是不会演唱的，只有在重大节日期间、葬礼上或集体祭祀的场合才会演唱。例如，在云南红河州元阳县哈尼族节日庆典时演唱的文本被称为"普嘎纳嘎"，即祖先迁徙停留的意思，节日期间演唱的迁徙古歌内容丰富，篇幅较长；但歌手在葬礼上演唱先祖迁徙故事时其内容、情节和篇幅等都要比节日期间的演唱简练。

在元阳县歌手赵乎础、赵乎周演唱的《普嘎纳嘎》"引子"中，用心唱述了史诗演唱时寨子里的兄弟姐妹济济一堂，聆听先祖迁徙经历的温馨、美好画面。

美好的夜晚，大家聚在一起，围在火塘边，边喝酒、喝茶，边唱着、听着先祖的歌。平时大家各自生活，什么时候寨子里的兄弟姐妹才能聚在一起呢？在祭祀祖先、建新寨，过六月年、十月年、昂玛突节，祭竜的时候，在葬礼、婚礼等重要人生仪礼场

①郭于华：《仪式与社会变迁》，北京：社会科学文献出版社，2000 年。

合，都是唱述先祖迁徙历史与歌颂先祖功绩、祈祷平安与幸福的时刻。歌头开始便是一派吉祥喜庆的场景，与葬礼上开篇所描绘的场景与气氛截然不同。

“祭龙节”是居住在云南红河南岸哀牢山一带的哈尼族人民的传统节日。农历二月二日，以村寨为单位举行祭龙游寨仪式。祭龙节的来源与哈尼族迁徙、定居哀牢山的历史经历有关。祭龙节的晚上，大家围坐在火塘边，听老人们唱述刚刚迁徙到哀牢山区的情景。古歌的开篇为：“很久以前，我们哈尼人从远方迁徙到哀牢山，刚在下不久，就遇到了山魔。山魔叫奢得阿窝，还有一伙虎、豹、豺狗修炼成的妖怪陪伴。山魔经常带着一群妖怪变成人窜到我们哈尼村寨，毁坏庄稼房屋，咬死人和牲畜，还常常抢小娃当食物，闹得寨子里不安宁。一年又一年过去啦，寨子里的小娃被山魔害得没有几个了，寨子里没有了孩子的笑声，妈妈们哭瞎了双眼。人们求咪谷给奢得阿窝说情，求他不要再来抢小孩……”歌手接着唱述了名叫日则和努嘎的两个哈尼伙子装扮成美丽的姑娘智斗山魔，并最终杀死山魔的过程。该文本说人们为了纪念两个勇敢聪明的哈尼伙子，在他们杀死山魔的第二天，也就是每年的二月二日（龙日）这天，选出两个小伙子装扮成姑娘，敲锣打鼓，游村串寨，重演当时的情景。后来，每到农历二月初二，哈尼人便敲起牛皮鼓，吹起巴乌，弹起四弦琴，唱起哈尼歌，唱诵日则和努嘎的英雄业绩。

佤族《司岗里》中也唱到了史诗演唱的不同场域：祭祀仪式中、火塘边、劳动时，但是最完整最热烈的演唱则是“砍牛尾巴”的时候。

“砍牛尾巴”是佤族过去最重要的祭祀活动之一，牛尾巴砍下抛过屋脊以后，便有数十名青壮年男子持长刀蜂拥而上抢割被砍之牛，抢得牛肉最多者会受到人们夸奖和尊敬。砍牛尾巴的夜晚也是演唱整篇《司岗里》的最佳时机。这时的《司岗里》是作为神圣的古歌和祈祷词吟诵的，与祭祀仪式相伴相成。歌中说：“吟唱完人类出司岗的段落，布匹念念有词地撒撒米，然后喝水，休息一会。小布拆则吹起面昂洛跳一跳舞，等布批休息好后接着唱。就这样唱唱歇歇，通宵达旦，第二天还要去陪砍人家唱！”①

《司岗里》特定的段落有着特定的演唱时间和场合。例如，缅甸佤邦巴格岱地区的歌手唱“砍头”这一节时，必须在村外才能演唱。在村子中不能随便演唱，否则可能会招来灾难。“我们请打波翁唱司岗里，他却说家里不敢唱，要到村边才唱，于是就到村边唱。翻译出来后，我们才明白，他之所以不敢在家里唱，是因为他是从砍头倒唱起。大概从前祭司岗里一度砍头祭吧。从他的唱的内容可以研究巴格岱一带佤族的砍头起源。不过，我们觉得，对司岗里史诗而言，最有价值的要数迁徙一段。同村的达内讲，他们的祖先一直下到阿佤、昔卜才又折回来，而达波所唱，则说他们的祖先只下到景栋，看来是属于不同家族吧？此外，要注意本歌并没按时间的先后唱，而是有时候倒叙，有时候顺序，有时候插叙，限于歌手识见，他所唱、所说也并不一定全对。”② 佤族的迁徙历史、伦理道德等以故事的形式传唱，以故事的方式讲述，与万物有灵的信仰一体，与现实生活共处；特别是以仪式化和符号化叙事方式呈现在现实生活中，如建

①毕登程、隋嘎搜集整理：《司岗里》，昆明：云南人民出版社，2009 年，第 108 页。
②缅甸佤邦巴格岱奔摘达波翁（70 多岁）唱，岩兵、达松、岩水、张云空等口译。

筑、节庆、歌舞、口头传统、人生仪礼等方面。

布朗族迁徙史诗《艾棱传》[1]，一般在每年的傣历10月关于先祖帕岩冷的祭祀仪式——“夺”期间和每年农历正月初七艾棱的忌辰时唱述。“夺”是布朗族关于祖先帕岩冷专有的祭祀仪式。为了永远缅怀祖先帕岩冷，芒景村布朗族每年傣历9月上旬（大约在公历7月左右），都要举行一次祭祀祖先帕岩冷的活动，时间为18天。虽然每年都举行对祖先帕岩冷的祭祀活动，但是只有每隔3年举行的大忌日布朗族才称为“夺”。“夺”这一忌日的具体活动为每隔3年举行1次大的镖牛活动，一般年份则杀鸡祭奠。在南传上座部佛教传入芒景布朗族聚居区之前，芒景布朗族村关于先祖帕岩冷的祭祀并不是欢庆的节日，而是忌日，歌中充满了禁忌。忌日时间为18天，在忌日期间，除了一两个人守地外，其他所有的人都要归村，忌日不结束不能出工，不能砍树，不能大声喊叫，不得打死家畜，不得拷打一切动物，有病也不公开治疗，即便是村里有人去世也只能悄悄地抬去埋，不能祭奠。在“夺”的禁忌期内，非本族人不得入村。在祭祀过程中，由一个布朗族老人为大家念诵一首流传下来的古歌，内容主要是简单回顾帕岩冷带领的这一支布朗族如何经过艰难的迁徙来到芒景这个美丽的地方，并带领大家种植茶叶的过程。遗憾的是现在布朗族聚居区已经没有歌手能够完整唱述《艾棱传》了，大多数歌手只能唱述祖先迁徙、种茶的片段。

仪式的重复性和程式化也决定着迁徙史诗的重复性和程式化。在迁徙过程中产生的迁徙史诗因为与神圣的祭祀仪式相伴，是不能够随便演唱的。即使是在仪式中演唱，也有着诸多的禁忌与规矩，有着神圣的性质和崇高的地位。如彝族迁徙史诗《夷僰榷濮》和《赊窨榷濮》本身便是宗教典籍，其内容的演唱主要是在彝族祭祖仪式与分支典礼上。在这两部史诗中多次提到祭祖典礼与分支仪式的情境。《夷僰榷濮》中较为典型的祭祖仪式是朵突这支彝族分支前所举行的祭祖仪式。文中说：“朵突这一家，世代居北方，原是龙住地，号令众人服。明师的神灵，与师常同在，夜间来协商，怎样做祭祀。早晨天未明，起来寻兽胆，黑鸟飞吉处，朵突翻垭口。牛年来做斋，阿德家主持，洛伙洛得山，率众来翻越。君是糯倮特，臣是糯且宝，占卜吉斋日，请来施阿琦。牛年来做斋，斋场设西方，打取祭水处，已经传九代。选择兴旺地，用来做祭场，属牛这一年，做斋好吉日。做完了大斋，人群即分散，这片好地方，留给后代居。”[2] 由《夷僰榷濮》中对做斋、分支等仪式场景的细致描述与对“师”即毕摩身份的称赞、尊重来看，这个文本应是彝族祭祖、分支仪式上毕摩所吟诵的祭词。

云南省文山州富宁县的彝族白倮倮支系的迁徙史诗《铜鼓王》则必须要在当地彝族的跳宫节上才能演唱全本。在云南省文山州的富宁县、广西壮族自治区的那坡县和越南与中国接壤的彝族聚居区，当地彝族支系白倮倮人都要隆重举行祭祖仪式——跳宫节，时间为每年农历四月初八、初九到农历十一或十二日结束。跳宫节上要演唱迁徙史

①《艾棱传》，当地人也称为《帕岩冷》。“帕岩冷”是给布朗族带来茶叶的祖先的名字。

②云南省少数民族古籍出版规划办公室编：《夷僰榷濮》，昆明：云南民族出版社，1986年，第54—55页。

诗《铜鼓王》，歌中唱述了跳宫节的仪式情境："彝家跳宫节，跳起铜鼓舞，彝家过荞节，唱起铜鼓歌。鼓舞二十盘，盘盘血泪史。鼓歌二十调，调调英雄歌。铜鼓传后代，永是彝家宝。鼓歌年年唱，鼓舞岁岁跳。彝家血和泪，千载永记牢。代代铜鼓王，我已都唱过。塘中火已熄，口干舌也燥。明年跳宫节，再来唱几调。"[①] 这是《铜鼓王》的结尾部分，歌手说火塘的火已经熄了，天已经很晚了，自己也唱累了，跳宫节也已经接近尾声了，歌也要唱完了。古歌收尾与仪式结束相呼应，更加体现了迁徙史诗口头文本与仪式文本互文的特点。

文山苗族每年正月初三都要踩花山。关于踩花山的起源，苗族世代相传：上古时期，苗族先民生活在黄河中下游一带，在蚩尤的领导下，人们生活美满幸福，不知道什么叫踩花山。后来，因为皇帝侵占苗族的土地，蚩尤在率兵抵抗中牺牲。为召集被打散的苗民，祭奠战争中的死难者，苗民们便商议重立蚩尤旗，也就是现在的花杆，人们看到蚩尤旗后，便从四面八方云集蚩尤旗下，听候前行的指令，久而久之，就形成了今天的踩花山。[②] 云南苗族的踩花山活动主要包括立花杆、祭祀、收杆三个过程。每个过程都有祭文，祭文主题都与先祖蚩尤有关。如祭祀时，祭司念道："啊，今天是个好日子，我们在这里祭天神地神，祭天祭地，祭苗族的祖先蚩尤，祭苗族的列祖列宗，祭一切为苗族献身的人们，让他们护佑我们岁岁平安，年年丰收，人丁兴旺，事业发达。"

苗家踩花山是在初春时节，不同村寨的人群在山谷间大规模地流动，团聚到花山场这样一个带有神圣性和历史意义的空间范围内，他们立花杆、念祭文、献祭、唱关于花山起源之歌的古歌。以前，立花杆时要唱包含迁徙内容的古歌，念祭文，每一位对歌者必须要先唱《花山起源之歌》，唱完此歌之后，方能唱其他内容的民歌，否则，将会被认为是不懂规矩，据说订立此规矩的目的是让后世子孙记住先祖惨痛的历史教训。《西部苗族古歌》中收录了杨芝演唱的"跳花山"的来历，歌中说十二支苗家本来住在旨密立，住在络铛和戈哉平原。兆家和苗家打仗，苗家死伤惨重，被迫迁徙。这些讲述苗族踩花山来历的口头文本，以前要在花杆节上由苗族巫公演唱，但现在苗族踩花山以苗族长者在花杆下杀鸡献祭为标志，很少再念诵祭文了。苗族自身没有文字文献对民族历史和迁徙历程进行记载，但苗族古歌中最为重要的内容就是家族世系和族群迁徙。如黔东南方言区苗族祭祖仪式"吃鼓藏"上演唱的祭祖辞中就有讲述祖先迁徙前的祖居地和迁徙路线的内容。湘西方言区苗族的创世古歌和婚姻古歌的核心内容也是各支系、各姓氏集团的迁徙原因和迁徙定居情况的演述。

景颇族民间盛会目瑙纵歌实际上就是一个包含着祖先崇拜观念、纪念先祖迁徙经历的古老祭祀仪式。所谓"目瑙纵歌"就是大家一起跳舞的意思，仪式过程中歌手要演唱与景颇族先祖迁徙相关的古歌。歌手的演唱伴随着舞蹈，景颇族民众参与其中，场面庄严肃穆，人们情绪激昂。景颇族史诗《目瑙斋瓦》中的"大地上的目瑙"一章唱述了这一热闹场面。歌中唱道："孙瓦木都和干占肯努，他们举办的目瑙，选在正月中，

①李贵恩、刘德荣收集整理：《铜鼓王》，昆明：云南民族出版社，1991 年，第 89 页。
②《民族工作》编辑部：《民族工作手册》，昆明：云南人民出版社，1985 年，第 323—326 页。

吟诵辞的斋瓦有了，念祭词的董萨来了；管祭坛的肯庄有了，泡酒的盆伦来了；舂碓的有了，簸米的来了。目瑙桩树起来了，目瑙档支好了；舞场整好了，祭坛设好了；长长的木鼓敲响了，圆圆的大铓敲响了。孙瓦木都和干占肯努，他们举办的目瑙，隆重又热闹。”① 上述诗行描述了目瑙纵歌节井然有序、有条不紊地准备场景与隆重热闹的节日情境。一年一度的“目瑙纵歌”是对景颇先祖迁徙历史的缅怀和纪念，体现了强烈的族群认同意识。景颇族古歌和传说中讲到，景颇族是从遥远的西北青藏高原一带经历了长途跋涉才来到西南定居的，“目瑙”盛会，人们的舞蹈线路、回旋队列，正是对这一迁徙经历的情境再现与深切缅怀。在这一节日盛会上，歌手深情地唱述着先祖的迁徙经历。

（三）祛病仪式上的演唱

迁徙史诗除了在云南少数民族集体性的节日节庆、祭祀仪式上演述外，在个人性的招魂与祛病仪式上也会演唱。例如，以前在拉祜族的招魂仪式上，歌手会演唱包含先祖迁徙地点与路线的《讨福歌》。《讨福歌》又名《招魂歌》，它是一首在祛病仪式上的招魂歌。以前，当拉祜寨子里有人病重不起的时候，通常会被认为是他的灵魂丢了，家属会邀请拉祜族祭司——魔巴来举行招魂仪式。魔巴为病患者唱歌，祈福讨魂。吟唱者要沿着拉祜族先祖曾经的迁徙路线一程一程地往回走，直到返回拉祜族最初的起源地，才能找回病人的魂魄。笔者所列举的这首《讨福歌》的演唱对象是名叫扎罗、娜波的两位拉祜族老人，他们生了重病，家人为二人举行了“讨福”仪式，全寨的亲友都来参加。歌的开篇首先描述了仪式的气氛和驱鬼讨魂所用的器具。歌中说：“今日天高气爽，灿烂的阳光照耀着主人的住房。房子里干干净净，屋子里有供桌一张。桌子有白银三两三，酒壶在四个大碗旁。一筒白米也摆桌上，热腾腾的茶水喷出芳香。灵魂啊，你回来吧，乡亲们把你盼望。”② 歌中所唱的白银、酒壶、白米、茶水等都是歌手招魂时要用到的重要器具，在仪式中是具有神圣性的。

仪式活动之前，寨子里的乡亲们都来了，有人陪伴病人，有人问候疾病，有人参与仪式。全寨子的人都对仪式倾注了热情，寄予了希望，把从拉祜族天神厄莎那里找回灵魂当作确凿无疑的事。歌手演唱时，在场的每个人都流着眼泪，悲伤地听魔巴唱沿着先祖迁徙之路到天神厄莎那儿找回病人灵魂的古歌。生病的两位老人生活在云南澜沧县，魔巴唱述的招魂路线即从澜沧起步返回北方，当魔巴“找到”病人的灵魂后就要从北方返回澜沧。魔巴沿途经过了很多地方，从澜沧县勐兵出发，途径勐良、募乃、勐董、勐角、牡缅密缅、大黑山、南本八卡等地，如果魔巴说灵魂还未找到，就要继续北上，那么接着出现的地名是勐卡、滚滚大江边等等，最后达到白氏，也有学者翻译为“北氏”。魔巴在寻找灵魂的过程中，对沿途所经过的地方的风光、物产会加以介绍。如对所经“白氏”地方的介绍道：“白氏坝子大，白氏坝子宽，雪块厚厚埋膝盖，冷风呜呜

---

①李向前搜集整理：《目瑙斋瓦》，芒市：德宏民族出版社，2007 年，第 252—253 页。
②雷波、刘辉豪：《拉祜族文学简史》，昆明：云南民族出版社，1995 年，第 168 页。

直刺脸。芦苇被雪压弯腰，水草伏在雪下面。”① 白氏是拉祜族迁徙途中的一个重要居住地，具体地理位置不详，但这段《讨福歌》中点出了白氏冰天雪地的地貌特征，白氏的位置应该是在北方。

迁徙族群的口头传统与祭祀仪式水乳交融、相辅相成。有过漫长艰辛迁徙经历的民族，特别是无文字民族的文化叙事中，与迁徙有关的纪念仪式是最重要的传承载体和表述文本，也是迁徙族群生活实践和身体践行的活动和事件。作为特殊的迁徙文本叙事，云南少数民族有着丰富的迁徙史诗的叙事样式和文本形态。在仪式叙事中，与迁徙有关的文字、口述、歌唱、身体、仪式等融为一体，表现为原生性迁徙主题的“大文学叙事”。更为重要的是，这些现场表演的真实仪式建构了云南少数民族迁徙历史的一个根本性叙事。

二、人生仪礼上的演述

这些有着重要文化认同、凝聚功能的云南少数民族迁徙史诗，除了在上面所列举的在本民族或本支系重要的节日庆典、祭祀仪式中才能完整演述外，各民族的婚丧嫁娶等人生仪礼上也是迁徙史诗演述的重要场合。

（一）葬礼上的演述

在云南少数民族的葬礼上，魂归何处是要解决的重要问题。歌手在葬礼上会演唱本族群的迁徙史诗，指引灵魂沿着先祖的迁徙路线返回祖居地。在葬礼上演述的迁徙史诗文本与在祭祖仪式上演述的文本相比，二者在曲调、情节与场景的描述上有差异。

以哈尼族葬礼上贝玛的迁徙史诗演唱为例。大贝玛是哈尼族的文化精英和集大成者，能否主持葬礼并在葬礼上演述长篇古歌是哈尼族民众认定一个贝玛是否是大摩批的重要条件。在哈尼族葬礼上，贝玛念诵的祭词内容丰富，几乎囊括了该民族传统文化的全部内容，其中最为重要的内容包括家族谱系、创世神话、迁徙史诗以及天文历法等多种生产生活知识，最后要将整个葬礼的过程复述出来。葬礼是贝玛所主持的祭祀活动中最主要和最复杂的仪式活动，能否主持葬礼也是哈尼族传统社会中区分摩批能力大小的标准。在全寨性祭祀活动中，贝玛只是咪谷的助手，几乎没有报酬。为个别家庭或个人进行祈福时，对摩批的要求并不高。

《斯批黑遮》是哈尼族的殡葬祭词，由贝玛在死者葬礼上演唱，篇幅很长，由许多既相互联系又相互独立的篇章构成。其中“寻找祖先的足迹”一章，既可以在节日、祭祀仪式上单独演唱，也可以作为殡葬祭词的一部分在葬礼上演唱。笔者所用《斯批黑遮》版本的译者说：“这段祭词是哈尼族迁徙史诗的一种，一般作为史诗演唱时，内容更丰富。这里作为祭词，是要把哈尼族祖先由来告诉死者。”② 作为祭词一部分吟诵

①雷波、刘辉豪：《拉祜族文学简史》，昆明：云南民族出版社，1995 年，第 168 页。

②云南省少数民族古籍整理出版规划办公室编：《斯批黑遮》，昆明：云南民族出版社，1990 年，第 128 页。

的迁徙叙事，有着严格的演唱时间、场合的限定。摩批在演唱这段祭词时开头唱道："哎——死去的老人身死魂不亡，他不知道祖先从哪里来，死到阴间路迷惘。老人死后要去找祖先，讲述祖先由来不能忘。按照祖先的来路去寻根，若不知祖先从何来，老人心死眼不瞑。哈尼人最先建寨的地方在哪里？哈尼人最初栽的寨神树在何方？哈尼人诞生在努玛阿美，努玛阿美是最先建寨处，是最初栽下寨神树的地方。从前哈尼祖先住处在哪里？哈尼祖先睡处在何方？哈尼祖先住处在许余哈尼的领地，睡在拉煞哈尼的土地上。许余哈尼的领地像猪肉一样肥，生活在拉煞哈尼土地上，像吃豆豉蘸水一样有味。一把秧苗能产稻谷一背箩，一升稻谷能出一升米，一蓬水草九头牛吃不完，一丛山草能喂七匹骡。一棵芝麻收九升，土地肥沃庄稼好，水草丰盛牛羊增。"① 歌手最后唱道："死去的老人呀，祖先从遥远的地方，就这样来到这里安家。祖先的来路已告诉你，你沿着祖先的足迹，慢慢地回去吧。""先祖的脚印"在葬礼上演唱时的文本与在节日、祭祀仪式上所演唱的文本的基本内容相差不大，最为重要的是开篇与结尾部分歌手对该文本演唱情境的交代。这段文字的开篇就告诉我们，歌手演唱的对象是"死去的老人"，演唱的目的是告诉去世的老人祖先是如何来到现居地的，让老人的灵魂可以沿着祖先迁徙时的路线逆行，直至返回最初的祖居地。

川黔滇方言区苗族的迁徙古歌主要也是在丧葬仪式上演唱，即为了将亡魂顺利指引回祖居地，一般需要祭司演唱苗族的迁徙路线，以便为亡魂指路。在云南少数民族葬礼上，吟唱先祖的迁徙路线、迁徙经历是祭词中所包含的非常重要的一项内容。吟唱迁徙古歌的目的是为去世的人指明先祖曾经所走的路，让死者的灵魂顺利返回先祖最初居住的地方。在葬礼上所吟唱的迁徙古歌比在其他节日、祭祀仪式上吟唱的文本要简朴得多，歌者有意删减掉节日、人生仪礼、祭寨、祭祖时所唱文本中那些需要铺排、渲染的细节，三言两语地点出先祖曾经居住的地点，简要说出在该地曾经发生的重要事件，指明迁徙路线即可。

（二）婚礼上的演述

云南少数民族婚礼热闹隆重，歌手演唱的迁徙史诗又是另外一种文本形式。歌手一般会着重演述婚姻由来、两性开亲、安寨定居等主题，或是讲述沿着先祖迁徙路线寻找幸福的故事。如在文山苗族婚礼上唱《黄河水朝天》、布朗族婚礼上唱《眼泪歌》、拉祜族婚礼上唱《追蜂子》等。

在云南文山州苗族婚礼上，歌手必须要唱古歌《黄河水朝天》。苗族喜欢找会唱歌的人担任媒人。有经验的老媒人懂得用唱歌的方式为自己这一方争取利益而又不伤了双方的和气，他们往往都是熟稔婚礼各路唱调并久经沙场的人。苗家娶亲要从遥远的古代开始唱起，婚礼前要确定礼金，男方媒人请女方媒人上桌子谈礼金，就需唱出一段桌子的来历。这段歌要在谈礼金的一开始由男方媒人当着女方媒人、亲戚的面唱出来，它很

①云南省少数民族古籍整理出版规划办公室编：《斯批黑遮》，昆明：云南民族出版社，1990 年，第 128—129 页。

关键，一旦唱不好，女方媒人就迟迟不上桌子来谈。从下面这段唱词中，我们可以看到苗族对远古生存状态的记忆与想象。歌中说："以前黄河朝天，黄水朝地，把地上树木的籽种都淹到了天上去。地下的苗族要搭亲，但却没有桌子，只好就蹲在地下说礼钱……"① 歌手接着唱述了得到桌子的过程，苗族老令婆如何把自己的老孔雀放上天，把种子含在了嘴里，阳光刺眼，种子从孔雀嘴里落在地上，由于干旱，种子三年都没有发芽。盘古上天放水，籽种才长了出来，长出了大树。请汉族木匠做好了桌子。从此苗族才得了桌子来嫁姑娘讨媳妇。

唱完这一段，男方歌手还要继续唱一段请女方媒人上桌的调子，大致内容是："我在九天路遥、父母拄棍撑棒来叫；在九天路远，父母拄棍撑棒来请。我说不来，父母好话说完说尽；我说不到，父母好话再请求。我来到父母家篱园，父母要叫做媒人；我来到父母家，父母把婚事交我来理。我带双红花（伴郎）到父母（丈人）家，是来把婚事了；我带双红花到，这事要办好。请帮忙弟兄搬桌到，有话桌上说。"② 在内容上，这两段歌词都表现出苗族在婚礼唱词的想象中，洪水是重要的主题。前一段明确地说明日常所用的桌子来自洪水之后苗族先祖的努力；后一段内容与苗家先祖的迁徙路程有关。歌手用"九天"的路程来形容父母请媒人的心意之诚，媒人到女方（丈人）家办婚事的态度之认真。在婚礼的送亲过程中，歌手把苗族对距离的想象更是表现得淋漓尽致。

拉祜族古歌《追蜂子》的完整文本要在婚礼上才能演唱。演唱时，两个歌手模仿新娘、新郎的口吻对歌，亲戚朋友围桌而坐，桌上摆满了各种水果。歌手们所唱的《追蜂子》既是传统文本的延续，又可以根据现场情景即兴创编，歌手越是才华横溢，演唱就越能引发大家的共鸣，歌手与群众不时进行互动，巧妙配合，把婚礼活动推向高潮。歌手所唱的"追蜂子"路线即为拉祜族先祖迁徙的路线。追蜂子的人沿着拉祜族先祖游猎、迁徙的足迹，回溯而上，将对先祖的尊敬、怀念与对幸福生活的憧憬融合在一起。拉祜族老人说："天下的道路千万条，归根到底只有两条：最长的一条是追蜂的路，最短的一条是追麂子追马鹿的路。"走前一条路虽然风餐露宿、路途漫漫，但是最终可以获得幸福，走后一条道路虽然路途较短，但打到的猎物却仅能够饱餐一顿。

德昂族史诗《达古达楞格莱标》是其民族迁徙发展的口传历史，每逢德昂族寨子里有婚丧喜庆的事，当地民众都喜欢请歌手来唱这首古歌，人生仪礼和节日节庆期间是德昂族古歌最重要的演唱场合。

迁徙史诗一般会由一个地方最有知识、最有学问的祭司或歌手在祭祀仪式或盛大节日中演唱，并常常采用唱"根谱"的方式，将与族源、迁徙与发展相关的神话、故事作为民族的"根"或"理"进行讲述或演唱。歌手在演述这些族群迁徙古歌时为了表

①杨渝东：《永久的漂泊——定耕苗族之迁徙感的人类学研究》，北京：社会科学文献出版社，2008年，第233页。

②杨渝东：《永久的漂泊——定耕苗族之迁徙感的人类学研究》，北京：社会科学文献出版社，2008年，第234—235页。

明它的神圣性，还要求特殊的场所和道具。根据笔者的调查得知，迁徙史诗一般是在五种不同的场合演述。一是祭司或歌手在婚丧嫁娶礼仪中的演述，如德昂族的《眼泪歌》、拉祜族的《追蜂子》，祭司或歌手在新人的结婚仪式上讲述先祖的迁徙故事，告诉新人幸福生活来之不易，希望他们珍惜当下，共同创建幸福生活。二是祭司或歌手在葬礼中传唱，让亡魂沿着先祖的迁徙路线，回到祖先居住的地方，它们往往与指路经一起，构成丧葬仪式的重要环节。如哈尼族迁徙史诗《哈尼阿培聪坡坡》《先祖的脚印》、拉祜族的《根古》、纳西族的《洗马经》、景颇族的《送魂调》等文本，在丧葬仪式上演唱时就成为殡葬祭词的一部分。三是祭司在节日祭祀时传唱，如拉祜族的《根古》、傈僳族的《串亲调》要在新年期间演唱，苗族的迁徙古歌要在踩花杆节上演唱，佤族的《司岗里》要在砍牛尾仪式上演唱。四是祭司在族群集体祭祀仪式中演唱，如哈尼族迁徙史诗要在祭寨神时演唱，傣族的《巴塔麻嘎捧尚罗・迁徙篇》也会在祭祀寨心、寨神时演述；彝族的《夷僰榷濮》《赊窎榷濮》要在祭祖、分支仪式上演唱，德昂族的《艾棱传》要在茶祖节演唱。五是祭司、歌手在有专门需要的情况下演唱，如拉祜族的《根古》会在祛病、叫魂仪式上吟诵，傣族章哈在贺新房仪式上的演唱，等等。

（三）特殊场合下的演述

整本的迁徙史诗本来只能在特定的场合或仪式上演唱，但是因为学者们搜集整理的需要，歌手们在非仪式期间也需要演唱整本迁徙史诗的时候，他们会采取变通的办法来处理。如对阿昌族大活袍赵安贤所演唱史诗《遮帕麻与遮米麻》的记录整理过程即是如此。

《遮帕麻与遮米麻》是一部在阿昌族人民中广泛流传的古歌，又是阿昌族祭司——活袍的念词，是由祭司在祭祀祖宗和举行葬礼时向族人念诵的。赵安贤既是阿昌族的大活袍，又是著名歌手，能够演唱整本的古歌。但是，1979 年，当工作组的兰克、杨智辉为记录这首古歌到他的家里请他演唱时，他开始并未同意，直到工作组在他家与其家人同吃同住、同出同归、促膝交谈数日后，老歌手心中的冰雪融化了，才答应唱歌。但是当听说要他唱《遮帕麻与遮米麻》时，老人又为难了，说："这是讲神的事，是我们活袍的颂词，为唱它，我遭了多少罪。从 1966 年大字报封住我家大门那天起，我就下死心不唱它了。好心的人哪，我愿意唱给你们听，但你们不可能永远和我住在一起，请你们给我留下一个免罪的证明。"收集整理者当天就赶回县城，为老歌手开来了盖有人民政府公章的证明。赵安贤把证明藏在枕头的最里面一层，而后提上陶罐从山里取回泉水，净过手，换上新衣，坐在神桌前，两头点上长明灯，闭上双眼，口中念念有词——说是要先请示住在遥远地方的遮帕麻和遮米麻，问他们是否同意让他破例给信得过的外族远客演唱（这部史诗通常只在丧葬时向族人演唱）。当他慢慢地睁开眼睛后，对我们说："遮帕麻和遮米麻同意了。"这才用庄严而又抑扬顿挫的活袍调唱出了《遮帕麻与遮米麻》。

1980 年，考虑到老歌手赵安贤已经十几年未唱过《遮帕麻与遮米麻》，工作组怕因为他记忆不全而造成古歌内容的遗漏，特意又重访老歌手。非常有意思的是，工作组的人刚进门，赵安贤就着急地说："早就盼着你们来，上次唱漏了几个地方。"他把全诗重唱了一遍，并在上次漏掉的地方单独补唱，这样，史诗就更加连贯和完整了。[①]

歌手赵安贤从最初不肯演唱古歌，到后面盼着工作组的人来补充上次不小心遗漏的地方，是非常有意味的经历。古歌搜集整理的年代是“文化大革命”刚刚结束后不久的1979年，老人对政府派来的人心有顾虑，不愿演唱。顾虑打消后，必须要先祭祀，请求天神遮帕麻和遮米麻允许破例演唱，赵安贤才敢开口唱歌。后面盼着工作组来是因为赵安贤发现自己遗漏了部分内容，害怕天神惩罚，因为完整本的古歌演唱是伴随着特定的仪式进行的，不能有遗漏和错误，否则会惹怒天神。但是，在工作组面前的演唱是脱离了演唱情境的，歌手没有仪式作为参照，很容易遗漏一些细节。

傈僳族古歌《串亲调》与哈尼族古歌《哈尼阿培聪坡坡》的搜集整理也遇到了类似的问题。傈僳族古歌《串亲调》是由余世珍、卢培义、朱士恒等学者于1972年从腾冲明光区傈僳族自治乡孔碧河寨搜集来的。当时正值冬天，余世珍等人冒着严寒，翻越陡峭、泥泞的崎岖山道，去访问老歌手余二妮、麻正仓夫妇。当他们疲惫不堪地走进牧羊人居住的矮小窝棚时，两位老人被深深地感动了。麻正仓老人按照本民族的风俗，宰了一只鸡，祈求歌神同意并帮助自己的老伴顺畅地唱好了这部长调。整部的《串亲调》并不能在平时演唱，一般只在较为隆重的场合中才能演唱。

三、日常生活中的演述

王学兵《司岗里传说》中的“后记三”是由他的弟弟王学文写的，很好地呈现了佤族民众日常生活中的《司岗里》的讲述情景。文中写道：“白天里，一群同伴就约好了这一天晚上要去找哪一位老人讲故事，天刚黑下来人也就到齐了。有一些老人很会讲，我们可以听上七八个夜晚，有一些老人不会讲，他也就只讲讲自己的故事和一些笑话。讲的人多了，听的也多了，所以我有一个感觉，那就是‘司岗里’的故事很长、很杂、很散。就说同一个故事，有几个人讲，就一些情节而言，就会有几个说法。我大哥王学兵从小最爱听故事，而且经常领着我们到处去找故事听，那个时候他就有一种能力，头一天夜里听到的故事到了第二天他可以一字不漏地讲给其他的朋友听，所以他身边经常聚着一群小朋友。他讲完以后，其他的朋友也就会讲起他们听到的故事来。讲到情节不同的地方，大家就会争起嘴来，最后大家往往以‘反正是××讲的’来结束争吵，然后又继续把故事讲下去……”[②] 后记中提到了几十年前孩子们夜晚相约去听司岗里的情景，听完了孩子们还要复述自己听到的故事，还会因为具体情节的不同发生争执。这便是日常生活中人们聆听、吟诵古歌的情境。关于日常生活中的史诗演唱，在《哈尼族古歌》中也唱到这种日常演述史诗的情景。歌中说：“萨——依——萨！讲了，亲亲的兄弟姐妹！讲了，共一个奶头的哈尼！太阳落山，是老牛回圈的时候了，月亮出山，是吃烟讲古的时候了。听啊，一寨的亲人！好听得阿贝嘎虎烟嘎，已经来到我的喉

---

①兰克、杨智辉整理：《遮帕麻与遮米麻》，昆明：云南人民出版社，1983年，第21页。

②王学兵译著：《司岗里传说》，呼和浩特：远方出版社，2004年，第213页。

咙里，天神的姑娘伸出手来，把我的舌头搬动了！今天我要讲啊，哈尼寨子怎样安下来，热和的蘑菇房怎样盖出来，这样热闹的哈巴，听过七遍也不会厌烦，这样好听得烟嘎，听过七道也不会不爱。”① 夜晚，太阳落山，月亮出来，劳作了一天的哈尼人聚在某一个蘑菇房内，围坐在火塘边，吃烟喝酒听歌，身心得以休息，心灵得以滋养。

2015 年夏天，笔者到文山州砚山县平远镇做壮族侬支系迁徙歌《砍芭蕉》的相关调查。受访的老人说：“砍芭蕉的歌就是讲我们老祖怎么来到这个地方的。我是小时候跟着老人下地做活，边干活老人就边讲古，唱古歌，都是用以前的壮语唱的，有些我们能听懂，有些听不懂。老人就会解释，这句话是什么意思。要是老人唱了好多遍，你还听不懂，老人就会觉得这个娃娃莫不是个憨包，‘古’都听不懂，将来怎么唱歌讨媳妇。”②

迁徙史诗的演唱必须是在村寨祭祀、节日、葬礼等重要仪式上，是仪式过程中不可缺少的部分，而且是主要部分。在祭祀仪式、节日庆典或人生仪礼等神圣时空中演唱的迁徙史诗是一种神圣叙事。祭祀仪式上迁徙史诗的演唱一般需要特殊身份的讲述人，并由特定的讲述人在特定的时间或场合下构成相应的仪式。这些仪式场合释放出只有当地人才能理解的象征意义。仪式生活的重复性、丰富性、可模仿性使迁徙史诗能够代代相传，并和仪式一起保持着生命力。这些仪式是发生在特定时空中的神圣行为，本质上讲就是一种族体或政体力量在权威话语操控下的权利场域，仪式中既有文化的展示，又有强大的群体对个体的通约性功能，对每个参与者来说，都可能成为自身安身立命的精神归宿。

云南少数民族的迁徙历史造就了它们鲜明的迁徙文化，史诗艺人在宗教祭祀场合或者仪式庆典演唱，向本族人民宣告自己灿烂的文明与艰辛的迁徙历史。在日常生活中，我们也处处可见这种迁徙历史留下的印记。时而是在人们街头巷尾的闲谈中，时而是在建筑样式和服饰中，时而是在生产方式的变换中。这种日常生活镶嵌在民众思维的深处，也潜藏在人们身体的深处，并有着显现的物质载体和隐性的习惯法则，将迁徙的历史融合在人们具体的文化空间之内。无论是祭祀仪式、节日节庆期间整本迁徙史诗的演唱，还是人生仪礼、驱病仪式上迁徙史诗某些章节、片段的演唱，这些具体演唱场景构成某一族群迁徙史诗丰富多样的“记忆场域”，是作为历史记忆的迁徙史诗所要依附的媒介、载体和场所，它是构成历史记忆框架的重要因素，并能够不断地唤醒与迁徙有关的记忆，使迁徙史诗保持活力，这些历史记忆的目的指向族群身份认同。

四、演述时用的调子

说话与歌咏之间有着明显的差别，最敏感的差异在于说话是依据不同的词汇、语言法则和声调来传达意思；歌咏则必须根据一定的旋律、曲调将一些词汇串联起来。二者

①西双版纳傣族自治州民族事务委员会编：《哈尼族古歌》，昆明：云南民族出版社，1992 年，第 110 页。
②侬道明口述，65 岁，男，砚山县平原镇，者兔村，2015 年 8 月 16 日。

外在的差异就是旋律、音调、声调等之间的差异。重要的是，陈述和歌咏都可以作为叙述方式呈现程式化的特征。

（一）哈尼族哈巴

历史上，由于哈尼族没有形成自己的文字，传统的哈尼族社会是无文字社会。哈尼族丰富多彩的文学艺术大都以口头传承的方式被保存下来，许多重要的民俗文化、民间智慧和地方知识都以口头传统承载，“哈巴”便是其中一种重要的口头传统文类。哈尼族学者刘镜净认为，应该以整体性的眼光来看待哈尼哈巴，将其视为一个跨文类的综合范畴，其语义指归为一种传统的口头艺术形式。① “哈巴”是哈尼族传统社会中最为重要的一种口头艺术形式。“哈巴”亦称“拉巴”“惹姑”“数枝”等，是哈尼族古老的叙事歌种，民间通常解释为“山歌”“曲子”或者“调子”。“哈巴”多在逢年过节、起房盖屋、接亲嫁女、丧葬祭祀或亲朋聚会等民俗场合演唱。“哈巴”调子的内容极为广泛，主要包括人类的起源、哈尼族历史、四时节令、农事活动、处世哲理、宗教信仰等等。

叙事性的“哈巴”主要是以叙事性长诗和哲理性短歌说明哈尼族所尊奉的规矩和道理。演唱形式有一人主唱、听众帮腔和二人对唱、听众帮腔两种。基本的音乐结构由衬词的引句、一个或若干个变化重复的乐段和众人的帮腔组成。一曲多词（唱词多为即兴发挥），反复咏唱。曲调庄重、平稳，富有内在激情，与哈尼族语言音调紧密结合，似说似唱，吟唱性强。在很多的哈尼族聚居区，“哈巴”通常是指一种古老的韵文叙事形式，但是在不同的演述语境、地域环境中“哈巴”也可以具有不同的文类属性，其中涵括了山歌、风俗歌、仪式歌、叙事歌等各种亚文类体裁。例如，在元江主要的哈尼族聚居区，“哈巴”中便包含了当地的一切歌唱传统。普洱的哈尼人有句俗语说“麂子是狗撵出来的，哈巴是酒撵出来的”，所以在云南普洱的哈尼族聚居区，“哈巴”也被认为是“酒歌”。

如果把不同的哈尼族聚居区、不同语境下的“哈巴”演述活动作为一个整体来看，我们倾向于将其视作一个“跨文类”的综合范畴，将“哈巴”界定为与散体叙事传统相对应的概念，即当地哈尼族口耳相传的“口头诗歌”，并且就以各地哈尼族民众基本通用的“哈巴”一词来表示这一独特的口头传统文类。

哈尼族生活中的“哈巴”吟唱，多半是在节日佳辰、丰收庆典、宴请好友、新房落成、婚姻嫁娶等喜事临门之际进行，即会在祭礼活动中吟唱“哈巴”。吟唱形式主要有两种，一种是在“扭麻”（母亲或大房）堂屋中，众人围坐在酒肉丰美的宴席上，歌手放开歌喉，豪爽地吟唱。吟唱完开篇以后，宴席上众多男女齐齐地发出一阵阵衬声“欧呀萨——萨——”意即“是呀幸福啊幸福”，对歌手的吟唱表示赞同，助兴。随即诸位听者无不侧耳聆听歌手吟唱哈尼族祖先的丰功伟绩、迁徙历程和对后辈的谆谆教诲。歌手演唱时，全场悄然无声，生怕听漏了只言片语。另一种吟唱形式是在节日期间

①刘镜净：《口头传统文类的界定——以哈尼族“哈巴”为个案》，《西北民族研究》2017 年第 1 期。

聚众在山野对歌，两人对唱，不分男女。对歌的唱词内容始终不离开哈尼族社会生活、历史文化以及人生仪礼的重要主题。

在朱小和演唱的《哈尼阿培聪坡坡》文本的结尾，歌手声明还有一些内容不能用“哈巴”调子来唱，只能用嘴说，他按规矩叙说了分寨的详情。朱小和说，纳索去世后，卢威、卢策派出两路人去占领各地，一路到了河口县的麻迷、玛拉、俄八及越南境内的窝比和戚策蒲玛等地，一路到了绿春县的多尼阿、窝拖蒲玛及红河县的大黑弓、元阳的哈卡、皮甲等地。到此，朱小和的讲述结束。他解释说，这些口述部分因为离现在很近，还没有高明的人把他们编成“哈巴”，不过朱小和相信不久就会有人把这些故事慢慢编出来演唱。

李元庆在《哈尼族传统音乐的多元功能》一文中编了一首顺口溜来总结哈尼族民歌及其演唱风格特点，他指出“哈巴”的风格是庄重的，文中说：“庄重吟唱是哈巴，亲昵哼唱阿尼托”。“哈巴”在哈尼人长久的历史传唱中形成了固定的语言结构，具有较强的节奏感与音乐美。歌手在吟唱中常根据停顿的需要来自由划分和重复诗歌的段落。由此形成了“哈巴”固定的歌节结构：“引腔衬词—正文—伴腔衬词”。哈巴调子以此结构循环变化，演绎生发出无数的文本。

（二）傈僳族“木刮”调

傈僳族迁徙歌《古战歌》是使用“木刮”调演唱的。“木刮”是怒江傈僳族最重要、流传最广的民歌类型之一。最初，傈僳族的“木刮”调泛指所有的歌和调，后来逐渐成为叙事古歌的专有称谓。“木刮”调内容严肃，多在节日、聚会等集体场合演唱，演唱时气氛庄重。傈僳族的《创世纪》《古战歌》《生产调》《牧羊歌》《逃婚调》等都属于“木刮”调。“木刮”调一般由中老年男子分为两方，盘腿围坐火塘边，各以男、女身份一问一答对唱。对唱时双方都由一人领唱，众人伴唱，领唱者唱一句，伴唱者和一句，吟唱中以酒助兴，边饮边歌。“木刮”调对唱还具有竞赛的特点，若双方领唱者均为对歌能手，对歌往往能持续几天几夜。以“木刮”调对唱的傈僳族传统叙事古歌，内容广泛，涉及民族起源、迁徙定居、民族关系、生产生活、风俗习惯、恋爱婚姻、宗教信仰等傈僳族民众生活、情感的各个方面。

在云南福贡县的傈僳族聚居区，古歌的演唱主要是“优叶”调子。按照演唱内容，“优叶”调子可分为两大类：一类是长篇叙事性的“优叶”调子，由中老年人围坐在火塘边一面饮酒一面对唱的调子，主要内容是追溯陈年旧事，苦难经历，曲调深沉，语速徐缓，旋律平稳；另一类是抒情性的“优叶”调子，这类曲调轻松活泼，是青年男女传情达意的主要方式，可男女对唱，也可同性间对唱。但是，目前福贡县傈僳族聚居区能吟唱古歌“优叶”调子的老人差不多都已经过世了，现在的年轻人大多只会唱较为轻松活泼的抒情性“优叶”调子，长篇叙事性的“优叶”调子已经很少有人传唱了。

（三）景颇族的“木占”与“斋瓦”

“木占”一词的意思可能与jan“占”即“太阳、天时”有关。景颇族歌手用木占调唱的一般都是与祭祀仪式、风俗习惯相关的仪式歌和风俗歌。木占调通常由专门的歌手演唱，曲调活泼风趣。演唱时歌手手中拿着一把扇子，边唱边扇，主人或听歌的人则在一旁随时为他的杯中添加润喉的米酒。“格崩木占”（gabung majan）是木占调的一种，也叫“崩央”，即丧葬歌，其中就包含着景颇族祖先从北往南迁徙的内容。

“斋瓦”的原意是指比“董萨”更高一级的祭司，也可以指由这一级祭司吟唱的有关历史的长篇歌体。这种歌体曲调比较平缓，内容丰富深奥，用词也比较典雅、古老，一般人很难掌握和理解。其中的“目瑙斋瓦”是举行盛大的目瑙活动时唱的古歌，也称为“历史的歌”。目瑙活动是景颇族出征祭祀、欢庆胜利以及其他重要时刻或遇到重大事件时举行的祭祀天地鬼神的仪式。仪式中要请大巫师也就是“斋瓦”吟唱“目瑙斋瓦”。这种歌体规模宏大、内容丰富，是景颇族的百科全书。斋瓦歌体，曲调平缓，音韵铿锵，十分悦耳动听。

（四）《司岗里》的演述曲调

《司岗里》史诗的重要演述者、搜集者隋嘎说：“在佤族阿佤支系这里，说唱司岗里历来有两种说唱法：一是祈祷词、祭祀歌、叙事长歌的说唱法，既讲大神开天辟地，又讲妈侬、安木拐的母系时代，最后才讲出司岗里；一种是神话故事、象征故事的说唱法，突兀地从人类出司岗里讲起。显然前者更有诗味、史味；后者更带神话味、象征味。”① 隋嘎指明佤族的《司岗里》演述大致包括韵文性的歌谣和散文性的故事两大类。

《司岗里》歌曲无论是长篇叙事歌还是其中的短篇抒情插曲，包括山歌、跳舞歌、爱情歌、送客歌、教育歌、儿歌等，其曲调、歌词全是丰富多彩、可长可短、自由灵活的，随性而唱，依情而止，有时以字拖腔，有时以腔带字，多几个字少几个字，只要合曲入调，尽可自由伸缩。如在隋嘎所唱的《司岗里》中提到了这一史诗的演述形态：“《司岗里》的唱法多种多样，可以用这个调一唱到底，也可以用那个调一唱到底。也可以多个调变换着唱，可以无伴奏只清唱。也可以拉着独弦琴唱成《独弦调》，还可以有的唱有的吟，可以唱为主吟为辅，也可以吟为主唱为辅，还可以有时唱有时说。可以唱为主说为辅，也可以说为主唱为辅——只要你说的生动有韵味，不是歌时它也要算诗。”② 这段唱词表明司岗里的演唱曲调是多种多样的，场合不同，歌手不同，演唱的曲调便有可能不一样。司岗里可以唱，也可以讲述，还可以边唱边说。只要你唱述得生动有韵味，受到大家的喜欢就是歌、就是诗。

阿昌族的古歌一般是使用“俄罗”调子演唱的。在阿昌族史诗《遮帕麻与遮米麻》中，歌手说：“最动听的调子是俄罗，最美丽的花朵是攀枝花；唱一支俄罗歌颂遮帕麻，采一朵攀枝花献给遮米麻。”③ 在用“俄罗”调子演唱的古歌中，单音节词较多，演唱时歌手很容易把单音节词组装成结构整齐的句子，诗句常以奇数音节构成。

包括纳西族迁徙史诗在内的东巴经或史诗的演述也是与音乐伴奏、调子唱腔相辅相

---

①毕登程、隋嘎搜集整理：《司岗里·序言》，昆明：云南人民出版社，2009 年。
②毕登程、隋嘎搜集整理：《司岗里》，昆明：云南人民出版社，2009 年，第 173 页。
③兰克、杨智辉整理：《遮帕麻与遮米麻》，昆明：云南人民出版社，1983 年，第 19 页。

成、互为表里的。程式化特征是构成史诗的重要参照标准，这不仅体现在史诗的口头演述活动中，也体现在具体的仪式表演行为中，这些仪式的进行往往是伴随着史诗演述活动的。杨杰宏认为：“东巴在演述史诗时，往往借助唱腔的演述，以鼓、锣、铃等乐器的伴奏，而构成东巴史诗音乐的唱腔及伴奏音乐就蕴含着突出的程式化特征，这一特征既是东巴史诗的本体内容所在，也是东巴史诗作为多元形态文本的属性所在。”①

云南少数民族，特别是无文字民族，族群文化的传承主要是通过在祭祀仪式、节日节庆和人生仪礼等重要场合作为表演的“实践记忆”来完成，与迁徙有关的口头传统、祭祀仪式均依赖于民众周期性的实践行为，具有表演性、重复性和程式性特征。“史诗”的本质不只是“记叙”历史，更是当场“吟诵”。史诗演述与歌手所用的调子、唱腔、音乐伴奏等关系密切。

迁徙史诗通常是云南少数民族祭祀词的一部分，不同的仪式情境对应着不同的主题和演述方式。歌手深谙史诗的演唱传统，什么情境中该用什么样的调子、应该演唱多长篇幅的迁徙歌，他们十分清楚。因为迁徙史诗主要演述的是族群的艰辛历史和苦难经历，歌手通常都会使用较为低沉、庄重的叙事性调子演述，特别是在祭祖仪式与葬礼上的演唱更是如此。但是他们熟悉的分类方式与学者熟悉的分类方式差异很大。一般说来，歌手通常根据演唱的场合或者古歌所用的调子对古歌进行分类。如过年时唱的歌、祭寨子时唱的歌、分支时唱的歌、拉木鼓时唱的歌、踩花山时唱的歌等。或者以演唱时所用的调子进行分类，如哈尼族迁徙史诗要用“哈巴”调子唱，傈僳族用“木刮”调、“串亲”调来呈现先祖的迁徙历程，佤族“司岗里”不同章节、内容在不同的情境中可以用“笼布苇”调、“昂彭撇”调或“咿唔唉”调，大魔巴布批在砍牛尾巴时唱的司岗里要用“吵布批”调子。

迁徙史诗不是用来“读”的，而是在仪式上“唱”的，歌手的唱腔、曲调与身体语言一起构成了云南少数民族迁徙史诗的演述活动。迁徙史诗演述时的唱腔、曲调的形成与云南少数民族的民间信仰、祖先崇拜及迁徙经历是内在统一的。云南少数民族的宗教信仰、祖先崇拜与迁徙历史使得史诗歌手的唱腔、曲调的形成和仪式音乐的选择等体现出悲壮、慷慨、哀婉的审美特征，其演述唱腔、曲调的选择体现出较强的自然性、民间性、活态性的特征，同时也是歌手高超演唱技艺的直接呈现。而今时过境迁，即使在较为偏远的云南少数民族地区，那些载歌载舞、神圣欢乐的集体时光也大多不再重现，支撑这些文本的仪式语境也逐渐改变甚至消失，依附于这些仪式语境之上的迁徙史诗文本也就逐渐丧失了立足之地。迁徙史诗正随着某些祭祀仪式的消失、生计方式的改变与固定而逐渐消失，或者分解蜕变为一些世俗性的故事和传说。

①杨杰宏：《东巴史诗的音乐程式刍议》，《西北民族研究》2017 年第 1 期。

第三节 演述传统的遵循与超越

有着漫长迁徙历史的民族，在定居之后仍然会存留着对迁徙历史的集体记忆或者沉淀为一种集体无意识。云南少数民族迁徙族群中大量迁徙史诗的代代流传、演述便是这种由于漫长迁徙所造成的集体记忆或集体无意识的一种呈现方式。每当歌手演述史诗时，这些代代相传的文化符号便成为歌手快速创编的程式系统，也就是用学者们所说的“大词”的形式编排起来的表演单元，推动源源不断的新的诗行出现。史诗歌手是民间叙事者，他们在演述过程中很少进行分析阐释，也很少进行心理描述，最拿手的就是按照程式建构诗行将生活的本来形态与自己的生活经验和想象融入文本中。

一、传统的遵循

云南少数民族迁徙史诗的演述是典型的口头传统。迁徙史诗的每一次演述都是基于传统内容的再创作。拉祜族歌手在演唱迁徙史诗《根古》时会说：“古歌不是我自创，就像树叶自长落。古歌一代传一代，今晚学唱老人歌。”① 拉祜族歌手学唱古歌的过程就是史诗传统的接受与遵循过程。《哈尼族古歌》中说：“先祖留下的话，一句也不会错，先祖传下的古今，一句也不会差，听我讲呵，亲亲的兄弟姐妹，快把这神传的古今，装进你们记忆的谷仓!”② 这句话中“不会差”和“不会错”有两层含义，一层是说表面上的词汇、诗句、篇章和内容不会错，另一更深的层面是说先祖的话字字珠玑，其正确性、神圣性不容置疑。

史诗演唱的“两代人之间的、多代的民族文化信息对民族的再生产起着重要的作用。在一个民族的连续交替的各代人中间存在着这些不间断的代代相传的信息联系，从而决定了该民族在时间上的继承性和稳定性”③。这种时间上的继承性和稳定性的形成是由不同代人之间的继承、传播和同一时代的歌手之间相互沟通、交流与比较、学习的过程中完成的。正如《哈尼族古歌》中所唱的：“讲了，亲亲的哈尼先祖的直系儿孙! 让我把远古的哈八来唱，让我把先祖的古今来讲，我不是比人人聪明的天神，记性也不像九山的藤子一样坚牢。我只是讲呵，把认得的一点讲给你们，我只是唱呵，把会唱的一点唱出口来。亲亲的兄弟姐妹，我不能跟远古的诗王来比，我不能跟热地方贝那的玛厄并提，我的智慧只有他的小手指甲那样大。我的记性只有他的一半还不到；我也不能

①扎约整理：《根古》，《拉祜族诗歌集成》，昆明：云南民族出版社，1989 年，第 1 页。

②西双版纳傣族自治州民族事务委员会编：《哈尼族古歌》，昆明：云南民族出版社，1992 年，第 254 页。

③[苏]勃罗姆列伊：《民族与民族学》，李振锡、刘宇端译，呼和浩特：内蒙古人民出版社，1985 年，第 58—59 页。

跟多娘高山的诗王来比，多娘的诗王是嘎天和嘎昌；我也不配跟矮山腊哈的诗王来比，拉哈的诗王是有名的西比阿桂，他们都是最会唱的那个呵，唱出的歌是听不够的歌！亲亲的弟兄，我只是把诗王们的歌来唱，我只是刚刚学会放开我的歌嗓，我的声音不好不怕，古老的先祖留下了最美最好的话！”[①] 哈尼族歌手一再声称自己现在只是初学唱歌，跟有着高超演唱技艺的古代诗王和其他地方的诗王相比，自己所掌握的古歌传统还很少。他学唱古歌的过程，也就是接受演唱传统的过程。

歌手在演唱传统中接受与储备最多的是“大词”，即各种固定的“表达单元”。“大词”作为歌手的“表演单元”，这一概念涵盖了程式、典型场景或主题、故事范型。最大尺度的“词”被口头理论定义为“故事范型”（story pattern）。美国学者弗里认为，故事范型是个依照既存的可预知的一系列动作的顺序，从始至终支撑着全部叙事的结构形式。需要指出的是，弗里所说的“大词”主要是指口头歌手演述口头文本时的创编技巧与法则。[②]“大词”是从歌手立场出发而提出的，对仪式叙事者而言，“大词”不仅包括了经书文本、口头文本中的传统性片语、主题、典型场景、故事范型，也涵盖了仪式程序及步骤、仪式主题、仪式类型以及音乐、舞蹈、工艺等多种表演类别。这一概念引入云南少数民族迁徙史诗的演述语境时，则牵涉到更为复杂的跨文本叙事语域。

歌手之所以要储备“大词”并在演述时严格遵循传统，是因为听众或观众对固定的表达单元和演述模式已经耳熟能详，习惯于接受某些固定的“大词”，一旦脱离了原来的演述模式，听众或观众会难以接受，更不会参与进来。在云南少数民族迁徙史诗的演述过程中，每当歌手开始新的篇章时，总要先回顾一下前面的演述情境，再自然过渡到现在要唱的章节。这种熟悉的开篇套路既能带领观众一起回忆美好的听歌经验，又能让他们及时关注到今天要唱的重点。例如，在哈尼族迁徙史诗《哈尼阿培聪坡坡》中，歌手唱道：“讲了，一寨的兄弟姐妹！讲了，先祖的后代子孙！好听的哈八唱过九天九夜，唱熄了哀牢山上的大风，唱平了红河里的大浪，今晚单唱我们艾乐，怎样找着尼阿多家乡。”[③] 歌手的这种开篇方式，将观众迅速带入一种熟悉的场景中。这种熟悉感与亲切感不仅可以很好地消除歌手和听众之间的陌生感，使两者迅速投入眼前的演述活动中去，还能让听众体验到熟悉的快感和愉悦感。

没有了现场听众的附和与参与，演述便很难继续进行。相对稳定的模式，对听众而言是一种“预期”，对演说人而言是“依据和标准”。任何一次演说，演说者都有意无意地因循着传统模式。史诗的传承性，实际上指的就是演说模式的相对稳定。史诗演唱传统有很大的稳固性，如果脱离了传统，可能很难被民众接受，当然也就不称其为根古或者古歌了。史诗演唱，特别是对于哈尼族、拉祜族、苗族、佤族等这些传统社会中的

---

①西双版纳傣族自治州民族事务委员会编：《哈尼族古歌》，昆明：云南民族出版社，1992 年，第 249—250 页。

②杨杰宏：《东巴仪式叙事中的“大词”》，《中国社会科学报》2015 年 11 月 6 日第 839 期。

③云南少数民族古籍整理出版规划办公室编：《哈尼阿培聪坡坡》，昆明：云南民族出版社，1986 年，第 197 页。

无文字民族来说，这些“古歌”的演述与创作就是地方历史、文化不断复制、重复、再造的过程，也是地方文化、民族文化与当地口头传统与文本之间相互影响的具体表现。

二、表演中的创作

歌手的每一次演唱既是一首古老的歌，也是一首新的歌。在有着浓重的“寻根”与“家园”情结的文化氛围中，歌手每一次的演述都是一次再创作，但这种再创作不是对传统文化、原有规范的无视，而是在遵循传统的基础上的创新。

在布朗族史诗《创世纪》的开篇，歌手首先唱述了“古老的歌”的功能、歌曲的来源以及自己所唱的这支古歌的特点。之后，歌手将自己对史诗传统的继承与超越生动地表达了出来。他说：“也许有的歌手和我唱的不同，甚至指责我是胡编乱造。各人拜的师傅有别，各自炒的菜味道也不一样。我只能按严师开的沟放水，最多按我的性格加点作料。如果人人都只会顺着老路走，新的山头又怎样才能爬到顶。所有的歌手如果只唱一首歌，那么火塘里就没有木柴可烧。在康朗们面前放肆啦，乡亲们啊原谅我。”①歌手将师傅所教的演唱传统形象地称为“开沟”，自己的演唱就是按照师傅开的沟放水。但是他认为如果人人都只按照一条老路走，就开辟不出新路；如果所有的歌手只唱一首歌，就没有新歌可言了。这就是说史诗从来就没有一个一成不变的完美范例，真正技艺高超的歌手从来不会机械的演唱师傅所教的歌，在歌唱中进行新的创作是他们的特权。帕里和洛德没有把记忆和背诵，而是把表演中的创作作为真正的口头诗人的试金石，那些最杰出的歌手们也应该是史诗的创编者。

史诗歌手的每次实践活动都是创造性的即兴表演，是特定情境中的特定口头交流。即便是同一个歌手表演的同一作品，每次演述也都是有差异的。例如，在云南元阳县的哈尼族聚居区，每逢节日节庆、祭祀仪式和葬礼都要吟唱“先祖迁徙和停留”的古歌，其基本内容和故事情节是稳定的，但是在不同场合演唱时，歌手所遵循的传统是不一样的。演唱传统的不同突出表现在曲调、典型场景的选择，演唱方式、开篇、过渡与结尾处的诗章区别上。如歌手赵呼础、赵呼周在集体祭祀仪式期间演唱迁徙史诗《普嘎纳嘎》时，引子部分较长，约有五六十行。唱述了演唱时人们济济一堂倾听歌手演唱的情境。除引子外，正文部分讲述迁徙途中的每一个定居点时细节饱满、内容充实。正文结束时歌手用简练的语句唱道：“祖先从遥远的地方，就这样来到这里安家。祖先的来路已告诉你，你沿着祖先的足迹，慢慢地回去吧！”② 正文结束时，歌手唱述了哈尼人找到新的居住地后重新建寨安家、过上幸福生活的情境。但是，在葬礼上作为殡葬祭词演唱时，歌手仅用短短九行简要交代了吟诵祖先迁徙歌的目的是让去世老人的灵魂能够

①林璋收集整理：《布朗人之歌》（内部资料），1999 年编印，第 1 页。

②云南省少数民族古籍整理出版规划办公室编：《斯批黑遮》，昆明：云南民族出版社，1990 年，第 159 页。

沿着先祖的脚印返回祖居地。此外，在集体祭祀仪式上演唱时，是歌手演唱、群众附和的形式，群众的参与感和互动感强，但是作为殡葬祭司演述时是由摩批一人独自吟唱的。

毕登程、隋嘎版的《司岗里》中对歌手创编、演唱司岗里的情况也有详细的讲述，他们强调说："司岗里歌曲浩如烟海，不知有几十还是几百调，不知有几千还是几万首。其实它们是活态歌曲，根据调子可以即兴填词；有才华的歌手又会创编新调。有人说几天几夜唱不完，有人说永永远远也不可能唱完……从古到今的佤族人啊，一直在编织它，一直在歌唱它，它既是祖先的远古天唱，也在我们今天继续传扬，还必将在未来永远回响。"① 这段文字生动形象地记录了无文字民族中歌手对承载着传统文化与经验智慧的古歌的继承和创新。这也就是阿尔伯特·贝茨·洛德说的"每次表演都是唯一的独一无二的，每一次表演都带有歌手的标记"②。在同一部书中他又指出："每次表演都是一首特定的歌，而同时又是一首一般的歌。我们正在聆听的歌是'这一首歌'(the song)，因为每一次表演都不仅仅只是一次表演；它是一次再创作。"③ 对于听众（观众）和表演者而言，一次表演活动就是一次生活经历，而生活具有不可重复性，时间具有不可逆转性，此次的演唱情境以后不可能被完全复制和得到完全追忆。

口头史诗的变动既来自表演环境的改变，也是由史诗表演本身造成的，任何史诗表演都不可能是简单的重复，而是创造性的发挥。元阳县歌手赵乎础、赵乎周既是摩批又是歌手，在不同环境下他们可以套用不同的程式表演，"祖先的迁徙和停留"于是也就又有了新的文本，这些新的文本的产生绝不是简单的重复和触景生情，或者仅仅是删减某些场景或者细节就可以完成的，其受到文化传统的制约，歌手必须要有创造性发挥才可以满足群众在不同场合、情境中的期待和要求。

在哈尼族迁徙史诗《哈尼阿培聪坡坡》的搜集整理过程中，曾经在元阳、红河、绿春、金平4县搜集到内容大同小异的唱本23个，其中系统地演唱过的是元阳县、红河县和金平县的朱小和、杨批斗、车国忠、马蒲成、马多本等40多位歌手。他们的演唱各有风格，有的气势雄浑，有的简朴淳厚，有的细腻工稳，有的泼辣跳脱，发表时采用了最完整、艺术感染力最强、叙事最清晰的朱小和的唱本。④《哈尼阿培聪坡坡》就是关于哈尼先祖的迁徙和停留的歌，哈尼族每位歌手的演唱都是遵循一定传统的，因此对于其先祖有着相同迁徙经历的歌手所演唱的文本，其基本内容和主要情节是一致的，形成了哈尼族先祖迁徙歌的众多异文。即便是同一歌手在演唱同一部史诗时，不同环境下演唱的文本也是不同的。如《哈尼阿培聪坡坡》在搜集整理的过程中，就出现了歌手在不同情绪状况下造成的演唱内容的差异。朱小和在唱到哈尼族先祖被迫从诺玛阿美故乡迁徙离开时，感慨唏嘘，泣不成声，几次无法继续，因此许多细节做了删减，卢朝

①毕登程、隋嘎搜集整理：《司岗里》，昆明：云南人民出版社，2009年，第172页。
②[美]阿尔伯特·贝茨·洛德：《故事的歌手》，尹虎彬译，北京：中华书局，2004年，第17页。
③[美]阿尔伯特·贝茨·洛德：《故事的歌手》，尹虎彬译，北京：中华书局，2004年，第17页。
④史军超：《文明的圣树——哈尼梯田》，哈尔滨：黑龙江人民出版社，2005年6月，第62页。

贵在口头翻译时也出现此种情况，因此许多情节和细节是在以后补充的。[①]

史诗的每一次演说，都是一个相对独立的异文。演说者被允许有所遗漏和添加，当地的听众依据已掌握的口头传统，可以填补演说者的遗漏，或者有选择性地接受添加的部分。许多佤族歌手常常是一边唱着《司岗里》，一边又对听众或观众们说："我摘芦子会跌下来，我唱的歌也可能有错。我不在祖先的时代，小时候听大人唱过，现在可能忘记了太多。如果我说的不合，你们就删改！"[②] 歌手说自己唱的歌"也可能有错"，指的是如果观众觉得自己的演唱没有完全遵循传统，准确传达先祖的意愿，他希望听众发现后能够指出甚至删改。史诗的演唱就是这样，一方面按照"小时候听大人唱过"的模式演唱，另一方面又在歌手与听众或观众的共同参与、互动中完成新的创编。在歌手与听众的互动过程中，一首首新的歌被创编了出来："就这样《司岗里》越唱越丰富，就这样《司岗里》越唱越长，像一股长长的司岗山藤子，串起了阿佤长长的历史。砍牛尾巴有一天会显得原始，但吟唱《司岗里》的传统啊，却永远永远不会过时。"[③]

迁徙史诗的口头演述受到各种因素的制约，歌手对主题的储备、程式的运用、其知识经验和个人生活经历、演唱的语境等都会对歌手的演唱造成影响，这使得歌手的每次演唱都不同，由此出现了叙事文本的变异，史诗文本呈现多样性。迁徙史诗在不同族群、不同时间和空间流传的过程中会发生变动。在云南少数民族迁徙史诗中，经常使用各类不同的重复语词来描绘迁徙、战争、竞赛等典型场景。在同一文本或不同文本之间都存在程式。变异并非随意的改变，事实上，演说者总是努力保持演说作品的传统惯性，同一作品类型的核心情节和基本母题总是不断被重复讲述。每一次演说都是一次再创作，但民众已经习惯于接受这种模式，一旦演说脱离了这种模式，听众或观众便难以接受，演说也难以进行。民众享受当地史诗传统与儿童爱听重复的故事是一样的。

但是，笔者据近几年的田野调查了解到，目前云南很多少数民族的史诗已经很少有人能够进行系统、完整地演唱了。被访者总是说，"我的父亲、我的师傅当年可以唱上三天三夜，但是我们学的时候，时代不好，学着学着就断掉了，我唱的不全，或者说我能唱的只是很少一部分"。如拉祜族的《根古》、德昂族的《艾棱传》、佤族《司岗里》等，目前已经很难找到可以完整演唱的歌手了。但是通过前辈学者们有意识的录音、记录与翻译整理，使得这些原来在口耳之间代代相传的古歌得以保留。尽管真正的口头史诗是不能完全诉诸书面的，文字只能记录口头史诗的一部分内容。但是，对于拉祜族、德昂族传统文化的保存、研究来说仍是十分必要的。

三、表演中的互动

口头传统是广大民众集体所有的财富，是群体创作的，它既不署某个作家的名字，

---

①云南少数民族古籍整理出版规划办公室编：《哈尼阿培聪坡坡》，昆明：云南民族出版社，1986 年，第 223 页。

②毕登程、隋嘎搜集整理：《司岗里》，昆明：云南人民出版社，2009 年，第 8 页。

③毕登程、隋嘎搜集整理：《司岗里》，昆明：云南人民出版社，2009 年，第 180 页。

也不为某个作家所私有，民众既是创造者、修改者，又是传播者、演唱者和听众。在民间文学的讲述和演唱活动中，讲者和听者经常处于互相转化之中。此时此地的讲者到彼时彼地有可能是听者，而此时此地的听者到彼时彼地又有可能是讲者。因此，听者、讲者是相对的。听者并不是永远处于被动地位。他不仅同时是保存者、传播者，而且也参与创造过程，成为集体创作的一员。当他由听者转为讲述者之后，他的诗歌创作活动便开始了。①

史诗作为口头传统的一种重要类型，在史诗演唱的过程中，歌手的演唱受到语境的影响，其中听众的情绪和对演述的回应等都会制约并影响着史诗演唱者的情绪与即兴创作能力的发挥，从而会使得歌手为了适应听众的需要，对叙事的情节、细节的修饰、文本的长度、词语的运用，甚至是文本的整体结构做出适当的调整。从这方面讲，听众已经参与到了史诗的再创作之中。另一方面，歌手在根据听众的反应而做出适当调整的时候，他不仅是创作者，同时也是接受者。在讲述拉祜族先祖的迁徙经历时，歌手说："不知唱的对不对，我也没见过。我学白头老人唱，一人一句大家找根古。"② "根古"是一人一句大家一起唱出来的，歌手和听众同为演唱者和接受者，演唱过程由大家一起配合完成。关于演唱时歌手与观众互动时的情景，在哈尼族著名歌手朱小和演唱的《哈尼阿培聪坡坡》中唱道："歌手：萨——哝——萨！讲了，亲亲的兄弟姐妹们！讲了，围坐在火塘边的寨人！先祖传下的古今，像鲜花开满山间；先祖留下的古歌，像画眉在树上婉转。我已经唱过了三个夜晚，你们得了三夜欢喜，我已经唱赢了七个贝玛，七朵金花插在耳边；今天啊，我提起精神，又唱出新新的一篇。"③ 朱小和唱述了表演者、观众或听众、其他歌手、竞争、演唱情景等多种在场元素。这是史诗演述集体性特征的表现。在史诗演述的过程中，听众或观众不像读者或电视观众一样只是被动地接受，他们也是表演的积极参与者，这构成了口头史诗传统的有机组成部分。没有听众或观众，史诗的表演就难以完成。正是在表演者与听众或观众的互动关系中，史诗表演才真正得以完成。

哈尼族贝玛在节日或祭祀盛典中的演唱还带有竞赛的性质，主持人将金花、银花插于席间，歌手们可以竞相争夺。在《哈尼阿培聪坡坡》中，哈尼歌手朱小和还唱述了史诗竞赛的情景，上文中"我已唱过了三个夜晚，你们得了三夜喜欢，我已唱赢七个贝玛，七朵金花插在耳边"诗句讲述的就是当时演唱时几个贝玛的竞争场景。贝玛在哈尼族节日庆典或人生仪礼上的演唱带有竞赛性质，主持人将金花银花插于席间，优胜客可夺而戴之。歌手朱小和说自己已经唱赢了七个贝玛，赢得了七朵金花，彰显了自己超强的演唱能力。竞赛性质的演唱会使得歌手之间相互学习、互相提高，并且也有助于活跃现场气氛，群众也可以积极参与进来，使唱和听的人都心情愉悦。

---

①张紫晨：《张紫晨民间文艺民俗学论文集》，北京：北京师范大学出版社，1993 年，第 129 页。

②扎约整理：《根古》，《拉祜族诗歌集成》，昆明：云南民族出版社，1989 年，第 10 页。

③云南省少数民族古籍整理出版规划办公室编：《哈尼阿培聪坡坡》，昆明：云南民族出版社，1986 年，第 38 页。

史诗歌手既是表演者又是创作者，表演者具有一定的能动性，在遵循史诗演述传统、把握史诗核心意义的基础上才能够充分施展自己的才华。史诗歌手之间并不存在固定的文本或唯一的文本，史诗的每一次演述都是一个相对独立的异文。演述者被允许有所遗漏和添加，当地的听众依据已掌握的口头传统，可以填补演说者的遗漏，或者有选择性地接受添加的部分。一个地方的史诗传统是当地人所独有的，研究者或局外人不可能完全拥有，拥有史诗传统的当地人是不会在意同一作品每次演说的差异的。

在云南少数民族地区，能够演述史诗和其他神圣歌谣的歌手大部分是本民族的祭司或巫师。他们是仪式的主持者或重要参与者，在远古时代，祭司、巫师等神职人员往往是和本氏族领袖、歌手、医生、劳动能手等多重身份合二为一的。他们熟悉本支系的谱牒、历史、迁徙路线与迁徙经历，并以神话、史诗、歌谣和传说故事的形式在不同场合进行演述，被民众称为“智者”和“知识丰富的人”。祭司或歌手是云南少数民族宗教信仰、祭祀仪式、人生仪礼和生老病死等关节点的主持者、执行者或重要参与者，见多识广、经验丰富。他们是掌握了较多“地方性知识”的人，具备较强的故事讲述能力，是各民族文化精髓的重要传承者、传播者和阐释者。

迁徙史诗的演述者与其他口头传统的演述者一样，其演唱技艺主要通过家传身授、拜师学艺或者二者相结合的方式习得，是师徒式、家传式的非制度化的精英教育方式。在历史进程中，他们通过口头身教、情境教学与书面教学相结合的方式，培养了一批又一批的传承者，使得本民族历史文化得以存续至今。迁徙史诗的演述是在特定情境中的表演形式，它的演唱总是伴随着某一族群的重要事件或人生的“关节点”：或是在节日庆典、祭祀祖先的日子里，或是生老病死、婚丧嫁娶等人生仪礼上。因为只有在特定时间、特定场合中才能将族群民众聚集在一起，以演唱包括迁徙史诗在内的古歌的形式，共同缅怀先祖的伟大功绩与苦难历程，史诗的解释、记忆、教育、凝聚等重要功能才能够实现。

史诗不是用来“读”的，而是在祭祀仪式上“吟诵”或者“演唱”的。不同民族迁徙史诗的演唱有着不同的调子。歌手的唱腔、曲调和身体语言一起构成了云南少数民族迁徙史诗的演述活动。迁徙史诗不同演述调子的形成，与各民族宗教信仰、祖先崇拜及迁徙经历是内在统一的。祭司或歌手演述唱腔、曲调的形成，仪式音乐的选择等体现出悲壮、慷慨、哀婉的审美特征，是歌手高超演唱技艺的直接呈现。

云南少数民族迁徙史诗的演述是典型的口头传统。迁徙史诗的每一次演述都是基于传统内容的再创作，但这种再创作不是对传统文化、原有规范的无视，而是在遵循传统上的创新。迁徙史诗的演述特别是对于那些历史上迁徙不断的无文字民族来说，这些古歌的演述与创作就是地方历史、迁徙经历与文化传统的不断复制、重复与再造的过程，是地方文化、民族历史和口头传统与文本之间相互影响的具体表现。

静谧的夜晚，白天隆重、热闹的祭祀仪式结束了，人们围在火塘边，看着眼前的儿孙满堂或者眼前生活的困窘，触景生情，老人们很容易就想到以前的颠沛流离或者曾经富裕安定的生活，他们用古老悲怆的调子把以前的迁徙、定居、战争与灾难唱了出来。情到深处，歌者与听者往往会泪流满面。

结 语

历史有没有呼吸、有没有体温、有没有灵魂？历史是文献中记载的一堆渐渐冷却、模糊的事件、战争、名称、数字等僵死之物，还是一群活生生的人？对于那些文献中没有记载或者仅用只言片语描述的边疆民族，特别是对于那些历史上没有形成本民族文字，所有历史、文化都依靠口传身教、代代相传的民族，他们是谁？他们是从哪里来的？他们要到哪里去？他们是怎么迁徙至现在的居住地的？诸如此类带着玄思和哲理意味的问题，涉及历史、哲学、宗教、文学等各学科领域，我们很难在汉文典籍中找到答案。但是，我们可以从包括神话、史诗、歌谣、传说故事等在内的活态口头传统中寻觅解难答疑的新途径。

当今时代，文学与人类学的相遇、碰撞、整合与对话日渐凸显。文学人类学也更多地表现为两个学科间在方法与资源两个层次上的共享。“文学人类学”的提出，为文学与人类学学科间的自由交流和相互融合提供了一个特定的场域，是对学术界本体论追求的超越。人类学引导我们重视口传文学与文本形成的过程，文本与田野作为文学与人类学各自的核心词汇，在文学人类学边缘中得到了共同的关照。迁徙史诗是云南少数民族迁徙叙事中最具代表性的文类之一，它不仅是云南少数民族文化传统与口头传统中的一个突出的文化与文学现象，在整个中国文化传统与口头传统中也是颇为独特的。迁徙史诗不仅是一种独特的民间文学类型，也是民族历史记忆的重要形式，更是一种活态的演述传统，与其说它是文学的，不如说它是文化的。从文学人类学的视角出发，综合运用文学与人类学的相关理论深入解读其文本的不同层面，以获得对云南少数民族迁徙史诗文本与演述更为全面、细致与准确的认识是非常必要的。

在文学人类学视域下，迁徙史诗具有更为重要的意义。在云南多个少数民族中流传的不同类型的迁徙史诗，折射出这些民族对历史的认识与想象，“迁徙”作为重要的历史过程对云南诸多少数民族口头传统的形塑有着相当重要的影响，大凡有过长期迁徙经历的民族，通常都会有一种由“寻根意识”或“漂泊意识”塑造的历史观。

在云南少数民族迁徙史诗中，记忆或想象的本民族远古时期的生存状态、迁徙途中的经历见闻以及民族间交往交流交融的过程，始终是迁徙史诗的基本内容，在具体文本中呈现为自然灾害、战争、竞赛、异族婚姻等常见母题，以及迁徙前、迁徙途中、定居建寨等典型场景与“灾害→迁徙→定居”的核心情节。迁徙史诗中这些常见母题、典型场景与审美意象中表达了其集体情感与审美理想。在云南少数民族迁徙史诗中，各民族的风俗习惯、迁徙过程、社会变迁以及文化的交往交流交融构成了一个独特的艺术世界。要进入云南少数民族迁徙史诗这个独特艺术世界并充分认识它的意义，我们不但要关注它的口头、书面、仪式等文本形态，还要关注其叙事程式、人物形象、审美风格等文本特点，只有这样才能够深入挖掘迁徙史诗中所蕴含的历史、教育、反思、审美等的文化功能与价值。

史诗是人类学、民族学、民俗学、文学等学科共同的研究对象，但是，即使是作为跨学科研究重要类型的文学人类学在关注史诗及其演述时对其审美维度的关注仍是不够的。史诗不仅是一种历史记忆，更是一种文学想象。在云南少数民族迁徙史诗中，塑造了民族英雄、普通头人、异族头人、孤儿、外族女婿、异族妻子、去远方的人、不愿迁徙的老祖母等独特的人物形象与诺玛阿美、牡帕密帕、司岗里、诺瑶里、滇池、真龙、旨密立等美好家园意象，以及白鹇鸟、小米雀、马鹿、金马等神奇动物形象，有着丰富的审美意蕴，是迁徙民族对人与自然、人与人、民族与民族间关系认识的形象化表达与其审美理想的具象化。经济生产、迁徙经历、族群心理、精神信仰等的不同，导致云南少数民族迁徙史诗审美风格丰富多元。从整体风格上来看，云南少数民族迁徙史诗具有悲壮与崇高、坚韧与乐观、朴素与简洁、理性与反思等审美特点。

云南少数民族迁徙史诗具有重要的历史价值，是各民族自我表述的历史，可以帮助我们多维度、多侧面地理解各民族族体交往交流交融的历史以及各民族文化变迁与涵化的过程。在迁徙史诗中记录了一个民族或者支系的迁徙原因、迁徙路线、沿途暂居地、理想家园、族群关系、文化变迁等内容，为我们提供了丰富的历史学、民俗学、文学、人类学材料，迁徙史诗是一把打开本民族历史记忆、民族心理与审美理想的钥匙。这种族群记忆主要是对本民族“历史上的迁徙”的一种诗性的历史记忆，具有明显的想象与虚构成分，人们利用此记忆来宣称我族或他族的来源与权力，以此表达我群或他群的族群本质。但是它绝非仅仅是一种虚构的历史记忆，我们不能否认拥有迁徙史诗的民族在“历史上迁徙”的真实性。迁徙史诗在对民族间交往交流交融过程的记忆、反思、虚构与想象中完成了民族寓言和历史的建构，是一个民族迁徙的历史见证和自我身份认同的重要依据。

活形态迁徙史诗的演述与传承往往由演述者、文本和语境三个要素决定，并且三者相互关联，彼此互动。在这三个要素中，文本相对稳定，一旦形成，便会在一定时期内超越历史和意识形态而存在。语境是演述者及其话语文本赖以产生和发展的特定社会的关联域，是其中易变和活跃的层面。演述者是沟通文本和语境的中间层面，既是语境的接受者，也是文本的创编者。迁徙史诗演述语境的变迁首先会反映在演述者身上，而后体现在文本上。这是因为演述者是有着丰富地方性知识的祭司或歌手，他们通常是民族文化的传承者与保护者。在迁徙史诗的演述与传承过程中，一个民族的迁徙历史得以重现，演述者与听众在演唱过程中通过彼此间的互动，不断完成与巩固本民族与迁徙有关的历史记忆，增强文化认同感。对于没有文字的民族来说，历史往往不是具体的事件、曲折的故事情节，也较少有极具个性的人物，更多的是演唱技艺高超的歌手用既有的程式、母题、典型场景等引导民众认识过去与解释当下。歌手往往通过家族式、师徒式或二者相结合的传承方式，逐渐掌握丰富的程式系统、思想体系，在演述过程中将集体情感与审美理想融于其中，经过人生仪礼、节日节庆、祭祀仪式的综合，就形成了包括民族意识、精神信仰、审美理想在内的历史记忆与文学想象。在云南少数民族迁徙史诗中，记忆与想象不仅是歌手建构史诗文本的重要基础，也是歌手进入历史语境的一种重要方式。史诗歌手通过神圣时刻与世俗生活中周期性仪式的反复演述，唤起本族民众对疾病瘟疫、流血战争、漫长路途、矛盾冲突、无处为家等的迁徙记忆，激发民族情感，促进民众反思。

由于云南少数民族迁徙史诗的内容驳杂、形式多样、数目巨大，我们很难在短短几年的时间内兼顾到每一个民族所有重要的迁徙史诗文本，也不可能对研究过程中发现的所有重要的理论生长点进行深入分析与理论阐释。因此，在文学人类学视域下，使用跨学科研究方法与相关理论对云南少数民族迁徙史诗的文本形式、口头程式、历史记忆与演述传统等重要方面进行深入分析，在一定程度上丰富了中国史诗的研究内容，拓宽了迁徙史诗研究的领域，增强了史诗审美研究的维度。通过文学人类学的理论与方法对迁徙史诗的不同层面展开纵深研究，无先例可循，难度较大，遗留的问题很多。在田野调查过程中，课题仍存在对部分代表性活态迁徙史诗文本记录不全、翻译困难、分析不到位的情况。此外，如何精准理解、正确把握源自西方的口头程式理论、叙事理论、表演理论，并用其来客观阐释我国的史诗传统，仍需要我们日后继续努力，才能真正实现西方理论与本土史诗传统的有机融合，乃至培育出源自本土的中国史诗理论。

参考文献

一、古籍文献

（一）迁徙史诗文本

［1］云南省民族民间文学丽江调查队：《创世纪》，北京：人民文学出版社，1960 年。

［2］《创世纪》，北京：人民文学出版社，1962 年。

［3］刘允禔、陈学明：《葫芦的传说》（原名《西岗里》），昆明：云南民族出版社，1980 年。

［4］《达古达楞格莱标》，《山茶》1981 年第 2 期。

［5］兰克、杨智辉整理：《遮帕麻与遮米麻》，昆明：云南人民出版社，1983 年。

［6］《佤族历史故事"司岗里"的传说》，《佤族社会历史调查（二）》，云南人民出版社，1983 年。

［7］云南省社科院楚雄彝族文化研究室：《彝文文献译丛》（第五辑）（内部资料），楚雄州印刷厂印。

［8］李期博翻译整理：《木地米地》，蒙自：红河哈尼族彝族自治州民族语文古籍研究所，1985 年。

［9］云南省少数民族古籍整理出版规划办公室编：《夷僰榷濮》，昆明：云南民族出版社，1986 年。

［10］云南省少数民族古籍整理出版规划办公室编：《哈尼阿培聪坡坡》，昆明：云南民族出版社，1986 年。

［11］岑隆业（壮族）、廖武仕（瑶族）整理：《寻根歌》，《山茶》1986 年第 5 期。

［12］元江哈尼族彝族自治县文化馆编：《元江民族民间文学资料》（第六辑），玉溪：元江哈尼族彝族自治县文化馆，1986 年。

［13］西双版纳傣族自治州民族事务委员会编：《巴塔麻嘎捧尚罗》（内部资料），1987 年。

［14］余仁澎、李兴主编：《傈僳族风俗歌集成》，昆明：云南人民出版社 1988 年。

［15］《苗族祖先过江记》，金平县苗族瑶族傣族自治县文联编：《云南民间文学集成·金平长诗卷》（内部资料），1989 年。

［16］赵官禄、郭纯礼等搜集整理：《十二奴局》，昆明：云南人民出版社，1989 年。

［17］澜沧拉祜族自治县民间文学集成办公室编：《拉祜族诗歌集成》，昆明：云南民族出版社，1989 年。

［18］西双版纳勐海县民族事务委员会编：《西双版纳哈尼族歌谣》，昆明：云南少年儿童出版社，1989 年。

［19］刘豪辉、阿罗编：《哈尼族民间故事选》，上海：上海文艺出版社，1989 年。

［20］刘德荣等整理：《铜鼓王》，昆明：云南人民出版社，1991 年。

［21］师有福、阿者倮濮、罗希吾戈译注：《裴妥梅尼——苏嫫（祖神源流）》，昆明：云南民族出版社，1991 年。

［22］云南省少数民族古籍整理出版规划办公室编：《赊窆榷濮》，昆明：云南民族出版社，1992 年。

［23］景洪县民委编：《雅尼雅嘎赞嘎》，昆明：云南人民出版社，1992 年。

［24］阿海、岩温扁：《哈尼族古歌》，昆明：云南民族出版社，1992 年。

［25］林璋收集整理：《布朗人之歌》，1999 年编印。

［26］张志强收集整理：《傈僳族祭祀经》，昆明：云南人民出版社，2006 年。

［27］西双版纳傣族自治州民族事务委员会编：《巴塔麻嘎捧尚罗》，昆明：云南人民出版社，1989 年。

［28］云南省少数民族古籍整理出版规划办公室编：《斯批黑遮》，昆明：云南民族出版社，1990 年。

［29］李向前搜集整理：《目瑙斋瓦》，芒市：德宏民族出版社，1991 年。

［30］云南省少数民族古籍整理出版规划办公室编：《西部苗族古歌》，昆明：云南民族出版社，1992 年。

［31］《中国苗族文学丛书》编辑委员会编：《西部民间文学作品选（一）》，2003 年。

［32］王学兵译著：《司岗里传说》，呼和浩特：远方出版社，2004 年。

［33］中国民间文学集成全国编辑委员会、中国歌谣集成云南卷编辑委员会：《中国歌谣集成·云南卷·上卷》，北京：中国社会科学出版社，2004 年。

［34］毕登程、隋嘎收集整理：《司岗里》，昆明：云南人民出版社，2009 年。

［35］毕登程：《司岗里史诗原始资料选辑》北京：民族出版社，2010 年

[36] 陶学良、娜迫记录整理：《盘古盘根》，云南民族古籍网电子版。

(二) 地方史志

[1]（晋）常璩撰：《华阳国志校注》，刘琳校注，成都：巴蜀书社，1984 年。

[2]（南朝宋）范晔：《后汉书·西羌传》卷八十七，北京：中华书局，1965 年。

[3]（汉）司马迁：《史记·西南夷列传》，北京：中华书局点校本，1975 年。

[4]（唐）樊绰《云南志》，北京：中国书店出版社，2007 年。

[5]（元）李京：《云南志略·诸夷风俗》，王叔武辑校，昆明：云南民族出版社，1986 年。

[6]（明）宋濂等撰：《元史》卷三十五《本纪第三十五·文宗四》，北京：中华书局，1976 年。

[7]（明）陈文纂、郑颙修：《云南图经志书》卷十，昆明：云南民族出版社，2002 年。

[8]（清）鄂尔泰等监修：《云南通志》三十卷（通行本），昆明：云南人民出版社，2007 年版。

[9]（清）郑绍谦原本、李熙龄续修：《普洱府志·土司·种人附》卷十八，咸丰元年（1851 年）刻本。

[10] 赵尔巽：《清史稿》，北京：中华书局，1977 年。

[11]（清）唐大宾修、赵震纂：乾隆《开化府志》，传抄故宫博物院图书馆藏清乾隆二十三年（1758 年）刻本。

[12]（清）陈宗海修、李福宝等纂：光绪《丽江府志稿》，传抄清光绪二十一年（1895 年）稿本。

[13]（清）崔乃镛纂修：雍正《东川府志》卷八，传抄北京图书馆藏清雍正十三年（1735 年）刻本。

[14] 符廷铨等修、杨履乾纂：《昭通县志稿》卷十，铅印本，1924 年。

[15] 徐孝喆修、缪云章纂：《民国丘北县志》第二册，石印本，1926 年。

[16] 尹明德：《滇缅界务北段调查报告》，《永昌府文征》第 6 册，1931 年腾冲版。

二、现代丛书史料

(一) 民族问题丛书

[1] 云南省编辑组：《云南少数民族社会历史调查资料汇编（一）》，昆明：云南人民出版社，1965 年。

[2]《民族问题五种丛书》云南省编辑委员会编：《傈僳族社会历史调查》，昆明：云南人民出版社，1981 年。

[3]《民族问题五种丛书》云南省编辑委员会编：《崩龙族社会历史调查》，昆明：云南人民出版社，1981 年。

[4]《民族问题五种丛书》云南省编辑委员会编：《云南苗族瑶族社会历史调查》，

昆明：云南民族出版社，1982 年。

［5］《民族问题五种丛书》云南省编辑委员会编：《拉祜族社会历史调查（一）》，昆明：云南人民出版社，1982 年。

［6］《民族问题五种丛书》云南省编辑委员会编：《佤族社会历史调查（一）》，昆明：云南人民出版社，1983 年。

［7］《民族问题五种丛书》云南省编辑委员会编：《佤族社会历史调查（二）》，昆明：云南人民出版社，1983 年。

［8］《民族问题五种丛书》云南省编辑委员会编：《佤族社会历史调查（三）》，昆明：云南人民出版社，1983 年。

［9］《傣族社会历史调查（西双版纳之三）》，昆明：云南民族出版社，1983 年。

［10］何志武：《纳西东巴经选译》，云南省社科院东巴文化研究室，1983 年印。

［11］《民族问题五种丛书》云南省编辑委员会编：《景颇族社会历史调查（一）》，昆明：云南人民出版社，1984 年。

［12］《民族问题五种丛书》云南省编辑委员会编：《景颇族社会历史调查（二）》，昆明：云南人民出版社，1986 年。

［13］《民族问题五种丛书》云南省编辑委员会编：《景颇族社会历史调查（三）》，昆明：云南人民出版社，1986 年。

［14］云南省编辑组：《布朗族社会历史调查（一）》，昆明：云南人民出版社，1981 年。

［15］云南省编辑组：《布朗族社会历史调查（二）》，昆明：云南人民出版社，1982 年。

［16］云南省编辑组：《布朗族社会历史调查（三）》，昆明：云南人民出版社，1986 年。

［17］红河哈尼族彝族自治州民族语文古籍研究所编：《木地米地》（内部资料），蒙自：1985 年。

［18］云南省编辑组：《云南方志民族、民俗资料琐编》，昆明：云南民族出版社，1986 年。

［19］怒江州政协文史资料委员会：《怒江州文史资料选辑》第 7 辑，1987 年编印。

［20］宣威民间文学集成办公室编：《云南省民间文学集成·宣威县苗族卷》（内部资料），1989 年编印。

［21］方国瑜主编：《云南史料丛刊》，昆明：云南大学出版社，2001 年。

［22］全国少数民族古籍整理研究室组织编写：《中国少数民族古籍总目提要》哈尼族卷，北京：中国大百科全书出版社，2008 年。

［23］《中国少数民族社会历史调查资料丛刊》修订编辑委员会、《民族问题五种丛书》云南省编辑委员会编：《哈尼族社会历史调查》，北京：民族出版社，2009 年。

［24］《中国少数民族社会历史调查资料丛刊》修订编辑委员会、云南省编辑组编：《四川广西云南彝族社会历史调查》，北京：民族出版社，2009 年。

［25］《中国少数民族社会历史调查资料丛刊》修订编辑委员会、《民族问题五种丛书》云南省编辑委员会编：《云南小凉山彝族社会历史调查》，北京：民族出版社，2009 年。

［26］《中国少数民族社会历史调查资料丛刊》修订编辑委员会、《民族问题五种丛书》云南省编辑委员会编：《纳西族社会历史调查（一）》，北京：民族出版社，2009 年。

［27］《中国少数民族社会历史调查资料丛刊》修订编辑委员会、《民族问题五种丛书》云南省编辑委员会编：《纳西族社会历史调查（二）》，北京：民族出版社，2009 年。

［28］《中国少数民族社会历史调查资料丛刊》修订编辑委员会、《民族问题五种丛书》云南省编辑委员会编：《纳西族社会历史调查（三）》，北京：民族出版社，2009 年。

［29］《民族问题五种丛书》云南省编辑委员会编、《中国少数民族社会历史调查资料丛刊》修订编辑委员会：《云南苗族瑶族社会历史调查》，北京：民族出版社，2009 年。

［30］《过山榜》编辑组、《中国少数民族社会历史调查资料丛刊》修订编辑委员会：《过山榜》，北京：民族出版社，2009 年。

（二）云南史

［1］江应樑：《傣族史》，成都：四川民族出版社，1983 年。

［2］马曜：《云南简史》，昆明：云南人民出版社，1983 年。

［3］尤中：《云南民族史》，昆明：云南人民出版社，1985 年。

［4］伍新福、龙伯亚：《苗族史》，成都：四川民族出版社，1992 年。

［5］雷波、刘辉豪：《拉祜族文学简史》，昆明：云南民族出版社，1995 年。

［6］王国祥：《布朗族文学简史》，昆明：云南民族出版社，1995 年。

［7］苍铭：《云南民族迁徙文化研究》，昆明：云南民族出版社，1997 年。

［8］和平：《从云南到阿萨姆—傣—泰民族历史再考与重构》，昆明：云南大学出版社，2001 年。

［9］黄光成：《德昂族文学简史》，昆明：云南民族出版社，2002 年。

［10］易谋远：《彝族史要》，北京：中国科学文献出版社，2007 年。

［11］尹绍亭：《远去的山火——人类学视野中的刀耕火种》，昆明：云南人民出版社，2008 年。

［12］郭家骥：《发展的反思——澜沧江流域少数民族变迁的人类学研究》，昆明：云南人民出版社，2008 年。

［13］马曜主编：《云南简史》（新增订本），昆明：云南人民出版社，2009 年。

［14］杨志明等：《云南少数民族传统文化研究》，北京：人民出版社，2009 年。

［15］郭家骥：《云南民族关系调查研究》，北京：中国社会科学出版社，2010 年。

三、文学人类学论著

（一）著作

［1］徐新建：《从文化到文学》，贵阳：贵州教育出版社，1991 年。

［2］林耀华主编：《民族学通论》（修订本）北京：中央民族大学出版社，1997 年

［3］叶舒宪：《神话：原型批评》，西安：陕西师范大学出版社，1987 年。

［4］方克强：《文学人类学批评》，上海：上海社会科学院出版社，1992 年。

［5］叶舒宪：《文学人类学探索》，桂林：广西师范大学出版社，1998 年。

［6］王杰：《审美幻象与审美人类学》，桂林：广西师范大学出版社，2002 年。

［7］叶舒宪：《文学与人类学：知识全球化时代的文学研究》，北京：社会科学文献出版社，2003 年。

［8］彭兆荣：《文学与仪式：文学人类学的一个文化视野》，北京：北京大学出版社，2004 年。

［9］史忠义等主编：《国际文学人类学研究》，天津：百花文艺出版社，2006 年。

［10］程金城主编：《文艺人类学的理论与实践》，北京：民族出版社，2007 年。

［11］王列生：《文艺人类学》，北京：文化艺术出版社，2008 年。

［12］昂自明：《彝族撒尼人仪式文学研究》，昆明：云南人民出版社，2015 年。

［13］屈永仙：《寻找傣族诗歌：德宏傣族村落仪式中的诗歌》，昆明：云南民族出版社，2016 年。

（二）论文

［1］傅道彬：《文学人类学：一门学科，还是一种方法?》，《文艺研究》1997 年第 1 期。

［2］李亦园：《从文化看文学》，《中国比较文学》1998 年第 2 期。

［3］黄向春：《文学人类学：民间文学的“场域”》，《民间文学论坛》1998 年第 2 期。

［4］朝戈金：《口传史诗诗学的几个基本概念》，《民族艺术》2000 年第 4 期。

［5］周弘、黄剑波：《人类学视野下的文学人类学（下）》，《广西民族学院学报》2003 年第 9 期。

［6］巴莫曲布嫫：《口头传统与书写传统》，《读书》2003 年第 10 期。

［7］何明、吴晓：《艺术人类学的学科基础及其特质》，《学术探索》2005 年第 3 期。

［8］叶舒宪：《中国文化的构成与“少数民族文学”：人类学的后现代关照》，《民族文学研究》2009 年第 2 期。

［9］叶舒宪：《文学人类学的学术伦理》，《百色学院学报》2010 年第 4 期。

［10］乐黛云：《文学人类学构建新的文学观》，《中国社会科学报》2011 年 4 月 27 日。

四、国内外相关论著

（一）国外论著

[1]［苏联］勃罗姆列伊：《民族与民族学》，李振锡、刘宇端译，呼和浩特：内蒙古人民出版社，1985年。

[2]［美］乌尔利希·韦斯坦因：《比较文学与文学理论》，刘象愚译，沈阳：辽宁人民出版社，1987年。

[3]［日］绫部恒雄：《文化人类学的十五种理论》，北京：国际文化出版公司，1988年。

[4]［法］布吕奈尔等：《什么是比较文学》，葛雷、张连奎译，北京：北京大学出版社，1989年。

[5]［美］克莱德·M. 伍兹：《文化变迁》，何瑞福译，石家庄：河北人民出版社，1989年。

[6]［美］王靖献：《钟与鼓——〈诗经〉的套语及其创作方式》，谢谦译，成都：四川人民出版社，1990年。

[7]［美］阿兰·邓迪斯：《世界民俗学》，陈建宪、彭海斌译，上海：上海文艺出版社，1990年。

[8]［美］斯蒂·汤普森：《民间故事分类学》，郑海译，上海：上海文艺出版社，1991年。

[9]［俄］别林斯基：《亚历山大·普希金的作品》，《别林斯基选集》第四卷，上海译文出版社，1991年。

[10]［美］珍妮·约伦：《世界著名民间故事大观》，潘国庆等译，上海：上海文艺出版社，1991年。

[11]［德］黑格尔：《美学》（第三卷下册），朱光潜译，北京：商务印书馆，1996年。

[12]［加］斯蒂文·托托西：《文学研究的合法化》，马瑞琦译，北京：北京大学出版社，1997年。

[13]［法］利奥塔：《后现代性与公正游戏》，谈源洲译，上海：上海人民出版社，1997年。

[14]［德］沃尔夫冈·伊塞尔：《走向文学人类学》，王晓璐译，见拉尔夫·科恩主编《文学理论的未来》，北京：中国社会科学出版社，1993年。

[15]［法］石泰安：《西藏史诗和游吟诗人的研究》，拉萨：西藏人民出版社，1993年。

[16]［法］米歇尔·福柯：《知识考古学》，谢强等译，北京：三联书店出版社，1998年。

[17]［德］瓦尔特·本雅明：《本雅明文选》，陈永国、马海良编，北京：中国社

会科学出版社，1999 年。

［18］［美］保罗·康纳顿：《社会如何记忆》，纳日碧力戈译，上海：上海人民出版社，2000 年。

［19］［俄］李福清：《神话与鬼话》，北京：社会科学文献出版社，2001 年。

［20］［英］特里·伊格尔顿：《审美意识形态》，王杰等译，桂林：广西师范大学出版社，2001 年。

［21］［德］康德：《判断力批判》，邓晓芒译，北京：人民出版社，2002 年。

［22］［俄］别尔嘉耶夫：《历史的意义》，张雅萍译，上海：学林出版社，2002 年。

［23］［法］哈布瓦赫：《论集体记忆》，毕然、郭金华译，上海：上海人民出版社，2002 年。

［24］［美］诺曼·费尔克拉夫：《话语与社会变迁》，殷晓蓉译，北京：华夏出版社，2003 年。

［25］［法］米歇尔·福柯：《知识考古学》，谢强、马月译，三联书店，2003 年。

［26］［美］阿尔伯特·贝茨·洛德：《故事的歌手》，尹虎彬译，北京：中华书局，2004 年。

［27］［俄］弗拉基米尔·雅科夫列维奇·普罗普：《神奇故事的历史根源》，贾放译，北京：中华书局，2006 年。

［28］［法］克洛德·列维·斯特劳斯：《人类学演讲集》，张毅声、张祖建、杨珊译，北京：中国人民大学出版社，2007 年。

［29］［美］理查德·鲍曼：《作为表演的口头艺术》，杨利慧、安德明译，桂林：广西师范大学出版社，2008 年。

［30］［匈］格雷戈里·纳吉：《荷马诸问题》，巴莫曲布嫫译，桂林：广西师范大学出版社，2008 年。

［31］［丹麦］克斯汀·海斯翠普编：《他者的历史：社会人类学与历史制作》，贾士蘅译，北京：中国人民大学出版社，2010 年。

［32］［德］黑格尔：《精神现象学（下）》，贺麟译，北京：商务印书馆，2010 年。

［33］［德］黑格尔：《美学》，朱光潜译，北京：商务印书馆，1997 年。

［34］［德］卡尔·赖希尔：《突厥语民族口头史诗：传统、形式和诗歌结构》，阿地里·居玛吐尔地译，北京：中国社会科学出版社，2011 年。

［35］［德］伊瑟尔：《虚构与想象》，陈定家译，长春：吉林人民出版社，2011 年。

［36］［美］约翰·迈尔斯·弗里：《口头程式理论：口头传统研究综述》，朝戈金译，《民族文学研究》1997 年第 1 期。

［37］［加］弗莱：《批评的剖析》，吴伟仁等译，天津：百花文艺出版社，1998 年。

（二）国内著作

［1］朱光潜：《悲剧心理学》，北京：人民文学出版社，1983 年。

［2］《民族工作》编辑部：《民族工作手册》，昆明：云南人民出版社，1985 年。
［3］吉克 · 尔达则伙：《我在神鬼之间》，成都：四川民族出版社，1994 年。
［4］刘守华：《比较故事学》，上海：上海文艺出版社，1995 年。
［5］陈建宪：《神话解读——母题分析方法探析》武汉：湖北教育出版社，1997 年。
［6］郭宏安：《二十世纪西方文论研究》，北京：中国社会科学出版社，1997 年。
［7］刘魁立：《刘魁立民俗学论集》，上海：上海文艺出版社，1998 年。
［8］汪曾祺：《大淖记事是怎样写出来的》，《汪曾祺全集》卷三，北京：北京师范大学出版社，1998 年。
［9］徐钰：《口承故事论》，北京：北京师范大学出版社，1999 年。
［10］朝戈金：《口传史诗诗学：冉皮勒〈江格尔〉程式句法研究》，南宁：广西人民出版社，2000 年。
［11］郭于华：《仪式与社会变迁》，北京：社会科学文献出版社，2000 年。
［12］刘亚湖：《原始叙事性艺术的结晶：原始性史诗研究》，呼和浩特：内蒙古大学出版社，1991 年。
［13］张紫晨：《张紫晨民间文艺民俗学论文集》，北京：北京师范大学出版社，1993 年。
［14］吕微：《神话何为：神圣叙事的传承与叙事》北京：社会科学文献出版社，2001 年。
［15］仁钦道吉尔：《蒙古英雄史诗源流》，呼和浩特：内蒙古大学出版社，2001 年。
［16］尹虎彬：《古代经典与口头传统》，北京：中国社会科学出版社，2002 年。
［17］谭桂林：《长篇小说与文化母题》，长沙：湖南师范大学出版社，2002 年。
［18］耿占春：《叙事美学：探索一种百科全书式的小说》，郑州：郑州大学出版社，2002 年。
［19］刘岩：《溯礼江而上：花腰傣历史文化考察笔记》，《中国云南新平花腰傣文化国际学术研讨会文集》，北京：民族出版社，2003 年。
［20］巴莫曲布嫫：《史诗传统的田野研究：以诺苏彝族史诗“勒俄”为个案》，北京师范大学博士论文，2003 年。
［21］庄孔韶：《人类学通论》，太原：山西教育出版社，2004 年。
［22］史军超：《文明的圣树：哈尼梯田》，哈尔滨：黑龙江人民出版社，2005 年。
［23］杨经建：《家族文化与 20 世纪中国家族文学的母题形态》，长沙：岳麓书社，2005 年。
［24］潘年英：《在田野中自觉》，北京：民族出版社，2006 年。
［25］廖明君编：《多维视野中的文化对话》，北京：民族出版社，2006 年。
［26］吉狄马加：《吉狄马加的诗与文》，北京：人民文学出版社，2007 年。
［27］王铭铭：《中间圈：“藏彝走廊”与人类学的再构思》，北京：社会科学文献出版社，2008 年。
［28］南帆、刘小新、练暑生：《文学理论》，北京：北京大学出版社，2008 年。

［29］王明珂：《游牧者的选择》，桂林：广西师范大学出版社，2008 年。

［30］朝戈金：《从荷马到冉皮勒：反思国际史诗学术的范式转换》，北京：中国社会科学出版社，2008 年。

［31］李连荣：《格萨尔刍论》，北京：中国藏学出版社，2008 年。

［32］杨瑜东：《永久的漂泊：定耕苗族之迁徙感的人类学研究》，北京：社会科学文献出版社，2008 年。

［33］尹绍亭：《远去的山火：人类学视野中的刀耕火种》，昆明：云南人民出版社，2008 年。

［34］万建中：《民间文学引论》，北京：北京大学出版社，2009 年。

［35］刘守华、陈建宪主编：《民间文学教程》，武汉：华中师范大学出版社，2009 年。

［36］王明珂：《英雄祖先与弟兄民族》，北京：中华书局，2009 年。

［37］王文光、段红云：《中国古代的民族识别》，昆明：云南大学出版社，2011 年。

［38］朝戈金、冯文开主编：《中国史诗学读本》，北京：中国社会科学出版社，2012 年。

［39］陈建宪：《口头文学与集体记忆》，武汉：华中师范大学出版社，2012 年。

［40］王明珂：《羌在汉藏之间：川西羌族的历史人类学研究》，北京：中华书局，2012 年。

［41］刘永红：《西北宝卷研究》，北京：民族出版社，2013 年。

［42］景军：《神堂记忆：一个中国乡村的历史、权利与道德》，福州：福建教育出版社，2013 年。

［43］屈永仙：《寻找傣族诗歌：德宏傣族村落仪式中的诗歌》，昆明：云南民族出版社，2016 年。

［44］潜明兹：《史诗类型略论》，《民族文学研究》1984 年第 4 期。

［45］李子贤：《略论南方少数民族原始性史诗发达的历史根源》，《民族文学研究》1984 年第 1 期。

［46］史军超：《读哈尼族迁徙史诗断想》，《民族文学研究》1986 年第 3 期。

［47］杨忠德：《德昂族历史的真实写照：德昂族民间文学初探》，《山茶》1990 年第 5 期 。

［48］仁钦道尔吉：《关于中国蒙古族英雄史诗》，《民族文学研究》1992 年第 1 期。

［49］王清华：《哈尼族的迁徙与社会发展：哈尼族迁徙史诗研究》，《云南社会科学》，1995 年第 5 期。

［50］叶舒宪：《文学人类学研究的世纪性潮流》，《广西民族学院学报》（哲社版）1999 年第 2 期。

［51］尹虎彬：《史诗的诗学：口头程式理论研究》，《民族文学研究》1996 年第 3 期。

[52] 孙文宪：《作为结构形式的母题分析：语言批评方法论之二》，《华中师范大学学报》2001 年第 6 期。

[53] 程蔷、董乃斌：《民间叙事论纲》，《湛江海洋大学学报》2003 年第 6 期。

[54] 巴莫曲布嫫：《口头传统与书写传统》，《读书》2003 年第 10 期。

[55] 薛艺兵：《对仪式现象的人类学解释》，《广西民族研究》2003 年第 2 期。

[56] 吴晓东：《论西部苗族迁徙史诗非蚩尤时代苗族战争迁徙口碑史》，《民族文学研究》2003 年第 3 期。

[57] 彭兆荣：《论民族作为历史性的表述单位》，《中国社会科学》2004 年第 2 期

[58] 杨利慧：《民间叙事的传承与表演：以兄妹婚神话为例，兼谈民间叙事的综合研究法》，《中国社会科学院院报》2004 年第 10 期。

[59] 王明珂：《历史事实、历史记忆与历史心性》，《历史研究》2005 年第 5 期。

[60] 黄晓晨：《文化记忆》，《国外理论动态》2006 年第 6 期。

[61] 朝戈金：《民俗学视角下的口头传统》，《广西民族学院学报》（哲社版）2003 年第 3 期。

[62] 巴莫曲布嫫：《“民间叙述传统格式化”之批评（下）》，《民族文学研究》2004 年第 2 期。

[63] 贺学君：《从书面到口头：关于民间文学研究的反思》，《民间文化论坛》2004 年第 4 期。

[64] 朝戈金：《国际史诗学术史谫论》，《世界文学》2005 年第 5 期。

[65] 胡立耘：《史诗的文本分析：以彝族史诗〈梅葛〉为视点》，《民族文学研究》2005 年第 2 期。

[66] 李建宗：《口头文本的意义：民族想象、族群记忆与民俗“书写”》，《内蒙古社会科学》2009 年第 1 期。

[67] 尹虎彬：《中国诗史的多元传统与史诗研究的多重维度》，《百色学院学报》2009 年第 1 期。

[68] 梁俊海、宋铮：《〈土族格赛尔〉文本语句的程式化运用》，《青海民族学院学报》（哲社版）2009 年第 3 期。

[69] 巴莫曲布嫫：《南方史诗传统与中国史诗学建设：钟敬文先生访谈录》（节选），《民族艺术》2002 年第 6 期。

[70] 李廷贵：《再论苗族的迁徙》，《贵州民族学院学报》2000 年第 4 期。

[71] 王明珂：《历史事实、历史记忆与历史心性》，《历史研究》2001 年第 5 期

[72] 冯文开：《西方文论语境中史诗观念和研究范式的演进与转换》，《江西社会科学》2010 年第 11 期。

[73] 朝戈金、尹虎彬、巴莫曲布嫫：《中国史诗传统：文化多样性与民族精神的“博物馆”（代序）》，《国际博物馆》（中文版）2010 年第 1 期。

[74] 叶舒宪：《文学人类学：探寻文化表述的多重视野》，《西南民族大学学报》（哲社版）2011 年第 1 期。

［75］朝戈金：《〈亚鲁王〉："复合型史诗"的鲜活案例》，《中国社会科学报》2012 年 3 月 23 日。

［76］陈金文：《民间文学中的历史记忆》，《鲁东大学学报》（哲社版）2013 年 11 月。

［77］吴晓东：《史诗范畴与南方史诗的非典型性》，《民间文学论坛》2014 年第 6 期。

［78］朝戈金：《多长算是长：论史诗的长度问题》，《中央民族大学学报》2015 年第 5 期。

［79］霍志刚：《阿昌族史诗〈遮帕麻和遮米麻〉的历史记忆》，《中央民族大学学报》2015 年增刊。

［80］意娜：《论口头诗学对传统文学理论的超越》，《民族文学研究》2016 年第 5 期。

［81］詹娜：《讲唱者的记忆术与隐形讲述策略》，《民族文学研究》2016 年第 5 期。

［82］黄静华：《史诗文类视角中的"拉祜族'古根'叙事传统"》，《中国社会科学报》2015 年 11 月 6 日第 839 期。

［83］杨杰宏：《东巴仪式叙事中的"大词"》，《中国社会科学报》2015 年 11 月 6 日第 839 期。

［84］李骞：《论吉狄马加诗歌的人类学价值》，《中央民族大学学报》2016 年第 5 期。

［85］刘镜净：《口头传统文类的界定：以哈尼族"哈巴"为个案》，《西北民族研究》2017 年第 1 期。

［86］杨杰宏：《东巴史诗的音乐程式刍议》，《西北民族研究》2017 年第 1 期。

后 记

2010年3月，我来云南民族大学报到，签订工作协议。3月的昆明碧空如洗，樱花烂漫。虽然是第一次来，但对昆明竟然没有任何陌生感。3月底我回到兰州，母校西北民族大学丁香园里的迎春花盛开，丁香花还未绽放。记得那年4月中旬，兰州倒春寒，还下了一场小雪。飘雪的时候，突然很想早点儿入职，早点儿到温暖如春的昆明生活。一眨眼，10年已经过去了。

2012年6月，我申报的国家社科基金青年项目“云南少数民族迁徙史诗的文学人类学研究”立项，从此开始对云南少数民族迁徙史诗进行系统研究。2013年7月到2014年3月，我怀孕生子、休产假，社科项目推进得比较慢，为了保质保量完成研究工作，我申请了延期结项。寒暑假期间，我通常是带着团队成员奔走于云南各地做田野调查。感谢团队成员的大力支持，我们一路陪伴，共同成长!

2018年8月，国家社科基金青年项目“云南少数民族迁徙史诗的文学人类学研究”以良好等次结项，云南少数民族迁徙史诗研究暂告一段落。回想起自己带着团队成员到西双版纳的勐海县，红河州的绿春县、元阳县，文山州的砚山县、广南县，楚雄州的禄劝县，普洱市的澜沧县等地进行田野调查，经常被蚊子咬得到处是包，痛痒难耐，这也成了我现在最深刻的记忆之一。史诗歌手在火塘边的吟唱还萦绕耳边，哈尼梯田的云朵也如在眼前……我们走过的这些地方，将来还会再去回访，但是当年为我们演述古歌的老人们，有一些可能再也见不到了。感谢那些史诗歌手，他们是给予我们这些田野调查者极大帮助和文化震撼的人。

在兰州读研、读博的6年间，我跟着老师和朋友到过甘肃、青海的很多地方进行田野调查，也是在那个时候我注意到了少数民族的迁徙叙事。读博期间我还写了一篇关于裕固族口头传统中东迁主题的小论文，发表在《青海民族研究》上。在西北读书求学，在西南工作生活，当时并未想到以后会一直从事西南少数民族迁徙史诗研究，现在想来却好像是冥冥之中已经注定的事情。

到云南民族大学民族文化学院工作后，我开始接触云南少数民族的口头传统，对讲述云南少数民族迁徙历史的叙事文本尤其痴迷。记得有一次上课前，我发现学院的昂自明教授恰好在我旁边教室上课，下课后我赶紧跑过去跟昂老师谈我想做迁徙史诗研究的想法。昂老师微笑着鼓励我，说选题很新颖、很有意思，值得长期深入研究。昂老师的鼓励，更加增强了我进行迁徙史诗研究的决心。

刚参加工作时，我对云南少数民族民间文学并不是很了解，我们民族文化学院的昂自明老师、龙珊老师、岩温龙老师、李教昌老师、赵秀兰老师等很多老师和朋友都给予我非常多的关心和帮助，我院的年轻教师岩温罕还陪我到西双版纳各地做调查，帮我合理安排行程。

感谢民族文化学院各位老师的帮助和引导，感谢云南省哲学社会科学学术著作出版专项经费的资助，感谢家人的坚定支持，让我能够顺利完成教学与科研任务，使《云南少数民族迁徙史诗的文学人类学研究》能顺利出版，谢谢大家！

王淑英

2020 年 10 月